楊明照文集

學不已齋雜著

中華書局

圖書在版編目（CIP）數據

學不已齋雜著/楊明照著. —北京：中華書局，2019.11
（楊明照文集）
ISBN 978-7-101-14237-2

Ⅰ.學… Ⅱ.楊… Ⅲ.①中國文學–古典文學研究②雜文集
–中國–當代 Ⅳ.①I206.2②I267.1

中國版本圖書館 CIP 數據核字（2019）第 243258 號

書　　　名	學不已齋雜著
著　　　者	楊明照
叢　書　名	楊明照文集
責任編輯	俞國林　白愛虎
出版發行	中華書局
	（北京市豐臺區太平橋西里 38 號　100073）
	http://www.zhbc.com.cn
	E-mail：zhbc@zhbc.com.cn
印　　　刷	北京市白帆印務有限公司
版　　　次	2019 年 11 月北京第 1 版
	2019 年 11 月北京第 1 次印刷
規　　　格	開本/920×1250 毫米　1/32
	印張 18¾　插頁 2　字數 500 千字
印　　　數	1-1200 册
國際書號	ISBN 978-7-101-14237-2
定　　　價	98.00 元

楊 明 照 文 集

出版説明

　　楊明照先生（1909—2003），字弢甫，四川大足（今屬重慶）人。四川大學終身教授，中國古代文學理論學會會長，著名"龍學"專家、文獻學家、文學史家。

　　楊先生治學立足傳統，精於校勘考據，力求精益求精，討津溯源，探賾索隱，鈎深致遠，博大精深，承繼和發揚了蜀學嚴謹扎實的學風。楊先生畢生致力中國文學批評史研究，取得了很高的學術成就，尤其對《文心雕龍》的研究，斐聲海外，享譽世界。

　　楊先生一生勤於筆耕，成果豐贍，出版《文心雕龍校注》、《文心雕龍校注拾遺》、《增訂文心雕龍校注》、《文心雕龍拾遺補正》、《劉子校注》、《增訂劉子校注》、《抱朴子外篇校箋》等專著；發表了學術論文六十餘篇，出版論文集《學不已齋雜著》。

　　適逢楊先生一百一十周年誕辰，四川大學決定主持出版《楊明照文集》，收錄《文心雕龍校注》、《劉子校注》、《抱朴子外篇校箋》、《學不已齋雜著》、《學不已齋雜著續編》、《學不已齋雜著三編》六種。其中，《文心雕龍校注》、《劉子校注》是彙集衆本整理而成的，以體現楊先生的最終研究成果；《學不已齋雜著續編》爲新編論文集；《學不已齋雜著三編》則爲先生講話、隨筆、序跋、詩詞、講義等文稿合編。部分篇目爲未刊手稿，係首次整理出版。

　　在《文集》的編輯過程中,得到了四川大學曹順慶先生、周維東先生,以及楊先生後人楊珣女士、王恩平先生的大力支持,謹致以深深的謝忱。

中華書局編輯部

二〇一九年十月

文心永寄

——楊明照先生評傳

曹順慶

【題記】 楊師明照先生於 2003 年 12 月 6 日遽然辭世,享年九十五歲。平日裏看見先生精神爽朗,身體尚好,因此,我們都相信先生必能長壽百歲,並打算到時爲他舉行隆重的百歲壽典,出相關論文集以誌慶。可萬萬没想到,突然之間竟人隔兩界,令先生所有的弟子無不悲情滿懷。今應編輯之約,叙先生之生平,論先生之學術成就,憶先生育人之風範,依照慣例稱之爲評傳。並以此作爲對先生昔日之砥礪啓發、無私之教誨的感激和懷念。

一

1909 年農曆 10 月 23 日,楊師明照先生出生於四川省大足縣的一個"儒醫"家庭。他的父親既教私塾又行中醫,對於孩子的教育非常重視。楊先生不到六歲,父親就讓他與三哥一起接受啓蒙教育。所讀之書品位都相當高,大多屬於中國文化的經典著作,有《龍文鞭影》、"四書"、"五經"、《古文觀止》、《唐詩三百首》、《聲律啓蒙》、《了凡綱鑒》。此外,還有醫書《傷寒論》、《金匱要略》等。其中的很多內容,他的父親不僅要求他熟讀,而且還要求背誦。先生從發蒙到十七歲的這段光陰就是以這樣的方式在讀書中度過的。這樣的讀書方式,不僅增加了先生對典籍的熟悉程度,而且也有助於增强先生對於古文語感的敏感性,提高對古文語義理解的能力。這是先生在後來從事古籍校注時得心應手、如魚得水的重要原因。先生生前每每回首這段往事時,心中都充滿着感激和自豪,他説:"我在私塾呆過多年,能讀會背,是養之有素的。"①所以,日後,對於記一些典籍、典故以及背誦《文心雕龍》,他都不覺得是什麼難事。他對《文心雕龍》之熟悉甚至可以達到倒背如流的程度。後來,他在校注《劉子新論》和《抱朴子外篇》時也是從熟讀文本開始的。由於對背誦的好處有着深切的體會,所以楊先生在談到他研究《文心雕龍》的體會時,第一條就是要熟讀,熟到倒背如流最好。因爲衹有這樣,"纔能融會貫通,對上、下篇的理解,也纔有較爲全面、較爲系統的可能。同時,對以後收集注釋、校勘、考證諸方面的資料,也纔有幫助。如果讀得不熟,縱然碰到有關的資料,很可能白白放過。另外,學習它的寫作技巧和分析方法,也很有益處"②。受楊師的影響和啓發,我後來都要求我的博士生們背誦古代文論的一些篇章,現已成爲一種傳統而傳承下來。

　　1926 年,楊先生開始走出私塾,接受新式教育。先是進大足縣一年制的簡易師範讀了一年,臨畢業時,新建的縣立初中開始招生,楊先生又幸運地考入。作爲新式教育,其所開設的一些課程是私塾所没有的,比如自然科學、音樂、美術等課。但是國文課還是保留了私塾教育的許多特點,如國文課的作文衹許寫文言。先生由於古文功底好,所以比較偏愛國文,作文時好以一些駢偶的辭句湊合成篇,時常受到老師的稱贊;教國文的蒲老師也很喜歡這個勤奮的學生,每逢寒暑假,都借書給先生看,還規定交讀書筆記。就這樣,先生讀了許多新書,像謝无量的《中國六大文豪》等名著就是那個時候讀的。這大大地開闊了先生的眼界。

　　1930 年初中畢業後,先生又考入了重慶大學預科。正是這兩年的預科教育奠定了先生以後的學術方向。在授課老師中給予先生以最

---

①《我是怎樣研究〈文心雕龍〉的》,《四川大學學報》1983 年第 2 期。
②同上。

大影響的就是著名的《婉容詞》作者吳芳吉。在先生讀預科的第四個學期，吳芳吉上"文學概論"課，講課中經常板書《文心雕龍》原文，而且繪聲繪色地講得娓娓動聽。先生心悅誠服，再加上被《文心雕龍》那秀麗的駢文所吸引，從此就愛上了《文心雕龍》，並與之結下了不解之緣。先生茶餘飯後，總是拿着有黃叔琳注的掃葉山房石印本的《文心雕龍》瀏覽、諷誦。由於愛之篤、讀之勤，未到暑期，全書就已背得很熟。由於對《文心雕龍》的興趣與日俱增，所以放暑假的時候，楊先生又將新買的一本有黃注和李詳補注的《文心雕龍》帶回家研閱。朝斯夕斯，口誦心惟，終於初得其門而入，並發現黃、李兩家注，頗有些未盡之處，尚待補正。儘管這時楊先生對於版本、目録、校勘都還不懂，完全是門外漢。但是先生個性強，膽子大，憑着一股新生之犢不畏虎的精神，沒有向困難低頭，知難而進。他邊學邊幹，邊幹邊學，逐漸由不懂而懂得一些，由不熟悉而熟悉一些。由於在閱讀中的所得也逐漸增多，先生就把它們分條記録下來，清寫成册，交一位老師斧正。這位老師閱後批道："文中多所匡正，發前人所未發，大有可爲！勉之，望之！"這是先生進行《文心雕龍》校注的第一次嘗試，獲得這樣高的評價，大大地鼓舞了先生的學術信心。

1932年秋，楊先生升入國文系。由於課程相對較少，自由支配的時間也較多，於是，楊先生就充分利用這些時間來繼續補正黃、李兩家注，收穫也日漸增多。就在這時，楊先生購得了范文瀾的《文心雕龍》注本，歎其所注已經較詳，無須強爲操觚，再事補綴。但轉念一想，既已投入了很多，就這樣放棄實在有點可惜。於是，楊先生改變了策略，以范注爲基礎，以完善和補充范注之未足爲目標，繼續進行校注。在研閱范注的過程中，楊先生果然發現范注中有不少的疏漏和錯誤。不到三年，所用本子的眉端行間已幾無空隙。期間，重慶大學於1935年秋併入四川大學，先生也自然成爲四川大學的學生。在川大，他繼續鑽研《文心雕龍》。到了1936年夏，他把將近四年以來所獲得的成果整理成學士學位論文上交，順利地通過了答辯，獲得了指導老師的好評："校注頗爲翔實，亦無近人喜異詭更之弊，足補黄、孫、李、黄諸家之遺。"在大學的四年中，楊先生在補校補注《文心雕龍》的同時，還從事《劉子》的校注工作，並寫出了初稿。

　　就在大學畢業的這一年秋天，楊先生又考入燕京大學研究院，拜郭紹虞教授爲師。當時的燕京大學名師雲集，楊先生充分利用這一機會，廣泛聆聽他們的課程，其中有顧頡剛先生的"春秋史"、聞一多先生的"詩經"、錢穆先生的"經學概論"和容庚先生的"古文字學"等等。這些先生各有所長的治學方法給楊先生以很大的影響，他融會各家之長形成了自己嚴謹、求實、創新的學風。研究院的第二、三學年不再選課，楊先生在郭紹虞先生的指導下，繼續以劉勰《文心雕龍》爲題進行深入的研究。他充分利用圖書館的豐富收藏，縱意漁獵，多方參稽，采掇到的新發現比過去任何時候積累起來的都多。到1939年夏，楊先生把它們整理成碩士學位論文，提交研究院申請答辯。後在答辯會上順利獲得通過，答辯會還議定由引得校印所作爲《燕京學報專號》刊出，不意答辯時因觸犯委員某公而暗中作梗，未得印行。先生衹好藏之書篋中，以待沽之者。此外，在研究院學習期間，楊先生還積極撰寫論文發表。計有《范文瀾文心雕龍注舉正》（1937年《文學年號》第3期）、《春秋左氏傳君子曰徵辭》（1937年《文學年號》第3期）、《説文采通人説考》（1937年《考古社刊》第6期）、《莊子校證》（1937年《燕京學報》第21期）、《九鼎考略》（1938年《文學年報》第4期）、《書鈴木虎雄黄叔琳本文心雕龍校勘記後》（1938年《燕京學報》第24期）、《太史公書稱史記考》（1939年《燕京學報》第26期）等。讀書三年的豐碩科研成果足見先生的勤奮、專心和聰穎。

　　研究院畢業之後，楊先生留校任教，當助教。1941年至1942年，又到北平中國大學執教。1942年返蜀，執教於成都燕京大學，升任副教授。自1946年始，回四川大學任教，1950年升任教授。此後一直在川大工作。在新中國成立後的十年間，楊先生先後開設的課程有"大一國文"、"文獻知識"、"歷代文選"、"六朝文"、"《昭明文選》"、"讀書指導”、“《淮南子》”、“《文心雕龍》”等，寫出了《劉子校注》、《抱朴子外篇校箋》兩部專著的初稿，另外，還發表了《史通通釋補》（1940 年《文學年報》第 6 期）、《呂氏春秋校證補遺》（1941 年《文學年報》第 7 期）、《郭象莊子注是否竊自向秀檢討》（1940 年《燕京學報》第 28 期）、《抱朴子外篇舉正》（1944 年《中國文化研究匯刊》第 4 卷）、《漢書顔注發覆》（1946 年《中國文化研究匯刊》第 5 卷）等。

新中國成立後，先生真誠地向黨靠近，認真作好教學和科研工作，並於 1959 年光榮地加入了中國共產黨。在科研上，先生繼續沿着原來的古籍校注，尤其是《文心雕龍》的課題進行深入的研究。即使 1958 年下半年因患嚴重的風濕性關節炎而全休在家也未停止。不過，這一年還有一件值得先生高興的事，那就是他 1939 年完成的碩士論文《文心雕龍校注》，被上海古典文學出版社看中並出版。這是先生的第一部學術專著。出版後，在海內外引起了強烈的反響，書面世後很快脫銷，除中華書局上海編輯所再版五次外，臺北世界書局、河洛書局、香港龍門書局相繼翻印或影印。而且還獲得了同行的一致好評。日本著名漢學家户田浩曉認爲《校注》中“有不少發前人所未發的見解”，堪稱“自民國以來一直到戰後《文心雕龍》研究的名著”①。臺灣學者王更生則認爲該書“在《文心雕龍》的研究上，爲後人樹立了一個新的斷代”②。20 世紀 80 年代該書還被學界公認爲與范文瀾的注本同爲《文心雕龍》注譯本之基礎。可以説，該書奠定了楊先生在全國文心雕龍研究上的崇高地位。

從 1959 年起至 1963 年間，楊先生主要進行的是《文心雕龍》的理論研究、闡發以及規範學術的工作。發表的文章有《從〈文心雕龍〉“原道”、“序志”兩篇看劉勰的文學思想》（1962 年《文學遺產增刊》第 11

---

① 《楊明照氏〈文心雕龍校注〉讀後》，載曹順慶編《文心同雕集》，成都出版社，1990 年，第 311 頁。
② 《歲久彌新的“龍學”泰斗》，載《歲久彌光》，巴蜀書社，2001 年。

輯）、《劉勰論作家的構思》（1962 年《四川文學》第 2 期）、《四川治水神話中的夏禹》（1959 年《四川大學學報》第 4 期）、《重申必須重視引文和注明出處》（1961 年《光明日報·文學遺產》第 357 期）、《劉勰論創作過程中的煉意和煉辭》（1962 年《四川文學》10 期）、《漢魏六朝文學選本中幾條注釋的商榷》（1962 年《光明日報·文學遺產》第 396 期）等。在寫作這些論文之餘，楊先生還在繼續思考《文心雕龍》的校注問題，他發現這個問題還有進一步探索的必要。儘管自己及以前的王惟儉、梅慶生、黃叔琳、李詳、范文瀾諸家做了大量的工作，但這部流傳了一千四百多年的名著，在輾轉抄、刻的過程中，所衍生的各式各樣的謬誤——或脫簡、或漏字、或以音訛、或以文變，尚未掃凈，仍有疑滯費解及待增補者，需要繼續鑽研抉擇和再事校勘。於是，楊先生此時非常希望能够有一個安靜而無任何干擾的小天地，來完成自己的這一設想。

　　就在這時，"文化大革命"開始了，楊先生與當時的其他知識分子一樣也受到了極大的衝擊。被扣上了"反動學術權威"的帽子，被分去掃馬路、沖廁所，後被趕出學校，下放到鄉裏。在這樣的條件下，許多人無法駕馭自己，祇好隨波逐流；有的人則失去了人身自由，搞學術的權利被完全剝奪了。楊先生相對來説還算幸運，學術雖然不能明搞，但還可以悄悄地搞。面對那紛雜動亂的形勢和不公正的待遇，楊先生以一種心遠地自偏的態度待之，利用可以利用的時間打理舊業，搞搞科研，我行我素。每天應付完分派的"工作"回家後，就把房門緊閉，將過去收集的資料和各種版本翻檢出來，攤在一張大床上，繼續進行《文心雕龍校注》的補訂工作。爲防意外，他準備了一張草席，如有不速之客敲門，就立刻打開那張草席，將床上的"違禁物"——書籍和資料蓋上，然後徐步出來應付。起初是重溫六朝典籍和唐宋類書，隨後則增訂《梁書劉勰傳箋注》、《校注拾遺》，分類補充《附錄》。循序漸進，樂在其中。雖嚴寒酷暑，亦未中斷。結果收獲頗豐：久已荒疏的典籍，又熟悉些了；多年輯存的有關資料，得以分別部居，不相雜厠了。寫成的初稿，與 1958 年出版的《文心雕龍校注》本相較，其中的《梁書劉勰傳箋注》部分換補了二分之一；《校注拾遺》部分增加了五分之二；《附録》部分則擴充得更多，由原來的六類蕃衍爲九類；《引用書目》部分達六百八十餘種，幾乎多了兩倍。"文化大革命"十年，有多少人浪費了光陰，荒廢了專業。而楊先生面對這種"灾難"却能反其道而用之，並取得了豐碩的成果，不能不説是當時少有的特例之一。從這又可以看出先生對做學問是多麼的熱愛，用他的話來説就是"對校注古書有嗜痂之癖"。在那個做學問被看成是"走白專道路"的時代，没有這種精神看來是很難堅持下來的。看來做學問，確實是既要專一行，還要愛一行。没有愛就會抵不住干擾、誘惑，容易產生動摇而旁鶩其他。這是我們從楊先生身上得到的一個重要啓示。

　　1976 年粉碎"四人邦"後，年近七十的楊先生，感覺舒暢極了，科研終於可以不必偷偷摸摸地搞啦！於是，先生又繼續操心起他的《文心雕龍校注拾遺》初稿來了。初稿雖已經完成，他還是不太放心，深恐因識見有限而有所遺漏，於是專程到北京、上海、南京三處圖書館查閱未見之書，參校未見之本。弋鈞歸來，便又對初稿重新作了修改和增補，使之更臻詳贍。1980 年夏終於完成，1982 年由上海古籍出版社出版，引起了海内外"龍學"界的重視。上海《古籍書訊》、香港《大公報》都撰專文評價；臺北菘高書社則擅自翻印。在進行增補校注的同時，楊先生還陸續發表了《劉勰卒年初探》(1978 年《四川大學學報》第 4 期)、《〈文心雕龍〉研究中值得商榷的幾個問題》(1978 年《文史》第 5 期)、《劉勰〈滅惑論〉撰年考》(1979 年《古代文學理論研究叢刊》第 1 輯)、《〈文心雕龍〉隱秀篇補文質疑》(1980 年《文學評論叢刊》第七輯)、《〈文心雕龍〉時序篇"皇齊"解》(1981 年《文學遺產》第 4 期)等 8 篇有重要影響的論文。20 世紀 80 年代後期，先生還發表了《從〈文心雕龍〉看中國古代文論史、論、評結合的民族特色》(1985 年《中國古代文學理論研究叢刊》第十輯)、《運用比較的方法研究中國古代文論》(1986 年《社會科學戰綫》第 1 期)等產生良好影響的論文，出版了四十萬字的《學不

已齋雜著》(上海古籍出版社 1985 年版)和《劉子校注》(巴蜀書社 1987
年版)。這段時間先生可謂碩果累累,這是長期壓抑之後的學術噴發,
是先生的又一個學術青春的煥發。而在這期間先生還承擔着其他的
行政和社會活動事務,並遭受兩次患病、兩次動手術的不幸呢。1979
年,先生出任四川大學中文系主任,承擔指導研究生的任務,並成爲
"中國文學批評史"學科首批博士生導師。此外,還擔任了不少學術團
體的領導,歷任四川省文聯副主席、省作協副主席、中國古代文學理論
學會會長、全國《昭明文選》學會顧問、全國《文心雕龍》學會副會長、全
國蘇軾研究會會長、四川省文藝理論學會會長、四川省比較文學學會
名譽會長、成都市文聯主席、《四庫全書存目叢書》編委會顧問、《續修
四庫全書》學術顧問等。

　　進入 20 世紀 90 年代,楊先生已經八十高齡,但他還是繼續發揚
"學不已"的精神,堅持搞自己的科研,不僅撰寫了《〈文心雕龍〉版本經
眼錄》等多篇學術論文,而且還完成並出版了又一部里程碑式的著作,
這就是由中華書局出版的約八十二萬字的巨著《抱朴子外篇校箋》。
該書分上下兩冊,上冊六百三十九頁,1991 年 12 月出版(1996 年再
版);下冊八百零六頁,1998 年 3 月出版。這部巨著被譽爲"皇皇巨獻,
真可謂千秋大業,萬世宏功"①! 它是楊先生半生心血的結晶。先生
自 1940 年在燕京大學國文系當助教時,就開始從事《抱朴子外篇》的
校注工作,到 1989 年 10 月定稿時已年八十矣,1997 年 7 月再校,則已
年八十八歲矣。歷時之長,用心之專,真讓人歎爲觀止。這部書被列
爲《新編諸子集成》的重點著作之一。《抱朴子外篇》是東晉葛洪的一
部傑出的子論,與其《內篇》談道家的神仙內容不同,《外篇》是言人間
得失、世事臧否,屬儒家。它對社會和文學提供了不少真知灼見,是我
國文化寶庫裏一份珍貴的遺產。但一千六百多年來,一直乏人注,而

①王更生:《楊明照和他的〈抱朴子外篇校箋〉》,載《歲久彌光》,巴蜀書社,2001 年,第
　130 頁。

其所使用的韵語、典故很多,文字的訛誤衍奪也多,致令讀者有望書興歎之苦。於是,楊先生早年就立下了探賾索隱、疏通證明的決心。爲了達成參互考校、匡謬補缺的目的,楊先生廣泛搜集各種版本、名人批校本以及前輩與近人著作中的相關論述。其工作量之大可想而知,歷時之長也就不可避免。先生對各種材料兼收並蓄,並以之校文字,通句讀,補闕遺。這不僅使原本艱澀難讀的《抱朴子外篇》晦而復明,怡然理順,而且他以"依經立義"的方式所增加的論述也很豐富,比如關於葛洪家世的部分,做得相當充實完備。所以,臺灣學者王更生教授說楊先生注中的此類工作:"等於替葛洪和他的《抱朴子外篇》做了一部完整的記錄。"①

到了晚年,楊先生還是工作不斷,他着手把以前所出的《文心雕龍校注》、《文心雕龍校注拾遺》以及發現的新材料、新見解匯集成《增訂文心雕龍校注》,交由中華書局出版;還應江蘇古籍出版社之約,撰寫了二十多萬字的《〈文心雕龍校注拾遺〉補正》;將原已出版的《劉子校注》重新整理、補充成《劉子新箋》。這些工作的完成,了却了先生多爲中國傳統文化留點東西的夙願。這既是先生的一大幸事,也是中國文化的幸事。先生之功績將隨着這些著作的流傳而被後人永遠銘記。

二

綜觀楊先生整個人生及其學術歷程,其學術上的最大的成就就是校注和研究《文心雕龍》,無論在資料的搜集、文本的校勘,還是理論研究上,他都能獨樹一幟。先生也正是憑藉這方面的成就而被譽爲"龍學泰斗"的。

從校注方面看,先生的成果先後有:《文心雕龍校注》(1958年版)、

---

① 王更生:《楊明照和他的〈抱朴子外篇校箋〉》,載《歲久彌光》,巴蜀書社,2001年,第132頁。

《文心雕龍校注拾遺》（1982 年版）、《增訂文心雕龍校注》（集大成本，2000 年版）、《〈文心雕龍校注拾遺〉補正》（2001 年版）。他的校注以準確、材料詳贍、説服力强而爲人稱道，其成就大大地超越了范文瀾注。范文瀾注是以與黃叔琳注相關的本子爲底本，參校衆本而成，並因而能超勝一籌，取代黃注而成爲社會上較有權威的注本。梁啓超爲此稱贊范文瀾道：“其徵證該核，考據精審，於訓詁義理，皆多所發明，薈萃通人之説而折中之，使義無不明，句無不達。”①楊先生也歉其所注較詳，無需再作補綴，但後來覺得放棄實在可惜，就憑着一股年輕人的衝勁在范注的基礎上繼續鑽研，終於有了新的發現，並進而認識到范注並非無可挑剔。1937 年先生發表了《范文瀾文心雕龍注舉正》一文，舉正了范注 37 條，1939 年做的碩士論文《文心雕龍研究》又舉出了 44 條。綜合前面的成果，楊先生 1958 年出版了《文心雕龍校注》，奠定了自己在文心雕龍研究上的重要地位和對范注的初步超越。到 1982 年，楊先生又積四十多年的研究成果，出版了《文心雕龍校注拾遺》，全面地超越了范注。但是社會上仍流行以范注爲主，且不見有任何修改之動作。於是，1988 年楊先生又發表了《〈文心雕龍〉有重注必要》一文，指出范注儘管自 20 世紀 30 年代被社會上公認爲權威版本，但由於其成書時間較早，網羅未周，好些資料没有見到；另外，對文字的是正、詞句的考索，也有所不足。解放前，國內外雖曾有專文舉正，而范注也一再再版，却未見徵引。書中的某些謬誤，至今仍在相承沿用，以訛傳訛。爲此，楊先生還把范注的不周之處概括爲二十個方面。（一）是底本不佳。范注聲稱依據的是黃叔琳注本，但實際上却是《四部備要》本。（二）是斷句欠妥。如《時序篇》“盡其美者何乃心樂而聲泰也”十二字，乃緊接上文“有虞繼作，政阜民暇，‘熏風’詩於元后，‘爛雲’歌於列臣”四句的贊美之辭。應於“者”字下加“，”號，“也”字下加“！”號。這樣，纔顯出上下辭氣揺曳之態。范注却在“何”字處斷句并加“？”號，

---

① 轉引《文心雕龍研究論文集》，人民文學出版社，1990 年，第 4～5 頁。

"也"字下加"。"號,則索然寡味矣。(三)是《注》與正文含義不一致。《原道》的第一句"文之爲德也大矣",自明清以來的注家都避而不談。范注有所解釋,但却落了言詮。他把"文之爲德"簡化爲"文德",已經錯了,又説"文德"二字本《周易·小畜》象辭,則更爲牽强。在古書中與"文之爲德"造句和用意極爲相似的有"鬼神之爲德其盛矣乎"(《禮記·中庸》)、"中庸之爲德也其至矣乎"(《論語·雍也》)、"酒之爲德也久矣"(孔融《難曹操表制酒禁書》,散見《藝文類聚》卷七二),它們與"文之爲德"不能簡化爲"文德"一樣,都不能簡化爲"鬼神德"、"中庸德"、"酒德"。這裏的"德"字都應作"功用"解纔通。所以,"文之爲德也大矣"應譯爲"文的功用很大啊"!(四)是《注》與正文不相應。《聲律篇》:"翻回取均,頗似調瑟。瑟資移柱,故有時而乖貳。"范注:"'膠柱鼓瑟',《法言·先知篇》文。"首先,原正文祇云"調瑟"、"移柱",並無"膠柱鼓瑟"語;且《法言·先知篇》本作"膠柱調瑟"者。所以,范注是與正文不相應的。其次,與原正文相應的應是《淮南子·齊俗篇》:"今握一君之法籍,以非傳代之俗,譬由膠柱而調瑟也。"(五)正文未誤而以爲誤。(六)正文本誤而以爲不誤。(七)正文未衍而以爲衍。(八)正文本衍而以爲不衍。(九)不明出典誤注。(十)不審文意誤注。(十一)黄注未誤而以爲誤。(十二)黄注本誤而因仍其誤。(十三)引書未得根柢。(十四)引書不完整,致與正文不相應。(十五)引書篇名有誤。(十六)原著具在,無煩轉引。(十七)引舊説主名有誤。(十八)引書混淆不清。(十九)引用書未注意版本。(二十)迻録前人校語有誤。楊先生提出范注的這些不足,是爲了提請學界和社會正視這些不足,鼓勵學界繼續努力,認識到《文心雕龍》確有重注的必要。

針對范注中的這些美中不足,楊先生還提出了重注的初步設想:第一,廣泛收集與《文心雕龍》直接有關而又可以作《注》的資料;第二,刊誤正訛,力求允當,儘量避免繁瑣和隨便移動篇章、輕率改字;第三,徵事數典,務期翔實,切忌望文生訓或郢書燕説,更不能張冠李戴;第四,引文必須規範化,一字一句都要照原書迻録(必要時可酌用省略號和括號），但不闌入作家長篇作品，引用的書應遴選較好版本；第五，分段和標點參考國内外專家論著，擇善而從；第六，全書格式要一律，《注》的號碼標在當句右下角，正文及《注》均用繁體字繕寫；第七，書成，應列一"引用書目"殿後。先生不僅僅衹是説説而已，而且身體力行。他在自己原有的基礎上繼續進行不懈的校注，結果就有了先生後面的兩部著作：《增訂文心雕龍校注》和《〈文心雕龍校注拾遺〉補正》。楊先生爲此而收集的資料也空前齊備。他收羅存世的《文心雕龍》各種版本如寫本、刻本、選本、名人校本共七十二種，參考引用的書目達六百多種。這是别的研究者難以望及的。所有這些，都使先生的校注品質在現有的各家中居於絶對的上乘。所以，要真正研究《文心雕龍》，楊先生的校注是不能不看的。"因爲一字一句的謬誤，並非無關宏旨，而是判斷正確與否的重要依據。"①現在出版的一些《文心雕龍》譯注本品質確實參差不齊，而且相互間也往往有不一致的地方。每當這時候，人們就會有一種無所適從之感，非常盼望能有一個讓人信賴和放心使用的本子。楊先生的校注本無疑就是最好的選擇之一。

　　楊先生的校注不但起點高，校注品質有保證，而且"在發疑正讀方面，發明劉勰行文條例方面，有凌駕前人的成就"②。劉勰行文好徵事用典，四部典籍任其驅遣，用人若己，宛轉自如。在這個過程中，劉勰形成了他自己的一些行文習慣，楊先生不但發現了這些慣例，而且還運用它們來辨字正句，形成一種强有力的内證。楊先生發現的劉勰行文習慣，主要有這麼幾個方面。一是劉勰下字有多從别本的習慣。比如《明詩篇》的"按召南行露"一句中的"召"字，在《文心雕龍》的其他版本如唐本、宋本、鈔本等都作"邵"字。"召"、"邵"，音同形别。那麼，到底該用哪個字呢？楊先生按云：《詩大序》"故繫之召公"，《釋文》："'召'，本亦作'邵'，同上照反；後'召南'、'召公'皆同。"舍人用字，多

①《我與〈文心雕龍〉》，載《歲久彌光》，巴蜀書社，2001 年，第 3 頁。
②《歲久彌新的"龍學"泰斗》，載《歲久彌光》，巴蜀書社，2001 年，第 91 頁。

從別本；再以《詮賦篇》"昔邵公稱公卿獻詩"相證，此必原作"邵"也。二、劉勰在用詞上也有其習慣且全書一律。如劉勰習慣使用"陳謨"、"宛轉"兩個詞，那麼則知有些版本寫作"陳謀"、"婉轉"都是錯的。三、在句式的使用上，劉勰也有自己的慣用句式。如劉勰喜用"抑亦……"句式，那麼在校《詔策篇》"豈直取美當時，亦教慎來葉矣"一句時，是"亦"字前脱"抑"，還是"亦"字後脱"以"就很明白了。四、劉勰作爲六朝人自然也喜用六朝慣用語。比如對《附會篇》"寄深寫遠"一句的校注，就分別有"寄在寫遠"、"寄在寫以遠送"、"寄深寫遠送"、"寄深寫送"等説法，哪家正確？楊先生根據六朝人在文本中慣用"寫送"一語及相似句式，認爲當作"寄在寫送"。同樣據此，《詮賦》的"迭送文契"當爲"寫送文勢"。五、劉勰釋名，概以二字爲訓之例。如《銘箴篇》"箴者，所以攻疾防患，喻針石也"句，唐寫本於"箴者"下有"針也"二字。楊先生認爲"本書釋名概係二字爲訓，此應從唐寫本增'針也'二字"。六、劉勰在篇章結尾的"贊"中，不用重複字。如《檄移篇》"移寶易俗"句，有的認爲"寶"當爲"風"字，有的認爲應是"實"字，何者爲對？楊先生認爲改"寶"爲"風"不當。因爲與下句的"風邁"重複，不合劉勰"贊"語無重字的慣例。七、劉勰選文稱名多不加文體名稱。如《麗辭篇》"長卿上林云"句，有的認爲"林"字後應加"賦"字，楊先生認爲這不妥，因"本書引賦頗多，其名出兩字外者，皆未着賦字"。

此外，楊先生的校注還解決了不少各注家解決不了的難題。如今本《文心雕龍·聲律篇》中"良由内聽難爲聰也。故外聽之易，弦以手定，内聽之難，聲與心紛"兩句，前句祇提到"内聽"，而後句却既提到了"内聽"，又提到了"外聽"，前後句不相照應。對這個問題，黄叔琳校注云："('内')元作'外'。王(指王惟儉《訓故》本)改。"又眉批云："'由'字下，王本有'外聽易爲□而'六字。"范文瀾《注》謂王本之白匡爲"巧"字，劉永濟《文心雕龍校釋》則疑爲"力"字，好像都講得通，但純屬臆測。楊先生翻檢歷代類書，終於發現明徐元太《喻林》卷八九引有此文："良由外聽易爲察，内聽難爲聰也。"其"察"字之佳亦爲范劉兩家所意想不到。另外，還有像《總術》篇中"動用揮扇，何必窮初終之韵"一句更是難解。郝懿行、何焯皆云"未詳其義"、"未詳"，王惟儉、梅慶生、黃叔琳、李詳、范文瀾、劉永濟皆避而不談，遂成龍學懸案之一。楊先生反復揣摩，憑着自己博覽群書所獲的積累，終於發現此句的"用"字和"扇"字乃傳抄中造成的錯字。劉勰此句本於《説苑·善説》："雍門子周以琴見乎孟嘗君。……雍門子周引琴而鼓之，徐動宫、徵，微揮羽、角，初終，而成曲。"所以，如改"用"爲"角"，改"扇"爲"羽"，則文從而字順，涣然冰釋。這一被看成死結之難題終於被破解了。這些難題的破解，相信不僅注家會有一種發現的驚喜，就是讀者也會感到歡欣。所以，注書雖是難事，但也並不像外行所想象的那樣枯燥無味。這大概就是先生對校書有"嗜痂之癖"的緣故吧。

　　除了《文心雕龍》的校注成就突出外，楊先生對與《文心雕龍》有關的理論問題的探討也有自己獨到的見解。有些見解涉及的是《文心雕龍》研究中最基礎的問題。這些問題如果不解決，就會影響到對《文心雕龍》意義的準確理解。這些見解表現在《梁書劉勰傳札記》、《劉勰卒年初探》、《劉勰〈滅惑論〉撰年考》、《從〈文心雕龍〉原道、序志兩篇看劉勰的思想》、《〈文心雕龍〉時序篇"皇齊"解》、《〈文心雕龍〉隱秀篇補文質疑》等論文中，分別論及了劉勰的實際的生長地、劉勰不婚娶和出家的真正原因、劉勰卒於哪一年、《滅惑論》與《文心雕龍》誰先、劉勰在《文心雕龍》中的思想是傾向於儒、道、佛中的哪一家、《文心雕龍》的成書年代以及《隱秀篇》補文是否爲真的問題。這些問題都是當時《文心雕龍》研究中爭議比較大的問題，楊先生發揮自己校勘之長處，以詳實確證的材料爲依據，得出：莒乃劉勰祖籍，他的實際出生地爲京口，即江蘇鎮江；劉勰出家和不婚娶與其信佛有很大的關係，並不是因家貧；關於劉勰卒年，因史書合傳常以其人卒年的先後爲序介紹，而劉勰在《梁書·文學傳》中序次在謝幾卿之後、王籍之前，故其卒年介於謝、王之間。故采釋志磐《佛祖統紀》之説，定爲大同四年（公元 531 年）；劉勰的《滅惑論》與《文心雕龍》誰先誰後，楊先生認爲《滅惑論》既是針對顧歡《三破論》而作，應距《三破論》問世之日不遠。顧歡卒於齊武帝永明年間（公元483～492年），與《文心雕龍》成書時（齊和帝永興元、二年，公元501～502年）相隔十年以上，故《滅惑論》撰年早於《文心雕龍》；根據《原道》、《序志》兩篇，可以斷定劉勰在《文心雕龍》中所表現的思想爲儒家思想，而且是古文學派的儒家思想；《文心雕龍》的成書年代，有梁代説與齊代説之爭，楊先生根據《時序篇》中"皇齊"的稱呼，再結合寫作於齊代的五例作品均稱齊爲"皇齊"以及劉勰入梁後作文祇稱"齊"爲"齊"而非"皇齊"，稱梁則爲大梁，來證明《文心雕龍》成書於齊代；關於《隱秀篇》補文的真偽問題，楊先生認爲是偽的，一是《文心雕龍》在唐宋以來的著述，特別是宋明兩代的類書中引用甚多，唯獨那四百字的補文，從未有人引用；二是補文在論點、例證、體例、稱謂、風格和用字等五個方面與《文心雕龍》全書也不一致，所以必爲偽書。這些結論都很有説服力，已被學術界廣泛接受。其次，楊先生針對《文心雕龍》研究中存在的不良風氣和偏頗，發表了《〈文心雕龍〉研究中值得商榷的幾個問題》一文，進行了有理有據的批評，並提出了矯正的辦法。這篇文章雖然發表於二十多年前，但至今讀來却仍然覺得很新鮮。因爲楊先生所提到的不良問題仍然廣泛地存在於學術界。比如楊先生指出，《文心雕龍》的術語往往與今天通行的不同，故不可混淆古今界限。可我們今天仍可見到，有的人一開口，動輒就以現代的術語之意去解説古代的文論，而實際上他之所説已離原語境及原義很遠了。再有尋章摘句，斷章取義，拼湊成文，以就己意；錯解辭句，謬釋典故；人云亦云，以訛傳訛。另外，楊先生還在另一篇文章中提到，有的論著不重視引文，不注明出處。而這些錯誤在今天也并不少見。

　　最後，在研究方法上，楊先生並不因爲自己擅長校注的方法，而定之爲一尊。相反，他主張多種方法並舉，鼓勵嘗試和運用新方法。比如他對注釋古典文學就提出這樣的要求："既要詞求所祖，事探闚源，以明原著來歷；又要用新的觀點、方法和準確鮮明的語言，深入淺出地爲之疏通證明，以幫助讀者了解。這自然不是羅列故實、釋事忘義，或自我作故、望文生訓的注釋能够勝任的了。"①再如,楊先生就鼓勵我用比較的方法來研究古代文論,還專門發表了一篇題爲《運用比較的方法研究中國文論》的論文。所以,我的博士論文《中西詩學比較》公開出版後得以成爲國内首部進行中西詩學比較的專著,首先就得歸功於楊先生的鼓勵和支持。

楊先生除了校注《文心雕龍》成就斐然外,對其他古籍的校勘成就也很突出。這構成了楊先生學術成就的又一個方面。楊先生的研究對象由《文心雕龍》而《劉子新論》,再由《劉子新論》而《抱朴子外篇》和《文選李善注》。這中間還有另外一些小規模的校勘工作,如《史通通釋考》、《莊子校證》、《吕氏春秋校證》、漢魏六朝文學選本中注釋的考辨等。在這些方面,先生也有他自己頗多的新發現。另外,楊先生還積極參加國家的古籍整理活動,擔任《四庫全書存目叢書》編委會顧問、《續修四庫全書》學術顧問等,參與了高等院校古籍整理研究規劃的活動,還爲古籍整理培訓班上課,爲古籍整理工作獻計獻策。

三

楊先生之所以在《文心雕龍》研究和古籍整理上取得令人矚目的成就,與他的治學態度和治學方法有着密切的關係。楊先生的治學態度可用謙虚、嚴謹、求實來概括。在我們看來,楊先生的《文心雕龍》研究已很有成就了,但他却從不認爲自己全都懂了。他説自己雖然自1931年就開始閲讀《文心雕龍》,而後又斷斷續續地耗去了不少的時間和精力,但由於天資不高,見聞有限,衹能識其小者,至今仍有好些地方還没有讀懂,特别是上半部,不懂的地方更多。即使對某些篇章和辭句有一知半解,那也很膚淺。正是有了這樣一種懂得不多的謙虚態

---

① 《漢魏六朝文學選本中幾條注釋的商榷》,載《學不已齋雜著》,上海古籍出版社,1985年,第560頁。

度,纔使得楊先生花了六十多年的光陰來一而再再而三地校注《文心雕龍》,目的就是不斷求得懂得更多些。嚴謹、求實更是先生的座右銘。他深知校注工作來不得半點的僥幸,也不能以純粹的臆測來代替腳踏實地的考證分析。因爲哪怕是一字的疏忽都可能導致嚴重的錯誤,真可謂差之毫釐而謬以千里。所以,先生總是以一種如履薄冰、如臨深淵的態度來對待校注工作。一聽說哪裏還有什麼善本,他就會想方設法去找來一睹,以求不漏過任何一個在世版本的機會。在考證中,他總是要求落到實處,絕不作任何毫無根據的臆測。也正是基於這種嚴謹的態度,所以先生一旦發現哪位注家有了錯誤,就會毫不客氣地點名指出。比如對范注就是如此。這反映了先生以事實爲依據的科學校勘態度。這種態度是楊先生取得經得起時間考驗的成果的重要原因,也是值得我們後學學習和發揚的寶貴的精神財富。

在治學方法上,楊先生也有自己的獨特體會。他在談自己怎樣學習和研究《文心雕龍》時就談到了這方面的内容,這實際上也體現了他整個的治學方法。概括起來有這麼幾個方面:一是熟讀自己的研究對象,熟到倒背如流最好;二是校對的版本越多越好,見得多纔能有所比較;三是勤於翻檢各種類書,往往會有意外的收穫;四是涉獵各種有關典籍;五是勤於動筆,隨手抄録;六是邊幹邊學,不斷提高。這些方法是楊先生一生治學經驗的總結,其中包含着較大的普遍性,每一個治文者都可從自己的研究視域出發來加以學習和靈活的應用。

四

楊先生除了在科研上耕耘不已外,還一直在大學的講壇上誨人不倦。自 1939 年燕京大學研究院畢業後,楊先生曾輾轉在幾所大學執教,最後定在四川大學,並成爲川大終身教授之一。在其六十多年的親身執教生涯中,楊先生不僅學不已,而且教不倦,開出了不少高品質的課程,培育了衆多的英才,真可謂桃李滿天下。現如今,他的學生遍布全國。在北京大學、四川大學、中國社會科學院、中華書局、人民文學出版社、國家機關、新聞機構，都有他的學生的身影，並且在各行各業中都已成爲棟梁之才。1979 年後，先生雖然已年過古稀，但仍然堅持站在教學第一線，招收碩士和博士研究生。而我則有幸立身楊門成爲楊先生的第一個博士生。先生給好幾屆本科生、三屆碩士生、兩屆博士生以及國家委託開辦的古籍整理培訓班授過課。現在，他在這近十年裏培養出來的研究生，大多數已獲得了高級職稱，出版了在國内外有影響的專著，有的還擔任了全國學會的理事、重要書籍的主編，成爲該學科的中青年學科帶頭人。察敏之才，必以名師教之。學生的脱穎而出，正是楊先生心血的結晶。楊先生對自己所授的課程總是認真準備，精心設計，對所引的材料都力求爛熟於心。他講課時，興之所至，總是侃侃而談，妙趣橫生。他那博聞强記、嚴謹精闢、深入淺出、生動風趣的上課風格給學生留下了深刻的印象。比如，上《文心雕龍》課時，先生總是先把所要講的篇章流利地背一遍，然後再講解。

　　楊先生對學生，尤其是研究生的要求，是很嚴格的。對於本科生，如果他認爲某生上課、學習是認真的，那麼在評定學分時就給加分；而對於研究生的學習和論文寫作，楊先生就完全以自己做學問的那種嚴謹、認真、求實的態度來嚴格要求了。四川大學文學與新聞學院的教授、博士生導師項楚先生，至今仍然記得他 1962 年作爲四川大學中文系第一個，也是唯一一個研究生第一次與時任古代文學教研室主任的楊先生見面時的情景。他説："先生那一把濃濃的美髯，一口濃濃的方音，令我頓生敬畏之情。"然后，先生對他提出了各種嚴格的要求，其中印象最深的一條就是"絶慶吊之禮"，要求項先生摒棄交往，埋頭書堆，專心學習。而這時項先生還不是楊先生名下的學生（1964 年其導師去世後纔轉到楊先生名下），衹是項先生的導師龐石帚先生因病常年不來學校，一切事務暫由楊先生督辦而已。但楊先生却督辦得很認真。也就是在這督辦的過程中，項先生着實深刻地感受到了楊先生那種一絲不苟的精神。楊先生對研究生論文的要求更是近乎苛刻。現文學與新聞學院博士生導師馮憲光教授還記得他的一位研究生同學，當年就是因爲論文謄抄中出現了楊先生認爲作爲一個中文系的研究生不應該有的書寫錯誤而未被授予碩士學位。這位同學多年後還對自己的錯誤後悔不已，認爲確實不該犯那樣的低級錯誤。如果哪位研究生在論文答辯中，有引文方面的錯誤被楊先生逮住，必定會被狠狠地批評一頓。楊先生最不能原諒的就是這種不踏實的求知態度。由於知道了楊先生的"厲害"，後來研究生們都不敢在這方面馬虎大意了。

　　這種嚴格、認真、求實的傳統也正是蜀學傳統之體現。蜀學是指近代以來，一批學者在四川這個相對隔絕的盆地環境裏所形成的一種帶有傳統特點的獨特的治學方式。它與當時學術上的"京派"和"海派"並立。這批學者的治學特點是，他們以中國的典籍爲研究對象，以乾嘉樸學的傳統爲方法，以自己深厚的學術功底爲根基，去校注典籍，闡發新意，並以此鑄造自己的學術，默默地承續着中國文化的血脉。楊先生的身上體現的正是這樣的傳統。這種治學的傳統特別強調熟讀原著，廣泛涉獵各種典籍和盡可能多地收集相關材料，然後在此基礎上形成自己的看法。近代以來，四川大學曾是蜀學的中心，而楊明照先生則是近代蜀學的最後一位大師。在他們那一輩學人中，他是最高壽的。由於有楊先生長期以來在四川大學中文系的言傳身教，這種傳統被深深地保留了下來。每一個剛跨入四川大學文學與新聞學院的新生都會很快地在自己新的學習生活中感受到這種傳統的存在，并終將在這種傳統的熏陶下完成自己的學業。因爲你會在新生入學的開學典禮上，在老師的課堂上，在論文的撰寫過程中，在畢業生的論文答辯會上聽到或感受到源自這種傳統的種種具體要求。比如，無論哪一個老師都會一再強調，學生一定要看原著，引用材料也一定要核對原著，千萬不能祇停留在看二手材料上，不要不看書就憑着感覺亂發言，表述觀點要有依據。寫論文時必須要廣泛收羅相關資料，寫有關外國課題的論文時，必須要以收集外文資料爲主。而且不管哪方面的課題，收集的資料一定要齊全。如果哪位同學在答辯時被發現與其課題相關而又有較大影響的某著作未被徵引或未出現在參考文獻中,那麼等待他的將是一頓批評和由此而導致的尷尬,嚴重的還有可能被推倒重來。於是,爲了避免這樣的窘境,同學們在查找資料上都特別謹慎和認真,寫有關外國課題的同學就更是如此,而且也更辛苦。因爲外文資料畢竟不比中文資料那麼好收集,在四川大學找不到的,往往還要千里迢迢上北京複印,或通過互聯網來與作者聯繫找尋。另外,在打印和書寫上也要求工整和規範。曾經有一位博士生論文因校對不周而出現了一些文字上的錯誤,後來被勒令重新打印。所有這些要求都是與楊先生的治學要求相一致的。這可以説是楊先生治學精神在又一代教師身上的發揚光大,是楊先生教書育人方式的延續。

對於教師的這種嚴格要求,人們往往都以這樣的一句話來詮釋:"嚴是愛,鬆是害。"這確實是至理。老師現在讓學生多吃點苦,是爲了讓他們以後少吃苦。楊先生的嚴,其實也是對學生的愛。説他嚴,祇是從學術的角度而言,絶不是説他在生活中總是板着一副面孔面對學生。其實,他很喜歡與學生交談,而且很親切,很健談,往往滔滔不絶,談學壇往事、談他的學術、談他的學生、談生活經驗、談體育賽事,乃至談及他雖然愛抽烟、吃肥肉却依然健康長壽的個人生活感受。而且還每每在這種交談中,不忘叮囑學生:千萬不要剽竊,一旦有一次,學術生命就結束了,尤其年輕的時候,會害了自己一輩子。學術上的嚴格、生活上的關懷,這就是楊先生對待學生的辨證法。對楊先生的這種嚴中之愛,項楚先生最有體會,認爲這正體現了"先生對晚生後輩的既關懷又嚴格的一片心腸"。所以,他很理解先生的嚴格,更感激先生的關懷。他至今没有忘記,是楊先生在撥亂反正後,多方呼籲和奔走,纔使他重新回到了四川大學,回到學術的陣營裏來;他也没有忘記雖然自己是以先生助手的名義調入的,但先生却不讓他做助手,而是把更廣闊的發展空間留給他的一番苦心;他也没有忘記先生向他傳授健身之道時所藴寄的殷殷期盼。

總之,無論是嚴格還是關懷,楊先生都在學生的心靈中樹立了一塊值得崇敬而難忘的豐碑,真可謂"後學仰止,千載留聲"①。先生雖已離我們遠去,但先生又以另一種方式永遠與我們同在。寫到這裏,我們不禁又想起了先生那朗朗的川音,那飄飄的白鬚,那激情揮動的手勢,那親切的笑容,仿佛他又回到了我們的身邊。

①見啓功《祭楊公明照》詩。

目　録

春秋左氏傳君子曰徵辭

前哲撰述，率有臧否。每於末簡，轉稱先賢。或借其贊辭以見志，或假厥箴言以寄諷。蓋原始要終，彰善瘅惡，將綜彼實狀，以明至意所歸；非託諸空言，而蹈自我作故也。《春秋左氏傳》之有"君子曰"者，以此。彼其造語淵懿，含意精眇鄭樵《通志序》云："凡《左氏》之有君子曰，皆經之新意"。蓋馬班論贊所出劉知幾《史通·論贊篇》云："《春秋左氏傳》每有發論，假君子以稱之。二傳云'公羊子'、'穀梁子'，《史記》云'太史公'，班固曰'贊'。"，非流俗平議可比。聖文羽翮，人知之矣。而宋之林栗字黃中乃謂是劉歆之辭《朱子語類》卷八三云："林黃中謂《左傳》君子曰，是劉歆之辭"。揚其波者，遂黨枯護朽焉。斯固少見多怪，率口信心。徒張謬悠之失，有何符驗可據？雖欲詆毀，於傳何傷？將以立論，其論奚立？今試明徵舊文，以見事無虛構。非欲奪彼之矛，還攻其楯。誠以撥左之翳，而呈厥真耳。夫君子之目，雖多載於《左氏》；而君子之論，則錯見乎群書。前於劉氏者，《晏子》、《荀子》既有之；後於劉氏者，崔篆、曹丕亦引之《後漢書·崔駰傳》："（崔）篆曰：'郱文公不以一人易其身，君子謂之知命。'"（見《左傳》文公十三年）《三國志·魏志·文帝紀》："（黃初三年）作《終制》曰：'……宋公厚葬，君子謂華元樂莒不臣，以爲棄君於惡。'"（見《左傳》成公二年）。如謂《左氏》之文，爲子駿竄附，彼《國語》之所有者，其將云何？如謂《國語》亦子駿竄附，彼《晏子》之所有者，復將云何？且韓非之書，史公之記，既引《左氏》之文，復存君子之論。彼此相同，先後一揆。執一既叵獨射，譽兩將以俱售。欺人瞽說，固難蹢躅而行已。況荀韓指《韓詩外傳》譔造，《詩》、《禮》發攄，自繫別成家言，非以致説魯史。今彼立論，亦隨其規。豈皆後人轉用竄附之《左氏》，以雜諸書邪？抑屬子駿推移竄附之私智，以及諸書也？他姑不論，第觀《左氏》稱“君子曰”者，四十有九；“君子謂”者，一十有八；“君子以爲”者，三；“君子是以”者，十二外有“君子以”者三焉。果皆子駿所爲，何不憚煩若是！矧夫今古之分，水火異量，當子駿譙讓之會，豈博士緘默弗言？故在子駿之材，既情所不爲；就當時之境，又勢所不許也。抑有進者，季札之辭吳君，曾引君子善子臧守節之詞《左傳》襄公十四年：“吳子諸樊既除喪，將立季札。季札辭曰：‘曹宣公之卒也，諸侯與曹人不義曹君，將立子臧。子臧去之，遂弗爲也，以成曹君。君子曰：“能守節。”君，義嗣也。誰敢奸君。有國，非吾節也。札雖不才，願附於子臧，以無失節。’”《史記·吳太伯世家》同）；倚相之對子期，亦援君子美子木合道之語《國語·楚語上》：“司馬子期欲以妾爲内子，訪之左史倚相。曰：‘吾有妾而願，欲笄之，其可乎？’對曰：‘子夕嗜芰，子木有羊饋而無芰薦。君子曰：違而道（韋昭注云：“違命合道。”）。吾子經楚國，而欲薦芰以干之，其可乎。’子期乃止。”，是丘明發論，固有所祖述者也。閒嘗綜覽全傳，平衡其文，君子之稱，厥類匪一。有本孔子遺言而引之者《史記·吳太伯世家》索隱云：“君子者，左丘明所爲史評，仲尼之辭，指仲尼爲君子也。”，有爲名賢雅論而據之者《左傳》襄公三年：“君子謂子重於是役也，所獲不如所亡。”杜預注云：“當時君子。”陳傅良《左氏章指》云：“君子曰者，蓋博采善言。”林堯叟《春秋左傳釋》云：“《左傳》稱君子曰，多是采取當時君子之言，或斷以己意。”，有屬丘明己意而箸之者《北史·魏澹傳》云：“澹又以爲司馬遷創立紀傳已來，述者非一人。無善惡皆立論，事既無奇，不足懲勸。案丘明亞聖之才，發揚聖旨，言‘君子曰’者，無非甚泰其間，尋常直書而已。今所撰史，竊有慕焉。可爲勸戒者，論其得失。其無益者，所不論也。”。雖書闕簡奪，不能悉徵所來，而汛采旁搜，尚可臝得其緒。既出丘明箸録，則非子駿沾益。不假多言，足可知矣。其本孔子遺言而引者，即與二傳之稱孔子同意《公羊》昭二十六年，《穀梁》桓二年，均有孔子之辭（《公羊》一見，《穀梁》五見）；其爲名賢雅論而據者，即與二傳之稱君子不殊《公羊》桓二十四年，《穀梁》僖十二年，均有君子之辭（《公羊》五見，《穀梁》三見）；其屬丘明己意而箸者，即與二傳之稱先師一律《公羊》有子公羊子、子北宮子、子女子、子沈子、子司馬子，《穀梁》有穀梁子、尸子、沈子等。雖所稱之文有異，而所宗之旨則一。凡厥類例，不越乎是。輒復捃摭群籍，用資證明，間附鄙見，以申誼趣。

一　與本傳文事相同而稱君子曰者

《國語》凡一見：

二十六年，獻公卒。里克既殺奚齊，荀息將死之。人曰："不如立其弟而輔之。"荀息立卓子，里克又殺卓子，荀息死之。君子曰：不食其言矣。《晉語》二，《士禮居叢書》本卷八

按：《左傳》僖公九年："九月，晉獻公卒。……冬，十月，里克殺奚齊于次，……荀息將死之。人曰：不如立卓子而輔之。荀息立公子卓以葬。十一月，里克殺公子卓于朝。荀息死之。君子曰：《詩》所謂'白圭之玷，尚可磨也。斯言之玷，不可爲也。'荀息有焉。"《四部叢刊》本卷五內傳外傳，同出丘明。故上所錄列，即彼此相合。且公羊子之持論《公羊》僖公十年云："晉里克弒其君卓子，及其大夫荀息。……荀息可謂不食其言矣。"是持論與內外傳同，太史公之徵引尤無差忒，足資監證者矣。

《韓非子》凡一見：

鄭伯將以高渠彌爲卿，昭公惡之。固諫，不聽。及昭公即位，懼其殺己也，辛卯，弒昭公而立子亹也。君子曰：昭公知所惡矣。《難四》，《四部叢刊》本卷十六

按：《左傳》桓公十七年："初，鄭伯將以高渠彌爲卿，昭公惡之。固諫，不聽。昭公立，懼其殺己也。辛卯，殺昭公而立公子亹。君子謂昭公知所惡矣。"卷二

韓非之學，受自荀卿。其師既爲傳《左氏》之大儒，非必嘗從事鑽研。故徵引其事，字句皆符契也。

《史記》凡八見：

三十六年，繆公復益厚孟明等，使將兵伐晉。渡河，焚船，大敗晉人。取王官及鄗，以報殽之役。晉人皆城守，不敢出。於是繆公乃自

茅津渡河，封殽中尸，爲發喪，哭之。三日，乃誓於軍。……以記余過。君子聞之，皆爲垂涕曰：嗟乎！秦繆公之與人周也，卒得孟明之慶。《秦本紀》，殿本卷五

　　按：《左傳》文公三年："秦伯伐晉，濟河，焚舟。取王官及郊。晉人不出。遂自茅津濟，封殽尸而還。遂霸西戎，用孟明也。君子是以知秦穆公之爲君也，舉人之周也，與人之壹也，孟明之臣也，……子桑有焉。"卷八

三十九年，繆公卒，葬雍。從死者百七十七人，秦之良臣，子輿氏三人，名曰：奄息、仲行、鍼虎。亦在從死之中。秦人哀之，爲作歌《黃鳥》之詩。君子曰：秦繆公廣地益國，東服彊晉，西霸戎夷；然不爲諸侯盟主，亦宜哉！死而棄民，收其良臣而從死。且先王崩，尚猶遺德垂法。況奪之善人良臣，百姓所哀者乎？是以知秦不能復東征也。《秦本紀》，卷五

　　按：《左傳》文公六年："秦伯任好卒，以子車氏之三子：奄息、仲行、鍼虎爲殉。皆秦之良也。國人哀之，爲之賦《黃鳥》。君子曰：秦穆之不爲盟主也，宜哉！死而棄民。先王違世，猶詒之法。而況奪之善人乎？……古之王者，知命之不長；是以並建聖哲，樹之風聲，……聖王同之。今縱無法以遺後嗣，而又收其良以死，難以在上矣！君子是以知秦之不復東征也。"卷八

五年，季文子卒。家無衣帛之妾，廐無食粟之焉，府無金玉，以相三君。君子曰：季文子廉忠矣。《魯周公世家》，卷三十三

　　按：《左傳》襄公五年："季文子卒，……無衣帛之妾，無食粟之馬，無藏金玉，無重器備。君子是以知季文子之忠於公室也。相三君矣，而無私積，可不謂忠乎？"卷十四

三十一年，六月，襄公卒。魯人立齊歸之子裯爲君，是爲昭公。昭公年十九，猶有童心，穆叔不欲立。……季武子弗聽，卒立之。比及葬，三易衰。君子曰：是不終也。《魯周公世家》，卷三十三

　　按：《左傳》襄公三十一年："六月，辛巳，公薨于楚宮。……立敬歸

之娣齊歸之子公子裯。穆叔不欲，……武子不聽，卒立之。比及
葬，三易衰，衰袵如故衰。於是昭公十九年矣，猶有童心。君子是
以知其不能終也。"卷十九

八月，庚辰，繆公卒。兄宣公子與夷立，是爲殤公。君子聞之，曰：
宋宣公可謂知人矣。立其弟以成義，然卒其子復享之。《宋微子世家》，卷
三十八

按：《左傳》隱公三年："宋穆公疾，召大司馬孔父而屬殤公焉。曰：
'先君舍與夷而立寡人，寡人弗敢忘。……'……八月，庚辰，宋穆
公卒，殤公即位。君子曰：宋宣公可謂知人矣。立穆公，其子饗
之，命以義夫！《商頌》曰：'殷受命咸宜，百祿是荷。'其是之謂
乎？"卷一

（文公）二十二年，文公卒。……始厚葬。君子譏華元不臣矣。《宋
微子世家》，卷三十八

按：《左傳》成公二年："八月，宋文公卒。始厚葬。……君子謂華
元樂舉於是乎不臣。"卷十二

九月，獻公卒。十月，里克殺奚齊于喪次。獻公未葬也，荀息將死
之。或曰："不如立奚齊弟悼子而傅之。"荀息立悼子，而葬獻公。十一
月，里克弒悼子于朝，荀息死之。君子曰：詩所謂"白圭之玷，猶可磨
也。斯言之玷，不可爲也"，其荀息之謂乎？《晉世家》，卷三十九

按：《左傳》僖公九年："九月，晉獻公卒。……冬，十月，里克殺奚
齊于次，……荀息將死之。人曰：'不如立卓子而輔之。'荀息立公
子卓以葬。十一月，里克殺公子卓于朝。荀息死之。君子曰：
《詩》所謂'白圭之玷，尚可磨也，斯言之玷，不可爲也'，荀息有
焉。"卷五

三年，晉會諸侯，悼公問群臣可用者。祁傒舉解狐，解狐，傒之仇。
復問，舉其子祁午。君子曰：祁傒可謂不黨矣。外舉不隱仇，內舉不隱
子。《晉世家》，卷三十九

按：《左傳》襄公三年："晉爲鄭服故，且欲脩吳好，將合諸侯。……

祁奚請老，晉侯問嗣焉，稱解狐，其讎也。將立之而卒。又問焉，對曰：‘午也可。’君子謂祁奚於是能舉善矣。稱其讎，不爲諂；立其子，不爲比。”卷十四

太史公書，多本故記；丘明内傳，尤爲取資。故上列諸端，其捃摭之迹，皆釐然可改。雖片言隻字，間有出入；然別裁名家，自應損益也。

《晏子春秋》凡一見：

是時也，公繁于刑，有鬻踊者。故對曰：“踊貴而屨賤。”公愀然改容，公爲是省于刑。君子曰：仁人之言，其利博哉！晏子一言，而齊侯省刑。《詩》曰：“君子如祉，亂庶遄已。”其是之謂乎？《内篇雜下》，平津館本卷六

按：《左傳》昭公三年：“於是景公繁於刑，有鬻踊者。故對曰：‘踊貴屨賤。’既已告於君，……景公爲是省於刑。君子曰：仁人之言，其利博哉！晏子一言，而齊侯省刑。《詩》曰：‘君子如祉，亂庶遄已。’其是之謂乎？”卷二

《晏子》一書，作者難稽；後人好事，不無屬益。前世鴻儒，論之詳矣。然書中紀載，多與經籍相類；上所録者，即與《左氏》不殊。雖或由後人捝注，要在西京之初平江蘇氏輿謂出《史記》之後，必非亡新之候。原書具在，可覆按也。

二　與本傳作者相關而稱君子曰者

《國語》凡九見：

君子曰：“知難本矣。”《晉語一》，卷七

君子曰：“知微。”《晉語一》，同上

君子曰：“善處父子之間矣。”《晉語一》，同上

君子曰：“善深謀也。”《晉語一》，同上

君子曰：“不食其言矣。”《晉語二》，卷八

君子曰："善以微勸也。"《晉語二》，同上

君子曰："善以德勸。"《晉語四》，卷十

君子曰："勇以知禮。"《晉語六》，卷十二

君子曰："能志善也。"《晉語七》，卷十三

按：丘明既爲《春秋內傳》，又稽其逸文，纂其別説，而爲《外傳》。故《內傳》有君子之稱，《外傳》亦託君子之目也。

《荀子》凡一見：

君子曰："學不可以已。"《勸學》，《古逸叢書》本卷一

按：荀卿之學，原出孔氏。《勸學》首篇，仿自《論語》。是其爲學有所祖述，立言有所擬模也。且祭酒傳經鉅子，躬授《左氏》。故於勸學之始，即假君子之稱。正明其淵源有自，非偶然已。

三　與本傳同稱君子曰而係引雅言者

《禮記》凡九見：

君子曰："樂，樂其所自生，禮不忘其本。"《檀弓上》，相臺本卷二

君子曰："謀人之軍師，敗則死之；謀人之邦邑，危則亡之。"《檀弓上》，同上

君子曰："祭祀不祈，不麾；蚤不樂葆大，不善嘉事；牲不及肥大；薦不美多品。"《禮器》，卷七

君子曰："禮之近人情者：非其至者也。"《禮器》，同上

君子曰："無節於內者，觀物弗之察矣。欲察物而不由禮，弗之得矣。故作事不以禮，弗之敬矣；出言不以禮，弗之信矣。故曰：禮也者，物之致也。"《禮器》，同上

君子曰："甘受和，白受采。忠信之人，可以學禮。苟無忠信之人，則禮不虛道。是以得其人之爲貴也。"《禮器》，同上

君子曰："大德不官，大道不器，大信不約，大時不齊。察於此四者，可以有志於學矣。"《學記》，卷十一

君子曰："禮樂不可斯須去身，致樂以治心，則易直子諒之心，油然生矣。易直子諒之心生，則樂。樂則安，安則久，久則天，天則神。天則不言而信，神則不怒而威，致樂以治心者也。"《樂記》，卷十一

君子曰："禮樂不可斯須去身，致樂以治心，則易直子諒之心，油然生矣。……致樂以治心者也。"《樂記》，卷十四

按:《禮記》之作，蓋出七十子之徒，所采非一家，所明非一義。則其徵引君子之文，諒不外乎先哲之辭。以相比例，殆未失倫也。

《史記》凡九見:

晉穆侯十年，以千畝戰生仇弟成師，二子名反。君子譏之。《十二諸侯年表》，殿本卷十四

按:《左傳》桓公二年："初，晉穆侯之夫人姜氏，以條之役生太子，命之曰仇。其弟以千畝之戰生，命之曰成師。師服曰:'異哉！君之名子也。……今君命太子曰仇，弟曰成師，始兆亂矣，兄其替乎？'"是史公所稱之君子，乃師服也。

晉昭侯元年，封季弟成師於曲沃，曲沃大於國。君子譏曰:晉人亂自曲沃始矣！卷十四

昭侯元年，封文侯弟成師於曲沃。曲沃邑大於翼。翼，晉君都邑也。成師封曲沃，號為桓叔。……好德，晉國之眾皆附焉。君子曰:晉之亂其在曲沃矣！末大於本而得民心，不亂何待！《晉世家》，卷三十九

按:《左傳》桓公二年："惠之二十四年，晉始亂，故封桓叔于曲沃。…… 師服曰:'吾聞國家之立也，本大而末小，是以能固。……今晉，甸侯也，而建國，本既弱矣，其能久乎？'"是史公亦以師服為君子也。

魯隱公五年，公觀魚于棠。君子譏之。《十二諸侯年表》，卷十四

按:《左傳》隱公五年："書曰'公矢魚于棠'，非禮也，且言遠地也。"是史公所稱之君子，乃指左氏也。

魯隱公八年，易許田。君子譏之。《十二諸侯年表》，卷十四

按:《左傳》隱公八年："鄭伯請釋泰山之祀，而祀周公；以泰山之

祊，易許田。三月，鄭伯使宛來歸祊，不祀泰山也。”是史公亦以左氏爲君子也。

魯桓公二年，宋賂以鼎，入於太廟。君子譏之。《十二諸侯年表》，卷十四

按：《左傳》桓公二年：“夏四月，取郜大鼎于宋。戊申，納于大廟。非禮也。”是史公亦以左氏爲君子也。

魯桓公三年，翬逆女，齊侯送女。君子譏之。《十二諸侯年表》，卷十四

按：《左傳》桓公三年：“秋，公子翬如齊逆女。……齊侯送姜氏，非禮也。”是史公亦以左氏爲君子也。

秦繆公三十九年，繆公薨，葬殉以人；從死者，百七十人。君子譏之。故不言卒。《十二諸侯年表》，卷十四

按：《左傳》文公六年：“秦伯任好卒，以子車氏之三子奄息、仲行、鍼虎爲殉。……君子曰：‘秦穆之不爲盟主也，宜哉！死而棄民。……’君子是以知秦之不復東征也。”是史公所稱之君子，乃本《左氏》也。又按：穆公卒，不見是年經，故云然。

靈公立十四年，益驕。趙盾驟諫，靈公弗聽。……靈公由此懼，欲殺盾。盾素仁愛人，……盾以得亡。未出境，而趙穿弑靈公，而立襄公弟黑臀，是爲成公。趙盾復反，任國政。君子譏盾爲正卿，亡不出境，反不討賊。《趙世家》，卷四十三

按：《左傳》宣公二年：“秋，九月，晉侯靈公飲趙盾酒，伏甲將攻之。……（靈輒）倒戟以禦公徒，而免之。……乙丑，趙穿攻靈公於桃園。宣子趙盾卒諡宣孟未出山而復。大史書曰：‘趙盾弑其君。’以示於朝。宣子曰：‘不然！’對曰：‘子爲正卿，亡不越竟，反不討賊，非子而誰！’”是史公以大史董狐爲君子也。

按：上所列者，史公皆以君子稱之，步武《左氏》，固將有以焉爾。

《新序》凡三見：

君子曰：“古之良史。”《節士》，《四部叢刊》本卷七

按：《左傳》宣公二年：“孔子曰：‘董狐，古之良史也，書法不隱。’”

是子政所稱之君子,乃指孔子也。

君子曰:"好義乎哉!"《義勇》,卷八

按:《韓詩外傳》一:"君子聞之曰:'好義哉!必濟矣夫!'"是子政所稱之君子曰云云,乃本韓生文也。

君子曰:"三北又塞責,滅世斷家,於孝不終也。"《義勇》,卷八

按:《韓詩外傳》十:"君子聞之曰:'三北已塞責,又滅世斷宗,於孝不終也。'"是子政此文,亦本韓生也。

《説苑》凡一見:

君子曰:"弦章之廉,乃晏子之遺行也。"《君道》,《四部叢刊》本卷一

按:《晏子春秋·外篇》:"君子曰:'弦章之廉,晏子之遺行也。'"是子政此文,本諸《晏子》也。

四　與本傳同稱君子曰而係箸己意者

《韓詩外傳》凡一見:

君子曰:"夫使非直敝車、罷馬而已。亦將喻誠信,通氣志,明好惡,然後可使也。"望三益齋本卷八

《晏子春秋》凡六見:

君子曰:"盡忠不豫交,不用不懷禄,其晏子可謂廉矣。"《內篇·問上》,平津館本卷三

君子曰:"政則晏子欲發粟與民而已。若使不可得,則依物而偶于政。"《內篇·雜上》,卷五

君子曰:"聖賢之君,皆有益友,無偷樂之臣。景公弗能及,故兩用之,僅得不亡。"《內篇·雜上》,同上

君子曰:"俗人之有功則德,德則驕。晏子有功,免人于厄,而反詘下之,其去俗亦遠矣。此全功之道也。"《內篇·雜上》,同上

君子曰:"仁人之言,其利博哉!晏子一言,而齊侯省刑。《詩》曰:'君子如祉,亂庶遄已。'其是之謂乎?"《內篇·雜下》,卷六

君子曰："弦章之廉,晏子之遺行也。"《外篇》,卷七

《新序》凡五見：

君子曰："天子居闈闕之中,帷帳之内,廣廈之下,旃茵之上,不出襜幄而知天下者,以有賢左右也。故獨視不如與衆視之明也,獨聽不如與衆聽之聰也。"《雜事五》,《四部叢刊》本卷五

君子曰："晉太子徒御使之拜虵,祥猶惡之,至於自殺者,爲見疑於欲國也;己之不欲國以安君,亦以明矣;爲一愚御過言之故,至於身死。廢子道,絶祭祀,不可謂孝,可謂遠嫌一節之士也。"《節士》,卷七

君子曰："申子之不受命赴秦,忠矣! 七日七夜不絶聲,厚矣! 不受賞,不伐矣! 然賞所以勸善也,辭賞亦非常法也。"《節士》,同上

君子曰："程嬰、公孫杵曰,可謂信交厚士矣。嬰之自殺下報,亦過矣。"《節士》,同上

君子曰："譚夫吾其以失士矣,張胥鄙亦未爲得也。可謂剛勇矣,未可謂得節也。"《節士》,同上

按:上列三書之稱"君子曰"者,不一而足。蓋皆原本《左氏》,自箸厥意。亦猶遷史之云"太史公",班書之云"贊",荀紀之云"論",陳志之云"評"然也。

余草就此文,幾三載矣。今年秋,質正於燕京大學研究院顧頡剛先生,顧先生曰:"楊向奎君所箸《論左傳之性質及其與國語之關係》文中,亦論及此,將刊諸《史學集刊》,昨已於引得校印所付印矣。同心同理,而又同姓,殊奇事也!"余亦頗異之,亟往校印所索觀,其立意誠同,然持論彼此不侔,徵引繁簡有殊,今姑刊之,或亦並行而不相悖也。丙子仲冬朔日明照附識。

（原載一九三七年《文學年報》第三期）

説文采通人説考

許君之叙曰:"博采通人,至於小大,信而有證。"今檢十四篇中,其箸録名姓者,都四十有二家;或以説形如羊下引孔子説之類是,或以證義如武下引楚莊王説之類是,或以讀音如中下引尹彤説之類是,誠哉其博采之也。顧厥體例,未定於一丁氏福保謂"《許書》之例,引書者用曰字,引各家説者用説字",實未盡然。如既皆引爲"揚雄説"矣,而間有"揚雄曰"之異文書中采揚雄説者,凡十二見。十處用説字,頯下、擘下,復用曰字。采桑欽、杜林兩家者,亦然;既皆稱爲"賈侍中"矣,而復有"賈祕書"之殊號書中采賈侍中説者,凡十七見,皆稱爲賈侍中。易下、賊下,復稱爲賈祕書。山林初啓,自有難周,固未可執此少之也。余不揣頑陋,嘗類聚而爲之疏證。雖前人有論及之者,然語焉不詳楊慎《六書索隱叙》、段玉裁《説文叙注》及王筠《説文句讀》,所舉出者,僅二十六七人,並未詳其所在。馮桂芬《段注攷正》,較爲完備,然漏誤亦多。則斯文之作,或亦未蹈重屋疊牀之誚也夫。

《説文》采通人説語式,兹先類列如次,以見一斑;然後依各家時序分別逐録其説,並間下己意。所未敏者,則從略焉。

一、先舉其名而後引其説者凡一百一十二見

(一)用曰字之屬三十一見,如女部媒下:"孟軻曰:舜爲天子,二女媒。"

(二)用云字之屬一見,如水部濕下:"桑欽云:濕水出平原、高唐。"

(三)用説字之屬六十五見,如虫部蟓下:"董仲舒説:蝗子也。"

(四)用作字之屬二見,如虫部蠁重文蛕下:"司馬相如作蛕。"

（五）用讀若之屬三見，如金部銛下："桑欽讀若鎌。"

（六）用以爲之屬十見，如甾部䚇下："揚雄以爲蒲器。"

二、先引其説而後舉其名者凡十七見

（一）用説字之屬十六見，如亐部平下："从亐，从八。八，分也。爰禮説。"

（二）用所説之屬一見，如卜部貞下："一曰鼎省聲，京房所説。"

天　老

鳥部鳳下　　天老曰："鳳之象也：鴻前，麐後，蛇頸，魚尾，鸛顙，鴛思，龍文，龜背，燕頷，雞喙，五色備舉。"據大徐本，後同

按：《韓詩外傳》卷八載此文，爲天老對黄帝之語《説苑·辨物篇》同。《漢書·藝文志·方技略》有《天老雜子陰道》二十五卷。此或係其佚文。

伊　尹

木部櫨下　　伊尹曰："果之美者，箕山之東，青鳧之所，有櫨橘焉，夏孰也。"

禾部秏下　　伊尹曰："飯之美者，玄山之禾，南海之秏。"

按：《漢書·藝文志·道家》有《伊尹》五十一篇，小説家有《伊尹説》二十七篇。許君所引者，或係二書中語。《吕氏春秋·本味篇》亦載之，文小異《上林賦》應劭《注》亦引《伊尹書》。

師　曠

鳥部鶛下　　師曠曰："南方有鳥，名曰羌鶛，黄頭，赤目，五色皆備。"

按：《漢書·藝文志·小説家》有《師曠》六篇，此豈其佚文歟《吳都賦》劉逵注引師曠説，與此同？

楚莊王

戈部武下　　楚莊王曰："夫武，定功，戢兵，故止戈爲武。"

按莊王語，見《左傳》宣公十二年。其説於六書爲會意。

老 子

皿部盅下　老子曰：“道盅而用之。”

按：老子語，見《道德經・無源章》。盅，河上公本作盅，王弼本作沖。水部沖下曰：“涌繇也，讀若動。”是沖虛字當作盅。今皆通用沖，而盅遂廢。

孔 子

王部王下　孔子曰：“一貫三爲王。”

按：孔子語，不可考。其謂一貫三爲王，非是。説詳董仲舒條下。

玉部璠下　孔子曰：“美哉！璠璵。遠而視之，奐若也；近而視之，瑟若也。一則理勝，二則孚勝。”

按：此文蓋出《逸論語》。《初學記》卷二十七及《太平御覽》卷八百四引，正作《逸論語》。本部玉、瓀、瑩三字下，並引《逸論語》。

士部士下　孔子曰：“推十合一爲士。”

按：古十作✦，士作士克鐘，或作凸秦公敦，無作✦者，則非推十合一矣。士衆構作之形，《詩・東山》“勿士行枚”，《論語・述而篇》“雖執鞭之士”，士皆訓事。構作，事也。故引申爲事。能任事者，遂得稱士也。又按：《左傳》昭公七年《正義》引環濟《帝王要略》云：“士者，事也。言能理庶事也。”其説較許君通達多矣。

羊部羊下　孔子曰：“牛羊之字，以形舉也。”

按：《古微書》引《春秋説題辭》云，“羊者，祥也。上象頭角，中象四足平列，下象其尾。”蓋牛羊以供犧牲，祭祀爲重，故造字皆象牲體也。

鳥部烏下　孔子曰：“烏，盱呼也。”烏盱呼並疊韻

黍部黍下　孔子曰：“黍可爲酒，禾入水也。”

按：《古微書》引《春秋説題辭》云：“黍者，緒也。故其立字，禾入米爲黍。”米當是水之形誤據此，則許君諸引孔子説者，蓋多出緯書。

卤部桌下　孔子曰：“桌之爲言續也。”桌續疊韻

几部几下　孔子曰："几在下，故詰屈。"

豸部貉下　孔子曰："貉之爲言惡也。"貉惡疊韻

犬部犬下　孔子曰："視犬之字，如畫狗也。"

犬部狗下　孔子曰："狗，叩也。叩氣吠以守。"狗叩雙聲

墨　子

糸部緟下　墨子曰："禹葬會稽，桐棺三寸，葛以緟之。"

　按：此《節葬篇》文也。緟，作緘《太平御覽》卷五五五，引《尸子》文同；亦作緘。蓋古蒸侵二部，音轉最近，故通。鄭玄《禮記・喪大記》注云："齊人謂棺束爲緘繩。"《釋名・釋喪制》云："棺束曰緘。"

孟　軻

女部媒下　孟軻曰："舜爲天子，二女媒。"

　按：此《盡心篇》文也。媒，作果。趙岐注云："果，侍也。"與"女侍曰媒"之訓合果蓋媒之借字。又按：書中引《孟子》七篇語者，不一而足言部諑下，欠部欯下等並引之，皆作孟子，此作孟軻，似覺爲例不純《類篇》亦引作孟軻，似非後人所改也。

韓　非

八部公下　韓非曰："背厶爲公。"

厶部厶下　韓非曰："蒼頡作字，自營爲厶。"

　按：此《五蠹篇》文也。營作環營環，雙聲。《左傳》昭公七年《正義》，引環濟《要略》云："自營爲厶，八厶爲公。"蓋亦本《韓子》也。

呂不韋

人部侁下　呂不韋曰："有侁氏以伊尹侁女。"

火部爓下　呂不韋曰："湯得伊尹，爓以爟火，釁以犧猳。"

　按：此並《呂氏春秋・本味篇》文也。

漢文帝

𠦚部對下　漢文帝以爲責對而爲言，多非誠對，故去其口以从士也。

按：趙明誠《金石録》卷十一云：“驗《兹鼎銘》及周以後諸器款識，對字最多，皆無從口者；然則古文不從口，疑李斯變古法，文帝復改之耳。”

司馬相如

艸部营重文艻下　　司馬相如説：“营，或從弓。”

艸部薆重文邌下　　司馬相如説：“薆，從邌。”

艸部茵重文鞇下　　司馬相如説：“茵，從革。”

口部嗙下　　司馬相如説：“淮南，宋，蔡，舞嗙喻。”

鳥部鷫重文鶾下　　司馬相如説：“鷫，從鳥，妟聲。”

鳥部鴲重文鵵下　　司馬相如説：“鴲從赤。”

禾部稞下　　司馬相如説：“稞一莖六穗。”

豕部豦下　　司馬相如説：“豦，封豕之屬。”

虫部重文蚓下　　司馬相如作蚓。

虫部蠇重文螺文下　　司馬相如作螺。

車部輪重文轠下　　輪，或從靁。司馬相如説。

按：《漢書·藝文志·小學家》有《凡將》一篇。自注云：“司馬相如作。”許君所引蓋其文也。又按：《文選·蜀都賦》劉逵注引“黄潤纖美宜襌制”及《藝文類聚》卷四十四引“鐘磬竽笙筑坎侯”二句，與此口部嗙下所引，長卿書必爲七言句。史游《急就篇》正擬之也。

淮南王

艸部芸下　　《淮南子》説：“芸艸可以死復生。”

按：《廣韻》上平聲二十文引《淮南子》作“淮南王”，是也。此蓋出《萬畢術》或《鴻寶苑秘書》，今不可考矣。

虫部蛧下　　淮南王説：“蛧蜽，狀如三歲小兒，赤黑色，赤目，長耳，美髮。”

按：《莊子·達生篇》“水有罔象”《釋文》引司馬云：“狀如小兒，赤黑色，赤爪，大耳，長臂。”即本淮南王説也。今本《説文》赤目下，當據此及《一切經音義》二引，補赤爪二字。《法苑珠林》引《夏鼎志》云："罔象如三歲兒，赤目，黑色，大耳，長臂，赤爪，索縛則可得食。"亦有赤爪二字也。

田部畜下　淮南王曰："玄田爲畜。"

按：此與"止戈爲武"、"皿蟲爲蠱"之説同。於六書爲會意。

董仲舒

王部王下　董仲舒曰："古之造文者，三畫而連其中，謂之王。三者，天地人也。而參通之者，王也。"

按：此《春秋繁露·王道通三篇》文也。其説似是而實非。夫通三畫，未可云通天地人。天地人者，王亦非能參通之也。古作玉餘尊，作壬太保彝，或作王者汙鐘，二爲地，下象火，地中有火，其氣盛也。火盛曰王，德盛亦曰王，故爲王天下之號。

虫部蝝下　董仲舒説："蝗子也。"

按：《漢書·五行志中之下》云："董仲舒、劉向以爲蝝始生也。"許言蝝子，班言蝝始生。義同膠西習《公羊》者，此蓋説宣公十五年"冬，蝝生"之文也。

京　房

卜部貞下　一曰："鼎省聲。"京房説。

按：鼎下云："籀文以鼎爲貞。"貞之籀文作鼎，則之籀文作鼏是君明據籀文爲説。君明治焦氏《易》者見《漢書》本傳及《儒林傳》，此當是解《易經》中貞字之語也。

歐陽喬

厹部离下　歐陽喬説："离，猛獸也。"

按：《文選·西都賦》李善注引《歐陽尚書》説同。《漢書·儒林傳》："歐陽生事伏生，世世相傳，至曾孫高，傳孫地餘，地餘子政。由是《尚書》世有歐陽氏學。"許君云歐陽喬者，疑即歐陽高（古高喬通用）。此蓋説今文《尚書》語也。

爰　禮

亐部平下　語平舒也。从亐，从八，八，分也。爰禮説。

按：許君叙云：“孝宣時，召通蒼頡讀者，張敞從受之。涼州刺史杜業，沛人爰禮，講學大夫秦近，亦能言之。孝平時，徵禮等百餘人，令説文字未央廷中，以禮爲小學元士。”爰禮之可考者唯此耳。

劉　向

艸部蘦下　劉向説：“此味苦，苦，蘦也。”

按：子政治魯詩者，此當是説《豳風・七月》“四月秀葽”之語也。

劉　歆

虫部蜲下　劉歆説：“蜲，蜉子。”

按：《漢書・五行志中之下》云：“劉歆以爲蜲，蝝蠚之有翼者。”文與此有異子駿治《左氏傳》者，此蓋説宣公十五年“冬，蝝生”之語也。

揚　雄

廾部下廾　揚雄説：“廾，从兩手。”

月部膴下　揚雄説：“鳥腊也。”

月部㑴重文肺下　揚雄説：“㑴，从肺。”

舛部舛重文踳下　揚雄説：“舛，从足春。”

晶部曡下　揚雄説：“以爲古理官決罪，三日得其宜，乃行之。从晶宜。”

頁部頯下　揚雄曰：“人面頯。”

手部挈下　揚雄曰：“挈，握也。”

手部捧重文拜下　揚雄説：“捧，从兩手下。”

糸部繜重文綷下　揚雄以爲《漢律》，祠宗廟，丹書告也。

黽部鼀下　揚雄説：“匽鼀，蟲名。”

斗部斡下　揚雄、杜林皆以爲軺車輪斡。

甾部𦈢下　揚雄以爲蒲器。

按：《漢書・藝文志・小學家・訓纂》一篇。自注云：“揚雄作。”又揚雄《蒼頡訓纂》一篇。二書蚤佚，幸賴此而得觀其梗概共十二條。
《史記正義》《夏本紀》及釋玄應《一切經音義》《善見律》卷十五所引者
各一條，尤爲僅見矣。

桑　欽

水部㲼下　桑欽云：“㲼水出平原高唐。”

按：桑欽治古文《尚書》者見《漢書·儒林傳》，此當是其說《禹貢》之文
下同。《漢書·地理志》：“平原郡高唐縣，桑欽言㲼水所出。”宋祁
云：“㲼，改作㲼。”蓋據此言之也。

水部汶下　桑欽説：“汶水，出泰山萊蕪，西南入泲。”

按：《漢書·地理志》：“泰山郡萊蕪……又《禹貢》汶水出西南入
泲。桑欽所言。”《水經·濟水注》云：“李欽云：‘汶水出泰山萊蕪
縣，西南入泲。’”李乃桑之訛。

金部銛下　桑欽讀若鎌。

按：銛，鎌古音同部。故桑欽作如是讀。

王　育

爪部爲下　王育曰：“（爲）爪象形也。”

按：唐玄度《十體書》云：“周宣王太史籀，始變古文，箸《大篆》十五
篇。秦焚《詩》、《書》，惟《易》與《史篇》得全。逮王莽亂，此篇亡
失。建武中獲九篇。章帝時，王育爲作解説，所不通者，十有二
三。”據此，許君之諸引王育説者，當爲其解説《大篆》中語也。又
按：古金文，爲，作𤓷。從爪，從象。龜甲文，則作手牽象形。蓋古
時役象以助勞，如後世之服牛乘馬然。能役象者，即有爲矣。許
君説爲母猴，非是。

秃部秃下　王育説：“蒼頡出，見秃人伏禾中，因以制字。”

女部女下　婦人也，象形。王育説。

按：女之象形，蓋言其撝斂自守之狀。

亡部無重文无下　王育説：“天屈西北爲无。”

按:《易·乾》九三:"君子終日乾乾,夕惕若厲,无咎。"釋文引王育作王述,非是。

酉部醫下　治病工也。殹,惡姿也。醫之性然,得酒而使,从酉。王育説。

宋　宏

玉部玭下　宋宏曰:"淮水中出玭珠。玭珠,珠之有聲者。"

按:宋宏,字仲子。《後漢書》有傳卷五十六。

莊　都

丌部典下　莊都説:"典,大册也。"

按:如莊都説,則爲會意字。許君不從,故不別作篆體,惟存其説而已。又按金文,典字作𠔻召伯虎敦,作𠔼周格伯敦,或作𠔻陳伯因齊敦,下皆不从大,莊氏説失之。

尹　彤

屮部屮下　古文或以爲艸字,讀若徹。尹彤説。

按:屮蓋艸之古文,象艸初出兩葉對生之形。後乃並之爲艸,三之爲芔,又由艸疊之爲茻。自分別義行,而音亦轉變。《漢書》艸木字作屮。

逯　安

凵部句下　逯安説:"凵人爲句。"

按:《一切經音義》卷二引《蒼頡》云:"句,乞行謂句也。字體从人,从凵。言人凵財物,則行求凵也。"與逯安説略同。金文作凵善夫克鼎,或反作凵杜伯簋,亦从凵人。

黃　顥

廾部舁下　黃顥説:"廣車陷,楚人爲舁之。"

按:今《左傳》宣公十二年云:"晉人或以廣隊,不能進,楚人惎之。"與許君引異,是古有二本也。黃顥之説,蓋釋是年傳者,惜不可考矣。

譚　長

艸部㪿下　斷也，从斤斷艸。譚長説。

按：𡳾即重屮，屮音徹，古音與㪿同部。是會意兼形聲也。不入斤部而入艸部者，義重在斷艸也。

口部嗥重文獋下　譚長説："嗥，从犬。"

按：《山海經·北山經》："丹熏之山，有獸焉，名曰耳鼠。其音如獋犬。"《初學記》卷二九引作嗥犬。《一切經音義》卷六云："嘷古文獋同。"並足爲譚長説之證。

辵部造下　譚長説："造，上士也。"

按：《禮記·王制》："升於司徒者，不征於鄉；升於學者，不征於司徒，曰造士。"譚長之説，蓋本於此。

又部叚重文㕚下　譚長説叚如此。

按：金文作克鐘，作㕚師寰敦，與譚長説小異。

片部牖下　譚長以爲甫上日也，非户也。牖，所以見日也。

蚰部蠹重文螙下　螙，或从木。象蟲在木中形。譚長説。

按：如譚長説，於六書爲會意兼指事。

周　盛

帀部帀下　周也，从反之而帀也。周盛説。

按：反之無周帀義，古作𠂵師寰敦，或作𠂵蔡大師鼎，是非从反之矣。帀者，集也。象群集之形。𠃌者，三面合集於一也。

官　溥

華部下華　箕屬，所以推棄之器也。象形。官溥説。

華部糞下　官溥説："似米而非米者，矢字。"

按：矢正作菌菌下云：糞也，古多假矢爲之。《左傳》文公十八年："殺而埋之馬矢之中。"《史記·廉頗藺相如傳》："頃之，三遺矢。"《莊子·人間世篇》："以筐盛矢。"即其例也。

皿部盇下　以食囚也。官溥説。

　按：盇，疑即盄字。

東部東下　官溥説："从日在木中。"

　按：官溥之説，蓋沿"日在木上爲杲"、"日在木下爲杳"之例爲言。
考金文作巣克鐘，作東鑄公簋，中不从日。◯，象圍束之形。東、束雙
聲對轉，疑即束字。四面之名，西，南，北皆借字。似東方亦不當
獨制字也。

張　林

辛部辛下　讀若愆。張林説。

　按：《後漢書》鄭宏、朱暉、陳寵三傳中，並有張林者，許君所引，蓋
其人也。《廣韻》下平聲二仙以辛爲愆之古文，疑即本此。

張　徹

金部鉊下　鎌謂之鉊。張徹説。

　按：漢人不當以武帝諱爲名，《繫傳》徹作，則本非徹字矣。《方言》
卷五："刈鉤，江、淮、陳、楚之間，謂之鉊，或謂之鎌。"《廣雅·釋
器》："鉊，鎌也。"是鉊鎌本一物矣。

寗　嚴

犬部狛下　寗嚴讀之若淺泊。

　按：狛、泊二字，並从白聲。

杜　林

艸部蕫下　杜林曰："藕根。"

艸部芰重文茤下　杜林説："茤，从多。"

艸部薀下　杜林説："艸夅薀皃。"

廾部昪下　杜林以爲麒麟字。

木部構下　杜林以爲椽桷字。

朱部索下　杜林説："朱，亦朱木字。"

巢部㝵下　杜林以爲貶損之貶。

犬部狾重文㤳下　杜林説:“狾,从心。”

水部渭下　杜林説:“《夏書》以爲出鳥鼠山。”

耳部耿下　杜林説:“耿。光也。从火,聖省聲。”

女部娸下　杜林説:“娸,醜也。”

女部妿下　杜林説:“加教於女也。讀若阿。”

女部婪下　杜林説:“卜者黨相詐驗爲婪。讀若譚。”

甾部䍃下　杜林以爲竹筥。

黽部鼂下　杜林以爲朝旦。

斗部斡下　揚雄、杜林皆以爲軺車輪斡。

車部軎下　車軸耑也。从車,象形。杜林説。

按:杜林字伯山。從張竦受學,博學多聞。事蹟具《後漢書》本傳。《漢書·藝文志》載其《蒼頡訓纂》一篇,《蒼頡故》他書間引作《蒼頡訓故》一篇。其書皆佚,惟許君引得十七條。《漢志》小學十家。班固取林書與揚雄《訓纂》比次,《鄴傳》稱其“正文字,過於鄴、竦”,蓋亦心折之至矣。

衛　宏

用部用下　从卜,从中。衛宏説。

按:《後漢書·衛宏傳》:“宏字敬仲。從杜林受古文《尚書》,作《訓旨》。”《隋志》載宏《古文官書》一卷許君所引,蓋其文也。然謂用字从卜,从中,非是。非中字。中古作兮仲敦,作中伯御人鼎,或作卯鼎,用作㚖尊,作宗周鐘,或作湯叔尊,亦不从卜。故其説失之。

㡀部黺下　从㡀,从粉省。衛宏説。

按:此蓋敬仲説古文《尚書·臯陶謨》語也。今書作粉。或桼書作黺也敬仲從杜林受古文《尚書》。林於西州得桼書古文《尚書》一卷。雖遭艱困,握持不離。衛宏能傳之。見《後漢書·杜林傳》。

徐　巡

卤部㽥下　徐巡説:"木至西方戰栗。"

按:徐巡從杜林受古文《尚書》見《後漢書》杜林、衞宏二傳,蓋《堯典》"寬而栗",古文作㽥,故説之如是。《論語·八佾篇》:"周人以栗,曰:使民戰栗。"此又巡説戰栗之所自出也。

𣢲部陒下　徐巡以爲陒,凶也。

按:此當爲巡説《秦誓》語。

班　固

𣢲部陒下　班固説:"不安也。"

按:班固字孟堅。《後漢書》有傳。許君所引,蓋其《太甲篇》文也段注以爲説《秦誓》語。

傅　毅

言部讐下　傅毅讀若慴。

按:傅毅字武仲。《後漢書》有傳。讐,讀若慴者,《漢書·項籍傳》:"府中皆讐伏。"《史記·項羽本紀》作慴服。是二字古音相同之證。又《文選·揚雄〈羽獵賦〉》"蹴竦讐怖",李善《注》云:"讐,與慴同。"亦其證。

賈侍中

牛部犧下　賈侍中説:"此非古字。"

按:《詛楚文》見《古文苑》:"圭玉羲牲。"是犧字古止作羲。

是部尟下　是少也。尟,俱存也。从是少。賈侍中説。

辵部迒下　賈侍中説:"讀若可信㭦。又讀若郅。"

足部蹢下　賈侍中説:"足垢也。"

言部謓下　賈侍中説:"謓,笑。"

木部橘下　賈侍中説:"橘,即椅。可作琴。"

稽部𥝩下　賈侍中説:"稽、𥝩、稽三字,皆木名。"

囝部囝下　賈侍中説:"讀與明同。"

県部県下　　賈侍中説：“此斷首到縣県字。”

卪部厄下　　賈侍中説：“以爲厄裹也。”

象部豫下　　賈侍中説：“不害於物，从象，予聲。”

女部嬃下　　賈侍中説：“楚人謂姊爲嬃。”

母部毐下　　賈侍中説：“秦始皇母與嫪毐淫，坐誅，故世駡人曰嫪毐。”

自部隍下　　賈侍中説：“隍，法度也。”

亞部亞下　　賈侍中説：“以爲次弟也。”

巳部目下　　賈侍中説：“巳，意已實也。象形。”

酉部酏下　　賈侍中説：“酏爲鬻清。”

　　按：賈逵字景伯，位至侍中。事蹟具《後漢書》本傳。許沖《上書》
云：“慎本從逵受古學，博問通人，考之於逵，作《説文解字》。”是許
君之稱賈侍中而不名者，尊其師也。又按：《易部》易下云：“祕書
説：日月爲易。”慧琳《音義》卷六七易注引《説文》：“賈祕書説：‘日
月爲易。’”是二徐本並脱賈字。考《後漢書·賈逵傳》：“逵兩校祕
書。”則賈祕書，即賈逵矣。目部瞋之重文䁂下云：“祕書瞋从䁂。”
亦爲賈祕書説，而脱賈説二字也。以上本丁氏福保説。

司　農

市部帢下　　司農曰：“裳纁色。”鍇本無此六字

　　按：《類篇》、《集韻》入聲三十二洽引司農，上並有鄭字《類篇》農譌作文。
考《後漢書·鄭衆傳》：“建初六年，（衆）代鄧彪爲大司農。”則鄭司
農即鄭衆也。又《鄭興傳》云：“興好古學，尤明《左氏》、《周官》，世
言《左氏》者，多祖於興。而賈逵自傳其父業，故有鄭、賈之學。”許
君古學出自賈逵，徵引其説而不名，所以尊師也。稱鄭衆爲鄭司
農，蓋以同爲古學而尊之歟？

復

狀部獄下　　復説：“獄司空。”

　　按：復上有脱文，當云某復説。應劭《漢官儀》《續漢書·百官志一》注

引云：“綏和元年，初置司空。議者，又以縣道官有獄司空，故覆加大爲大司空。”是漢世有獄司空之官，蓋職主治獄，故其字从狀，而某復説之如是也。王紹蘭《段注訂補》疑“復爲劉復”。其然，豈其然乎？

博　士

心部心下　博士説：“以爲火藏。”

按：《五經異義》《禮記・月令・正義》引云：“今《尚書》歐陽説：‘心，火也。’古《尚書》説：‘心，土也。’”則此所引，爲今文家説矣西漢自建元以後，所立十四博士，皆今文。故許君稱之爲博士説。許君治古學者，故先云土藏，而以博士説殿之。

（原載一九三七年《考古社刊》第六期）

太史公書稱史記考

　　《太史公書》，原不名《史記》①，夫人而知之矣。然其稱始於何世，言人人殊。非標舉過蚤，即推定太晚，或渾侖爲無端崖之辭；求其斟酌得宜，不中不遠者，固鮮見也。余厝意乎斯，已非一日，終以徵證單弱，弗敢持論，今所得稍多，思復一鳴；指瑕匡謬，敬竢博雅君子。

　　前人成説，約有十派②。兹依其類別後先逐録如次，並略加判斷焉。

一　謂始於《漢書》者

　　顔師古《漢書·五行志》注云："此志凡稱'史記'者，皆謂司馬遷所撰也。"卷二七中之上頁二下，虚受堂補注本，後同

　　梁玉繩《史記志疑》云："《史記》之名，當起叔皮父子，觀《漢·五行志》及《後書·班彪傳》可見。"卷三六，《廣雅叢書》本

　　瀧川龜太郎《史記會注考證·史記名稱》載《史記總論》中云："《史記》

① 劉子玄《史通·六家篇》云："《史記》家者，其先出於司馬遷。……因魯史舊名，目之曰《史記》。"又張守節《史記正義·論史例》云："古者帝王，右史記言，左史記事，言爲《尚書》，事爲《春秋》；太史公兼之，故名曰《史記》。"鄭樵《通志·總序》云："古者記事之史謂之志，……是以宋、鄭之史，皆謂之志；太史公更志爲記。"似皆謂史公自名其書爲《史記》然者，其説非是，無庸申辨。

② 此皆據其説之有所斷限指實者録列，若錢大昕《潛研堂文集·答問九》（卷十二）及《二十二史考異》（卷七）謂史公未嘗以《史記》自名，王鳴盛《蛾術編》（卷九）、劉寶楠《愈愚録》（卷四）謂爲後人所題者，説並空闊，故未厠入。

之名，朱氏即朱筠，原文見下以爲始於《隋書》，梁氏即梁玉繩以爲出於班彪父子，後説爲是。"第十册，日本東京開明堂本

二　謂始於《隋書》者

朱筠《笥河文集·與賈雲臣書》云："《隋書·經籍志》云：'《史記》、《漢書》，師法相傳，並有解釋'；於是並列裴駰、徐野民、鄒誕生三家注撰，始以遷書謂之《史記》。"卷八，嘉慶二十年刊《笥河全集》本

孫德謙《古書讀法略例·言公例》云："且其書本名《太史公》，《史記》之稱，《隋志》乃如此。"卷六，頁三二六，商務印書館排印本

陳伯弢《史通補釋》《六家篇》云："太史公百三十篇，《漢志》不名《史記》，至《隋志》始稱之。"《史學雜誌》第一卷第五期

（以上以書爲次）

三　謂始於東漢者

靳德峻《史記名稱之由來及其體例之商榷》云："然竟以'史記'名其書者，除《漢書》外，亦不乏其人。荀悦《漢紀·平帝紀》：'彪子固，明帝時爲郎，據太公史司馬遷《史記》自高祖至於太初以紹其後事。'荀悦，東漢末年人，是以'史記'稱遷書，起於東漢也。"①《國學叢刊》第一卷第一期

四　謂始於後漢末者

高閬僊《史記舉要》云："'史記'者，古史之通名也。司馬遷所作，但稱《太史公書》；亦稱《太史公記》；亦稱《太史公》；又稱《太史記》；不

---

① 靳君例證甚善，惟謂起於東漢，則語涉渾侖（東漢凡百九十餘年）。蓋過信班志所稱之"史記"爲史公書，故論斷如是耳。

稱《史記》。荀悦《漢紀》曰："司馬子長，既遭李陵之禍，喟然而發憤，遂著《史記》。自黄帝及秦漢，爲《太史公記》。"又曰："班彪子固，明帝時爲郎，據太史公司馬遷《史記》，自高祖至孝武太初，目即以紹其後事原注：案太初目原作大功臣，誤，今改。稱司馬遷書爲《史記》，蓋始於此。《三國志·魏書·王肅傳》稱魏明帝又問：'司馬遷以受刑之故，内懷隱切，著《史記》，非貶孝武。'是知以《史記》稱《太史公書》，殆起後漢之末年，魏以後因之。"①北平和平印書局排印本

五　謂始於漢以後者

沈欽韓《漢書疏證》云："遷書在漢，自名《太史公書》。"②卷二，浙江書局本

丁壽昌云："《漢藝文志》稱《太史公書》按《漢志》無書字，不稱《史記》，觀馮商續《太史公》可見。稱爲《史記》，或始於漢以後。"又云："《東平王蒼傳》亦言求《太史公書》按求《太史公書》者，乃東平思王，見《漢書》卷八十本傳；東平王蒼，光武帝子，《後漢書》卷七二有傳，此誤，是東漢不稱《史記》。"《愈愚録》卷四引，《廣雅叢書》本

六　謂始於三國者

朱希祖《太史公解》云："《太史公書》之改稱《史記》，蓋起於三國時。《魏志·王肅傳》：'明帝問司馬遷以受刑之故，内懷隱切，著《史記》，非貶孝武，令人切齒'是也。"《制言》第十五期

---

①《文選李注義疏》卷六略同。
②沈氏本未明言始於漢以後，以其語近似，姑列入此派。

七　謂始於魏晉間者

王國維《太史公繫年考略》云：“稱《太史公書》爲《史記》，蓋始於《魏志·王肅傳》，乃《太史公記》之略語。《抱朴子内篇》，猶以《太史公記》與《史記》互稱。可知以《史記》名書，始於魏晉間矣。”《學術叢編》本

梁啓超《要籍解題及其讀法·史記之名稱及其原料》云：“《史記》之名，蓋起於魏晉間。”《史地學報》第二卷第七期

八　謂始於晉者

迮鶴壽云：“然馮商與褚少孫所補，並無《史記》之名，至宋中散大夫徐廣作《史記音義》十二卷，中郎外兵參軍裴駰作《史記集解》八十卷，然則《史記》之名，其起于晉代乎？”《蛾術篇》卷九，世楷堂本

九　謂始於晉以後者

錢大昕《二十二史考異》云：“《史記》之名，疑出魏晉以後。”卷五，《廣雅叢書》本

蘇輿云：“自晉以後，始有《史記》之稱。”《漢書補注》卷八十引

王先謙《漢書補注》云：“《隋志》題《史記》，蓋晉後箸録，改從今名。”卷三十

十　謂始於唐者

孫德謙《太史公書義法·引旨篇》云：“至《史記》之名，唐以前原無此稱。”卷下頁六九下，四益宧刊本

（以上以時爲次）

　　上列諸家，似皆言之有故，夷考其實，多所未安僅高閬僊之説爲是。按班志引爲“史記”者，凡十六見。其“晉惠公時童謠”、“秦始皇帝三十六年，鄭客從關東來至華陰”、“周威烈王二十三年，九鼎震”、“魯定公時季桓子穿井得土缶”、“秦始皇八年，河魚大上”、“周幽王二年，周三川皆震”、“魯哀公時有隼集于陳廷而死”、“夏后氏之衰，有二龍止於夏廷而言”、“魏襄王十三年，魏有女子化爲丈夫”九條，今《史記》誠有之詞句間有不同，然中已有先見於《國語》者凡四條①；“成公十六年，公會諸侯于周，單襄公見晉厲公視遠步高”、“周單襄公與晉郤錡、郤犫、郤至，齊國佐語”、“魯襄公二十三年，穀洛水鬭”三條，則出《國語》而非《史記》；“秦二世元年，天無雲而雷”、“秦武王三年，渭水赤者三日”、“秦孝公二十一年，有馬生人”、“秦始皇帝二十六年，有大人長五丈”四條，匪特《國語》、《史記》皆無，他書亦不經見。②　是孟堅所稱之“史記”，固非史公書矣。③　其符合者，蓋古籍佚亡，今不可考，遷書中獨存之耳。苟執此孤證，即以概定，殊嫌武斷。且“史記”之名，古多有之④，如太史伯陽所讀見《史記・周本紀》，孔子所因見《十二諸侯年表》及《儒林傳》，周室所藏，秦皇所燒並見《六國表》，其時皆先於子長《史公書》中標有“史記”者，凡十

①“周三川皆震”條，見《周語上》；“季桓子穿井得土缶”、“隼集于陳廷而死”兩條，並見《魯語下》；“二龍止於夏廷而言”條，見《鄭語》。

②班志引稱“史記”十六條，錢大昕（見《二十二史考異》卷七），高閬僊（見靳君文引）皆有考證，以行文之便，故未援引。又按渭水赤條，《水經注・渭水篇》、《太平御覽》卷五九又六二，並引爲《史記》文，蓋據班志轉引，未嘗檢覾史公原書也。梁玉繩以爲今本奪佚（見《史記志疑》卷三六），誤矣。

③齊召南云：“按單襄公見晉厲公一段，《史記・晉世家》不載，此《國語》文也。《國語》本於各國之史記，故以史記稱之。師古以司馬遷所撰爲解，非也。”（見殿本《漢書・五行志》所附考證）錢大昕云：“此志（《五行》）引《國語》單襄公、晉惠公諸條，皆稱史記，此前代紀載之通稱，非指太史公書。”（見《潛研堂文集》卷十二答問九）又云：“班史《五行志》所引史記，亦非太史公書。”（見《二十二史考異》卷五）。

④朱筠《與賈雲臣書》、錢大昕《二十二史考異》卷五、梁玉繩《史記志疑》卷三六、劉寶楠《愈愚録》卷四、王國維《太史公繫年考略》等，皆有所舉似。

三見。① 然則"史記"乃自古史官記載之通稱，非如後世之專指遷書然矣。儻規規焉強爲傅會，寔難踖踔而行。縱班氏所引，塙有出乎史公書者，亦應援西漢以前人於乙部書通名之例視之②，否則《國語》今何不稱爲《史記》邪？是其說之不可立，彰彰較著矣。③ 至謂始於魏晉及《隋書》諸說，或汎而無當，或相見恨晚，皆異乎吾所聞。

遷書始名《史記》，既不如上來諸家說，折衷一是，究在何時？必曰起自後漢靈、獻之世。無徵不信，試以例證之：

一　以武榮碑文爲證

《隸釋·執金吾丞武榮碑》："君諱榮，字含和。治《魯詩經韋君章句》。闕幘，傳講《孝經》、《論語》、《漢書》、《史記》按此以《漢書》先於《史記》，與《抱朴子内篇·論仙篇》同、《左氏》、《國語》。……遭孝桓大憂，屯守玄武，感原注云:感字哀悲憧，加遇害氣，遭疾隕靈原注云:闕四字。君即吳郡府卿之中子，敦煌長史之次弟也。"④卷十二，《四部叢刊三編》本

按：此碑刊立年月雖闕，尚可觸類以推。洪适跋云："敦煌君名班"按當作斑，蓋據《敦煌長史武斑碑》言之。彼碑亦載《隸釋》，其文曰："建和元年大歲在丁亥，二月辛巳朔廿三日癸卯，長史同原注云:下闕敦煌長史武君諱斑，字宣張。……以永嘉元年原注云:闕月原注云:闕日，遭疾不原注云:闕哀原注云:闕於是金鄉長河間高陽、史恢等，追惟昔日，同歲郎署，……故原注云:闕石銘碑，以旌明德焉。"卷六《榮碑》云："遭孝桓大憂，感哀悲憧，遭疾隕靈。"考桓帝崩於永康元年十二月丁丑見《後漢書》卷七《本紀》，則榮之卒，蓋在靈帝建寧

---

①同上④注。靳君文最完備。
②錢大昕云："古者、列國之史，俱稱史記。"（見《二十二史考異》卷七）
③齊召南、錢大昕、王鳴盛（《十七史商榷》卷十三）、沈欽韓（《漢書疏證》卷二一）、洪頤煊（《讀書叢録》卷十七），有所論定。
④此證於肄業重慶大學時，得之陳師季皋先生。

元二年間。① 斑卒於沖帝永嘉元年,桓帝建和元年二月,高陽、史
恢等即爲立碑;其間首尾相距,不過二載。則榮碑之立,疑亦在靈
帝建寧三四年,或熹平元二年内建寧四年後改元熹平,見《後漢書》卷八
《靈帝紀》。撰文之人,雖不見於本碑,然由《蔡中郎集》及《隸釋》所
載諸東漢碑諭之,非出當代鴻筆之士,即其門生故吏所爲。據此,
以"史記"專名史公書,今可考信者,宜以是碑爲稱首。碑文以《漢
書》與《史記》並列,決非泛指其他乙部書也

二　以蔡邕《獨斷》爲證

《獨斷·四代獄之別名》:"唐虞曰士官,《史記》曰:'皋陶爲理。'"
卷上,《四部叢刊三編》本

按:《史記·五帝本紀》云:"皋陶爲大理,平民各伏得其實。"卷一,
集成圖書公司重印二十四史本,後同伯喈所引,殆此文也。《後漢書·
蔡邕傳》:"及卓被誅,邕在司徒王允坐,殊不意,言之而歎,有動於
色。允勃然叱之曰:……即收付廷尉治罪,……邕遂死獄中。"卷九
十下,集成圖書公司重印二十四史本,後同考卓之被誅,在獻帝初平三年
四月辛巳《獻帝紀》及《卓傳》並言之;《獨斷》所列兩漢諸帝世繫,至獻
帝而止;則蔡氏是書之成,當在靈帝中平六年九月後,獻帝初平三
年四月前靈帝中平六年九月,獻帝即位,次年改元初平。其目史公書爲
《史記》,固後於武榮碑也。

三　以荀悦《漢紀》爲證

《孝武皇帝紀》:"司馬子長既遭李陵之禍,喟然而歎!幽而發憤,

---

① 洪适云:"榮之亡,在靈帝初。"(見《隸釋·跋》)。婁機云:"當在靈帝時。"(見《漢隸
字源》碑目一百十二)

遂著《史記》。始自黃帝以及秦漢，爲《太史公記》。"①卷十四,《四部叢刊》本

《孝平皇帝紀》:"彪子固,字孟堅。明帝時時字據他本補爲郎,據太史公司馬遷《史記》,自高祖至於孝武大功臣②紹其後事,迄於孝平、王莽之際,著帝紀、表、志、傳,以爲《漢書》,凡百篇。"③卷三十

按:《漢紀序》云:"建安元年,上巡省幸許昌,以鎮萬國。……允亮聖業,綜練典籍,兼覽傳記。其三年,詔給事中祕書監荀悦鈔撰《漢書》,略舉其要。其五年,書成。"是仲豫目遷書曰《史記》,爲時在獻帝建安初年也。

四　以潁容《春秋例》爲證

《春秋例》④:"漢興,博物洽聞著述之士,前有司馬遷、揚雄,後有鄭衆、賈逵、班固,近即馬融、鄭玄;其所著作違義正者,遷尤多闕略,舉一兩事以言之:遷《史記》不識畢公、文王之子,而言與周同姓;揚雄《法言》不識六十四卦,云所從來尚矣⑤。"《太平御覽》卷六百二引,《四部叢刊三編》本

按:《史記·魏世家》云:"魏之先,畢公高之後也。畢公高與周同姓。"卷四四潁氏所譏,當即此文。《後漢書·儒林·潁容傳》:"潁容,字子嚴,陳國長平人也。博學多通,善《春秋左氏》。……初平中,避亂荆州,聚徒千餘人,劉表以爲武陵太守,不肯起。著《春秋左氏條例》五萬餘言。建安中卒。"卷七十九下范書於子嚴撰述及其

---

①此證高閬僊曾引之(以《史記》與《太史公記》互稱,蓋《史記》之名,其時尚不其通行)。

②大功臣三字,當從高閬僊説作太初目。

③此證靳德峻、高閬僊並曾引之。

④嚴可均《全後漢文》卷八六有序字,蓋意增也。

⑤《法言》中言易卦者,僅見《問神篇》,辭句與此異(《解難》文又異)。

卒年，均未明言，如成書於初平、興平之際初平四年後改元興平，二年後又改建安。見《後漢書》卷九《獻帝紀》，則較荀悦《漢紀》爲蚤；如垂卒始殺青，則在建安中建安凡二十五年，或晚於荀紀。皆無顯證，姑廁其次。又按《左傳》僖公二十四年："富辰諫曰：……昔周公弔二叔之不咸，故封建親戚，以蕃屏周；管、蔡、郕、霍、魯、衞、毛、聃、郜、雍、曹、滕、畢、原、酆、郇，文之昭也。"杜預注云："十六國皆文王子也。"卷十五，脈望仙館石印《十三經注疏》本子嚴治《左氏傳》者，以史公說與左氏舛馳，故駁之云爾。穎氏此文，他書未見徵引，《御覽》雖出李昉等撰輯，然由其原文以遷《史記》與揚雄《法言》對舉觀之，當是本來面目如此也。

五　以高誘《呂氏春秋訓解》爲證

《呂氏春秋·先識覽》："晉太史屠黍見晉之亂也，見晉公之驕而無德義也，以其圖法歸周。"高氏《訓解》："屠黍，晉出公之太史也。出公，頃公之孫，定公之子也。《史記》曰：'智伯攻出公，出公奔齊，而道死焉。'"卷十六，《經訓堂全書》本

按：《史記·晉世家》云："知伯與趙、韓、魏共分范中行地以爲邑，出公怒，告齊、魯，欲以伐四卿；四卿恐，遂反攻出公。出公奔齊，道死。"卷三九高氏蓋節引此文也。[1] 高氏《呂氏春秋訓解序》云："誘正《孟子章句》，作《淮南》、《孝經解》畢訖，家有此書，尋繹案省，大出諸子之右。……故復依先師舊訓，輒乃爲之解焉。"考誘《淮南注》告成於建安十七年見《淮南注序》，則《呂氏訓解》竟業，最晚不出建安之末。[2] 是後漢人稱史公書爲《史記》之可考者，此其殿軍矣。

①《訓解》明引史公書者，共四見；僅此標其大題，餘則署△世家之小題（《樂成篇》引《魏王〔衍〕世家》，《適威篇》引《魯世家》，《慎小篇》引《衞世家》）。

②《淮南注》曾經重補，歷七年始成（見高氏《淮南解序》）；訓解《呂子》，先後無間，需時當不如彼之久，且《呂子》書中多有與《淮南》同者，故意斷如是。

　　綜上五證觀之，其時跨歷靈、獻兩朝，前後約距五十年，吾故曰：起自後漢靈、獻之世。① 繼此以降，沿用必衆；惟初意在彼不在此，故每於涉獵魏、晉後人書時，未嘗弋釣。謹就所知者録之如下方：

　　魏文帝《典論‧自叙》：“余是以少誦詩論，及長而備歷五經四部《史》、《漢》②諸子百家之言，靡不畢覽。”《三國志‧魏志》本紀評注引

　　《三國志‧魏志‧王肅傳》：明帝又問：‘司馬遷以受刑之故，内懷隱切，著《史記》，非貶孝武，令人切齒。’肅對曰：‘……漢武帝聞其述《史記》，取《孝景》及己本紀覽之。’”

　　《漢書‧趙尹韓張兩王傳贊》：“然劉向獨序趙廣漢、尹翁歸、韓延壽，馮商傳王尊，揚雄亦如之。”顏注引張晏曰：“劉向作《新序》，不道王尊；馮商續《史記》爲作傳；雄作《法言》，亦論其美也。”

　　《文選‧東京賦》：“趙建叢臺於後。”薛綜注：“《史記》曰：‘趙武靈王起叢臺。’”③

　　同上：“秦政利觜長距。”薛注：“《史記》曰：‘秦始皇、秦襄王子，名政。’”④

　　同上：“悚悚黔首。”薛注：“《史記》曰：‘秦皇更名民曰黔首。’”⑤

　　同上：“欃槍旬始。”薛注：“《史記》曰：‘旬始，狀如雄雞也。’”⑥

---

①按《列仙傳‧老子傳》引《史記》云：“二百餘年，時稱爲隱君子，謚曰聃。”（卷上，《古今逸史》本）史公書中（《史記》卷六三《老子傳》）墦有此文（詞句次序略有改移，與皇甫謐《高士傳‧老子傳》同），以其時考之，中壘不應有此稱謂，《漢書‧藝文志》可驗。今本或出後人追改耳。

②蓋《史記》、《漢書》之省（簡稱馬、班書爲《史》、《漢》，當以此爲首見）。

③按今本《史記》無此文，前人辨論者，各異其詞（詳高閬僊《文選李注義疏》卷三所徵引）；然《太平御覽》卷一七七，《玉海》卷一六二，亦並引之；高閬僊以爲今本有脱佚，事或然也。

④見卷六《秦始皇本紀》。

⑤同④注（又見卷十五《六國表》）。

⑥見卷二七《天官書》。

同上："信天下之壯觀也。"薛注："《史記》曰：'天下之壯觀也。'"①

《文選·思玄賦》："文君爲我端蓍兮。"舊注②："《史記》曰：'蓍，百莖一根。'"③

同上："問三丘于句芒。"舊注："《史記》云：'蓬萊、方丈、瀛洲，此三神山，傳在海中，去人不遠，及到三山，反在水下。'"④

《傅子》⑤："《史記》云：'吳起吮癰。'"⑥《意林》卷五引，《四部叢刊》本

皇甫謐《高士傳·老子傳》："《史記》云：'二百餘年，時稱爲隱君子，謐曰聃。'"⑦卷上，涵芬樓景印《古今逸史》本

同上，《任安傳》："任安，字定祖。建安中，讀《史記·魯連傳》。"卷下

荀勖《穆天子傳序》："案所得《紀年》，'蓋魏惠成王子，今王之塚也；於《世本》蓋襄王也。案《史記·六國年表》，自今王二十一年，至秦始皇三十四年燔書之歲，八十六年。'"⑧

張華《博物志》："《史記·封禪書》云：'齋冥燕昭遣人乘舟入海，有蓬萊、方丈、瀛洲三神山，神人所集，欲採仙藥，蓋言先有至之者，其鳥

---

① 見卷一一七《司馬相如傳》。

② 注者姓名，李善已不得其詳，然摯虞《流別》，題云張衡（見善注），雖不可信，其爲魏晉人作，蓋無疑也。

③ 見卷一二八《龜策傳》。

④ 見卷二八《封禪書》。

⑤ 今本錯入楊泉《物理論》中，此從嚴可均《全晉文》卷四七説。

⑥ 見卷六五《吳起傳》。

⑦ 見卷六三《老子傳》。

⑧ 按《六國年表》及《魏世家》，襄王止十六年，與勖言二十一年異；由其結語八十六年計之，自魏哀王二十年至秦始皇三十四年，凡八十六年。然《史記》惠王子襄王，襄王子哀王；《世本》惠王生襄王，而無哀王（見《魏世家·集解》）；《竹書紀年》魏惠成王薨，今王繼位，其書終於今王二十年，即周赧王之十六年。以《六國年表》相較，今王二十年即哀王二十年，是勖此文參用《史記》、《紀年》也（今王當依《紀年》及《魏世家·集解》作今王）。

獸皆白，金銀爲宮闕，悉在渤海中，去人不遠也。'"①卷一，《士禮居叢書》本

　　《三國志·蜀志·張裔傳》："治《公羊春秋》，博涉《史》、《漢》。"

　　《文選·魏都賦》："廣成之傳無以疇。"張載注："《史記》：'藺相如奉璧西入秦，秦舍相如廣城傳。'"②卷六

　　同上："不鬻邪而豫賈。"張注："《史記》曰：'子産治鄭不鬻賈。'"③

　　同上："齊被練而銛戈。"張注："《史記》：'蘇代曰：强弩在前，銛戈在後。'"④

　　同上："振旅輷輷。"張注："《史記》：'蘇秦曰：輷輷殷殷，若三軍之衆。'"⑤

　　同上："親御監門，……則信陵之名，若蘭芬也。"張注："《史記》曰：'魏有隱士曰侯嬴，年七十，家貧，爲大梁夷門監者。……當是之時，公子威振天下。'"⑥卷六上

　　同上："張儀張禄，亦足云也。"張注："《史記》：'張儀者，魏人也。……秦封儀爲武信君，爲秦將，取陝，築上郡塞。'"⑦卷六

　　同上：《吳都賦》："金鎰磊砢。"劉逵注："《史記》曰：'趙孝成王一見虞卿，賜黃金百鎰。'"⑧卷五

　　同上："猿臂骿脅。"劉注："《史記·商君列傳》：'趙良謂鞅曰：君之出，多力而駢脅者參乘。'"⑨卷五

　　同上："直髮馳騁。"劉注："《史記》曰：'荆軻怒，髮直衝冠。'"⑩卷五

---

①同上頁④注（齋冥當依《史記》作齊宣）。

②見卷八一《藺相如傳》。

③見卷一一九《循吏·子産傳》（鬻賈當依《史記》作豫賈）。

④見卷六九《蘇秦傳》。

⑤同④注（輷《史記》作輐）。

⑥見卷七七《信陵君傳》。

⑦見卷七十《張儀傳》。

⑧見卷七六《虞卿傳》。

⑨見卷六八《商君傳》。

⑩見卷八六《刺客·荆軻傳》。

《爾雅·釋丘》：“右陵，泰丘。”郭璞注：“宋有太丘社亡，見《史記》。”①卷中，《四部叢刊》本

郭璞《山海經序》：“按《史記》説穆王得盜驪、騄耳、驊騮之驥，使造父御之，以西巡狩，見西王母，樂而忘歸。”②《四部叢刊》本

《山海經·大荒北經》：“黄帝乃令應龍攻之冀州之野。”郭璞注：“黄帝亦教虎豹熊羆，以與炎帝戰于阪泉之野而滅之，見《史記》。”③卷下

《穆天子傳》：“天子乃奏廣樂。”郭璞注：“《史記》云：‘趙簡子疾不知人，七日而寤，曰：我之帝所甚樂，與百神遊於鈞天廣樂，九奏萬舞，不類三代之樂，其聲動心。’”④卷一

同上：“天子之駿、赤驥、盜驪、……華騮、緑耳。”郭注：“案《史記》造父爲穆王得盜驪、華騮、緑耳之馬，御以西巡遊見西王母，樂而忘歸。”⑤

《抱朴子内篇·對俗篇》：“《史記·龜策傳》云：‘江淮間居人，爲兒時，以龜枝床，至後老死，家人移床，而龜故生。’”⑥卷三，《四部叢刊》本

《神仙傳·老子傳》：“按《史記》云：‘老子之子名宗，仕魏爲將軍；有功，封於段。至宗之子汪；汪之子言；言之玄孫瑕，仕於漢；瑕子解爲膠西王太傅，家於齊。’”⑦卷一

---

① 見卷十五《六國年表》及卷二八《封禪書》。
② 見卷四三《趙世家》。
③ 見卷一《五帝本紀》。
④ 見卷四三《趙世家》及卷一〇五《扁鵲傳》。
⑤ 見卷四三《趙世家》及卷一〇五《扁鵲傳》。
⑥ 見卷一二八。
⑦ 見《老子傳》。（至當依《史記》作干，汪當作注，言當作宫，並形近之誤，瑕字與《正義》合。）

《西京雜記》①:"司馬遷發憤作《史記》百三十篇。"②卷下,《龍谿精舍叢書》本

《華陽國志·先賢士女總讚》:"故《耆舊》之篇,較義《史》、《漢》。"卷十,《四部叢刊》本

同上:《後賢志》:"(陳壽)銳精《史》、《漢》。"卷十一

同上:"(常寬)博涉《史》、《漢》。"卷十一

同上:《序志篇》:"《史記》:'周貞王之十六年,秦厲公城南鄭。'"③卷十二

《法言·寡見篇》:"魏武侯與吳起浮於西河,寶河山之固;起曰:'在德不在固。'"李軌注:"辭在《史記》。"④卷七,《四部叢刊》本

同上:《重黎篇》:"問長者,曰:'藺相如申秦而屈廉頗。'"李注:"相如申理於秦王,屈意於廉頗;義在《史記》。"⑤卷十

同上:《君子篇》:"多愛不忍,子長也。"李注:"《史記》叙事,但美其長,不貶其短,故曰多愛。"卷十二

《陶靖節集·讀史述九章序》:"余讀《史記》,有所感而述之。"⑥卷五,明萬曆休陽程氏刊本

同上:《集聖賢群輔錄》:"伯邑考、武王發、管仲鮮、周公旦、蔡叔度、曹叔振鐸、霍叔武、郕叔處、康叔封、聃季載,右太姒十子。太史公

---

①《西京雜記》作者,人各異辭,兹據《史通》中的《探賾》、《忤時》兩篇(前人皆未引及),仍從舊題以爲葛洪撰。

②王國維最初標出。

③卷十五《六國年表》:"周定王十八年,秦厲共公二十六年,左庶長城南鄭。"道將所引,當即此文,則十六應作十八。

④見卷六五《吳起傳》。

⑤見卷八一《廉頗藺相如傳》。

⑥淵明所述者,爲夷、齊、箕子、管、鮑、程、杵、七十二弟子、屈、賈、韓非、魯二儒、張長公,皆見史公書(或專傳,或附見),故云。

曰：‘太姒十子，周以宗强。’見《史記》。”①

同上：“趙無恤襄子、范吉射昭子、智瑶襄子、荀寅文子，魏多襄子、韓不信簡子，右六族，世爲晉卿，……見《左傳》、《史記》漢。”②卷九

同上：“檀子、肦子、黔夫、種首，右齊威王疆場四臣。……見《史記》及《春秋後語》。”③卷九

同上：“齊孟嘗君田文、魏信陵君無忌、趙平原君趙勝、楚春申君黃歇，右戰國四豪。見《史記》。”④卷九

《後漢書·班彪傳》：“武帝時，司馬遷著《史記》。”⑤卷七十上，集成圖書公司重印二十四史本，後同

《三國志·魏志·王凌、毌丘儉、諸葛誕、鄧艾、鍾會傳評》：“此古人所謂目論者也。”裴松之注：“《史記》曰：‘越王無疆與中國争强，當楚威王時，趙北伐齊，齊威王使人説越云：……今王知晉之失，而不自知越之失，是目論也。’”⑥卷二八

《世説新語·言語篇》：“張茂先論《史》、《漢》，靡靡可聽。”卷上之上，《四部叢刊》本，後同

《宋書·裴松之傳》：“駰注司馬遷《史記》。”⑦卷六四，集成圖書公司重

---

① 見卷百三十《自序》。又今本《史記》太姒作太任，大謬。《詩·大雅·大明》：“大任有身，生此文王。”《思齊》：“思齊大任，文王之母。”又：“大姒嗣徽音，則百思男。”鄭箋：“大姒，文王之妃，大姒十子。”《列女傳·母儀·周室三母傳》：“太任者，文王之母。……太姒者，武王之母。”《河圖著命》：“太姒夢長人，感生文王”（《太平御覽》卷一三五引）。是大任爲季歷妃文王母，大姒爲文王妃武王母矣。史公於《管蔡世家》（卷三五）云：“武王同母兄弟十人，母曰太姒，文王正妃也。”是亦以大姒爲武王母文王妃也。若作大任，則失倫矣。（《群輔録》亦有誤字，當依《史記·管蔡世家》校正。如管仲鮮，仲當作叔；霍叔武，武當作處；郕叔處，處當作武〔武處二字淆誤〕，是也。）
② 見卷三九《晉世家》（漢字衍）。
③ 見卷四六《田敬仲完世家》（《春秋後語》、《黃氏逸書考》佚此條）。
④ 見卷七五至七八。
⑤ 錢大昕首先標出。
⑥ 見卷四一《越王句踐世家》。
⑦ 《南史》卷三三《松之傳》同。

印二十四史本

《世説新語·言語篇》："（温嶠）懀然言曰：'江左有管夷吾。'"劉峻注："《史記》曰：'管仲夷吾者，潁上人。相齊桓公，九合諸侯，一匡天下。'"①

同上："（摯）瞻曰：'方於將軍少爲太蚤，比之甘羅已爲太老。'"劉注："《史記》曰：'甘羅秦相茂之孫也。……秦封甘羅爲上卿，賜以甘茂田宅。'"②

同上："荀中郎在京口，登北固，望海云：'雖未覩三山，便自使人有凌雲意。'"劉注："《史記·封禪書》曰：'蓬萊、方丈、瀛洲，此三山世傳在海中，……於是上欣然東至海，冀獲蓬萊者。'"

同上：《識鑒篇》："此藺相如所以下廉頗也。"劉注："《史記》曰：'相如以功大拜上卿，位在廉頗右；……頗聞謝罪。'"卷中之上

同上："山公謂不宜爾，因與諸尚書言孫吳用兵本意。"劉注："《史記》曰：'孫武，齊人；吳起，衛人。'"③

同上：《品藻篇》："庾道季云：'廉頗、藺相如雖千載上死人，懍懍恒如有生氣。'"劉注："《史記》曰：'廉頗者，趙良將也；……藺相如者，趙人也。……趙以相如功大，拜上卿，位在廉頗上。'"卷中之下

同上：《規箴篇》："漢武帝乳母，嘗於外犯事，帝欲申憲，乳母求救東方朔……。"劉注："《史記·滑稽傳》曰：'漢武帝少時，東武侯母嘗養帝，後號大乳母。……於是人主憐之，詔止毋徙，罰諫者。'"④卷中之下

同上："王大不平其如此，乃謂緒曰：'汝爲此欷歔，曾不慮獄吏之爲貴乎？'"劉注："《史記》曰：'有上書告漢丞相欲反，文帝下之廷

---

① 見卷六二《管晏傳》。
② 見卷七一《甘羅傳》。
③ 見卷六五《孫武吳起傳》。
④ 見卷一二六。

尉。勃既出，歎曰：吾嘗將百萬之軍，安知獄吏之爲貴也！'"①卷中之下

同上：《賢媛篇》："陳嬰者，東陽人。……秦末大亂，東陽人欲奉嬰爲主……。"劉注："《史記》曰：'嬰故東陽令史，……梁以嬰爲上柱國。'"②卷下之上

同上：《任誕篇》："張驎酒後挽歌，甚悽苦。"劉注："《史記·絳侯世家》曰：'周勃以吹簫樂喪。'"③卷下之上

同上：《排調篇》："王（簡文）曰：'此非拔山力所能助。'"劉注："《史記》曰：'項羽爲漢兵所圍，夜起歌曰：力拔山兮氣蓋世，時不利兮騅不逝。'"④卷下之下

同上："郗重熙與謝公書，道王敬仁聞一年少懷問鼎。"劉注："《史記》曰：'楚莊王觀兵於周郊，周定王使王孫滿迎勞楚王；王問鼎大小輕重。……楚國折鈎之喙，足以爲九鼎也。'"⑤卷下之下

同上：《輕詆篇》："周（伯仁）曰：'何樂？謂樂毅邪！'"劉注："《史記》曰：'樂毅，中山人；……率諸侯伐齊，終於趙。'"⑥卷下之下

同上：《汰侈篇》："王敦曰：'不知餘人云何？子貢去卿差近。'"劉注："《史記》曰：'端木賜，字子貢，衞人。嘗相魯，家累千金，終於齊。'"⑦卷下之下

《文心雕龍·諸子篇》："昔東平求諸子《史記》，而漢朝不與。蓋以《史記》多兵謀，而諸子雜詭術也。"卷四，養素堂本

---

① 見卷五七《絳侯世家》。
② 見卷七《項羽本紀》。
③ 見卷五七《絳侯世家》。
④ 見卷七《項羽本紀》。
⑤ 見卷四《周本紀》。
⑥ 見卷八十《樂毅傳》。
⑦ 見卷六七《仲尼弟子傳》。

《金樓子·聚書篇》："爲東州時，寫得《史》、《漢》、《三國志》、《晉書》。"卷二，《知不足齋叢書》本

同上："又使孔昂寫得《前漢》、《後漢》、《史記》、《三國志》、《晉陽秋》。"卷二

同上：《雜記篇》上："《尚書》云《金縢》是周公東征之時，《史記》是姬旦後。"①卷六

《顏氏家訓·勉學篇》："元氏之世，在洛京時，有一才學重臣，新得《史記音》②而頗紕繆。"卷上，《四部叢刊》本

同上："明《史記》者，專皮鄒而廢篆籀。"

同上：《書證篇》："《史記·始皇本紀》：'二十八年，丞相隗林、丞相王綰等，議於海上。'"③卷下

按：酈道元《水經注》中引史公書而標爲《史記》者，都七十有七見；以其繁多，故未録列。

稱史公書爲《史記》，起自後漢靈、獻之世，固已；然其前必有他名。據諸書所載④，可得下之五類：

一　稱《太史公書》者

《史記·太史公自序》："凡百三十篇，五十二萬六千五百字，爲《太史公書》。"⑤卷一百三十，《漢書》卷六二本傳同

《漢書·東平思王傳》："上疏求諸子及《太史公書》，上以問大將軍

---

① 見卷三三《魯周公世家》。
② 《隋書》卷三三《經籍志》云："《史記音》三卷，梁輕車都尉參軍鄒誕生撰。"之推所言，當即是書。又《隋志》著録，尚有裴駰《史記注》、徐野民《史記音義》；其所冠"史記"二字，蓋皆仍舊有，《家訓》文可案也。
③ 見卷六。
④ 錢大昕、梁玉繩、劉寶楠、王國維、靳德峻等，皆有所録列。
⑤ 此從朱筠、錢大昕、梁玉繩斷句。

王鳳。對曰：‘……《太史公書》有戰國從横權譎之謀。’”卷八十

同上：《叙傳上》：“自東平思王以叔父求《太史公》①諸子書，大將軍白不許。”卷一百

《後漢書·班彪傳》：“其《略論》曰：‘……若《左氏》、《國語》、《世本》、《戰國策》、《楚漢春秋》、《太史公書》，今之所以知古，後之所由觀前，聖人之耳目也。’”卷七十上

《論衡·超奇篇》：“班叔皮續《太史公書》百篇以上，記事詳悉，義淺②理備。”卷十三，《四部叢刊》本

同上：《佚文篇》：“班叔皮續《太史公書》，載鄉里人以爲惡戒。”卷二十

同上：《案書篇》：“皮③續《太史公書》，蓋其義也。”卷二九

同上：《對作篇》：“《太史公書》、劉子政序、班叔皮傳，可謂述矣。”卷二九

班固《目録》：“馮商，長安人，成帝時，以能續書待詔金馬門，受詔續《太史公書》十餘篇。”《漢書·張湯傳贊》如淳注引，卷五九

《後漢書·楊終傳》：“（終）後受詔删《太史公書》爲十餘萬言。”④卷七八

《史記·孝武本紀·索隱》引韋稜云：“《褚顗家傳》：褚少孫、梁相褚大弟之孫，宣帝時爲博士，……續《太史公書》。”卷十二

二　稱《太史公》者

《法言·問神篇》：“或曰：‘《淮南》、《太史公》⑤其多知與？曷其雜

---

①以《東平思王傳》文例之，此省書字與下避。

②宋本作浹（據黄暉君《校釋》），是也。《史通》卷七《鑒識篇》自注：“王充謂彪文義浹備，紀事詳悉。”即引此文，亦作浹。

③皮上原有“盡也”二字，孫詒讓《札迻》卷九謂當作班叔。

④《華陽國志》卷十上《先賢士女總讚》文與此同，可證蔚宗亦因舊史也。

⑤此似亦可不必作書名解，下同。

也！’”卷五

同上：《君子篇》：“《淮南》説之用，不如《太史公》之用也。《太史公》，聖人將有取焉。”卷十二

《漢書·藝文志》：“《太史公》百三十篇。”卷三十

同上：“馮商所續《太史公》七篇。”

《論衡·超奇篇》：“長生之才，非徒鋭於牒牘也，作《洞歷》十篇，……與《太史公》表、紀相似類也。”卷十三

《後漢書·竇融傳》：“（光武）帝深嘉美之，乃賜融以外屬圖，及《太史公》五宗、外戚世家、魏其侯列傳。”卷五三

同上：《范升傳》：“時難者以《太史公》多引《左氏》，升又上《太史公》違戾五經，謬孔子言，及《左氏春秋》不可，録三十一事。”卷六六

同上：《陳元傳》：“臣元竊見博士范升等，所議奏《左氏春秋》不可立、及《太史公》違戾，凡四十五事。”卷六六

按：韋昭亦稱遷書爲《太史公》，見《漢書·藝文志》馮商所續《太史公》七篇下顏注引。《晉書·孝友·劉殷傳》云：“有七子，五子各授一經，一子授《太史公》。”是亦稱遷書爲《太史公》也。

三　稱《太史公記》者

《漢書·楊惲傳》：“惲母，司馬遷女也。惲始讀外祖《太史公記》。”卷六六

《論衡·道虛篇》：“《太史公記》誅五帝亦云：黄帝封禪已仙去，群臣朝其衣冠，因葬埋之。”①卷七

《漢紀·孝武皇帝紀》：“《太史公記》，凡百三十篇，五十餘萬言。”卷十四

《風俗通義·皇霸篇》：“謹按《戰國策》、《太史公記》，秦孝公據殽、

---

① 見卷二八《封禪書》。

函之固，……子孫帝王，萬世之業也。”①卷一，《龍谿精舍叢書》本

　　同上：《聲音篇》：“謹按《太史公記》：‘燕太子丹遣荆軻欲西刺秦王，……舉筑朴始皇，不中，於是遂誅。’”②卷六

　　同上：《祀典篇》：“《太史公記》：‘秦德公始殺狗磔邑四門，以禦蠱蓄。’”③卷八

　　按：《抱朴子内篇・論仙篇》及《顔氏家訓・書證篇》，尚有《太史公記》之稱。

四　稱《太史公傳》者

　　《史記・龜策列傳》：“褚先生曰：‘臣以通經術，受業博士治《春秋》，以高第爲郎。幸得宿衞，出入宮殿中十有餘年，竊好《太史公傳》。’”卷一二八

　　按：《帝王世紀》尚有《太史公傳》之稱，見《太平御覽》卷一五五引。

五　稱《太史記》者

　　《風俗通義・正失篇》：“謹按《太史記》：‘燕太子丹留秦，始皇遇之益不善；……燕亦遂滅。’”④卷二

　　同上：“謹按《太史記》：‘秦始皇欺於徐市之屬，求三山於海

---

① 見卷六《秦始皇本紀贊》（《史記集解》引徐廣曰：“一本有此篇，無前者‘秦孝公’已下。”《陳涉世家》云：“駰案班固《奏事》云：‘太史遷取賈誼《過秦》上下篇以爲《秦始皇本紀》、《陳涉世家》下文。’”《漢書・陳勝傳贊》顔注引應劭曰：“賈生書有《過秦》二篇，言秦之過，此第一篇也，司馬遷取以爲贊，班固因之。”據此，今本《秦始皇紀贊》不應有秦孝公云云一篇；仲遠此文，當亦引自《陳涉世家贊》也。
② 見卷八六《刺客・荆軻傳》。
③ 見卷五《秦本紀》。
④ 見卷八六《刺客・荆軻傳》。

中，……辭窮情得，亦旋梟裂。’”①卷二

　　史公書稱謂原委既如是之繁，其命誼當各有指；以非本文所及，故不復贅。學者苟欲明其究竟，有朱筠《笥河文集》卷八、錢大昕《二十二史考異》卷五及卷七、梁玉繩《史記志疑》卷三六、俞正燮《癸巳類稿》卷十一，《太史公釋名》、劉寶楠《愈愚錄》卷四、孫德謙《太史公書義法》卷下，《稱公篇》、王國維《太史公繫年考略》、梁啓超《要籍解題及其讀法》、靳德峻《〈史記〉名稱之由來及其體例之商榷》、朱希祖《太史公解》諸家之書在。

　　　　　　　　　　　一九三九年七月六日於蔚秀園
　　　　　　　　　（原載一九三九年《燕京學報》第二十六期）

_____

① 見卷二八《封禪書》。

漢書顔注發覆

　　顔監之注《漢書》，前人方諸杜侯之解《左傳》①。推崇可謂極矣。蓋班書事義弘深，通曉匪易；大儒馬融，尚伏於閣下從大家受讀②，其難可知也。故自服虔、應劭以降，音訓之者，代不乏人。然皆各照隅隙，未臻詳贍。師古承家學之資③，受國儲之命④，“匡正睽違，激揚鬱滯”⑤，一家之言既成，先儒之書都晦。編之祕閣，賜以良馬⑥，固其宜已。雖然，注中於前修成文，往往將爲己説，括囊不言，有若自出機杼焉者。以視裴駰之解馬史，姓名咸標，李賢之注范書，出處必箸，公私之異，一何遼歟？閒嘗瀏覽書傳注疏，及經典音義，凡所引《漢書》舊注與顔氏同者⑦，輒別爲迻録。弋鈞既久，蓄積遂多。自曹大家以迄顔遊秦，共得三十有三家。其主名難詳，如《史記音義》、《漢書音義》、《漢書舊注》、《漢書拾遺》四書，不與焉。全寫揭篋，旁采探囊，佻人自功，不已甚乎！兹依其時序後先臚列如次，並逐條取證，以示有徵。豈惟

①見《新唐書·儒學上·顔師古傳》。

②見《後漢書·列女·曹世叔妻傳》。

③乃祖之推所撰《家訓》，論《漢書》者，不一而足；其叔遊秦，撰有《漢書決疑》十二卷，是其學淵源有自也。

④見師古著《漢書叙例》及新、舊《唐書》本傳。

⑤以上二語用《叙例》原文。

⑥見《舊唐書·顔師古傳》（新書止言賜馬良事）。

⑦有正文與注同引者，亦有單引注者；其連引正文者，固知屬於某篇某句，未引正文者，則以首見爲主。

發覆①,抑亦鈎沈云爾。

曹大家第一

曹大家曰:"滔,漫也;泯,滅也;夏,諸夏也。"《文選·班固〈幽通賦〉》"巨滔天
　　而泯夏兮"李善注(凡昭明選自班書之文,李善所引《漢書》舊注與顔氏同者,止
　　注所見《文選》詞句,《漢書》則不復贅,後皆放此)

師古曰:"滔,漫也;……泯,滅也;夏,諸夏也。"《叙傳上》

曹大家曰:"……圮,毀也;言己孤生童微陋鄙薄,將毀絶先祖之迹,無
　　階路以自成也。"《文選·幽通賦》"將圮絶而罔階"李注引

師古曰:"……圮,毀也;固自言孤弱,懼將毀絶先人之跡;無階路以自
　　成。《叙傳上》

曹大家曰:"遝,遇也。"《文選·幽通賦》"曰乘高而遝神兮"李注引

師古曰:"……遝,遇也。"《叙傳上》

曹大家曰:"炯,明也。"《文選·幽通賦》"又申之以炯戒"李注引

師古曰:"……炯,明也。"《叙傳上》

曹大家曰:"屯、蹇,皆難也。《周易》曰:'屯如遭如。'又曰:'往蹇來
　　連。'"《文選·幽通賦》:"紛屯遭與蹇連兮"李注引

師古曰:"《易》屯卦六二爻辭:'屯如亶②如。'蹇卦六四爻辭曰:'往
　　蹇來連。'皆謂險難之時也。"《叙傳上》

曹大家曰:"叛,亂也。"《文選·幽通賦》"叛迴穴其若兹兮,北叟頗識其倚伏"李
　　注引

師古曰:"畔③,亂貌也。"《叙傳上》

---

①王鳴盛《十七史商榷》卷七、趙翼《陔餘叢考》卷五、洪頤煊《讀書叢録》卷十九、朱一
　　新《漢書管見》(據王先謙《漢書補注·序例》引)、蕭穆《敬孚類稿》卷五,均有論列,
　　惟不甚詳耳。

②《易》本作遭,師古依班書引作亶。

③《左傳》莊公十八年:"使鬬緡尹之以畔。"《釋文》:"本或作叛。"是二字古通。

曹大家曰："……襮，表也。"《文選・幽通賦》"張修襮而内逼"李注引

師古曰："襮，表也。"《敍傳上》

曹大家曰："溺，桀溺也。"（《文選・幽通賦》"溺招路以從己兮，謂孔氏猶未可"李注引）

師古曰："溺，桀溺也。"《敍傳上》

曹大家曰："子路遊學聖師之門，無救禍防患之助，既身死於衞，覆醢不食，何補益乎！"《文選・幽通賦》"遊聖門而靡救兮，雖覆醢其何補"李注引

師古曰："賦言子路游聖人之門，而孔子不能救之，以免於難，雖爲覆醢，無所補益。"《敍傳上》

曹大家曰："……仁，謂三仁也。"《文選・幽通賦》"東隣虐而殲三仁兮，王位合乎三五"李注引

師古曰："……仁，即三仁也。"《敍傳上》

曹大家曰："戎女，驪姬也；烈，酷也；孝子，申生也。"《文選・幽通賦》"戎女烈而喪孝兮"李注引

師古曰："戎女，驪戎之女，謂驪姬也；烈，酷也；孝謂太子申生也。"《敍傳上》

曹大家曰："發，武王名也。"《文選・幽通賦》"發還師以成命兮"李注引

師古曰："發，武王名也。"《敍傳上》

曹大家曰："三正，謂夏、殷、周也。"《文選・幽通賦》"匝三正而滅姬"李注引

師古曰："……三正，歷夏、殷、周也。"《敍傳上》

曹大家曰："……亦當以義斷之。"《文選・幽通賦》"順天性而斷誼"李注引

師古曰："斷誼①：謂以誼斷之。"《敍傳上》

曹大家曰："孔，甚也；輶，輕也。"《文選・幽通賦》"守孔約而不貳兮，乃輶德而無累"李注引

師古曰："孔，甚也；輶，輕也。"《敍傳上》

曹大家曰："謨，謀也；猷，道也；……孔子②曰：'天所助，順也；人所助，

---

① 誼與義通。

② 見《易・繫辭上》。

信也。'孔子①曰：'德不孤，必有鄰。'"《文選·幽通賦》"謨先聖之大猷
　　兮，亦鄰德而助信"李注引

師古曰："謨，謀也；繇②，道也；……《論語》稱孔子曰：'德不孤，必有
　　鄰。'《易·繫辭上》曰：'人之所助者，信也。'"《叙傳上》

曹大家曰："忝，辱也。"《文選·幽通賦》"忝莫痛兮"李注引

師古曰："……忝，辱也。"《叙傳上》

　　按：大家博學高才③，其解《幽通》④，當爲注孟堅文之最早且善者。
　　師古於《叙例》既不標其名，注中亦未箸厥説。如謂不知所作，《王
　　貢兩龔鮑傳序注》，曾引其釋首陽⑤矣；如謂單解一篇，無須列舉，
　　張揖、郭璞⑥，則自有例矣。見其書而不言，豈非欲掠其美，先滅
　　其跡？惜彌縫不謹，致可覆按。固無怪李崇賢之旁搜遠紹，俾易
　　揭其覆盆也。

胡廣第二

胡廣云："五，五帝也；三，三王也。"《史記·司馬相如列傳》"五三六經載籍之
　　傳"索隱（凡《史》、《漢》傳同文者〔亦有不同傳而同文者〕，裴駰、司馬貞、張守節
　　三家所引《漢書》舊注〔亦閒有引《史記》舊注者〕與顏氏同者，止注所見《史記》詞
　　句，《漢書》則不復贅，後皆放此）引

---

① 見《論語·里仁篇》。

② 《爾雅·釋詁》"鬱陶繇喜也"郭注："猶（同猷）即繇也，古今字耳。"

③ 見《後漢書·列女·曹世叔妻傳》。

④ 《舊唐書·經籍志下》"《幽通賦》一卷，曹大家注"。按大家《幽通賦》注除李善徵引
　　外，晉灼（見《叙傳上》蕭該《音義》）、蕭該（見《叙傳上》）、張守節（見《史記·伯夷
　　傳·正義》）亦並引之。

⑤ 《王貢兩龔鮑傳序》"伯夷叔齊薄之，餓死首陽"，師古曰："……而曹大家注《幽通賦》
　　云：'隴西首陽縣，是也。'"

⑥ 並見師古《叙例》。

師古曰："五，五帝也；三，三王①也。"《司馬相如傳下》

胡廣云："武王渡河，白魚入王舟，俯取以燎，隕墜之於舟中也。"《史記·
　　司馬相如傳》"蓋周躍魚隕杭，休之以燎"索隱引

師古曰："……謂武王伐紂，白魚入於王舟，俯取以燎。"《司馬相如傳下》

胡廣云："符瑞衆多，應期相繼而至也。"《史記·司馬相如傳》"符瑞衆變，期應
　　紹至"索隱引

師古曰："言符瑞衆多，應期相續而至。"《司馬相如傳下》

胡廣曰："氾，普也。"《史記·司馬相如傳》"氾唐護之"索隱引

師古曰："氾，普也。"《司馬相如傳下》

胡廣曰："謂騶虞也。"《史記·司馬相如傳》"般般之獸"索隱引

師古曰："謂騶虞也。"《司馬相如傳下》

　　按：師古注釋他篇，屢引胡公《漢官解詁》之説②；而於長卿《封
　　禪》，則襲其義③而遺其名，《叙例》亦未列其名氏，王應麟④、洪頤
　　煊⑤糾之，是也。

荀悦第三

荀悦音閑《史記·酷吏·郅都傳》"濟南瞷氏"索隱引

師古曰："音閑。"《酷吏·郅都傳》

　　按：師古《叙例》，首列仲豫；瞷字音讀，不箸所本，亦其蔽已！

---

①王，原誤作皇，據宋祁説改。
②《文帝紀》引作胡公、《百官公卿表上》一引作胡廣，一引《漢官解詁》，《食貨志下》、
　　《陳湯傳》並引作胡廣。
③王隆《小學漢官篇》之載長卿《封禪文》，蓋與應劭《漢官儀》之載馬第伯《封禪儀記》
　　（見《續漢·祭祀志》劉注引）同。
④《玉海》卷四九云：孝文紀注中援胡公説，而《叙例》不列。
⑤《讀書叢録》卷十九云：顔師古《叙例》不載廣名氏里爵。

服虔第四

服虔云：“高會，大會也。”《史記·項羽本紀》“飲酒高會”索隱引

師古曰：“高會，大會也。”《項籍傳》

服虔曰：“胡名也。”《史記·灌嬰傳》“所將卒斬胡白題將一人”集解引

師古曰：“胡名也。”《灌嬰傳》

服虔云：“雕，大鷙鳥也，一名鷲；黑色，多子，可以其毛作矢羽。”《史記·李廣傳》“是必射雕者也”索隱引

師古曰：“鵰①，大鷙鳥也，一名鷲；黑色，翮可以爲箭羽。”《李廣傳》

服虔云：“水急旋回，如雲屈曲也。”《史記·司馬相如傳》“穹隆雲橈”索隱引

師古曰：“……言水急旋回，如雲之屈曲也。”《司馬相如傳上》

服虔曰：“涔音岑。”宋祁引，見《孔光傳》“六涔之作”②句下

師古曰：“涔……音岑。”《孔光傳》

服虔曰：“食具十七種物也。”《太平御覽》③八四七飲食部五（凡群書徵引《漢書》舊注與顏氏同者，止注所見書，後皆放此）引

師古曰：“食具有十七種物。”《孔光傳》“賜餐十七物”

服虔曰：“……棍成，言自然也。”《文選·揚雄〈甘泉賦〉》“紛蒙籠以棍成”李注引

師古曰：“……棍成，言其有若自然也。”《揚雄傳上》

服虔曰：“回焱，回風也。”《文選·甘泉賦》“回焱肆其碭駭兮”李注引

師古曰：“回焱，回風也。”《揚雄傳上》

服虔曰：“歷山之上有觀也。”《揚雄傳》殘卷④“登歷觀”注

師古曰：“歷山之上有觀也。”《揚雄傳上》

---

① 鵰，雕之籀文，見《説文·隹部》。

② 據殿本迻録，後同。

③ 李昉諸人未必得見服氏《音訓》，蓋係轉鈔《修文殿御覽》等書。他皆做此。

④ 見日本京都帝國大學文學部景印舊鈔本第二集。

服虔曰：“扁，音篇。”蕭該《漢書音義》引，見《揚雄傳上》“鮮扁陸離”①句下

師古曰：“……扁，音篇。”《揚雄傳上》

服虔曰：“巨狿，獸名也。”《文選·揚雄〈羽獵賦〉》“斬巨狿”李注引

師古曰：“……狿，獸名。”《揚雄傳上》

服虔曰：“望舒，月御也。”《文選·羽獵賦》“望舒彌轡”李注引

師古曰：“望舒，月御也。”《揚雄傳上》

服虔曰：“蹻，……音矯。”《文選·揚雄〈長楊賦〉》“莫不蹻足抗首”李
注引

師古曰：“蹻，……音矯。”《揚雄傳下》

服虔曰：“瓴，小罌也。”《晉書音義》下傳四八覆瓴下、《藝文類聚》七二物部罌
門②引

師古曰：“瓴，……小罌也。”《揚雄傳贊》“吾恐後人用覆醬瓴”

服虔曰：“谷，音鹿。”《史記·匈奴傳》“左右谷蠡王”集解引

師古曰：“谷，音鹿。”《匈奴傳上》

　　按：子慎以後漢經師，爲《漢書》音訓③，釋義正讀，諒多佳處。師
　　古於《叙例》固曾標其名，注中亦時引其説，上列十五條，忽隱而不
　　發。作集注者，當如是邪！

應劭第五

應劭曰：“抵，至也；又當也。”《史記·高祖紀》“傷人及盜抵罪”集解（《世説新
語·排調篇》劉注，《文選·史述贊述高紀》李注止引首句）引

師古曰：“抵，至也；當也。”《高帝紀上》

應劭曰：“一曰：酤，洽也。”《史記·高帝紀》“酒酤”集解，《文選·漢高祖歌》李

①據殿本迻録，後同。

②未著姓氏（全書所引舊注皆然）。

③《隋書·經籍志》：《漢書音訓》一卷，服虔撰。新、舊《唐志》、《通志》並同（《後漢書·
儒林下·服虔傳》不載）。

注,《通鑑·漢紀四·太祖高皇帝下》胡注①引

師古曰:"酣,洽也。"《高帝紀下》

應劭曰:"黍稷曰粢,在器中曰盛。"《史記·文帝紀》"以給宗廟粢盛"集解,《北堂書鈔》九一藉田門引

師古曰:"黍稷曰粢,在器曰盛。"《文帝紀》

應劭云:"甘泉,宮名,在雲陽,一名林光。"《史記·文帝紀》"帝初幸甘泉"索隱引

師古曰:"甘泉,在雲陽。本秦林光宮。"《文帝紀》

應劭曰:"泛,覆也。"《文選·漢武帝詔》"夫泛駕之馬"李注引

師古曰:"泛,覆也。"《武帝紀》

應劭曰:"粹,淳也。"《文選》枚乘《七發》、嵇康《養生論》李注(《群書治要·漢書》二引同,惟未箸名氏②)引

師古曰:"粹,淳也。"《刑法志》"聰明精粹"

應劭云:"漯水,出東郡武陽縣北。"《史記·夏本紀》"浮於濟漯"索隱引

師古曰:"漯水,出東郡武陽。"《地理志上》

應劭曰:"窊,弱也。"《文選·枚乘〈七發〉》李注引

師古曰:"窊,弱也。"《地理志下》"故齙窊媮生"

應劭曰:"秦稱民曰黔首,黔,黑也;首,頭也。"玄應《過去現在因果經音義》一,又《修行道地經音義》一引

師古曰:"秦謂人③爲黔首,言其頭黑也。"《藝文志》"以愚黔首"

應劭曰:"《尚書》④曰:'禹作司空,棄后稷,契司徒,咎繇作士師⑤,垂共工,益朕虞,伯夷秩宗,夔典樂,龍納言。凡九官。'"《文選·沈約〈齊故安陸昭王碑〉》李注(王融《永明十一年策秀才文》注所引有脫誤,《治要漢書》

---

①胡氏蓋轉鈔《史記》舊注,比對兩書,可覆按也。
②《治要》全書所引各書舊注皆然。
③人字蓋師古避太宗諱改。
④見《舜典》。
⑤"師"字衍文。

三亦引之）引

師古曰：“《尚書》：‘禹作司空，棄后稷，契司徒，咎繇作士，垂共工，益
朕虞，伯夷秩宗，夔典樂，龍納言。凡九官也。’”《劉向傳》“臣聞舜
命九官”

應劭曰：“控，引也。”《史記·劉敬傳》“控弦三十萬”集解引

師古曰：“控，引也。”《婁敬傳》

應劭曰：“章甫，殷冠也。”《史記·賈誼傳》“章甫薦屨兮”集解引

師古曰：“章父①，殷冠名也。”《賈誼傳》

應劭曰：“轊，小棺也。”《文選·顔延之〈陽給事誄〉》李注引

師古曰：“槥②，小棺也。”《韓安國傳》“中國槥車相望”

應劭曰：“渤澥，海別枝也。澥，音蟹。”《文選·司馬相如〈子虛賦〉》“浮渤澥”
李注（《史記·司馬相如傳》集解引爲《漢書音義》）引

師古曰：“勃③澥，海別枝也。澥音蟹。”《司馬相如傳上》

應劭曰：“款，叩也。”《史記·太史公自序》“重譯款塞”集解（《三國志·魏志·文
帝紀》裴注引同）引

師古曰：“款，叩也。”《司馬遷傳》

應劭曰：“容身避害④也。”《御覽》五九三《文部》九引

師古曰：“容身避害也。”《東方朔傳贊》“戒其子以上容”

應劭曰：“黼衣，衣上畫爲斧形；而白與黑爲采。”《文選·韋孟〈諷諫詩〉》“黼
衣朱黻”李注引

師古曰：“黼衣，畫爲斧形；而白與黑爲彩也。”《韋賢傳》

應劭曰：“……迭，互也；言豕韋與大彭互爲伯於商也。”《文選·諷諫詩》
“迭彼大彭”李注引

師古曰：“迭，互；自言豕韋氏與大彭互爲伯於殷商也。”《韋賢傳》

---

①父與甫古通。
②槥與轊古字通，見《文選·顔延之〈陽給事誄〉》李注。
③勃蓋渤之省。
④害，原作容，形之誤也。

應劭曰:"墜,失也。"《文選·諷諫詩》"宗周以墜"李注引

師古曰:"隊①,失也。"《韋賢傳》

應劭曰:"元王立二十七年而薨,垂遺業於後嗣。"《文選·諷諫詩》"享國漸世,垂烈於後"李注引

師古曰:"元王立二十七年而薨,垂遺業於後嗣也。"《韋賢傳》

應劭曰:"驃,驃騎霍去病也;衛,衛青也。"《文選·揚雄〈長楊賦〉》"迺命驃衛"李注引〉

師古曰:"驃,驃騎霍去病;衛,衛青也。"《揚雄傳下》

應劭曰:"負,恃也。"《文選·袁淑〈效曹子建樂府白馬篇詩〉》李注引

師古曰:"負,恃也。"《游俠·郭解傳》"解姊子負解之執"

應劭云:"在武威縣北。"《史記·匈奴傳》"期至浚稽山而還"索隱引

師古曰:"浚稽山……在武威北。"《匈奴傳上》

應劭曰:"《論語》②曰:'子路行行如也,子曰:若由也,不得其死然!'又曰③:'君子有勇而無義爲亂,小人有勇而無義爲盜。'"《文選·班固〈幽通賦〉》"固行行其必凶兮,免盜亂爲賴道"李注引

師古曰:"《論語》稱……子路行行如也,子樂,曰:若由也,不得其死然!又稱子路曰:……君子有勇而無義爲亂,小人有勇而無義爲盜。"《敘傳上》

應劭曰:"舍,置也。"《文選·幽通賦》"舍生取誼"李注引

師古曰:"舍,置也。"《敘傳上》

　　按:仲遠集解《漢書》,載於范書本傳④及隋唐志⑤。師古《敘例》亦標其名。上列二十五條,乃攘爲己有,殊失至公之道焉。

---

①隊與墜通。

②見《先進篇》。

③見《陽貨篇》。

④《後漢書·應劭傳》云:"又集解《漢書》。"

⑤《隋志》:《漢書集解音義》二十四卷,應劭撰。《新唐志》、《通志》同。

鄭氏第六

鄭氏云："雅,故也。"《史記·張耳陳餘傳》"張耳雅游"索隱引

師古曰："雅,故也。"《張耳陳餘傳》

鄭氏①曰："彭咸也。"《文選·揚雄〈羽獵賦〉》"飾屈原與彭胥"李注引

師古曰："彭,彭咸。"《揚雄傳上》

　按:師古《叙例》列有鄭氏。凡名氏具於《叙例》,顔氏確襲其説,無
　　須疏證者,直云《叙例》列有△△,以免詞費。

李奇第七

李奇曰："垓,重也;三重壇也。"《史記·武帝紀》"壇三垓"集解引

師古曰："陔②,重也;三陔,三重壇也。"《郊祀志上》

李奇曰："侯,何也;言君何不行封禪。"《文選·司馬相如〈封禪文〉》"君乎! 君
　　乎! 侯不邁哉"李注引

師古曰："侯,何也;邁,行也;言君何不行封禪。"《司馬相如傳下》

　按:《叙例》列有李奇。

鄧展第八

鄭展曰："姁姁,和好貌。"《史記·淮陰侯傳》"言語嘔嘔"③索隱,《通鑑·漢紀
　　一·太祖高皇帝上之上》胡注引

師古曰："姁姁,和好貌也。"《韓信傳》

鄧展曰："坁,水中山也。 坁,音遲。"《文選·司馬相如〈上林賦〉》"臨坁注壑"

---

①氏字原誤作玄,據胡克家《考異》改。

②《史記·孝武帝紀》索隱引鄒氏云:"垓,一作陔。"是二字得通。

③索隱云:"《漢書》作姁姁。"

李注引

師古曰:"坻,謂水中隆高處也。……坻,音遲。"《司馬相如傳上》

鄧展曰:"音紹。"蕭該《音義》引,見《朱博傳》"多襃衣大袑"句下

師古曰:"袑,音紹。"《朱博傳》

　　按:《敘例》列有鄧展。

文穎第九

文穎曰:"罾,魚網也。"《史記·陳涉世家》"置人所罾魚腹中"集解引

師古曰:"罾,魚網也。"《陳勝傳》

文穎曰:"所將卒。"《史記·灌嬰傳》"卒斬龍且"集解引

師古曰:"嬰所將之卒也。"《灌嬰傳》

文穎曰:"靈鼓,六面鼓。"《文選·司馬相如〈子虛賦〉》"擊靈鼓"李注(《史記·司
　　馬相如傳》集解引郭璞同)引

師古曰:"靈鼓,六面。"《司馬相如傳上》

文穎曰:"已,記(疑誤)終之詞。"《文選集注》①司馬相如《難蜀父老》"不可記
　　已"鈔引

師古曰:"已,語終之辭也。"《司馬相如傳下》

文穎曰:"選,數也;辟,君也。"《文選·司馬相如〈封禪文〉》"歷選列辟"李注(《史
　　記·司馬相如傳》索隱止引首句)引

師古曰:"選,數也;辟,君也。"《司馬相如傳下》

文穎曰:"拄,距也。"《御覽》六一五,《學部》九引

師古曰:"拄,……距也。"《朱雲傳》"連拄五鹿君"

　　按:《敘例》列有文穎。

---

① 羅振玉印本。

張揖第十

張揖曰:"離,山梨也。"《文選·司馬相如〈子虛賦〉》"櫸離朱楊"李注(《史記·司馬相如傳》集解引爲《漢書音義》)引

師古曰:"離,山梨也。"《司馬相如傳上》

張揖曰:"揚,舉也。"《文選·子虛賦》"揚袘戌削"李注引

師古曰:"揚,舉也。"《司馬相如傳上》

張揖曰:"崪與萃同,集也。"《文選·子虛賦》"萬端鱗崪"李注引

師古曰:"崪與萃同,萃,集也。"《司馬相如傳上》

張揖曰:"霸出藍田西北而入渭;滻亦出藍田谷,北至霸陵入霸。霸滻二水,盡於苑中不出,故云終始也。涇渭二水,從苑外來,又出苑去也。涇水出安定涇陽縣笄頭山,東至陽陵入渭。渭水出隴西首陽縣鳥鼠山,東北至華陰入河。"《史記·司馬相如傳》"終始霸滻,出入涇渭"索隱(《文選·上林賦》李注所引較略)引

師古曰:"霸水出藍田谷西北而入渭;產①水亦出藍田谷,北至霸陵入霸。二水終始盡於苑中,不復出也。涇水出安定涇陽开②頭山,東至陽陵入渭。渭水出隴西首陽縣鳥鼠同穴山,東北至華陰入河。從苑外來,又出苑去也。"《司馬相如傳上》

張揖曰:"淤,漫也;浦,水崖也。"《文選·司馬相如〈上林賦〉》"行乎洲淤之浦"李注引

師古曰:"淤,漫也;浦,水涯③也。"《司馬相如傳上》

張揖曰:"山出象輿,瑞應車也。西清者,箱中清浄處也。"《文選·上林賦》"象輿婉僤於西清"李注(《史記·司馬相如傳》集解引爲《漢書音義》)引

---

①產,滻之借字。
②开,當作笄。
③涯與崖通。

師古曰："象輿，瑞應車也。西清者，西箱清静①之處也。"《司馬相如傳上》

張揖曰："隱夫，未詳。薁，山李也。"《文選·上林賦》"隱夫薁棣"李注引

師古曰："隱夫，未詳。薁，即今之郁李②也。"《司馬相如傳上》

張揖曰："抏，摇也。"《文選·上林賦》"抏紫莖"李注（《史記·司馬相如傳》集解引
　　郭璞同）引

師古曰："抏，摇也。"《司馬相如傳上》

張揖曰："楓，攝也，脂可以爲香。"《文選·上林賦》"華楓枰櫨"李注引

師古曰："楓樹脂可以爲香。"《司馬相如傳上》

張揖曰："幡纚，飛揚貌也。"《文選·上林賦》"落英幡纚"李注引

師古曰："幡纚，飛揚貌也。"《司馬相如傳上》

張揖曰："以翠羽爲葆也，以鼉皮爲鼓也。"《文選·上林賦》"建翠華之旗，樹
　　靈鼉之鼓"李注引

師古曰："翠華之旗，以翠羽爲旗上葆也；靈鼉之鼓，以鼉皮爲鼓。"《司馬
　　相如傳上》

張揖曰："干遮，曲名。"《文選·上林賦》"淮南干遮"李注（《史記·司馬相如傳》集
　　解引爲《漢書音義》）引

師古曰："干遮，曲名也。"《司馬相如傳上》

張揖曰："族，聚也。"《文選·上林賦》"族居遞奏"李注引

師古曰："族，聚也。"《司馬相如傳上》

張揖曰："邑外謂之郊。"《文選·上林賦》"悉爲農郊"李注引

師古曰："邑外謂之郊。"《司馬相如傳上》

張揖云："結，屈也；軌，車迹也。"《史記·司馬相如傳》"結軌還轅"索隱（《文選
　　集注》司馬相如《難蜀父老》鈔引同）引

師古曰："結，屈也；軌，車迹也。"《司馬相如傳下》

張揖曰："非常之事，其本難知，衆民懼也。"《文選·難蜀父老》"故曰非常之
　　原，黎民懼焉"李注又集注。《史記·司馬相如傳》索隱引

---

① 静與净誼近。

② 山李郁李，異名同實。

師古曰："非常之事，其始難知，衆人懼之。"《司馬相如傳下》

張揖曰："疏，通也。"《文選·難蜀父老》"決江疏河"李注又集注引

師古曰："疏，通也。"《司馬相如傳下》

張揖曰："灑，分也。"《文選·難蜀父老》"灑沈澹災"李注又集注引

師古曰："灑，分也。"《司馬相如傳下》

張揖曰："言爲人獲而累係之，故號泣也。"《文選集注·難蜀父老》"幼孤爲奴
　　虜，係縲號泣"鈔引

師古曰："爲人所獲而絫係，故號泣也。"《司馬相如傳下》

張揖曰："已，止也。"《文選集注·難蜀父老》"又焉能已"鈔引

師古曰："已，止也。"《司馬相如傳下》

張揖曰："秦武王力士。"《史記·司馬相如傳》"故力稱烏獲"索隱引

師古曰："烏獲，秦武王力士也。"《司馬相如傳下》

張揖曰："吳王僚之子。"《史記·司馬相如傳》"捷言慶忌"索隱引

師古曰："慶忌，吳王僚子也。"《司馬相如傳下》

張揖曰："都，於也；卒，終也。"《文選·司馬相如〈封禪文〉》"終都攸卒"李注（《史
　　記·司馬相如傳》集解引爲《漢書音義》）引

師古曰："都，於也；……卒，亦終也。"《司馬相如傳下》

張揖曰："俖，感動之意也。"《文選·封禪文》"於是天子俖然改容"李注引

師古曰："沛①然感動之意也。"《司馬相如傳下》

　　按：據《叙例》所載及《文選》李注、《史記索隱》所引，知稚讓僅注長
　　卿一傳，師古襲取，即有二十四條之多，真用弘也！

蘇林第十一

蘇林曰："閼氏，音焉支。"《史記·陳丞相世家》"高祖用陳平計使單于閼氏"集
　　解引

---

①《文選·封禪文》李注云："俖，或爲沛。"是二字得通。

師古曰："閼氏,音焉支。"《陳平傳》

蘇林音厥《史記·陸賈傳》"於是尉他迺蹶然起坐"索隱引

師古曰："蹶……音厥。"《陸賈傳》

蘇林曰："佰,音面。"《文選·賈誼〈弔屈原文〉》"佰蟆獭以隱處兮"李注引

師古曰："佰,音面。"《賈誼傳》

蘇林曰："袨服,謂盛服也。"《文選·左思〈蜀都賦〉》劉注(陸機《豪士賦》李注引
　　作袨服,黑服也,蓋誤)引

師古曰："袨服,盛服也。"《鄒陽傳》"袨服叢臺之下者"

蘇林音附《史記·司馬相如傳》"雌黃白坿"索隱引

師古曰："坿,音附。"《司馬相如傳上》

蘇林曰："鞠,窮也。"《史記·酷吏·張湯傳》"訊鞠論報"集解引

師古曰："……鞠窮也。"《張湯傳》

蘇林漢書注曰："充縣官之賦斂。"《文選·楊惲〈報孫會宗書〉》"以給公上"李
　　注引

師古曰："充縣官之賦斂也。"《楊惲傳》

　　按《敘例》列有蘇林。

張晏第十二

張晏曰："郡守縣令皆不在。"《史記·陳涉世家》"陳守令皆不在"索隱引

師古曰："守,郡守也;令,縣令也。"《陳勝傳》

張晏曰："孝公,惠文王,武王,昭王[1],孝文王,莊襄王。"《史記·秦始皇紀
　　贊》"續六世之餘烈"集解,《文選·賈誼〈過秦論〉》李注引

師古曰："孝公,惠文王,武王,昭襄王,孝文王,莊襄王。"《陳勝項籍傳贊》

張晏曰："羽既彊盛,又爲所立,是以狐疑,莫知所往也。"《史記·張耳陳餘
　　傳》"而項羽又彊立我,我欲之楚"集解引

---

[1]據《史記·秦本紀》合作昭襄王。

師古曰："羽既彊盛，又爲所立，是以狐疑，莫知所往。"《張耳陳餘傳》

張晏曰："秦司馬。"《史記·樊噲列傳》"與司馬尼戰碭東"集解引

師古曰："章邯之司馬也。"《樊噲傳》

張晏曰："恭，敬也。"《文選·賈誼〈弔屈原文〉》"恭承嘉惠兮"李注（《史記·賈誼
　　傳》恭作共，集解引張説同）引

師古曰："恭，敬也。"《賈誼傳》

張晏曰："罔極，言無中正。"《文選·弔屈原文》"遭世罔極兮"李注引

師古曰："罔，無也；極，中也；無中正之道。"《賈誼傳》

張晏曰："左右不明，不敢斥王也。"《文選·鄒陽〈獄中上書〉》"自明左右不明"
　　李注引

師古曰："言左右不明者，不欲斥王也。"《鄒陽傳》

張晏曰："……梁下屯兵方十里。"《文選·枚乘〈上書重諫吳王〉》"而制於十里
　　之内矣"李注引

師古曰："梁下屯兵方十里也。"《枚乘傳》

張晏曰："兩宮，太后、景帝也。"《史記·魏其侯傳》"有如兩宮螫將軍"集解引

師古曰："兩宮，太后及帝也。"《竇嬰傳》

張晏曰："禖，求子禖神。"《御覽》五二九、《禮儀部》八（一四七《皇親部》十三引作
　　"禖者求子"）引

師古曰："禖，求子之神也。"《戾太子傳》"爲立禖"

張晏曰："周千八百國，在者十二；謂魯、衛、齊、宋、楚、鄭、燕、趙、韓、
　　魏、秦、中山。"《文選·東方朔〈答客難〉》"并爲十二國"李注引

師古曰："十二國，謂魯、衛、齊、楚、宋、鄭、魏、燕、趙、中山、秦、韓也。"
　　《東方朔傳》

張晏曰："沐猴，獼猴也。"《御覽》九百十《獸部》二二引

師古曰："沐猴，獼猴。"《蓋寬饒傳》"爲沐猴與狗鬭"

張晏曰："爽，差也。"《揚雄傳》殘卷"俱不見其爽"《訓纂》、《文選·揚雄〈羽獵賦〉》
　　李注引

師古曰："爽，差也。"《揚雄傳上》

張晏曰："淫，過也；夷，平也。言獸被創過多，血流①與車②輪平也。"
　　《揚雄傳》殘卷"創流輪夷"《訓纂》、《文選·羽獵賦》李注引

師古曰："淫，過也；夷，平也。言創過長，血流平於車輪也。"《揚雄傳上》

張晏③曰："《詩》云：愷弟君子，神所勞矣。"《文選·揚雄〈長楊賦〉》"故真神之
　　所勞也"李注引

師古曰："《大雅·旱麓》之詩曰：愷弟君子，神所勞矣。"《揚雄傳下》

張晏曰："謂齊、燕、楚、韓、趙、魏爲六，就秦爲七。"《文選·揚雄〈解嘲〉》"合
　　爲六七"李注引

師古曰："……六七者，齊、趙、韓、魏、燕、楚六國，及秦爲七也。"《揚雄傳
　　下》

張晏云：山名也《史記·匈奴傳》"至廬朐"集解引

師古曰："廬朐，山名也。"《匈奴傳上》

　　按：《叙例》列有張晏。

如淳第十三

如淳《漢書注》曰："直渡曰絶。"《文選·張衡〈東京賦〉》李注引

師古曰："直渡曰絶。"《高帝紀上》"絶河津南"

如淳《漢書注》曰："走，音奏。"《文選·鮑照〈蕪城賦〉》李注引

師古曰："走，……音奏。"《高帝紀上》"項王必引兵南走"

如淳曰："長水，胡名也。"《續漢書·百官志》"長水校尉"劉注、《北堂書鈔》六一
　　《設官部》十三引

師古曰："長水，胡名也。"《百官公卿表上》"長水校尉掌長水宣曲胡騎"

如淳注曰："宣曲，觀名。"《書鈔》六一《設官部》十三引

師古曰："……宣曲，觀名。"《百官公卿表上》"長水校尉掌長水宣曲胡騎"

---

①"血流"二字原脱，據《文選》李注補。
②"車"字原脱，據《文選》李注補。
③"晏"字原誤作"揖"，今改（張揖止注《司馬相如傳》）。

如淳云："曹，輩也；謂分曹輩而出爲使也。"《史記·平準書》"乃分遣御史廷
　　尉正監分曹"索隱引

師古曰："……曹，輩也；分輩而出爲使也。"《食貨志下》

如淳曰："野雞，雉也。呂后名雉，故曰野雞。"《史記·封禪書》"野雞夜雊"集
　　解引

師古曰："野雞，亦雉也。避呂后諱，故曰野雞。"《郊祀志上》

如淳曰："鍾，所在未聞；石，山險之限，在上①曲陽。"《文選·枚乘〈七發〉》
　　李注（張華《鷦鷯賦》李注止引首句）引

師古曰："鍾，所在未聞：石，山險之限，在上曲陽。"《地理志下》"鍾代石北迫
　　近胡寇"

如淳曰："……抵，歸也。音丁禮反。"《史記·張耳陳餘傳》"抵父客"集解引

師古曰："邸②，歸也。音丁禮反。"《張耳陳餘傳》

如淳云："效，致也。"《史記·淮陰侯傳》"諸將效首虜休畢賀"索隱引

師古曰："……效，致也。"《韓信傳》

如淳曰："《新序》③曰：鹿臺，其大三里，高千尺。"《史記·殷本紀》"以實鹿
　　臺之錢"④集解引

師古曰："劉向云：鹿臺，大三里，高千尺也。"《張良傳》"散鹿臺之財"

字林丘權反，如淳《漢書》音同。陸德明《左傳音義》三"成十年傳卷縣"下引

師古曰："卷……音丘權反。"《周勃傳》"其先卷人也"

如淳云："新殺曰鮮。"《史記·陸賈傳》"數見不鮮"索隱引

師古曰："鮮，謂新殺之肉也。"《陸賈傳》

如淳曰："抑，屈也。"《史記·叔孫通傳》"皆伏抑首"集解，《御覽》五二三《禮儀部》
　　二⑤引

---

①上字下原衍"黨"字，今删。
②"邸"與"抵"古字通，見《文選·宋玉〈風賦〉》李注。
③見《刺奢篇》。
④按如氏止注《漢書》，龍駒蓋取其解《張良傳》之文以注兹。
⑤慧琳《一切經音義》八引如氏《史記注》同。"史記"二字殆誤。

師古曰："抑，屈也。"《叔孫通傳》

如淳曰："言吳不塞成臯口，而令漢將得出之。"《史記·淮南王安傳》"漢將
　　一日過成臯者四十餘人"集解引

師古曰："言不知塞成臯口，而令漢將得出之。"《伍被傳》

如淳曰："斡，轉也。"《史記·賈誼傳》"斡棄周鼎兮"集解、《文選·賈誼〈弔原文〉》
　　李注引

師古曰："斡，轉也。"《賈誼傳》

如淳曰："斡，轉也。"《文選·賈誼〈鵩鳥賦〉》"斡流而遷兮"李注引

師古曰："……斡，轉也。"《賈誼傳》

如淳曰："請室，獄也。"《史記·袁盎傳》"徵繫請室"集解引

師古曰："請室，獄也。"《爰盎傳》

如淳曰："調，選。"《史記·袁盎傳》"調爲隴西都尉"集解（《治要·漢書》四引作調，
　　選也）引

師古曰："調，選也。"《爰盎傳》

如淳曰："舞，猶弄也。"《史記·汲黯傳》"舞文法"集解引

師古曰："舞，猶弄也。"《汲黯傳》

如淳曰："……或曰：徑直。"《史記·大宛傳》"從屬宜徑"集解引

師古曰："徑，直也。"《張騫傳》

如淳曰："若以篲掃於氾灑之處也。"《文選·王褒〈聖主得賢臣頌〉》"忽若篲氾
　　畫塗"李注又集注引

師古曰："……如以帚埽①氾灑之地。"《王褒傳》

如淳注《漢書》云："草稠曰薦。"慧琳《一切經音義》八四引

師古曰："薦，稠草。"《趙充國傳》"今虜亡其美地薦草"

如淳曰："近塞郡皆置尉，百里一人，士史尉史各二人也。"《史記·匈奴傳》
　　"是時鴈門尉史行徼"索隱引

---

①埽俗作掃。

師古曰："《漢律》①：近塞郡皆置尉，百里一人，士史尉史各二人。"《匈奴
　　傳上》

如淳曰："滇，音顛。"《史記·西南夷傳》"滇最大"集解引

師古曰："……滇，音顛。"《西南夷傳》

如淳曰："爲昆明所閉道。"《史記·西南夷傳》"皆閉昆明"集解引

師古曰："爲昆明所閉塞。"《西南夷傳》

如淳音樓。陸德明《左傳音義》五"昭五年傳婁"下引

師古曰："……婁，音樓。"《西域傳下》"乃械致都護但欽在所㙙婁城"

　　按：《叙例》列有如淳。

孟康第十四

孟康曰："沃，灌溉也。"《文選·王粲〈登樓賦〉》李注引

師古曰："沃者，灌溉也。"《張良傳》"沃野千里"

孟康曰：慘，所銜切。"《御覽》八七五《咎徵部》二引

師古曰："慘，所銜反。"《司馬相如傳下》"垂旬始以爲慘兮"

孟康曰："始爲惡者皆湮滅。"《文選·司馬相如〈封禪文〉》"首惡鬱没"李注（《史
　　記·司馬相如傳》集解引爲《漢書音義》）引

師古曰："始爲惡者皆即湮滅。"《司馬相如傳下》

孟康曰："天道質昧，以符瑞見意不可辭讓。"《文選·封禪文》"且天爲質，闇
　　示珍符，固不可辭"李注（《史記·司馬相如傳》集解引爲《漢書音義》）引

師古曰："言天道質昧，以符瑞見意，不可辭讓也。"《司馬相如傳下》

孟康曰："袑，音紹；謂大袴也。"《御覽》六九五《服章部》十二引

師古曰："袑，音紹；謂大袴也。"《朱博傳》"又敕宫曹官屬多褒衣大袑

孟康曰："馺娑，殿名也。"《揚雄傳》殘卷"神明馺娑"注、《文選·揚雄〈羽獵賦〉》

①《漢律》唐世已亡（見《後漢書·光武帝紀下》注），師古不容得見。且如氏注解班書，
　　屢引《漢律》，今本《史記》非脱"漢律"二字，即由小司馬删去。

李注引

師古曰：“殿名也。”《揚雄傳上》

　　按：《叙例》列有孟康。

韋昭第十五

韋昭云：“秦所都。”《史記·高祖紀》“高祖常繇咸陽”索隱引

師古曰：“咸陽，秦所都。”《高帝紀上》

韋昭云：“單父，縣名，屬山陽。”《史記·高祖紀》“單父人吕公”索隱引

師古曰：“《地理志》：山陽縣也。”《高帝紀上》

韋昭云：“蕭，沛之縣名？謂在蕭縣之西。”《史記·高祖紀》“與戰蕭西”索
　　隱引

師古曰：“蕭縣之西。”《高帝紀上》

韋昭云：“下邑，縣名。”《史記·高祖紀》“攻下邑”索隱引

師古曰：“下邑，縣名。”《高帝紀上》

韋昭云：“東郡縣。”《史記·高祖紀》“戰白馬”索隱引

師古曰：“白馬，亦縣名，屬東郡。”《高帝紀上》

韋昭曰：“乘，登也。”《史記·高祖紀》“故皆堅守乘城”索隱引

師古曰：“乘，登也。”《高帝紀上》

韋昭曰：“舊漏，晝夜共百刻，哀帝有短祚之期，故欲增之也。”《文選·劉
　　峻〈辨命論〉》“長則不可急之於箭漏”李注引。《御覽·天部》二引作“舊漏，晝夜
　　共一百刻，今增其二十也”

師古曰：“舊漏，晝夜共百刻，今增其二十。”《哀帝紀》“漏刻以百二十爲度”

韋昭曰：“小於鄉曰聚。”《文選·班固〈東都賦〉》李注，玄應《俱舍論音義》二一、慧
　　苑《華嚴經音義》上引

師古曰：“聚，小於鄉。”《平帝紀》“聚曰序”

韋昭曰：“謂舜受禪，在璇璣玉衡，以齊七政。”《史記·秦楚之際月表》“考之
　　於天”集解引

師古曰："謂在璿①璣玉衡，以齊七政。"《異姓諸侯王表》

韋昭《漢書注》曰："弛，廢也。"《文選》潘岳《西征賦》、謝莊《月賦》、盧諶《贈劉琨
　　詩》李注，慧苑《華嚴經音義》下引

師古曰："弛，廢也。"《律曆志上》"書缺樂弛"

韋昭曰："弘羊、孔僅之屬也。"《史記·平準書》"興利之臣，自此始也"集解引

師古曰："謂桑弘羊、東郭咸陽、孔僅之屬也。"《食貨志下》

韋昭曰："……或曰：更，償也。"《史記·平準書》"不足以更之"集解引

師古曰："……更，償也。"《食貨志下》

韋昭曰："名衍。"《史記·封禪書》"騶子之徒"集解引

師古曰："騶子即騶衍。"《郊祀志上》

韋昭曰："無車騊之屬。"《史記·封禪書》"而無諸加"集解引

師古曰："加謂車及騊駒之屬。"《郊祀志上》

韋昭曰："與中山所見黃雲之氣合也。"《史記·武帝紀》"合茲中山，有黃白雲
　　降"集解引

師古曰："……與初至中山黃雲之瑞相合也。"《郊祀志上》

韋昭曰："越地，人名也。"《史記·武帝紀》"越人勇之"集解引

師古曰："勇之，越人名。"《郊祀志下》

韋昭云："清河縣也。"《史記·河渠書》"其奉邑食鄃"索隱引

師古曰："……清河之縣也。"《溝洫志》

韋昭曰："壖，音而緣反；謂緣河邊地。"《史記·河渠書》"五千頃故盡河壖"集
　　解（《文選·謝靈運〈遊赤石進帆海詩〉》李注引同，惟未引音）引

師古曰："謂河岸以下緣河邊地，……奭②，音而緣反。"《溝洫志》

韋昭云："淮陽縣。"《史記·陳涉世家》"吳廣者，陽夏人也"索隱引

師古曰："《地理志》屬淮陽。"《陳勝傳》

韋昭曰："扛，舉也。"《史記·項羽本紀》"力能扛鼎"集解、《通鑑·秦紀二》"二世

---

①璿與璇通。

②奭蓋壖之借，壖與壖同。

　　皇帝上”胡注引

師古曰：“扛，舉也。”《項籍傳》

韋昭曰：“闚見陛下深淺也。”《史記·季布傳》“有以闚陛下也”集解、《治要漢書》

　　三、《御覽》二五九《職官部》五七引

師古曰：“窺①見陛下淺深也。”《季布傳》

韋昭曰：“繳，弋射也；其矢曰矰。”《史記·留侯世家》“雖有矰繳”集解引

師古曰：“繳，弋射也；其矢爲矰。”《張良傳》

韋昭曰：“戢，大戾也。”《史記·絳侯世家》“獨置大戢”集解引

師古曰：“戢，大戾。”《周勃傳》

韋昭曰：“在河內野王北。”《史記·酈食其傳》“杜太行之道”集解引

師古曰：“太行，山名；在河內野王之北。”《酈食其傳》

韋昭曰：“……溷，濁也。”《文選·賈誼〈弔屈原文〉》“世謂隨夷爲溷兮”李注引

師古曰：“溷，濁也。”《賈誼傳》

韋昭曰：“隱匿，謂僻在東南。”《文選·枚乘〈上書重諫吳王〉》“有隱匿之名”李

　　注引

師古曰：“隱匿，謂僻在東南。”《枚乘傳》

韋昭氏音支。《史記·衞將軍驃騎傳》“遂過小月氏”索隱引

師古曰：“……氏，音支。”《衞青霍去病傳》

韋昭曰：“脚，謂持其脚也。”《文選·司馬相如〈子虛賦〉》“射麋脚麟”李注引

師古曰：“……格字或作脚，言持引其脚也。”《司馬相如傳上》

韋昭曰：“……音窓。”《文選·子虛賦》“摐金鼓”李注引

師古曰：“……摐，音窓②。”《司馬相如傳上》

韋昭曰：“生，謂生取之也。”《文選·司馬相如〈上林賦〉》“生貔豹”李注引

師古曰：“……生，謂生取之也。”《司馬相如傳上》

韋昭曰：“爲孫水作橋。”《史記·司馬相如傳》“橋孫水”集解引

---

①窺與闚通。

②窓，窗之俗。

師古曰：“於孫水上作橋也。”《司馬相如傳下》

韋昭曰：“臞，瘠也。”《史記·司馬相如傳》“形容甚臞”索隱引

師古曰：“臞，瘠也。”《司馬相如傳下》

韋昭云：“爰，換也。”《史記·酷吏·張湯傳》“爰書”索隱引

師古曰：“爰，換也。”《張湯傳》

韋昭曰：“蹂，踐；躪，轢也。”《御覽》四九一《人事部》一三二引

師古曰：“蹂，踐也；躪，轢也。”《王商傳》“百姓奔走相蹂躪”

韋昭音疵。蕭該《音義》引，見《翟方進傳》“固知我國有呰災”句下

師古曰：“……呰，讀與疵同。”《翟方進傳》

韋昭曰：“鳳皇爲車飾也。”《文選·揚雄〈甘泉賦〉》“於是乘輿迺登夫鳳皇兮而翳
　　華芝”李注引

師古曰：“鳳皇者，車以鳳皇爲飾也。”《揚雄傳上》

韋昭云：“繾，繫也。”《廣韻》上聲二十五“潸繾”下引

師古曰：“……繾，系①也。”《揚雄傳上》“紅蜺爲繾”

韋昭曰：“……捎，拂也。”《文選·揚雄〈羽獵賦〉》“曳捎星之旃”李注引

師古曰：“……捎，猶拂也。”《揚雄傳上》

韋昭曰：“斯，斬也。”《文選·羽獵賦》“斯巨”李注引

師古曰：“斯，斬也。”《揚雄傳上》

韋昭曰：“鳴球，玉磬也。”《文選·揚雄〈長楊賦〉》“拮隔鳴球”李注引

師古曰：“鳴球，玉磬也。”《揚雄傳下》

韋昭曰：“二百五十頭。”《史記·貨殖列傳》“千足羊澤中千足彘”集解引

師古曰：“凡言千足者，二百五十頭也。”《貨殖傳》

韋昭曰：“地名，在上谷。”《史記·匈奴傳》“造陽”集解引

師古曰：“造陽，地名，在上谷界。”《匈奴傳上》

韋昭云：“今遼東所理②也。”《史記·匈奴傳》“襄平”索隱引

----

① 系與繫誼同。
② 理字蓋小司馬避高宗諱改

師古曰:"……襄平,即遼東所治也。"《匈奴傳上》

韋昭云:"北假,地名。"《史記·匈奴傳》"北假"索隱引

師古曰:"北假,地名。"《匈奴傳上》

韋昭曰:"苦,麁也。"《史記·匈奴傳》"不備苦惡"集解引

師古曰:"苦,猶麤^①也。"《匈奴傳上》

韋昭云:"作金人以爲祭天主。"《史記·匈奴傳》"破得休屠王祭天金人"索隱引

師古曰:"作金人以爲天神之主而祭之。"《匈奴傳上》

韋昭云:"漢爲縣,屬牂牁。"《史記·西南夷傳》"夜郎最大"索隱引

師古曰:"後爲縣,屬牂牁。"《西南夷傳》

韋昭云:"竈,姓周。"《史記·南越傳》"高后遣將軍隆盧侯竈往擊之"索隱引

師古曰:"周竈也。"《南粵傳》

韋昭:"窼音節。"蕭該《音義》引,見《叙傳上》"窼枂之材"句下

師古曰:"……窼,音節。"《叙傳上》

韋昭曰:"圮,毀也。"蕭該《音義》引,見《叙傳上》"將圮絶而罔階"句下

師古曰:"圮,毀也。"《叙傳上》

韋昭曰:"柢,本也。"《文選·班固〈幽通賦〉》"形氣發於根柢兮"李注引

師古曰:"柢,本也。"《叙傳上》

韋昭《漢書注》曰:"摛,布也。"《文選·蔡邕〈郭有道碑〉》李注引

師古曰:"……摛,布也。"《叙傳上》"摛藻如春華"

韋昭曰:"摧^②,猶專也。"《文選·班固〈答賓戲〉》"般輸摧巧於斧斤"李注引

師古曰:"……榷專也。"《叙傳上》

韋昭曰:"畔換,跋扈也。"《文選·漢書述高紀贊》"項氏畔換"李注引

師古曰:"……畔換,……猶言跋扈也。"《叙傳下》

　　按:《叙例》列有弘嗣,隋、唐《志》、《通志》載其所撰《漢書音義》七

---

①麤正麁俗。
②摧當作榷。

卷①。師古掩襲，竟至五十四條，爲乾没前人之最多者。

司馬彪第十六

司馬彪曰：“畋，獵也。”《文選·司馬相如〈子虛賦〉》“發車騎與使者出畋”李注引

師古曰：“田②，獵也。”《司馬相如傳上》

司馬彪曰：“纖，細也。”《文選·子虛賦》“雜纖羅”李注引

師古曰：“纖，細也。”《司馬相如傳上》

司馬彪曰：“齊東臨大海爲渚也。”《文選·子虛賦》“且齊東陼鉅海”李注引

師古曰：“東陼鉅海，東有大海之陼，字③與渚同也。”《司馬相如傳上》

司馬彪曰：“湯谷，日所出也。”《文選·子虛賦》“右以湯谷爲界”李注引

師古曰：“湯谷，日所出也。”《司馬相如傳上》

司馬彪曰：“洶涌，跳起也；彭湃，波相戾也。”《文選·司馬相如〈上林賦〉》“洶
　　涌彭湃”李注、《史記·司馬相如傳》索隱引

師古曰：“洶涌，跳起也；彭湃，相戾也。”《司馬相如傳上》

司馬彪曰：“暉弗，盛貌也；宓汩，去疾也。”《文選·上林賦》“渾弗宓汩”李注、
　　《史記·司馬相如傳》索隱引

師古曰：“渾弗，盛貌也；宓汩，去疾也。”《司馬相如傳上》

司馬彪曰：“偪側，相迫也；泌㳉，相楔也。”《文選·上林賦》“偪側泌㳉”李注、
　　《史記·司馬相如傳》索隱引

師古曰：“偪側，相逼也；泌㳉，相楔也。”《司馬相如傳上》

司馬彪云：“批，反擊也。”《史記·司馬相如傳》“批巖衝壅”正義引）

師古曰：“批，反擊也。”《司馬相如傳上》

司馬彪曰：“擁，曲隈也。”《文選·上林賦》“批巖衝擁”李注引

師古曰：“……擁，曲隈也。”《司馬相如傳上》

---

①《三國志·吳志·韋曜傳》不載。

②田畋古通。

③文有誤，非字上脱陼字，即之字衍。

司馬彪云："夷，平也；廣平曰陸。"《史記·司馬相如傳》"散渙夷陸"索隱引

師古曰："……夷，平也；廣平曰陸。"《司馬相如傳上》

司馬彪曰："鮮支，支子也。"《文選·上林賦》"鮮支黃礫"李注（《史記·司馬相如傳》索隱引作鮮支，即今支子）引

師古曰："鮮支，即今支子樹也。"《司馬相如傳上》

司馬彪曰："纚屬，連屬也。"《文選·上林賦》"輦道纚屬"李注引

師古曰："……纚屬，纚迤相連屬也。"《司馬相如傳上》

司馬彪曰："虵，延也。"《文選·上林賦》"虵丘陵"李注（《史記·司馬相如傳》集解引郭璞同）引

師古曰："虵，猶延也。"《司馬相如傳上》

　　按：紹統注長卿《子虛》、《上林》二賦[1]，前於顏氏者，姚察既引之[2]，後於顏氏者，李善、司馬貞、張守節亦引之。師古何以從未提及？ 果未見其書，抑存心攘善，固不得而知矣。

晉灼第十七

晉灼云："東海縣也。"《史記·高祖紀》"走至戚"索隱引

師古曰："東海之縣也。"《高帝紀上》

晉灼《漢書注》曰："若，預及之辭。"《文選·揚雄〈劇秦美新〉》李注引

師古曰："若者，豫[3]及之辭。"《高帝紀上》"以萬人若一郡降者封萬戶"

晉灼曰："以蒲裹車輪。"《御覽》九九九《百卉部》六引

師古曰："以蒲裹輪。"《武帝紀》"遣使者安車蒲輪"

晉灼曰："命者，名也，謂脫名籍而逃。"《史記·張耳陳餘傳》"張耳嘗亡游外黃"索隱引

---

[1]《文選·班固〈西都賦〉》等李注引司馬彪《上林賦注》，宋玉《登徒子好色賦》李注引司馬彪注《漢書·子虛賦》，可以知之。

[2] 見《揚雄傳》殘卷"剖明月之珠胎"句姚察《訓纂》引。

[3] 豫本字，預俗體（《說文》有"豫"無"預"）。

師古曰："命者,名也;凡言亡命,謂脱其名籍而逃亡。"《張耳陳餘傳》

《漢書音義》晉灼曰："樵,取薪也;蘇,取草也。"《文選·左思〈魏都賦〉》、應璩
　　《與侍郎曹長思書》、潘岳《馬汧督誄》李注、《治要·漢書三》(《史記·淮陰侯傳》
　　集解止引爲《漢書音義》)引

師古曰："樵,取薪也;蘇,取草也。"《韓信傳》"樵蘇後爨"

晉灼曰："鼓行而西,言無所畏也。"《史記·留侯世家》"則鼓行而西耳"集解引

師古曰："擊鼓而行,言無所畏。"《張良傳》

晉灼云："胥,相也;靡,隨也。古者相隨坐輕刑之名。"《史記·賈誼傳》"説
　　胥靡兮"索隱引

師古曰："胥靡,相隨之刑也。"《賈誼傳》

晉灼云："百金,言其貴重也。"《史記·馮唐列傳》"百金之士十萬"索隱(《通
　　鑑·漢紀七》"太宗孝文皇帝"下胡注引作百金,喻貴重也)引

師古曰："百金,喻其貴重耳。"《馮唐傳》

晉灼曰："謙不斥言,故云左右,言使者左右也。"《文選·司馬相如〈子虛
　　賦〉》"以娛左右"李注引

師古曰："謙不斥言使者,故指云其左右也。"《司馬相如傳上》

晉灼曰："嫚,古貶字也。"《文選·司馬相如〈上林賦〉》"而適足以嫚君自損也"李
　　注引

師古曰："嫚古貶字。"《司馬相如傳上》

晉灼曰："抙,古攀字也。"《文選·上林賦》"仰抙橑而捫天"李注引

師古曰："抙①,古攀字也。"《司馬相如傳上》

晉灼曰："……盧,黑也。"《文選·上林賦》"盧橘夏熟"李注引

師古曰："盧,黑色也。"《司馬相如傳上》

晉灼云："此古讓字。"《史記自序》"小子何敢讓②焉"索隱引

師古曰："攘,古讓字。"《司馬遷傳》

晉灼曰："疻,音侈。"蕭該《漢書音義》引,見《薛宣傳》"而見疻者與痏人之罪鈞惡"

---

① 抙與扒篆隸之異。
②《索隱》云:《漢書》躟作攘,故引晉氏説。

　　句下

師古曰："疢音侈。"《薛宣傳》

晉灼曰："口之上下名爲噱，言禽獸奔走倦極，皆遥張噱吐舌於紘網之
　　中也。"《文選·揚雄〈羽獵賦〉》"遥噱乎紘之中"李注引

師古曰："口内之上下名爲噱，言禽獸奔走倦極，皆遥張噱吐舌於紘
　　罔①之中也。"《揚雄傳上》

　　按：《叙例》列有晉灼，隋唐志並箸録其《漢書集注》十三卷②，《新
　　唐志》、《通志》則又載其《音義》十七卷。

臣瓚第十八

臣瓚《漢書注》曰："懸首於木曰梟。"《文選·陳琳〈爲袁紹檄豫州〉》李注引

師古曰："梟，縣③首於木上。"《高帝紀上》"梟故塞王欣頭櫟陽市"

臣瓚曰："山名也。"《文選·袁淑〈效古詩〉、班固〈封燕然山銘〉》李注引

師古曰："山名也。"《武帝紀》"至高闕"

瓚曰："殷，聲也。"《史記·封禪書》"其聲殷云"集解引

師古曰："殷殷，聲也。"《郊祀志上》

瓚曰："考校其虛實也。"《史記·封禪書》"考入海方士"集解引

師古曰："考校其虛實也。"《郊祀志上》

瓚曰："射牛，示親殺也。"《史記·武帝紀》"而群儒采封禪尚書周官王制之望祀
　　射牛事"集解引

師古曰："天子有事宗廟，必自射牲，蓋示親殺也。"《郊祀志上》

臣瓚按："西周方八百里，八八六十四，爲方百里者六十四；東周方六百
　　里，六六三十六，爲方百里者三十六。二都方百里者，百方千里
　　也。"《詩·王風王城譜·正義》引

----

① 罔與網同。

② 《隋志》："《漢書集注》十三卷，晉灼撰。"《通志》同。新、舊《唐志》并作十四卷。

③ 縣，懸之正。

師古曰："宗周，鎬京也，方八百里，八八六十四，爲方百里六十四也；雒
　　邑者，成周也，方六百里，六六三十六，爲方百里者三十六。二都
　　得百里者，百方千里也。"《地理志下》"初雒邑與宗周通封畿"

瓚曰："下流曰瀕。"《史記·河渠書》"水瀕以絶商顏"集解引

師古曰："下流曰隤①。"《溝洫志》

臣瓚："觖，謂相觖而怨望也。"《文選·左思〈吳都賦〉》李注引

師古曰："觖，謂相觖也；望，怨望也。"《盧綰傳》"爲群臣觖望"

瓚曰："武彊城在陽武。"《史記·曹相國世家》"還攻武彊"集解（《水經·渠水注》
　　引作薛瓚，文同）引

師古曰："武彊城在陽武。"《曹參傳》

瓚曰："吹簫以樂喪殯，若樂人也。"《史記·絳侯世家》"常爲人吹簫給喪事"集
　　解引

師古曰："吹簫以樂喪賓②，若樂人也。"《周勃傳》

瓚曰："拔取曰搴。"《史記·叔孫通傳》"故先言斬將搴旗之士"集解引

師古曰："搴，拔取。"《叔孫通傳》

臣瓚："以爲鼎士，舉鼎之士；叢臺，趙王之臺。"《文選·鄒陽〈上書吳王〉》
　　"武力鼎士，袨服叢臺之下者"李注引

師古曰："……鼎士，舉鼎之士也；叢臺，趙王之臺也。"《鄒陽傳》

瓚："以爲純絲。"《文選·王褒〈聖主得賢臣頌〉》"難與道純縣之麗密"李注（《文選
　　集注》引作"瓚以爲純綿之"，疑有脱誤）引

師古曰："純絲也。"《王褒傳》

宋祁曰："（承）《集解》音證。《集解》蓋臣瓚書也。"《匡衡傳》"東海承人也"
　　句下（殿本）

師古曰："承，音證。"《匡衡傳》

　　按：《叙例》列有臣瓚。

----

① 隤與瀕通。
② 賓與殯通。

郭璞十九

郭璞云：“第，發語之急耳。”《史記·司馬相如傳》“第俱如臨邛”索隱引

師古曰：“弟①……發聲之急耳。”《司馬相如傳上》

郭璞曰：“主獵犬也。”《史記·司馬相如傳》“楊得意爲狗監侍上”集解引

師古曰：“主天子田獵犬也。”《司馬相如傳上》

郭璞曰：“稱説楚之美。”《史記·司馬相如傳》“爲楚稱”集解引

師古曰：“稱説楚之美。”《司馬相如傳上》

郭璞曰：“詰難楚事也。”《史記·司馬相如傳》“爲齊難”集解引

師古曰：“難詰楚事也。”《司馬相如傳上》

郭璞曰：“濱，涯也。”《文選·司馬相如〈子虛賦〉》“畋於海濱”李注引

師古曰：“濱，涯也。”《司馬相如傳上》

郭璞曰：“罘，……音浮。”《史記·司馬相如傳》“罘罔彌山”集解引

師古曰：“……罘，音浮。”《司馬相如傳上》

郭璞曰：“與，猶如也。”《史記·司馬相如傳》“何與寡人”集解、《文選·子虛賦》李
　　注引

師古曰：“與，猶如也。”《司馬相如傳上》

郭璞云：“朱楊，赤莖柳，生水邊。”《史記·司馬相如傳》“蘗離朱楊”索隱（《文
　　選·子虛賦》李注引無末句）引

師古曰：“……朱楊，赤莖柳也，生水邊。”（《司馬相如傳上》

郭璞曰：“野鵝也，駕，音加。”《史記·司馬相如傳》“連駕鵝”集解引

師古曰：“駕鵝，野鵝也，……駕，音加。”《司馬相如傳上》

郭璞曰：“金鼓，鉦也。”《文選·子虛賦》“摐金鼓”李注引

師古曰：“……金鼓，謂鉦也。”《司馬相如傳上》

郭璞曰：“……榜，……音謗。”《史記·司馬相如傳》“榜人歌”集解引

---

① 弟與第通。

師古曰：“榜，音謗。”《司馬相如傳上》

郭璞曰：“俶儻，猶非常也。”《文選·子虛賦》“若乃俶儻瑰瑋”李注引

師古曰：“俶儻，猶非常也。”《司馬相如傳上》

郭璞曰：“听，笑貌也。”《史記·司馬相如傳》“無是公听然而笑”集解引

師古曰：“听，笑貌也。”《司馬相如傳上》

郭璞曰：“捷，舉也，鰭，背上鬣也。”《文選·司馬相如〈上林賦〉》“捷鰭掉尾”李
　　注引

師古曰：“捷，舉也；鰭，魚背上鬣也。”《司馬相如傳上》

郭璞曰：“言爲亭候於皋隰，皆築地令平。”《史記·司馬相如傳》“亭皋千里，
　　靡不被築”集解引

師古曰：“爲亭候於皋①隰之中，千里相接，皆築令平也。”《司馬相如傳上》

郭璞云：“象，大獸，長鼻，牙長一丈。犀，頭似豬。”《史記·司馬相如傳》“窮
　　奇象犀”索隱引

師古曰：“象，大獸也，長鼻，牙長一丈。犀，頭似豬。”②《司馬相如傳上》

郭璞曰：“……揭，褰衣。”《史記·司馬相如傳》“涉水揭河”集解引

師古曰：“……揭，褰衣也。”《司馬相如傳上》

郭璞曰：“言於巖交底爲室，潛通臺上也。”《文選·上林賦》“巖交洞房”李
　　注引

師古曰：“於巖穴底爲室，若竈突然，潛通臺上。”《司馬相如傳上》

郭璞曰：“醴泉，瑞水也。”《文選·上林賦》“醴泉涌於清室”李注引

師古曰：“醴泉，瑞水。”《司馬相如傳上》

郭璞曰：“言其光采之盛也。”《文選·上林賦》“照曜鉅野”李注引

師古曰：“言其光采之盛也。”《司馬相如傳上》

郭璞曰：“枰，平仲木也。”《文選·上林賦》“華楓枰櫨”李注引

師古曰：“……枰，即平仲木。”《司馬相如傳上》

郭璞曰：“坑衡，徑直貌；閜砢，相扶持也。”《文選·上林賦》“坑衡閜砢”李

---

① 皋與皋同。皋，皋之俗。

② 豬、猪正俗字。

注引

師古曰:"坑衡,徑直貌也;閬砢,相扶持也。"《司馬相如傳上》

郭璞曰:"崔錯,交雜;㩻骫,蟠戾也。"《文選·上林賦》"崔錯㩻骫"李注引

師古曰:"崔錯,交雜也;㩻委,蟠戾也。……骫,古委字。"《司馬相如傳上》

郭璞曰:"皆林木鼓動之聲。"《史記·司馬相如傳》"瀏莅芔吸"索隱引

師古曰:"林木鼓動之聲也。"《司馬相如傳上》

郭璞曰:"厲,以衣渡水。"《文選·上林賦》"趣埶厲水"李注引

師古曰:"厲,以衣度①也。"《司馬相如傳上》

郭璞曰:"忽然疾歸貌。"《文選·上林賦》"晻乎反鄉"李注引

師古曰:"撎②然疾歸貌。"《司馬相如傳上》

郭璞曰:"宜春,宮名,在渭南杜縣東。"《文選·上林賦》"息宜春"李注引

師古曰:"宜春,宮名,在杜縣東。"《司馬相如傳上》

郭璞曰:"巴西閬中有渝水,獠人居其上,皆剛勇好舞;漢高募此以平三秦,後使樂府習之,因名巴渝舞也。"《史記·司馬相如傳》"巴俞宋蔡"集解、《文選·上林賦》李注引

師古曰:"巴俞③之人,剛勇好舞,初高祖用之克平三秦,美其功力,後使樂府習之因名巴俞舞也。"《司馬相如傳上》

郭璞曰:"鐺鏊,鼓音。"《史記·司馬相如傳》"鏗鎗鐺鏊"集解引

師古曰:"……闛鞈④,鼓音也。"《司馬相如傳上》

郭璞曰:"仞,滿也。"《文選·上林賦》"虛宮館而勿仞"李注引

師古曰:"……仞,亦滿也。"《司馬相如傳上》

按:景純亦止注長卿傳者⑤,師古襲取,竟至三十條,較諸掠自張揖、司馬彪,尤有甚焉。

---

①度與渡通。

②撎然忽然誼並得通。

③俞,渝之借。

④闛與鐺通,鞈爲鏊之古文。

⑤《晉書·郭璞傳》云:又注《子虛、上林賦》。

蔡謨第二十

《漢書集注》曰：“撫，慰也。”慧苑《華嚴經音義》下（兩見）引

師古曰：“……撫，慰也。”《高帝紀上》“鎮撫關外父老”

《漢書集注》曰：“殘，謂多所殺戮也。”慧苑《華嚴經音義》中引

師古曰：“殘，謂多所殺戮也。”《高帝紀下》“馬邑不下，攻殘之”

《漢書集注》曰：“特，獨也。”慧苑《華嚴經音義》中引

師古曰：“特，獨也。”《高帝紀下》“豈特古之人乎”

《漢書集注》曰：“暢，通。”慧苑《華嚴經音義》下（《文選·孫綽〈天台山賦〉》等李
　　注引爲《漢書音義》）引

師古曰：“暢，通也。”《武帝紀》“物不暢茂”

《漢書集注》曰：“萌，謂草木初生也。”慧苑《華嚴經音義》中引

師古曰：“萌，喻草木始生也。”《五行志下之上》“季氏萌於釐公”

《漢書集注》曰：“適，主也。”慧苑《華嚴經音義》中引

師古曰：“適，主也。”《項籍傳》“欲立長無適用”

《漢書集注》曰：“安，焉也。”慧苑《華嚴經音義》中引

師古曰：“安，焉也。”《吳王濞傳》“安得不事”

《漢書集注》曰：“嬰，繞也。”慧苑《華嚴經音義》中又下引

師古曰：“嬰，繞也。”《賈誼傳》“而欲嬰以芒刃”

《漢書集注》曰：“舉，總也。”慧苑《華嚴經音義》中引

師古曰：“舉，總也。”《嚴助傳》“且秦舉咸陽而棄之”

注：“……金布，其篇名。”敦煌寫本《漢書·蕭望之傳》①“故金布令甲”

師古曰：“金布者，篇名也。”《蕭望之傳》

《漢書集注》曰：“什物者，爲生之具也。”慧苑《華嚴經音義》中引

師古曰：“……什器，爲生之其也。”《薛宣傳》“處置什器”

---

① 據王重民《巴黎倫敦所藏敦煌殘卷叙錄》（《圖書季刊》新第一卷第一期）。

《漢書集注》曰："檻，謂軒前闌板也。"慧苑《華嚴經音義》中引

師古曰："……檻軒前闌版①也。"《翟方進傳》"柱檻皆衣素"

《漢書集注》曰："繽紛，眾疾貌。"慧苑《華嚴經音義》中引

師古曰："繽紛，眾疾也。"《揚雄傳上》"繽紛往來"

《漢書集注》曰："撓，弱也。"慧苑《華嚴經音義》中引

師古曰："撓，弱也。"《佞幸傳贊》"棟幹微撓"

　　按：前於顏氏集注班書者，據師古《叙例》及《晉書》、《隋志》、《唐志》，知有二家，首為晉灼②，次則蔡謨③。上列十三條（《蕭望之傳》一條除外），慧苑雖未箸其名姓，然與晉氏所撰相校，頗不倫類，其為道明之作，殆無疑義。且慧苑之音義《華嚴》，於《漢書》注家，皆引其名④，即師古亦爾⑤。蓋蔡氏注本，當時甚為流行，故但稱其書名。師古《叙例》於謨大加訾毀，蓋亦因蔡書傳布極廣而起相輕之論，未必屬輯乖舛，錯亂實多⑥。惜英法所藏敦煌原本⑦，不能寓目；羅氏所印者⑧，亦難假賃，否則定能多方疏證之也。

徐廣第二十一

徐廣曰："姓孫。"《史記·文帝紀》"殺北地都尉印"集解引

師古曰："……然則印姓孫。"《文帝紀》

---

①版俗作板。

②《隋志》："《漢書集注》十三卷，晉灼撰。"《通志》同。新、舊《唐志》並作十四卷。師古《叙例》云："至典午中朝，爰有晉灼，集為一部，凡十四卷。……號曰《漢書集注》。"

③《晉書·蔡謨傳》云："總應劭以來注班固《漢書》者為之集解。"師古《叙例》云："蔡謨全取臣瓚一部散入《漢書》，自此以來，始有注本。"

④如服虔、應劭、如淳、韋昭、臣瓚、姚察等是。

⑤引師古注凡十八條，皆箸姓氏。

⑥以上二語，用師古《叙例》原文。

⑦巴黎所藏《刑法志》，倫敦所藏《蕭望之傳》。

⑧《敦煌石室碎金》所印匡張孔等傳。

徐廣曰：“城陽，濟北，濟南，菑川，膠東，膠西。”《史記·漢興以來諸侯年表》
　　“故齊分爲七”集解引

師古曰：“謂齊城陽，濟北，濟南，淄①川，膠西，膠東也。”《諸侯王表》

徐廣曰：“濟陰，濟川，濟東，山陽也。”《史記·漢興以來諸侯年表》“梁分爲五”
　　集解引

師古曰：“謂梁濟川，濟東，山陽，濟陰也。”《諸侯王表》

徐廣曰：“廢居者，貯畜之名也；有所廢，有所畜，言乘時射利也。”《史
　　記·平準書》“廢居居邑”集解引

師古曰：“……此言或有所廢置，有所居蓄②，而居於邑中，以乘時射利
　　也。”《食貨志下》

徐廣曰：“一云：日一太牢，具七日。”《史記·武帝本紀》“用太牢具七日”集
　　解引

師古曰：“每日以一太牢，凡七日祭也。”《郊祀志上》

徐廣曰：“今之臨濟。”《史記·陳涉世家》“周市北徇地至狄”集解引

師古曰：“縣名也，後漢安帝時改名臨濟。”《陳勝傳》

徐廣曰：“在汝南也。”《史記·陳涉世家》“起新陽”集解引

師古曰：“縣名也，屬汝南郡。”《陳勝傳》

徐廣曰：“縣名，在沛。”《史記·項羽本紀》“章邯軍至栗”集解引

師古曰：“栗，縣名，地理志屬沛郡。”《項籍傳》

徐廣曰：“鹵，楯也。”《史記·秦始皇紀贊》“血漂鹵”集解引

師古曰：“鹵，楯也。”《項籍傳贊》

徐廣曰：“篋，音鞭。”《史記·張耳陳餘列傳》“篋輿前”集解引

師古曰：“……篋，音鞭。”《張耳陳餘傳》

徐廣曰：“賁，音肥。”《史記·黥布傳》“醫家與中大夫賁赫對門”集解引

師古曰：“賁，音肥。”《黥布傳》

徐廣曰：“姓韓。”《史記·吳王濞傳》“漢將弓高侯頹當”集解引

---

①淄本字，菑借字。
②蓄本字，畜借字。

師古曰：“韓頽當。”《吳王濞傳》

徐廣曰：“嶢，音堯。”《史記·留侯世家》“擊秦嶢下軍”集解引

師古曰：“嶢，音堯。”《張良傳》

徐廣曰：“姓乘馬。”《史記·絳侯世家》“斬豨將軍乘馬絺”集解引

師古曰：“姓乘馬。”《周勃傳》

徐廣曰：“隴西有西縣。”《史記·樊噲傳》“別擊西丞白水北”集解引

師古曰：“西，謂隴西郡西縣也。”《樊噲傳》

徐廣曰：“繆者，更封邑名。”《史記·酈商傳》“封爲繆侯”集解引

師古曰：“繆，所封邑名。”《酈商傳》

徐廣曰：“今曰考城。”《史記·靳歙傳》“菑南”集解引

師古曰：“菑，縣名也，後爲考城。”《靳歙傳》

徐廣曰：“在梁碭間。”《史記·淮南王安傳》“敗於狐父”集解引

師古曰：“在梁碭之間也。”《伍被傳》

徐廣曰：“在鴈門。”《史記·韓安國傳》“入武州塞”集解引

師古曰：“在鴈門。”《韓安國傳》

徐廣曰：“陳平曾孫名掌也。”《史記·衛將軍驃騎傳》“故與陳掌通”集解引

師古曰：“掌，即陳平曾孫也。”《衛青霍去病傳》

徐廣曰：“轔，音吝。”《史記·司馬相如傳》“捷兔轔鹿”集解引

師古曰：“轔，……音丒①。”《司馬相如傳上》

徐廣曰：“音劇。”《史記·司馬相如傳》“與其窮極倦𢽾”集解引

師古曰：“𢽾，音劇。”《司馬相如傳上》

徐廣曰：“噭，音祈。”《史記·司馬相如傳》“噍咀芝英兮嘰瓊華”集解引

師古曰：“嘰，……又音祈。”《司馬相如傳下》

徐廣曰：“《張耳傳》云：武臣自號武信君。”《史記·自序》“爲武信君將”集
　　解引

師古曰：“武信君，即武臣也，未爲趙王之前，號武信君。”《司馬遷傳》》

---

①丒，吝之俗體。

徐廣曰："孔子八世孫，名鮒，字甲也。"《史記·儒林傳》"於是孔甲爲陳涉博
　　士"集解引

師古曰："……今此云孔甲，將名鮒，而字甲也。"《儒林傳》

徐廣曰："……屬扶風。"《史記·酷吏·趙禹傳》"趙禹者，斄人"集解引

師古曰："斄，……扶風縣也。"《酷吏·趙禹傳》

徐廣曰："椎殺人而埋之。"《史記·酷吏·王温舒傳》"少時椎埋爲姦"集解引

師古曰："椎殺人而埋之。"《酷吏王温舒傳》

徐廣曰："音項。"《史記·酷吏·楊僕傳》"投鉗"集解引

師古曰："鉗，……音項。"《酷吏·王温舒傳》

徐廣曰："長頸罋。"《史記·貨殖傳》"醯醬千坃"集解引

師古曰："坃，長頸①罋②。"《貨殖傳》

徐廣曰："屬廣漢。"《史記·貨殖傳》"處葭萌"集解引

師古曰："縣名，《地理志》屬廣漢。"《貨殖傳》

徐廣曰："北狄駿馬。"《史記·匈奴傳》"駃騠"集解引

師古曰："駃騠，駿馬也。"《匈奴傳上》

徐廣曰："音顛，巨虚之屬。"《史記·匈奴傳》"驒騱"集解引

師古曰："……驒奚，駏驉③類也。……驒，音顛。"《匈奴傳上》

徐廣曰："后稷之曾孫。"《史記·匈奴傳》"而公劉失其稷官"集解引

師古曰："公劉，后稷之曾孫也。"《匈奴傳上》

徐廣曰："公劉九世孫。"《史記·匈奴傳》"戎狄攻太王亶父"集解引

師古曰："自公劉至亶父，凡九君也。"《匈奴傳上》

　　按：野民撰有《史記音義》，《隋志》、《唐志》均箸録④。據師古《文

---

①頸原誤作頭，據宋祁説改。
②罋與罋同。
③駏驉與巨虚同。
④《隋志》："《史記音義》十二卷，徐野民撰。"《通志》同。新、舊《唐志》並作十三卷（《晉
　書》、《宋書》、《南史》徐廣傳皆不載）。

帝紀》①、《郊祀志》②、《司馬相如傳》③諸注，實曾寓目，且加駁詰
之辭④，而於上列三十四條，則隱匿其名，謂之掠美，誰曰不宜。

裴駰第二十二

駰案："《周禮》⑤有銜枚氏，鄭玄曰：'銜枚，止言語囂讙也；枚狀如箸，
　　橫銜之，繣結於項者。'繣，音獲。"《史記・高祖本紀》"夜銜枚擊項梁"

師古曰："銜枚者，止言語讙囂，……《周禮》有銜枚氏，狀如箸，橫銜之，
　　繣絜⑥於項。……繣，音獲。"《高帝紀上》

裴駰注云："以鳥羽插於檄書之上，而取其勢速，若鳥飛也。"慧琳《一切經
　　音義》九十引

師古曰："檄者，以木簡爲書，……其有急事，則加以鳥羽插之，示速疾
　　也。"《高帝紀下》

駰案："《爾雅》⑦曰：右⑧陵太丘。"《史記・封禪書》"宋太丘社亡"

師古曰："《爾雅》云：右陵泰⑨丘。"《郊祀志上》

駰案："孫，灌嬰之孫，名强。"《史記・李廣傳》"廣家與故潁陰侯孫屏野居藍田南
　　山中射獵"

師古曰："潁陰侯灌嬰之孫名彊⑩。"《李廣傳》

駰案："洶，音許勇反。"《史記・司馬相如傳》"洶涌滂濞"

---

①兩見，一見"殺北地都尉印"句下，一見"以中大夫令免爲車騎將軍"句下。

②《郊祀志上》兩見，一見"嶽山"句下，一見"杜亳"句下。

③見篇題下。

④《文帝紀》所引兩條，《郊祀志上》所引嶽山條，《司馬相如傳》篇題，皆加以駁詰。

⑤見《秋官・司寇》。

⑥今本《周禮》注作結，師古作絜，用古字也（本阮元校勘記説）。

⑦見《釋丘》。

⑧右原誤作古，據《釋丘》改。

⑨釋丘作泰，泰太古通。

⑩彊與强通。

師古曰:"洶,音許勇反。"《司馬相如傳上》

駰案:"古委字。"《史記·司馬相如傳》"崔錯癹骫"

師古曰:"……骫,古委字。"《司馬相如傳上》

駰案:"《漢書·百官表》曰:縣有蠻夷曰道。"《史記·司馬相如傳》"邛下縣道"

師古曰:"……縣有蠻夷曰道。"《司馬相如傳下》

駰案:"今《易》無此語,《易緯》有之。"《史記·自序》"故《易》曰:失之毫釐,差以千里"

師古曰:"今之《易經》及彖、象、繫辭,並無此語,所稱《易緯》者,則有之焉。"《司馬遷傳》

駰案:"《漢書·百官表》,孔臧也。"《史記·儒林傳》"謹與太常臧"

師古曰:"臧,孔臧也。"《儒林傳》

駰案:"昭王母也。"《史記·匈奴傳》"義渠戎王與宣太后亂"

師古曰:"即昭王母也。"《匈奴傳上》

駰案:"湩,乳汁也。"《史記·匈奴傳》"以示不如湩酪之便美也"

師古曰:"重,乳汁也。……本作湩。"《匈奴傳上》

駰案:"……利口也。"《史記·匈奴傳》"喋喋而佔佔"

師古曰:"……喋喋,利口也。"《匈奴傳上》

駰案:"昌占反,衣裳貌。"《史記·匈奴傳》"喋喋而佔佔"

師古曰:"……佔佔,衣裳貌也。……佔,音昌占反。"《匈奴傳上》

駰案:"《公羊傳》①九世猶可以復讎乎?雖百世可②也。"《史記·匈奴傳》"昔齊襄復百世之讎,《春秋》大之"

師古曰:"《公羊傳》:……九世猶可以復讎乎?雖百世可也。"《匈奴傳上》

　　按:龍駒《史記集解》③,師古是否得見,固不可知;然上列十四條,

————————

① 見莊四年傳。

② 可下原衍知字,據《公羊傳》删。

③《宋書·裴松之傳》云:子駰注司馬遷《史記》。《南史·裴松之傳》同。《隋志》:《史記》八十卷,裴駰注。新、舊《唐志》、《通志》並同。

皆與之同，似難免竊鈇之嫌也。

諸詮[1]第二十三

諸詮："音胡浪反。"蕭該《音義》引，見《叙傳上》"固行行其必凶兮"句下

師古曰："……行，音胡浪反。"《叙傳上》

　　按：諸氏撰有《百賦音》十卷[2]，師古曾見之，《司馬相如傳》篇題可
　　驗。《顏氏家訓·勉學篇》云：習賦誦[3]者，信褚詮而忽呂忱，是諸
　　氏之書，頗見重於士林[4]，師古竟公然掩襲，所得雖止一條，然侏
　　儒一節，長短固可知也。

崔浩第二十四

崔浩云："嘗，猶試。"《史記·張耳陳餘傳》"令張黶陳澤先嘗秦軍"索隱引

師古曰："嘗，試也。"《張耳陳餘傳》

崔浩云："直，猶故也。亦恐不然，直言正也。"《史記·留侯世家》"直墮其履
　　圯下"索隱引

師古曰："直，猶故也。一曰：正也。"《張良傳》

崔浩云："當，謂處其罪也。"《史記·張釋之傳》"廷尉奏當"索隱、《通鑑·漢紀
　　六》"太宗孝文皇帝中"胡注引

師古曰："當，謂處其罪也。"《張釋之傳》

---

①諸詮或作諸詮之（陸德明《毛詩音義》上兩引作諸詮之，《公羊音義》同），或作褚詮之
　《爾雅音義》下三引作褚詮之，《莊子音義》同；《舊唐書·經籍志》別集類有《褚詮之
　集》八卷，《通志》同；蓋即撰《百賦音》者；今依蕭該《音義》及《揚雄傳》殘卷（兩見）
　而定爲諸詮（諸褚不同，未知孰是；詮蓋其名，詮之或是其字）。

②《隋志》：《百賦音》十卷，宋御史褚詮之撰。《舊唐志》同。

③盧氏補注云：誦與頌通。

④由師古《司馬相如傳》篇題亦可想見。

崔浩云：“黄帝之子嫘祖，好遠遊，而死於道，因以爲行神。”《史記·五宗
　　世家》“榮行祖於江陵北門”索隱引

師古曰：“昔黄帝之子纍①祖，好遠遊，而死於道，故後人以爲行神也。”
　　《景十三王傳》

崔浩云：“北塞名。”《史記·衛將軍驃騎傳》“破符離”索隱引

師古曰：“符離，塞名也。”《衛青霍去病傳》

崔浩云：“匈奴部落名。”《史記·衛將軍驃騎傳》“討邀濮”索隱引

師古曰：“……邀濮，匈奴部落名也。”《衛青霍去病傳》

崔浩云：“滑，音骨。”《史記·滑稽傳》篇題索隱引

師古曰：“……滑，音骨。”《公孫弘、卜式、兒寬傳贊》“滑稽則東方朔、枚皋”

　　按：《叙例》列有崔浩，並言其撰有《荀悦漢紀音義》。《新唐志》、
　　《通志》則又箸録所撰《漢書音義》二卷②。徧檢全書注中明引伯
　　淵説者僅四見③，反不如所襲之多。既標其名，於所箸竟略而未
　　備，豈非爲其行竊地乎？

鄒誕生第二十五

鄒誕④解云：“滑，亂也。”《史記·樗里子傳》索隱引

師古曰：“……滑，亂也。”《公孫弘、卜式、兒寬傳贊》“滑稽則東方朔、枚皋”

　　按：誕生撰有《史記音義》三卷，見《隋志》、《唐志》、《通志》及《索
　　隱》前後序⑤。據《司馬相如傳》篇題，師古曾見其書。盗實遺名，

---

① 《集韻》平聲六脂嫘下云：姓也。黄帝娶于西陵氏之女，是爲嫘祖。嫘祖好遠遊，
　　死于道，後人祀以爲行神。或作孍，通作累。按累與纍通，嫘既既通作累，是纍與
　　嫘亦通。
② 《新唐志》：“崔浩《漢書音義》二卷。”《通志》同。
③ 《昭帝紀》、《地理志上》、《馮唐傳》、《陳湯傳》，各引一條。
④ 誕下合有“生”字。
⑤ 小司馬屢引其説，陸德明《公羊音義》僖三十三年傳“嶔下”亦引其《上林賦》音。

豈素心之道哉！

顧野王第二十六

顧野王云：“皆自解説遇風不至也。”《史記‧封禪書》“皆以風爲解”索隱引

師古曰：“自解説云：爲風不得至。”《郊祀志上》

　按：《南史》、《陳書》①及《隋志》、《唐志》均未載希馮有關《漢書》之
作。《索隱》所引，非《玉篇》、《輿地志》、《符瑞圖》、《分野樞要》、
《續洞冥記》、《玄象表》、《通史要略》②諸書中語，一見可知。豈顧
氏亦曾解班書歟？不然，上列一條，何相似之甚也（《文選‧沈約
〈應詔樂遊苑餞呂僧珍詩〉》“超乘盡三屬”句，李注先引《漢書‧刑
法志》之文，復引如淳及野王〔他處皆箸《玉篇》字而此獨否，今檢
《玉篇》卷第十一尾部屬字下箸訓，與崇賢所引不同〕訓解之説；又
司馬遷《報任少卿書》“所殺過半當”句，崇賢亦引《野王決》，豈顧
氏曾解《漢書》，而所箸名《決》歟）！

樂産③第二十七

樂産云：“即就淮南案之，不逮詣河南也。”《史記‧淮南王安傳》“會有詔即訊
　太子”索隱引

師古曰：“即，就也；訊，問也。就淮南問之，不逮詣河南。”《淮南王安傳》

樂産云：“垂，邊也；近堂邊恐其墮墜也，非謂畏簷瓦。”《史記‧司馬相如
　傳》“坐不垂堂”索隱引

師古曰：“垂堂者，近堂邊外，自恐墮墜耳，非畏櫚④瓦也。”《司馬相如傳

---

①並有《顧野王傳》。

②以上各書並見《南史》、《陳書》野王傳。

③各本《史記》皆作樂彥，此從《揚雄傳》殘卷及金陵書局刊本作樂産。

④櫚與檐同；簷，檐之俗。

下》

按：樂氏所撰何書，史未箸録，由《揚雄傳》殘卷兩載樂氏説[1]驗之，其曾解《漢書》無疑。小司馬屢引樂氏説，皆在班書斷限之内，亦其旁證。又按新、舊《唐志》、《通志》、《宋志》有樂産《王佐祕珠》五卷[2]，未知即此樂産否？又《宋志·五行類》有陳樂産《神樞靈轄經》十卷，如爲一人，是樂氏爲陳人也。

姚察第二十八

姚察云：“女子，謂賜爵者之妻。”《後漢書·章帝紀》李注引

師古曰：“……女子，謂賜爵者之妻也。”《文帝紀》“賜民爵一級，女子百户牛酒”

姚察又別一解云：“帝責此吏，不得亞夫直辭，以爲不足任用，故召亞夫別詣廷尉使責問。”《史記·絳侯世家》“景帝罵之曰：吾不用也”索隱引

師古曰：“……一云：帝責此吏云：不勝其任，吾不用汝，故召亞夫令詣廷尉也。”《周勃傳》

姚氏以爲下云：“明習天下圖書計籍主郡上計，則方爲四方文書者，是也。”《史記·張丞相傳》“主柱下方書”索隱引

師古曰：“下云蒼自秦時爲柱下御史明習天下圖書計籍，則主四方文書，是也。”《張蒼傳》

姚氏案：“冢在茂陵東北，……冢上有豎石，前有石馬相對，又有石人也。”《史記·衛將軍驃騎傳》“爲冢像祁連山”索隱引

師古曰：“在茂陵，冢上有豎石，冢前有石人馬者，是也。”《衛青霍去病傳》

察案：“爨[3]……徐邈力追反。”《揚雄傳》殘卷“欽弔楚之湘爨”

---

[1] 一僅稱其姓，一則姓名並舉。

[2] 《舊唐書·經籍志》子部兵書《王佐祕珠》五卷，樂産撰；《新唐志》作《王佐祕書》（《通志》同），《宋史·藝文志》則又作《太一王佐祕珠》。

[3] 姚氏先引《公羊傳》文，繼引徐氏音。

師古曰："……纍，音力追反。"《揚雄傳上》

姚氏云："古字例以直爲值，值者，當也。"《史記·匈奴傳》"直上谷"索隱引

師古曰："直，當也。"《匈奴傳上》

　　按：伯審撰有《漢書訓纂》及《集解》二種，《南史》、《陳書》本傳及隋、唐《志》、《通志》並載之①。史稱沛國劉臻訪《漢書》疑事十餘條，姚氏並爲剖析，皆有經據。臻以名下定無虛士相譽②。是於班書造詣甚深，故能見重他國。師古於《叙例》既不標其名，注中亦未箸厥説，儼若不知姚氏書者。然由《文帝紀》"殺北地都尉印"注驗之③，實見姚氏書也。《新唐書·姚班傳》謂："班祖察撰《漢書訓纂》，後之注《漢書》者，往往竊其文爲己説。"今證以上列六條，師古當是行竊者之一。

項岱第二十九

項岱曰："殉，營也。"《文選·班固〈幽通賦〉》"豈余身之足殉兮"李注引

師古曰："殉，營也。"《叙傳上》

項岱曰："覿，見也。"《文選·幽通賦》"覿幽人之髣髴"李注引

師古曰："覿，見也。"《叙傳上》

項岱曰："重，晉文公重耳也。"《文選·幽通賦》"重醉行而自耦"李注引

師古曰："……重，謂重耳，晉文公名也。"《叙傳上》

項岱曰："斡，轉也。"《文選·幽通賦》"斡流遷其不濟兮"李注引

師古曰："斡，轉也。"《叙傳上》

---

①《南史》、《陳書》姚察傳"箸《漢書訓纂》三十卷"，《隋志》、新舊《唐志》、《通志》同。《隋志》又箸録姚氏《漢書集解》一卷，《通志》同。

②見《南史》、《陳書》姚察傳。

③《文帝紀》"殺北地都尉印"師古曰：……然則印姓孫，而徐廣乃云姓段。按以《史記·文帝紀》集解驗之，徐廣正謂印姓孫，謂其姓段者乃姚察，《文選·班彪〈北征賦〉》李注可證。師古張冠李戴，豈無心哉！

項岱曰："皓，四皓也。"《文選·幽通賦》"皓頤志而弗傾"李注引

師古曰："皓，四皓也。"《叙傳上》

項岱曰："矧，況。"《文選·幽通賦》"矧耽躬於道真"李注引

師古曰："矧，況也。"《叙傳上》

項岱曰："……應龍有翼。"《文選·答賓戲》"應龍潛於潢汙"李注引

師古曰："應龍，龍有翼者。"《叙傳上》

項岱曰："牙，伯牙也；曠，師曠也。"《文選·答賓戲》"若乃牙曠清耳於管絃"李注引

師古曰："牙，伯牙也；曠，師曠也。"《叙傳上》

項岱曰："良，王良；……樂，伯樂。"《文選·答賓戲》"良樂軼能於相馭"李注引

師古曰："良，王良也；樂，伯樂也。"《叙傳上》

項岱曰："允，信也。"《文選·漢書述成紀贊》"光允不陽"李注引

師古曰："允，信也。"《叙傳下》

按：項氏於《叙傳》箸有專書，《隋志》、《唐志》、《通志》並箸録之[1]。上列十條，皆項氏注《叙傳》中文，師古無不與之吻合，見其書而不明引，固係行竊，否則亦其疏已！

孔文祥第三十

孔文祥云："周生，漢時儒者姓周也。"《史記·項羽本紀贊》"吾聞之周生"正義引

師古曰："史記稱太史公曰：余聞之周生，則知非周時人，蓋姓周耳。"《陳勝項籍傳贊》

孔文祥云："共敖子共尉。"《史記·靳歙傳》"身得江陵王"索隱引

---

[1]《隋志》："《漢書叙傳》五卷，項岱撰。"新、舊《唐志》、《通志》同。按項氏《叙傳注》除李善徵引外，劉昭《續漢·祭祀志注》，玄應《瑜珈師地論音義》亦並引之。

師古曰："江陵王,謂共敖之子共尉也。"《靳歙傳》

孔文祥云："徒,空也;家空無資儲,但有四壁而已。"《史記・司馬相如傳》
　　"家居徒四壁立"索隱引

師古曰："徒,空也;但有四壁,更無資産。"《司馬相如傳上》

　　按:文祥撰有《漢書音鈔》二卷,新、舊《唐志》並箸録①。上列三
　　條,師古皆與之同,抑何巧也!

蕭該第三十一

蕭該:"音居宜反。"《史記・李廣傳》"數奇"索隱引

師古曰:"……奇,音居宜反。"《李廣傳》

蕭該案:"……忮,……之豉反。"宋祁引,見《匡衡傳》"或忮害好陷人於罪"句下

師古曰:"……忮,音之豉反。"《匡衡傳》

蕭該《音義》曰:"……音如鮪魚之鮪。"《薛宣傳》"與痏人之罪鈞"

師古曰:"……痏,音鮪。"《薛宣傳》

蕭該曰:"……該謂今讀揣音初委反。"《翟方進傳》"揣知其指"

師古曰:"音初委反。"《翟方進傳》

蕭該《音義》曰:"……嶵,音罪。"《揚雄傳上》"峻嶵隑虖其相嬰"

師古曰:"……嶵,音皋②。"《揚雄傳上》

蕭該《音義》曰:"吷,別本丑乙反。"《揚雄傳上》"薌吷肸以掍根兮"

師古曰:"……吷,音丑乙反。"《揚雄傳上》

蕭該《音義》曰:"阹……音袪。"《揚雄傳上》"弩阹"

師古曰:"……阹,音袪。"《揚雄傳上》

蕭該《音義》曰:"該案舜居嬀水,因以爲姓。"《元后傳》"舜起嬀汭以嬀爲姓"

---

① 《舊唐志》:"《漢書音鈔》二卷,孔文祥撰。"《新唐志》同(《通志》作《漢書音義》)
② 皋古體,罪乃秦所改,見《説文・辛部》。

師古曰：“嫣，水名也。……言因水爲姓也。”《元后傳》

蕭該《音義》曰：“……《説文》①懽，籀文趲，趲，是也。”《叙傳上》“懽世業之可懷”

師古曰：“……懽字與趲同；趲，是也。”《叙傳上》

　　按：攸侯《漢書》名家，撰《漢書音義》，爲當時所貴，《北史》、《隋書》本傳並言之。隋、唐《志》、《通志》亦箸於録②。李延壽、孔穎達、長孫無忌尚目睹其書，師古同與史職，不容未見。今原書已佚，所得已有九條，否則將更多也。

包愷第三十二

包愷：“音一故反。”《史記·司馬相如傳》“余尚惡聞若説”索隱引

師古曰：“……惡，音一故反。”《司馬相如傳下》

包：“敦音屯。”《揚雄傳》殘卷“白虎敦圉虖昆侖”集解引

師古曰：“……敦，音屯。”《揚雄傳上》

　　按：和樂撰有《漢書音》十二卷，《隋志》、《唐志》、《通志》均箸録。史稱其從王仲通受《史記》、《漢書》，尤稱精究。大業中，爲國子助教，於時《漢書》學者，以爲宗匠③。是包氏於班書，頗負盛名，所撰卷帙又多④，師古乾没，不知凡幾！惜原書久亡，無從對證，否則決不止上列二條也。

---

① 見《是部》。

② 《北史·蕭該傳》：“該後撰《漢書》及《文選音義》，咸爲當時所貴。”《隋書》該傳同。《隋志》：“《漢書音義》十二卷，蕭該撰。”（新、舊《唐志》、《通志》並脱義字，《玉海》四九未脱）

③ 見《北史》、《隋書》包愷傳。

④ 據《隋志》、《唐志》專爲《漢書》作音者，僅劉顯、夏侯泳二家，書皆二卷。

顔遊秦第三十三

顔遊秦云：“楚歌，猶吴謳也。”《史記·高祖紀》“項羽卒聞漢軍楚歌”索隱引

師古曰：“楚歌者，爲楚人之歌，猶言吴歈越吟耳。”《高帝紀下》

顔遊秦以令是姓，勉是名，爲中大夫。《史記·文帝紀》“以中大夫令勉爲車騎
　　將軍軍飛狐”索隱引

師古曰：“中大夫，官名，其人姓令，名勉耳。”《文帝紀》

大顔①歷評諸家而云：“周平王封襄公始列爲諸侯，是乃爲别；至昭王
　　五十二年，西周君臣獻邑，凡五百一十六年，是爲合。此言五百
　　年，舉全數也。”《史記·封禪書》“秦始與周合，合而離，五百歲，當復合”索
　　隱引

師古曰：“諸家之説，皆非也。……按《史記·秦本紀》及《年表》，並云：
　　周平王封襄公始列爲諸侯，於是始與諸侯通，……是乃爲别；至昭
　　王②五十二年，西周君自歸獻邑，凡五百一十六年，是爲合也。言
　　五百者，舉其成數也。”《郊祀志上》

顔遊秦云：“按《史記·表》二世十月誅葛嬰，十一月周文死，十二月陳
　　涉死，瓚説是也。”《史記·陳涉世家》“臘月”索隱引

師古曰：“《史記》云：胡亥二年十月誅葛嬰，十一月周文死，十二月陳涉
　　死，瓚説是也。”《陳勝傳》

大顔以孟説爲得《史記·絳侯世家》“景帝罵之曰：吾不用也”索隱引

師古曰：“孟説是也。”《周勃傳》

大顔云：“雍地形高，故云上。”《史記·李廣傳》“敢從上雍”索隱引

師古曰：“……雍之所在，地形積高，故云上也。”《李廣傳》

大顔案：“荀悦《漢紀》作票鷙。票鷙，勁疾之貌也。”《史記·衛將軍驃騎傳》

---

①張淏《雲谷雜記》：“顔遊秦，師古之叔也，嘗撰《漢書決疑》十二卷，時稱爲大顔。”
②據《史記·秦本紀》合作昭襄王。

"大將軍受詔與壯士爲剽姚校尉"索隱引

師古曰："……票姚，勁疾之貌也；荀悅《漢紀》作票鷂字。"《衛青霍去病傳》

大顏云："不取其夸奢靡麗之論，唯取終篇歸於正道耳。"《史記·司馬相如

　　傳》"侈靡過其實，且非義理所尚，故刪取其要歸正道而論之"索隱引

師古曰："言不尚其侈靡之論，但取終篇歸於正道耳。"《司馬相如傳上》

顏遊秦云："……尢，……音淫。"《揚雄傳》殘卷"窮尢鬮與"集解引

師古曰："……尢，音淫。"《揚雄傳上》

大顏云："若盛酒之鴟夷也，用之則多所容納，不用則可卷而懷之，不忤

　　於物也。"《史記·貨殖傳》"適齊爲鴟夷子皮"索隱引

師古曰："自號鴟夷者，言若盛酒之鴟夷，多所容受而可卷懷，與時張弛

　　也。"《貨殖傳》

　　按：史稱遊秦撰《漢書決疑》十二卷，爲學者所稱①，《唐志》、《通

　　志》亦箸於錄②。師古祇事剽竊，從未揄揚，新、舊《唐書》謂多資

　　取其義③，洵非誣言。於其叔父，尚且出此，無怪竊取他人之

　　多也！

《史記音義》第三十四

《史記音義》曰："欽，音徒計反。"《史記·平準書》"欽左趾"集解引

師古曰："欽，……音徒計反。"《食貨志下》

　　按：延篤、徐廣、裴駰三家，均各撰有《史記音義》④。上所列者，雖

　　未標其撰人爲誰，然龍駒《集解》體例：凡是徐氏義，稱彼姓名，其

---

① 見《舊唐書·師古傳》。

②《新唐志》："顏遊秦《漢書決疑》十二卷。"（《舊唐志》誤作顏延年）《通志》同。

③ 見新、舊《唐書》師古傳。

④ 徐廣撰有《史記音義》已見前徐廣章。《史記索隱後序》云：漢有《延篤音義》一卷

　　（《後漢書·延篤傳》不載，《隋志》、《唐志》亦未箸錄）。又云：裴駰亦有《音義》（《宋

　　書》、《南史》松之傳並未言駰撰有《史記音義》（《隋志》、《唐志》亦未箸錄）。

自解者,則稱駰案①。此條既係裴氏所引,非其自作及野民書可知。殆叔堅解史公書僅存者之一②,吉光片羽,彌可珍已。

《漢書音義》第三十五

《漢書音義》曰:"築土而高曰壇,除地平坦曰場。"慧苑《華嚴經音義》上引

師古曰:"……築土而高曰壇,除地爲場。"《高帝紀上》"設壇場"

《漢書音義》曰:"諱雉。"《史記·吕后紀》"吕太后者,高祖微時妃也"集解引

師古曰:"吕后名雉。"《高后紀》

《前書音義》③曰:"罘罳'連闕曲閣也。"《後漢書·靈帝紀》李注引

師古曰:"罘罳,謂連闕曲閣也。"《文帝紀》"未央宮東闕罘罳災"

前書音義曰:"中都官,謂京師諸官府也。"《後漢書·光武帝紀》李注引

師古曰:"中都官,京師諸官府。"《昭帝紀》"諸給中都官者且減之"

《漢書音義》曰:"匱,空也。"慧苑《華嚴經音義》上引

師古曰:"匱,空也。"《昭帝紀》"民匱於食"

《漢書音義》曰:"贍,足也。"慧苑《華嚴經音義》下引

師古曰:"贍,足也。"《昭帝紀》"朕閔百姓未贍"

《漢書音義》曰:"……析,分也。"慧苑《華嚴經音義》下引

師古曰:"析,分也。"《宣帝紀》"析律貳端"

《音義》云:"以掌徒隸而巡察,故曰司隸。"《後漢書·光武帝紀上》李注引

師古曰:"以掌徒隸而巡察,故云司隸。"《百官公卿表》"司隸校尉"

《音義》曰:"削謂删去,筆謂增益也。"慧苑《華嚴經音義》上引

師古曰:"削者,謂有所删去,……筆者,謂有所增益。"《禮樂志》"削則削,

---

① 見《史記·五帝紀》篇題下。

② 《史記》五帝紀、衛康叔世家、李斯傳集解並引《史記音義》(《史記·高祖紀》索隱、《漢書·酷吏·咸宣傳》,鄧展並引延篤説,蓋即叔堅所撰《史記音義》也)。

③ 對范書故稱前書。下同。

筆則筆"

《音義》曰:"鬻,古煮字。"《後漢書·朱暉傳》李注引

師古曰:"……鬻,古煮字也。"《食貨志下》"因官器作鬻鹽官與牢盆"

《前書音義》曰:"釱,足鉗也;音徒計反。"《後漢書·光武帝紀》下李注引

師古曰:"釱,足鉗也;音徒計反。"《食貨志下》"釱左趾"

《漢書音義》曰:"或云斥不用也。"《史記·武帝紀》"斥車馬"集解,玄應《瑜伽師地論》四四音義,四分律四十音義;慧琳《一切經音義》三四、又六二、又七一、又八二引

師古曰:"斥不用者也。"《郊祀志上》

《漢書音義》曰:"彌,滿也。"慧苑《華嚴經音義》上引

師古曰:"彌,滿也。"《五行志下之上》"起於山而彌於天"

《前書音義》曰:"龜茲國人來降之,因以名縣也。"《後漢書·張奐傳》李注引

師古曰:"龜茲國人來降附者,處之於此,故以名云。"《地理志下》"上郡龜茲"

《音義》曰:"八條不具見也。"《後漢書·東夷傳》李注引

師古曰:"八條不具見。"《地理志下》"犯禁八條"

《音義》曰:"古文,謂孔子壁中書也;奇字,即古文而異者也;篆書,謂小篆,蓋秦始皇使程邈所作也;隸書,亦程邈所獻,主於徒隸,從簡易也;繆篆,謂其文屈曲纏繞,所以摹印章;蟲書,謂爲蟲鳥之形,所以書旛信也。"《後漢書·蔡邕傳》下李注引

師古曰:"古文,謂孔子壁中書;奇字,即古文而異者也;篆書,謂小篆,蓋秦始皇使程邈所作也;隸書,亦程邈所獻,主於徒隸,從簡易也;繆篆,謂其文屈曲纏繞,所以摹印章也;蟲書,謂爲蟲鳥之形,所以書幡①信也。"《藝文志》"六體者,古文、奇字、篆書、隸書、繆篆、蟲書"

《漢書音義》曰:"罾,音曾。"《史記·陳涉世家》"置人所罾魚腹中"集解引

---

①幡,旛之借。

師古曰：“霤，……音曾。”《陳勝傳》

《漢書音義》曰：“締，結也。”《史記·秦始皇紀贊》“合從締交”集解引

師古曰：“締，結也。”《項籍傳贊》

《漢書音義》曰：“屬，近也。”玄應《真諦譯攝大乘論音義》一、又《玄奘譯攝大乘論
　　音義》一引

師古曰：“屬，近也。”《張良傳》“天下屬安定”

《漢書音義》曰：“宴，安居也。”慧苑《華嚴經音義》下引

師古曰：“宴，謂安居。”《賈誼傳》“是與太子宴者也”

《漢書音義》曰：“太公望塗觏卒遇，共成王功，若烏鳥之暴集也。”《史
　　記·鄒陽傳》“周用烏集而王”集解、《文選·鄒陽〈獄中上書自明〉》李注引

師古曰：“言文王之得太公，非因舊故，若烏鳥之暴集。”《鄒陽傳》

《音義》曰：“縞，曲阜之地，俗善作之，既皆輕細，故以喻之。”《文選·陳琳
　　〈爲曹洪與魏文帝書〉》李注引

師古曰：“縞，素也；曲阜之地，俗善作之，尤爲輕細，故以取喻也。”《韓安
　　國傳》“彊弩之末力，不能入魯縞”

《漢書音義》曰：“山名也。”《史記·衛將軍驃騎傳》“踰烏盭”集解引

師古曰：“烏盭，山名也。”《衛青霍去病傳》

《音義》曰：“祈雨，閉南門。”《初學記》二〈霽晴門〉引

師古曰：“謂若閉南門。”《董仲舒傳》“故求雨閉諸陽縱諸陰”

《漢書音義》曰：“鶩，亂馳也。”慧苑《華嚴經音義》上引

師古曰：“鶩，謂亂馳也。”《司馬相如傳上》“鶩於鹽浦”

《漢書音義》曰：“……蘋，……音煩。”《史記·司馬相如傳》“薛莎青蘋”集解引

師古曰：“……蘋，音煩。”《司馬相如傳上》

《漢書音義》曰：“摐，撞也。”《史記·司馬相如傳》“摐金鼓”集解引

師古曰：“摐，撞也。《司馬相如傳上》

《漢書音義》曰：“陵，上也。”《文選·司馬相如〈上林賦〉》“淩三嵕之危”李注引

師古曰：“陵，上也。”《司馬相如傳上》

《漢書音義》曰：“屖，不齊也。”慧琳《一切經音義》七七引

師古曰：“孱顔，不齊也。”《司馬相如傳下》“放散畔岸驤以孱顔”

《漢書音義》曰：“……望幸，望帝之臨幸也；蓋者，發語之辭也。”《文選·
　　司馬相如〈封禪文〉》“設壇場望幸，蓋號以況榮”李注引

師古曰：“幸，臨幸也；蓋，發語辭也。”《司馬相如傳下》

《音義》曰：“掌故，太常①官屬，主故事也。”《史記·司馬相如傳》“宜命掌故悉
　　奏其義而覽焉”集解、《文選·封禪文》李注引

師古曰：“掌故，太常官屬，主故事者。”《司馬相如傳下》

《前書音義》曰：“……睚眦……瞋目貌也。”《後漢書·黨錮傳序》李注引

師古曰：“……睚眦，瞋目貌也。”《杜欽傳》“報睚眦怨”

《音義》云：“簺也。”《後漢書·梁冀傳》李注引

師古曰：“即今戲之簺也。”《吾丘壽王傳》“以善格五召待詔”

《漢書音義》曰：“謂者，指趣也。”慧苑《華嚴經音義》下引

師古曰：“謂者，……亦指趣也。”《楊王孫傳》“不損財於亡謂”

《漢書音義》曰：“喻，曉也。”慧苑《華嚴經音義》下引

師古曰：“諭②，曉也。”《霍光傳》“君未諭前畫意邪”

《音義》曰：“右扶風，畜牧所在，有苑師之屬，故曰畜官。”《後漢書·蓋勳
　　傳》李注引

師古曰：“……扶風③，畜牧所在，有苑師之屬，故曰掌畜官也。”《尹翁歸
　　傳》“有論罪輸掌畜官”

《前書音義》曰：“驪駕，併駕也。”《後漢書·寇恂傳》李注引

師古曰：“……麗④，并⑤駕也。”《揚雄傳上》“麗鉤芒與驂蓐收兮”

《音義》曰：“穹廬，旃帳也。”《文選·揚雄〈長楊賦〉》“破穹廬”李注引

---

①原誤作史，今改。
②諭，喻之正。
③右扶風之省稱。
④麗與驪通。
⑤並與併通。

師古曰：“穹廬，氈①帳也。”《揚雄傳下》

《漢書音義》曰：“扶疎，分布也。”慧苑《華嚴經音義》上引

師古曰：“扶疏②，分布也。”《揚雄傳下》“支葉扶疏”

《音義》曰：“八方之綱維也。”《文選·劉楨〈贈徐幹詩〉》李注引

師古曰：“八紘，八方之綱維也。”《揚雄傳下》“燿八紘”

《漢書音義》曰：“檢，局也。”慧苑《華嚴經音義》中引

師古曰：“檢，局也。”《黃霸傳》“郡事皆以義法令檢式”

前書《音義》曰：“郅，音之日反。”《後漢書·郅惲傳》李注引

師古曰：“郅，音之日反。”《酷吏傳序》“其後有郅都甯成之倫”

《音義》云：“言其殘虐之甚也。”《後漢書·酷吏傳序》李注引

師古曰：“言其殘暴之甚也。”《酷吏·王溫舒傳》“其爪牙吏虎而冠”

《漢書音義》曰：“鵕䴊，鳥名；以毛羽飾冠，以貝飾帶。”《史記·佞幸傳》“皆
　　冠鵕䴊貝帶”集解引

師古曰：“以鵕䴊毛羽飾冠，海貝飾帶。”《佞幸傳》

《漢書音義》曰：“……一說能持櫂行船也。土，水之母，故施黃旄於船
　　頭，因以名其郎曰黃頭郎。”《史記·佞幸傳》“以濯船爲黃頭郎”集解（《後
　　漢書·吳漢傳》李注引作“土勝水故刺船郎著黃帽號黃頭也”）引

師古曰：“濯船，能持濯③行船也。土勝水，其色黃，故刺船之郎，皆著
　　黃帽。因號曰黃頭郎也。”《佞幸傳》

《漢書音義》曰：“穹廬，旃帳。”《史記·匈奴傳》“乃同穹廬而卧”集解引

師古曰：“穹廬，旃帳也。”《匈奴傳上》

《漢書音義》曰：“一名天竺。”《史記·西南夷傳》“從東身毒國”集解引

師古曰：“即天竺也。”《西南夷傳》

《漢書音義》曰：“駱越也。”《史記·南越傳》“西甌駱役屬焉”集解引

---

①氈本字，旃借字。

②疏、疎正俗字。

③濯與櫂通。

師古曰："西甌,即駱越也。"《南粤傳》

《漢書音義》曰:"音遼。"《史記·東越傳》"封橫海校尉福爲繚嫈侯"集解引

師古曰:"繚,音遼。"《南粤傳》

《漢書音義》曰:"……唊,音頰。"《史記·朝鮮傳》"將軍王唊"集解引

師古曰:"……唊,音頰。"《朝鮮傳》

《前書音義》曰:"……又云:似蒸而細,熟時正白,牛馬所食焉。"《後漢書·西域傳》李注引

師古曰:"……白草,似蒸而細,無芒,其乾熟時,正白色,牛馬所嗜也。"《西域傳上》

《前書音義》曰:"……又云:烏,音一加反;耗,音直加反。急言之,如鷂拏也。"《後漢書·西域傳》李注引

師古曰:"烏,音一加反;耗①,音直加反。急言之,聲如鷂拏耳。"《西域傳上》"西南至烏耗國千三百四十里"

《前書音義》曰:"靚與静同。"《後漢書·張衡傳》李注引

師古曰:"靚字與静同。"《外戚下·班倢伃傳》"神眇眇兮密靚處"

《前書音義》曰:"春秋考紀,謂帝紀也。"《後漢書·班固傳上》李注引

師古曰:"春秋考紀,謂帝紀也。"《叙傳下》"爲春秋考紀表志傳凡百篇"

《音義》云:"謂相薰蒸得罪也。"《後漢書·蔡邕傳下》李注引

師古曰:"薰者,謂薰蒸。"《叙傳下》"薰胥以刑"

　　按:原本《漢書音義》中有全無姓名可稽者,裴駰之時,已不能一一指實②。然師古既采其説,實應如他篇標爲舊説③或舊解④之例,固不當以無主名而乾没之也。

①耗原作秅,據宋祁説改。
②《史記集解序》"又都無姓名者,但云《漢書音義》"。
③《禮樂志》、《陳平傳》注並引舊説。
④劉向、田蚡等傳注並引舊解。

漢書舊注第三十六

“精,細也”《治要·漢書》二①引

師古曰:“精,細也。”《刑法志》“聰明精粹”

“民采銅鑄錢,廢其農業,故五穀不爲多。”《治要·漢書二》引

師古曰:“言皆采銅鑄錢,廢其農業,故五穀不多也。”《食貨志下》“姦錢日
　　多,五穀不爲多”

《漢書》②:“籍,猶假借也。”慧琳《一切經音義》四四引

師古曰:“籍,假借也。”《五行志中之下》“故籍秦以爲驗”

或曰:“提,音抵,抵,擲也。”《御覽》七五四《工藝部》十一引

師古曰:“提,擲也。”《吳王濞傳》“提吳太子,殺之”

“參及蕭何并爲吏之豪長也。”《漢書》殘卷③《曹參傳》“而蕭何爲主吏,居縣爲
　　豪吏矣”

師古曰:“言參及蕭何并爲吏之豪長也。”《曹參傳》

“言其在中主潔清淨掃洒以④事,蓋職近左右。”《漢書》殘卷《曹參傳》“參以
　　中涓從”

師古曰:“涓,潔也;言其在內主知潔清灑洒之事,蓋親近左右也。”《曹參
　　傳》

“從昭侯至悼惠王,凡五君。”《漢書》殘卷《張良傳》“以五世相韓故”

師古曰:“從昭侯至悼惠王,凡五君。”《張良傳》

“樂詩也。”《治要·漢書四》引

---

① 《治要》於精細也後,繼引粹淳也句,由《文選》枚乘《七發》、嵇康《養生論》李注引爲
　　服虔注推之,此條當係服說。

② 書下當有脱文。

③ 據王重民《巴黎倫敦所藏敦煌殘卷叙錄》(《圖書季刊》新一卷第一期)迻録。

④ 以字疑誤。

師古曰：“樂詩名也。”《賈誼傳》“步中采薺”

或曰：“确，音角。”《御覽》四三四《人事部》七五引

師古曰：“……确，音角。”《李廣傳》“數與虜确”

“今案《前漢書》司馬相如自身犢鼻褌注云：‘形似犢鼻，因名也。’”《玉燭
　　寶典》七引

師古曰：“……形似犢鼻，故以名云。”《司馬相如傳上》

“童，無草木也。”《治要·漢書》六引

師古曰：“童，無草木也。”《公孫弘傳》“山不童”

注曰：“腦塗沙漠也，髓播余吾水也。”《書鈔》一一八《武功部》六①引

師古曰：“腦塗沙幕②地，髓入余吾水。”《揚雄傳下》“腦沙幕髓余吾”

《漢書》③云：“附離，著也。”《廣韻》去聲十二霽離下引

師古曰：“離，著也。”《揚雄傳下》“諸附離之者”

　　按：上列十三條，非書闕有閒，即徵引未備，頗難定其主名。聊依
　　應劭《風俗通義·聲音篇》之例④，標爲《漢書》舊注焉。

《漢書拾遺》第三十七

《漢書拾遺》曰：“都，總也。”慧苑《華嚴經音義》中引

師古曰：“都，猶總也。”（《西域傳上》“故號曰都護”

　　按：《隋志》、《唐志》、《通志》及師古《叙例》，並無《漢書拾遺》之名，
　　故不詳其作者。他書亦未見徵引。僅慧苑《華嚴經音義》引有三
　　條，上所列者，其一也。

---

①《文選·揚雄〈長楊賦〉》李注引服虔注小異。
②幕，漠之借。
③書下當有脫文。
④“菰”下“荻”並引《漢書》舊注。

　　綜上所列三十三家①暨四書，都四百三十條，或係讀音，或屬釋義，或引書以證事，或數典以討原，皆精審居要，塙切不拔。顏氏以一人之力，而衆美並聚，同心同理，何巧乃爾！夫仁智殊見，大小異識，賈、服詰經，杜、鄭注禮，同解一書，即各異趣，縱有冥符，亦未若顏注如是之衆多。苟非有所因襲，何致同其臭味？且崇賢注選，子正箋史，何超之訓《晉書》，慧苑之音釋典，泛采諸家，兼及顏氏，獨於師古與舊説同者，則舍此取彼，録遠略近。非緣情僞盡知，孰能朱紫有別？況裴世期之解《國志》，酈善長之注《水經》，考時既較顏氏爲早；陸元朗之撰《釋文》，孔沖遠之纂《正義》，論世亦與顏氏相同。皆係別成家言，所引彌足徵信。是知師古之注，實有掠美之嫌。以彼居官納賄②相驗，則其注書行竊也固宜。然此僅就諸書徵引可考索者，以相覆按。若《隋志》所録③，《叙例》所列④，均未佚亡，敦煌古卷⑤，日本舊鈔⑥，皆得寓目；與夫杜林、劉熙、劉兆、蕭繹四家之注⑦俱在，一一加以核對，所獲

---

①除荀悦、服虔、應劭、鄭氏、李奇、鄧展、文穎、張揖、蘇林、張晏、如淳、孟康、韋昭、晉灼、臣瓚、郭璞、崔浩十七家，師古曾列名於《叙例》外，餘皆未具列，僅曹大家、胡廣、徐廣三家間加徵引，諸詮、鄒誕生二家各一提名而已。

②見《舊唐書·師古傳》。

③如劉顯之《漢書音》二卷，夏侯泳之《漢書音》二卷，陸澄之《漢書注》一卷，韋稜之《漢書續訓》三卷之類是。

④如伏儼、劉德、李斐、項昭、劉寶、蔡謨六家（原書既亡，他書亦少徵引）之類是。

⑤巴黎、倫敦所藏者，有《刑法志》、《蕭望之傳》、《蕭何傳》、《張良傳》殘卷（見王重民《巴黎倫敦所藏敦煌殘卷叙録》，原文載《圖書季刊》新第一卷第一期）；羅振玉敦煌石室碎金所印者，有匡衡、張禹等傳。

⑥除日本京都帝國大學文學部景印舊鈔本第二集中之《揚雄傳》殘卷外，據神田喜一郎跋文，知彼邦尚有《高帝紀下》、《食貨志》、《韓信彭越傳》等三篇。

⑦慧琳《一切經音義》卷三十引杜林注《漢書》云：“怯，多畏也。”卷七五引杜林注《漢書》：“凡爲法度，字皆從寸。”卷八四引劉熙注《漢書》云：“（嬖臣）卑也。”又引劉熙注《漢書》云：“遠郊之界稱氓。”又引劉兆注《漢書》云：“敻，深遠也。”《梁書·元帝紀》：“注《漢書》一百一十五卷。”

更不知凡幾？較諸子玄《莊注》，祗竊子期①，叔寧《晉書》，單襲處叔②，尤爲貪狠。與乾没河分崗勢，春入燒痕爲佳句者，實無以異。而其《叙例》，乃謂"舊注是者，則無閒然，具而存之，以示不隱"。巧言如簧，欲誰欺乎？至具存舊注，彰惡似多，揚善較少，不爲藏拙，果何用心！及其詮釋事義也：非鎔冶舊意，陶鑄新詞③；即僅換其文，不易厥質④。其甄録舊説也：非明引之後卷，而陰襲於前篇⑤；即陰襲於後篇，而明引之前卷⑥。抑或抨擊上文，因仍下文⑦；掩襲下句，標舉上句⑧。其作反切也：非假同聲之字相代⑨，即用同韻之字以替⑩。其擬直音也：非取同音代彼故有⑪，即以正字改其俗體⑫。抑或變易直音，別作反

---

① 拙撰《郭象〈莊子注〉是否竊自向秀檢討》一文，辨之甚詳。

② 見《晉書·王隱傳》。

③ 如《食貨志下》"或不償其僦費"句注本服虔（見《史記·平準書》索隱引）爲説之類是。

④ 如韋昭釋鋌爲鐵柄（《史記·匈奴傳》"短兵則刀鋌"句集解引），師古改作鐵把（《匈奴傳上》）之類是（柄把一實）。

⑤ 如《武帝紀》"元朔六年衛青復將六將軍絶幕"句注引臣瓚曰"直度曰絶"，而《高帝紀上》"秦三年絶河津南"句注"已先襲之"之類是。

⑥ 如《高帝紀上》"秦三年酈食其爲里監門"句注引服虔曰"音歷異基"，而《酈食其傳》却襲之之類是。

⑦ 如韋昭於《食貨志下》"不足以更"之句，更字列有續償二解（見《史記·平準書》集解引）；師古乃以訓續爲非而竊其訓償之説之類是。

⑧ 如《百官公卿表上》"越騎校尉掌越騎，長水校尉掌長水宣曲胡騎"數句，如淳並有注脚（見《續漢·百官志四》劉注引）；師古僅引其越騎句注，而長水句注則襲之之類是。

⑨ 如鄒誕生諸詮於《上林賦》"嶔巖倚傾"句之嶔字並音爲苦銜反（見陸德明《公羊音義》僖三十三年傳"爾即死必於殽之嶔巖"句下）；師古改音口銜反之類是（苦口同屬溪紐）。

⑩ 如《史記·司馬相如傳》"乘騎之所蹂若"，徐廣音蹂爲人久反（見《集解》引）；師古改音人九反之類是（久九同屬有韻）。

⑪ 如《陳餘傳》"筬輿前句之筬字，服虔音編（見陸德明《公羊音義》文十五年傳筍將而來也句注筍竹筬下）；師古改音爲鞭之類是。

⑫ 如《韓信傳》"禽夏説閼與"句之與字，孟康音預（見《文選·陸機〈漢高祖功臣頌〉》"拾代如遺"句李注引）；師古改音作豫之類是。預，豫之俗體；《説文》有豫無預）。

切①；變易反切，別作直音②。至於點竄原注，增損字句，以彌縫其闕者③，更是經營慘淡，煞費心機。若夫所列名氏，劉寶乃故張其目，僅引一説④，崔浩則昭示所撰，却舉一書⑤；道真駁議⑥，未必都係謬論，伯淵音義，何嘗止於荀紀？ 知而弗言，則爲蒙己；襲而不箸，亦屬誑人。人己交欺，何庸出此！ 雖然，此二人者，名氏得稱，寧非多幸！ 如司馬彪、顧野王、孔文祥、顏遊秦之流，樂產、姚察、項岱、蕭該之輩，師古於其著作，則負匱揭篋擔囊而趨，一一鶴聲，亦不復存。 幾何不令人嘆其空自苦也！ 他若《高帝紀贊》之本杜預⑦，《揚雄列傳》之用李軌⑧，《禮樂志》之取康成⑨，《地理志》之襲安國⑩，叙目祛妄⑪，竊之於《文心》⑫，猶豫達詁⑬，剽之於《家訓》⑭。 偷語偷義，曷其有極⑮。 彼縱各有專箸，非以訓解班書，然既采摭其説，則應標舉其名。 鳩居鵲巢，蔦施松上，不幾使西河之民，相疑於夫子耶？ 唯《天文》一志，咸箸舊義；蓋學涉專門，不容侵冒，否則亦將染指矣。 昔孟堅成書，既負遺親攘美

---

① 如《高帝紀上》“乃紿爲謁”句之紿字，應劭音殆（見《史記·高祖紀》集解引）；師古改音爲徒在反之類是。

② 如《地理志上》“貢球琳琅玕”之琳字，韋昭音爲來金反（見陸德明《尚書音義上》“禹貢厥貢惟球琳琅玕”句下）；師古改音爲林之類是。

③ 如《叙傳上》(《幽通賦》)於曹大家注之類是。

④ 見《高帝紀下》“六年於是上心善家令言”句下。

⑤ 崔浩除撰《漢紀音義》外，尚撰有《漢書音義》，見《新唐志》及《通志》。

⑥ 議，師古《叙例》作議，今依《隋志》、《舊唐志》、《通志》、《玉海》四九作議。

⑦ 孟堅《高帝紀贊》用《左傳》襄公二十四年及昭公二十九年文處，師古注皆襲杜預。

⑧ 《揚雄傳》末所附《法言》目，師古注多襲李軌。

⑨ 《禮樂志》中用《禮記·樂記》文處，師古注多襲鄭注。

⑩ 《地理志》中用《書·禹貢》文處，師古注多襲孔傳。

⑪ 見《叙傳下》首段末“其叙曰”句下。

⑫ 見《文心雕龍·頌讚篇》。

⑬ 見《高后紀》“八年計猶豫”句下。

⑭ 見《顏氏家訓·書證篇》。

⑮ 凡班書用經傳成文而有舊注者，師古多襲之。

之誚①，師古作注，復有没叔掠善之行②。後先一轍，可勝怪嘆！前史
乃譽爲忠臣③，後賢亦稱其精盡④。所謂取諸人以爲善，是以能爲善
者，非歟？

（原載一九四六年《中國文化研究彙刊》第五卷）

①《文心雕龍·史傳篇》云：“及班固述漢，因循前業，……遺親攘美之罪，……公理辨
　之究矣。”按仲長統《昌言》已亡，其辨不得而詳。《傅子》：“班固《漢書》，因父得成，
　遂没不言彪，殊異馬遷也。”（《意林》五引，今本皆錯入楊泉《物理論》中，此從嚴可均
　説）《顏氏家訓·文章篇》：“班固盗竊父史。”是孟堅之遺親攘美，前人固多論之，不
　獨公理一人已也。
②《舊唐書·顏師古傳》：“師古叔父遊秦……撰《漢書決疑》十二卷，爲學者所稱，後師
　古注《漢書》亦多取其義耳。”《新唐書》師古傳同。張淏《雲谷雜記》：“顏游秦師古之
　叔也，嘗撰《漢書決疑》十二卷，……後師古爲太子承乾注班書，多資取其義。”王鳴
　盛《十七史商榷》七：“今叙例竟不及遊秦，全書中亦從未一見，……攘叔父之善而没
　其名，殆亦其一蔽乎！”王先謙《前漢補注·序例》：“至游秦行輩文學，巋然在前，盗
　實遺名，有慚德矣！”
③《新唐書·顏師古傳》：“時人謂杜征南、顏祕書爲左丘明、班孟堅忠臣。”
④洪邁《容齋續筆》十二：“顏師古注《漢書》，評較諸家之是非，最爲精盡。”王世貞《漢
　書評林序》：“凡爲班史者，後先若而人，……至唐顏師古而後精且備。”《四庫全書提
　要》四五：“師古注條理精密，實爲獨到。”

史通通釋補

浦起龍《史通通釋》,徵事數典,頗稱詳贍;然抉發亦有未盡者。余昔治劉彥和《文心雕龍》,嘗旁及子玄書,輒條舉所知,用補其闕,固未意陳伯弢先生已先我爲之(陳先生所撰曰《史通補釋》,分載《史學雜誌》第一、二兩卷)。乃刊除重複,別寫清本,聊備遺忘,未敢以示人也。茲因年報徵文,疲役難應,爰以此稿塞責,續貂之誚,其自刉夫!

内　篇

六　家

蓋書之所主,本於號令。

　　按:《漢書·藝文志·六藝略》:"書者,古之號令。"

甚有明允篤誠。

　　按:《左傳》文公十八年:"齊聖廣淵,明允篤誠。"杜注:"允,信也;
　　篤,厚也。"

以爲國史所以表言行,昭法式。

　　按:《漢書·藝文志·六藝略》:"古之王者,世有史官,君舉必書,
　　所以慎言行,昭法式也。"

據行事,仍人道,就敗以明罰,因興以立功,假日月而定歷數,籍朝聘而正禮樂。

按:《漢書·藝文志·六藝略》:"據行事,仍人道,因興以立功,就
　　敗以成罰,假日月以定歷數,藉朝聘以正禮樂。"

蓋傳者,轉也;轉受經旨,以授後人。信聖人之羽翮,而述者之冠冕也。

按:《文心雕龍·史傳篇》:"傳者,轉也;轉受經旨,以授於後。實
　　聖文之羽翮,記籍之冠冕也。"

夫謂之策者,蓋録而不序,故即簡以爲名。

按:《文心雕龍·史傳篇》:"秦并七王,而戰國有策,蓋録而弗叙,
　　故即簡而爲名也。"

二　體

其有賢如柳惠,仁若顏回,終不得彰其名氏,顯其言行。

按:葉大慶《考古質疑》卷一:"大慶按:《論語》:'子曰:臧文仲其竊
　　位者與?知柳下惠之賢,而不與立也。'注云:'柳下惠,展禽也。'
　　按《國語》:柳下惠,姓展名獲,字季禽。並見《魯語上》。今《左傳》亦
　　引仲尼曰:'臧文仲不仁者三:下展禽。'原注云:文二。又魯犒齊師,
　　受命於展禽。原注云:僖二十六。杜氏皆以柳下惠釋之,非不明甚,
　　是則展禽即柳下惠也。今曰賢如柳下惠,終不彰其名氏,無乃劉
　　子不細考歟!"其説甚允,故逐録之。

本　紀

《呂氏春秋》肇立紀號,蓋紀者,綱紀庶品,網羅萬物,考篇目之大者,其
莫過於此乎?

按:《文心雕龍·史傳篇》:"子長繼志,甄序帝勣,……故取式《呂
　　覽》,通號曰紀。紀綱之號,亦宏稱也。"子玄此文即本彦和爲説,

　然皆未安。

守而勿失。

　　按:《史記·曹相國世家》:"百姓歌之曰:'……曹參代之,守而
　　勿失。'"

世　家

豈不以開國承家。

　　按:《易·師》:"上六、大君有命,開國承家。"

緜緜瓜瓞。

　　按:《詩·大雅·緜》:"緜緜瓜瓞。"毛傳:"緜緜,不絕貌;瓜,紹也;
　　瓞,咆也。"

列　傳

蓋以其因人成事。

　　按:《史記·平原君傳》:"公等錄錄,所謂因人成事者也。"

表　歷

迷而不悟,無異逐狂。

　　按:《韓非子·説林上篇》:"《慧子》曰:'狂者東走,逐者亦東走;其
　　東走則同,其所以東走之爲則異。'"

自可方以類聚,物以群分。

　　按:《易·繫辭上》:"方以類聚,物以群分。"

不附正朔,自相君長。

　浦起龍校云:"長,一作臣。"

　　按:《題目篇》:"則有不奉正朔,自相君長。"語法與此同,臣字

非是。

書　志

故海田可變。

　　按：葛洪《麻姑傳》：“麻姑是説云：‘接侍以來，已見東海三爲桑田；
　　向到蓬萊，水又淺於往者，會時略半也。豈將復還爲陵陸乎？’”

不知紀極。

　　按：《左傳》文公十八年：“聚斂積實，不知紀極。”

謂莒爲大國。

　　按：《漢書・五行志中之上》：“莒、牟夷以二邑來犇，莒怒，伐魯，叔
　　弓帥師距而敗之，昭得入晉，外和大國，内獲二邑，取勝鄰國，有炕
　　陽動衆之應。”

菽爲強草。

　　按：《漢書・五行志中之下》：“定公元年，十月，隕霜殺菽，……董
　　仲舒以爲菽、草之彊者。”

鶩著青色。

　　按：《漢書・五行志中之下》：“昭帝時有鶒鵜，或曰禿鶖，集昌邑王
　　殿下，王使人射殺之。劉向以爲水鳥，色青，青、祥也。”

自可觸類而長。

　　按：《易・繫辭上》：“引而伸之，觸類而長之。”

夫圓首方足。

　　按：《大戴禮記・曾子天圓篇》：“曾子曰：‘天之所生上首，地之所
　　生下首；上首謂之圓，下首謂之方。”

吉凶形於相貌，貴賤彰於骨法。

　　按：《史記・淮陰侯傳》：“貴賤在於骨法，憂喜在於容色。”

茫茫九州。

　　按：《左傳》襄公四年：“《虞人》之箴曰：‘芒芒禹迹，畫爲九州。’”

京邑翼翼,四方是則。

　　按:《詩·商頌·殷武》:"商邑翼翼,四方之極。"毛傳:"商邑,京師
　　也。"《後漢書·樊準傳》:"故《詩》曰:'京師翼翼,四方是則。'"章
　　懷注:"《韓詩》之文也。"

千門萬户。

　　按:《文選·班固〈西都賦〉》:"張千門而立萬户。"

任土作貢。

　　按:《書·禹貢序》:"禹別九州,隨山濬川,任土作貢。"孔傳:"任其
　　土地所有,定其貢賦之差。"

郡正州曹。

　浦云:"曹,舊作都。"

　　按:《宋書·恩倖傳序》:"州都郡正,以才品人。"《文選》卷五十李
　　善注:"《傅子》曰:'魏司空陳羣始立九品之制,郡置中正,平人才
　　之高下,各爲輩目;州置州都,而總其義。'"是都字未誤,無煩
　　改作。

序　　例

難以曲得其情。

　　按:《淮南子·説林篇》:"以鏡視形,曲得其情。"

累屋重架。

　　按:《世説新語·文學篇》:"庾仲初作《揚都賦》成,……謝太傅云:
　　'不得爾,此是屋下架屋耳。'"

夫事不師古,匪説攸聞。

　　按:《書·僞説命》下:"事不師古,以克永世,匪説攸聞。"

題　目

其位號皆一一具言。

浦云："一一，別作一二。"

按：別本是也。《序傳篇》："皆剖析具言，一二必載。"《忤時篇》："聊復一二言之。"並以一二連文。《書事篇》"乃叙其名，一二無遺"，或作一一，據浦校，後同。《雜說下篇》"莫不一一列名"，或作一二，已淆誤之矣。《漢書・司馬遷傳》："事未易一二爲俗人言也。"《揚雄傳下》："不能一二其詳。"《文選・丘遲〈與陳伯之書〉》："不假僕一二談也。"皆其旁證。

蓋法令滋章，古人所慎。

按：《老子》第五十七章："法令滋彰，盜賊多有。"

牀上施牀。

按：《顏氏家訓・序致篇》："魏晉已來，所著諸子，理重事複，遞相模斅，猶屋下架屋，牀上施牀耳。"

附贅居身，非廣形於七尺。

按：《淮南子・精神篇》："吾生也有七尺之形。"

編　次

天命未改。

按：《左傳》宣公三年："周德雖衰，天命未改。"

稱　謂

孔子曰："唯名不可以假人。"

按：《左傳》成公二年："仲尼聞之曰：'惜也！不如多與之邑。唯器與名,不可以假人。'"

古者,天子廟號,祖有功而宗有德。

按:《賈子新書·數寧篇》:"禮祖有功宗有德。"

採　撰

何以能殫見洽聞?

按:《西都賦》:"元元本本,殫見洽聞。"

可謂助桀爲虐,幸人之災。

按:《史記·留侯世家》:"此所謂助桀爲虐。"《文選·阮瑀〈爲曹公作書與孫權〉》:"幸人之災,君子不爲。"

逝者不作,冥漠九泉。

按:《禮記·檀弓下》:"趙文子與叔譽觀乎九原,文子曰:'死者如可作也,吾誰與歸?'"

載　文

夫觀乎人文,以化成天下。

按:《易·賁》:"象曰:'觀乎人文,以化成天下。'"

蓋不虛美,不隱惡故也。

按:《漢書·司馬遷傳贊》:"不虛美,不隱惡。"

蓋語曰:"不作無益害有益。"

按:《書·僞旅獒》:"不作無益害有益,功乃成。"

昔大道爲公,以能而授。

按:《禮記·禮運》:"大道之行也,天下爲公,選賢與能。"

彤弓盧矢,新君膺九命之錫。

按:《書·文侯之命》:"王曰:'父!義和!其歸視爾師,寧爾邦,用賚爾秬鬯一卣,彤弓一,彤矢百,盧弓一,盧矢百。'"孔《傳》:"彤,

赤；盧，黑也。"《韓詩外傳》八："傳曰：'諸侯之有德，天子錫之：一
錫車馬，再錫衣服，三錫虎賁，四錫樂器，五錫納陛，六錫朱户，七
錫弓矢，八錫鈇鉞，九錫秬鬯。'"

白馬侯服，舊主蒙三恪之禮。

　　按：《詩·周頌·有客》："有客有客，亦白其馬。"序："有客，微子來
　　見祖廟也。"《大雅·文王》："商之孫子，其麗不億，上帝既命，侯于
　　周服。"《左傳》襄公二十五年："以備三恪。"杜注："周得天下，封夏
　　殷二王後，又封舜後謂之恪；并二王後爲一國，其禮轉降，示敬而
　　已，故曰三恪。"

蓋天子無戲言。

　　按：《吕氏春秋·重言篇》："天子無戲言。"

則謂其珪璋特達。

　　按：《禮記·聘義》："珪璋特達，德也。"

至於近代則不然。

浦云："代，一作古。"

　　按：上文有此句者三，皆作近古，則此當以一本爲是。

持以不刊。

浦云："以，一作之。"

　　按：之字蓋涉上句而誤，《浮詞篇》"持用不刊，"可證。用與以誼同。

古猶今也。

　　按：《莊子·知北遊篇》："冉求問於仲尼曰：'未有天地，可知邪？'
　　仲尼曰：'可，古猶今也。'"

補　注

庶憑驥尾，千里絶群。

　　按：《文選·王褒〈四子講德論〉》："夫蚤蝨終日經營，不能越階序，
　　附驥尾則涉千里。"

因　習

蓋聞三王各異禮，五帝不同樂。

　　按：《禮記・樂記》：“五帝殊時，不相沿樂；三王異世，不相襲禮。”
此略外別内之旨也。

　　按：《公羊傳》隱公十年：“《春秋》録内而略外。”

邑　里

淄澠可分。

　　按：《呂氏春秋・精諭篇》：“孔子曰：‘淄、澠之合者，易牙嘗而知
之。’”高注：“淄、澠，齊之兩水名也。”

言　語

獻可替否。

　　按：《左傳》昭公二十年：“君所謂可而有否焉，臣獻其否以成其可；
　　君所謂否而有可焉，臣獻其可以去其否。”《國語・晉語九》：“夫事
　　君者，薦可而替否。”

後之視今，亦猶今之視昔。

　　按：《漢書・京房傳》：“臣恐後之視今，猶今之視前也。”《晉書・王羲
　　之傳》：“後之視今，亦由今之視昔。”

庶幾可與古人同居。

　　按：《尸子》：“孔子云：‘誦詩讀書，與古人居。’”《意林》一、《太平御覽》
　　六百十六引

浮　詞

多歷年所。

　　按:《書·僞君奭》:"故殷禮陟配天,多歷年所。"

叙　事

自非作者曰聖。

　　按:《禮記·樂記》:"作者之謂聖。"

然則意指深奥,詁訓成義。

　　浦云:"詁,一譌詁。"

　　按:詁字非是。《漢書·藝文志·六藝略》:"書者古之號令,號令
　　於衆,其言不立具,則聽受施行者弗曉,古文讀應《爾雅》,故解古
　　今語而可知也。"《後漢書·賈逵傳》:"逵數爲帝言,《古文尚書》與
　　經傳《爾雅》詁訓相應。"《文心雕龍·宗經篇》:《書》實記言,而詁
　　訓此依唐寫本茫昧,通乎《爾雅》,則文意曉然。"並言《書》之詁訓成
　　義也。

雖殊途異轍,亦各有差焉。

　　浦云:"差,舊譌作美。"

　　按:美字不誤。此爲總上文論《尚書》、《春秋》之詞;即謂《尚書》之
　　意指深奥,詁訓成義,《春秋》之微顯闡幽,婉而成章,雖不相同,然
　　固各有其美耳。若改作差,則不諧矣。

求其善者,蓋亦幾矣。

　　浦云:"亦下一有無字。"

　　按:以《雜述篇》"而能傳諸不朽,見美來裔者,蓋無幾焉"例之,有
　　無字似勝。

則焕炳可觀。

按:《文選·王延壽〈魯靈光殿賦〉》:"焕炳可觀。"

昔《禮記·檀弓》,工言物始。

按:《梁書·處士·何胤傳》:"胤曰:'《檀弓》兩卷,皆言物始。'"《補釋》説誤。

品　藻

而世之稱悖逆,則云商冒;論忠順,則曰伊霍者。

按:《抱朴子内篇·論仙篇》:"是猶見趙高、董卓,便謂古無伊周、霍光;見商臣、冒頓,而云古無伯奇、孝己也。"《補釋》引證嫌晚。

將何勸善。

按:《左傳》宣公四年:"子文無後,何以勸善?"

是則三甥見幾而作。

按:《易·繫辭下》:"君子見幾而作。"

砥節礪行。

按:《蔡中郎集·郭有道碑文》:"若乃砥節礪行,直道正辭。"

子曰:"以貌取人,失之子羽;以言取人,失之宰我。"

按:《韓非子·顯學篇》,《史記·仲尼弟子傳》,《家語·子路初見篇》,並載此文。

直　書

故寧順從以保吉,不違忤以受害也。

按:《文選·禰衡〈鸚鵡賦〉》:"寧順從以遠害,不違迕以喪生。"

蓋烈士狥名,壯夫重氣。

按:《史記·賈誼傳》:"列《鶡冠子·世兵篇》作烈士徇名。"《文選·張衡〈西京賦〉》:"都邑游俠,輕死重氣。"

寧爲蘭摧玉折。

按:《世説新語·言語篇》:"毛伯成既負其才氣,常稱寧爲蘭摧玉折,不作蕭敷艾榮。"

曲　筆

史氏有事涉君親,必言多隱諱。

按:《公羊傳》閔公元年:"《春秋》爲尊者諱,爲親者諱,爲賢者諱。"

國家喪亂,方驗忠臣之節。

按:《老子》第十八章:"國家昏亂有忠臣。"

彰善癉惡。

按:《書·僞畢命》:"彰善癉惡,樹之風聲。"

高下在心。

按:《左傳》宣公十五年:"諺曰:'高下在心。'"

鑒　識

五霸之擅名也,逢孔宣而見詆。

按:《孟子·梁惠王上篇》:"孟子對曰:'仲尼之徒,無道桓文之事者。'"《荀子·仲尼篇》:"仲尼之門人,五尺之豎子,言羞稱乎五伯。"

苟不能探賾索隱,致遠鉤深。

按:《易·繫辭上》:"探賾索隱,鉤深致遠。"

夫史之叙事也,當辯而不華,質而不俚,其文直,其事核。

按:《漢書·司馬遷傳贊》:"自劉向、揚雄博極群書,皆稱遷有良史之材,服其善序事,理辨而不華,質而不俚,其文直,其事核。"

探 賾

昔夫子之刊魯史，學者以爲感麟而作。

按：《春秋緯·演孔圖》："獲麟而作《春秋》，九月書成。"《公羊傳》哀公十四年疏引杜預《春秋左傳集解序》："麟鳳五靈，王者之嘉瑞也，今麟出非其時，虛其應而失其歸，此聖人所以爲感也；絕筆於獲麟之一句者，所感而起，固所以爲終也。"

以爲自反袂拭面，稱吾道窮。

按：《公羊傳》哀公十四年："有以告者曰：'有麏而角者。'孔子曰：'孰爲來哉！孰爲來哉！'反袂拭面，涕沾袍，……'吾道窮矣。'"

此非獨學無友，孤陋寡聞之所致耶！

按：《禮記·學記》："獨學而無友，則孤陋而寡聞。"

蓋所以賤夷狄而貴諸夏也。

按：《公羊傳》成公十五年："《春秋》內其國而外諸夏，內諸夏而外夷狄。"

馬遷乘傳求自古遺文。

按：《西京雜記》卷下："太史公司馬談世爲太史，子遷年十三，使乘傳行天下，求古諸侯史記。"

如葛洪有云："司馬遷發憤作《史記》百三十篇，伯夷居列傳之首，以爲善而無報也；項羽列於本紀，以爲居高位者非關有德也。"

按：見《西京雜記》卷下。其文居作踞上奪爲字，當據此補之。

摸 擬

不失舊物也。

按：《左傳》哀公元年："祀夏配天，不失舊物。"

人不聊生。

　　按:《戰國策‧秦策四》:"百姓不聊生。"高注:"聊,賴。"《新序‧善謀篇》作民不聊生,子玄作人,避唐太宗諱改。

鎔鑄之象物。

　　按:《左傳》宣公三年:"鑄鼎象物。"

前稱子產,則次見國僑。

　　浦云:"國,當作曰。"以配"下曰叔牂"之句。

　　按:浦説非是。後《書事篇》亦有"詢彼國僑"語,則此國字未誤。《陸士龍集‧晉故散騎常侍陸府君誄》:"國僑殞鄭。"《文心雕龍‧才略篇》:"國僑以修辭扞鄭。"並稱子產爲國僑也。果如浦説,改國爲曰,與上叔牂句何能相配?

書　事

苟書而不法,則何以示後?

　　按:《左傳》莊公二十三年:"書而不法,後嗣何觀?"

又傅玄之貶班固也:論國體則飾主闕而折忠臣,叙世教則貴取容而賤直節,述時務則謹辭章而略事實。

　　按:此文又見《意林》五引今本錯入楊泉《物理論》中折,當依彼作抑。後《忤時篇》"《漢書》則抑忠臣而飾主闕",亦用《傅子》語,不作折。

上智猶其若此,而況庸庸者哉!

　　按:其疑且之形誤。《列傳篇》"上智猶且若斯,則中庸故可知矣",是其證。《梁書‧文學下‧劉峻傳》:"聖賢且猶若此,而況庸庸者乎!"此文《補釋》曾引之。蓋此語之所自出,且猶與猶且意同。《稱謂篇》:"上才猶且若是,而況中庸者乎!"且,一作其,誤與此同。

故聖人於其間,若存若亡而已。

按：《管子・心術下篇》："聖人之道，若存若亡。"

固異乎記功書過。

按：《後漢書・皇后紀論》："女史彤管，記功書過。"

人　物

可以治國字人。

按：《逸周書・本典篇》："今朕不知明德所則，政教所行，字民之道。"子玄避諱作人。

夫天下善人少而惡人多。

按：《莊子・胠篋篇》："天下之善人少而不善人多。"

覈　才

然觀侏儒一節，而他事可知。

按：桓譚《新論》："諺曰：'侏儒見一節，而長短可知。'"《御覽》四百九十六引

但當鋤而去之。

按：《史記・齊悼惠王世家》："章曰：'深耕概種，立苗欲疏，非其種者，鋤而去之。'"

亦猶灞上兒戲，異乎真將軍。

按：《史記・絳侯世家》："文帝曰：'嗟乎！此真將軍矣。曩者霸上棘門軍，若兒戲耳。'"

懷獨見之明。

按：《文選・袁宏〈三國名臣序贊〉》："文若懷獨見之明。"

此管仲所謂用君子而以小人參之，害霸之道者也。

按：《說苑・尊賢篇》："桓公曰：'何如而害霸。'管仲對曰：'不知賢，害霸；知而不用，害霸；用而不任，害霸；任而不信，害霸；信而

復使小人參之，害霸。'"

序　傳

夫自媒自衒，士女之醜行。

　　按：《曹子建文集·求自試表》："夫自衒自媒者，士女之醜行也。"
謙以自牧者歟？

　　按：《易·謙》："象曰：'謙謙君子，卑以自牧也。'"
失之彌遠者矣。

　　按：《呂氏春秋·論人篇》："其求之彌彊者，失之彌遠。"
蓋諂祭非鬼，神所不歆。

　　按：《左傳》僖公十年："神不歆非類，民不祀非族。"又僖公三十一
　　年："鬼神非其族類，不歆其祀。"

雜　述

夏禹敷土，實著《山經》。

　　按：劉秀《上山海經表》："禹別九州，任土作貢，而益等類物善惡，
　　箸《山海經》。"《論衡·別通篇》："禹主治水，益主記異物，海外山
　　表，無遠不至，以所聞見，作《山海經》。"
街談巷議。

　　按：《西京賦》："若其五縣遊麗，辯論之士，街談巷議，彈射臧否。"
奕世載德。

　　按：《國語·周語上》："弈 當作奕，注同 世載德，不忝前人。"韋注：
　　"弈，弈前人也；載，成也。"
流形賦象，於何不育。

　　按：《文選·左思〈蜀都賦〉》："異類衆夥，于何不育。"
則福善禍淫。

　　按：《書·僞湯誥》：“天道福善禍淫。”

則人自以爲樂土。

　　按：《文選·皇甫謐〈三都賦序〉》：“家自以爲我土樂。”

辨　職

夫設官分職。

　　按：《周禮·天官·冢宰》：“設官分職，以爲民極。”

欲使上無虛授，下無虛受。

　　按：曹植《求自試表》：“故君無虛授，臣無虛受。”

斯則負乘致寇。

　　按：《易·解》：“六三、負且乘，致寇至。”

繡衣直指所不能繩。

　　按：《漢書·百官公卿表上》：“侍御史有繡衣直指。”顏注引服虔
　　曰：“指事而行，無阿私也。”

自　叙

共責以爲童子何知。

　　按：《左傳》成公十六年：“文子執戈逐之曰：‘國之存亡，天也，童子
　　何知焉！’”

非欲之而不能，實能之而不敢也。

　浦云：“敢舊作欲，誤。”

　　按：欲字未誤，浦氏自誤耳。《西京賦》：“豈欲之而不能，將能之而
　　不欲歟？”蓋子玄此文所本。《曹子建文集·魏德論》：“非能之而
　　弗欲，蓋欲之而弗能。”亦可證。

務爲小辨，破彼大道。

　　按：《大戴禮記·小辨篇》：“小辨破言，小言破義，小義破道。”《漢

書·揚雄傳下》：“雖小辯，終破大道。”

儒者之書。博而寡要。

　　按：《史記·自序》：“儒者博而寡要。”

淚盡而繼之以血也。

　　按：《韓非子·和氏篇》：“和乃抱其璞而哭之於楚山之下，三日三
　　夜，淚盡而繼之以血。”

外　篇

史官建置

墳土未乾，則善惡不分，妍媸永滅者矣。

　　按：曹植《求自試表》：“墳土未乾，而身名並滅。”

其利甚博。

　　按：《左傳》昭公三年：“君子曰：‘仁人之言，其利博哉！’”

借爲美談。

　　按：《公羊傳》閔公二年：“魯人至今以爲美談。”

古今正史

其篇所載年月，不與序相符會，又與《左傳》、《國語》、《孟子》所引《泰
誓》不同，故漢魏諸儒，咸疑其繆。

　　按：陸德明《經典釋文·序錄》：“然《泰誓》年月，不與序相應，又不
　　與《左傳》、《國語》、《孟子》衆書所引《泰誓》同，馬、鄭、王肅諸儒皆
　　疑之。”

劉向取校歐陽、大小夏侯三家經文，脫誤甚衆。

　　按：《漢書·藝文志·六藝略》：“劉向以中古文校歐陽、大小夏侯

三家經文，《酒誥》脱簡一，《召誥》脱簡二，率簡二十五字者，脱亦二十五字，簡二十二字者，脱亦二十二字；文字異者七百有餘，脱字數十。”

王肅亦注《今文尚書》，而大與《古文孔傳》相類，或肅私見其本，而獨秘之乎？

按：《經典釋文·序録》：“王肅亦注‘今文’，而解大與‘古文’相類，或肅私見孔傳而秘之乎？”

孔子應聘不遇，自衛而歸，乃與魯君子左丘明觀書於太史氏，因魯史記而作《春秋》，上遵周公遺制，下明將來之法。

按：《經典釋文·序録》：“孔子應聘不遇，自衛而歸，西狩獲麟，傷其虛應，乃與魯君子左丘明觀書於太史氏，因魯史記而作《春秋》，上遵周公遺制，下明將來之法。”此二句陸氏又本杜預《左傳集解序》。

經成，以授弟子，弟子退而異言，丘明恐失其真，故論本事而爲傳，明夫子不以空言説經也。《春秋》所貶當世君臣，其事實皆形於傳，故隱其書而不宣，所以免時難也。及末世口説流行，故有《公羊》、《穀梁》、《鄒》、《夾》之傳，《鄒氏》無師，《夾氏》有録無書。

按：《漢書·藝文志·六藝略》：“有所襃諱貶損，不可書見，口授弟子，弟子退而異言，丘明恐弟子各安其意，以失其真，故論本事而作傳，明夫子不以空言説經也。《春秋》所貶損大人。當世君臣，有威權勢力，其事實皆形於傳，是以隱其書而不宣，所以免時難也。及末世口説流行，故有《公羊》、《穀梁》、《鄒》、《夾》之傳，四家之中，《公羊》、《穀梁》立於學官，《鄒氏》無師，《夾氏》未有書。”子玄此段行文，亦襲用《經典釋文序録》。

必方諸魏伯起，亦猶張衡之蔡邕焉。

按：之下疑奪一字。

疑　古

唯夫博物君子。

　　按:《左傳》昭公元年:"晉侯聞子産之言曰:'博物君子也。'"

兼復二妃不從。

　　按:《禮記·檀弓上》:"舜葬於蒼梧之野,蓋三妃未之從也。"《漢
　　書·劉向傳》、《文選·張衡〈思玄賦〉》、《風俗通義·正失篇》,並
　　作二妃。梁玉繩《瞥記》卷二有辨。

欲加之罪,能無辭乎?

　　按:《左傳》僖公十年:"欲加之罪,其無辭乎?"

劉向又曰:"世人有弑父害君,桀紂不至是,而天下惡者,必以桀紂
爲先。"

　　浦云:"下下當有歸字。"

　　按:不增歸字,文意自明。《風俗通義·正失篇》:"向對曰:'……
　　桀紂非殺父與君也,而世有殺君父者,人皆言無道如桀紂。'"

此則《春秋》荊蠻之滅諸姬。

　　按:《左傳》僖公二十八年:"欒貞子曰:'漢陽諸姬,楚實盡之。'"又
　　定公四年:"周之子孫,在漢川者,楚實盡之。"

轉禍爲福。

　　按:《説苑·權謀篇》:"孔子曰:'聖人轉禍爲福。'"

孔氏述其傳疑。

　　按:《穀梁傳》桓公十四年:"孔子曰:'聽遠音者,聞其疾而不聞其
　　舒;望遠者,察其貌而不察其形。立乎定、哀以指隱、桓,隱、桓之
　　日遠矣,'夏五',傳疑也。'"

惑　經

戎實豺狼，非我族類。

　　按：《左傳》閔公元年："管敬仲言於齊侯曰：'戎狄豺狼，不可厭
　　也。'"又成公四年："史佚之志有之曰：'非我族類，其心必異。'"
而太史公云："夫子爲《春秋》，筆則筆，削則削，游、夏之徒不能贊
一辭。"

　　浦云："游，一作子。"

　　按：《史記·孔子世家》作子夏之徒不能贊一辭，曹植《與楊德祖
　　書》乃增有子游；《文選》李注引《史記》有子游二字，然注楊修《答臨淄侯牋》
　　所引則無。以前《叙事篇》"異乎游、夏措詞"證之，此或原作游、
　　夏也。

申　左

所謂忘我大德，日用而不知者焉。

　　按：《詩·小雅·谷風》："忘我大德，思我小怨。"《易·繫辭上》：
　　"百姓日用而不知。"

雜説上

夫有生而無識，有質而無性者，其唯草木乎！

　　按：《荀子·王制篇》："草木有生而無知。"

語曰："傳聞不如所見。"

　　按：《風俗通義·正失篇》："《春秋》以爲傳聞不如親見。"

案《論語》行於講肆，列於學官。

　　按：趙岐《孟子章句題辭》："漢興、除秦虐禁，開延道德，孝文皇帝

欲廣遊學之路，《論語》、《孝經》、《孟子》、《爾雅》，皆置博士。"子玄
蓋本此爲説，黄叔琳評及浦釋，皆未得其肯綮所在也。

掩惡揚善。

　　按：桓譚《新論》："是故君子掩惡揚善。"《御覽》四百九十一引

成人之美。

　　按：《穀梁傳》隱公元年："《春秋》成人之美。"

雜説中

又劉敬昇《異苑》稱晉武庫失火，漢高祖斬蛇劍穿屋而飛。

　　按：見今本《異苑》卷二。昇，當作叔；叔，俗作尗；昇，通升，升又作
　　卄，二字甚近，故誤。《隋書·經籍志·雜傳類》："《異苑》十卷，宋
　　給事劉敬叔撰。"當即是書。前《雜述篇》亦作劉敬叔也。今《異苑》
　　通行本中惟《津逮祕書》本作劉敬昇（《御覽》婁引劉氏《異苑》文，僅四百三十八
　　作劉平叔，四百六十五作劉恭叔，餘皆作劉敬叔）

此並向聲背實。

　　按：《文選·魏文帝〈典論·論文〉》："夫人貴遠賤近，向聲背實。"

負芒猜忌。

　　按：《漢書·霍光傳》："宣帝始立，謁見高廟，大將軍光從驂乘，上
　　內嚴憚之，若有芒刺在背。"

將欲取之，必先與之。

　　按：《戰國策·魏策一》："《周書》曰：'將欲敗之，必姑輔之；將欲取
　　之，必姑與之。'"

賈其餘勇。

　　按：《左傳》成公二年："欲勇者賈余餘勇。"

而陷於矯枉過正之失。

　　按：《漢書·諸侯王表序》："可謂撟枉過其正矣。"顏注："撟，與
　　矯同。"

可謂尤而效之，罪又甚焉者矣。

　　按：《左傳》僖公二十四年："介之推曰：'尤而效之，罪又甚焉。'"

雜説下

陸士衡有云："離之則雙美，合之則兩傷。"

　　按：《文賦》文。

亦由視予由父，門人日親。

　　按：《論語·先進》："子曰：'回也，視予猶父也。'"《尚書大傳》："孔
　　子曰：'……自吾得回也，門人加親。'"《毛詩·大雅·緜·正義》引

雖内舉不避。

　　按：《韓非子·説疑篇》："内舉不避親。"

喜論人帷薄不修。

　　按：《賈子新書·階級篇》："坐穢污姑、婦、姊、姨、母、男女無別者，
　　不謂污穢，曰帷薄不修。"

五行志雜駁

天高聽卑。

　　按：《吕氏春秋·制樂篇》："子韋還走，北面載拜曰：'臣敢賀君，天
　　之處高而聽卑。'"

自昭公已降，晉政多門。

　　按：《左傳》昭公十三年："子産曰：'晉政多門。'"

暗　惑

豈知聖人智周萬物。

　　按：《易·繫辭上》："知周乎萬物。"

若《田氏世家》之論成子也,乃結以韻語,纂成歌詞。

　　按:《韓非子·外儲說》右上:"故周秦之民相與歌之曰:'謳乎,其
　　已乎! 苞乎,其往! 歸田成子乎!'"是史公之誤,沿自韓非也。

而言同綸綍。

　　按:《禮記·緇衣》:"王言如絲,其出如綸;王言如綸,其出如綍。"
　　鄭注:"言言出彌大也。"

汲黯所謂齊人多詐者是也。

　　按:《史記·平津侯傳》:"汲黯庭詰弘曰:'齊人多詐而無情實。'"

鹽酪不嘗。

　　按:《禮記·雜記下》:"功衰食菜果,飲水漿,無鹽酪。"

寇盜充斥。

　　按:《左傳》襄公三十一年:"士文伯讓之曰:'敝邑以政刑之不脩,
　　寇盜充斥。'"杜注:"充,滿;斥,見。言其多。"

仵　　時

孟堅所亡,葛洪刊其《雜記》。

　　按:《西京雜記·序》:"洪家世有劉子駿《漢書》一百卷,無首尾題
　　目,但以甲乙丙丁紀其卷數。先公傳云:'歆欲撰《漢書》,編録漢
　　事,未得締構而亡,故書無宗本。止雜記而已。'……洪家具有其
　　書,試以此記考校班固所作,殆是全取劉書,有小異同耳。並固所
　　不取,不過二萬許言,今鈔出爲二卷,名曰《西京雜記》,以裨《漢
　　書》之闕。"子玄所云,即指《西京雜記》言之,浦釋非。《雜述篇》:"國
　　史之任,記事記言,視聽不該,必有遺逸,於是好奇之士,補其所亡,若和嶠《汲冢
　　紀年》、葛洪《西京雜記》。"亦可證。

飛沈屬其顧盼,榮辱由其俛仰。

　　按:《文選·劉峻〈廣絕交論〉》:"飛沈出其顧指,榮辱定其一言。"

縻我以好爵。

按：《易·中孚》：“九二、鳴鶴在陰，其子和之，我有好爵，吾與爾靡之。”釋文：“靡，本又作縻。”

況僕未能免俗。

按：《世説新語·任誕篇》：“仲容以竿挂大布犢鼻褌於中庭，人或怪之。答曰：‘未能免俗，聊復爾耳。’”

（原載一九四零年《文學年報》第六期）

九鼎考略

九鼎之鑄,悠哉!邈矣!遺物既不概見,故記復各異詞:夏禹、夏啓,鑄人有殊;荆山、昆吾,造地是異;曰一,曰九,多少之數不侔;或方,或圜,體式之形迥别;遷商邑,定郏鄏,夏殷之授受可尋;没泗淵,入秦中,姬嬴之予取難辨。虞荔所録,迺語焉不詳虞荔《鼎録》,首列九鼎,其文輯《左傳》宣公三年及《墨子·耕柱篇》而成;與江淹《銅劍讚序》全同,蓋襲文通也;康佐之記,雖博而未傳《新唐書·藝文志·乙部·雜傳記類》"許康佐《九鼎記》四卷",他書未著録。《玉海》卷八十八《鼎鼐類》云:"《唐志》,許康佐《九鼎記》四卷。"是王氏亦未及見也。余學同耳食,識等目論,婁羨楚子輕重之問,對無王孫;何煩始皇禱祠之求,系絶龍齒。爰采群籍,用成斯文。穿鑿馮虚,在所不免;敏求好古,豈敢云然!

鑄人第一

一、謂爲夏禹者

《史記·封禪書》:"禹收九牧之金,鑄九鼎。"

《漢書·郊祀志上》:"禹收九牧之金,鑄九鼎。"

《後漢書·明帝紀》:"永平六年,詔曰:'昔禹收九牧之金,鑄鼎以象物。'"

《論衡·儒增篇》:"周鼎之金,遠方所貢,禹得鑄以爲鼎也。"

崔瑗《竇大將軍鼎銘》:"大禹鑄鼎,象物百神。"《藝文類聚》卷七十三引

《説文·鼎部》鼎下:"昔禹收九牧之金,鑄鼎荆山之下。"

王逸《楚辭·七諫》注:"周鼎,夏禹所作鼎也。"

服虔《左傳》昭公三年《解誼》:"一云:'讒,地名。禹鑄九鼎於甘讒之地。'"《左傳》昭公三年正義引

《帝王世紀》:"禹鑄鼎於荆山。"《續漢·郡國志一》引

何法盛《晉中興書》:"鼎者,仁器也。……故禹鑄鼎以擬之。"《類聚》七十三引

孫柔之《瑞應圖》:"禹治水,收天下美銅,以爲九鼎。"《類聚》九十九引

張守節《史記·秦本紀·正義》:"禹貢金九牧,鑄鼎於荆山下。"

《拾遺記》二:"禹鑄九鼎。"

《子華子·陽城胥渠問篇》:"夫周之九鼎,禹所以圖神姦也。"

郭璞《鼎贊》:"九牧貢金,鼎出夏后。"《類聚》九十九引

江淹《銅劍贊序》:"昔夏后氏使九牧貢金,鑄九鼎於荆山之下。"

《水經·渭水注》:"《地理志》曰:'《禹貢》北條荆山在南。'山下有荆渠,即夏后鑄九鼎處也。"

按:夏后,蓋即禹也。

二、謂爲夏啓者

《墨子·耕柱篇》:"昔者,夏后開案漢避景帝諱,改啓爲開使蜚廉折金於山川,而陶鑄之於昆吾。……九鼎既成,遷於三國。"

按:《左傳》宣公三年:"昔夏之方有德也杜注:"禹之世。"王逸《楚辭·七諫》注引作"昔夏禹之有德",蓋意改也,遠方圖物,貢金九牧,鑄鼎象物。"雖未明指其人,然夏之方有德者,禹也。《論語·泰伯篇》"子曰:'禹,吾無閒然矣。'"《左傳》昭公元年:"劉子曰:'美哉!禹功,明德遠矣!微禹,吾其魚乎!'"並其證。則鑄九鼎,當以禹爲是。《歸藏》云:"啓筮徙九鼎,啓果徙之。"《路史·後紀》卷十四引。張華《博物志·雜説上》同。是啓乃徙九鼎,而非鑄九鼎矣。《墨子》云云,殆傳聞異詞耳。

鑄地第二

一、謂在昆吾者

《墨子·耕柱篇》："昔者,夏后開使蜚廉折金於山川,而陶鑄之於昆吾。"

《吕氏春秋·應言篇》："市丘之鼎以烹雞。"案市當作帝,字之誤也。(宋本《蔡邕集·薦邊文禮書》亦有"帝丘之鼎"語)。《通典·州郡》十"濮陽,漢舊縣;即昆吾之虚,亦曰帝邱。"《左傳》僖公三十一年:"衛遷于帝丘。"杜注:"帝丘,今東郡濮陽縣。"高誘注云:"市丘,魏邑也。"《史記·衛康叔世家》:"元君十四年,秦拔魏東地;秦初置東郡,更徙衛野王縣而并濮陽爲東郡。"索隱:"魏都大梁,濮陽、黎陽並是魏之東地,故立郡名東郡也。"是高氏所見本未誤。

二、謂在荆山者

《説文》:"昔禹收九牧之金,鑄鼎荆山之下。"

《帝王世紀》:"禹鑄鼎於荆山,在馮翊、懷德之南,今其下有荆渠也。"

《水經·渭水注》:"渭水之陽,即懷德縣界也。……《地理志》曰:'《禹貢》北條荆山在南',山下有荆渠,即夏后鑄九鼎處也。"

《史記·秦本紀》正義:"禹貢金九牧,鑄鼎於荆山下。"

三、謂在甘讔者

服虔《左傳解誼》:"一云:'讔,地名。禹鑄九鼎於甘讔之地。'"

按:昆吾在今河北濮陽《續漢·郡國志三》:"東郡、濮陽,古昆吾國。"《括地志》:"濮陽縣,古昆吾國也。昆吾國,在縣西三十里;臺,在縣西百里,即昆吾墟也。"(《史記·楚世家·正義》引)《讀史方輿紀要·直隸》七:"昆吾城,州(開州)東二十五里;其地有古顓頊城,城中有古昆吾臺,相傳夏昆吾所築,春秋時屬衛",荆山在今陝西富平《漢書·地理志上》:"左馮翊、襄德。"自注:"《禹貢》'北條荆山'在南。"《續漢志一》:"左馮翊,雲陽有荆山。"《隋書·地理志上》:"京兆郡、富平縣有荆山。"《元和郡縣志》:"荆山,在縣(富平)西南二十五里。"《方輿紀要·陝西》二“荆山，縣（富平）西南十里，懷德故城北”，風馬牛不相及。甘讒究爲何地？他書不經見。《銅劍贊序》、《鼎録》並云：“白若、甘讒之地。”蓋本服氏《解誼》也。考古地名甘者有二：一在今陝西鄠縣《續漢志一》：“右扶風，鄠，有甘亭。”自注：《帝王世紀》曰：‘在縣南，夏啓伐扈，大戰于甘。’”《方輿紀要·陝西》二“鄠城，在縣北二里，古扈國也。又縣西南五里有甘亭，以在甘水之東而名。夏啓伐有扈，誓師於甘，即此”，一在今河南洛陽《左傳》僖公二十四年：“甘昭公有寵於惠后。”杜注：“甘昭公，王子帶也。食邑於甘。河南縣西南有甘水。”《續漢志一》：“河南尹，河南有甘城。”未審孰是。李貽德《春秋左氏傳賈服註輯述》卷十四云：“按《說文》：‘扈，夏后同姓所封，戰於甘者，在鄠。有扈谷、甘亭。古文扈作岓，从山弓。’弓，徐鍇謂‘从辰巳之巳’，非也。《弓部》曰：‘弓，嘾也。讀若含。’古文扈字之右同之。右爲聲，則扈之古音讀如含。含、讒聲相近，故假音，字爲讒。今作扈，形、聲並異，今古文之别也。若然，則讒即扈歟？”果如李説，夏之扈國，亦在鄠縣，距富平雖不甚遠，其視濮陽，則又閒萬水千山也！烏能相與襟帶哉？至《銅劍贊序》、《鼎録》雜舉荆山、昆吾、白若白若非地名，乃文通誤讀《墨子》，虞荔亦昧而未察、甘讒數地，淄澠不分，未爲典要也。

鼎數第三

一、謂爲有九者

《戰國策·東周策》：“秦興師臨周，而求九鼎。周君患之，以告顏率。……顏率至齊，謂齊王曰：‘周賴大國之義，得君臣父子相保也，願獻九鼎；不識大國何塗之從？而致之齊。’……顏率曰：‘……昔周之伐殷，得九鼎，凡一鼎而九萬人輓之，九九八十一萬人。’”

《漢書·郊祀志上》：“禹收九牧之金，鑄九鼎，象九州。”

《淮南子·俶真篇》高誘注：“九鼎，九州貢金所鑄也。一曰：‘象九德，故曰九鼎也。’”

《瑞應圖》:"禹治水,收天下美銅,以爲九鼎,象九州。"

《左傳》桓公二年《正義》:"其鼎有九,故稱九鼎也。"

《史記·秦本紀·正義》:"秦昭王取九鼎,然一飛入泗水,餘八入於秦中。"

《拾遺記》二:"禹鑄九鼎,五者以應陽法,四者以象陰數。"

《子華子·陽城胥渠問篇》:"夫周之九鼎,禹所以圖神姦也。黄帝之鑄一,禹之鑄九。"

二、謂爲崖一者

《尚書·召誥序·正義》:"九鼎者,案宣三年《左傳》王孫滿云:'昔夏之方有德也,貢金九牧,鑄鼎象物。'然則九牧貢金爲鼎,故稱九鼎,其實一鼎。案《戰國策》顏率説齊王云:'昔武王克商,遷九鼎,鼎用九萬人。'則以爲其鼎有九。但游説之辭,事多虛誕,不可信用。然鼎之上備載九州山河異物,亦又可疑。未知孰是?故兩解之。"

> 按:顏率説齊王之詞,固出辯士舌端,多所烘託;然於鼎之實數,決不信口開闔,致齊生疑,而暴其僞。九州、九德諸説,其指雖異,其數爲九則同。《五經正義》出自沖遠領修,而彼此舛馳如是!蓋未及檢覻,有宜焉爾者。至羅泌《路史》《後紀》卷十三引舊説云:"九鼎者,所謂九州鼎,實則一鼎。又別有九鼎,圖九州之方物也。"首施兩端,亦未深察者也。

鼎形第四

一、謂爲三足者

《漢書·郊祀志上》:"禹收九牧之金,鑄九鼎,象九州。皆嘗鬺亨上帝鬼神,其空足曰'鬲',以象三德。"

《説文》:"鼎,三足,兩耳,和五味之寶器也。昔禹收九牧之金,鑄鼎荆山之下。"

二、謂爲四足者

《墨子·耕柱篇》："昔者，夏后開使蜚廉折金於山川，而陶鑄之於昆吾；是使翁難雉乙卜於白若之龜，曰：'鼎成，四足而方。'"

按：鼎形有二：非圜，即方。圜者，三足，方者，四足《左傳》昭公七年傳正義引服虔云："鼎，三足則圜，四足則方。"是也。《國語·晉語八》韋昭注謂："方鼎，方上。"《廣川書跋》一已駁之矣。此定式也。自《博古圖録》以下，所列古代鼎彝，無有不如此者。諸書於九鼎之形，雖未明言；然古人於鼎之方形者，必箸'方'字。不然，則否。《左傳》昭公七年："晉侯賜子產產莒之二方鼎。"是也。蓋物之命名，恒就其多者號而讀之，不第於鼎乃爾。《墨子》之説，又奇觚與衆異也。

圖象第五

一、有著饕餮者

《吕氏春秋·先識覽》："周鼎著饕餮，有首無身，食人未咽，害及其身。"

二、有著象者

《吕氏春秋·慎勢篇》："周鼎著象。"案象字本可作圖象解，不必定爲實物；然《博古圖録》卷二有周象鼎一，安知非仿自禹鼎也。

三、有著倕而齕其指者

《吕氏春秋·離謂篇》："周鼎著倕，而齕其指。"

《淮南子·道應篇》："故周鼎著倕，而使齕其指。"《本經篇》同

四、有著竊曲者

《吕氏春秋·適威篇》："周鼎有疑著之誤竊曲，狀甚長，上下皆曲。"

五、有著鼠令馬履之者

《吕氏春秋·達鬱篇》："周鼎著鼠令馬履之。"

按：《左傳》宣公三年云：“鑄鼎象物，百物而爲之備，使民知神姦；故民入川澤山林，不逢不若，螭魅罔兩，莫能逢之。”是九鼎圖象，固多怪物也。九鼎果於周赧王五十九年入秦見《史記·周本紀》及《秦本紀》，不韋必得目驗；否則亦其儒士各著所聞。故言之詳實，當可盡信。他如：

《抱朴子·登涉篇》：“其次則《論鬼録》知天下鬼之名字，及《白澤圖》、《九鼎記》，則衆鬼自却。”又佚文：“按《九鼎記》及《青靈經》，言人物之死，俱有鬼也；馬鬼常以晦夜出行，狀如炎火。”《太平御覽》卷八百八十三引（《法苑珠林》卷十《六道部》第四之四亦引首二句）

《法苑珠林》卷十一《六道部》第四之五：“《夏鼎志》曰：‘罔象，如三歲兒。赤目，黑色，大耳，長臂，赤爪，索縛則可得食。’”案《説文·虫部》蝄下“淮南王説：‘蝄蜽，狀如三歲小兒。赤黑色，赤目，長耳，美髮。’”疑即《夏鼎志》之所本。《莊子·達生篇》司馬彪注亦襲之。又“《夏鼎志》曰：‘掘地而得狗，名曰賈；掘地而得豚，名曰邪；掘地而得人，名曰聚。’”

《拾遺記》二：“禹鑄九鼎，……禹盡力溝洫，導川夷岳，黃龍曳尾於前，玄龜負青泥於後；玄龜，河精之使者也。龜頷下有印文，皆古篆字，作九州山川之字；禹所穿鑿之處，皆以青泥封記，其所使玄龜印其上。今人聚土爲界，此其遺象也。”

按：上列諸書，語不雅馴，其爲附會無疑。至謂《山海經》爲九鼎圖記者，亦復不經；試徵論之：

楊慎《山海經·後序》：“《左傳》曰：‘昔夏氏之方有德也，……螭魅罔兩，莫能逢之。’此《山海經》之所由始也。神禹既錫玄圭，以成水功；遂受舜禪，以家天下；於是乎收九牧之金以鑄鼎。鼎之象，則取遠方之圖。山之奇，水之奇，草之奇，木之奇，禽之奇，獸之奇；説其形，著其生，別其性，分其類；其神奇殊彙，駭世驚聽者：或見，或聞，或恒有，或時有，或不必有，皆一一書焉。蓋其經而可守者，具在禹貢；奇而不法者，則備在九鼎。……夏后氏之世，雖曰尚忠，而文反過於成周。太史終古藏古今之圖，至桀焚黃圖，終古乃抱之以歸殷。又史官孔甲於黃帝、姚、姒，盤、盂、之銘，皆緝之以爲書；則九鼎之圖，固出於終古、孔甲之流也。謂之曰《山海圖》，其文則謂之《山海經》。至秦而九鼎亡，獨圖與經存。晉陶潛詩“流觀《山海圖》”，阮氏《七錄》有張僧繇《山海圖》，可證已。今則經存而圖亡。”《升菴集》卷二

胡應麟《四部正譌》下：“偶讀《左傳》王孫滿之對楚子曰：‘昔夏之方有德也，……螭魅蛧蜽，莫能逢之。’不覺洒然擊節曰：此《山海經》所由作乎？蓋是書也，其用意一根於怪，所載人物靈祇非一，而其形則蛧蜽之屬也。”《少室山房筆叢》卷三十二

畢沅《山海經新校正序》：“《海外經》四篇，《海內經》四篇，周、秦所述也。禹鑄鼎象物，使民知神姦；按其文有國名，有山川，有神靈奇怪之所際，是鼎所圖也。鼎亡於秦，故其先時人，猶能説其圖以著于册。”

郝懿行《山海經箋疏序》：“《左傳》稱：‘禹鑄鼎象物，……螭魅蛧蜽，莫能逢旃。’……禹作司空，灑沈澹災，燒不暇擴，濡不及扢，身執虆垂，以爲民先；爰有《禹貢》，復著此經。尋山脈川，周覽無垠，中述怪變，俾民不眩。”

阮元《刻山海經箋疏序》：“《左傳》稱‘禹鑄鼎象物，使民知神姦。’禹鼎不可見，今《山海經》或其遺象歟？”

按：自楊用修氏以下，雷同一響，揆厥所元，蓋出於劉秀《上山海經表》《表》云“禹別九州，任土作貢；而益等類物善惡，著《山海經》”、王充《論衡》《別通篇》云“禹主治水，益主記異物，海外山表，無遠不至，以所聞見，作《山海經》”、趙曄《吳越春秋》《越王無余外傳》云“(禹)遂巡行四瀆，與益夔共謀，行到名山大澤，召其神而問之。……使益疏而記之，名曰《山海經》”。而朱子之説王應麟《王會補傳》引朱子云“《山海經》紀異物飛走之類，多云‘東向’，或云‘東首’，疑本依圖畫而述之”，尤爲啓發之本。然彼此殊科，各於其黨，不必穿附《左氏》之言也。

銘詞第六

《後漢書·崔駰傳》:"銘昆吾之冶。"章懷注:"《墨子》曰:'昔夏后開(冶)使蜚廉析金於山,以鑄鼎於昆吾。'蔡邕《銘論》曰:'吕尚作周太師,其功銘於昆吾之鼎也。'"

崔瑗《竇大將軍鼎銘》:"禹鏤其鼎,湯刻其盤;紀功申戒,貽則後人。"

《文選·張景陽〈七命〉》:"銘德於昆吾之鼎。"李善注:"《墨子》曰:'昔夏開使飛廉採金於山,以鑄鼎於昆吴。'"蔡邕《銘論》曰:"吕尚作周太師,而封齊;其功銘於昆吾之冶也。"

《文心雕龍·銘箴篇》:"夏鑄九牧之金鼎,周勒肅慎之楛矢,令德之事也。"

按:九鼎有銘,他無可考。然以《博古圖録》、《考古圖》所列商、周鼎彝驗之,事或爾也。

沿革第七

一、由夏而殷

《左傳》宣公三年:"桀有昏德,鼎遷于商。"

《墨子·耕柱篇》:"夏后失之,殷人受之。"

《竹書紀年》五:"成湯二十七年,遷九鼎于商邑。"

《史記·楚世家》:"桀有亂德,鼎遷於殷。"又《封禪書》:"鼎遷于夏、商。"

《漢書·郊祀志上》:"夏德衰,鼎遷于殷。"

《後漢書·明帝紀》:"永平六年,詔曰:'遭德則興,遷於商、周。'"

《帝王世紀》:"湯即天子位,遂遷九鼎於亳。"《文選·王元長〈曲水詩序〉》注引

《銅劍贊序》：“桀有昏德，鼎遷於商。”

《鼎録》：“桀有亂德，鼎遷于殷。”

二、由殷而周

《左傳》桓公二年：“武王克商，遷九鼎于雒邑。”又宣公三年：“商紂暴虐，鼎遷于周。”又，“成王定鼎于郟鄏。”杜注：“郟鄏，今河南也。武王遷之，成王定之。”

《周書·克殷篇》：“乃命南宮、百達、史佚，遷九鼎三巫。”又《世俘篇》：“辛亥，薦殷王鼎。”

《墨子·耕柱篇》：“殷人失之，周人受之。”

《竹書紀年》七：“武王十五年，冬，遷九鼎于洛。”又，“成王十八年，春正月，王如洛邑，定鼎。”

《戰國策·東周策》：“昔周之伐殷，得九鼎。”

《吕氏春秋·貴直論》：“殷之鼎，陳於周之廷。”高誘注：“殷紂滅亡，鼎遷於周。”

《史記·周本紀》：“命南宮括、史佚，展九鼎保玉。”又：“成王在豐，使召公復營洛邑，如武王之意；周公復卜申視，卒營築，居九鼎焉。”又《贊》：“學者皆稱周伐紂，居洛邑；綜其實不然，武王營之，成王使召公卜居九鼎焉。”又《楚世家》：“殷紂暴虐，鼎遷於周。”

《揚子法言·寡見篇》：“或問‘周寶九鼎，寶乎？’曰：‘器寶也。器寶，待人而後寶。’”

《漢書·郊祀志上》：“殷德衰，鼎遷于周。”又《王貢兩龔鮑傳序》：“昔武王伐紂，遷九鼎於雒邑。”

《帝王世紀》：“《春秋》成王定鼎于郟鄏，其南門名定鼎門，蓋九鼎所從入也。”《文選·謝朓〈暫使下都詩〉》李注引

《銅劍贊序》：“殷紂暴虐，鼎遷於周。”

《鼎録》：“殷紂暴虐，鼎遷于周。”

三、由周而秦

（一）謂入於秦者

《史記·周本紀》:"周君王赧卒,周民遂東亡,秦取九鼎寶器。"又《秦本紀》:"(昭襄王)五十二年,周民東亡,其器九鼎入秦。"又《封禪書》:"秦滅周,周之九鼎入於秦。"

《漢書·郊祀志上》:"周赧王卒,九鼎入於秦。"又:"周德衰,鼎遷于秦。"

《帝王世紀》:"昭襄王攻周,廢赧王,取九鼎。"《初學記》卷九引

崔駰《河南尹箴》:"圖籍遷齊,九鼎入秦。"《古文苑》卷十六

(二)謂没於泗者

《竹書紀年》十二:"顯王四十二年,九鼎淪泗,没于淵。"

《史記·封禪書》:"或曰:'宋太丘社亡,而鼎没于泗水彭城下。'"又:"(新垣)平言曰:'周鼎亡在泗水中。'"又:"周德衰,宋之社亡,鼎乃淪没,伏而不見。"又《秦始皇本紀》:"二十八年,始皇還過彭城,齋戒禱祠,欲出周鼎泗水,使千人没水求之,弗得。"

《漢書·郊祀志上》:"或曰:'周顯王之四十二年,宋太丘社亡,而鼎淪没於泗水彭城下。'"又:"平言曰:'周鼎亡在泗水中。'"又:"秦德衰,宋之社亡,鼎迺淪伏而不見。"又《吾丘壽王傳》:"昔秦始皇出鼎於彭城,而不能得。"

《後漢書·明帝紀》:"周德既衰,鼎乃淪亡。"

《水經·泗水注》:"周顯王四十二年,九鼎淪没泗淵。秦始皇時,而鼎見于斯水。始皇自以德合三代,大喜,使數千人没水求之,不得。所謂鼎伏也。亦云:'系而行之,未出,龍齒齧斷其系。'故語曰:'稱樂大旱,絶鼎系。'當是孟浪之傳耳。"

《銅劍贊序》:"周顯王三十二年,姬德大衰,乃淪入泗水。"

《鼎録》:"及顯王姬德大衰,鼎淪入泗水。"

(三)謂一飛入泗餘八入秦者

《史記·秦本紀·正義》:"秦昭王取九鼎,然一飛入泗水,餘八入於秦中。"

按:九鼎由夏而殷而周之沿革甚明,無待覶縷。惟是否入秦?或

没於泗水，《太史公書》已未明其究竟。然前人討論之者，亦不乏選；兹逐録其説如次，以結此篇。孰得，孰失，自有能辨之者。

（一）王充《論衡・儒增篇》云："《傳》即《史記》言：'秦滅周，周之九鼎入於秦。'見《封禪書》案本事周赧王之時，'秦昭王使將軍摎攻王赧，王赧惶懼，犇秦，頓首受罪，盡獻其邑三十六口三萬。秦受其獻，還王赧。王赧卒，秦王取九鼎寶器矣'。見《周本紀》若此者，九鼎在秦也。'始皇二十八年，北遊至琅邪，還過彭城，齋戒禱祠，欲出周鼎，使千人没泗水之中，求弗能得。'見《秦始皇本紀》案時昭王之後，三世得始皇帝，秦無危亂之禍，鼎宜不亡，亡時殆在周。《傳》言：'王赧犇秦，秦取九鼎。'或時誤也。《傳》又言：'宋太丘社亡，鼎没（泗）水中彭城下。其後二十九年，秦并天下。'見《封禪書》。今本《史記》作"百一十五年"。《漢書・郊祀志上》作"自赧王卒後七年，秦莊襄王滅東周，周祀絶。後二十八年，秦并天下"。並與《六國表》年數合。《論衡》作"二十九年"必誤。若此者，鼎未入秦也。……或時周亡之時，將軍摎人衆，見鼎盜取，姦人鑄爍以爲他器。始皇求不得也，後因言有神名；則空生没於泗水之語矣。"

（二）蘇軾《東坡後集》卷八《漢鼎銘引》云："禹鑄九鼎，用器也。……武王遷之洛邑，蓋已見笑於伯夷、叔齊矣。方周之盛也，鼎爲宗廟之觀靡而已；及其衰也，爲周之患有不可勝言者。……自春秋時，楚莊王以問其輕重大小；而戰國之際，秦與齊、楚皆欲之。周人惴惴焉，視三虎之垂涎而睨己也，絶周之祀不足以致寇，裂周之地不足以肥國。然三國之君未嘗一日而忘周者，以寶在焉，故也。三國爭之，周人莫知所適與。得鼎者未必能存周，而不得鼎者必碎之，此九鼎之所以亡也。周顯王之四十二年，宋太丘社亡，而鼎淪没於泗水。此周人毀鼎以緩禍，而假之神妖以爲之説也。"

（三）程大昌《演繁露》卷七《周鼎》云："武王伐商，遷九鼎於洛邑，故洛陽南面有定鼎門及郟鄏陌。此之九鼎，乃夏鼎也。既嘗自夏入商，又遂自商入周也。春秋時，世與之相近，所記必不誤也。《史記》言周王入秦，獻其九鼎。則是鼎嘗入關矣。然自漢以後，不聞關中有鼎。

不知已入關後，竟復何在也。《史記》言始皇二十八年過彭城，使千人没泗水求周鼎，不得。東坡曰：'此周人懲問鼎之禍，沈之泗水以緩禍。'按此意引《漢鼎銘引》。文此説非也。泗水屬彭城，彭城非商都，亦非周都，何緣周鼎可没此水也！或是周別有鼎，而人誤傳耶？"

（四）洪邁《容齋三筆》卷十三云："夏禹鑄九鼎，唯見於《左傳》王孫滿對楚子見宣公三年傳及靈王欲求鼎之言見昭公十二年傳。其後《史記》乃有鼎震見《周本紀》及《六國表》及淪入泗水見《封禪書》之説。且以秦之强暴，視衰周如机上肉，何所畏而不取？周亦何辭以却？赧王之亡，盡以寶器入秦，而獨遺此。《周本紀》云："秦取九鼎寶器。"《秦本紀》云："其器九鼎入秦。"景盧未免失之眉睫。以神器如是之重，決無淪没之理；泗水不在周境内，使何人般舁而往？寧無一人知之以告秦邪？始皇使人没水求之，不獲見《秦始皇本紀》，蓋亦爲傳聞所誤。三《禮》經所載鍾彝名數詳矣，獨未嘗一及之；《詩》、《易》所書，固亦可考。以予揣之，未必有是物也。"

（五）陳霆《雨山墨談》卷一云："夏后氏之方盛也，以其九州土田之制，貢賦之則，鑄之於鼎，若曰爲後世之法程。……夏亡而鼎入於商，商亡而鼎入於周，三代相傳，號稱神器。……周之季世，七雄僭王，私計得鼎者可以有天下，若後世傳國璽然者。於是爭起染指之謀。而周之君臣，日夜惴惴，謂夫鼎存而禍隨也，遂陰計毀之。其稱淪入於泗者，計一時詭辭，後世乃傳信之耳。"

（六）楊慎《丹鉛續録》卷一《九鼎入秦》云："昭襄之世，既書九鼎入秦矣；始皇二十八年，曷又書使千人没泗求周鼎不獲乎？吁！此太史公深意也。秦有并吞天下之心，非得鼎無以自解於天下。九鼎入秦之説，虛言以欺天下也；秦史矇書，以欺後世也。太史公從其文而不改，又於始皇紀言鼎没泗水，以見其妄。鼎果在秦，曷爲人入水以求之乎？又於新垣平傳言九鼎淪於泗見《封禪書》，其事益白矣。"

（七）沈欽韓《漢書疏證》卷十八《郊祀志》"而鼎淪没於泗水彭城"下云："按《周策》秦興師臨周，而求九鼎，顏率東借救於齊。是九鼎在東周也。《周紀》周君王赧卒，周民東亡，秦取九鼎寶器。而《始皇紀》二十八年還過彭城,齋戒禱祠,欲出周鼎泗水。則遷叙事,自相乖謬。以理推之,周鼎至重,何得輕齎往宋,從河南府卻至徐州千二百里乎?愚謂九鼎之亡,周人自亡之;虞大國之數甘心也,爲宗社之殃,又當困乏之時,銷毀以爲貨,謬云鼎亡耳。若《周本紀》秦取九鼎,其誤固不待言也。"

　　(八)俞樾《湖樓筆談》卷三云:"秦取九鼎,著於《周本紀》;九鼎入秦,著於《秦本紀》。史公之辭,固甚明也。始皇二十六年<small>案六當作八,見《始皇本紀》</small>,使人没泗水求周鼎,鼎不言九,非禹鼎也。<small>案禹鼎至殷,稱殷鼎;至周,稱周鼎。俞氏强爲分别,未諦</small>。禹鼎自在秦,而後世不見者,燬於咸陽三月之火矣。《封禪書》云:'周之九鼎入於秦。'又云:'或曰:宋太丘社亡,而鼎没於泗水彭城下。'乃方士新垣平<small>案亦見《封禪書》</small>輩之妄説也。夫周鼎自在雒邑,何緣而入泗水乎?宋之社亡,又與周鼎何預乎?且《年表》載宋太丘社亡於周顯王之三十三年,則秦惠文王之二年也。後此二十年,爲惠文王之後九年,張儀欲伐韓,尚有'周自知不救,九鼎,寶器,必出'之言<small>見《戰國策·秦策一》及《史記·張儀傳》</small>。又《西周策》:"蘇秦謂周君曰:'齊、秦恐楚之取九鼎也,必救韓、魏而攻楚。'""樊餘謂楚王曰:'二周多於二縣,九鼎存焉。'"《韓策一》:"楊達謂公孫顯曰:'是以九鼎印甘茂也。'"並可證。又《周本紀》馮犯亦言以九鼎賂梁,時報王四十二年也,安得已亡於周顯王之三十三年也?即如《漢書·郊祀志》之説,謂社亡於顯王四十二年;至秦惠文王後九年,亦十有二年矣!《漢郊祀志》又曰:'周德衰,鼎遷於秦;秦德衰,宋之社亡,鼎乃淪伏而不見。'尤爲無據。當秦之世,豈復有宋哉?故知九鼎入秦,史公之實録;九鼎没泗,方士之空談。秦所求泗水之鼎,漢所出汾陰之鼎<small>見《史記·封禪書》及《漢書·郊祀志上》(《漢書·吾丘壽王傳》亦言之)</small>,均非禹鼎也。"

(原載一九三八年《文學年報》第四期)

五霸考

五霸之稱，究始何世，書闕有閒，考索實難。孟軻既語焉不詳《孟子·告子下篇》僅有"五霸者三王之罪人也"及"五霸以桓公爲盛"二語，尸佼復言而未備《太平御覽》卷四八六引《尸子》云："湯復於湯丘，文王幽於羑里，武王羈於玉門，越王棲於會稽，秦穆公敗於殽塞，齊桓公遇賊，晉文公出走；故三王資於辱，而五伯得於困也。"按此文明言五伯，今乃四，不足一，當有奪佚，惜無從推知所闕者爲誰也。今可徵信者，塵荀卿氏書耳。然後儒多持異議，不宗厥說，或出或入，靡有同者。權而爲論，其別有六。兹逐錄如次，以見一斑焉。

一、以齊桓、晉文、楚莊、吳闔閭、越句踐爲五霸者

《荀子·王霸篇》："……雖在僻陋之國，威動天下，五伯是也……故齊桓、晉文、楚莊、吳闔閭、越句踐，是皆僻陋之國也，威動天下，彊殆中國，無它故焉，略信也。是所謂信立而霸也。"

二、以齊桓、晉文、秦穆、楚莊、越句踐爲五霸者

王褒《四子講德論》："五伯以下，各自取友：齊桓有管、鮑、隰、甯，九合諸侯，一匡天下；晉文公有咎犯、趙衰，取威定霸，以尊天子；秦穆有王、由、五羖，攘却西戎，始開帝緒；楚莊有叔孫按叔孫二字當乙、子反，兼定江淮，威震諸夏；勾踐有種、蠡、渫庸，尅滅彊吳，雪會稽之恥。"

三、以昆吾、大彭、豕韋、齊桓、晉文爲五霸者

《白虎通·號篇》："五霸者，何謂也？昆吾氏、大彭氏、豕韋氏、齊桓公、晉文公是也。"

服虔《左傳解誼》：“五伯謂：夏伯昆吾，商伯大彭、豕韋，周伯齊桓、晉文也。”《詩譜序正義》引（按李貽德《春秋左氏傳賈服注輯述》卷十佚此條。洪亮吉《春秋左傳詁》以之隸成二年傳〔五伯之霸也〕下，是也）

高誘《戰國策・齊策一》“古之五帝、三王、五伯之伐也”注：“五伯：昆吾、大彭、豕韋、齊桓、晉文者也。”

高誘《呂氏春秋・先己篇》“五伯先事而後兵”注：“五伯：昆吾、大彭、豕韋、齊桓、晉文。”

應劭《風俗通義・皇霸篇》：“謹按《春秋左氏傳》夏后太康娛於耽樂，不脩民事，諸侯僭差，於是昆吾氏乃爲盟主，誅不從命，以尊王室。及殷之衰也，大彭氏、豕韋氏復續其緒，所謂‘王道廢而伯業興’者也。齊桓九合一匡，率成王室，責彊楚之罪，復菁茅之貢。晉文爲踐土之會，修朝聘之禮，納襄衪帶，翼戴天子。”

崔譔《莊子・大宗師篇》“下及五伯”注：“夏伯昆吾，殷大彭、豕韋，周齊桓、晉文。”李頤同，《釋文》引

杜預《左傳》成公二年“五伯之霸也”注：“夏伯昆吾，商伯大彭、豕韋，周伯齊桓、晉文。”

顏師古《漢書異姓諸侯王表序》“適戍彊於五伯”注：“伯，讀曰霸。五霸謂：昆吾、大彭、豕韋、齊桓、晉文也。”

孔穎達《左傳》成公十八年“（晉悼公）所以復霸也”正義：“夏有昆吾，商有豕韋、大彭，周有齊桓、晉文，此最彊者也，故書傳通謂彼五人爲五霸耳。”

楊士勳《穀梁傳》隱公八年“交質子不及二伯”疏：“經典言五伯者，皆謂：夏伯昆吾，商伯大彭、豕韋，周伯齊桓、晉文。”

丁公著《孟子手音》：“案先儒説五霸不同，有以夏伯昆吾，商伯大彭、豕韋，周伯齊桓、晉文爲五霸者。”孫奭《音義》引

四、以齊桓、晉文、秦穆、楚莊、吳闔閭爲五霸者

《白虎通・號篇》：“或曰：‘五霸謂：齊桓公、晉文公、秦穆公、楚莊王、吳王闔廬也。’”

五、以齊桓、晉文、秦穆、宋襄、楚莊爲五霸者

趙岐《孟子·告子下篇》"五霸者三王之罪人也"注："五霸者，大國秉直道以率諸侯；齊桓、晉文、秦穆、宋襄、楚莊是也。"

《白虎通·號篇》："或曰：'五霸謂：齊桓公、晉文公、秦穆公、宋襄公、楚莊王也。'"

《風俗通義·皇霸篇》："《春秋》説：齊桓、晉文、秦繆、宋襄、楚莊是五伯也。"

高誘《吕氏春秋·當務篇》"備説非六王五伯"注："五伯：齊桓、晉文、宋襄、楚莊、秦繆也。"

高誘《淮南子·氾論篇》"五伯有暴亂之謀"注："齊桓、晉文、宋襄、楚莊、秦穆。"

陸德明《左傳》成公二年"五伯之霸也"釋文："或曰：'齊桓、晉文、宋襄、秦穆、楚莊。'"

顏師古《漢書·地理志上》"五伯迭興"注："此五伯謂：齊桓、宋襄、晉文、秦穆、楚莊也。"

司馬貞《史記·十二諸侯年表序》"政由五伯"索隱："五伯者：齊桓公、晉文公、秦穆公、宋襄公、楚莊王也。"

六、以齊桓、宋襄、晉文、秦穆、吳夫差爲五霸者

顏師古《漢書·諸侯王表序》"衰則五伯扶其弱"注："伯，讀曰霸。此五霸謂：齊桓、宋襄、晉文、秦穆、吳夫差也。"

綜上所列，取舍雖異僅齊桓、晉文二伯爲各家所共有，夷考其實，皆有憑依，試疏證之：

一、以昆吾、大彭、豕韋爲霸之證

《國語·鄭語》："昆吾爲夏伯矣，大彭、豕韋爲商伯矣。"

二、以齊桓、晉文爲霸之證

《論語·憲問篇》："子曰：'管仲相桓公，霸諸侯。'"

《孟子·告子下篇》："五霸桓公爲盛。"

《左傳》莊公十五年:"春復會焉,齊始霸也。"

《左傳》僖公二十七年:"一戰而霸,文之教也。"

《左傳》襄公三十一年:"僑聞文公之爲盟主也。"

《左傳》昭公三年:"子大叔曰:'將得已乎? 昔文、襄之霸也。'"

《左傳》昭公四年:"晉有里丕之難,而獲文公,是以爲盟主。"

《左傳》昭公九年:"叔向謂宣子曰:'文之伯也,豈能改物?'"

《左傳》昭公十年:"桓公是以霸。"

《穀梁傳》隱公八年:"交質子不及二伯。"范注:"二伯,謂齊桓、晉文。"

《國語·周語上》:"襄王十六年,立晉文公二十一年以諸侯朝之于衡雍,且獻楚捷,遂爲踐土之盟,於是乎始霸也。"

《國語·晉語四》:"管仲賊桓公,而卒以爲侯伯。"

《戰國策·秦策一》:"齊桓任戰而伯天下。"

《荀子·仲尼篇》:"齊桓五伯之盛者也。"

《荀子·王霸篇》:"(齊桓公)然九合諸侯,一匡天下,爲五伯長。"

《韓非子·十過篇》:"昔者齊桓公九合諸侯,一匡天下,爲五伯長。"

《韓非子·姦劫弒臣篇》:"桓公得管仲,立爲五霸主。"

《韓非子·難二篇》:"(桓公)得管仲爲五百按當作伯長。"

《韓非子·難四篇》:"桓公五伯之上也。"

《呂氏春秋·貴公篇》:"桓公行仁,去私惡,用管子,而爲五伯長。"

《呂氏春秋·義賞篇》:"天下勝者衆矣,而霸者乃五,文公處其一。"

《呂氏春秋·簡選篇》:"古者有以王者矣,有以霸者矣,湯、武、齊桓、晉文、吳闔廬是也。"

《新語·道基篇》:"齊桓公尚德以霸。"

《大戴禮記·保傅篇》:"文公以晉國霸。"

《史記·齊太公世家》:"(桓公)七年,諸侯會桓公於甄,而桓公於是始霸焉。”

《史記·晉世家》：“於是晉文公稱伯。”

《史記·鄒陽傳》：“夫晉文親其讎，彊霸諸侯。”

《淮南子·氾論篇》：“齊桓、晉文，五霸之豪英也。”

《淮南子·人間篇》：“齊桓繼絕而霸。”

《淮南子·泰族篇》：“故齊桓公亡汶陽之田而霸。”

《漢書·高祖本紀下》：“伯者莫高於齊桓。”

《漢書·五行志下之上》：“劉向以爲先是時齊桓、晉文、魯釐二伯賢君新没。”

《漢書·鼂錯傳》：“齊桓得筦子而爲五伯長。”

《漢書·路温舒傳》：“晉有驪姬之難，而文公用伯。”

《漢書·韋玄成傳》：“是故棄桓之過而録其功，以爲伯首。”

三、以宋襄爲霸之證

《左傳》僖公十九年：“司馬子魚曰：‘……今一會而虐二國之君，又用諸淫昏之鬼，將以求霸，不亦難乎！’”

《史記·宋微子世家》：“（襄公）八年，齊桓公卒，宋欲爲盟會；十二年春，襄公爲鹿上之盟，以求諸侯於楚，楚人許之。”

《白虎通·號篇》：“宋襄公伐齊，不擒二毛，不鼓不成列見《左傳》僖公二十二年。《公羊傳》亦有不鼓不成列語。《春秋傳》曰：‘雖文王之戰不是過。’此《公羊傳》也知其霸也。”

四、以秦穆爲霸之證

《左傳》僖公十五年：“此一役也，秦可以霸。”

《左傳》文公三年：“（穆公）遂霸西戎。”

《管子·小問篇》：“百里奚，秦國之飯牛者也，穆公舉而相之，遂霸諸侯。”

《孟子·告子下篇》：“虞不用百里奚而亡，秦穆公用之而霸。”《新序·雜事二》同

《韓非子・難二篇》：“且蹇叔處虞而虞亡，處秦而秦霸。”

《説苑・尊賢篇》：“齊景公問於孔子曰：‘秦穆公其國小處僻，而霸何也？’”

《漢書・梅福傳》：“繆公行伯，繇余歸德。”

五、以楚莊爲霸之證

《荀子・非相篇》：“楚之孫叔敖，期思之鄙人也，……而以楚霸。”

《韓非子・有度篇》：“故有荆莊、齊桓，則荆、齊可以霸。”

《韓非子・喻老篇》：“（莊王）勝晉於河雍，合諸侯於宋，遂霸天下。”

《呂氏春秋・重言篇》：“成公賈之讔喻乎荆王，而荆國以霸。”

《韓詩外傳》二：“叔敖治楚三年，而楚國霸。”

《韓詩外傳》三：“孔子聞之曰：‘楚莊王之霸，其有方矣。’”又見《新序・雜事四》

《淮南子・齊俗篇》：“楚莊王裾衣博袍，令行乎天下，遂霸諸侯。”

《新序・雜事一》：“孫叔敖相楚，莊王卒以霸。”

《列女傳・賢明・楚莊樊姬傳》：“使人迎孫叔敖而進之，王以爲令尹，治楚三年，而莊王以霸。楚史書曰：‘莊王之霸，樊姬之力也。’”

《漢書・谷永傳》：“楚莊忍絶丹姬按丹當依《谷永集》作夏，見顏注，以成伯功。”

六、以吳闔閭爲霸之證

《呂氏春秋・簡選篇》：“古者有以王者、有以霸者矣：湯、武、齊桓、晉文、吳闔廬是也。”

《呂氏春秋・長攻篇》：“此昔吾先王之所以霸。”高注：“先王，謂闔閭也。”

《新序・雜事二》：“楚不用伍子胥而破，吳闔廬用之而霸。”

《漢書・地理志下》：“闔廬舉伍子胥、孫武爲將，戰勝攻取，興伯名於諸侯。”

七、以吳夫差爲霸之證

《左傳》哀公元年：“伍員曰：‘……以是求伯，必不行矣！’”

《左傳》哀公十二年：“子貢曰：‘……或者難以霸乎？’”

《左傳》哀公十三年：“秋七月辛丑盟，吳、晉爭先……且執事以伯召諸侯。”

《公羊傳》哀公十三年：“公會晉侯及吳子于黄池。‘吳何以稱子？’‘吳主會也。’‘吳主會則曷爲先言晉侯？’‘不與夷狄之主中國也。’‘其言及吳子何？’‘會兩伯之辭也。’‘不與夷狄之主中國，則曷爲以會兩伯之辭言之？’‘重吳也。’‘曷爲重吳？’‘吳在是，則天下諸侯莫敢不至也。’”

《史記·吳太伯世家》：“（夫差）十四年春，吳王北會諸侯於黄池，欲霸中國，以全周室。”

八、以越句踐爲霸之證

《荀子·宥坐篇》：“越王句踐霸心生於會稽。”

《戰國策·秦策三》：“大夫種爲越王墾草創邑，……以禽勁吳，成霸功。”

《戰國策·燕策一》：“越王句踐棲於會稽，而後殘吳霸天下。”

《韓非子·喻老篇》：“越王之霸也，不病宦。”

《韓非子·難四篇》：“吳王誅子胥，而句踐成霸。”

《韓詩外傳》六：“越王句踐困於會稽，疾據范蠡大夫種而霸南國。”

《史記·鄒陽傳》：“越用大夫種之謀，禽勁吳，霸中國。”

《史記·貨殖傳》：“遂報彊吳，觀兵中國，稱號五伯。”

《淮南子·齊俗篇》：“（句踐）然而勝夫差於南湖，南面而霸天下。”

《説苑·雜言篇》：“大夫種存亡越而霸句踐。”

《漢書·揚雄傳下》：“種、蠡存而粤伯。”

《漢書·西南夷兩粤朝鮮傳贊》：“而句踐亦以粤伯。”

　　五霸之異説既如彼，而其所據又若此，孰得孰失，誠難折衷。然諸侯有霸，三代皆然，初無人數之限。《左傳》成公十八年"所以復霸也"正義："霸是彊國爲之，天子既衰，諸侯無主，若有彊者，即營霸業，其數無定限也。"如齊桓成霸，晉文定霸，本以把持王政之心，而行糾合同盟之事，固未嘗自命爲二伯之一或五霸之長也；特後人類取其能秉直道以率諸侯者五人約定之耳。高下在心，進退由己，於是霸各異人，人各異論。《孟子》所稱者，未必與《尸子》相同；《荀子》所舉者，何曾與《孟子》一致。蓋其始也原出他人之揚榷，故其末也遂衍諸家之紛紜。既不能强加品評，亦無須曲爲穿傅。是以高誘之訓《呂覽》，前後奇觚；顏籀之注《漢書》，彼此踳駁。非失之顧照，乃求其會通而已。且五霸之號，緣三王而生，猶五帝之名，繼三皇而起。桓譚《新論》："夫古稱三皇五帝，而次有三王五伯。"（《史記·秦本紀·正義》及《御覽》卷七七引）則五霸之不一族，與五帝之有別派同也。儻任情以斷，必治絲益棼矣。前人考訂五霸者，約有五派：以昆吾、大彭、豕韋、齊桓、晉文當之者，何燕泉（見《疑燿》卷一）、王端履（《重論文齋筆錄》卷四）、陳立（《白虎通疏證》卷二）也；以齊桓、晉文、宋襄、秦穆、楚莊當之者，張萱（《疑燿》卷一）、毛奇齡（《四書賸言》）、吳澂翔（《春秋提要》）也；以齊桓、晉文、楚莊、吳闔閭、越句踐當之者，閻若璩（《四書釋地三續》）也；以齊桓、晉文、晉襄、晉景、晉悼當之者，全祖望（《鮚埼亭集外編》卷三十六）也；以昆吾、大彭、豕韋、齊桓、晉文爲三代五霸，齊桓、晉文、宋襄、秦穆、楚莊爲春秋五霸者，顧炎武（《日知錄》卷四）、蔣炯（《重論文齋筆錄》卷四）也。（顧氏於春秋五霸欲去宋襄而進句踐，閻氏以爲未允，其實王褒《四子講德論》已先有厥説矣。）皆各照隅隙，欲成一家言者也。（近人朱起鳳乃欲以鄭莊、齊桓、晉文、秦穆、楚莊爲五霸〔《辭通》卷十九禡韻五霸條〕，自我作故，甚覺無謂。）韓非有言："孔子、墨子，俱道堯、舜，而取舍不同，皆自謂真堯、舜；堯、舜不復生，將誰使定儒墨之誠？"審堯、舜之道於三千歲之後此句反用韓非文意，韓子已覺其艱；余生也晚，欲必據五霸之實於二千年之前，非愚則誣。故不敢爲詭激之説，而持渾侖之見，亦聊以質並世之談古史者云爾。

　　　　　　　　　一九四零年五月二十四日於蔚秀園

　　　　　　　　（原載一九四零年《文學年報》第六期）

四川治水神話中的夏禹

帝堯時代的茫茫洪水，據說是由四川的岷江氾濫所釀成的：

> 二儀之判也，岷之山騰爲東井之精，江實出之；惟堯之世，斯水未治，遂有昏墊之虞，以嗟方割。蘇德祥《新修江瀆廟碑記》（楊慎《全蜀藝文志》卷三七上）
>
> 昔澤水警堯，天下昏溺，江實爲暴。張俞《郫縣蜀叢帝新廟碑記》（同上）

這樣，四川的災情就更爲嚴重。當時祇有一種所謂的"浮山"：

> 浮山，在巴縣，本名方山。又云："堯時洪水不没，故曰浮山。"王象之《輿地紀勝》卷一七五
>
> 浮滄山，在陰平東十五里。世傳：堯遭洪水，湮没殆盡，而此山獨存，因名。同上，卷一八六

因能隨水高下，得以巍然無恙①。其餘不管是什麼樣的高峰峻嶺，都顯得像小洲小渚一般，若存若亡地在激流中挣扎。大地自然早已成了澤國，真是浩浩湯湯，橫無際涯啊！

一向很關心人民的堯，爲了要從根本上治理，曾乘船前來四川查

①見高誘《淮南子‧氾論篇》注。

勘。當他的船剛到梓州元城縣即現在的中江縣的一座高山下面,水勢異常凶猛,衹好暫時將船拴在一株樹上,打算上山觀察一番再作部署。不料那無情的洪波,竟把這隻船冲翻了:

> 梓州元城縣覆船山,舊名泊山。高五里。《十道録》云:"堯遭洪水,維舟泊此①。船覆于樹下,因此名焉。"樂史《太平寰宇記》卷八二,《太平御覽》卷四四引《十道録》同

可是,堯並没有向困難低頭,反而堅定了他戰勝這場自然災害的決心。當然,在水災還未消滅之前,堯多方策劃,是費了不少腦筋的。蘇轍"緬懷浮水年,慘鬒病有堯"《入峽》的詩句,就是説的這回事。

四岳對於這滔天的洪水,也深切關懷。所以當堯回去同他們商議對策時,都異口同聲地推薦生於四川廣柔即現在的汶川縣的鯀②來專門治理洪水。在"未有賢于鯀者"《史記·夏本紀》的情況下,堯采納了四岳的意見。

鯀受命後,覺得事不宜遲,立即赴任展開工作,一心一意想把洪水治好。可惜使用的方法有些不對頭,又很自負,搞了九年,結果是事與願違:"於時八都,厥民不陳"揚雄《益州牧箴》。堯當然很生氣,除予以撤職外,還將他送往荒遠的"羽山"上面囚禁起來,永不叙用③。鯀受了這樣的處分,感到太委屈。氣忿之餘,就"自沉於羽淵"王嘉《拾遺記》卷二,"化爲黄龍"《山海經·海内經》郭注引《開筮》,悠然而逝了。這一變化,也許是有着别的打算哩。

這位失敗者後來並没有失望。他的兒子禹由於舜的推薦,又踏上了他原來的工作崗位,擔負起艱巨的治水任務。經過十三年④的戰

① 曹學佺《蜀中廣記》卷三〇引《十道録》,"維舟"上加"州人"二字,非是。
② 《路史·后紀》卷十二:"伯縣字熙,汶山廣柔人也。"羅苹注:"見子雲《蜀記》。"
③ 本《楚辭·天問》"永遏在羽山,夫何三年不施"二句爲説。
④ 從《尚書·禹貢》、《史記·夏本紀》及《河渠書》説。

鬥，終於完成了他想完成而未完成的大業，成爲我國古代最偉大的治
水英雄。

禹既是鯀的兒子，自然也是廣柔人。值得提出的，是他的生長里
居歷代都有所記載：

　　　禹生石紐。《孟子》，今本《孟子》無此文，皇甫謐曾引之，見《史記·六國
表·集解》

　　　禹本汶山郡廣柔縣人也。生於石紐，其地名痢兒畔。揚雄《蜀
王本紀》(《史記·夏本紀·正義》、《太平御覽》卷八二引)

　　　(禹)家於西羌，地曰石紐；石紐，在蜀西川也。趙曄《吳越春秋·
越王无余外傳》

　　　禹生石紐，今之汶山郡是也。《三國志·蜀志·秦宓傳》

　　　禹本汶山廣柔縣人也。生於石紐，其地名刳兒坪。譙周《蜀本
紀》(《蜀志·秦宓傳》裴注引)

甚至摩崖書字作爲永久紀念：

　　　汶邑之南十里許飛沙關，俗稱鳳嶺。嶺端平衍，方可十餘畝，
土人傳爲刳兒坪。坪南懸崖峭壁，下臨岷江，前有巨石百丈，前人
摩崖書"大禹王故里"五字。李元《禹迹考》，據《汶志紀略》卷四迻録

當地人民更奉爲神明：

　　　(廣柔)夷人營其地，方百里，不敢居牧；有過逃其野中，不敢
追，云"畏禹神"；能藏三年，爲人所得，則共原之，云"禹神靈祐
之"。常璩《華陽國志》，今本佚，此據《續漢·郡國志五》劉注引

　　　(廣柔)縣有石紐鄉，禹所生也。夷人共營之，地方百里，不敢
居牧；有罪逃野，捕之者不逼；能藏三年，不爲人得，則共原之，言

“大禹之神所祐之也”。酈道元《水經·沫水注》

可見禹是長期活在人們的心中的。

禹也跟一般人一樣地有母親。不過他的成形和出生，都有些特殊：

> 禹母吞珠孕禹，坼副而生於縣廣柔塗山。《蜀王本紀》（《初學記》卷九、《太平御覽》卷八二又卷五三一引）

> 鯀娶於有莘氏之女，名曰女嬉。年壯未孳，嬉於砥山得薏苡而吞之，意若爲人所感，因而姙孕，剖脅而産高密（禹的字）。《吳越春秋·越王无余外傳》

> 女狄暮汲於石紐山下大祠前水中，得月精如雞子，愛而含之，不覺而吞，遂有身。十四月而生夏禹。《遁甲開山圖榮氏解》（《太平御覽》卷四又卷三六〇、《事類賦》卷一、《路史·后紀》卷十二《注》引）

> 鯀納有莘氏女曰志，是爲脩己。上山行見流星貫昴，夢接意感；又吞神珠。臆圮胸坼而生禹於石紐。郡人以禹六月六日生。皇甫謐《帝王世紀》（《史記·夏本紀·正義》、《三國志·秦宓傳·注》、《初學記》卷九、《太平御覽》卷八二、《輿地紀勝》卷一二五引）

> 帝禹有夏氏，母曰脩己。出行見流星貫昴，夢接意感；既而吞神珠。脩己背剖而生禹于石紐。沈約《宋書·符瑞志上》

> 縣（同鯀）納有莘氏曰志，是爲脩己。年壯不字，獲若后于石紐，服媚之而遂孕。歲有二月，以六月六日屠副而生禹于僰道之石紐鄉，所謂刳兒坪者。羅泌《路史·后紀》卷十二

從上面所引的材料看，顯然禹是所謂感生的神人。無論他的母親吃了什麼，反正不是由於媾精受孕；“剖脅”也罷，“背剖”也罷，“臆圮胸坼”也罷，總沒有經過紅門；在母體中孕育的時間，竟多至一年零兩個月。所有這些，已經夠希奇的啊！不，還有更希奇的説法：

　　古有大禹，女媧十九代孫，壽三百六十歲，入九嶷山仙飛去。
后三千六百歲，堯理天下，洪水既甚，人民墊溺。大禹念之，乃化
生於石紐山泉。女狄暮汲水，得石子如珠，愛而吞之，有娠。十四
月生子。及長，能知泉源，代父鯀理洪水。堯帝知其功如古大禹
知水源，乃賜號禹。《遁甲開山圖》(《繹史》卷十一引)

　　這裏所説的，誠然有些怪誕不經。但從中也反映出我們祖先與自然災
害作鬥爭的堅强意志和豪邁氣魄。同時，女媧是我國古代的英雄母
性：鍊石補天是她，摶土爲人是她，"濟冀州"、"止淫水"《淮南子・覽冥篇》
的也是她。既然有這樣一位爲人類消災除害的遠祖，那麼禹的"化生"
治水，不正是淵源有自，後先輝映嗎！

　　"六月六日"，大概是個不平凡的日子。從禹是在這天誕生的開
始，後來的水神如崔府君、楊四將軍之類的誕辰，也都是在這一天①。
這樣的巧合，正足以説明禹的影響之大。再以祭祀的情況來看，根據
宋以前現存的材料，除了禹的家鄉汶川人民於"是日熏修裸饗，歲以爲
常"《輿地紀勝》卷一五二外，安徽懷遠一帶的人民，更以盛大的廟會來紀
念。蘇軾《上巳日與二子迨、過游塗山荆山記所見》詩的自注説：

　　　　淮南人相傳：禹以六月六日生。是日，數萬人會山上。雖傳
　　記不載，然相傳如此。

"相傳如此"的節日，多到"數萬人"參與，正是廣大人民熱愛禹的具體
表現②。

---

① 崔府君(即鎮江王)生於六月六日，見孟元老《東京夢華録》卷八及《三教搜神大全》
　　卷二。楊四將軍生於六月六日，詳黃芝崗《中國的水神》第一及第十六章。
② 李凡夫在《治水工作的辯證觀點》中説："安徽懷遠縣塗山上有一座禹王宮，據傳已
　　有很久的歷史，歷代都重修過，在解放前每年有兩次廟會，每次到山上朝拜的群衆
　　很多。"(載一九五九年《紅旗》十二期)。可見這種盛況一直延續到解放前。

　　爲拯救"人民墊溺"而"化生"的禹，雖然原來就有"知水源"的本領，但他猶以爲未足。因爲那已是"三千六百歲"前的事了。時間相隔這麽長，客觀世界必然不斷地在起變化。舊的一套，絕不能處理新的事物。所以在他還未正式擔任治水工作之前，經常都在揣摩將來如何治水的問題。真是日有所思，晚上就做"自洗於河，以手取水飲之"《宋書·符瑞志上》的夢。這不衹是反映了他事先的預習，也表現了他對治水工作的熱愛。

　　一個人關着門摸索，所能得到的東西畢竟有限。禹是深深懂得這層道理的。《荀子》説：

　　　　禹學於西王國。《大略篇》

《韓詩外傳》也説：

　　　　禹學乎西王國。卷五

"西王國"是怎樣的人呢？楊倞曾作了解答："或曰：大禹生於西羌；西王國，西羌之賢人也。"禹不好高騖遠，而能就近向人學習，的確是他一生的優點之一。所學的内容，現已無法知道，想來是一些與治水有關的吧。

　　禹既能虛心向外人學習，對於自己父親的某些長處，一定有所吸取如後來以"息壤"填洪水的方法便是；也有可能作過一些建議，衹是鯀的成見深，没有采納罷了。

　　當禹的治水知識和能力正在差不多了的時候，他的父親鯀突然被堯以"陻洪水，汩陳其五行"《尚書·洪範》的罪名"永遏在羽山"《楚辭·天問》了。父子不能相見，究竟事屬可哀；而羽山"絕在不毛之地"，又"三年不舍其罪"並《天問》王注，王法也似乎太重。最初禹感到很難過，但一想起他的"化生"，原是爲的要"代父鯀理洪水"，以解除人民的墊溺，那能糾纏在

父子的私情上！於是他就往這方面想：如果有人薦舉的話，他非把洪水
戰勝不可！思考一集中，悲傷的情緒便不期然而然地消逝了。

真巧，時間還沒有過好久，這位住在"石夷之野"的禹，果然得到
"徵詣王庭，拜治水土"並《易林·中孚》的際遇。從此他就以積極的精神，
緊張的勞動，正式與洪水展開搏鬥。

前面曾經提過，全國的洪水成災，是由于四川的岷江氾濫；而禹正
生長在這個地區，又"長於地理水泉"《尚書·刑德放》，見《太平御覽》卷二〇
八引，如何才能治理好，早已心中有數。因此，他的治水工作就先從疏
導岷江着手：

> 方册所載，禹生石紐，古汶山郡也。……其可考者，禹功自
> 汶。……太史公《本紀》謂岷爲汶，故曰汶。岷山道江，岷嶓既藝；
> 天生聖人發祥於此，而萬世之功亦起于此。計有功《大禹廟記》，見《全
> 蜀藝文志》卷三七上
> 按汶川實神禹所生之地，禹之導江，由岷山以施功。《輿地紀
> 勝》卷一五一

岷江的範圍很廣，總不能遍地開花的進行，必得有個重點。歐陽忞《輿
地廣記》說：

> 茂州汶山縣，禹貢岷山在西北，俗謂之鐵豹嶺。禹之導江，發
> 跡于此。卷三〇

那麼，鐵豹嶺就是禹所選定的重點工地。

據說鐵豹嶺那塊地方，老是"山嶺停雪，常深百丈"李古甫《元和郡縣
志》卷三二；有的還積了"千年"見《輿地紀勝》卷一四九引李新詩之久。一旦
"融泮"，勢必造成"洪溢"並《元和郡縣志》卷三二。加以岷江裏潛伏着的各

種妖魔鬼怪，經常興風作浪，更助長了水勢的洶涌①。要把它平定，的確是一件不容易的事。

禹爲了要打好第一仗，積極地從事各項準備；特別是想趕造一隻巨型的獨木船，便於指揮作戰。材料哪兒找呢？一時計上心來，帶着木工到梓潼縣去了：

> 夏禹欲造獨木船，知梓潼縣尼陳山有梓，徑一丈二寸。令匠者伐之。樹神爲童子，不服。禹責而伐之。《蜀記》，據張澍《蜀典》卷三迻錄（云見《御覽》，但屢檢未獲），《輿地紀勝》卷一八六所引《蜀志》文較略

直徑達到"一丈二寸"的梓樹，造起獨木船來，既輕巧，又寬大，當然頂管事，合乎禹的理想。儘管梓樹的神不願意被砍掉，化爲童子來反對；但禹曉以大義，終於由"不服"而服了。

獨木船一造好就下水，禹便坐在上面指揮所統率的隊伍一同向鐵豹嶺出發。不知怎的，這隻獨木船跑得非常之快，方向也很準。禹正在驚異之際，忽然發現下面有黃色的神物在幫忙，心裏不禁暗中高興。王嘉的《拾遺記》說：

> （禹）導川夷岳，黃龍曳尾於前。卷二

相傳爲諸葛亮撰的《黃陵廟碑》也說：

> 古傳載黃龍助禹開江治水。《全蜀藝文志》卷三七上

《松潘縣志》更說：

①略就馬永卿《神女廟記》首段文意加以推演。

> 禹導江乘舟至茂州，黃龍負舟。……龍遂爲前導。卷五

那麼這幫忙的神物，準是黃龍啊。

這條黃龍的來歷，好像有些唐突，其實就是禹的父親鯀的化身，所以禹一看就明白。上文不是説過鯀"自沉於羽淵"，"化爲黃龍"，是有着別的打算嗎？在鯀想來，自己既不能如願以償，由兒子來繼續完成，還是不錯。同樣是在解除人民的墊溺，又何必分個彼此。"羽淵與河海通源"《拾遺記》卷二，當黃龍知道禹將進攻鐵豹嶺的消息後，即前來等候着幫忙；而且一直幫忙到底：禹治水到那兒，黃龍就隨着到那兒。他們父子合作的時間，大約有十三年。

平治洪水，本是天大的好事。遠在"羽淵"的黃龍都來幫忙，本地的神靈豈有袖手旁觀之理。汶川神就是見義勇爲的一個：

> 孚祐廟，即汶川神也。……舊記所載：神，馬首龍身，佐禹治
> 水有功。《輿地紀勝》卷一五一

這位"馬首龍身"的水神，本領可能不小。當日佐禹的功勳雖已失傳，但他到了宋代據説還在"顯聖"：

> 宣和七年封嘉應公。廟有石刻記神偉績：是夏大水，江漲千
> 里，神頹二山，以障橫流，反注夷中，坤維亡憂。同上

"頹二山以障橫流"的本領，在佐禹的時候，想來也是施展過的。

禹這是第一次出征，由於各方面的協助和他自己的努力，汶川一帶的妖魔鬼怪，殺的殺，降的降，逃跑的逃跑，没有好久的工夫，搞得一乾二净。原來的洪波怒濤，頓時顯得平静多了。各自就下分流，大有朝宗於海之勢。前人認爲"禹之導江，發跡於此"，一點也没有過譽。

岷江上流的水治好了，跟即向其它區域出動。所經過的地方如南

部、劍閣,後人還取有紀念性的山名:

> 禹跡山,在南部縣東南三十餘里。《輿地紀勝》卷一八五
>
> 禹跡山,在南部縣東三十里。舊傳禹治水經此,故名。《大明
> 一統志》卷六八
>
> (南部)縣東南與蓬州相接三十里,爲禹跡山。《志》云:"禹治
> 水所經也。"曹學佺《蜀中廣記》卷二四
>
> 停船山,在劍門縣八十里。……大禹治水船泊峰巒,故名。
> 《輿地紀勝》卷一八六

禹在川西北一帶治水,聽説都很順利。衹有在中江縣發生過一次
意外:

> 覆舟山,在中江縣西南三十里。李膺《蜀記》:"禹治水泊舟,
> 覆焉。"《輿地紀勝》卷一五四

"覆舟山"下面本是險境,堯曾在這裏翻過船。大概禹在節節勝利之
後,有些不大在乎,才出的這次事故吧。

後來禹到天全治水,發現青衣江流至多功山下時,因受了山的阻
礙,水勢不暢,將來可能釀成災害。經過反覆地勘查、研究,才決定在
這裏開鑿成峽,以便宣洩。這就是天全縣的多功峽:

> 多功山,在司即天全六番招使司治東十五里。昔禹治水鑿此山,
> 用功甚多,故名。《大明一統志》卷七三
>
> 多功山,在天全州即現在的天全縣東十五里。相傳禹開山以通
> 峽水,用功最多,故名。朱錫穀《蜀水考》卷一補注
>
> 青衣水……又南過多功峽,……相傳神禹治水于此,用功爲
> 多。陳一津《蜀水考》卷一《附記》

"用功最多"，故名峽爲"多功"。可見人民對於禹的熱愛，到了這種地步。

四川上半省的洪水，被禹治服後，都分頭向東流去，本來是可以奔流到海不復回的。那曉得不幸的事件，忽然在巫山地區發生了！

大概是禹圍攻鐵豹嶺的時候，一些狡猾而倔强的妖魔鬼怪，見勢不佳，便紛紛逃跑，另找生路。不約而同地都往瞿唐峽一帶集中，頓時使這裏成了"鬼神龍蟒之宅"馬永卿《神女廟記》，見《全蜀藝文志》卷三七中，經常爲非作歹，給人民制造各式各樣的災難。其中最横暴的，又莫過於十二龍：時而在水裏發威，時而在天空逞凶，簡直肆無忌憚到了極點。

有一天，這十二條龍又得意地飛上了天空，準備繼續作惡。真是多行不義必自斃，那"東朝海若窺滄溟"回來的雲華夫人，剛好"身乘氣轎"並吳宗旦《巫山神女廟》詩在空中經過，看不慣這群壞傢伙的長期爲害人民，便大聲喝道："孽畜們休得逃走！"順便用口一吹，立刻響起了驚天的霹靂聲，把十二條毒龍打了下去。一會兒就化爲稀奇古怪的十二座大山，參差錯落地擺滿了整個巫峽。那"夭嬌"欲飛的模樣，好像還想上天似的。巫山十二峰的來源，相傳就是這樣：

> 夔子之國山曰巫，考驗異事聞古初：有龍十二騰太虛，仙宮適見嚴訶吁，霹靂一聲反下徂，化爲奇峰相與俱。至今逸氣不盡除，夭嬌尚欲升天衢。《神女廟詩》

毒龍被打死後，天空的確得到安寧。可是由那十二具屍體化爲的奇峰，把西來的洪水擋得流不過去。於是水越堵越多，其他的妖魔鬼怪越搞越放肆：不是"大風卒至，崖振谷隕"杜光庭《墉集仙錄》；就是"風沙晝暝，迷失道路"《神女廟記》。蘇軾所説的"深淵鼉鼈横，巨壑蛇龍頑"《神女廟詩》，不正是當日的寫照嗎？

　　正在這個期間，禹趕來了。這"萬鬼區"中的"妖怪"《神女廟記》，也知道消息不好了。牠們爲了"護惜窠穴"同上，拚命跟禹搗亂。祇見那"白花翻翻"蘇轍《巫山廟詩》，"蒼崖自裂"吳宗旦《神女廟詩》，在禹的周圍示威。身經百戰的禹，當然不會被這些嚇倒。馬上"在夔門的赤甲山頂上，搖身變成一隻黃熊，扑通一聲，跳到水中去了。黃熊這樣拱那樣拱地拱了許多時候，那些毒龍變成的又堅又硬的山石，把黃熊的鼻子和嘴巴都刺出血了，山還是山，水還是水，而且水勢越來越高了"。禹想或許是自己的能力不夠，"又站在赤甲山頂上，高聲叫喚，把他的得力伙伴黃牛叫來了。那黃牛一見水勢嚴重，就扑通一聲跳下水去，用雙角奮力觸山，想開出一條河道。但是，牠觸了許多時候，那些毒龍變成的又堅又硬的山石，把黃牛的兩隻巨角都觸彎了。山還是山，水還是水，而且水勢越來越高，快要淹到赤甲山頂了"。並田海燕《三峽民間故事》，載一九五六年十月號《紅岩》

　　在這暫時失利的緊急關頭，禹便徘徊山前，考慮進一步的有效辦法。忽然有神女前來"指授神策"吳宗旦《神女廟詩》，並大力予以支援。這神女便是上面所説打死那十二條毒龍的雲華夫人：

　　　　雲華夫人，王母第二十三女。……即敕侍女授禹策召鬼神之書；因命其神狂章、虞余、黃魔、大翳、庚辰、童律等助禹……。《墉城集仙録》

　　　　俄見神人，狀類天女。授禹太上先天呼召萬靈玉篆之書；且使其臣狂章、虞余、黃魔、大翳、庚辰、童律爲禹之助。《神女廟記》

禹既得見異人和異書，"能呼吸風雷，役使鬼神"《神女廟記》；又加入了一批超人的新的力量，自然喜出望外。調配停妥後，立即發動攻勢。那些作惡多端的水妖山鬼，怎能招架得住？掃蕩的結果："蛟螭委鞭策"唐耜《神女廟詩》了，"百怪匿鰌"被"網捕"蘇轍《息詩》了，一霎時就風平浪靜起來，不再有"石隕山墜"蘇轍《巫山廟詩》的可怕現象。

　　可是，那高插天空的十二峰，仍然阻擋了水的去路。禹於是繼續群策群力，從事疏鑿工作：

> （禹）決巫山，令江水得東過。高誘《淮南子·修務篇》注
> 若乃巴東之峽，夏后疏鑿。郭璞《江賦》
> 其峽蓋自昔禹鑿以通江。《水經·江水注》
> 斲石疏波，決塞導阨，以循其流。《墉城集仙録》
> 摧岡轉大石，破地疏洪濤。蘇轍《入峽》詩

本來是"那些毒龍變成的又堅又硬的山石"，怎麼又能鑿通呢？據說當日的情況是：

> 萬靈恐懼聽指呼，巨鑿振響轟雷車，回禄烈火山骨葅，墾闢頑狠如泥塗。《神女廟記》

出動了這樣多的神人，使用了這樣大的威力，那有不能鑿通的哩。

　　"岷江東去無停瀦"《神女廟記》後，雄偉奇特的三峽，便呈現在人們的眼前："七百里中，兩岸連山，略無闕處；重巖叠嶂，隱天蔽日；自非停午夜分，不見曦月。"《水經·江水注》這樣的壯觀，難怪歷代來往的詩人，都要對禹熱烈地歌頌啊！順便舉兩句吧：

> 禹功翊造化，疏鑿就欹斜。杜甫《柴門》詩
> 偉哉神禹跡，疏鑿此山川。范成大《初入巫峽》詩

　　禹想的真周到，據說開瞿唐峽口把灩澦堆留下，也是有原因的。蘇軾說：

> 予泊舟乎瞿唐之口，而觀乎灩澦之崔巍，然後知其所以開峽

而不去者，固有以也。蜀江遠來兮，浩漫漫之平沙；行千里而未嘗齟齬兮，其意驕逞而不可摧。忽峽口之逼窄兮，納萬頃於一盃。……於是滔滔汨汨，相與入峽，安行而不敢怒。《灩澦堆賦》

薛絨也説：

蜀江匯而赴峽，勢迫抑而騰掀，當江之沖，有堆屹然。爰停我橈，徘徊覽觀。有會余心，乃知大禹所以浚川而不去此者，匪特以殺水之怒，而四瀆之長，江有灩澦，河存砥柱，則聖人之意，亦將有所寓焉……。《灩澦堆賦》，見《全蜀藝文志》卷二上

計劃周詳，工作細緻，固然是禹全部治水工程的一大優點；但也偶有失察的地方，如"錯開峽"便是：

斬龍臺，治巫山縣西南八十里；錯開峽，一石特立。相傳禹王導水至此，一龍錯行水道，斬之。故峽名"錯開"，臺名"斬龍"。《巫山縣志》卷三〇

"錯行水道"的龍的確該斬，難道總其成的禹就一點責任都沒有嗎？

在這次劇烈的戰鬥中，除"一龍錯行水道"外，一般都能服從提調，努力完成自己應做的事，所以取得了輝煌的戰果。庚辰、虞余等神的大賣力氣不必説了；其餘如白馬將軍見范成大《吳船錄》卷下和黃牛神貢獻的力量也不小，特別是黃牛神：

趨蜀道，履黃牛，因覩江山之勝：亂石排空，驚濤拍岸，劍巨石于江中，崔嵬巑岏，列作三峰。平治滁水，順遵其道。非神扶助于禹，人力奚能致此耶？僕縱步環覽，乃見江左大山壁立，林麓峰巒如畫。熟視於大江重復石壁間，有神像影現焉：鬟髮鬚眉冠裳，宛

然如彩畫者。前豎一旌旗，右駐一黃犢，猶有董工開導之勢。……神有功助禹開江，不事鑿斧，順濟舟航，當廟食茲土。……目之曰黃牛廟，以顯神功。《黃陵廟碑》

（黃牛峽）上有洛川廟，黃牛之神也，亦云助禹疏川者。廟背大峰峻壁之上，有黃跡如牛，一黑跡如人牽之，此其神也。《吳船錄》卷下

雖然黃牛神最初失敗過，但後來能通力合作，確有勞績，所以專門立廟來紀念牠。

疏鑿三峽的工作結束，四川的水災，基本上是解決了。禹便到巫山——神女峰找雲華夫人致謝。夫人爲了顯示一切事物都會變化的道理，曾以身作則地表演了一番：

顧盼之際，化而爲石；或倏然飛騰，散爲輕雲；油然而止，聚爲夕雨；或化游龍；或爲翔鶴。千態萬狀，不可親也。《墉城集仙録》
倏忽之間，變化不測：或爲輕雲；或爲霏雨；或爲游龍；或爲翔鶴；既化爲石；又化爲人。千狀萬態，不可殫述。《神女廟記》

禹不懂夫人的用意，弄得有點莫名其妙，後經童律解釋，才恍然大悟。

過了不幾天，禹再度前往拜謁，所看到的又與上次不同：

忽見雲樓、玉臺、瑤宮、瓊闕森然，靈官侍衛，不可名識，獅子抱關，天馬啓途，毒龍電獸，八威備軒，夫人宴坐於瑤臺之上。《墉城集仙録》

剛才還是童山濯濯，一眨眼就變成這種境界，真是“倏忽之間，變化不測”哩！禹明白了，趕快上前叩頭請教。

夫人覺得禹治水很努力，又極謙遜，馬上請禹坐下。首先講了一

通宇宙間萬事萬物變化的道理，然後針對禹的工作説道：

> 汝將欲越巨海而無颷輪，渡飛砂而無雲軒，陟阺途而無所輿，涉泥波而無所乘，陸則困於遠絶，水則懼於漂淪；將欲以導百谷而濬萬川也，危乎悠哉！……吾所授寶書，亦可以出入水火，嘯叱幽冥，收束虎豹，呼召六丁……。同上

這些話一説完，跟着叫"侍女陵容華出丹玉之笈，開上清寶文以授禹"同上；並面派庚辰、虞余二神長期協助禹治水。禹登即拜謝告別，很滿意地帶着"寶書"和庚辰、虞余一道下山了①。

禹在四川治水的歲月中，本已經過無數次的鍛鍊，積累了不少的經驗；現在又得到載着豐富知識的"寶書"和具有超人能力的助手，這對即將展開的九河治理工作來説，的確是些有利的條件。如後來的鑿龍門，闢伊闕，通輾轅山②，鎖無支奇③和接受河精的《河圖》④等，不都是很好的證明嗎？

同四川關係最深的禹，他的愛人塗山氏也是四川籍。杜預説：

> （江州），巴國也，有塗山，禹娶塗山。《續漢·郡國志》五劉注引

---

① 以上所述，跟現在三峽民間流傳的神女峰故事差不多，可參閲田海燕整理的《三峽民間故事——神女峰》（載一九五六年十月號《紅岩》）。

② 禹通輾轅山（在河南偃師縣東南）化爲熊事，見《隨巢子》（《繹史》卷十二引）及《淮南子》（《漢書·武帝紀》顔注、《楚辭·天問》補注引）。

③ 禹鎖淮渦水神無支奇（一作無支祁，又作巫支祁）事，見《山海經》（李肇《國史補》引）及《異聞集》（集注分類《東坡詩集》卷二程縯注引）。《古嶽瀆經》所載較詳，《淮地記》曾引之，見《太平御覽》卷八八二（李公佐所撰的更詳，見《太平廣記》卷四六七，云出《戎幕閑談》）。

④ 禹在黃河治水，河精授以《河圖》事，見《尚書·中候》（《太平御覽》卷八二引）、《博物志》卷一及《宋書·符瑞志上》。

常璩也說：

> 禹娶於塗山……今江州塗山是也。帝禹之廟銘存焉。《華陽
> 國志·巴志》
> 江州縣塗山有禹王祠及塗后祠。同上

這是現存文獻中比較早的資料，一定是有所受之的。所以前人有"禹
爲蜀人，生於蜀，娶於蜀，古今人情不大相遠"賈元《塗山碑記》，見《全蜀藝文
志》卷四七下的說法。

汶川與江州即現在的巴縣一西一東，迢迢千里，他們倆的姻緣是怎
麼結合攏來的呢？《呂氏春秋》說：

> 禹行水，竊見塗山之女①；禹未之遇高注：遇，禮也，而巡省南
> 土。塗山氏之女乃令其妾候禹于塗山之陽；女乃作歌，歌曰："候
> 人兮猗！"《音初篇》

根據這段文字的大意，情節可能是這樣的：禹往巫山治水路過塗山時，
瞧着一位美麗的姑娘塗山氏，覺得頂不錯。因迫於行程，來不及作進
一步的表示就離開了。等到三峽的疏鑿工作完畢，又忙着到別處治理
洪水。那邂逅相遇的可人，幾乎被忘記了。塗山氏呢，當禹在瞧她的時
候，她也瞧了禹的，認爲可託終身。因而叫侍女去塗山的南邊等候禹，希
望能約來再度相見，略表心曲。殊不知好事多磨，竟扑了一空。在無計
得傳消息的心情下，祇好作作《候人歌》來發抒内心的煩悶啊！

---

① 今本作"禹行功，見塗山之女"。高麗活字本《文選·南都賦》李注引作"禹行，竊見
　塗山之女"（見許維遹《集釋》引日本鹽田氏說）。竊字極是，今從之。水字亦據《文
　選·吳都賦》劉注補。

有志者事竟成，塗山氏所候的人終於候着了。《吕氏春秋》又説：

> 禹年三十未娶，行塗山，恐時暮失嗣，辭曰："吾之娶，必有應也。"乃有白狐九尾而造於禹。禹曰："白者，吾服也；九尾者，其證也。"於是塗山人歌曰："綏綏白狐，九尾龐龐，成於家室，我都攸昌。"因娶塗山之女。今本佚，此據《藝文類聚》卷九九、《太平御覽》卷五七一、《路史·后紀》卷十二注引；《吳越春秋·越王无余外傳》文略同

如果前一段主要是説塗山氏的相思，那麼這段就專門在叙禹的求婚：大概禹爲了什麼事又來到塗山，舊地重遊，不禁想到自己已經三十歲了，還没有結婚。太晚了會影響生育，甚至莫得子嗣，這怎麼對哩①！便自言自語地歎道："將會有某種徵兆來預示我的婚娶吧。"果然不出所料，既見着稀罕的九尾白狐來到身邊，又聽着説愛的塗山民歌環繞耳際，件件都像是要在這兒結婚的徵兆。心裏正在高興，忽然想起那曾經瞧過的塗山氏來。於是就向塗山氏求婚。塗山氏本是求之不得的，當然馬上應允。

新婚的禹並未懷於宴安，婚後的第四天上就與塗山氏告別，到災區治水去：

> 禹娶塗山氏女，不以私害公，自辛至甲四日，復往治水。《吕氏春秋》，今本佚，此據《水經·淮水注》、《楚辭·天問補注》、《路史·后記》卷十二注、《吳越春秋·越王无余外傳》注引

> 禹娶四日而去治水。《列女傳》，今本微異，此據《藝文類聚》卷一五、《太平御覽》卷一三五引

> （禹）辛日娶妻，至於甲日，復往治水，不以私害公。《尚書·僞益稷》枚傳

---

① 《楚辭·天問》："閔妃匹合，厥身是繼。"可見禹是很重視子嗣的。

塗山氏當然有些難分難捨，據説曾采取"遮夫"（賈元《塗山碑記》）的辦法來苦留；結果未爲所動，毅然決然地走了。

後來禹因工作上的關係，雖曾三次在自己的門前經過，但始終没有進去：

> 禹八年於外，三過其門而不入。《孟子・滕文公上》
> （禹）惟荒度土功，三過其家，不入其門。《列女傳・啓母塗傳》
> （禹）三過其門，而不入室，務在救時。《華陽國志・巴志》

儘管聽着孩子——啓在裏面哇呀哇地哭泣，還是不願花時間去看一下：

> 啓呱呱而泣，予弗子，惟荒度土功。《尚書・偽益稷》
> 啓呱呱啼，不及視。《華陽國志・巴志》

專心致志的是"務在救時"，想早日平治所有的水災，使廣大人民得到安居樂業，那能"以私害公"！不過塗山氏究竟兒女情長，感到寂寞時，總不免要到塗山下那塊大石上面佇立一番，盼望新婚即別的丈夫歸來。洪良品説：

> 今朝天門外江中有石，俗呼曰夫歸石，意謂塗后之望歸也。《東歸録》
> 舟行過夫歸石，夫歸石者，謂禹導江過門不入，塗后望禹歸，亦如楚山之望夫石按在今湖北新縣也。石在塗山之足，俗訛爲烏龜石。石北有遮夫灘。同上

塗山氏這樣地鍾情，禹未始不知道，所以在全國的水災都平治後，禹便

把她接到夏城（即現在山西省的夏縣，相傳爲禹的都城）去同住①。久別重逢，想必分外的歡樂啊。

　　禹治洪水的方法，主要是疏導②；間或也用"息壤"來陻塞③。這正是他善於吸取鯀的長處，能因地制宜，所以得到成功。據説他在四川沒有用完的"息壤"還遺留在仁壽縣裏：

　　　　息壤在籍縣即現在的仁壽南一里，有地畝餘，踏之軟動。《輿地紀勝》卷一五〇
　　　　《(仁壽)縣志》云：縣南有地畝餘，踏之軟動；有泉淵瀰，旱不涸，湧不溢，名曰息壤。《蜀中廣記》卷八

後人爲了紀念這神物，還特別在那兒"大書息壤二字，鐫之於石"《輿地紀勝》卷一五〇哩。

　　禹對人民太好了！當他還在各地治水的時候，即叫隨行的伯益記所見聞，編成一部《山海經》：

　　　　禹別九州，任土作貢；而益等類物善惡，著《山海經》。劉秀《上山海經表》
　　　　禹主治水，益主記異物，海外山表，無遠不至；以所聞見，作

_____

①塗山氏居住夏城事，見闞駰《十三州志》(《路史·后紀》卷十二注引)及《水經·涑水注》。
②關于這點，李凡夫給禹的評價是很高的。他説："據《史記》和《尚書》記載，泄(水)與蓄(水)的爭論，遠在大禹的父親時就開始了。大禹的父親名鯀，主張用'湮'的方法即堵塞的方法，因治理無效，被流放到羽山去了。大禹否定了他父親的方法，主張用'導'的方法，即疏導排洩的方法，治水有功，因而獲得了極高的榮譽。社會經過幾千年的變化，大禹的主張一直佔着優勢。"
③見《淮南子》的《墜形》、《時則》二篇(《莊子·天下篇》亦有"禹湮洪水"的話)。

《山海經》。《論衡・別通篇》

（禹）遂巡行四瀆，與益、夔共謀，行得名山大澤，召其神而問之。……使益疏而記之，名曰《山海經》。《吳越春秋・越王无余外傳》

成書的目的是"尋山眽川，周覽無垠，中述怪變，俾民不眩。"（郝懿行《山海經箋疏序》）及做天子後，又鑄了九個大鼎。王孫滿説：

昔夏之方有德也，遠方圖物，貢金九牧，鑄鼎象物，百物而爲之備，使民知神姦。故民入川澤山林，不逢不若，魑魅罔兩，莫能逢之。《左傳》宣公三年

那麼，"鑄鼎象物"是爲的"使民知神姦"；"入川澤山林"時，不致於受到"魑魅罔兩"的災害。據説還把它們擺在宮殿門外任人參觀，成爲人民的圖畫旅行指南①。可見禹是何等地關心人民，熱愛人民！

可是，後來却被統治階級視爲傳國祕寶，"桀有昏德，鼎遷于商"；"商紂暴虐，鼎遷于周"並《左傳》宣公三年。簡直失去了原來的意思，而成爲王權的象徵，跟秦以後的傳國玉璽一樣。特別是在春秋戰國時代，由於周王朝政權的衰微，野心家們都在想九鼎的方：楚莊王問過見《左傳》宣公三年，梁惠王謀過，秦孝公求過並見《戰國策・東周策》。這雖然出乎禹的意料之外，但九鼎畢竟是神人所鑄的神物，不願再受野心家的利用和勞民傷財②，便一齊飛來四川，淪没在各自願意淪没的深淵中：

彭山縣鼎鼻山，亦曰打鼻山，在縣南十五里。……山形孤起，東臨江水。昔周鼎③淪于此水，或見其鼻，遂以名山。《元和郡縣志》

①用江紹源《中國古代旅行之研究》的説法。
②顔率對齊王説："凡一鼎而九萬人輓之，九九八十一萬人。"（《戰國策・東周策》）那麼九鼎經過商周兩代的搬運，真是勞民傷財。
③九鼎入周後就叫周鼎，《呂氏春秋》中屢有此種稱呼。

卷三二

彭山縣鼎鼻山，一名魚山；上有城，亦名鼎鼻，其城消滅。李膺記云："周德既衰，九鼎淪没此山下江中。或見其鼻，因以爲名。"《太平寰宇記》卷七四

大江，一名汶江，又名導江。《江圖》云："江水經鼎鼻。李膺云：'下山有灘，昔周衰，九鼎淪没其一在此。'冬夏恒深九尺，每雲開、風息、静淡，則曉然見。"同上

鼎鼻山，《晏公類要》："在仁壽縣南一里。"《郡國志》云："在仁壽縣界。"周之九鼎，淪一于此。故後人往往見鼎，因名。"《輿地紀勝》卷一五〇

顔率曾説："凡一鼎而九萬人輓之。"《戰國策·東周策》這樣的龐然大物，居然能够起飛，而且偏偏要從洛陽①飛到四川，是不是因爲鑄它們的人是四川籍呢？淪没後，有時也同四川人民見一見面，又是不是偏愛禹的鄉人呢？想來總是有原因的吧。

四川人民跟全國人民一樣，對於禹的治水功績，從未忘記過。廟宇之多，傳説之富，都是最好的説明。至於形諸文士筆端的，更是指不勝屈。單以唐代的大詩人杜甫而論，他寄居夔門時，涉及詠禹的詩就有好幾首：一則曰"江流思夏后"《上白帝城》，再則曰"禹功饒斷石"《移居夔州作》，甚至稱爲"禹功翊造化"《柴門》。難怪明代曹汴的《重建塗山禹廟碑》要這樣説了：

昔人睹河洛而思禹功，矧梁岷之高山迅川，其刊鑿疏導之難，殆又倍於河洛。據《巴縣志》卷十二逐録

---

① 周武王滅商後把九鼎搬到洛陽，見《左傳》桓公二年。

通過上面的叙述，我們很清楚地看到禹的偉大形象。他的"不以私害公"的崇高品質和"務在救時"的英勇行爲，幾千年來一直爲廣大人民所傳頌。同時也反映了我們祖先同水災作鬥争，在遠古時代就已經開始了。不管水有好大，山有多高，祇要群策群力地從事搏鬥，没有征服不了的。就是禹的化爲黄熊和能役使鬼神等，也是古代人民智慧、願望的集中體現。

禹的治水神話，流傳本極普遍，影響也非常深遠；本文僅就四川一隅來談，固然有些所見者小，但也是一般研究夏禹治水神話的人們未曾載筆的啊。

一九五九年九月二日於緑楊村
（原載一九五九年《四川大學學報》第四期）

莊子校證

　　《莊子》一書，解人夥矣，其奇詞奧旨，固已多所抉發；然亦有未之盡者。余嘗參校衆本異同，而爲之疏證，一隙之照，尚望博雅君子，有以教之。

若夫乘天地之正，而御六氣之辯，以遊無窮者。《逍遥遊》，世德堂本，後同
　　敦煌唐寫本①而字無。
　　　　按：唐本是也。褚伯秀《南華真經義海纂微》②即無之。《楚辭·
　　　　九歌·大司命》洪興祖《補注》引，亦無而字。本篇下文："乘雲氣，
　　　　御日月，而遊乎四海之外。"《齊物論篇》："若然者，乘雲氣，騎日
　　　　月，而遊乎四海之外。"句法並與此同，亦可證。
作則萬竅怒呺。《齊物論》

---

①敦煌唐寫本《莊子》殘卷：曰《逍遥遊》（存"故夫知效一官"以下二百餘字）；曰《應帝
　王》（存"許由曰：噫！而未可知也。"以下三百餘字）；曰《外物》（存"宋元君夜半而夢
　人被髪"以下千餘字）。藏巴黎國立圖書館，清華圖書館有照片；曰《胠篋》（存後
　半），藏倫敦博物館之東方圖書室；曰《刻意》（全），曰《山木》（前缺二三十行）；曰《徐
　无鬼》（存後少半）亦藏巴黎；曰《田子方》（存前半），藏羅振玉家，羅氏於《胠篋》至
　《田子方》五篇，均有迻校本，見《永豐鄉人雜著續編》；曰《天運》（全），曰《知北遊》
　（全），藏日本，東方文化學院有景印本。略述其梗概於此，後不復注。
②見《道藏》（涵芬樓景印本）洞神部玉訣類。

《初學記》①一引唔作號；《太平御覽》②九、《事類賦》③二同。

　　按：林希逸《南華真經口義》④、《南華真經義海纂微》並作號，《文選》謝希逸《月賦》李善注引亦作號，是古本原作號不作唔也。《逍遙遊篇》：“非不唔然大也。”陸德明《釋文》引李云：“唔然，虛大貌。”施之於此，義不可通。《說文》：“號，呼也。”斯其詁矣。

勇士一人，雄入於九軍。《德充符》

《釋文》引崔、李云：“天子六軍，諸侯三軍，通爲九軍也。”簡文云：“兵書以攻九天，收九地，故謂之九軍。”

　　按：九乃虛數，言其軍多耳，非果爲九軍也。《淮南·覽冥篇》：“勇武一人，爲三軍雄。”高誘注云：武，士也。《繆稱篇》：“勇士一呼，三軍皆辟。”《文子·精誠篇》、《韓詩外傳》六、《新序·雜事四》，並有此語。皆言軍之多，而狀勇士之雄，崔、李、簡文諸說，並失之泥。

而況官天地，府萬物。《德充符》

　　按：官疑宮之形誤。《穀梁傳》桓公十四年：“内之三宮。”《釋文》云：“宮一作官。”是二字易誤之例。《淮南·覽冥篇》：“又況夫宮天地，懷萬物。”《文子·精誠篇》亦誤作官。高誘注云：“以天地爲宮室。”其明證矣。劉伶《酒德頌》：“日月爲扃牖，八荒爲庭衢。”亦即宮天地之意。

而其譽堯而非桀也，不如兩忘而化其道。《大宗師》

《古逸叢書》覆宋本⑤，而其作與其，《續古逸叢書》景印宋本⑥，《道藏·南華真經》本⑦，並同。

---

①古香齋本。

②《四部叢刊三編》景印本。

③劍光閣本。

④見《道藏》洞神部玉訣類。

⑤清光緒十年遵義黎氏校刊本。

⑥涵芬樓景印本。

⑦見《道藏》洞神部本文類。

按:《外物篇》:"與其譽堯而非桀,不如兩忘而閉其譽。"文意與此全同,此當以作與爲是。《淮南·主術篇》:"與其譽堯而毀桀也,不如掩聰明而反脩其道也。"亦可證。

浸假而化予之左臂以爲雞,予因以求時夜;浸假而化予之右臂以爲彈,予因以求鴞炙。《大宗師》

王氏《集解》云:"雞,疑是卵字之誤;時夜,即雞也,既化爲雞,何又云因以求雞,……《齊物論》云:'見卵而求時夜,見彈而求鴞炙。'與此文大同,亦其明證矣。"

按:王說是也。《淮南·說山篇》:"見彈而求鴞炙,見卵而求辰原作晨,依王念孫校夜。"辰夜與時夜同。亦其證。

三人相視而笑,莫逆於心,遂相與友。《大宗師》

《古逸叢書》本友上有爲字。

按:上文"四人相視而笑,莫逆於心,遂相與爲友",正有爲字,當據補。

吾師乎! 吾師乎!《大宗師》

唐寫本兩乎字並作于。

按:《呂氏春秋·審應覽》:"昭王曰:'然則先生聖于?'"高誘注云:"于,乎也。"《列子·黃帝篇》:"今汝之鄙,至此乎?"殷敬順《釋文》云:"乎,本又作于。"是二字固通,唐本作于,蓋古本如是。

仲尼曰:同則無好也,化則無常也。《大宗師》

唐寫本無下也字。

按:此二句平列,當以有也字爲勝,唐本蓋偶奪耳。《淮南·道應篇》:"仲尼曰:'洞則無善也,化則無常也。'"正有也字。

泰氏其臥徐徐,其覺于于,一以己爲馬,一以己爲牛。《應帝王》

成玄英疏云:"或馬或牛,隨人呼召。"

按:此文馬牛蓋喻其無自我之意,非謂隨人呼召也。《淮南·覽冥篇》:"當此之時,臥倨倨,興盱盱,一自以爲馬,一自以爲牛。"《論衡·自然篇》:"三皇之時,坐者于于,行者居居,乍自以爲馬,乍自以爲牛。”文皆本此，而意尤明顯，並足證成説之非。

至人之用心若鏡，不將不逆，應而不藏，故能勝物而不傷。《應帝王》

《古逸叢書》本逆作迎，《續古逸叢書》本、《道藏》本並同。

　　按：逆字非是。《大宗師篇》：“其爲物無不將也，無不迎也。”《知北
　　遊篇》：“無有所將，無有所迎。”並以將迎對舉。《淮南·覽冥篇》：
　　“故聖人若鏡，不將不迎，應而不藏，故萬化而無傷。”《文子·精誠
　　篇》：“是故聖人若鏡，不將不迎，應而不藏，萬物不傷。”尤爲明證。
　　且此文以鏡迎去聲爲韻，若作逆，於義雖通，於韻則失矣。

屈折禮樂，呴俞仁義，以慰天下之心者。《駢拇》

　　按：屈折禮樂句下疑有奪文，呴俞仁義，可云慰天下之心，若並屈
　　折禮樂言之，似覺不當。《馬蹄篇》：“屈折禮樂，以匡天下之形；縣
　　跂仁義以慰天下之心。”文意與此相同，則當據補以匡天下之形六
　　字，語始分曉。

若其殘生損性。《駢拇》

　　按：上文：“其於傷性以身爲殉，一也。”又：“其於殘生傷性，均也。”
　　並以傷性連文，則此損字，似當作傷，始能上下一律。

夫赫胥氏之時，民居不知所爲，行不知所之，含哺而熙，鼓腹而遊。《馬
蹄》

　　按：熙遊二字當乙，始不失韻時、爲、之、熙，並在支韻。《淮南·俶真
　　篇》：“當此之時，萬民昌狂，不知東西，含哺而遊，鼓腹而熙。”其明
　　徵也。

故天下每每大亂。《胠篋》

　　按：《左傳》僖公二十八年：“晉侯聽輿人之誦曰：‘原田每每，舍其
　　舊，而新是謀。’”杜預注云：“原喻晉軍美盛，若草之每每然。”彼以
　　每每喻晉軍之盛，此則以每每狀天下之亂，皆用其本義。《説文》：
　　“每，艸盛上出也。”

伯成子高立爲諸侯。《天地》

　　按：立讀爲位。《周禮·春官·小宗伯》：“掌建國之神位。”先鄭注

云："立讀爲位蓋故書作立，故司農云然，古者立位同字，古文《春秋經》公即位爲公即立。"是其證。然則立爲諸侯者，即位爲諸侯也下"吾子立爲諸侯"同。

伯成子高辭爲諸侯而耕。《天地》

按：爲字於此無義，蓋涉上立爲諸侯句而衍下"吾子辭爲諸侯而耕"同。《呂氏春秋·恃君覽·長利篇》正無爲字《新序·節士篇》亦衍爲字，然下句未衍。《御覽》八二二引作"伯成子高辭而耕"。是所見本似無爲字也。

堯曰："吾不敖無告，不廢窮民；苦死者，嘉孺子，而哀婦人，此吾所以用心已。"《天道》

郭象注云："無告者，所謂頑民也。"

按：郭說非也。無告與窮民互文，即下之死者，孺子，婦人；不敖，不廢，即苦死者，嘉孺子，哀婦人，故云爲其用心。若以頑民解之，則文有不具矣。《孟子·梁惠王下篇》："老而無妻曰鰥，老而無夫曰寡，老而無子曰獨，幼而無父曰孤，此四者，天下之窮民而無告者，文王發政施仁，必先斯四者。"文意與此相同，亦足以發。《大戴禮記·衛將軍文子篇》"不敖無告"盧注："夫民之窮無所告者，不陵敖之也。"正可挹彼注兹。

廣廣乎其無不容也，淵乎其不可測也。《天道》

按：淵字當重，始與廣廣相儷。《知北遊篇》："淵淵乎其若海，魏魏乎其終則復始也。"正以淵淵與魏魏相對。彼言其若海，此言其不可測，義亦相近。《南華真經義海纂微》廣字不重，蓋褚氏肛删，是淵字之奪，亦已久矣。

徵之以天。《天運》

《釋文》云："徵，古本多作微。"

按：微當作徵，字之誤也。唐寫本即作徵。《續古逸叢書》本不誤。

夫至樂者，先應之以人事，順之以天理，行之以五德，應之以自然，然後調理四時，太和萬物。《天運》

唐寫本無此三十五字。

　　按：唐本是也。上文“吾奏之以人，徵之以天，行之以禮義，建之以
　　太清”，與下就今本言“四時迭起，萬物循生，一盛一衰，文武倫經”，
　　並爲韻文，若廁此三十五字於其間，則不倫矣。《道藏》本、《南華
　　真經口義》、王元澤《南華真經新傳》①並不誤。此蓋郭注誤入正
　　文者，當據刪《南華真經義海纂微》、《古逸叢書》本、《續古逸叢書》本，並衍此
　　三十五字，是其誤已久。

其聲能短能長。《天運》

　　唐寫本無“能長”二字。

　　按：唐本非是。下文“能柔能剛，變化齊一，不主故常；在谷滿谷，
　　在阬滿阬；塗郤守神，以物爲量；其聲揮綽，其名功明”，並爲韻文，
　　若奪“能長”二字，匪特失韻，且義亦有不備矣。

彼人之所引，非引人也。《天運》

　　唐寫本“也”上有“者”字。

　　按：當有“者”字，於語氣較勝。

曰：吾求之於陰陽，十有二年而未得。《天運》

　　唐寫本“得”下有“也”字。

　　按：唐本是也。上文：“曰，吾求之於度數，五年而未得也。”正有
　　“也”字。

仁義，先王之蘧廬也；止可以一宿，而不可以久處。《天運》

　　唐寫本無止字。

　　按：可以一宿，於意已足，不須再箸止字也。《御覽》四百十九引，
　　正無止字，與唐本合。

古者謂是采真之遊。《天運》

　　唐寫本是作之。

　　按：之字是。《養生主篇》：“古者謂之遁天之刑。”《列御寇篇》有亦此

①見《道藏》洞神部玉訣類。

語。句法與此正同。《繕性篇》：“謂之蒙蔽之民。”又：“謂之倒置之
民。”亦可證。

又奚傑然若負建鼓而求亡子者邪！《天運》

　唐寫本傑字重。

　　按：唐本是也。《天道篇》：“又何偈偈乎揭仁義，若擊鼓而求亡子
　　焉。”彼云偈偈，此云傑傑，音義並同。又按：《淮南・精神篇》：“嘗
　　試爲之擊建鼓。”高誘注云：“建鼓，樂之大者。”是建鼓爲鼓屬矣；
　　則負下當有擊字，若僅負而不擊，求亡子者，何足以彰？雖建鼓奚
　　爲！《天道篇》正有擊字。《抱朴子・正郭篇》：“可謂善擊建鼓，而
　　當揭日月者耳。”又《知止篇》：“又況乎揭日月以隱形骸，擊建鼓以
　　徇利器者哉！”亦可證。成疏訓建爲擊，非是郭注云：“其猶擊鼓而求逃
　　者。”似亦訓建爲擊，是擊字奪去，亦已久矣。

泉涸，魚相與處於陸，相呴以濕，相濡以沫，不若相忘於江湖。《天運》

　唐寫本無上於字及濕字。

　　按：唐本非是。《大宗師篇》：“泉涸，魚相與處於陸，相呴以濕，相
　　濡以沫，不如相忘於江湖。”即其證。

堯授舜，舜授禹。《天運》

　唐寫本作堯與而舜受。

　　按：唐本是也。下句言禹用力而湯用兵，與此爲對舉之詞，此不應
　　復言舜授，蓋傳寫者據《天運篇》之文而改，致忘上下文意之不
　　侔也。

此山谷之士，非世之人。《刻意》

　《藝文類聚》①三六引人下有也字。

　　按：也字當有，否則語意與下“枯槁赴淵者之所好也”句混矣。

此平世之士，教誨之人。《刻意》

　唐寫本人下有也字。

————

①明嘉靖六年天水胡氏刊本。

按：唐本是也。《長短經·品目篇》①引，亦有也字下三句同。當據補。

此朝廷之士，尊主强國之人。《刻意》

　　唐寫本人下有也字。

　　　　按：《文選·謝靈運〈述祖德詩〉》李善注引，正有也字，是崇賢所見本亦未奪也。

此江海之士，避世之人。《刻意》

　　唐寫本人下有也字。

　　　　按：《藝文類聚》三六引正有也字。《文選·沈休文〈直學省愁臥詩〉》、范蔚宗《逸民傳論》，李善注引並同，當據補。

此道引之士，養形之人。《刻意》

　　唐寫本人下有也字。

　　　　按：《後漢書·華陀傳》章懷注、《藝文類聚》七五、《御覽》七百二十引並有也字，《文選·夏侯孝若〈東方朔畫贊〉》李善注引同以上諸也字，皆不可少，蓋傳寫者未審語意妄删，幸得唐本及諸書所引以訂之。

夫恬惔寂漠，虛無無爲，此天地之平，而道德之質也。《刻意》

　　唐寫本惔作淡。

　　　　按：唐本是也。《天道篇》：“夫虛静恬淡，寂漠無爲者，天地之平，而道德之至。”又：“夫虛静恬淡，寂漠無爲者，萬物之本也。”《胠篋篇》：“釋夫恬淡無爲。”並作淡，此固不應作惔也。《淮南·泰族篇》：“静漠恬淡。”《要略》：“恬淡爲本。”《文子·九守篇》：“静漠恬淡所以養生也。”又其證矣。《文選·嵇叔夜〈與山巨源絕交書〉》、王元長《三月三日曲水詩序》、王子淵《聖主得賢臣頌》，李善注並引作淡，是古本不作惔甚明，蓋傳寫者因惔而改耳。

則憂患不能入，邪氣不能襲，故其德全而神不虧。《刻意》

　　唐寫本入下，襲下，並有也字，虧下有矣字。

---

①《讀畫齋叢書》本。

按：唐本是也。《文選‧嵇叔夜〈養生論〉》李善注引，正作"則憂患不能入也，邪氣不能襲也，故其德全而神不虧矣"。是崇賢所見本，固未奪也。

故曰："悲樂者，德之邪；喜怒者，道之過；好惡者，德之失。"《刻意》
唐寫本邪下、過下、失下，並有也字。

按：唐本是也。《淮南‧原道篇》："夫喜怒者，道之邪也；憂樂者，德之失也；好憎者，心之過。"又《精神篇》："夫悲樂者，德之邪也；喜怒者，道之過也；好憎者，心之累原作暴，依王念孫校改也。"《文子‧道原篇》："夫喜怒者，德之邪也；憂悲此二字疑有一誤者，德之邪也；好惡者，心之過也。"並其證。又按："德之失"句之德字，疑當作心蓋涉上下文而誤。《淮南》、《文子》可驗也。《文子‧九守篇》："夫哀樂者，德之邪；好憎者，心之累；喜怒者，道之過。"亦足以發。

計中國之在海內，不似稊米之在太倉乎？《秋水》

按：內下疑奪也字。上文"計四海之在天地之間也，不似礨空之在大澤乎"，下文"此其比萬物也，不似豪末之在於馬體乎"，並其證。

嚴乎若國之有君，其無私德。《秋水》

按：下文"繇繇乎若祭之有社，其無私福；泛泛乎其其字疑涉上下文而衍若四方之無窮，其無所畛域"，並疊字連形，此亦應爾。《荀子‧儒效篇》："嚴嚴兮其能敬己也，分分兮其有終始也，猒猒兮其能長久也，樂樂兮其能執道不殆也。"亦以嚴嚴連文，與分分、猒猒、樂樂相儷。

禹之時十年九潦，而水弗爲加益；湯之時八年七旱，而崖不爲加損。《秋水》

《藝文類聚》八引下加字作減。

按：此兩加字，與《孟子‧梁惠王上篇》"鄰國之民不加少，寡人之民不加多"同義。《類聚》引下加字作減者，蓋傳寫之誤，決非率更之舊也。《知北遊篇》："若夫益之而不加益，損之而不加損者，聖人之所保也。"尤爲切證。

水有罔象。《達生》

　《釋文》云："罔象，司馬本作無傷，云：狀如小兒，赤黑色，赤爪，大耳，長臂。"

　　按：無傷與罔象，音義並同。《説文·虫部蝄下》云："蝄蜽，山川之精物也。淮南王説：'蝄蜽狀如三歲小兒，赤黑色，赤目，長耳，美髮。'"據此，則紹統之説，本諸《淮南》也今本《説文》，赤目下奪赤爪二字，當據此及《一切經音義》二引補，《法苑珠林》引《夏鼎志》亦有赤爪二字。

猶且胥疏於江湖之上，而求食焉。《山木》

　唐寫本疏下有草字。

　　按：草字當有，於義乃備。《釋文》引李云："胥，相也，謂相望疏草也。"是古本原有草字也。又且字諸本多譌作旦，成《疏》云："旦，明也。"則其誤亦已久矣。

其死可葬。《山木》

　唐寫本可下有以字。

　　按：《文選·江文通〈雜體詩〉》李善注引，正有以字。此蓋傳寫者求其與上"其生可樂"句相儷而删耳。

而毫毛不挫。《山木》

　唐寫本毫作豪。

　　按：唐本是也。《秋水篇》"不似豪末之在於馬體乎"，《列禦寇篇》"爲知在豪毛"，並作豪，此當從唐本改正毫，俗體。

昔吾聞之大成之人曰："自伐者無功，功成者墮，名成者虧，孰能去功與名而還與衆人。"《山木》

　唐寫本無下與字。

　　按：唐本非是。《管子·白心篇》："故曰：'功成者隳（墮之俗體），名成者虧。'故曰：'孰能弃名與功，而還與衆人同。'"是其證也。

子獨不聞假人之亡與？《山木》

　唐寫本無人字。

　　按：唐本是也。假爲國名，無須下箸人字。《御覽》六百八引，亦無人字。當據刪。

彼以利合，此以天屬也。《山木》

　　唐寫本屬下有者字。

　　　　按：有者字，於語氣較勝。《文選·王仲寶〈褚淵碑文〉》李善注引，正作"彼以利合，此以天屬者也"。當據補。

此所謂非遭時也。《山木》

　　唐寫本時下有者字。

　　　　按：唐本是也。《文選·袁彥伯〈三國名臣序贊〉》李善注引，正有者字。當據補。

執臣之道猶若是，而況乎所以待天乎？《山木》

　　唐寫本猶上有而字。

　　　　按：唐本是也。《達生篇》："彼得全於酒，而猶若是，而況得全於天乎？"句法正與此同。《德充符篇》："將求名而能自要者，而猶若此，而況官天地，府萬物，⋯⋯而心未嘗死者乎？"亦可證。

其畏人也，而襲諸人間。《山木》

　　唐寫本而字無。

　　　　按：馬總《意林》二引亦無而字，與唐本合。

聖人晏然體逝而終矣。《山木》

　　唐寫本矣上有耳字。

　　　　按：耳字當據補。《人間世篇》："止是耳矣。"《大宗師篇》："且也，相與吾之耳矣。"《庚桑楚篇》："趎勉聞道達耳矣。"並其證也。

莊周反入，三月不庭。《山木》

　　《釋文》云："三月，一本作三日。"

　　　　按：唐寫本作三月不迁，是也。《天運篇》："孔子不出三月。"《説劍篇》："文王不出宮三月。"《在宥篇》："黃帝退，閒居三月。"《列子·黃帝篇》："穆王自失者，三月而復。"並足爲此當作三月之證。《説文》："迁，往也。"《左傳》襄公二十八年："君使子展迁勞於東門之外。"杜預注云："迁，往也。"然則三月不迁者，即三月不往也，與孔

子之不出三月、文王之不出宮三月，意正相同下兩庭字，亦當依唐本
作迋。

夫子步亦步也，夫子言亦言也。《田子方》

　　唐寫本步也下有者字下趨也、馳也並同。

　　　按：此與下六句，皆顏回自爲問答之詞，當以有者字爲勝。下文
　　　"及奔逸絕塵，而回瞠若乎後也也字原奪，從唐本補者"，者字尚未奪，
　　　亦可證。

日出東方，而入於西極。《田子方》

　　唐寫本而字無。

　　　按：《御覽》六引亦無而字，與唐本合。

在我邪？亡乎彼。《田子方》

　　　按：在上疑奪其字。上文"且不知其在彼乎，其在我乎，其在彼邪，
　　　亡乎我"可證。《文選・王仲寶〈褚淵碑文〉》李善注引，正作"其在
　　　我邪，亡乎彼"。是崇賢所見本，固未奪也。

非不答，不知答也。《知北遊》

　　唐寫本答下有也字。

　　　按：有也字，於語氣較勝。《孟子・梁惠王上篇》："是不爲也，非不
　　　能也。"句法正與此同。可證。

損之又損之，以至於無爲，無爲而無不爲也。《知北遊》

　　　按：下之字衍。《老子》第四十八章："損之又損，以至於無爲；無爲
　　　而無不爲。"可證。《抱朴子外篇・自序》："但念損之又損，爲乎無
　　　爲。"亦無下之字也。

是其所美者爲神奇，其所惡者爲臭腐；臭腐復化爲神奇，神奇復化爲臭
腐。《知北遊》

　　唐寫本無上復字。

　　　按："臭腐化爲神奇"句，爲承"其所惡者爲臭腐"句之詞，不應有復
　　　字，蓋傳寫者涉下"神奇復化爲臭腐"句而衍。

莫知其根也。《知北遊》

唐寫本也字無。

按：唐本是也。下句"扁然而萬物自古以固存"之存字，與此根字爲韻，若贅以也字，則失其韻矣。《大宗師篇》："自本自根，未有天地，自古以固存。"亦可證。

淵淵乎其若海，魏魏乎其終則復始也。《知北遊》

唐寫本海下有也字，兩魏字並作巍。

按：唐本是也。此二句平列，當以有也字爲勝。《大宗師篇》："與乎其觚而不堅也，張乎其虛而不華也。"《天地篇》："淵乎其居也，漻乎其清也。"《天道篇》："廣廣乎其無不容也，淵淵乎其不可測也。"句法並與此同，可證。《文選·王仲寶〈褚淵碑文〉》李善注引，正有也字，當據補。《古逸叢書》本、《道藏》本、《南華真經義海纂微》並作巍，與唐本合依《說文》當以作巍爲是。

曰："其數若何？"《知北遊》

唐寫本無曰字。

按：此爲泰清問無爲之詞，曰字實不可少，唐本蓋偶奪耳。《淮南·道應篇》："曰，其數奈何？"即其明證。

無爲曰："吾知道之可以貴，可以賤，可以約，可以散；此吾所以知道之數也。"《知北遊》

唐寫本無所以句以字。

按：唐本非是。《淮南·道應篇》："無爲曰：'吾知道之可以弱，可以强，可以柔，可以剛，……此吾所以知道之數也。'"可證。

光曜曰："至矣，其孰能至此乎？"《知北遊》

唐寫本無乎字。

按：無乎字固通，然《淮南·道應篇》："光燿曰：'貴矣哉！孰能至於此乎？'"亦有乎字。

大馬之捶鉤者。《知北遊》

《釋文》云："大馬，司馬也。"

按：古籍中無稱司馬爲大馬者，疑大下奪司字。《淮南·道應篇》

正作“大司馬捶鉤者”。下同。

而不失豪芒。《知北遊》

　　唐寫本豪作鉤。

　　　按：唐本是也。今本蓋傳寫者涉注文而誤。《淮南・道應篇》：“而
　　　不失鉤芒。”可證。

非鉤無察也。《知北遊》

　　唐寫本無作不。

　　　按：無不義同，然《淮南・道應篇》亦作“非鉤無察也”。

夫子曰：“可，古猶今也。”《知北遊》

　　唐寫本無可字。

　　　按：此爲冉求追述曰者仲尼應答之詞，不須再有可字；傳寫者蓋涉
　　　上而衍。《文選・鮑明遠〈代君子有所思詩〉》李善注引，正無可
　　　字。當據刪。

唯無所傷者，爲能與人相將迎。《知北遊》

　　唐寫本人作之。

　　　按：之字義長，當從之。

而百姓倡狂，不知所如往。《庚桑楚》

　　　按：如往二字義複，以韻言之，疑衍如字。《在宥篇》：“猖狂不知所
　　　往。”又：“自以爲猖狂，而百姓隨予所往。”文意並與此同，正無如
　　　字。《知北遊篇》：“故行不知所往。”《呂氏春秋・仲秋紀・論威
　　　篇》：“行不知所之，走不知所往。”《淮南・覽冥篇》：“魍魎不知所
　　　往。”亦並以所往連文。或言所如，《楚辭・九章・涉江》：“迷不知
　　　吾所如。”王逸注云：“如，之也。”是也。《説文》“徍，之也。”然則所
　　　往即所之矣，《馬蹄篇》：“行不知所之。”《天地篇》：“而不知其所
　　　之。”即其證。

兵莫憯於志，鏌鋣爲下；寇莫大於陰陽，無所逃於天地之間。《庚桑楚》

成疏云：“寇，敵也。”

　　　按：此文上下一意，兵與寇互文，成疏訓寇爲敵，則兩橛矣。《淮

南・主術篇》：“兵莫憯於志，而莫邪爲下；寇莫大於陰陽，而枹鼓
爲小。”《繆稱篇》文同高誘注云：“寇亦兵也。”斯爲得之。

道通其分也，其成也，毀也。《庚桑楚》

　　日本古鈔本①分也下有成也二字。

　　　　按：古鈔本是也。《莊子》之文，多珠連其詞；若無成也二字，則下
　　　　“其成也，毀也”句，突如其來矣。《齊物論篇》：“恢恑憰怪，道通爲
　　　　一；其分也，成也；其成也，毀也。”尤爲切證。

鼓宮宮動，鼓角角動，音律同矣；夫或改調一弦，於五音無當也，鼓之二
十五弦皆動，未始異於聲，而音之君已。《徐无鬼》

　　　　按：“而音之君已”句，語意不明，君已下疑有奪文。《淮南・覽冥
　　　　篇》：“今夫調弦者，叩宮宮應，彈角角動，此同聲相和者也；夫有改
　　　　調一弦，其於五音無所比，鼓之而二十五弦皆應；此未始異於聲，
　　　　而音之君已形也。”《淮南》文即本此高誘注云：“形，見也。”則當補形
　　　　也二字，於文勢寫送乃盡。

桓公問之曰：“仲父之病，病矣，可不謂云？”《徐无鬼》

　　陳景元《南華真經章句音義》②云：“謂，江南李氏本作諱。”

　　　　按：諱字是。《管子・小稱篇》作“若不可諱”，《吕氏春秋・孟春
　　　　紀・貴公篇》作“國人弗諱”，《列子・力命篇》作“可不諱云”，並
　　　　其證。

是以一人之斷制利天下，譬之猶一覕也。《徐无鬼》

　　唐寫本利字無。

　　　　按：郭注不箸利字，是古本原無之也。傳寫者蓋涉下“夫堯知賢人
　　　　之利天下也”句而衍耳。

故無所甚親，無所甚疎，抱德煬和，以順天下，此謂真人。《徐无鬼》

────────────────

①日本高山寺藏古鈔本《莊子》遺篇：曰《庚桑楚》，曰《外物》，曰《寓言》，曰《讓王》，曰
　《説劍》，曰《漁父》，曰《天下》，凡七篇，首尾俱全，東方文化學院有景印本。
②見《道藏》洞神部玉訣類。

唐寫本無"無所甚疎"句，下字亦無。

　　按：唐本無下字是，無"無所甚疎"句則非。下文："古之真人，以天
　　待之；不以人入天，古之真人。"《大宗師篇》："無以人助天，是之謂
　　真人。"並僅言天而未言天下也。《淮南·精神篇》："故無所甚疎，
　　無所甚親，抱德煬和，以順於天。"《文子·九守篇》："無所疎，無所
　　親，抱德煬和，以順於天。"尤爲切證。且此文以親、天、人三字爲
　　韻，若附下字於天下，則失其韻矣親疎二字似當依《淮南》及《文子》乙。

箕圓五尺。《外物》

　　唐寫本箕字無。

　　按：古鈔本亦無箕字。《藝文類聚》七九、《事類賦》二八引同。此
　　蓋傳寫者增《續古逸叢書》本等，箕又作其。

七十二鑽，而無遺筴。《外物》

　　唐寫本二字無。

　　按：《藝文類聚》七九、《御覽》三九九引，並作"七十鑽而無遺筴"，
　　與唐本正合。古鈔本旁注二字，蓋據他本或後人增也。

夫地非不廣且大也。《外物》

　　《御覽》三六引夫作天。

　　按：天字非是。下文"人之所用容足耳，然則廁足而墊之，致黃
　　泉"，僅言地而未及天也。唐寫本、古鈔本、《續古逸叢書》本、《道
　　藏》本，並不誤。

天之穿之，日夜無降。《外物》

　　唐寫本穿之下有也字，古鈔本同。

　　按：有也字，於語氣較勝，當據補。

眥嫭可以休老。《外物》

　　唐寫本休作沐，古鈔本同。

　　按：沐字是也。郭注云："非不沐者也。"今本作非不老也，此從唐本成
　　疏云："衰老之容，以此而沐浴。"是古本原作沐不作休矣，當校正。

夫天下至重也。《讓王》

古鈔本夫字無。

　按:《吕氏春秋·仲春紀·貴生篇》即無夫字,與古鈔本合。

大王亶父居邠,狄人攻之,事之以皮帛而不受,事之以犬馬而不受,事之以珠玉而不受。《讓王》

　古鈔本無事之以犬馬而不受句。

　按:古鈔本是也。《吕氏春秋·開春論·審爲篇》:"大王亶父居邠,狄人攻之,事之以皮帛而不受,事之以珠玉而不肎。"《淮南·道應篇》:"大王亶父居邠,翟人攻之,事之以皮帛珠玉而弗受。"《詮言篇》同。《孔子家語·好生篇》:"初,大王都豳,翟人侵之,事之以皮幣,不得免焉,事之以珠玉,不得免焉。"並未言事以犬馬。《尚書大傳·略説》:"狄人將攻,太王亶甫召耆老而問焉,曰:'狄人何欲?'耆老對曰:'欲得菽粟財貨。'太王亶甫曰:'與之。'每與而攻不免。"《孔叢子·居衞篇》同。雖所舉之品物有異,然亦未及犬馬也。傳寫者蓋習見《孟子·梁惠王下篇》之文,故挹彼注兹耳。《御覽》四百十九引,正無事以犬馬句,當據删。

狄人之所求者,土地也。《讓王》

　古鈔本無土字。

　按:《吕氏春秋·審爲篇》:"狄人之所求者,地也。"《淮南·道應篇》:"翟人之所求者,地。"並無土字。郭注未箸土字,是古本原無之矣。此亦傳寫者據《孟子》之文而增者。《御覽》四百十九引,正無土字,當據删。

韓之輕於天下,亦遠矣。《讓王》

　古鈔本無亦字。

　按:《吕氏春秋·審爲篇》:"韓之輕於天下,遠。"正無亦字。《御覽》三六九引,亦無之。

恐聽者謬而遺使者罪。《讓王》

　古鈔本無上者字。

　按:古鈔本是也。《吕氏春秋·仲秋紀·貴生篇》:"恐聽繆而遺使

者罪。”正無上者字。《文選・孔德璋〈北山移文〉》李善注及《御
覽》六百二十又八九九引，並無之，當據删。

今且有人於此。《讓王》

　古鈔本無且字。

　　按：《吕氏春秋・貴生篇》即無且字。《意林》二引作“有人於此”。
是所見本未衍且字也。

豈不命邪？《讓王》

　古鈔本作豈不命也哉。

　　按：《吕氏春秋・先識覽・觀世篇》作“豈非命也哉”，《新序・節士
篇》、《高士傳・列禦寇傳》同；《列子・説符篇》作“豈不命也哉”，
則此當以古鈔本爲是。

匡坐而弦。《讓王》

　《釋文》云：“弦謂弦歌。”

　　按：《韓詩外傳》一、《新序・節士篇》並作“匡坐而絃歌”，《御覽》四
百三引《子思子》文與此同，亦作“匡坐而絃歌”，則此弦下當有歌
字矣，《釋文》云云，乃彌縫其闕耳，古本未必爾也。《藝文類聚》三
五引作“匡坐而弦歌”，豈所見本尚未奪歟？

子貢曰：“嘻！先生何病？”《讓王》

　古鈔本病下有也字。

　　按：有也字，於語氣較勝。《韓詩外傳》一、《新序・節士篇》、《高士
傳・原憲傳》並作“子貢曰：‘嘻！先生何病也！’”正有也字《御覽》
四百三引《子思子》同。《御覽》九九八引，亦有也字。《意林》二引作
“子貢問原憲，先生何病也”，雖有改易，然固有也字也。《史記・
仲尼弟子傳》作“子貢恥之曰：夫子豈病乎”，亦足爲此當補也字
之證。

孔子窮於陳蔡之間，……而弦歌於室，顔回擇菜。《讓王》

　　按：顔回擇菜句下有奪文，否則幾與孔子同室矣；然以下文“回無
以應，入告孔子”推之，則其擇菜當在孔子弦歌之室外。《吕氏春

秋·孝行覽·慎人篇》：“孔子弦歌於室，顏回擇菜於外。”《風俗通
義·窮通篇》：“孔子圍於陳、蔡之間，……而猶弦琴於室，顏回擇
菜於户外。”並足以補此文之闕。

夫子再逐於魯，削迹於衞，伐樹於宋，窮於商周，圍於陳蔡。《讓王》

　　古鈔本再字無，窮於商周句亦無，圍作窮。

　　　　按：《吕氏春秋·慎人篇》：“夫子逐於魯，削迹於衞，伐樹於宋，窮
　　　　於陳、蔡。”《風俗通義·窮通篇》：“夫子逐於魯，削迹於衞，拔樹於
　　　　宋，今復見厄於此。”並與此古鈔本合。《山木篇》：“吾再逐於魯《盜
　　　　跖篇》同，《天運篇》無此句，伐樹於宋《天運》同，《盜跖》無，削迹於衞《天
　　　　運》、《盜跖》並同，窮於商周《天運》同，《盜跖》作窮於齊，圍於陳、蔡之間
　　　　《天運》、《盜跖》並作圍於陳、蔡。”又與此今本同。榷而論之，古鈔本蓋
　　　　屬舊觀，此或係傳寫者以前後不侔，而爲之彌縫耳。

孔子推琴，喟然而歎。《讓王》

　　　　按：《吕氏春秋·慎人篇》：“孔子慨然推琴，喟然而歎。”《風俗通
　　　　義·窮通篇》：“孔子恬然推琴，喟然而歎。”則此推琴上，當補慨然
　　　　或恬然矣。即以下文“削然反琴”例之，亦以有者爲勝。《論語·
　　　　先進篇》：“鏗爾舍瑟而作。”又其旁證。

天寒既至，霜露既降，吾是以知松栢之茂也。《讓王》

　　俞氏《平議》卷十九云：“天乃大之誤。……《吕氏春秋·慎人篇》亦載
　　此事，正作大寒。”

　　　　按：俞説是也。《淮南·俶真篇》：“夫大寒至，霜雪降，然後知松柏
　　　　之茂也。”文蓋本此，亦作大寒也。《論語·子罕篇》：“子曰：‘歲
　　　　寒，然後知松柏之後彫也。’”何晏注云：“大寒之歲，衆木皆死，然
　　　　後知松柏小彫傷。”亦可證。

其並乎周以塗吾身也，不如避之以絜吾行。《讓王》

　　　　按：《吕氏春秋·季冬紀·誠廉篇》：“與其並乎周以漫吾身也，不
　　　　若避之以潔吾行。”則此其字上當有與字，語意始明。《大宗師
　　　　篇》：“與其譽堯而非桀也，不如兩忘而化其道。”《外物篇》同句法與

此相同,正有與字。《論語·子罕篇》:"且予與其死於臣之手也,無寧死與二三子之手乎?"《微子篇》:"且而與其從辟人之士也,豈若從辟世之士哉?"亦可證。

二子北至於首陽之山,遂餓而死焉。《讓王》

　　古鈔本餓上有飢字。

　　　　按:古鈔本是也。《史記·伯夷傳·正義》引此文,正有飢字。《晏子春秋·諫上篇》:"飢餓而無告。"《孟子·告子下篇》:"飢餓不能出門户。"並以飢餓連文。傳寫者蓋以其義複,而删從他書耳。

古者禽獸多而人民少,於是民皆巢居以避之,……故命之曰有巢氏之民。《盜跖》

　　《古逸叢書》本人下無民字。

　　　　按:民字當有。《韓非子·五蠹篇》:"上古之世,人民少而禽獸衆,人民不勝禽獸蟲蛇,有聖人作,構木爲巢,以避群害,而民悦之使王天下,號之曰有巢氏。"即其證。《御覽》七六、九二八、九六四引,並有民字。《在宥篇》:"以養民人。"《漁父篇》:"以殘民人。"亦並以民人二字同辭也。

世之所高者,莫若黃帝,黃帝尚不能全德,而戰涿鹿之野,流血百里,堯不慈,舜不孝,禹偏枯,湯放其主,武王伐紂,文王拘羑里。《盜跖》

　　　　按:文王拘羑里事,於此不類。《吕氏春秋·仲冬紀·當務篇》:"堯有不慈之名,舜有不孝之行,禹有淫湎之意,湯、武有放殺之事。"《離俗覽·舉難篇》同。《淮南·氾論篇》:"堯有不慈之名,舜有卑父之謗,湯、武有放弑之事。"《劉子·妄瑕篇》:"堯有不慈之誹,舜有囚父之謗,湯有放君之稱,武有殺主之譏。"並未廁文王拘羑里事於其間,是也。且下云:"此六子者,世之所高也。"若合文王計之,則非六而七矣陳景元《南華真經章句音義》六作七,乃合計誤衍文王句而改。傳寫者蓋屏黃帝於外,故妄續貂以足其數耳。

而擅飾禮樂,選人倫。《漁父》

　　古鈔本飾作餙。

按：餝爲飾之別體飾與餝形近，古書中往往淆誤，此當以作飾爲是。上文“飾禮樂，選人倫”，其明證也。《墨子・非儒下篇》：“且夫飾禮樂以淫人。”《淮南・齊俗篇》：“飾禮樂，則純樸散矣。”並其證。

凡人心險於山川，難於知天；天猶有春秋冬夏旦暮之期，人者厚貌深情。《列禦寇》

《長短經・知人篇》、《御覽》三七六引，難於知天作難知於天。

按：《長短經》、《御覽》所引是也。《魯連子》《意林》一引：“人心難知於天，天有春夏秋冬以作時，人有深情厚貌以相欺。”文意與此相同，正作難知於天。《劉子・心隱篇》：“凡人之心，險於山川，難知於天；天有春夏秋冬旦暮之期，人有厚貌深情。”文即本此，亦作難知於天。《韓非子・用人篇》：“古之人曰：其心難知。”《秦子》《意林》五引：“遠難知者天，近難知者人。”亦以難知連文。難知猶言難測，《呂氏春秋・恃君覽・觀表篇》：“人之心隱匿難見，淵深難測。”高誘注云：“測猶知也。”是也。於字當訓爲如説詳《經傳釋詞》卷一於字條下。凡人心險於山川，難知於天者，猶言人心險如山川，難知如天也《文心雕龍・諧隱篇》“夫心險如山。”是直易於爲如矣。傳寫者不得其解，遂妄乙於字在知上，與上句相儷，而忘其詞性之不侔也。

　　　　　　　一九三七年三月盡於燕京園

（原載一九三七年《燕京學報》第二十一期）

郭象莊子注是否竊自向秀檢討

　　郭象《莊子注》竊自向秀之説，始於《世説新語•文學篇》①，《晉書》遂箸之於傳②；而高似孫《子略》③，王應麟《困學紀聞》④，焦竑《筆乘》⑤，胡應麟《四部正譌》⑥，謝肇淛《文海披沙》⑦，陳繼儒《續狂夫之言》⑧，王昶《春融堂集》⑨，袁守定《佔畢叢談》⑩，《四庫全書總目提要》⑪及《簡明目録》⑫，陸以湉《冷廬雜識》⑬，復相率承之無異議。疑之者則濫觴於錢曾《讀書敏求記》⑭；王先謙《莊子集解》⑮，吳承仕《經典釋文序録疏證》⑯，亦先後爲之辨白。然皆鑄詞簡闊，弗之詳論也。

---

①卷上之下，頁十四，《四部叢刊》本（後同）。
②卷五十，頁五，百衲本《二十四史》。
③卷二，頁四上，博古齋景印《百川學海》本，按高氏全録《世説新語•文學篇》文。
④卷十，頁十八，《四部叢刊三編》本。
⑤卷二，頁二，《粵雅堂叢書》本。
⑥《少室山房筆叢》卷三十，頁一，《廣雅叢書》本。
⑦卷二，頁七，清光緒三年上海申報館鉛印本。
⑧《狂夫之言》卷四，頁二三至二四，《寶顏堂祕笈》本。
⑨卷四三，頁十二，塾南書舍本。
⑩卷五，頁十四，清乾隆間刊本。
⑪卷七八，頁九下至十，民國二十四年遼海書社鉛印本。
⑫卷十四，頁六一，廣東書局刊本。
⑬卷四，頁三一，咸豐六年刊本。
⑭卷三，頁八，《文選樓叢書》本。
⑮卷二，頁二十（見"鄉吾示之以天壤"句下），思賢講舍刊本。
⑯頁一二五，民國二十二年北平中國學院鉛印本。

近人劉盼遂乃作《申郭篇》①，證以三事，冀雪覆盆；若子玄沈寃，可洗於千載之下焉者。余於茲案，久入胸次，既嫌信者之相與祖述、靡加參譣，復病疑者之各照隅隙，未能圓通；爰弋釣子期解義之見存者，與郭注類聚並列_{向有郭無者（凡三十七則）}則不復贅，兩造具備，其獄或易折夫？

一　向注與郭注同者

逍遥。②_{《逍遥遊》}

　　向子期、郭子玄“逍遥”義曰：“夫大鵬之上九萬尺，鶬之起榆枋，小大雖差，各任其性，苟當其分，逍遥一也。然物之芸芸，同資有待；得其所待，然後逍遥耳。唯聖人與物冥而循大變，爲能無待而常通，豈獨自通而已。又從有待者不失其所待，不失、則同於大通矣。”_{《世說新語·文學篇》劉峻注引}

宋人有善爲不龜手之藥者。_{《逍遥遊》}

　　向云：“拘坼也。”_{陸德明《莊子音義》③引}

　　郭注：“其藥能令手不拘坼。”④

厲風濟，則衆竅爲虛。_{《齊物論》}

　　向、郭云：“烈風。”又濟，向云：“止也。”_{並《音義》引}

　　郭注：“濟，止也。烈風作，則衆竅實；及其止，則衆竅虛。”

而獨不見之調調之刀刀乎？_{《齊物論》}

　　向云：“調調、刀刀，皆動搖貌。”_{《音義》引}

　　郭注：“調調、刀刀，動搖貌也。”

今日適越而昔至也。_{《齊物論》}

---

① 載《文字同盟》第十期；其《世說新語校箋》（載《國學論叢》第一卷第四號——頁七一至七四）中亦有之。

② 此二字以意標題。

③《四部叢刊》本，後省稱《音義》。

④《四部叢刊》本。

向云："昔者,昨日之謂也。"《音義》引

　　郭注："今日適越,昨日何由至哉?"

臣以神遇。《養生主》

向云："暗與理會謂之神遇。"《音義》引

　　郭注："闇與理會。"

而況大軱乎?《養生主》

向云："軱戾大骨也。"《音義》引

　　郭注："軱戾大骨。"

惡乎介也!《養生主》

向、郭云："偏刖也。"《音義》引

　　郭注："介,偏刖之名。"

不蘄畜乎樊中。《養生主》

李云："藩也,所以籠雉也。"向、郭同。《音義》引

　　郭注："樊,所以籠雉也。"

死者以國量乎澤若蕉。《人間世》

向云："草芥也。"《音義》引

　　郭注："舉國而輸之死地,不可稱數,視之若草芥也。"

有而爲之其易邪?《人間世》

向、崔云："輕易也。"《音義》引

　　郭注："夫有其心而爲之者,誠未易也。"

達其怒心。《人間世》

向秀曰："達其心之所以怒而順之也。"《列子·黃帝篇》張湛注①引

　　郭注："知其所以怒而順之"。

適有蚊虻僕緣。《人間世》

向云："僕僕然蚊虻緣馬稠概之貌。"《音義》引

　　郭注："僕僕然群著馬。"

———————

①《湖海樓叢書》本。

結駟千乘,隱將芘其所籟。《人間世》

　　向云:"蔭也,可以隱芘千乘也。"《音義》引

　　郭注:"其枝所陰①,可以隱芘千乘。"

踵見仲尼。《德充符》

　　向、郭云:"頻也。"《音義》引

　　郭注:"踵,頻也。"

其顙頯。《大宗師》

　　向本作頯②,云:"又然大朴貌。"《音義》引

　　郭注:"頯,大朴之貌。"

於謳聞之玄冥。《大宗師》

　　向、郭云:"所名而非無也。"《音義》引

　　郭注:"玄冥者,所以名無而非無。"

浸假而化予之左臂以爲雞。《大宗師》

　　向云:"漸也。"《音義》引

　　郭注:"浸,漸也。"

鄭人見之,皆弃而走。《應帝王》

　　向秀曰:"不喜自聞死日也。"《列子·黃帝篇》張注引

　　郭注:"不憙自聞死日也。"

夫故使人得而相汝。《應帝王》

　　向秀曰:"亢其一方,以必信於世,故可得而相也。"《列子·黃帝篇》張注引

　　郭注:"未懷道則有心,有心而亢其一方,以必信於世,故可得而相之。"

萌乎不震不正。③《應帝王》

---

①"陰"與"蔭"通。

②"頯"當作"頯",次"頯"字同。

③俞樾《莊子平議》謂"正"當依《列子》(《黃帝篇》)作"止",是也。

向秀曰："萌然不動,亦不自止,與枯木同其不華,死灰均其寂魄,此至人无感之時也。夫至人其動也天,其静也地,其行也水流,其湛也淵嘿;淵嘿之與水流,天行之與地止,其於不爲而自然一也。今季咸見其尸居而坐忘,即謂之將死;見其神動而天隨,便爲①之有生。苟無心而應感,則與變②升降,以世爲量,然後足爲物主,而順時无極耳,豈相者之所覺哉。"《列子·黄帝篇》張注引

郭注："萌然不動,亦不自正③,與枯木同其不華,濕灰均於寂魄,此乃至人無感之時也。夫至人其動也天,其静也地,其行也水流,其止也淵默;淵默之與水流,天行之與地止,其於不爲而自爾一也。今季咸見其尸居而坐忘,即謂之將死;覩其神動而天隨,因謂之有生。誠應不以心,而理自玄符,與變化升降,而以世爲量,然後足爲物主,而順時無極,故非相者所測耳。此應帝王之大意也。"

是殆見吾杜德機也。《應帝王》

向秀曰："德機④不發,故曰杜也。"《列子·黄帝篇》張注引

郭注："德機不發曰杜。"

鄉吾示之以天壤。《應帝王》

向秀曰："天壤之中,覆載之功見矣,比地之文⑤,不猶外乎。"《列子·黄帝篇》張注引

郭注："天壤之中,覆載之功見矣,比之地文,不猶卵⑥乎。"

名實不入。《應帝王》

①"爲"疑"謂"之音誤,郭注可證。
②以郭注誃之,"變"下當有"化"字。
③"正"疑亦當依《列子》及向注作"止"。
④"機"與"幾"本通,然陸氏《音義》未箸異字,是向本原不作"幾",蓋《列子》作"幾",張氏改就之耳。
⑤"比地之文"當依郭注作"比之地文",始與上"鄉吾示之以地文"句相應。
⑥"卵"當依向注作"外"。

　　向秀曰："任自然而覆載,則名利之飾,皆爲棄物。"《列子·黄帝篇》張
　　注引

　　郭注："任自然而覆載,則天機玄應,而名利之飾,皆爲弃物。"

是殆見吾善者,機也。《應帝王》

　　向秀曰："有善於彼,彼乃見之。明季咸之所見者,淺矣。"《列子·黄
　　帝篇》張注引

　　郭注："機發而善於彼,彼乃見之。"

吾鄉①示之以太沖莫勝。《應帝王》

　　向秀曰："居太沖之極,皓②然泊心,玄同萬方,莫見其迹③。"《列
　　子·黄帝篇》張注引

　　郭注："居太沖之極,浩然泊心,而玄同萬方,故勝負莫得措其
　　間也。"

是殆見吾衡氣機也。《應帝王》

　　向秀曰："无往不平,混然一之,以管窺天者,莫見其崖,故以④不
　　齋也⑤。"《列子·黄帝篇》張注引

　　郭注："無往不平,混然一之以管闚天者,莫見其涯,故似不齊。"

鯢桓之審爲淵,止水之審爲淵,流水之審爲淵。《應帝王》

　　向秀曰："夫水流之與止,鯢旋⑥之與龍躍,常淵然自居,未始失其
　　静默也。"《列子·黄帝篇》張注引

　　郭注："淵者,静默之謂耳。夫水常無心,委順外物,故雖流之與
　　止,鯢桓之與龍躍,常淵然自若,未始失其静默也。"

鄉吾示之以未始出吾宗。《應帝王》

————————————

①"吾鄉"當據上下文乙作"鄉吾";《列子》作"向吾",同。
②《文選·班固〈答賓戲〉》"孟軻養皓然之氣",《孟子·公孫丑上》本作"浩",是"皓"與
　"浩"通。
③由此句推之,是向本正文作"莫朕",與《列子》合。
④"以"當依郭注作"似"。
⑤處度引此注隸於上文"坐不齋"句下,極是;子玄剽竊之迹,得此益彰。
⑥"旋"與"桓"通。

向秀曰："雖進退同群,而常深根寧極也。"《列子·黃帝篇》張注引

　　郭注："雖變化無常,深根寧極也。"①

吾與之虛而委蛇。《應帝王》

　　向秀曰："无心以隨變也。"《列子·黃帝篇》張注引

　　郭注："無心而隨物化。"

不知其誰何。《應帝王》

　　向秀曰："汎然无所係。"《列子·黃帝篇》張注引

　　郭注："汎然無所係也。"

因以爲弟靡,因以爲波流,故逃也。《應帝王》

　　向秀曰："變化頹靡,世事波流,利化②不因,則爲之非我,我雖不爲,而與群俯仰。夫至人一也,然應世變而時動,故相者无所用其心,自失而走者也。"《列子·黃帝篇》張注引

　　郭注："變化頹靡,世事波流,無往而不因也。夫至人一耳,然應世變而時動,故相者無所措其目,自失而走。此明應帝王者無方也。"

食豕如食人。《應帝王》

　　向秀曰："忘貴賤也。"《列子·黃帝篇》張注引

　　郭注："忘貴賤也。"

雕琢復樸,塊然獨以其形立。《應帝王》

　　向秀曰："雕琢③之文復其真樸,則外事④去矣。"《列子·黃帝篇》張注引

　　郭注："去華取實,外飾去也。"

紛而封哉!《應帝王》

　　向秀曰："真不散也。"《列子·黃帝篇》張注引

———————

①此句"深"上疑有奪文,向注可證。
②"利化"二字難解,未審有無錯誤。
③"琢"與"琢"通。
④郭注作"飾",較勝。

郭注:"雖動而真不散也。"

而萬物炊累焉。《在宥》

向、郭云:"如塵埃之自動也。"《音義》引

郭注:"若遊塵之自動。"

手撓顧指,四方之民,莫不俱至。《天地》

向云:"顧指者,言指麾顧昐①而治也。"《音義》引

郭注:"言其指麾顧昐而民各至其性也。"

心與心識。《繕性》

向本作職,云:"彼我之心,競爲先職矣。"《音義》引

郭注:"彼我之心,競爲先識②,無復任性也。"

證曏今故。《秋水》

向、郭云:"明也。"《音義》引

郭注:"曏,明也。"

物何以相遠。《達生》

向秀曰:"唯无心者獨遠耳。"《列子·黃帝篇》張注引

郭注:"唯無心者獨遠耳。"

夫奚足以至乎先? 是色而已。《達生》

向秀曰:"同是形色之物耳,未足以相先也。以相先者,唯自然也。"《列子·黃帝篇》張注引

郭注:"同是形色之物耳,未足以相先也。"

彼得全於酒,而猶若是。《達生》

向秀曰:"醉故失其所知耳,非自然无心也。"《列子·黃帝篇》張注引

郭注:"醉故失其所知耳,非自然無心者也。"

五六月累丸二而不墜,則失者錙銖。《達生》

向秀曰:"累二丸而不墜,是用手之停審也。故承蜩所失者,不過

---

① 當作"昐"。

② 《音義》云:"郭注既與向同,則亦當作'職'也。"

錙銖之間耳。"《列子·黃帝篇》張注引

　　郭注："累二丸於竿頭,是用手之停審也;其承蜩所失者,不過錙銖之間也。"

若乃夫没人,則未嘗見舟而便操之也。《達生》

　　向秀曰："能鶩没之人也。"《列子·黃帝篇》張注引

　　郭注："没人,謂能鶩没於水底。"

且夫二子者,又何足以稱揚哉!《庚桑楚》

　　向、崔、郭皆云："堯舜也。"《音義》引

　　郭注："二子,謂堯舜。"

内韄者不可繆而捉。《庚桑楚》

　　向云："綢繆也。"《音義》引

　　郭注："綢繆以持之。"①

其風窢然。《天下》

　　向、郭云："逆風聲。"《音義》引

　　郭注："逆風所動之聲。"

　　按:上所列者,各四十七則,或解詁相合,或持論不殊;同心同理,何若是之巧耶?

二　向注與郭注近者

海運則將徙於南冥。《逍遥遊》

　　向秀云："非海不行,故曰海運。"《音義》引

　　郭注："非冥海不足以運其身。"

是其言也,猶時女也。《逍遥遊》

　　向云："時女虛静柔順,和而不喧,未嘗求人,而爲人所求也。"《音義》引

---

①此注原隸下"外内韄者道德不能持"句下。

郭注：“謂此接輿之所言者，自然爲物所求。”

則夫子猶有蓬之心也夫？《逍遥遊》

　　　向云：“蓬者，短不暢，曲士①之謂。”《音義》引

　　　郭注：“蓬非直達者也。”

爲其脗合。《齊物論》

　　　向云：“若兩②脣之相合也。”《音義》引

　　　郭注：“脗然無波③際之謂也。”

罔兩問景。《齊物論》

　　　向云：“景之景也。”《音義》引

　　　郭注：“罔兩，景外之微陰也。”

以有涯隨無涯，殆已。《養生主》

　　　向云：“疲困之謂。”《音義》引

　　　郭注：“以有限之性，尋無極之知，安得而不困哉？”

官知止而神欲行。《養生主》

　　　向云：“專所司察而後動，謂之官智④；從手放意，無心而得，謂之神欲。”《音義》引

　　　郭注：“司察之官廢，縱心而順理。”

於事無與親。《應帝王》

　　　向秀曰：“無適無莫也。”（《列子·黃帝篇》張注引）

　　　郭注：“唯所遇耳。”

焉知曾、史之不爲桀、跖嚆矢也。《在宥》

　　　向云：“嚆矢，矢之鳴者也。”《音義》引

　　　郭注：“嚆矢，矢之猛者。”

謂之倒置之民。《繕性》

──────

① 原誤作“土”，據別本改。
② 原誤作“雨”，據別本改。
③ 原誤作“被”，據別本改。
④ 《音義》云：“知，向音智。”

向云:"以外易内,可謂倒置。"《音義》引

　　郭注:"營外虧内,其倒置也。"

善游者數能。《達生》

　　向秀曰:"其數自能也,言其道數必能不懼舟也。"《列子·黃帝篇》張
　　注引

　　郭注:"言物雖有性,亦須數習而後能耳。"

數米而炊。《庚桑楚》

　　向云:"理於小利也。"《音義》引

　　郭注:"理錐刀之末也。"

日中穴阫。《庚桑楚》

　　向云:"阫,牆也。言無所畏懼。"《音義》引

　　郭注:"無所復顧。"

將内揵。《庚桑楚》

　　向云:"閉①也。"《音義》引

　　郭注:"揵,關揵也。"

搜搜也。《寓言》

　　向云:"動貌。"《音義》引

　　郭注:"動運自爾。"

　　按:上所列者,各十五則,雖說解有殊,而旨趣則近;同的發矢,所
　　距固不遠也。

三　向注與郭注異者

置其滑涽。《齊物論》

---

①原誤作"閑",據別本改。

　　　向云:"汩昏①,未定之謂。"《音義》引

　　　郭注:"而滑涽紛亂,莫之能正。"

其行獨。《人間世》

　　　向云:"與人異也。"《音義》引

　　　郭注:"不與民同欲也。"

易之者,暤天不宜。《人間世》

　　　向云:"暤天,自然也。"《音義》引

　　　郭注:"以有爲爲易,未見其宜也。"

虛室生白。《人間世》

　　　向秀曰:"虛其心則純白獨著。"《文選·嵇康〈養生論〉》李善注引

　　　郭注:"夫視有若無,虛室者也;虛室而純白獨生矣。"

今吾朝受命而夕飲冰,我其內熱與?《人間世》

　　　向云:"食美食者必內熱。"《音義》引

　　　郭注:"所饌儉薄,而內熱飲冰者,誠憂事之難,非美食之爲。"

衆人之息以喉,屈服者其嗌言若哇。《大宗師》

　　　向云:"喘悸之息,以喉爲節,言情欲奔競所致。"《音義》引

　　　郭注:"氣不平暢。"

翛然而往,翛然而來而已矣。《大宗師》

　　　向云:"翛然自然,無心而自爾之謂。"《音義》引

　　　郭注:"寄之至理,故往來而不難。"

與乎其觚而不堅也。《大宗師》

　　　向②云:"疑貌。"《音義》引

　　　郭注:"常遊於獨,而非固守。"

---

①《音義》云:"滑,向本作汩。"按:潘《音義》云:"徐音昏。"向注既作"昏"與"徐"同,故
　陸氏省而未著。
②原誤作"同",據別本改。

邴邴乎其似喜乎？《大宗師》

　　向云：“喜貌。”《音義》引

　　郭注：“至人無喜。暢然和適，故似喜也。”

崔乎其不得已乎？《大宗師》

　　向云：“動貌。”《音義》引

　　郭注：“動静行止，常居必然之極。”

此古之所謂縣解也，而不能自解者，物有結之。《大宗師》

　　向云：“縣解，無所係也。”《音義》引

　　郭注：“一不能自解，則衆物共結之矣；故能解則無所不解，則無所
　　而解也。”

造適不及笑，獻笑不及排。《大宗師》

　　向云：“獻，善也。”《音義》引

　　郭注：“排者，推移之謂也。夫禮哭必哀，獻笑必樂，哀樂存懷，則
　　不能與適推移矣。今孟孫常適，故哭而不哀，與化俱往也。”

吾願遊於其藩。《大宗師》

　　向云：“崖也。”《音義》引

　　郭注：“不敢復求涉中道也，且願遊其藩傍而已。”

吾與汝既其文未既其實，而固得道與？衆雌而無雄，而又奚卵焉？《應
帝王》

　　向秀曰：“夫實由文顯，道以事彰，有道而無事，猶有雌無雄耳。
　　今吾與汝雖深淺不同，然俱在實位，則無文相發矣，故未盡我道
　　之實也。此言至人之唱，必有感而後和者也。”《列子·黄帝篇》張
　　注引

　　郭注：“言《列子》之未懷道也。”

一以是終。《應帝王》

　　向秀曰：“遂得道也。”《列子·黄帝篇》張注引

　　郭注：“使物各自終。”

聖人已死，則大盜不起。《胠篋》

向云："事業日新，新者爲生，故者爲死，故曰聖人已死也。乘天地之正，御日新之變，得實而損其名，歸真而忘①其途，則大盜息矣。"《音義》引

郭注："絕聖非以止盜而盜止，故止盜在去欲，不在彰聖知。"

爲之斗斛以量之，則并與斗斛而竊之，……爲之仁義以矯之，則并與仁義而竊之。《胠篋》

向云："自此以下，皆所以明苟非其人，雖法無益。"《音義》引

郭注："小盜之所因，乃大盜之所資而利也。"

其動也縣而天。《在宥》

向云："希高慕遠，故曰縣天。"②《音義》引

郭注："動之則係天而踊躍也。"

行乎萬物之上而不慄。《達生》

向秀曰："天下樂推而不厭，非吾之自高故不慄者也。"《列子·黃帝篇》張注引

郭注："至適故無不可耳，非物往可之。"

其妾之挈然仁者，遠之。《庚桑楚》

向云："知也。"《音義》引

郭注："挈然矜仁。"

擁腫之與居，鞅掌之爲使。《庚桑楚》

向云："二句朴纍之謂。"《音義》引

郭注："擁腫，朴也。鞅掌，自得。"

今吾日計之而不足，歲計之而有餘。《庚桑楚》

向云："無旦夕小利也。"又："順時而大穰也。"並《音義》引

郭注："夫與四時俱者，無近功。"

趎勉聞道達耳矣。《庚桑楚》

---

①原誤作"妄"，據別本改。
②此注原有誤衍，據別本改正。

向云：“勉，强也。僅達於耳，未徹入於心也。”《音義》引

郭注：“早聞形隔，故難化也。”

能侗然乎？《庚桑楚》

向云：“直而無累之謂。”《音義》引

郭注：“無節礙也。”

頡滑有實。《徐无鬼》

向云：“頡滑，謂錯亂也。”《音義》引

郭注：“萬物雖頡滑不同，而物物各自有實也。”

謀稽乎誸。《外物》

向本作弦，云：“堅正也。”《音義》引

郭注：“誸①，急也。”

以巨子爲聖人。《天下》

向本作鉅，云：“墨家號其道理成者爲鉅子，若儒家之碩儒。”《音義》引

郭注：“巨子最能辯其所是以成其行。”

按：上所列者，各二十七則，皆自下己意，不相爲謀；蓋仁智見殊，故趣舍路異也。

綜上向注，都八十九則；其與郭注同者四十有七，近者十有五，異者二十有七。辜榷較之，厥同踰半。雖全豹未窺，難以概定；然佅儒一節，長短可知。是子玄河分崗勢、春入燒痕之嫌，寔有口莫辯矣。且孝標察及淵魚，辨窮河豕，善於攻繆，博而且精②；於《世説》紕誤之處，多所糾彈，此獨存而不論，固已卹臨川之言非誣枉也。況臨川謂支公標

①原誤作“兹”，據別本改。

②《史通·補注篇》云：“孝標善於攻繆，博而且精，固以察及泉（應作淵，子玄避唐高祖諱改）魚，辨窮河豕。”

逍遥新理，拔向、郭之外，孝標引證二家義，詞既一致，名復共舉①。果子玄純出心裁，未因人熱，何泛論首篇，即後先璧合，彼此雷同？不寧唯是，張湛訓解《列子》，向、郭並采，而所引向注，與今行郭本互校，十符其八②。處度生東晉之初，距向、郭未遠，其能朱紫有別，蓋緣情僞盡知。然則《世説》所載，信而有徵，《晉書》因之，匪逐狂已。雖然，子玄少有才理，慕道好學，託志老莊③，非不能言《南華》者④。蓋見子期所爲解義，窮究旨要，妙析奇致⑤，欲貪其功，以爲己力。遂掠美因善，鳩居鵲巢；補闕拾遺，蔦施松上。縱曾自我作故，要亦因人成事，與何法盛之剽郄紹，宋齊邱之攘譚峭，不過薄乎云爾，存心固無以異。或謂“獨標新義，則辭旨未充；因成舊文，而玄風益暢”⑥。其然，豈其然乎？

（原載一九四零年《燕京學報》第二十八期）

---

①《世説新語·文學篇》：“《莊子·逍遥篇》舊是難處，諸名賢所可鑽味而不能拔理於郭、向之外；支道林在白馬寺中將馮太常共語，因及《逍遥》，支卓然標新理於二家之表，立異義於衆賢之外，皆是諸名賢尋味之所不得，後遂用支理。”劉注：“向子期、郭子玄《逍遥》義曰：……（已見前）。”

②按處度引向注者，凡三十六則，除郭注所無（六則）及《莊子》佚文（二則）八則外，其同者二十三則，近者二則，異者三則。

③《文士傳》：“（郭象）少有才理，慕道好學，記（按當作“託”，此文之“託志老莊”，即《晉書》本傳之“好老莊”也。《文選·嵇康〈幽憤詩〉》“託好老莊”，語意與此同，亦可證）志老莊，時人咸以爲王弼之亞。”（《世説新語·文學篇》注引）

④《名士傳》：“子玄有雋才，能言莊老。”（《世説新語·賞譽篇》注引）

⑤《世説新語·文學篇》：“初注《莊子》者數十家，莫能究其旨要；向秀於舊注外爲解義，妙析奇致，大暢玄風。”

⑥吴承仕《經典釋文序録疏證》語。

雙劍誃荀子新證評

　　于思泊先生著述多矣：如《易》，如《書》，如《詩》，如《老》、《莊》，皆有《新證》之作。詳博精審，早已見重士林，固不待乎吹瑩也。頃者，《荀子新證》又告厥成，觀其援引群籍，旁徵古籀，以實己説，諒非率爾操觚，餖飣成編者可比。其考訂之方，區爲四類，序中已詳言之。有物有則，信符焉爾。顧楊注本通，而《新證》强爲立異者，殊未得乎我心。謹申述如次，並以質之於先生也。

　　一、則炤之以禍災《修身》

　　《新證》：“按注謂炤與照同，訓爲照燭，非是。照，應讀昭。《禮記·中庸》‘亦孔之昭’釋文：‘昭，本又作炤。’《老子》‘俗人昭昭’釋文：‘昭，一本作照。’並其證也。《禮記·樂記》‘蟄蟲昭蘇’注：‘昭，曉也。’然則昭之以禍災，謂曉之以禍災也。”卷一

　　二、炤炤兮其用知之明也《儒效》

　　《新證》：“按注謂炤與照同，非是。炤炤即昭昭，正形容明貌。炤通昭，詳《修身篇》。”卷一

　　按：楊注並是，《新證》則非也。《説文》無炤字，炤下云：“明也”。《廣韻》去聲三十五笑炤下云：“同照。”《晉書音義》上云：“炤，亦照字。”《音義》下云：“炤燿，與照曜同。”是照與炤，古今字耳。《禮記·禮器注》：“金，炤物。”釋文：“本亦作照。”《譙敏碑》：“盛德炤明。”《孫叔敖碑》：“處幽晦而照明。”是炤、照二字，古固通用不別也。《鄭令景君闕銘》：“遠道照聞。”《嚴訴碑》：“去斯照照。”《富春

丞張君碑》："刊照厥勳。"其照字並與昭同。是楊氏於《修身篇》之炤訓爲照燭，正猶諸碑之以照爲昭然矣。照燭二字，誼亦相通。《禮記‧中庸》："日月所照。"《漢書‧武帝本紀》照作燭顏注"燭，照也"。《呂氏春秋‧知度篇》"若何而爲及日月之所燭"高注、《文選‧西京賦》"光炎燭天"薛注，並訓燭爲照。是也。誼雖重複，古注往往如此。鍾嶸《詩品序》"照燭三才"，且以驅辭矣。《禮記‧樂記》注固訓昭爲曉，然《淮南子‧繆稱篇》"照惑者以東爲西"許注亦云："照，曉也。"是照之以禍災，未始不可謂爲曉之以禍災也。至《儒效篇》之炤，楊氏訓爲明見貌，謂與照同，亦爲達詁。《淮南子‧俶真篇》："是釋其炤炤，而道其冥冥也。"又《泰族篇》："從冥冥見炤炤。"《古文苑‧賈誼〈旱雲賦〉》"日炤炤而無穢"章注："鄭氏説《禮》引董仲舒《日食祝》云：'炤炤大明'，音照。"並其證也《廣雅‧釋訓》"炤炤，明也"。又本書《王霸篇》："君者論一相，陳一法，明一指；以兼覆之，兼炤之。"《天論篇》："列星隨旋，日月遞炤。"楊注並謂炤與照同。其炤字亦並與照同。若解爲昭，則不愜矣。

三、玩姦而澤《非十二子》

《新證》："按注云：'習姦而使有潤澤也。'此説非是。潤澤與玩姦，義不相因。澤，應讀作懌。《詩‧靜女》'説懌女美'箋：'説懌，當作説釋。'《史記‧孝武本紀》'古者先振兵澤旅'集解引徐廣曰：'古釋字作澤。'玩姦而懌，言玩姦而猶自悦懌，正形小人僻邪自得之意。"卷一

四、順非而澤《宥坐》

《新證》："按注訓澤爲潤澤，非是。此與《非十二子篇》'玩姦而澤'句例同。澤，應讀作懌。言順非而猶自懌説也。"卷四

按：《新證》又誤。《説文》："澤，光澤也。"《詩‧秦風‧無衣》"與子同澤"毛傳："澤，潤澤也。"是楊注乃古訓是式也。潤澤與玩姦，誼實相因，蓋玩姦者欲蓋其惡，故潤澤以粉飾之，正以揜其不善而著其善，與《論語‧子張》"小人之過也必文"句同意。非形其僻邪自

得也。且兩篇上下文義，亦極相類。《非十二子》云："行辟而堅，飾非而好好字當從王念孫說讀上聲，玩姦而澤，言辯而逆。"辯逆二字淆次，當乙作言逆而辯，始與上文各句合。《宥坐篇》之"言僞而辯"亦可證。《宥坐》云："一曰心達而險，二曰行辟而堅，三曰言僞而辯，四曰記醜而博，五曰順非而澤。"所謂堅也，好也，辯也，博也，澤也，皆狀小人之奸猾伎倆也。若讀澤爲懌，而解爲悅懌，則與他句奇觚矣。《禮記·王制》："行僞而堅，言僞而辯，學非而博，順非而澤，以疑衆，殺。"鄭注："皆謂虛華捷給無誠者也。"《正義》："順非而澤者，謂順從非違之事，而能光澤文飾。"所解與楊注正合。杜恕《體論》："天下有大惡五，而盜竊不豫焉，一曰心達而性險，二曰行辟而志堅，三曰言僞而辭辯，四曰記醜而喻博，五曰循非而言澤。此五者有一於人，則不可以不誅。"《群書治要》卷四十八引。文與《宥坐》略同杜氏蓋本《荀子》而作"循非而言澤"，如解澤爲悅懌，則鉏鋙不安矣。又孔子數少正卯五罪事，散見各書，除《尹文子·大道下》、《說苑·指武》、《劉子·心隱》與《荀子》同作"順非而澤"外，僞《孔子家語·始誅》則作"順非而飾"。飾、飾古通，《禮記·樂記》"復亂以飾歸"，《史記·樂書》作飾；《莊子·漁父篇》"飾禮樂"釋文："飾，本作飾。"即其證。飾，拭也《釋名·釋言語》；文飾也《史記·秦始皇本紀·正義》。並與潤澤之訓近。楊注之不可破，更彰彰也。

以上所舉，乃千慮之一失，未足爲《新證》病。他日倘有繼王氏《集解》、梁氏《柬釋》而起者，必能擷其實，咀其華，則敢豫言也。

（原載一九三七年《燕京學報》第二十二期）

吕氏春秋校證

往余讀許君維遹《吕氏春秋集釋》而善之，以爲博采通人，是正文字，殆無遺漏矣；既而涉獵故記，時覺其有未盡者；然以弗暇故，未之理董也。去年夏，日長無俚，爰取《集釋》再讀之；參稽所至，輒爲別録；久之，得百八十餘則；於不韋書，雖未能入室操戈以伐，或亦有一得之見也。

今世之人，惑者多以性養物，則不知輕重也。《本生》，《集釋》本卷一

按：人字疑衍，於者字絶句。上文“今世之惑主，多官而反以害生，則失所爲立之矣”。語法與此同。《亢倉子·全道篇》：“今世之惑者，多以性養物，則不知輕重也。”即襲於此，正無人字也。

倕至巧也，人不愛倕之指，而愛己之指，有之利故也；人不愛崑山之玉，江漢之珠，而愛己之一蒼璧小璣，有之利故也。《重己》，卷一

按：此文上下一意，次人字似不應有。《淮南·説山篇》：“人不愛倕之手，而愛己之指；不愛江漢之珠，而愛己之鉤。”即其證。

其於人也，有不見也。《貴公》，卷一

按：《莊子·徐无鬼篇》、《列子·力命篇》並作“其於家，有不見也”。此獨作人，疑字之誤。高誘注云：“務在濟民，不求見之。《孝經》曰：非家至而見之也。”是本非人字矣。《太平御覽》①卷六百三十二，引亦作人，則其誤已久。又按：注引《孝經》文有奪字，

①《四部叢刊三編》本。

當作"非家至而日見之也"。始與《廣至德章》原文合。《先識覽
注》亦引之,正有日字,當據補。

堯有子十人,不與其子而授舜。《去私》,卷一

　　高注:"《孟子》曰:'堯使九男二女事舜。'此曰十子,殆丹朱爲胤子,
　　不在數中。"

　　按:《求人篇》:"堯傳天下於舜,禮之諸侯,妻以二女,臣以十子。"
　　是吕氏言事舜者亦十子,與《孟子·萬章上篇》九男之説不侔。此
　　蓋傳聞有異,不必强謂丹朱爲胤子,不在數中,而遷就之也。

我適有幽憂之病,方將治之,未暇在天下也。《貴生》,卷二

　　高注:"我心不悦,未暇在於治天下。"畢沅曰:"《爾雅》云:'在,
　　察也。'"

　　按:高注自通。子州支父不以天下害其生,故以方治幽憂之病,未
　　暇在天下爲辭,即言其在彼不在此耳。若訓爲察,反覺迂曲。

顔闔對曰:"恐聽繆而遺使者罪,不若審之。"《貴生》,卷二

　　按:此爲顔闔自語使者之辭,對字實不應有,當係涉上文而衍者。
　　《莊子·讓王篇》:"顔闔曰:'恐聽者衍謬而遺使者罪,不若審
　　之。'"即其證也。

所謂死者,無有所以知復其未生也。《貴生》,卷二

　　陶鴻慶曰:"以知二字誤倒,無有所知爲句,以字屬下爲句。"

　　按:陶説是也。《子華子·陽城胥渠問篇》正作:"所謂死者,無有
　　所知,而復其未生也。"而與以同。

而不可以成大。《功名》,卷二

　　《長短經·政體篇》①引大下有也字。

　　按:高注:"故曰不可以成大也。"是正文本有也字,寫者偶奪之耳。

凡事之本,必先治身,嗇其大寶。《先己》,卷三

　　舊校云:"治,一作取。"

────────────

① 《讀畫齋叢書》本。

按：取字蓋涉上而誤。下文：“用其新，棄其陳，腠理遂通，精氣日新，邪氣盡去，及其天年。”即申言治身也。《御覽》七百二十引，正作治。《文選·李蕭遠〈運命論〉》①李善注引作理，乃避唐高宗諱改，其原作治可知矣。

故反其道而身善矣。《先己》，卷三

《御覽》七百二十引無其字。

　　按：《御覽》所引是也。此與下“行義則人善矣”句平列。《音初篇》：“故君子反道以修德。”亦以反道言之。

内失其行，名聲墮於外。《先己》，卷三

　　按：名上當有則字，始與上“上失其道，則邊侵於敵”句相儷。高注云：“内失撫民之行，則鄰國賤之。”是原有則字甚明。沈祖緜《讀呂臆斷》②不審此句奪則字，而反援以證上句之則字爲誤，失之上句注云：“君無道，則敵國侵削其邊。”是正文則字，並未誤也。

其索之彌遠者，其推之彌疏；其求之彌疆者，失之彌遠。《論人》，卷三

　　按：失上當有其字，始能與上各句一律。疆，當作彊彊，畢本不誤，餘本多作疆。

此所以無不受也。《圜道》，卷三

　　畢沅曰：“舊本奪無字，則義相反，今依上文補之。”

　　按：畢補是也。《文選·陸士衡〈演連珠〉》李注引，正有無字。

顯榮，人子人臣之所甚願也。《勸學》，卷四

《群書治要》③引，作顯榮，人臣人子之所甚願也。

　　按：《治要》所引是也。上文：“先王之教，莫榮於孝，莫顯於忠。”是顯指人臣言，榮指人子言；此當作“顯榮，人臣人子之所甚願也”始不失序。且與上“忠孝，人君人親之所甚欲也”句，亦相倫比。高

注：“不知理義，在臣、子則不忠不孝；……不仁不慈，故臣、子不得其所願也。”尤足以發。下“人子人臣不得其所願”句，亦當據《治要》乙正。

治唐圃，疾灌寖，務種樹，織葩屨。《尊師》，卷四

按：唐圃，蓋蓺麻枲者，故下云織葩屨。他書或謂之唐園。《管子·輕重甲篇》：“北郭者，盡履縷之甿也，以唐園爲本利，請以令禁，百鐘之家，不得事輓；千鐘之家，不得爲唐園。”《晏子春秋内篇·問下》：“治唐園，考菲履。”《鹽鐵論·未通篇》：“老者修其唐園。”《孝養篇》：“老親之腹，非唐園唯菜是盛。”《鹽鐵取下篇》：“廣第唐園。”是也。

善學者，若齊王之食雞也，必食其跖數千而後足。《用衆》，卷四

畢沅曰：“《淮南·説山訓》數千作數十。”《集釋》云：“《御覽》六百七引數千亦作數十，與《淮南》同。”

按：《吕氏春秋》作數千，《淮南》作數十，當各依本書，不必强同。《文心雕龍·事類篇》：“雞蹠必數千而後飽。”即用此文。《文選·張景陽〈七命〉》李注、李石《續博物志》①卷十六、葉廷珪《海録碎事》②卷十八並引作千，不作十也。《四部叢刊三編》景印本《御覽》六百七、又九百十八引，亦並作數千。許君所據，蓋鮑氏刻本耳。

以衆知，無畏乎堯舜矣。《用衆》，卷四

譚戒甫《校吕遺誼》③云：“高注：‘堯舜，聖帝也。言百發之中，必有羿、逢蒙之功畢校疑當作巧。衆知之中，必有與聖人同，故曰無畏於堯舜也。’按：注二三兩句，與上下文不接；疑正文上尚有‘以衆射，無畏乎羿、逢蒙矣’二句，此注即隸其下，注上恐猶佚去‘羿、逢蒙善射’一

────────────

①《秘書二十一種》本。

②明萬曆二十六年沛國劉氏刊本。

③見武漢大學《文哲季刊》第三卷第一號。

語。今本正文譌奪，此殘注遂亦竄入‘堯舜聖帝也’之下矣。”

按：《淮南·説林篇》：“終日之言，必有聖之事；百發之中，必有羿、逢蒙之巧。”畢校巧字據此高氏即取其語以相喻上《離婁》句注，亦用《淮南·原道篇》語。誼意甚顯，非正文及注有譌奪也。《金樓子·立言下篇》：“夫以衆勇，無所畏乎孟賁矣；以衆力，無所畏乎烏獲矣；以衆視，無以畏乎離婁矣；以衆智，無以畏乎堯舜矣。”即襲《呂氏春秋》，與今本正同。譚氏不察，失之由引畢校推之，譚氏固未知畢氏之據《淮南》爲説也。

天下太平，萬物安寧。《大樂》，卷五

畢沅曰：“物，《御覽》作民。”

按：民字是。《古樂篇》：“功名大成，黔首安寧。”彼云黔首，此云萬民，其誼一也。

皆化其上。《大樂》，卷五

《集釋》云：“上字當作正，形近之誤也。正與平、寧、成、爲韻《君守篇》亦以平、正、寧爲韻。若作上，則失其韻矣。”

按：上指君民者言，非誤字，何得塵以韻繩之？高注云：“化，猶隨也。”若作正，則泛然失指矣。

説黔首。《大樂》，卷五

高注：“秦謂民爲黔首。”

按：高注未諦。《史記·秦始皇本紀》：“二十六年，更名民曰黔首。”《六國表》作二十七年不韋成書於始皇八年見《序意篇》，先更名民前十八年矣；則黔首之稱，出自古昔，意與黎民、蒼生同，始皇不過定於一耳，猶秦已後天子始得自稱爲朕然也。吳曾《能改齋漫録》卷一云：“《史記》‘秦命民曰黔首’，然《禮記·祭義篇》‘宰我問孔子，而孔子曰，因物之情，制爲之極，明命鬼神，以爲黔首則’；然則以黔首命民久矣。”案吳説過泥，《史記》言秦更名民曰黔首者，與命爲制，令爲詔，天子自稱曰朕同例（且孔子之言，出後人録記，有無改變，亦未可知）；非謂其前絶無是稱也。

世之人主，多以珠玉戈劍爲寶，愈多而民愈怨。《侈樂》，卷五陳昌齊曰："愈多句首,當疊寶字。"

　　按:陳說是也。《藝文類聚》①卷三十五、《御覽》四百八十五、又八
　　百二引,並疊寶字。

齊之衰也,作爲大吕。《侈樂》,卷五

　　高注:"大吕,陰律,十二月也。"

　　按:高說非是,畢沅已辨之矣。大,讀爲泰,《晏子春秋・諫下篇》
　　作泰吕,並云爲景公成者。

心不樂,五音在前弗聽。《適音》,卷五

　　按:不當作弗,始與下文各句一律。

一曰載民,二曰玄鳥。《古樂》,卷五

　　王念孫曰:"《史記・司馬相如傳・索隱》引玄鳥作玄身,身與民韻。"

　　按:小司馬所引,尚未可從。《文心雕龍・明詩篇》:"昔葛天氏衍
　　樂辭云衍,玄鳥在曲。"即本於此,則古本《吕氏春秋》不作玄身可
　　知敦煌唐人草書《文心》卷子本,亦作玄鳥,則古本當如是作;以韻繩之,
　　未諦。

文王即位八年而地動,已動之後,四十三年,凡文王立國五十一年而
終,此文王之所以止殃翦妖也。《制樂》,卷六

　　《治要》引無凡下文王二字。

　　按:《治要》所引是也。《韓詩外傳》三:"凡涖國五十一年而終。"正
　　無文王二字。此句爲總結文王涖國之年,無須一再贅及;今本乃
　　涉上下文而衍者,當據刪。

善用之則爲福,不能用之則爲禍。《蕩兵》,卷七

　　按:此文言善用與不善用,不能下當有善字。《金樓子・立言下
　　篇》:"能善用之則爲福,不能善用則爲禍。"《亢倉子・兵道篇》:
　　"善用之則爲福,不善用之則爲禍。"並襲於此,正有善字也。

而振苦民。《蕩兵》,卷七

────────────

①明嘉靖六年天水胡氏刊本。

舊校云："一作弱民。"

　按：舊校一作弱者非是。《貴因篇》："湯武遭亂世，臨苦民。"《壹行篇》："威利敵而憂苦民，行可知者，王。"亦並以苦民連文。《亢倉子·兵道篇》作"而振若人"。蓋先由苦誤若，寫者乃改爲弱耳。

民之號呼而走之。《蕩兵》，卷七

　按：以上"民之說之此之字原奪，據《治要》補也"句例之，句末亦當有也字。

今之世學者多非乎攻伐。《振亂》，卷七

　按：之世二字當乙。《大樂篇》："世之學者，有非樂者矣。"《本生篇》："今世之惑主，多官而反以害生。"《圜道篇》："今世之人主，皆欲世無失矣。"《適威篇》："今世之人主，多欲衆之。"句法並與此同。

下稱五伯名士之謀，以信其事。《禁塞》，卷七

　高注："信，明也。其說救守之事。"

　按：注文語意不曉，其說上疑奪明字。

而順天之道也。《懷寵》，卷七

　舊校云："天，一作民。"

　按：民字非是。此云順天之道，下云逆天之道，文本相對。《亢倉子·兵道篇》亦作天。

求其孤寡而振恤之。《懷寵》，卷七

　高注："振，贍；矜，恤。"

　按：注文矜恤二字淆次，當乙正。

治亂安危過勝之所在也；過勝之，勿求於他，必反於己。《論威》，卷八

　按：次"過勝之"下，疑奪道字。《先己篇》："三者之成也，在於無爲；無爲之道，曰勝天。"《尊師篇》："生則謹養；謹養之道，養心爲貴。"《務本篇》："今功伐甚薄而所望厚，誣也；無功伐而求榮富，詐也；詐誣之道，君子不由。"語例並與此同。

則知所兔起梟舉死殽之地矣。《論威》，卷八

高注：“起，走；舉，飛也。兔走梟趨，喻急疾也。”

　　按：梟趨未足以喻急疾，趨字定誤。正文言梟舉，高氏訓舉爲飛，則趨爲飛之誤矣。

於是行大仁慈。《簡選》，卷八

　　按：行大二字疑倒。

於是召庖人殺白騾，取肝以與陽城胥渠。《愛士》，卷八

《類聚》三十三引取下有其字。

　　按：有其字較勝。《御覽》四百七十九、又九百一引，並有其字。

凡敵人之來也，以求利也；今來而得死。《愛士》，卷八

高注：“是不得利而進。”

劉文典曰：“注‘是不得利而進’，疑是正文，……今以爲注，故正文語意不完。”

　　按：此文下有“且以走爲利”一句，上下語意一貫；若廁注“是不得利而進”句於其間，反覺駢枝。《亢倉子·兵道篇》：“凡敵人之來也，以求利也；今來而得死，且以走爲利。”文即襲此，正與今本同。

外事之諸侯。《順民》，卷九

松皋圓曰：“之字衍。”

　　按：松説是也。《越絕書·内傳·陳成恒篇》、《吳越春秋·夫差内傳》並作“外事諸侯”。

故非之弗爲阻。《知士》，卷九

　　按：《戰國策·齊策一》，非上有人字，誼長。

齊攻魯，求岑鼎，魯君載他鼎以往；齊侯弗信，而反之，爲非。《審己》，卷九

陳昌齊曰：“爲非二字，疑因注而衍。”陶鴻慶説同馬叙倫曰：“《韓非·説林篇》亦記此事，岑鼎作讒鼎；魯君載他鼎以往，作魯以其鴈往。他鼎，疑本作僞鼎。爲非二字，即僞鼎譌爛乙在下文者。岑鼎有銘，見於《左傳》，魯焉得以僞往？直以僞易真，欲以欺齊，故齊弗信而反之；弗信，即以爲非岑鼎也，焉得於反之下，增爲非二字？岑、讒

古通。"

　　按：陳説非是，馬説尤爲牽附。岑、讒固通，《韓非子·説林下篇》
之讒鼎，即此岑鼎，誠無疑誼；然《左傳》叔向所稱之讒鼎，是否與
此岑鼎爲一物，前人尚無明文。《左傳》昭公三年杜預注云："讒，
鼎名也。"《正義》："服虔云：'讒鼎，疾讒之鼎；《明堂位》所云崇鼎
是也。'一云：'讒，地名，禹鑄九鼎於甘讒之地，故曰讒鼎。'二者並
無案據，其名不可審知，故杜直云鼎名而已。"據此，《左傳》之讒
鼎，解者已各異其辭，今謂爲即此岑鼎，殊嫌武斷。縱爲一物，魯
君既不欲與齊侯，而載他鼎以往他鼎，即僞鼎也。《韓子》作"魯以其鴈
往"，《劉子·履信篇》作"魯侯僞獻他鼎"，誼並同。雖有銘辭，自當仿鑄，
豈愚不及此邪？爲非二字，實非因注而衍，亦非僞鼎之譌爛乙在
下文者。古人文辭，率多簡括，此文當於而反之下加豆，爲非二字
爲句。《新序·節士篇》："齊攻魯，求岑鼎，魯君載岑鼎往此句疑有
誤字；齊侯不信，而反之，以爲非也。"文即本此，爲非上下各增一
字，益形明顯；衍譌之説，謂之何哉？

趙魏韓皆亡矣，其皆故國矣。《安死》，卷十

　　畢沅曰："《續志注》作趙韓魏皆失其故國矣。"

　　按：今本語複無倫，當以劉昭所引者爲是。《治要》亦作"趙魏韓皆
失其故國矣"。

解其劍以予丈人。《異寶》，卷十

　　舊校云："予，一作獻。"

　　按：予字是，獻字蓋涉下而誤。《史記·伍子胥傳》："解其劍曰：
'此劍直百金，以與父。'"《越絶書·荆平王内傳》："子胥即解其
劍，以與漁者。"《吳越春秋·王僚使公子光傳》："乃解百金之劍，
以與漁者。"《高士傳·江上丈人傳》："因解所佩劍，以與丈人。"並
其證。予、與同。

子罕曰：子以玉爲寶，我以不受爲寶。《異寶》，卷十

　　王念孫曰："不受，當作不愛；此涉上文不受而誤。"《集釋》云："王説

非是。《韓非・喻老篇》:‘子罕曰:爾以玉爲寶,我以不受子玉爲寶。’呂文本之,省子玉二字。”

　　按:《集釋》是也。《尸子》:“是故子罕以不受玉爲寶。”《御覽》四百二十一引《淮南・精神篇》:“子罕不以玉爲富,故不受寶。”並其證也。

更教祝曰。《異用》,卷十

《御覽》八十三引教下有之字。

　　按:《賈子新書・諭誠篇》作“而教之祝曰”。《新序・雜事五》作“更教祝之曰”。《帝王世紀》作“更教之祝曰”《御覽》八十三又九百四十八引。則《御覽》所引,當是古本《呂氏春秋》如是。

四十國歸之。《異用》,卷十

畢沅曰:“梁仲子云:李善注《東京賦》,作三十國。”

　　按:《淮南・人間篇》:“湯教祝網者,而四十國朝。”《新序・雜事五》:“四十國歸之。”則李善所引非是。《御覽》八十三引作四十國《帝王世紀》作三十六國,見《類聚》十二。

湯去其三面,置其一面,以網其四十國。《異用》,卷十

　　按:網下其字不應有,當係涉上文而衍者。《新序・雜事五》,《御覽》八十三引,並無其字,當據删。

周文王使人抇池,得死人之骸。《異用》,卷十

《集釋》云:“《御覽》八十四引池作地。”

　　按:地字是。《新序・雜事五》:“周文王作靈臺,及爲池沼;掘地,得死人之骨。”《金樓子・立言上篇》:“周文王掘地,得死人骨。”並其證。《意林》二、《後漢書・質帝紀》章懷注,並引作地。

天下聞之曰:文王賢矣!澤及骸骨。《異用》,卷十

《意林》二、《後漢書・質帝紀》注、《御覽》八十四、《黃氏日抄》①卷五十六,並引作枯骨。

　　按:高注云:“骨有肉曰骸,無曰枯。”是正文原作枯字矣;若是骸字,無須爲枯字著訓也。桓譚《新論》:“文王葬枯骨,無益衆庶,衆庶悅之;恩義動人也。”《意林》三引。《後漢書・質帝紀》:“昔文王葬

枯骨，人賴其德。"《抱朴子外篇·廣譬篇》："枯骨掩而參分之仁洽。"並其旁證。

至忠逆於耳，倒於心。《至忠》，卷十一

楊德崇曰："至忠，當作忠言。言至二字，形近而譌。校者復以小題爲《至忠》，遂乙轉忠至爲至忠。下注云'賢主説忠言'，是正文原作忠言明矣。下文'夫惡聞忠言，乃自伐之精者也'；即承此而言。《史記·留侯世家》有'忠言逆耳利於行'語。"

按：楊説甚辨，夷考其實，殊有未合。忠，原必作言；至言，即忠言耳。寫者不得其解，遂妄改以就篇題，非本作忠言也。如楊説先由忠言誤爲忠至，後又改爲至忠，何宛轉若是？《韓非子·難言篇》："且至言忤於耳而倒於心。"即此文之所本。《韓詩外傳》六："君喜道諛而惡至言。"《説苑·君道篇》："此聞天下之至言。"《抱朴子内篇·辯問篇》："吾聞至言逆於俗耳。"亦並以至言連文。

人知之不爲勸，人不知不爲沮。《至忠》，卷十一

《御覽》四百十七引不知下有之字。

按：之字當有，始能與上句相儷。

王子慶忌捽之，投之於江，浮則又取而投之。《忠廉》，卷十一

畢沅曰："孫云：'李善注《文選·郭景純〈江賦〉》，捽之作捽而，浮則作浮出。'"

按：《事類賦》[1]卷六引，亦作"捽而投之於江，浮出又取而投之"，與李善所引正合。

翟人攻衞，其民曰："君之所予位禄者，鶴也；所貴富者，宮人也；君使宮人與鶴戰，余焉能戰？"《忠廉》，卷十一

按：翟人攻衞下，驟接其民曰云云，似覺不應。《左傳》閔公二年："狄人伐衞，衞懿公好鶴，鶴有乘軒者；將戰，國人受甲者，皆曰：'鶴貴有禄位，余焉能戰？'"《韓詩外傳》七："狄人攻衞，於是懿公

①劍光閣刊本。

欲興師迎之，其民皆曰：‘君之所貴而有禄位者，鶴也；所愛者，宮人也；亦使鶴與宮人戰，余安能戰？’”《賈子新書·春秋篇》：“衛懿公喜鶴，……及翟伐衛，寇挾城堞矣，衛君垂泣而拜其臣民曰：‘寇迫矣！士民其勉之！’士民曰：‘民亦使君之貴優，將君之愛鶴，以爲君戰矣！我儕棄人也，安能守戰？’”並較此文完備。

桓公聞之曰：“衞之亡也，以爲無道也。”《忠廉》，卷十一

　　按：爲字不當有。《韓詩外傳》七：“桓公聞之曰，衞之亡也，以無道也。”《新序·義勇篇》：“齊桓公聞之曰：‘衞亡也，以無道。’”並其證。

尚胡革求肉而爲？《當務》，卷十一

　　按：而字疑衍。

此吴起之所先見而泣也。《長見》，卷十一

　　按：所下當有以字。《觀表篇》：“此吴起之所以先見而泣也。”即其切證。

而今謂寡人必以國聽鞅，悖也。夫公叔死。《長見》，卷十一

　　按：《集釋》斷句誤，夫字當屬上爲句。《戰國策·魏策一》：“而謂寡人必以國事聽鞅，不亦悖乎？”《史記·商君傳》：“欲令寡人以國聽鞅也，豈不悖哉？”《通鑑·周紀二》：“欲令寡人以國事聽鞅，既又勸寡人殺之，豈不悖哉？”並其證也。

夫悖者之患，固以不悖爲悖。《長見》，卷十一

　　孫人和曰：“不悖下疑亦當有者字，高注云云，是正文本有者字明矣。”

　　按：孫説是也。《魏策一》正作“悖者之患，固以不悖者爲悖”。

今晉文公出亡。《介立》，卷十二

　　高注：“文公名重耳，晉獻公之太子申生異母弟也。”

　　按：注文之字下有奪字。以《當染篇》注例之，當補子字。《集釋》不察，於太子下加豆，謬矣。

東方有士焉，曰爰旌目，……喀喀然遂伏地而死。《介立》，卷十二

高注："昔者齊饑，黔敖爲食於路，……一介相似，旌目其類也。"松皋
圓曰："注一介，當作其介。"

　按：一字未誤。《孟子·萬章上篇》："一介不以與人，一介不以取
　諸人。"此一介誼與彼同。

燕之大昭。《有始覽》，卷十三

畢沅曰："大昭，《淮南》作昭余；《爾雅》作昭余祁。"《集釋》云："大昭，
當據《淮南》作昭余；注同。《漢書·地理志》'太原郡鄔縣'顏注：'九
澤在北，是爲昭余祁，并州藪。'《淮南》注：'昭余，今太原郡。'知高所
見本不誤。"

　按：《御覽》七十二引《吕氏春秋》曰："昭餘祁，一名大昭，又名漚
　澤，《周禮》并州藪，俗名鄔城泊是。按藪自太原祁縣連延西接至
　此。"當即此高注。是今本非特正文有誤，且並注文而奪之矣。
　《周禮·夏官·職方氏》："并州，其澤藪曰昭餘祁。"《逸周書·職方
　篇》同《爾雅·釋地》："燕有昭余祁。"是吕氏本作昭餘祁，故高氏釋
　之如彼也。今本蓋寫者以上之八藪，皆二字爲名，乃據注中"一名
　大昭"之文，而妄改删之耳。

白民之南，建木之下，日中無影，呼而無響，蓋天地之中也。《有始覽》，卷
十三

高注："日正中將下，日直人下，皆無影，大相叫呼，又無音響人聲，故
謂蓋天地中也。"

　按：日中無影，乃日直人上，非日直人下也。注中次下字，當係涉
　上句而誤。《淮南·墜形篇》高注云："日中時，日直人上，無景晷，
　故曰蓋天地之中。"是其證。又注文天地下，當有之字，始與正文
　合故謂二字，以全書例之，當作故曰。

及文王之時，天先見火赤鳥衘丹書，集于周社。《應同》，卷十三

王念孫曰："火赤鳥，衍火字。"

　按：火爲大之形誤，非衍字也。《類聚》十引正作大。

類固相召；氣同則合，聲比則應。《應同》，卷十三

《集釋》云："案類固，當作類同，下文亦有類同連文。《召類篇》云：
'類同相召。'尤爲明證。"

　　按：固字未誤。《召類篇》之同字，亦當作固，陳昌齊已校之矣，未
　　可爲據。固爲助詞，此句乃包"氣同則合，聲比則應"二句言，非與
　　之平列也。《別類篇》："類固不必可推知也。"其固字誼與此同。
　　《莊子·山木篇》："物固相累，二類相召也。"亦可證。

故堯爲善而衆善至，桀爲非而衆非來。《應同》，卷十三

　　舊校云："一本作桀爲惡而衆惡來。"

　　按：《淮南·主術篇》："故堯爲善而衆善至，桀爲非而衆非來矣。"
　　即本於此，則舊校非是。又按：《尸子·仁意篇》："是故堯爲善而
　　衆美至焉，桀爲非而衆惡至焉。"《治要》引又《呂氏》之所本。上言
　　善、美，下言非、惡，小有不同。

凡兵之用也，用於利，用於義；攻亂則脆，脆則攻者利。《應同》，卷十三

　　王念孫曰："《召類》作'攻亂則服，服則攻者利。'服字是。"

　　按：《文選·陸士衡〈漢高祖功臣頌〉》："凌夷必險，摧剛則脆。"李
　　注引此文作脆，是脆字固未誤也。《召類篇》之服字，當援此正之。

夫流於海者，行之旬月，見似人者而喜矣；及其期年也，見其所嘗見物
於中國者而喜矣。《聽言》，卷十三

　　按：《莊子·徐无鬼篇》："子不聞夫越之流人乎？去國數日，見其
　　所知而喜；去國旬月，見其所嘗見於國中者喜；及期年也，見似人
　　者而喜矣。"即此文之所本，則期上其字，當爲衍文；中國亦當乙作
　　國中。

故賢王秀士之欲憂黔首者，不可不務也。《聽言》，卷十三

　　按：王當作主，本書無言賢王者《蕩兵篇》："故古之賢王有義兵。"《御覽》
　　二百七十一引作聖王，與彼篇上下皆合。《首時篇》："故賢主秀士之欲憂
　　黔首者，亂世當之矣。"句法正與此同。《振亂篇》："世有賢主秀
　　士。"亦以賢主秀士並言。

《周箴》曰："夫自念斯學，德未暮。"學賢問，三代之所以昌也。《謹聽》，卷

十三

松皋圓曰：“賢字疑作且，考上下文意可見。”孫鏘鳴曰：“學賢問三字，疑有誤奪。”

按：學賢問三字，並無誤奪，惟文淆次耳。上文“不知則問，不能則學”；次引《周箴》曰云云，是此句乃總束上文之學與問也。若乙賢字於句首，則文意自通。《聽言篇》“習之於學問”，亦以學問並言。《玉海》①卷五十九引，亦作“學賢問”，是其誤已久。

其名無不榮者，其實無不安者，功大也。《務本》，卷十三

按：大下奪故字，當據後《務大篇》補，始與下“無公與功同故也”句相儷。

此所以欲榮而愈辱，欲安而益危。《務本》，卷十三

舊校云：“益，一作愈。”

按：《務大篇》作逾，與愈同。《治要》引正作愈。

以爲世無足復爲鼓琴者。《本味》，卷十四

按：復字涉上而衍，孫人和已據《類聚》、《御覽》二書所引校之矣。《韓詩外傳》九、《説苑·尊賢篇》亦並無之，當據刪。

非獨琴若此也。《本味》，卷十四

按：此文就鼓琴言，非單論琴也。琴上當有鼓字，始能與上文相應。《説苑·尊賢篇》正作“非獨鼓琴若此也”。《韓詩外傳》九亦奪，與此同。

雖有賢者，而無禮以接之，賢奚由盡忠？《本味》，卷十四

按：賢奚由盡忠，當作賢者奚由盡忠；若奪者字；則與上文不應矣。《韓詩外傳》九作“賢者將奚由得遂其功哉”，《説苑·尊賢篇》作“賢者奚由盡忠哉”，並有者字也。高注云：“言不肖者無禮以接賢者，賢者何用盡其忠乎？”是正文原有者字明矣。

因見惠王，告人曰：“之秦之道，乃之楚乎？”《首時》，卷十四

────────

①清嘉慶十一年康氏重刊本。

《類聚》六十八引告上有出而二字。

　　按：《類聚》所引是也。否則田鳩告人之地不明矣。《淮南·道應篇》：“因見惠王而説之，出之舍，喟然而歎！告從者曰：‘吾留秦三年不得見，不識道之可以從楚也。’”亦足以發。

固有近之而遠，遠之而近者；時亦然。《首時》，卷十四

　　《類聚》六十八引固上有物字。《黃氏日抄》五十六同。

　　按：物字實不可少。《淮南·道應篇》正有物字。《用衆篇》：“物固莫不有長，莫不有短；人亦然。”句法與此亦同。

張孟談曰：“晉陽之中，赦無大功，賞而爲首，何也？”《義賞》，卷十四

　　《集釋》云：“案中當作事，字之壞也。《韓非·難一篇》正作事。”

　　按：《集釋》非是。《淮南·氾論篇》作“晉陽之難”《史記·趙世家》同。《人間篇》作“晉陽之存”。如以“中”爲“事”之壞，則“難”、“存”二字，又將何説？此文明顯易解，不知許君何以兆説如是！《説苑·復恩篇》亦作“晉陽之中”。豈亦當如《韓子》改作事邪？

仲尼聞之曰：“襄子可謂善賞矣，賞一人而天下之爲人臣，莫敢失禮。”
《義賞》，卷十四

　　按：臣下疑奪者字。《韓非子·難一篇》：“仲尼聞之曰：‘善賞哉！襄子賞一人，而天下爲人臣者，不敢失禮矣。’”《淮南·氾論篇》：“故賞一人，而天下之爲臣者，莫不終忠於其君。”淮南王不以爲孔子語，甚是；固已同乎孔鮒之辨安矣。葉大慶《考古質疑》卷四亦嘗論之。並其證也。《黃氏日抄》引，正有者字。又按：《説苑·復恩篇》：“仲尼聞之曰：‘趙襄子可謂善賞士乎？賞一人而天下之人臣，莫敢失君臣之禮矣。’”辭句與此小異，臣下無須箸者字也。

斷其頭以爲觴。《義賞》，卷十四

　　《史記·刺客傳·索隱》：“晉氏以爲褻器者，以《韓子》、《呂氏春秋》，並云襄子漆智伯頭爲溲杯故也。”

　　按：《韓子》文見《喻老篇》今本作溲器，《呂氏》僅此言之，不作溲杯也。當是小司馬失檢，非今本之異。

其所也何窮之謂？《慎人》，卷十四

　　按：此文不辭，其上疑有奪字，原於也下加豆。《莊子・讓王篇》、
　　《風俗通義・窮通篇》並作"其何窮之爲"。

孔子烈然返瑟而弦。《慎人》，卷十四

　　按：上文言"慨然推琴"，此忽言"烈然返瑟而弦"，君子雖無故不去
　　琴瑟，改御何若斯之亟亟邪？《説文・辵部》返下云："還也。"《廣
　　雅・釋詁》二："返，歸也。"此返字亦宜作還或歸解。則返瑟當作
　　返琴，始與上文之推琴相應。果係先御琴而復御瑟，實不必言返
　　也。上言推，此言返，推者琴也，則返者亦琴也，何得兩異？《莊
　　子・讓王篇》："孔子削然反琴而弦歌。"即此文之所本，此固不當
　　作瑟矣。高注云："返，更也；更取瑟而弦歌。"是所見本已誤。

人有大臭者。《遇合》，卷十四

　　梁玉繩曰："大，一本作犬；蓋腋病也。《輟耕録》引唐崔令欽《教坊
　　記》謂之愠羝。今俗云豬狗臭。"

　　按：大字未誤。《抱朴子・辯問篇》："海上之女，逐酷臭之夫。"《劉
　　子・殊好篇》："海人悦至臭之夫。"並本於此。酷、至二字，與大誼
　　近；並形容之詞也。若《吕氏》原作犬，葛洪、劉晝不應他改矣。
　　《文選・曹子建〈與楊德祖書〉》李注、《黄氏日抄》並引作大。梁氏
　　所稱一本，未足爲據；其所引《輟耕録》卷十七云云，庶幾近之。

人主莫不欲其臣之忠，而忠未必信；……親莫不欲其子之孝，而孝未必
愛。《必己》，卷十四

　　按：親上當有人字，始能與上人主句相儷。《莊子・外物篇》："人
　　主莫不欲其臣之忠，而忠未必信；……人親莫不欲其子之孝，而孝
　　未必愛。"即此文之所自出，親上正有人字也。《勸學篇》："先王之
　　教，莫榮於孝，莫顯於忠，忠，孝人君人親之所甚欲也；顯，榮人子
　　人臣之所甚願也；然而人君人親不得其所欲，人子人臣不得其所
　　願。"《振亂篇》："故義兵至，則世主不能有其民矣，人親不能禁其
　　子矣。"亦並以人親連文。

墨子爲守攻，公輸般服，而不肎以兵加。《慎大覽》，卷十五

　　高注：“楚王曰：‘公輸般天下之巧工也，寡人使攻宋之城，何爲不
得？’墨子曰：‘使公輸般攻宋之城，臣請爲宋守之備。’”

　　　　按：注文有奪誤。《愛類篇》：“王曰：‘公輸般天下之巧工也，已爲
攻宋之械矣。’墨子曰：‘請令公輸般試攻之，臣請試守之。’於是公
輸般設攻宋之械，墨子設守宋之備。”《淮南·脩務篇》同即高注之所
本此事本出《墨子·公輸篇》，然文多與注異。“寡人使攻宋之城”，當作
“寡人使爲攻宋之械”。“使公輸般攻宋之城”，當作“使公輸般設
攻宋之械”。“臣請爲宋守之備”，當作“臣請爲守宋之備”。蓋械
誤爲城，寫者乃删如今本，而未知其不可通也。

豎陽穀對曰：“非酒也。”《權勳》，卷十五

　　《左傳》成公十六年《正義》引無對字。

　　　　按：《韓非子·十過篇》：“豎陽穀曰：‘非酒也。’”《飾邪篇》：“豎穀
陽曰：‘非也。’”《說苑·敬慎篇》：“穀陽曰：‘非酒也。’”並無對字。
《御覽》三百十三引，亦無對字，與《左傳·正義》合。

屈産之乘，寡人之駿也。《權勳》，卷十五

　　　　按：駿下疑奪馬字。《韓非子·十過篇》正作“屈産之乘，寡人之駿
馬也”。《愛士篇》：“食駿馬之肉。”《離俗覽》：“飛兔、要裹，古之駿
馬也。”並以駿馬言上文高注云：“今河東北屈駿馬者是也。”駿下亦有馬字。

彼若不吾假道，必不吾受也。《權勳》，卷十五

　　舊校云：“一作必不敢受也。”

　　　　按：《穀梁傳》僖公二年：“彼不借吾道，必不敢受吾幣。”《韓非子·
十過篇》：“彼不假我道，必不敢受我幣。”並與舊校一本合。

燕人逐北入國，相與爭金於美唐甚多。《權勳》，卷十五

　　　　譚戒甫《校呂遺誼》①云：“按唐，疑庫之譌字，形相近也。美庫，猶今
言金庫。……又《劉子新論·貪愛篇》全襲本篇文體，中有‘發大府

―――――――――

①見武漢大學《文哲季刊》第三卷第二號。

之財,出府庫之寶'二語,實與爭金美庫同意。"

按:譚氏謂唐爲庫之譌,是否有當,姑不具論;惟言《劉子‧貪愛篇》全襲本篇文體,殊覺可哂。考《劉子‧貪愛》言白公勝貪吝事,乃本是書《分職篇》文《淮南‧道應篇》亦襲之。此事本出《左傳》哀公十六年,惟文詞有異。而此明標爲齊王也;事實既不相同,文體亦復各異,何襲之有?譚氏不揣其本,妄爲引證,亦云疏矣。

去其帝王之色,則近可得之矣。《下賢》,卷十五

舊校云:"可,一作於。"

按:於字較勝。《孔叢子‧陳士義篇》:"祭公謀父對曰:'去其帝王之色,則幾乎得賢才矣。'"文與此同。此云"近於",彼云"幾乎",誼無異也。《大樂篇》:"則幾於得之矣。"高注:"幾,近也。"亦其旁證。

所朝於窮巷之中,甕牖之下者,七十人。《下賢》,卷十五

高注:"甕牖,以破甕蔽牖,言貧陋也。"

按:高注非謬,即蔽字有誤。《禮記‧儒行》:"蓬戶甕牖。"《釋文》:"以甕爲牖。"《正義》:"甕牖者,謂牖牕圓如甕口也。又云:以敗甕口爲牖。"《莊子‧讓王篇》:"桑以爲戶而甕牖。"《釋文》引司馬云:"破甕爲牖。"《史記‧秦始皇本紀‧贊》:"陳涉甕牖繩樞之子。"《集解》引孟康曰:"瓦甕爲窗也。"《漢書‧項籍傳論》注同並其證也高注《淮南‧原道篇》亦云:以破瓮蔽牖,則蔽字未誤,乃高氏謬耳。《大戴禮記‧曾子制言中篇》:"蓬戶穴牖。"穴牖與甕牖一實,豈能解爲以破甕蔽牖耶?

今汝欲官則相位,欲禄則上卿;既受吾實,又責吾禮。《下賢》,卷十五

梁玉繩曰:"《史‧魏世家‧正義》引《呂》,今女欲官則相至,欲禄則上卿;又實,作賞。"

按:《説苑‧尊賢篇》正作"今汝欲官則相至,欲禄則上卿;既受吾賞,又責吾禮"。《御覽》四百七十四引,亦作"今汝欲官則相至,欲禄則上卿;既受吾爵,又責吾禮",與張守節所引略同。

古之大立功名與安國免身者，其道無他，其必此之由也。《報更》，卷十五

　　按：必上其字，當係涉上句而衍。

昔趙宣孟將上之絳，見骫桑之下有餓人臥不能起者。《報更》，卷十五

　　《後漢書・文苑・趙壹傳》注引作有臥餓人。

　　　按：骫桑下人由餓而後臥不能起，餓爲因，臥其果也；趙宣孟見之，
　　　則先由臥而後知其餓，賓主各自不同。然此文以趙宣孟爲主，骫
　　　桑下人爲賓，則章懷所引，爲得其實。《説苑・復恩篇》：“趙宣孟
　　　將上之絳，見翳桑下有臥餓人不能動。”文即本此此事雖先見《左傳》
　　　宣公二年，然文詞與此有異，正作臥餓人也。《類聚》七十二、《御覽》八
　　　百三十六並引作有臥餓人，當據乙。

與錢百。《報更》，卷十五

　　梁玉繩曰：“《御覽》八百三十六作錢二百。”

　　　按：《説苑・復恩篇》作“與錢百”。《四部叢刊三編》景印本《御覽》
　　　作“錢一百”。則梁氏所據本非是。

靈公令房中之士，疾追而殺之；一人追疾，先及宣孟之面。《報更》，卷十五

　　孫鏘鳴曰：“之面，當作面之。《漢書・項羽傳》：‘馬童面之。’李奇
　　曰：‘面，謂不正視也。’此當讀宣孟面之四字爲句。或曰：‘面之，謂
　　一人不正視而告之者，懼後至者疑也；下反走而對，亦此意。’”

　　　按：孫説及所引或説並非。《説苑・復恩篇》：“靈公令房中士疾追
　　　殺之，一人追疾，先及宣孟，見宣孟之面，曰：‘吁！固是君邪？請
　　　爲君反死。’”是骫桑餓人之受令追殺宣孟，本不知其即骫桑下餔
　　　食之者，見其面而後知之；何得云不正視而告，懼後至者之疑邪？
　　　本書下文“曰：嘻！君轝！吾請爲君反死”，遣詞雖與《説苑》異，然
　　　其驚知之狀則一；骫桑餓人既言爲之反死，則其報更之心，實生於
　　　見面之後，又何疑懼之有？下文“反面對”，乃其時急迫，且走且對
　　　以還鬥耳，與“先及宣孟之面”句，情勢各別，何能謂之同意？又
　　　按：高注“君轝”句云：“轝，車也；教宣孟使就車也。”殊有未安，《説
　　　苑》之文可驗也。

贊也貧，故衣惡也。《順説》，卷十五

　　畢沅曰：“《御覽》三百五十六引，疊一貧字。”

　　　　按：《新序·雜事五》作“贊貧，故衣惡也。”則《御覽》疊貧字非。

富貴無敵。《順説》，卷十五

　　《御覽》三百五十六引，貴作厚。

　　　　按：《御覽》所引極是。此文上下以貧、富對言，忽以貴字閒之，則
　　　　不倫矣。《新序·雜事五》正作“富厚無敵”，當據正。

是令膠鬲不信也；膠鬲不信也，其主必殺之。《貴因》，卷十五

　　　　按：次也字衍，本書多有此句法。

是故有天下七十一聖。《察今》，卷十五

　　王念孫校本，一改作二。

　　　　按：《求人篇》：“古之有天下也者，七十一聖。”與此同。蓋傳聞之
　　　　異，不必改一爲二也。

楚人有涉江者，其劍自舟中墜於水，遽契其舟，曰：“是吾劍之所從墜。”
《察今》，卷十五

　　舊校云：“契，一作刻。”

　　　　按：《淮南·説林篇》：“譬猶客之乘舟，中流遺其劍，遽契其舟楫。”
　　　　高注：“契，刻也。”《後漢書·張衡傳》：“斯契船而求劍。”本篇下文
　　　　注：“與此契舟求劍者同也。”則此當以作契爲是。舊校一作刻者，
　　　　蓋寫者注刻字於契旁，後遂改爲刻耳。又按：高注：“遽，疾也；疾
　　　　刻舟識之於此下墜劍者也。”疾刻句上，當有“契，刻也”三字，然後
　　　　相應。《淮南·説林篇》注，亦其旁證。

示晉公以天妖日月星辰之行，多以不當。《先識覽》，卷十六

　　　　按：下以字衍。此云“多不當”，下云“多不義”，文本相對。《説
　　　　苑·權謀篇》：“示晉公以天妖日月星辰之行，多不當。”即其切證。
　　　　高注云：“多不當其宿度也。”是正文原無下以字明矣。

中山、齊皆當此。《先識覽》，卷十六

　　　　按：中山下當依《説苑·權謀篇》補與字。下文“若使中山之王與

齊王,聞五盡而更之",亦有與字也。

其患不聞。《先識覽》,卷十六

　　按:《説苑·權謀篇》作"其患在不聞也"。此亦當有在字。《正名篇》:"其患在乎所謂賢從不肖也。"《驕恣篇》:"然患在乎無春居。"句法並與此同。

有罪且以人言。《觀世》,卷十六

　　畢沅曰:"有下罪字衍,有與又同。"

　　按:畢説是也。《莊子·讓王篇》、《列子·説符篇》、《高士傳·列禦寇傳》並作"又且以人之言"。《新序·節士篇》作"又將以人之言"。將與且誼同。

今行數千里,又絕諸侯之地以襲國。《悔過》,卷十六

　　按:絕上奪數字。下文:"我行數千里,數絕諸侯之地以襲人。"《淮南·道應篇》:"今行數千里,又數絕諸侯之地以襲國。"《人間篇》:"師行數千里,又數絕諸侯之地。"《高士傳·弦高傳》:"謂其友蹇他曰:'師行數千里,又數絕諸侯之地,其勢必襲鄭。'"並其證也。考秦建國在今陝西鳳翔,鄭建國在今河南新鄭,相距千餘里,過諸侯之地非一,絕上數字,實不可少。劉家立《淮南集證》[1]謂《道應》、《人間》二篇數千里之數字,並涉下句而衍。似非。

相與歌之曰:"鄴有聖令,時爲史公;決漳水,灌鄴旁;終古斥鹵,生之稻粱。"《樂成》,卷十六

　　按:生下之字無誼,疑係衍文。《北堂書鈔》[2]卷三十九,《類聚》十九,《御覽》六十四,又四百六十五、八百二十一、八百三十九、八百四十二引,並無之字。《漢書·溝洫志》用此文,句法雖有改易,然亦無之字也。《困學紀聞》[3]卷十云:"《溝洫志》史起引漳水溉鄴,

---

[1]民國十三年中華書局出版。
[2]清光緒十四年南海孔氏刊本。
[3]《四部叢刊三編》本。

出《吕氏春秋·先識覽》,以賢令爲聖令,烏鹵爲斥鹵。"未論及之
字,是所見本亦未衍也。

魯國之法:魯人爲人臣妾於諸侯,有能贖之者,取其金於府。《察微》,卷
十六

按:其字於此誼隔,當係涉下"不取其金"及"取其金"數句而衍者。
《淮南·道應篇》:"魯國之法:魯人爲人臣妾於諸侯,有能贖之者,
取金於府。"《説苑·政理篇》:"魯國之法:魯人有贖臣妾於諸侯
者,取金於府。"《孔子家語·致思篇》:"魯國之法:贖人臣妾於諸
侯者,皆取金於府。"並無其字。又《淮南·齊俗篇》:"子贛贖人,
而不受金於府。"許慎注云:"魯國之法:贖人於他國者,受金於
府。"亦可證。《文選·任彦昇〈百辟勸進今上牋〉》:"蓋聞受金於
府,通人之弘致。"李注引此文有其字,蓋寫者據誤本《吕氏》妄增,
未必原有之也。

尹文曰:"王得若人,肎以爲臣乎?"《正名》,卷十六

舊校云:"肎,一作用。"

按:《公孫龍子·跡府篇》、《孔叢子·公孫龍篇》並作"肯以爲臣
乎",則舊校一作用者非是。

尹文曰:"使若人於廟朝中,深見侮而不鬭,王將以爲臣乎?"《正名》,卷
十六

舊校云:"廟,一作廣。"

按:舊校一作廣者極是。廣爲形容字,廣朝猶言廣廷耳。《韓非
子·難三篇》:"廣廷嚴居。"《説苑·善説篇》:"今臣居廣廷。"是
也。《戰國策·趙策三》:"衆人廣坐之中。"《賈子新書·淮難篇》:
"此亦白公、子胥之報於廣都之中者。"其廣字含誼,亦並與此同。
《不侵篇》:"衆人廣朝,而必加禮於吾所。"正以廣朝連文。《公孫
龍子·跡府篇》:"尹文曰:'使此人於於字原奪,據《孔叢子》補廣庭大
衆之中,見侵侮而終不敢鬭,王將以爲臣乎?'"《孔叢子·公孫龍篇》同
即《吕氏》所本。彼云廣庭,此云廣朝,誼無異也。又按:廣字致誤

　　之因有二:《説文・广部》廇下云"廇,古文廟",與廣字形近,蓋先
　　由廣誤爲廇,後遂變爲廟,一也;廟朝二字連文,古書中間有之,寫
　　者知有廟朝,而不知有廣朝,因而妄改,二也。緣此兩因,皆可致
　　誤,則今本之非,必居一於此矣。當校正。

王曰:"使寡人治信若是。"《正名》,卷十六

　　按:治下有奪文。上文尹文言治國,則當補國字,語乃明顯。《公
　　孫龍子・跡府篇》:"王曰:'寡人理國,信若先生之言。'"尤爲
　　切證。

故曰天無形。《君守》,卷十七

　　俞樾曰:"曰乃昦字之誤。昦字闕壞,止存上半之日,因誤爲曰矣。
　　下文高注曰'説與昦天同',則其所據本,正作故昦天無形。"

　　按:俞説甚是。《長短經・適變篇》引,正作故昦天無形。

桓公曰:"吾未得仲父則難,已得仲父之後,曷爲其不易也?"《任數》,卷
十七

　　劉師培曰:"《書鈔》四十九引後作教。"

　　按:《韓非子・難二篇》:"桓公曰:'吾聞君人者,勞於索人,佚於使
　　人;吾得仲父已難矣,得仲父之後,何爲不易乎哉?'"即此文之所
　　自出,則《書鈔》所引非是。

今日南面。《勿躬》,卷十七

　　高注:"南面,當陽而治,謂之天子也。"

　　按:注文之字疑衍。

湯武之賢,而猶藉知乎勢。《慎勢》,卷十七

　　陶鴻慶曰:"知當爲資,以聲近而誤。《集釋》云:'案知字不誤。'《莊
　　子・庚桑楚篇》:'知者,接也。'《墨子・經上》:'知,接也。'然則藉
　　知,猶言藉接。"

　　按:陶説固非,《集釋》亦未爲得也。藉知二字,當係倒誤。若乙作
　　知藉,文誼自豁然貫通矣。

多建封,所以便其勢也。《慎勢》,卷十七

按：建封二字當乙，始與上文各句一律。

故先王之法：立天子，不使諸侯疑焉；立諸侯，不使大夫疑焉；立適子，不使庶孽疑焉。《慎勢》，卷十七

按：此文有闕奪。下文"是故諸侯失位，則天下亂；大夫無等，則朝庭亂；妻妾不分，則家室亂；適孽無別，則宗族亂"，即承此文言，忽多妻妾一項，則立適子上之有奪文可知矣。《慎子·內篇》："立天子，不使諸侯疑《治要》有焉字，下同立諸侯，不使大夫疑；立正妻，不使群妻《治要》作嬖妾疑；立嫡子，不使庶孽疑。"蓋呂氏所本下文明引《慎子》語，當據補。

有金鼓所以一耳，必同法令所以一心也。《不二》，卷十七

孫鏘鳴曰："必，當作也，屬上爲句。"鹽田曰："《唐類函》鼓條引作金鼓所以一耳也。"

按：二說並是。《御覽》三百三十八引《吳氏春秋》曰："金鼓所以一耳也，法令所以一心也。"當即此文，惟吳字有誤日本喜多村直寬本，鮑氏刻本，並作呂，當係校改。

彭祖以壽。《執一》，卷十七

高注："彭祖，殷賢大夫，治性，壽益七百。"

按：益當作蓋，字之誤也。《情欲篇》："雖有彭祖，猶不能爲也。"注云："彭祖，……蓋壽七百歲。"《爲欲篇》："其視爲彭祖也，與爲殤子同。"注云："彭祖，……蓋壽七百餘歲。"是此不應獨作益矣。《莊子·逍遙遊篇》："而彭祖乃今以久特聞。"《釋文》引李云："彭祖，……歷虞、夏至商，年七百歲。"《世本》云："年八百歲。"崔云："其人甫壽七百年。"王逸注《楚辭·天問》云："彭祖至七百歲。"《神仙傳》："彭祖，……至殷末，年七百六十七歲。"《史記·楚世家·正義》引是彭祖之壽，七百、八百未嘗肯定也。高氏蓋之云者，乃要約之詞；若作益，則非其指矣。

黔首不定。《執一》，卷十七

畢沅曰："孫云：《御覽》四百四十六，此下有當此之時四字。"

按：《御覽》所引極是。《史記·吳起傳》作“方是之時”《通鑑·周紀一》同。

取其實以責其名。《審應覽》,卷十八

　　高注：“蓋虛名可以僞致,顯實難以詐成。”畢沅曰：“注蓋虛名可以僞致,舊本多作虛稱不可以爲致,今從劉本改正。”

　　按：舊本固誤,劉本亦未爲得也。《功名篇》注：“虛稱可以僞制,顯實難以詐成。”集釋於顯字下加豆,大謬此當與彼同。則作虛名非是。劉氏蓋改就正文耳。

卿大夫恐懼患之。《重言》,卷十八

　　陶鴻慶曰：“恐懼二字不當有,疑是下文‘余惟恐言之不類也’之注,而羼入於此者。”

　　按：陶氏謂恐懼二字不當有,是也。《國語·楚語上》正作“卿士患之”。

成王曰：“余一人與虞戲也。”《重言》,卷十八

　　畢沅曰：“《說苑·君道篇》無人字是。”

　　按：畢說大謬。此文成王之稱余一人,與上殷高宗之稱余一人同,皆天子自謂之詞也《長利篇》成王亦兩言余一人。《國語·周語上》：“在《湯誓》曰：余一人有罪,無以萬方。”韋注云：“天子自稱曰余一人。”《史記·魯周公世家》：“玆道能念余一人。”集解引馬融曰：“一人,天子也。”《孔子世家》：“稱一人,非名也。”集解引服虔曰：“天子自謂一人。”《左傳》哀公十六年杜注：“天子稱一人。”並其證。《白虎通·號篇》：“王者自謂一人者,謙稱也。欲言己材能當一人耳。”其釋天子自謂一人之誼甚明。《說苑》奪人字,當據此補之。

天子無戲言,天子言,則史書之。《重言》,卷十八

　　按：次天子二字,當係涉上而衍；言字屬下句讀。《史記·晉世家》、《說苑·君道篇》並作“天子無戲言,言則史書之”。《書鈔》四十六引,未衍。《御覽》四百六十六引,亦重天子二字,則其誤已久。

勝書曰：“有事於此，而精言之而不明，勿言之而不成。”《精諭》，卷十八

　　按：精言、勿言二句平列，精上不應有而字，當係涉下而衍者。成

　　上不字亦衍，陶鴻慶已辨之矣。

此白公之所以死於法室。《精諭》，卷十八

　　按：室下疑奪也字。《論威篇》：“此夏桀之所以死於南巢也。”《適

　　威篇》：“此夫差之所以自殁於干隧也。”句法並與此同。

夫辭而賢者，許由也。《不屈》，卷十八

　　按：上“夫受而賢者，舜也”句，已箸夫字，此不應再有，當係涉彼而

　　衍。下“傳而賢者，堯也”，與此句並平列，即其證。

居於畎畝之中，而游入於堯之門。《離俗覽》，卷十九

　　按：既言游矣，復又言入，似覺誼複；且與上句亦不相儷。入字蓋

　　涉上而衍，當據《莊子・讓王篇》删。

務光曰：彊力忍詢，吾不知其他也。《離俗覽》，卷十九

　　畢沅曰：“《莊子》詢作垢。”

　　按：《莊子》作垢，乃詬之形誤。《説文・言部》詢下云：“詬，或从

　　句。”是詬爲正字，詢爲或體；若作垢，則與此不侔矣。《列仙傳・

　　務光傳》正作詬。《史記・伍子胥傳》：“員爲人，剛戾忍詢。”又《自

　　序》：“忍詢於魏齊。”並用或體。《荀子・解蔽篇》：“厚顔而忍詬。”

　　則用正字。《淮南・氾論篇》：“忍詢而輕辱。”《文子・上義篇》作

　　忍垢，誤與《莊子》同。

墨子曰：“不唯越王不知翟之意，雖子亦不知翟之意。”《高義》，卷十九

　　按：墨上當有子字，上文婁言子墨子，此固不應單稱墨子也。

孔子聞之曰：“通乎德之情，則孟門、太行不爲險矣。”《上德》，卷十九

　　高注：“孟門，太行之險也。太行塞在河内野王之北，上黨關也。”畢

　　沅曰：“注之險也，疑是皆險也。”

　　按：注文未誤，於孟門下加豆，文意甚顯。《淮南・俶真篇》：“孟門

　　終隆之山，不能禁也。”高注云：“孟門，山名；太行之隘也。”是高氏

　　之訓二書，立説正同，非字有誤也。又《淮南・墜形篇》：“太行、羊

腸、孟門。”高注云：“太行在今上黨，太行關直河内野王縣是也。羊腸，山名，今太原晉陽西北九十里，通河西上郡關，曰羊腸坂，是孟門、太行之限也。”亦足以發。畢氏不審句讀，輒欲改字，失之。

荆成王慢焉。《上德》，卷十九

　　高注：“楚子曰：‘天將與之，誰能廢之。’”

　　按：注與字當作興，形近之誤。高注乃《左傳》僖公二十三年文，當據正。

賞罰有充也。《用民》，卷十九

　　松臯圓曰：“充下當有實字。”鹽田曰：“《淵鑑》講武條引作賞罰有充實也。”

　　按：充下實字當補，有字疑衍。《御覽》二百九十七引，正作“賞罰充實也”。又按：《淵鑑類函》編於清人，雖以明俞安期之《唐類函》爲粉本，然所引此文，乃張英諸人增補者，較《御覽》晚矣；且各本①皆作“賞罰充實也”。鹽田引有“有”字，未知所據。

易爲則行苟。《舉難》，卷十九

　　按：此句淆次，當作“易爲則苟行”，始能與上“難瞻則失親”句韻，且詞性亦合。

甯戚飯牛居車下，望桓公而悲，擊牛角疾歌。《舉難》，卷十九

　　按：他書皆言商歌。《淮南・道應篇》：“甯戚飯牛車下，望見桓公而悲，擊牛角而疾商歌。”《淮南》文即本此《主術篇》：“甯戚商歌車下。”《氾論篇》：“甯戚之商歌。”《楚辭・東方朔〈七諫〉》：“甯戚飯牛而商歌兮。”《文選・王子淵〈四子講德論〉》：“昔甯戚商歌以干齊桓。”《新序・雜事五》：“甯戚飯牛於車下，望桓公而悲，擊牛角疾商歌。”《說苑・尊賢篇》：“甯戚擊牛角而商歌。”《列女傳・辯通・齊管妾倩傳》：“甯戚擊牛角而商歌。”並是也。則此亦當作商歌爲是。高氏注本書《直諫篇》云：“甯戚於其車下飯牛，疾商歌。”

────────────

① 《古香齋袖珍十種》本，上海同文書局景印本，點石齋石印本。

其注《淮南·主術篇》云："甯戚飯牛車下，扣角商歌。"注《氾論篇》云："甯戚，衛人，商旅於齊，宿郭門外，疾世商歌，以干桓公。"王逸注《離騷》云："甯戚方飯牛，叩角而商歌。"《史記·鄒陽傳·集解》引應劭曰："齊桓公夜出迎客，而甯戚疾擊其牛角商歌。"亦並言商歌也。《文選·嘯賦》李注引許慎《淮南注》曰："商，金聲清，故以爲曲。"又《四子講德論》注引許注曰："商，秋聲也。"是商字固有誼也。此文高注未箸商字，豈寫者據正文而刪之歟？李善注《文選》屢引此文，皆無商字，則其奪去亦已久矣。

故爲天下長慮，莫如置天子也；爲一國長慮，莫如置君也。《恃君覽》，卷二十

按：此二句下有闕奪，與前《慎勢篇》同。下文"置君，非以阿君也；置天子，非以阿天子也；置官長，非以阿官長也此數句涍次。德衰世亂，然後天子利天下，國君利國，官長利官"，即承接此文，以天子、國君、官長三層並言，而此遺其一，則上下不應矣。《慎子·內篇》："故立天子以爲天下，非立天下以爲天子也；立國君以爲國，非立國以爲君也；立官長以爲官，非立官以爲官長也。"文意與此全同，此文之有闕奪，無疑。以意補之，當有"爲□□長慮，莫如置官長也"二句。

是知與不知無異別也。《恃君覽》，卷二十

按：異別二字誼複，疑衍其一。《列子·説符篇》作"是知與不知無辨也"，即爲切證。《重己篇》："是死生存亡可不可，未始有別也。"《別類篇》："無以聰明聽説，則堯、桀無別矣。"語例並與此同，亦可證。高注云："是與見知不見知無別異也。"是今本乃因注而衍。又按：注中與字，當在見知下，始與正文相合。

伯成子高辭諸侯而耕。《長利》，卷二十

按：《莊子·天地篇》、《淮南·氾論篇》、《新序·節士篇》並作"伯成子高辭爲諸侯而耕"。則此辭下亦當有爲字，始與諸書合。下文"伯成子高不待問而知之，然而辭爲諸侯者，以禁後世之亂也"，

亦其證。

延陵季子，吳人願以爲王而不肎。《知分》，卷二十

　　按：《淮南・道應篇》願下有一字，極是。《順民篇》："願一與吳徼
　　天下之哀。"句法正同。

禹仰視天而歎。《知分》，卷二十

　　孫人和曰："歎，當作笑；蓋歎或作咲，笑或作咲，故笑誤爲歎。此顯
　　禹從容之狀，無取於歎也。《御覽》八十二、又九百二十九引並作笑。
　　《淮南子・精神篇》作禹乃熙笑而稱。"

　　按：孫說似是，夷考其實，殊有不爾者。《文選・郭景純〈江賦〉》：
　　"駭黃龍之負舟，識伯禹之仰嗟。"李注："《呂氏春秋》曰：'禹南省，
　　方濟乎江，黃龍負舟，舟中之人，五色無主，禹仰視天而嘆。'"郭賦
　　所用者此文也，嗟與歎誼同；李注所引者亦此文也，不作笑。則
　　《御覽》所引，未足爲據。《新序》佚文："禹南濟乎江，黃龍負舟，舟
　　中之人，皆失色。禹仰天而歎。"《御覽》六十引亦作歎。《淮南・精
　　神篇》雖以熙笑二字狀禹之從容，然其書襲用呂氏文，往往有所改
　　易；此固當各依本書，不必强與之同也。《事類賦》十六引此文亦
　　作歎。

故國亂非獨亂，有必召寇。《召類》，卷二十

　　按：以下文例之，獨亂下當有也字。《應同篇》正作"故國亂非獨亂
　　也，有必召寇"。

堯戰於丹水之浦，以服南蠻。《召類》，卷二十

　　畢沅曰："梁仲子云：'《水經・丹水注》引作堯有丹水之戰，以服
　　南蠻。'"

　　按：《御覽》六十三引，亦作堯有丹水之戰，以服南蠻。下有注："水
　　出丹魚，先夏至十日，夜伺之，魚浮水測，赤光上照如火；網而取
　　之，割其血以塗足，可以步行水上，長居淵中。"研味詞句，決非高
　　氏注文高注云："丹水在南陽。"《淮南・兵略篇》："堯戰於丹水之浦。"許注云：
　　"丹水在南陽。"是高注本諸許君也。檢覷《水經・丹水篇注》，《御覽》所

引者,即在其中,其非高注更可知矣。《御覽》此條前引《水經》曰"丹水出京兆上洛縣冢嶺山,至丹水縣入沔",次引《吕氏》云云,則此注爲前條錯簡無疑,非今本高注有遺也酈注丹水文,本《抱朴子·金丹篇》。

西家之潦,徑其宫而不止。《召類》,卷二十

畢沅曰:"徑,《新序》、《御覽》作經。舊校云:一作注。孫云:'李善注《文選·張景陽〈雜詩〉》,引作注於庭下而不止。'"

按:高注云:"西家地高,潦東流經子罕之宫而不禁。"則正文原作經字明矣。下文"潦之經吾宫也利"亦可證。今本作徑及注,於誼雖通,然與注及下文,均有未合,當並是形近之誤。

潦之經吾宫也利,故弗禁也。《召類》,卷二十

《御覽》三百五引,作潦不經吾庭不得寫,爲是,吾不禁也。

按:《御覽》引有改易,惟"爲是,吾不禁也"二句,頗足以證今本之奪。上文云"爲是故,吾弗徙也",則此亦當作"爲是故,吾弗禁也",然後相儷。《新序·刺奢篇》:"潦之經吾宫也利,爲是故,不禁也。"尤爲明證。

國莫敢言,道路以目。《達鬱》,卷二十

高注:"以目相視而已,不敢失言。"

按:失字未安,疑矢之形誤。《書·盤庚上》:"率籲衆慼,出矢言。"孔傳:"出正直之言。"即其誼也《國語·周語上》韋注作發,亦通。 又按:《左傳》昭公二十六年《正義》,引《周語》亦作"國莫敢言",與此同。

其死者量於澤矣。《期賢》,卷二一

按:《新序·雜事五》,量上有已字,誼長。

世之走利。《審爲》,卷二一

《意林》二引作趨利。

按:趨字是,走蓋趨之殘。《無義篇》:"不知趨利。"亦以趨利連文。《御覽》三百六十四引,正作趨。

太王亶父居邠,狄人攻之,事以皮帛而不受,事以珠玉而不肎。《審爲》,

卷二一

　　畢沅曰：“《莊子·讓王篇》，皮帛句下，有事之以犬馬而不受一句，此胄字亦作受。……《詩·大雅·緜》正義云：‘毛傳言不得免焉，《書傳略説》云每與之不止，《吕氏春秋》云不受。’據此，則此胄字定誤。”

　　按：畢説非是。孔氏《正義》言《吕氏》云不受者，謂其所稱狄人不受太王亶父所事之皮帛珠玉也，與上《毛傳》言不得免焉，《書傳略説》云每與之不止，並爲辜較異説之詞三書所言情物各異，故孔氏下文結之曰“異人別説，故不同耳”，非謂《吕氏》字作不受也。文誼甚明，不知畢氏何以致誤？如畢氏説，《正義》上文云：“《莊子》與《吕氏春秋》皆云太王亶甫居豳，狄人攻之，與之珠玉而不肯。”則今本《莊子·讓王篇》及此文之不受，皆爲不肯之誤矣。且不胄與不受，字異誼同；儻《正義》謂《吕氏》云不肯，豈今本事以皮帛句之不受，亦爲不肯之誤邪？本書《下賢篇》：“段干木官之則不胄，禄之則不受。”《説苑·尊賢篇》文同。《淮南·道應篇》：“延陵季子吴人願一以爲王而不肯，許由讓天下而弗受。”是不受與不胄對言，非廑此文爾也。《高義篇》：“王赦之而不胄。”《知分篇》：“延陵季子吴人願以爲王而不胄。”亦並以不胄連言也。《爾雅·釋言》：“肯，可也。”斯其詁矣。

皆勉處矣。《審爲》，卷二一

　　畢沅曰：“《莊子》云：‘子皆勉皆居矣。’則此亦當有子字。”

　　按：《淮南·道應篇》亦作“皆勉處矣”，與此同。

所爲貴驥者，爲其一日千里也；旬日取之，與駑駘同。《貴卒》，卷二十

　　按：與上當有則字，始與下“終日而至，則與無至同”相儷。寫者蓋以注文無則字而删耳。《劉子·貴速篇》：“驥所以見珍者，以其日行千里也；滿旬而取至，則與駑馬均矣。”文即出此，正有則字也。

所爲貴鏃矢者，爲其應聲而至。《貴卒》，卷二十

　　按：以上文例之，至下當有也字。《淮南·説山篇》：“所以貴鏌邪者，以其應物而斷割也。”《新序·雜事二》：“所以尚干將莫邪者，貴其立斷也。”句法並與此同。

終日而至，則與無至同。《貴卒》，卷二十

　　舊校云：“無至，一作無矢。”

　　　按：高注云：“射三百步，終一日乃至，是爲與無所至同也。”是正文本作無至明矣。《劉子‧貴速篇》：“箭所以爲貴者，以其弦直而疾至也；窮日而取至者，則與不至者同矣。”亦可證。

此褒姒之所用死，而平王所以東徙也。《疑似》，卷二二

　　　按：平王下當有之字，始與上句相儷。《樂成篇》：“此湯武之所以大立功於夏商，而句踐之所以能報其讎也。”《正名篇》：“此公玉丹之所以見信，而卓齒之所以見任也。”句法與此並同。

今壽國有道，而君人者而不求，過矣。《求人》，卷二二

　　　按：不求上而字疑衍。《察賢篇》：“故賢者之致功名也，比乎良醫，而君人者不知疾求，豈不過哉！”語意並與此同。

故唯聖人爲能和樂之本也。《察傳》，卷二二

　　《集釋》云：“案樂上和字，當更增一和字，文義乃順。”

　　　按：《集釋》非是。樂上和字，一而足矣，若更增之，文誼反覺不順。《風俗通義‧正失篇》引此文亦作“故唯聖人爲能和樂之本”。《孔叢子‧論書篇》作“唯聖人爲能和六律，均五音，知樂之本”。雖有增益，然亦可證此文之不應再疊和字也。

故不肖主無賢者，無賢則不聞極言。《直諫》，卷二三

　　　按：下無賢下，當有者字，始與上句相應。

鮑叔奉杯而進曰：“使公毋忘出奔在於莒也。”《直諫》，卷二三

　　　按：在上疑奪而字，下文可證。

使甯戚毋忘其飯牛而居於車下。《直諫》，卷二三

　　　按：句末當有也字，始與上“使公毋忘出奔在於莒也，使管仲毋忘束縛而在於魯也”二句一律。《管子‧小稱篇》：“鮑叔牙奉杯而起曰：‘使公毋忘出如莒時也，使管子毋忘束縛在魯也，使甯戚毋忘飯牛車下也。’”即此文之所本，正有也字。《新序‧雜事四》：“鮑叔奉酒而起曰：‘祝吾君無忘其出而在莒也，使管仲無忘其束縛而

從魯也，使甯子無忘其飯牛於車下也。'"亦可證。又按：飯上其字疑衍，《管子》文可驗也。《新序》雖有，然亦三句一律，此固不應壟有其一也。

桓公避席再拜曰："寡人與大夫能皆毋忘夫子之言，則齊國之社稷，幸於不殆矣。"《直諫》，卷二三

　　按：大夫上疑奪"二"字。上文云："齊桓公、管仲、鮑叔、甯戚，相與飲酒酣。"是同飲者四人，除鮑叔奉杯起祝不計外，則受祝者三人也；此爲桓公拜謝鮑叔之詞，當云寡人與二大夫能皆毋忘夫子之言，於事理乃合，否則泛然失指矣。《管子·小稱篇》："桓公辟席再拜曰：'寡人與二大夫能無忘夫子之言句內似奪皆字，則國之社稷，必不危矣。'"《新序·雜事四》："桓公辟席再拜曰：'寡人與二大夫皆無忘夫子之言，齊之社稷，必不廢矣。'"並其證。

王曰："甚善！丹知寡人；寡人自去國居衛也，帶益三副矣。"《過理》，卷二三

　　高注："副，或作倍。……帶益三倍，苟活者肥，令腹大耳。"
　　按：倍字誼長，高氏從倍字爲解，是也。公玉丹諛滑王容貌充滿，故滑王自言帶益三倍，特顯其無重國之意。《新序·雜事五》作"帶三益矣"。益與倍誼同。《左傳》僖公三十年杜注："倍，益也。"中壘既改倍爲益，故刪上益字也。

秦繆公時，戎彊大，秦繆公遺之女樂二八與良宰焉。《壅塞》，卷二三
　　按：次秦字疑衍，單言繆公已足。

故亂國之主，患存乎用三石爲九石也。《壅塞》，卷二三
　　《治要》存作在。
　　按：在字較勝。《驕恣篇》："失國之主，多如宣王；然患在乎無春居。"是其證。

勉而自爲係。《不苟論》，卷二四
　　按：《列女傳·母儀·魯季敬姜傳》作"俛而自申之"。則此勉字當爲俛之誤。

秦繆公見戎由余，說而欲留之，由余不肎。繆公以告蹇叔。蹇叔曰：
“君以告內史廖。”內史廖對曰：“戎人不達於五音與五味，君不若遺
之。”繆公以女樂二八人與良宰遺之。《不苟論》，卷二四

　　按：“君不若遺之”下，文意不明，疑有殘闕。《韓非子·十過篇》：
　　“內史廖曰：‘臣聞戎王之居，僻陋而道遠，未聞中國之聲，君其遺
　　之女樂，以亂其政，而後爲由余請期，以疎其諫；彼君臣有間，而後
　　可圖也。’君曰：‘諾。’乃使史廖以女樂二八遺戎王，因爲由余請
　　期。”《韓詩外傳》九：“王繆曰：‘夫戎王居僻陋之地，未嘗見中國之
　　聲色也，君其遺之女樂，以婬其志，亂其政，其臣下必疎，因爲由余
　　請緩期，使其君臣有間，然後可圖也。’繆公曰：‘善。’乃使王繆以
　　女樂二列遺戎王，爲由余請期。”《說苑·反質篇》文略同《史記·秦本
　　紀》：“內史廖曰：‘戎王處辟匿，未聞中國之聲，君試遺其女樂，以
　　奪其志；爲由余請，以疏其間；留而莫遣，以失其期；戎王怪之，必
　　疑由余，君臣有間，乃可虜也；且戎王好樂，必怠於政。’繆公曰：
　　‘善。’因與由余曲席而坐，傳器而食，問其地形與其兵勢；盡詧，而
　　後令內史廖以女樂二八遺戎王。”並較《呂氏》詳審，故具錄之。又
　　二八下人字，亦當據《韓非子》、《史記》刪。

皆爲得其處，而安其產。《當賞》，卷二四

　　畢沅曰：“《日抄》作皆得其處，無爲字。”

　　　按：《日抄》所引是也。產下當有矣字，始與下“皆盡其力，而以
　　爲用矣”二句一律。《亢倉子·政道篇》正作“皆得其處，而安其
　　產矣”。

矢之速也，而不過二里止也；步之遲也，而百舍不止也。《博志》，卷二四

　　按：上言矢，下言步，所儗頗覺不倫，疑矢字有誤。既云矢速，又云
　　二里止，則其所止宜矣；與步遲百舍不止之意，殊嫌齟齬。且此文
　　爲總結甯越勤學之詞，誼與《荀子·勸學篇》“騏驥一躍，不能十
　　步；駑馬十駕，功在不舍”同。《淮南·人間篇》：“夫走者之所以爲
　　疾也，步者之所以爲遲也。”彼以走疾、步遲對言，則此矢字定爲走

之誤。走，正作夨，今本非緣字壞，即由淺人妄改。《説苑・建本篇》：“大走者之速也，而過二里止；步者之遲也，而百里不止。”即本此文，正作走，不作夨也。當據正。又按：《淮南・説林篇》：“矢疾，不過二里也；步之遲，百舍不休，千里可致。”矢亦爲走之誤，前人無辨證之者，故罩及之。

窺赤肉而烏鵲聚，貍處堂而衆鼠散。《貴當》，卷二四

　　《集釋》云：“案烏原作鳥，王念孫校本改鳥爲烏。案張本作烏，今據改正。”

　　按：鳥改爲烏，是也。《淮南・説林篇》：“赤肉縣則烏鵲集，鷹隼鷙則衆鳥散。”語意並與此同。

荆有善相人者，所言無遺策，聞於國。《貴當》，卷二四

　　《集釋》云：“案《御覽》六百四引國上有楚字。”

　　按：《御覽》所引非也。上言荆，此忽言楚，不應歧出如是。且“聞於國”語意已明，無須再贅楚字也。《韓詩外傳》九作“聞於國中”。《新序・雜事五》作“聞於國”。

事多似倒而順，多似順而倒。《似順論》，卷二五

　　按：下多字衍。此二句一氣銜接，與下“有知順之爲倒，倒之爲順者”，同一句法。《首時篇》：“聖人之於事，似緩而急，似遲而速，以待時。”亦可證。

人主太上喜怒必循理，其次不循理，必數更。《似順論》，卷二五

　　高注：“太上，上德之君。”

　　按：高注非是。太上對其次爲文，謂等之最居上者，非論其上德也。

今吾倍所以爲偏枯之藥。《別類》，卷二五

　　《御覽》七百二十四、又九百八十四，並無所以二字。

　　按：《御覽》所引是也。當從之。

有度而以聽。《有度》，卷二五

　　按：以字衍，此緊承上“賢者有度而聽”之詞。

夏不衣裘，非愛裘也，暖有餘也；冬不用簟，非愛簟也，清有餘也。（《有度》，卷二五）

《集釋》云："案非愛裘也，《意林》引作非不愛裘也，文下非愛簟也，非下亦有不字。"

按：《意林》二所引非是。下文"聖人之不爲私也，非愛費也，節乎己也"，句法與此相同，若於愛費上增不字，則文誼舛馳矣。《管子·禁藏篇》："夫冬日之不濫，非愛冰也；夏日之不煬，非愛火也。"《韓詩外傳》三："是以冬不數浴，非愛水也；夏不頻湯，非愛火也。"《淮南·俶真篇》："夫夏日之不被裘者，非愛之也，燠有餘於身也；冬日之不用翣者，非簡之也，清有餘於適也。"語意並與此同。《文選·潘安仁〈秋興賦〉》李注引"冬不用簟，非愛簟也"二句，非下無不字，是也。

乃發太府之貨予衆。《分職》，卷二五

按：予上奪以字，劉文典據《淮南·道應篇》增之，是也。《劉子·貪愛篇》亦作"乃發大府之財以與衆"。

譬白公之嗇，若梟之愛其子也？《分職》，卷二五

孫鏘鳴曰："譬，疑在若字上。"

按：孫説於此固通，然《淮南·道應篇》作"譬白公之嗇也，何以異於梟之愛其子也"。其譬字又將焉乙？

君則不寒矣，民則寒矣！《分職》，卷二五

《治要》、《類聚》五、《御覽》三十四，並無上矣字。

按：無上矣字，是也。《新序·刺奢篇》正作"君則不寒，民誠寒矣"。

使奪之宅，殘其州。《慎小》，卷二五

按：之與其互文，之亦其也。

齊桓公即位，三年三言，而天下稱賢，群臣皆説：去肉食之獸，去食粟之鳥，去絲罝之網。《慎小》，卷二五

按：此文有誤。肉食，當作食肉。食肉之獸，食粟之鳥，文本相對。

絲,疑係之形誤。二食字並爲動詞,若作絲,則爲名詞矣。《淮南·主術篇》:“桓公立政:去食肉之獸,食粟之鳥,係置之網。”文即本此,當據正。

好得惡予,國雖大不爲王。《士容論》,卷二六

　　高注:“多藏厚亡,故必不爲王。”

　　按:正文“不爲王”上無必字,而注中忽有,疑誤。《老子》第四十四章:“多藏必厚亡。”即高氏所本,則必字當乙在厚上。又按以全書注文例之,故下當有曰字。

此愚者之患也。《士容論》,卷二六

　　高注:“患者,猶病也。”

　　按:注當云:“患,猶病也。”者字疑衍。

嘗試觀於上志,……欲妄而逾危也。《務大》,卷二六

　　梁玉繩曰:“此段幾及百字,與《諭大篇》同,蓋不韋集諸客爲之,失於檢照;高氏屢欲載咸陽之金,何以不糾之?”

　　按:本書前後文同者,不靡此九十四字,他篇亦閒有之本篇下文孔子曰以下百八十字,即與《諭大篇》所稱季子曰云云全同。不韋集諸客所爲,固失於檢照;然與此同者,乃《務本》而非《諭大》,是梁氏亦自失檢照矣前各篇中文同者,梁氏未之議,則其疏與高氏同。許君以十年之力爲此,何以不糾之?

皆患其身不貴於其國也,而不患其主之不貴於天下也。《務大》,卷二六

　　按:身下當有之字,始與下句相儷。國上其字衍。《務本篇》:“皆患其身之之字原奪,據《治要》補不貴於國也,而不患其主之不貴於天下也。”即其證。

故細之安必待大,大之安必待小;細大賤貴,交相爲贊,然後皆得其所樂。《務大》,卷二六

　　按:小當作細,始與上下一律。《首時篇》:“以魯、衞之細,而皆得志於大國。”《達鬱篇》:“鏡之明己也功細,士之明己也功大;得其細,失其大,不知類耳。”《期賢篇》:“以趙之大,而伐衞之細。”亦並

以細大對言。《諭大篇》："故小之定也必恃大，大之安也必恃小；小大貴賤，交相爲恃，然後皆得其樂。"雖以小對大，然其上下同也。

薄疑對曰："烏獲舉千鈞，又況一斤？"《務大》，卷二六

《集釋》云："案舉字原作奉。畢沅云：'《淮南》奉作舉。'案張本、姜本並作舉，今改正。"

按：奉改舉是。《文選·班孟堅〈答賓戲〉》："烏獲抗力於千鈞。"李注："《吕氏春秋》薄疑説衞嗣君曰：'烏獲舉千鈞，又況一斤乎？'"是《吕氏》原作舉字明矣。又斤下當據李注補乎字。《淮南·道應篇》亦有之。

（原載一九三八年《燕京學報》第二十三期）

吕氏春秋校證補遺

吕不韋書，余舊有《校證》之作，然讎正多囿於正文，高氏《訓解》則鮮及之者。因復爲之勘讀，雌黄妄下，所得都六十則，聊以補遺云爾。

太史謁之天子。《孟春紀》

　　高誘注："《周禮》：'太史掌國之六典，正歲時以序事。'"

　　按：掌下當據《周禮·春官·宗伯下·大史》補建字。《季冬紀》與《務本篇》兩注引《天官·冢宰·大宰》文，《勿躬篇》注引《夏官·司馬》文，掌下亦並有建字，此固不應無之也。

盛德在木。《孟春紀》

　　注："盛德在木，王東方也。"

　　按：《淮南·時則篇》高注王上有木字。以《孟夏紀》注"以盛德在火，火王南方也"，《孟秋紀》注"盛德在金，金主西方也"例之，當以有木字爲勝。

多官而反以害生，則失所爲立之矣。《本生》

　　注："多立官，致任不肖人，亂象干度，故以害生也。"

　　按：象疑當作衆，字之誤也。《知度篇》注："有亂衆干度之議者不聽也。"是其證。

昔先聖王之爲苑囿園池也。《重己》

　　注："……樹果曰園。《詩》曰：'園有樹桃。'"

　　按：《魏風·園有桃》無樹字。以次章"園有棘"句例之，樹字實不應有；非高氏誤記，即寫者涉上文而衍。

玄鳥至。《仲春紀》

　　注：“……《傳》曰：‘玄鳥氏司啓者也。’”

　　　按：《左傳》昭公十七年：“玄鳥氏司分者也，……青鳥氏司啓者
　　　也。”是司啓者乃青鳥氏，非玄鳥氏矣；則此啓字當作分，始與時序
　　　合。《仲秋紀》注所引不誤。

耕者少舍。《仲春紀》

　　注：“……《傳》曰：‘陰陽分布，震雷出滯，土地不備墾，辟在司寇之
　　　謂也。’”

　　　按：之上疑奪此字所引傳文見《國語·周語上》。

命樂正入舞舍采。《仲春紀》

　　注：“命樂官正率卿大夫之子入學官習舞也。”

　　　按：《孟春紀》注：“樂正，樂官之長也。”則此注中官字疑衍。

聘名士，禮賢者。《季春紀》

　　注：“將與興化致理者也。”

　　　按：《淮南·時則篇》注作“將與爲治也”，此理字疑唐避高宗諱改
　　　而未校復者。

餧獸之藥，無出九門。《季春紀》

　　注：“明餧獸之藥，所不得出也。”

　　　按：《淮南·時則篇》注藥上有毒字，疑此注奪。《禮記·月令》鄭
　　　注：“凡諸罟及毒藥，禁其出九門。”亦可證。

大合樂。《季春紀》

　　注：“《周禮》大胥司樂章：以樂舞教國子，……以悦遠人。”

　　　按：注引《周禮》見《春官·宗伯下·大司樂》，胥字衍《大胥》別爲
　　　一章。

三代之興王。《論人》

　　注：“三代，禹、湯、文王也。”

　　　按：注釋三代爲禹、湯、文王，殊覺不當。疑三代下原有興王二字，
　　　寫者偶奪之耳。

律中仲吕。《孟夏紀》

　　按：高氏於其餘十一紀之律中△△下皆有注語，或曰“竹管音與△△聲和”，或曰“竹管音中△△”，或曰“竹管之音應△△”，而此獨無一詞，疑有奪簡。

先薦寢廟。《孟夏紀》

　注：“先寢廟，孝之至。”

　　按：《仲夏紀》“先薦寢廟”注：“先致寢廟，孝而且敬。”《孟秋紀》“先薦寢廟”注：“先致寢廟，《孝經》曰：‘四時祭祀，不忘親也。’”《季秋紀》“先薦寢廟”注：“先進於廟，孝敬親也。”則此注先下有奪字。

命樂師。《仲夏紀》

　注：“師，樂官之長也。”

　　按：注師上疑奪樂字。

爲民祈祀山川百原。《仲夏紀》

　注：“名山大川，泉源所出非一，故言百。能興雨者，皆祈祀之。”

　　按：注雨上當據《淮南・時則篇》注補雲字。《孟春紀》注：“山林川澤，百物所生，又能興雲雨以殖嘉苗，故祀之。”尤爲明證。《新語・無爲篇》：“故山川出雲雨。”《古文苑・漢樊毅〈修西嶽廟記〉》：“祭視三公者，以其能興雲雨，産萬物。”亦足以發。

故曰黄鍾之宮，律吕之本。《古樂》

　注：“法鳳之雌雄，故律有陰陽，上下相生。”

　　按：上文正文云：“以之阮隃之下，聽鳳皇之鳴，以別十二律。其雄鳴爲六，雌鳴亦六，以比黄鍾之宮適合。”則此注鳳下當有皇字，始能相應。

天子居明堂右个。《季夏紀》

　注：“明堂，向南堂。”

　　按：以《孟春》、《仲春》、《孟夏》、《仲夏》、《孟秋》、《仲秋》、《孟冬》七紀注例之，此注當作明堂，南向堂，始相一律。

入材葦。《季夏紀》

注：“材葦供國用也。”

　按：《淮南·時則篇》注作“入材葦供國用也”。則此注材上亦當有入字，方能與正文應。

命四監大夫合百縣之秩芻，以養犧牲。《季夏紀》

　注：“秩，常也。常所當芻，故聚之以養犧牲。”

　按：《禮記·月令》、《淮南·時則篇》並作“命四監大合百縣之秩芻以養犧牲”，無夫字，是也。高注云：“四監，監四郡大夫也。”是正文本無夫字明甚。《季春紀》：“乃命四監收秩薪柴，以供寢廟及百祀之薪燎。”句法與此同，亦可證。又按：注文芻上應據《淮南·時則篇》注補出字。

季夏行春令，則穀實解落，國多風欬。《季夏紀》

　注：“陽發多雨，而行其令，故穀實散落，民病風欬上氣也。”

　按：陽發多雨，當從《淮南·時則篇》注作陽發多風。《孟夏紀》：“行春令，則暴風來格。”注：“春木氣多風。”即其義也。

其音宮。《季夏紀》

　注：“宮，土也；位在中央，爲之音主。”

　按：注“爲之音主”淆次，當乙作“爲音之主”。《淮南·時則篇》注：“宮，土也；位中央，五音之主也。”可推證。

故成湯之時，有穀生於庭。《制樂》

　注：“《書叙》云：‘伊陟相太戊，亳有桑穀祥共生于朝。’”

　按：桑穀祥當作祥桑穀，始與《書叙》《咸有一德》合。《史記·殷本紀》、《漢書·五行志中之下》，亦並作祥桑穀也。

盛德在金。《孟秋紀》

　注：“盛德在金，金主西方也。”

　按：注主當依《淮南·時則篇》注作王，始能與《孟春》、《孟夏》、《孟冬》三紀注相合。

行夏令，則多火災，寒熱不節，民多瘧疾。《孟秋紀》

　注：“……寒熱相干不節，使民病瘧疾，寒熱所生。”

按:寒熱上當據《淮南·時則篇》注增"瘧疾"二字,語意始顯。

以鄉聽者,禄之以鄉;以邑聽者,禄之以邑。《懷寵》

注:"《周禮》'二千五百家爲州,五州爲鄉,鄉、萬二千五百家',《周禮》'八家爲井,四井爲邑,三十二家也',此上鄉邑皆不從《周禮》。"

按:注末句不似高氏口吻,疑爲校者旁注之詞而誤入正文者。

乃命司服具飭衣裳,……冠帶有常。《仲秋紀》

注:"《周禮》:'司服掌王之吉服,祀昊天上帝,則大裘而冕;……視朝則皮弁服。'"

按:"大裘"上當據《春官·宗伯·司服》補服字。《季春紀》注所引未奪。

凡爲天下之民長也,慮莫如長有道而息無道,賞有義而罰不義。《振亂》

按:慮字疑當乙在也字上。此云長慮,下云長患,其比相同。《節喪篇》:"以生人之心爲死者慮也,莫如無動,莫如無發。"《恃君覽》:"故爲天下長慮,莫如置天子也;爲一國長慮,莫如置君也。"句法與此相似,可證。

穿竇窌。《仲秋紀》

注:"穿水通竇,不欲地泥溼也。"

按:穿水通竇義不可通,《淮南·時則篇》注作"穿竇所以通水,不欲地溼也",極是。當據改爲穿竇通水。

昔者秦繆公乘馬而車爲敗。《愛士》

注:"四馬車。"

按:四馬車疑有奪誤。

律中無射。《季秋紀》

注:"故萬物隨而藏。"

按:高氏注《淮南》天文、時則兩篇,並云"萬物隨陽而藏",則隨下亦富有陽字。《白虎通·五行篇》:"九月謂之無射何? 射者、終也;言萬物隨陽而終。"亦可證。

入學習吹。《季秋紀》

　　注：“入學吹笙習禮樂。”

　　　按：“學下”《淮南·時則篇》注有官字，是也。《孟春紀》“入學習
　　　舞”注“入學官教國子講習羽籥之舞”，《仲春紀》“入學習樂”注“又
　　　入學官習樂”，並足以發。

命主祠祭禽於四方。《季秋紀》

　　注：“祭始設禽獸者於四方，報其功也。”

　　　按：者字淆次，當乙在方字下。

行春令，則暖風來至，民氣解墮。《季秋紀》

　　注：“春陽仁，故暖風至，民解墮也。”

　　　按：“民下”當據《淮南·時則篇》注補氣字，始能與正文合。

夫以德得民心以立大功名者，上世多有之矣。《順民》

　　注：“神農、黃帝、堯、舜、禹、湯、文、武皆是也，故上世多有之。”

　　　按：“故”下疑奪曰字。下文“失民心而立功名者，未之曾有也”注：
　　　“蚩尤、夷昕、……楚靈之屬，皆以滅亡，故曰未之曾有也。”其明
　　　徵矣。

其帝顓頊，其神玄冥。《孟冬紀》

　　注：“顓頊……死祀爲北方水德之神；玄冥，……死祀爲水神。”

　　　按：兩死字下疑並奪託字。《孟夏紀》“其帝炎帝”注：“炎帝，……
　　　死託祀於南方爲火德之神。”《季夏紀》“其帝黃帝，其神后土”注：
　　　“黃帝，……死託祀爲中央之帝；后、土官，……死託祀爲后土之
　　　神。”《孟秋紀》“其神蓐收”注：“少皥氏子曰該，皆有金德，死託祀
　　　爲金神。”並其證。《淮南·天文篇》“其帝顓頊”注：“顓頊，……死
　　　託祀於北方之帝也。”亦足以發。

律中應鐘。《孟冬紀》

　　注：“應鐘。陰律也，……陰應於陽，轉成其功。”

　　　按：“轉”疑當依《淮南》天文、時則兩篇注作輔。此之輔成其功，猶
　　　《仲秋紀》注之“任其成功”，《季冬紀》注之“助其成功然”也。

盛德在水。《孟冬紀》

注："盛德在水，王北方也。"

按："王"上當有水字，《淮南·時則篇》注可證。

命有司。《仲冬紀》

注："有司於《周禮》爲司徒，掌建邦之土地，主地圖與民人之教。"

按：注引《周禮》見《地官·司徒·大司徒》，原文作"掌邦之土地之圖，與其人民之數"，疑此有誤。

乃命大酋。《仲冬紀》

注："大酋，……於《周禮》爲酒正，掌酒之政令，以式法度授酒材。"

按：《天官·冢宰下·酒正》"法"下無度字，疑此衍。

氣霧冥冥。《仲冬紀》

注："清濁相干，氣霧冥冥也。"

按：氣上當有"故"字，始與上下一律。《淮南·時則篇》注正有故字也。

以供皇天上帝社稷之享。《季冬紀》

注："稷，田官之神。謂列山氏子柱與周棄也。"

按："列"疑當依《君守篇》注作"烈"，然後一律。《國語·魯語上》作烈山氏。

河水。《有始覽》

注："河出崑崙東北陬。"

按："河"下當有"水"字，始與正文相應。《淮南·地形篇》及高注亦並有水字也。

水大則有蛟龍黿鼉鱣鮪。《論大》

注："傳曰：'楚人獻黿於鄭靈公，不與公子宋黿羹，……嘗之而出。'"

按："不與"上當重靈公二字，文始顯明。《季夏紀》注未奪《淮南·時則篇》注亦重靈公二字。

定賤小在於貴大。《論大》

注："《淮南記》曰：'牛馬之氣烝，生蟁蝱，蟁蝱氣烝，不能生牛馬。'"

按：注引《淮南》"次蟁蝱"下奪之字，當據《泰族篇》補。

青龍之匹。《本味》

　　注:"……《周禮》:'七尺以上爲龍。'"

　　　按:注引《周禮》七尺當作八尺,始與《夏官·司馬下·廋人》合。
　　　《孟春紀》注所引不誤《淮南·時則篇》注引《周禮》亦作馬八尺已上曰龍。

此神農、黃帝之所法。《必己》

　　注:"神農,……農殖嘉穀而化之,號曰神農。"

　　　按:《季夏紀》注:"昔炎帝、神農能殖嘉穀,神而化之,號爲神農。"
　　　疑此注而上奪神字。

居四累之上,大王獨無意邪?《順説》

　　注:"大王意獨無欲之邪?"

　　　按:以上文大王獨無意邪句注例之,此注當作大王獨無意欲之邪?

師行過周。《悔過》

　　注:"《公羊傳》曰:'王城者,西周襄王時也。'"

　　　按:注引《公羊傳》文有誤。當云:"王城者何? 西周也。"始與昭公
　　　二十二年傳合。《淮南·氾論篇》高注引《公羊》作"王城者何? 西
　　　周也。"不誤。

言之不信,師之不反也。從此生。《悔過》

　　注:"《穀梁傳》曰:'匹馬隻輪無反者。'"

　　　按:《穀梁傳》僖公三十三年:"匹馬倚輪無反者。"范注:"倚輪,一
　　　隻之輪。"是《穀梁》本作倚輪,此注隻字非寫者涉《公羊傳》致誤,
　　　即高氏誤記。

闔廬之教,孫吳之兵,不能當矣。《上德》

　　注:"孫、吳,吳起、孫武也。吳王闔廬之將也,《兵法》五千言是也。"

　　　按:吳王上當有孫武二字。爲闔廬將者孫武,所云兵法五千言,蓋
　　　即《孫子兵法》。若無主名,則易與吳起混矣。

亂難之所以時作也。《恃君覽》

　　注:"不得常施,時盜作耳。"

　　　按:時盜二字疑當乙。

柱厲叔事莒敖公。《恃君覽》

　　注：“莒，子國也；敖公，諡；公，君也。”

　　　按：敖公諡句，疑衍公字。

故曰：“善者得之，不善者失之，古之道也。”《長利》

　　注：“得之者，若湯、武也；失之者，若桀、紂，故曰古之道也。”

　　　按：若湯、武也句，也字疑衍。

此王者之所以家以完也。《慎勢》

　　注：“家，室也。王者以天下爲家，故所以天下爲國。”

　　　按：注末句所字疑衍。

其佐多賢也。《召類》

　　注：“謂孔子、子貢之客也。”

　　　按：注之客二字疑倒。

患劍之似吳干者。《疑似》

　　注：“吳干，吳之干將者也。”

　　　按：者字疑涉正文而衍。

此夫以無寇失真寇者也。《疑似》

　　　按：夫以二字疑倒。

子夏之晉，過衞，有讀史記者曰：“晉師三豕涉河。”子夏曰：“非也！是
己亥也；夫己與三相近，豕與亥相似。”至於晉而問之，則曰晉師己亥涉
河也。《察傳》

　　　按：己與三相近，豕與亥相似二句，疑是注文，夫字屬上句讀。《意
　　　林》二引作“有讀《史記》者曰：‘晉師三豕渡河。’子夏曰：‘非也！
　　　是己亥。’”《孔子家語・七十二弟子解篇》：“（卜商）嘗返衞，見讀
　　　史志者云：‘晉師伐秦，三豕渡河。’子夏曰：‘非也！己亥耳。’讀史
　　　志者問諸晉史，果曰己亥。”亦可證。《過理篇》：“宋王築爲蘗帝。”
　　　注：“蘗當作轊，帝當作臺；蘗與轊其音同，帝與臺字相似。”與此之
　　　釋己亥，其比正同。

狐援聞而蹶往過之。《貴直論》

注："蹶；顛蹶；走，往也。"

　　按：走，往也，當作往，走也。

娶妻嫁女享祀，不酒醴聚眾。《上農》

注："禮、娶婦之家，三日不舉樂；嫁女之家，三日不絕燭。"

　　按：《禮記·曾子問篇》："孔子曰：'嫁女之家，三夜不息燭，思相離也；娶婦之家，三日不舉樂，思嗣親也。'"《韓詩外傳》二同。次三日字誤，當據改爲三夜。

（原載一九四一年《文學年報》第七期）

吕氏春秋高誘訓解疏證

漢儒治經，藹藹稱盛，而於諸子，未之或遑。其捃摭詳覈，歸然獨存者，唯高誘之《吕氏春秋訓解》乎？觀其取精用弘，彌綸群籍，寔駕所注《淮南鴻烈》上。蓋後先之叙，有宜焉爾者。余於不韋書既已校理，以拾前人之遺（見拙撰《吕氏春秋校證》）。高氏注文之有自出者，畢沅、梁玉繩諸家，多所俄空，爰以餘力爲之疏證。惟詁訓、故實兩端，以窘於時日，暫付闕如。有暇，當續成焉。一九三九年一月二十六日，明照記。

孟春紀

鱗，魚屬也，龍爲之長。

> 按：《大戴禮記·易·本命篇》："有鱗之蟲三百六十，而蛟龍爲之長。"《樂緯》（《禮記·禮運·正義》引）及《孔子家語·執轡篇》並無蛟字（凡群書互見之文無岐異者，後不復及）。

鸞、鳥，在衡；和，在軾。鳴相應和。

> 按：《大戴禮記·保傅篇》："在衡爲鸞，在軾爲和。馬動而鸞鳴，鸞鳴而和應。"

《周禮》：馬八尺以上爲龍，七尺以上爲騋，六尺以上爲馬也。

> 《本味篇》："《周禮》：'七尺以上爲龍。'"凡高氏所引前後出處相同，詞句多寡不一，或文有異者，低一字附之，後不復贅。

> 《仲夏紀》："《周禮》：'五尺曰駒。'"

> 按：《夏官·司馬下·廋人》："馬八尺以上爲龍，七尺以上爲騋，六

尺以上爲馬。”《公羊傳》隱公元年何注：“天子馬曰龍，高七尺以上；諸侯曰馬，高六尺以上；卿大夫士曰駒，高五尺以上。”高氏於《本味篇》引作七尺以上爲龍，雖同何説，然與《周禮》本經舛異，且前後亦相牴牾，或係傳寫之誤。《淮南子·時則篇》高注引《周禮》，亦作馬八尺已上曰龍。五尺曰駒句，今《周禮》無；但《儀禮·覲禮》賈疏引，亦有五尺以上爲駒六字。孫詒讓《正義》謂賈或襲六朝舊疏語。今本殆有奪佚。《淮南子》之《時則》、《脩務》兩篇高注引《周禮》，並作馬五尺以下曰駒。與《仲夏紀》所引雖異，要足證其所見本與今不同。

《周禮》：“太史掌國之六典，正歲時以序事。”

　　按：掌下奪建字。國，本作邦，避漢高祖諱改本書注中建國字，間有作邦者，當出後人追改。《春官·宗伯下·大史》：“掌建邦之六典，……正歲年以序事。”鄭注：“六典，八法、八則。冢宰所建，以治百官；大史又建焉。”

《論語》曰：“齋必變食，居必遷坐。”

　　按：見《鄉黨篇》凡高氏所引，與今本無甚差異者，止著其篇名，原文不復録。

三公至尊，坐而論道。

　　按：《周禮·考工記》：“坐而論道，謂之王公。”《文選·任昉〈齊竟陵文宣王行狀〉》李注引王作三。《續漢書·禮儀志》劉注引《禮記·月令》盧植注：“天子之三公，坐而論道。”《抱朴子·明本篇》：“坐而論道，謂之三公。”《大戴禮記·盛德篇》盧注：“三公、無官，佐王論道而已。”並足證今《考工記》作王之誤。孫詒讓《正義》以王字爲是，似未可從。

相，三公也。出爲二伯，一相處于内也。

　　按：《公羊傳》隱公五年：“天子三公者何？天子之相也。天子之相則何以三？自陝而東者，周公主之；自陝而西者，召公主之；一相處乎内。”

《國語》曰：“王耕一發，班三之。”

　　《上農篇》：“傳曰：‘王耕一發，班三之；庶人終于千畝。’”

畢沅曰：“案《周語》作王耕一墢。墢有鉢、跋二音。《説文》作坺，云：
‘一臿土也。’”

　按：人當作民。蓋唐避太宗諱改。《周語上》：“王耕一墢，班三之；
　庶民終于千畝。”

《詩》云：“中田有廬，疆埸有瓜。”

　按：見《小雅·信南山》。

《詩》云：“弗躬弗親，庶民弗信。”

　按：見《小雅·節南山》。

《周禮》：“大胥掌學士之版，以六樂之會，正舞位也。”

　《仲春紀》：“《周禮》：‘春入學，舍采合舞，秋頒學合聲，以六樂之會，
　正舞位。’”

　按：《春官·宗伯下·大胥》：“掌學士之版，以待致諸子。春入學，
　舍采合舞，秋頒學合聲，以六樂之會，正舞位。”

功施於民則祀之。

　按：《禮記·祭法》：“夫聖王之制祭祀也，法施於民則祀之。”

人反德爲亂。

　按：《左傳》宣公十五年：“民反德爲亂。”

火性炎上。

　《有始覽》：“火曰炎上。”

　按：《書·洪範》：“火曰炎上。”

本　生

夫無爲者，不以身役物。

　按：《淮南子·原道篇》：“聖人不以身役物。”

《老子》曰：“五聲亂耳，使耳不聰；五色亂目，使目不明；五味實口，使口
爽傷也。”

　同篇，《老子》曰：“五味實口，使口爽傷。”

畢沅曰：“案《老子·道經》云：‘五音令人耳聾，五色令人目盲，五味令人口爽。’此約略其文耳。實口，後注亦同，非誤。”

　　按：《老子》文見第十二章。《淮南子·精神篇》：“是故五色亂目，使目不明；五聲譁《文子·九守篇》作亂耳，使耳不聰；五味亂口，使口爽傷。”與高引差近。

法天不言，四時行焉。

　　按：《論語·陽貨篇》：“子曰：‘天何言哉？四時行焉。’”

《詩》云：“不識不知，順帝之則。”

　　按：見《大雅·皇矣》。

故堯戒曰：“戰戰栗栗，日慎一日。”

　　按：《淮南子·人間篇》：“堯戒曰：‘戰戰慄慄，日慎一日。’”栗與慄通。

《詩》云：“不遠伊邇，薄送我畿。”

　　按：見《邶風·谷風》。爾，作邇，通。

《論語》曰：“肉雖多，不使勝食氣。”

　《孝行覽》：“肉雖多，不使勝食氣。”

　　按：見《鄉黨篇》。

又曰：“不爲酒困。”

　　按：見《子罕篇》。

《詩》所謂“齒如瓠犀”者也。

　　按：見《衛風·碩人》。

高位實疾顚。

　《必己篇》：“傳曰：‘高位疾顚。’”

　《知分篇》：“達於高位疾顚，厚味腊毒者也。”

　　按：《國語·周語下》：“高位寔疾顚，厚味寔腊毒。”

重　己

崑山之玉，燔以爐炭，三日三夜，色澤不變。

　　《士容論》：“鍾山之玉，燔以爐炭，三日三夜，色澤不變。”

　　　　按：《淮南子·俶真篇》：“譬若鍾山之玉，炊以鑪炭，三日三夜，而
　　　　色澤不變。”崑山亦産玉，故高氏改從正文。

禹湯罪己，其興也勃焉；桀紂罪人，其亡也忽焉。

　　《誣徒篇》：“謂若桀紂罪人。”

　　　　按：《左傳》莊公十一年：“禹湯罪己，其興也悖焉；桀紂罪人，其亡
　　　　也忽焉。”

肥肉厚酒，爛腸之食。

　　　　按：前《本生篇》文凡高氏援用本書者，後不復贅。

《詩》云：“王在靈囿。”

　　　　按：見《大雅·靈臺》。

《詩》曰：“園有樹桃。”

　　　　按：《魏風·園有桃》無樹字。以次章“園有棘”句例之，樹字實不
　　　　應有。非高氏誤記，即寫者涉上文而衍。

《爾雅》曰：“宮謂之室，室謂之宮；土方而高曰臺，有屋曰榭。”

　　《仲夏紀》：“積土四方而高曰臺，臺加木爲榭。”

　　　　按：《釋宮》：“宮謂之室，室謂之宮。”又：“闍謂之臺郭注：積土四方，
　　　　有木者謂之榭郭注：臺上起屋。”又：“無室曰榭，四方而高曰臺。”高
　　　　氏此文，以意引也。

《周禮》：“漿人掌王之六飲：水、漿、醴、涼、醫、酏也。”

　　　　按：見《天官·冢宰下》。

又酒正：二曰醴齊。

　　《仲冬紀》：“大酉，主酒官也。……於《周禮》爲酒正。掌酒之政令，
　　以式法度授酒材，辨五齊之名。”

按：《天官·冢宰下·酒正》：“掌酒之政令，以式灋授酒材。……
辨五齊之名：……二曰醴齊。”度字當爲衍文。

貴　公

《詩》云：“魯道有蕩。”

　　按：見《齊風·南山》及《載馳》。

《書》曰：“皇天無親，惟德是輔。”

　　按：《左傳》僖公五年：“故《周書》曰：‘皇天無親，惟德是輔。’”僞古
　　文《蔡仲之命》襲之。

《詩》云：“建爾元子，俾侯于魯。”

　　按：見《魯頌·閟宮》。

言人得之而已，何必荆人也？

　　按：《公孫龍子·跡府篇》：“仲尼聞之曰：‘楚王仁義而未遂也，亦
　　曰：人亡弓人得之而已！何必楚？’”

天大地大。

　　按：《老子》第二十五章：“故道大，天大，地大，王亦大。”

《老子》曰：“聖人不仁，以百姓爲芻狗。”

　　按：見第五章。

按：《公羊傳》曰：“大眚者何？大瀆也。”

　《順民篇》：“《公羊傳》曰：‘大瀆者，大病也。’”

　畢沅曰：“案《公羊》莊二十年經：‘齊大災。’傳曰：‘大災者何？大瘥
　也。大瀆者何？痟也。’瘥、亦作瀆，鄭注《曲禮》引之。此似所見本
　異。高注《貴公篇》亦引《公羊》‘大眚者何？大瀆也。’又不同。或眚
　字後人所妄改。”

《論語》曰：“孔文子不恥下問，是以謂之文也。”

　　按：見《公冶長篇》。

《詩》云：“高山仰止，景行行止。”

按：見《小雅·車舝》。

《孝經》曰：“非家至而見之也。”

　《先識覽》：“《孝經》曰：‘非家至而日見之也。’”

　　按：《廣至德章》文。《貴公篇》所引奪日字，當據補。

禮，喪不飲酒食肉。

　　按：《禮記·曲禮上》：“居喪之禮，有疾，則飲酒食肉；疾止，復初。”又《檀弓上》：“曾子曰：‘喪有疾，食肉飲酒。’”據此，高氏以通禮言之也。

去　私

《孟子》曰：“堯使九男、二女，事舜。”

　　按：見《萬章上篇》。

《國語》曰：“舜有商均。”

　　按：見《楚語上》。

《傳》曰：“祁奚請老，晉侯問嗣焉，稱解狐——其讎也。將立之而卒。又問，對曰：‘午也可。’”

　畢沅曰：“《左傳》在魯襄三年。”

《傳》曰：“作事威，克其愛，雖小必濟。”

　　按：見《左傳》昭公二十三年。

仲春紀

土發而耕。

　《音律篇》：“發土而耕。”

　《任地篇》：“《傳》曰：‘土發而耕。’”

　　按：此文未詳所出。《國語·周語上》：“土乃脈發。”韋注：“《農書》曰：‘春，土長冒撅，陳根可拔，耕者急發。’”《禮記·月令》鄭注引同。《正義》云：“先師以爲氾勝之書也。”《齊民要術》一引氾勝之書《耕種篇》文稍異，當有奪誤。高氏或約用氾勝之書語也。《音律篇》發土，疑亦當作土發，然後一律《魯語上》有"土蟄發"語。

《爾雅》曰："商庚，黎黃。"

　　按：《釋鳥》："倉庚，商庚。"又："商庚，鶩黃也。"

《詩》云："黃鳥于飛，集于灌木。"

　　按：見《周南‧葛覃》。

傳曰："玄鳥氏司啟者也。"

　《仲秋紀》："傳曰：'玄鳥氏司分者也。'"

　　按：啟當作分。《左傳》昭公十七年："玄鳥氏司分者也，……青鳥氏司啟者也。"杜注："玄鳥，燕也。以春分來，秋分去與高說同。青鳥，鶬鴳也。以立春鳴，立夏止。"若作啟，則大謬矣。

《周禮》："媒氏以仲春之月，合男女。於時也，奔則不禁。"

　　按：《地官‧司徒下‧媒氏》："中春之月，令會男女。於是時也，奔者不禁。"

王者，一后，三夫人，九嬪，二十七世婦。

　　按：《禮記‧昏義》："古者、天子后立六宮：三夫人，九嬪，二十七世婦。"

《尚書》曰："厥民析。"

　　按：見《堯典》。

傳曰："陰陽分布，震雷出滯，土地不備墾，辟在司寇"之謂也。

　　按：《國語‧周語上》："陰陽分布，震雷出滯，土不備墾，辟在司寇。"之上疑奪此字。

《詩》云："二之日鑿冰沖沖，三之日納于凌陰，四之日其蚤，獻羔祭韭。"

　《季冬紀》："《詩》云：'二之日鑿冰沖沖，三之日納于凌陰。'"

　　按：見《豳風‧七月》。蚤，作蚤，古通用不別。

常事曰視。

　　按：《穀梁傳》隱公五年文。

樂所以移風易俗。《孟夏紀》同。

《貴生篇》：“《孝經》曰：‘安上治民，莫善於禮；移風易俗，莫善於樂。’”

　　按：《廣要道章》文。

謂六代之樂：《雲門》、《咸池》、《大韶》、《大濩》、《大夏》、《大武》也。

《季春紀》：《周禮·大胥司樂章》：“以樂舞教國子，舞《雲門》、《大卷》、《大咸》、《大韶》、《大夏》、《大護》、《大武》。大合樂以合和邦國，以諧萬民，以安賓客，以悦遠人。”

　　按：胥字衍大胥別爲一章。《春官·宗伯下·大司樂》：“以樂舞教國子，舞《雲門》、《大卷》、《大咸》、《大磬》、《大夏》、《大濩》、《大武》鄭注：此周所存六代之樂。……大合樂以致鬼神示，以和邦國，以諧萬民，以安賓客，以説遠人。”韶、磬、濩、護、濩，古並通用。

《周禮》曰：“以樂教和，則民不乖。”

　　按：《地官·司徒·大司徒》：“以禮樂教和，則民不乖。”是樂上當有禮字。

《記》曰：“幣帛皮圭，告于祖禰。”

　　按：《禮記·曾子問》：“孔子曰：‘天子、諸侯、將出，必以幣帛皮圭，告于祖禰。’”

貴　生

《詩》云：“如有隱憂。”

　　按：見《邶風·柏舟》。

《淮南記》云：“越王翳也。”《淮南》云：“山穴也。”

　　按：並見《原道篇》。

《淮南記》曰：“魚相忘乎江湖，人相忘乎道術。”

　　按：見《俶真篇》。乎，並作於。《莊子·大宗師篇》有此文，並作乎。

土鼓、蕢桴，伊耆氏之樂也。

　　按：《禮記·明堂位》：“土鼓、蕢桴、葦籥，伊耆氏之樂也。”

和光同塵。

按:《老子》第四章:"和其光,同其塵。"

死君親之難,義重於生,視死如歸。

《孝行覽》:"臨難,死君父之難,視死如歸,義重身輕也。"

《知分篇》:"死君親之難者,則當視死如歸,蓋義重於身也。"

按:《淮南子·泰族篇》:"死君親之難,視死若歸,義重於身也。"

《語》曰:"水火吾見蹈死者矣,未見蹈仁而死者也。"

按:見《論語·衛靈公篇》。

情　欲

《論語》所謂"述而不作,信而好古,竊比於我老彭"是也。

《執一篇》:"《論語》曰:'竊比於我老彭。'"

按:見《述而篇》。

不知紀極。

按:《左傳》文公十八年:"聚斂積實,不知紀極。"

《老子》曰:"出生入死。"

按:見第五十章。

《幽通記》曰:"張修襮而内逼。"

《必己篇》:"《幽通記》曰:'張毅修襮而内偪。'"《幽通記曰》:'單豹治裏而外凋。'"

按:《漢書·叙傳上》:"(《幽通賦》)單治裏而外凋,張修襮而内逼。"毅、豹二字,疑爲寫者旁注,誤入正文者。

事功曰勞《愛類》、《求人》兩篇同。

按:見《周禮·夏官·司勳》。

當　染

《詩》云："實爲阿衡，實左右商王。"

　　按：見《商頌·長發》。

《孟子》曰："王者師臣也。"

　畢沅曰："當出外書，或約與景丑語。"《淮南子·覽冥篇》高注引同。

《傳》曰："榮夷公好專利，而不知大難。"

　　按：見《國語·周語上》。

《傳》曰："虢石父讒諂巧佞之人也！以此教王，其能久乎？"

　　按：《國語·鄭語》："夫虢石父讒諂巧從之人也。"韋注："巧從，巧
　　於媚從。"高引作佞，或所見本有異。又《周語上》："夫榮夷公……
　　以是教王，王能久乎？"高氏誤合爲一，非是古人讀書熟，載筆時未嘗檢
　　對，故偶有此誤。

功　名

《淮南記》曰："人甘非正爲蹠也，蹠而焉往？"

　畢沅曰："《繆稱訓》曰：'人之甘甘，非正爲蹠也，而蹠焉往？'"

《詩》云："弋鳧與鴈。"《季春紀》同

　　按：見《鄭風·女曰雞鳴》。

東方曰夷，南方曰蠻。

　《恃君覽》："東方曰夷。"

　　按：《禮記·王制》文。

才過百人曰豪，千人曰桀。

　《孟夏紀》："千人爲俊，萬人爲傑。"

　《制樂篇》："材倍百人曰豪也。"

　《孟秋紀》："材過萬人曰桀，千人曰儁。"

《誠廉篇》：“倍百人爲豪。”

《知分篇》：“萬人爲英，百人爲豪。”

　　按：高説前後舛異，未審何故？《鶡冠子·博選篇》：“故德萬人者謂之雋，德千人者謂之豪，德百人者謂之英。”《能天篇》同《白虎通·聖人篇》：“《禮別名記》曰：‘……百人曰俊，千人曰英，……萬人曰傑。’”《春秋繁露·爵國篇》：“故萬人者曰英，千人者曰俊，百人者曰傑，十人者曰豪。”《淮南子·泰族篇》：“故智過萬人者謂之英，千人者謂之俊，百人者謂之豪，十人者謂之傑。”亦不一致。蓋英、俊、傑、豪諸名，本爲形容之詞，原無定制；故高氏隨文解説，未之顧照也。

《淮南記》曰：“急轡利錣，非千里之御也；嚴刑峻法，非百王之治也。”

　　按：《原道篇》：“夫峭法刻誅者，非霸《文子·道原篇》作帝，三字必有一誤王之業也。”《繆稱篇》：“故急轡數者，非千里之御也。”

《傳》曰：“以化平化謂之治；以亂止亂，何治之有？”

《長攻篇》：“《傳》曰：‘以亂平亂，何治之有？’”

　　按：《左傳》宣公四年：“平國以禮不以亂，伐而不治，亂也；以亂平亂，可治之有？”

殘義損善曰桀，殘仁多累曰紂。

　　畢沅曰：“《獨斷》：‘殘人多壘曰桀，殘義損善曰紂。’《史記集解》作‘賊人多殺曰桀’，李石《續博物志》又作‘殘民多罍曰桀’。”

季春紀

《詩》曰：“蟷蝀在東，莫之敢指”是也。

　　按：見《鄘風·蟷蝀》。

《周禮·司服章》曰：“王祀昊天上帝，則服大裘而冕，祀五帝亦如之。”

《仲秋紀》：“《周禮·司服》：‘掌王之吉服：祀昊天上帝，則大裘而冕，祀五帝亦如之。享先王，則袞冕；享先公，饗射，則驚冕；祀四望山川，則毳冕；祭社稷五祀，則絺冕；小祀，則玄冕。凡兵事，韋弁服；視朝，則皮弁服。’”

《季秋紀》：“《周禮·司服章》：‘凡田冠弁服。’”

　　按：《春官·宗伯·司服》：“掌王之吉凶衣服，辨其名物、與其用事。王之吉服：祀昊天上帝，則服大裘而冕；祀五帝亦如之。享先王，則衮冕；享先公，饗射，則鷩冕；祀四望山川，則毳冕；祭社稷五祀，則希冕；小祀，則玄冕。凡兵事，韋弁服；眡朝，則皮弁服。凡甸鄭注：‘甸，田獵也。’高引作田，蓋意改冠弁服。”《仲秋紀》所引，大裘上奪服字，當據補。

又《内司服章》：“王后之六服有菊衣。”

　　按：《天官·冢宰下·司服》：“掌王后之六服：……鞠衣。”

《詩》曰：“鱣鮪潑潑。”

　《諭大篇》：“《詩》云：‘鱣鮪發發。’”

　《上農篇》：“《詩》云：‘施罛濊濊，鱣鮪發發。’”

　　按：見《衛風·碩人》。潑，作發。二字聲近得通。《諭大》、《上農》兩篇作發，疑寫者據《詩》改。

《詩》云：“寢廟奕奕。”

　　按：《詩》無此文。《小雅·巧言》：“奕奕寢廟。”《魯頌·閟宫》：“新廟奕奕。”高氏蓋誤記。《淮南子·時則篇》高注亦引作“寢廟奕奕”。

《詩》云：“肅肅兔罝。”《上農篇》同。

　　按：見《周南·兔罝》。

《詩》云：“鴛鴦于飛，罼之羅之。”

　　按：見《小雅·鴛鴦》。罼，作畢。《説文》無罼字《玉篇》有，當以作畢爲是。

《周禮·内子章》：“仲春，詔后率内外命婦薀于北郊，以爲祭服。”

　　按：《天官·冢宰下·内宰》：“中春，詔后帥外内命婦，始薀于北郊，以爲祭服。”許維遹《集釋》改子爲宰，是也。

若宋人以玉爲楮葉，三年而成，亂之楮葉之中，不可別知之類也。

按:《韓非子·喻老篇》:"宋人有爲其君以象爲楮葉者,三年而成;
豐殺、莖柯,毫芒、繁澤,亂之楮葉之中,而不可別也。"象,象牙也。
《淮南子·泰族篇》作象(有奪字),《列子·説符篇》作玉。

八音克諧。

按:《書·舜典》:"八音克諧,無相奪倫。"

簫韶九成。

按:《書·益稷》:"簫韶九成,鳳皇來儀。"

盡　　數

《傳》曰:"人受天地之中以生,所謂命也。"

按:見《左傳》成公十三年。

《孟子》曰:"人性無不善。"

按:《告子上篇》:"孟子曰:'……人性之善也,猶水之就下也,人無
有不善,水無有不下。'"

先　　己

詹何曰:"未聞身治而國亂,身亂而國治者。"

《孝行覽》:"詹何曰:'身治而國不治者,未之有也。'"

《求人篇》:"詹子曰:'未聞身亂而國治者也。'"

《處方篇》:"詹何曰:'未聞身亂而國治也。'"

按:《淮南子·道應篇》:"詹何對曰:'臣未聞身治而國亂者也,未
聞身亂而國治者也。'"

《虞書》曰:"天聰明,自我民聰明。"

按:見《皋陶謨》。

《傳》曰:"啓伐有扈。"

《召類篇》:"《春秋傳》曰:'啓伐有扈。'"

按：三傳中無此文。《左傳》昭公元年："夏有觀扈。"杜注："《書序》
曰：'啓與有扈戰于甘之野。'"高氏所引或此。

《書》曰："大戰於甘，乃召六卿。王曰：'六事之人，予誓告汝！ 有扈氏
威侮五行，怠棄三正，天用勦絶其命，今予惟龔行天之罰。'"

　　按：見《甘誓》。

《傳》曰："惟無瑕者，可以戮人。"

　　按：《左傳》昭公四年："椒舉曰：'臣聞無瑕者，可以戮人。'"
知人則哲，惟帝其難之。

　《恃君覽》："知人則哲。"

　　按：《書·皐陶謨》："禹曰：'吁！ 咸若時，惟帝其難之！ 知人
　　則哲。'"

《論語》曰："君子求諸己。"

　　按：見《衛靈公篇》。

論　人

《孝經》曰："言滿天下無口過。"

　　按：見《卿大夫章》。

《孟子》曰："達則兼善天下。"

　《慎人篇》："樂，兼善天下也。"

　　按：見《盡心上篇》。

《傳》曰："善進善，不善蔑由至矣；不善進不善，善亦蔑由至矣。"《雍塞
篇》同。

　　梁玉繩曰："傳見《晉語》六，韓獻子之言也。"凡前人成説，出畢本外者，據
　　《集釋》迻録。

圜　道

膚寸而合。

按：《公羊傳》僖公三十一年：“觸石而出，膚寸而合。”

孟夏紀

羽蟲，鳳爲之長。

按：《大戴禮記·易本命篇》：“有羽之蟲三百六十，而鳳皇爲之長。”

《爾雅》云：“不榮而實曰秀，榮而不實曰英。”

按：《釋草》：“不榮而實者謂之秀，榮而不實者謂之英。”

《傳》曰：“賞以春夏，刑以秋冬。”

按：見《左傳》襄公二十六年。

禮，所以經國家，定社稷，利人民。

按：《左傳》隱公十一年：“禮，經國家，定社稷，序民人，利後嗣者也。”

故齊桓公命於子之鄉有孝於父母，聰慧質仁，秀出於衆者，則以告；有不以告，謂之蔽賢而罪之。

按：見《管子·小匡篇》及《國語·齊語》。

《論語》曰：“當暑袗絺綌。”

按：見《鄉黨篇》，絟當作綌。《五經文字》：“綌，作絟，譌。”

《詩》云：“爲此春酒，以介眉壽。”

按：見《豳風·七月》。

勸　學

《論語》曰:"人能弘道,非道弘人。"

　　按:見《衛靈公篇》。

《易·繫辭》曰:"苟非其人,道不虛行。"

　　按:見《下繫》。

《易》曰:"匪我求童蒙,童蒙求我。"

　　按:見《蒙》卦。

王者不臣師。

　　按:《禮記·學記》:"是故君之所不臣於其臣者二:當其爲尸,則弗臣也;當其爲師,則弗臣也。"

《詩》云:"弗逝不至,而多爲恤。"

　　按:見《小雅·杕杜》。

尊　師

學以致之無鬼神也。

　　《博志篇》:"史曰:'日精所學致無鬼神。'"

　　王念孫曰:"注當作史游曰:'積學所致無鬼神。'此引《急就篇》語也。今本《急就篇》無作非,皇象本作無。"

用　衆

故孔子入太廟,每事問。是不醜不能,不惡不知。

　　按:《論語·八佾篇》:"子入太廟,每事問。"《論衡·知實篇》:"子入太廟,每事問。不知故問,爲人法也。孔子未嘗入廟,廟中禮器,衆多非一,孔子雖聖,何能知之?"與高説同。

《孟子》曰："有楚大夫欲其子之齊言也,……引而置之莊、獄之間數年,雖日撻而求其楚,亦不可得矣!"

　　按:見《滕文公下篇》。

離婁,黃帝時明目人,能見針末於百步之外。

　　梁玉繩曰："離婁能見針末於百步之外,語見《淮南·原道》。"

言百發之中,必有羿、逢蒙之功。

　　許維遹曰："語見《淮南·説林篇》。"

《淮南記》曰："萬人之眾無廢功,千人之眾無絕良。"

　　按:《主術篇》:"故千人之群無絕梁《文子·下德篇》作糧,疑並爲良之音誤,萬人之聚無廢功。"

仲夏紀

《傳》曰："伯趙氏司至者也。"

　　按:見《左傳》昭公十七年。

蓋所謂旱則資舟,夏則資皮。

　　梁玉繩曰："注蓋所謂二句,出《越語》。"

春夏干戚,秋冬羽籥。

　　按:《禮記·文王世子》:"春夏學干戈,秋冬學羽籥。"

《詩》云："伯氏吹壎,仲氏吹篪。"

　　按:見《小雅·何人斯》。

《詩》云："顔如蕣華。"

　　按:見《鄭風·有女同車》。蕣,作舜。《説文·草部》引亦作蕣,與此同。

大　樂

《傳》曰："溺人必笑。"

按：見《左傳》哀公二十年。

侈　樂

《老子》曰：“多藏厚亡。”

《士容論》：“多藏厚亡。”

按：見第四十四章。

男曰覡，女曰巫。

按：《國語·楚語下》：“在男曰覡，在女曰巫。”

古　樂

山北曰陰。

《音初篇》：“山南曰陽也。”《本味篇》同。

《行論篇》：“水北曰陽。”

按：《穀梁傳》僖公二十八年：“水北爲陽，山南爲陽。”

《論語》曰：“文王爲西伯，三分天下有其二，以服事殷。”

按：《泰伯篇》：“三分天下有其二，以服事殷。”首句高氏意增。

自黃帝以來，功成作樂。

按：《禮記·樂記》：“王者功成作樂。”

《爾雅》謂之蛗。

按：《釋蟲》：“蟋蟀，蛬。”《玉篇》：“蛬，一作蛗。”

《詩》曰：“鼉鼓韸韸。”《諭大篇》同

按：《大雅·靈臺》作“逢逢。”釋文：“逢，亦作韸。”

季夏紀

《傳》曰：“楚人獻黿於鄭靈公，靈公不與公子宋黿羹；公子怒，染指於鼎，嘗之而出。"《諭大篇》同（奪靈公二字）。

按：見《左傳》宣公五年。

故《春秋傳》曰："上大夫受縣，下大夫受郡。"

按：見《左傳》哀公二年。

白與黑謂之黼，黑與赤謂之黻，青與赤謂之文，赤與白謂之章。

《仲秋紀》："青與赤五色備謂之繡。"

《孝行覽》："青與赤謂之文，赤與白謂之章。"

按：《考工記》："青與赤謂之文，赤與白謂之章，白與黑謂之黼，黑與青謂之黻，五采備謂之繡。"《季夏》、《仲秋》兩篇注文有奪誤蓋傳寫所致，當據正。

思啓封疆也。

《禁塞篇》："謂諸侯思啓封疆。"

按：《左傳》成公八年："思啓封疆。"

倮蟲，麒麟爲之長。

《孟秋紀》"毛蟲之屬，而虎爲之長。"

按：《大戴禮記·易本命篇》："有毛之蟲三百六十，而麒麟爲之長。"又："倮之蟲三百六十，而聖人爲之長。"《家語·執轡篇》同。與此不同，當是傳聞之異。《觀表篇》注亦以虎爲毛蟲，麒麟爲倮蟲。

音　律

《詩》云："柔遠能邇，以定我王"也。

按：見《大雅·民勞》。

音　初

《傳》曰："齊桓公伐楚，讓之曰：'爾貢苞茅不入，王祭不供，無以縮酒，寡人是徵；昭王南征，没而不復，寡人是問！'對曰：'貢之不入，寡君之罪，敢不共乎？昭王之不復，君其問諸水濱！’”

　　按：見《左傳》僖公四年。茆，作茅，通。

《詩》云：“天命玄鳥，降而生商。”又曰：“有娀方將，立子生商。”

　　按：上見《商頌·玄鳥》，下見《長發》立上有帝字。

制　　樂

《書叙》云：“伊陟相太戊，亳有桑穀祥共生于朝。”

　　按：見《咸有一德》。桑穀祥，當作祥桑穀，始與《書叙》合。《史
　　記·殷本紀》、《漢書·五行志中之下》，亦並作祥桑穀。

《傳》曰：“后非衆無以守邑。”《傳》曰：“衆非元后何戴？”

　　按：《國語·周語上》：“《夏書》有之曰：‘衆非元后何戴？后非衆無
　　與守邦。’”僞《大禹謨》襲之。

明　　理

《河圖》曰：“野鳥入，主人亡”也。

　　按：此文他書未見徵引，前人輯《河圖》者亦漏。賈誼《服賦》：“發
　　書占之兮，《讖》言其度；曰：‘野鳥入室，主人將去。’”《易林·屯之
　　夬》：“有鳥來飛，集于宮樹；鳴聲可惡，主將出去。”

孟秋紀

故賞軍將與武人於朝，與衆共之。

　　按：《禮記·王制》：“爵人於朝，與衆共之。”

《孝經》曰：“四時祭祀，不忘親也。”

　　按：各章無此文。《喪親章》：“春秋祭祀，以時思之。”高氏蓋以意
　　引也。

是月,月麗于畢,俾雨滂沱。

　　按:《詩·小雅·漸漸之石》:"月離于畢,俾滂沱矣。"

蕩　兵

天生五材,民並用之,廢一不可,誰能去兵? 兵之來久矣:聖人以治,亂人以亡。廢、興、存、亡,昏、明之術也。

　　畢沅曰:"本子罕語,見襄二十七年《左傳》。"

《傳》曰:"能者養之以求福,不能者敗之以取禍。"

　　按:見《左傳》成公十三年。畢沅有辨證,文長不錄。

振　亂

亂政亟行。

　　按:《左傳》隱公五年文。

無所控告。

　　按:《左傳》襄公八年文。

誅其君,弔其民。

　　按:《孟子·滕文公下篇》文。

禁　塞

晉獻公伐麗戎,史蘇曰:"勝而不吉。"

　　按:《國語·晉語一》:"獻公卜伐驪戎,史蘇占之曰:'勝而不吉。'"

故《司馬法》曰:"以戰去戰,雖戰可也。"

　　按:見《仁本篇》。去,作止。

靈公通於夏姬,與孔寧、儀行父飲酒於夏氏;徵舒過之,公謂行父曰:"徵舒似汝。"對曰:"亦似君。"徵舒病之。公出,自其廄射而殺之。

按：《左傳》宣公十年文無徵舒過之句。

戰鬬殺人，合土築之，以爲京觀。

《不廣篇》：“古者軍伐克敗，於其所獲尸，合土築之，以爲京觀。”

按：《左傳》宣公十二年：“潘黨曰：‘君盍築武軍，收晉尸以爲京觀？’”

懷　寵

《傳》曰：“其君是惡，其民何罪？”

按：見《左傳》僖公十三年。

《周禮》：“五家爲比，五比爲閭。”《周禮》：“二千五百家爲州，五州爲鄉。”

《期賢篇》：“《周禮》：‘二十五家爲閭。’”

按：《地官·司徒·大司徒》：“令五家爲比，……五比爲閭，……五黨爲州，……五州爲鄉。”高氏以意引之。

《周禮》：“八家爲井，四井爲邑。”《周禮》：“二千五百家爲縣，四縣爲都。”

《貴因篇》：“《周禮》：‘四井爲邑，邑、方二里也；四縣爲都，都、方二十二里也。’”

按：《小司徒》：“九夫爲井，四井爲邑，……四甸爲縣，四縣爲都。”高氏所引前後異指，非是。八家爲井及二千五百家爲縣，皆與《周禮》不合。

《孟子》曰：“百姓簞食壺漿，以迎王師，奚爲後予？”

按：見《梁惠王下篇》。

仲秋紀

《周禮》：“大羅氏掌獻鳩杖以養老。又伊耆氏掌共老人之杖。”

畢沅曰：“《周禮》羅氏掌獻鳩以養國老按見《夏官·司馬》。《禮記·郊
特牲》有大羅氏，此參用彼文。衍杖字，缺國字。《周禮》伊耆氏共王
之齒杖。鄭注：王之所以賜老者之杖。”

宰，於《周禮》爲充人。掌養祭祀之犧牲，繫于牢，芻之三月也。

　　按：《地官·司徒·充人》：“掌繫祭祀之牲牷，祀五帝則繫于牢，芻
　　之三月。”

祝，太祝。以駹牷事神，祈福祥也。

　　按：《春官·宗伯下·大祝》：“掌六祝之辭，以事鬼神示，祈福祥。”

《語》曰：“鄉人儺，朝服立於阼階。”

　　按：見《論語·鄉黨篇》。

國有先君宗廟曰都，無曰邑。

　　按：《左傳》莊公二十八年：“凡邑有宗廟先君之主曰都，無曰邑。”

有司，於《周禮》爲場人。場，協入也。

　　按：《地官·司徒下·場人》：“掌國之場圃，而樹之果蓏珍異之物，
　　以時歛而藏之。”《國語·周語上》：“場，協入。”

《詩》云：“亦有旨蓄以御冬”也。

　　按：《邶風·谷風》：“我有旨蓄，亦以御冬。”注文疑有奪倒。

以所有易所無。

　　按：《孟子·公孫丑下篇》：“古之爲市也，以其所有，易其所無者。”

論　威

賞不僭，刑不濫也。

　　按：《左傳》襄公二十六年：“賞不僭而刑不濫。”

《司馬法》曰：“有故殺人，雖殺人可也。”

　　按：《仁本篇》：“是故殺人安人，殺之可也。”

鼓以進士。

　　《慎大覽》：“鼓以進眾。”

《不二篇》:"擊金則退,擊鼓則進。"

按:《吳子·應變篇》:"鼓之則進,金之則退。"

決　勝

若狐之搏雉,俯伏弭毛以喜説之,雉見而信之,不驚憚遠飛,故得禽之。

許維遹曰:"注約用《淮南·人間篇》文。"

愛　士

《詩》曰:"兩服上襄。"《詩》曰:"兩驂如舞。"

按:並見《鄭風·大叔于田》。

《傳》曰:"見可而進,知難而退,武之善經也。"

按:見《左傳》宣公十二年。

季秋紀

《傳》曰:"爵入于海爲蛤。"

《孟冬紀》:"《傳》曰:'雉入于淮爲蜃。'"

按:《國語·晉語九》:"趙簡子歎曰:'雀入于海爲蛤,雉入于淮爲蜃。'"爵與雀通。

冢宰,於《周禮》爲天官。冢,大;宰,治也。主治萬事。

按:《天官·冢宰》:"乃立天官冢宰,使帥其屬而掌邦治,以佐王均邦國。"《白虎通·爵篇》:"所以名之爲冢宰何？冢者,大也,宰者,制也。"

有司,於《周禮》爲司徒。司徒主衆。

按:《地官·司徒》:"乃立地官司徒,使帥其屬而掌邦教,以佐王安擾邦國。"《白虎通·封公侯篇》:"司徒主人。"

《詩》云：“穹窒熏鼠，塞向墐户。嗟我婦子，曰：‘爲改歲，入此室處！’”

　　按：見《豳風·七月》。

《周禮》：“籥師掌教國子，舞羽吹籥。”

　　按：見《春官·宗伯下》。吹，作歙，古今字。

《詩》云：“吹笙鼓簧，承筐是將。”

　　按：見《小雅·鹿鳴》。

五家爲鄰，五鄰爲里，四里爲酇，五酇爲鄙，五鄙爲縣。

　　按：《周禮·地官·司徒下·遂人》文。

僕，於《周禮》爲田僕，掌御田輅。

　　按：《夏官·司馬下·田僕》：“掌馭田路。”馭、御古今字。輅與
　　路通。

七騶，於《周禮》當爲趣馬。

　　按：見《司馬下·校人》。

《爾雅》云：“屏謂之樹。”

　　按：見《釋言》。

《論語》曰“樹塞門”者也。

　　按：見《八佾篇》。

謂若屈到嗜芰，曾晳嗜羊棗。

　　按：《國語·楚語上》：“屈到嗜芰。”《孟子·盡心下篇》：“曾晳嗜
　　羊棗。”

二千五百人爲師，五百人爲旅。

　　按：《周禮　夏官·司馬》文。

審　已

知射，心平體正，然後能中。

　　按：《禮記·射義》：“故心平體正，持弓矢審固；持弓矢審固，則射
　　中矣。”

《論語》云：“非信不立。”

按：《顏淵篇》：“自古皆有死，民無信不立。”《劉子·履信篇》作民非信不立。

精　通

《淮南記》曰：“下有茯苓，上有兔絲。”

按：見《説山篇》。

《詩》曰：“葛與女蘿，施于松上。”王念孫校本改葛爲蔦。

按：《小雅·頍弁》：“蔦與女蘿，施與松上。”

《淮南記》曰：“慈母在於燕，適子念於荊，言精相往來者也。”

按：《説林篇》：“慈母吟於燕，適子懷於荊，精相往來也。”

孟冬紀

《周禮》：“太卜掌三兆之法：一曰玉兆，二曰瓦兆，三曰原兆。又掌三易之法：一曰《連山》，二曰《歸藏》，三曰《周易》。”

按：見《春官·宗伯下》。

塞絕蹊徑，爲其敗田。

按：《漢書·五行志中之上》：“成帝時謡謠又曰：‘邪徑敗良田。’”

《書》曰：“禋于六宗。”

按：見《舜典》。

天子曰兆民。

按：《左傳》閔公元年文。

節　喪

《莊子》曰：“生，寄也；死，歸也。”

按：今本《莊子》無此文，前人輯佚者亦漏之。《淮南子·精神篇》：
“禹乃熙笑而稱曰：‘……生，寄也；死，歸也。’”又見《論衡·異虛篇》。

安　死

《傳》曰：“宋文公卒，始厚葬：用蜃炭，益車馬，始用殉；重器備：槨有四
阿，棺有翰檜。君子謂華元、樂呂於是不臣。臣，治煩去惑者也，是以
伏死而爭。今二子者，君生則縱其惑；死也，又益其侈。是棄君於惡
也！何臣之爲？”

　　按：見《左傳》成公二年。呂，作舉。《潛夫論·浮侈篇》亦作樂呂，
　　與此同。《左傳》文公十八年及宣公二年並有樂呂其人。

《傳》曰：“堯葬成陽。”

　　按：此《傳》未審何書。《漢書·地理志上》：“濟陰郡、成陽有
　　堯冢。”

《傳》曰：“舜葬蒼梧、九疑之山。”

　　按：此《傳》亦未審何書。《史記·五帝本紀》：“（舜）南巡守，崩於
　　蒼梧之野，葬於江南九嶷。”

孔子拜下禮也，今拜乎上，泰也；雖違眾，吾從下。

　　按：《論語·子罕篇》文。

異　寶

《周禮》：“侯執信圭。”《知分篇》同

　　《重言篇》：“《周禮》：‘侯執信圭，七寸。’”

　　按：《春官·大宗伯》：“侯執信圭。”《秋官·司寇下·大行人》：“諸
　　侯之禮，執信圭，七寸。”

仲冬紀

有司，於《周禮》爲司徒。掌建邦之土地，主地圖，與民人之教。

　　按：《地官·司徒》：“大司徒之職：掌建邦之土地之圖，與其人民之數。”教字蓋寫者妄改，當據正。

閽、宮官，尹、正也，於《周禮》爲宮人。掌王之六寢。

　　按：《天官·冢宰下·宮人》：“掌王之六寢之脩。”

至　忠

《春秋傳》曰：“忠爲令德，非其人則不可，況不令之尤者乎？”

　　按：《左傳》成公十年：“君子曰：‘忠爲令德，非其人猶不可，況不令乎？’”又昭公元年：“況不信之尤者乎？”高氏又誤記。

《孟子》曰：“惡溼而居下。”

　　《審分覽》：“猶惡溼而居下也。”

　　按：《公孫丑上篇》：“是猶惡溼而居下也。”

忠　廉

魯閔二年傳曰：“狄人伐衞。衞懿公好鶴，鶴有乘軒者；將戰，國人受甲者，皆曰：‘使鶴！鶴有禄位，余焉能戰？’”

　　按：此《左氏傳》也。

當　務

《詩》云：“娶妻如之何？必告父母。”

　　按：見《齊風·南山》。娶作取。《説文》：“娶，取婦也。取，捕取也。"則娶爲本字。

禹甘旨酒而飲之。

> 按:《戰國策·魏策二》:"昔者,帝女令儀狄作酒而美,進之禹;禹飲而甘之,遂疏儀狄,絕旨酒。"

《論語》曰:"愛之欲其生,惡之欲其死;既欲其生,又欲其死,惑也。"

> 按:見《顏淵篇》。

《語》曰:"葉公告孔子曰:'吾黨有直躬者,其父攘羊,而子證之。''父爲子隱,子爲父隱,直在其中矣。'"

> 按:見《論語·子路篇》。

言淫刑以逞,誰能免之?

> 按:《左傳》僖公二十三年:"淫刑以逞,誰則無罪?"

《傳》曰:"酒以成禮,弗繼以淫。"

> 按:《左傳》莊公二十二年:"君子曰:'酒以成禮,不繼以淫,義也。'"

長　見

先意承志。

> 按:《大戴禮記·曾子大孝篇》:"君子之所謂孝者,先意承志,諭父母於道。"

臧武仲曰:"季孫之愛我疾疹也,孟孫之惡我藥石也;美疢不如惡石也。"

《達鬱篇》:"《傳》曰:'季孫之愛我疾疹也,孟孫之惡我藥石也;美疢不如惡石。'"

> 按:見《左傳》襄公二十三年。疹作疢通。

魯僖七年傳曰:"初、申侯之出也,有寵於楚文王。文王將死,與之璧,使行;曰:'惟我知汝,汝專利而不厭,予取予求,不汝疵瑕也;後之人將求多於汝,汝必不免! 我死,汝速行! 毋適小國,將不汝容焉。'"

按：此《左氏傳》也。

故《傳》曰："齊，太岳之胤。"

梁玉繩曰："注蓋引《左氏》莊廿二年《傳》'姜太嶽之後也'，而偶涉隱十年之文。"

季冬紀

《詩》云："雉之朝雊，尚求其雌。"

按：見《小雅·小弁》。

《周禮》："方相氏掌蒙熊皮，黄金四目，玄衣朱裳，執戈揚楯，率百隸而時儺，以索室驅疫鬼。"

按：見《夏官·司馬下》。

《周禮·籥章》："仲春，晝擊土鼓，吹《邠詩》，以逆暑；仲秋，夜逆寒亦如之。"

按：見《春官·宗伯下》。次逆字作迎。

宰歷，於《周禮》爲太宰。掌建邦之六典、八法，以御其衆。

《務本篇》："有司，於《周禮》爲太宰。掌建國之六典，以佐王治邦國，以治官府，以紀萬民。"

按：《天官·冢宰·大宰》："大宰之職，掌建邦之六典：以佐王治邦國，一曰治典，以經邦國，以治官府，以紀萬民；二曰教典，……三曰禮典，……四曰政典，……五曰刑典，……六曰事典。……以八灋治官府：一曰官屬，以舉邦治；二曰官職，以辨邦治；三曰官聯，以會官治；四曰官常，以聽官治；五曰官成，以經邦治；六曰官灋，以正邦治；七曰官刑，以糾邦治；八曰官計，以弊邦治。"

介 立

昔者，齊饑，黔敖爲食於路，有人戢其履，瞢瞢而來；黔敖呼之曰："嗟！

來食！”揚其目而應之曰：“吾惟不食‘嗟來’之食，以至於此！”黔敖隨而謝之。遂去，不食而死。君子以爲其嗟也可去，其謝也可食。

按：《禮記·檀弓下》文詞句略異。

不　侵

《淮南記》曰：“左手據天下之圖，右手刎其喉，愚夫不爲也。”

　　《知分篇》：“《淮南記》曰：‘左手據天下之圖，右手刎其喉，愚夫弗爲。’”

　　按：《精神篇》：“使左據天下之圖，而右手刎其喉，愚夫不爲。”左下奪手字。《文子·上義篇》、《韓詩外傳》佚文（《御覽》四七四引）、《後漢書·馬融傳》、《仲長統傳》、《三國志·彭羕傳》，並有此文，皆作左手。

士爲知己者死。

　　按：《戰國策·趙策一》：“豫讓遁逃山中，曰：‘嗟乎！士爲知己者死。’”

孔子曰：“使於四方，不辱君命，可謂士矣。”

　　按：《論語·子路篇》文。

有始覽

魯定四年，吳伐楚，楚左司馬請塞直轅、冥阨，以擊吳人者也。

　　按：此《左氏傳》也。

《詩》曰：“凱風自南。”

　　按：見《邶風·凱風》。

河出崑崙東北陬，赤水出其東南陬。

　　按：河下當有水字，始與正文合。《淮南子·地形篇》：“河水出昆侖東北陬，……赤水出其東南陬。”《地形篇》高注亦云：“河水出昆侖，在北陬。”

《語》曰："譬如北辰,居其所,而衆星拱之。"

　　按:見《論語·爲政篇》。

建木在廣都南方,衆帝所從上下也。

　　按:《淮南子·地形篇》:"建木在都廣,衆帝所自上下。"

《易》曰："近取諸身,遠取諸物。"

　　按:見《繫辭下》。

謹　聽

生自知,其上也。

　　按:《論語·季氏篇》:"孔子曰:'生而知之者,上也。'"

《論語》曰:"不知爲不知。"

　　按:見《爲政篇》。

《傳》曰:"不有君子,其能國乎?"《期賢篇》同。

　　按:見《左傳》文公十二年。

務　本

乾爲天。

　　按:《易·説卦》文。

《詩》云:"不稼不穡,胡取禾三百億兮? 不狩不獵,胡瞻爾庭,有縣特兮?"

　　按:見《魏風·伐檀》。

諭　大

《淮南記》曰:"蠡房不能容鶴卵。"孫人和曰:"鶴當作鵠。"

　　按:《氾論篇》:"而蜂房不容鵠卵。"

《淮南記》曰:"牛馬之氣烝,生蟣蝨;蟣蝨氣烝,不能生牛馬。小不能生大。"

　　按:《泰族篇》:"牛馬之氣蒸,能生蟣蝨;蟣蝨之氣蒸,不能生牛馬者,少也。"少也二字,從劉家立本增。

匡章,乃孟軻所謂通國稱不孝者。

　　按:《孟子·離婁下篇》:"公都子曰:'匡章,通國皆稱不孝焉。'"高氏以爲孟子語,非是。

孝行覽

孝爲行之本也。

　　按:《孝經·開宗明義章》:"子曰:'夫孝,德之本也。'"又,《聖治章》:"人之行,莫大於孝。"

孔子曰:"昔者,明王之以孝治天下也,不敢遺小國之臣,而況於公侯伯子男乎?故得萬國之懽心。"

　　按:《孝經·孝治章》文。

《孝經》曰:"以孝事君,則忠。"

　　按:見《士章》。

《孝經》曰:"修身慎行,恐辱先也。"

　　按:見《感應章》。

用天之道,分地之利。

　　按:《孝經·庶人章》文。

衣食足,知榮辱。

　　按:《管子·牧民篇》文。

《揚子》曰:"孟軻勇於義。"

　　按:《揚子法言·淵騫篇》:"請孟軻之勇?曰:'勇於義而果於德。'"

揚名於後世,孝之終也。

按:《孝經·開宗明義章》:"立身行道,揚名於後世,以顯父母,孝
之終也。"

濟水載舟不游涉,行道不從邪徑。

按:《禮記·祭義》:"是故道而不徑,舟而不游。"

本　味

《周禮》:"司爟掌行火之政令。"《贊能篇》同。

按:見《夏官·司馬》。

四時之數:春生,夏長,秋收,冬藏。

按:《淮南子·本經篇》:"四時者:春生,夏長,秋收,冬藏。"

《論語》曰:"失飪不食。"

按:見《鄉黨篇》。

《淮南記》曰:"軼鵷雛於姑餘。"

按:見《覽冥篇》。

《禮記》曰:"草木之滋,薑桂之謂也。"

按:《檀弓上》:"曾子曰:'喪有疾,食肉飲酒,必有草木之滋焉,以
爲薑桂之謂也。'"

橘所生也,生江北則爲枳。

按:《考工記》:"橘踰淮而北爲枳。"《韓詩外傳》十:"王不見夫江南
之樹乎? 名橘;樹之江北,則化爲枳。"

《孟子》曰:"得乎丘民爲天子。"

按:見《盡心下篇》。

首　時

文王得歸,乃築靈臺,作王即玉字門,相女童,擊鐘鼓。

按:《淮南子·道應篇》:"文王歸,乃爲玉門,築靈臺,相女童,擊

鐘鼓。”

文，謚也。經天緯地曰文。

    按：《周書·謚法篇》文。

《傳》云：“五戰及郢。”

    按：見《左傳》定公四年。

一姓不再興。

    按：《國語·周語下》：“叔向告之曰：‘異哉！吾聞之曰：一姓不再興。’”

日中則昃者也。

    《慎大覽》：“《易》曰：‘日中則仄。’”

    按：《易·豐·彖》曰：“日中則昃。”

義　賞

《公羊傳》曰：“文公逆祀，去者三人；定公順祀，叛者五人。”

    按：見定公八年《傳》。

長　攻

《傳》曰：“吾姨也。”

    按：見《左傳》莊公十年。

不勞師徒而得之，曰取。《傳》曰：“易也。”

    《似順論》：“《傳》曰：‘伐而言取，易也。’”

    按：《左傳》襄公十三年：“凡書取，言易也。”《公羊傳》隱公十年：“其言伐取之何？易也。”

《傳》曰：“冀州之北土，馬之所生也。”

    按：《左傳》昭公四年：“冀之北土，馬之所生。”

慎　人

《傳》曰：“伐虞獲其大夫井伯，以媵秦繆姬。”

　　按：見《左傳》僖公五年。

《孟子》曰：“百里奚，虞人也，晉人以垂棘之璧，假道於虞以伐虢；宮之奇諫之，百里奚知虞公之不可諫也，而去之秦。”

　　按：見《萬章上篇》。

《論語》曰：“衛靈公問陳於孔子，對曰：‘俎豆之事，則嘗聞之矣；軍旅之事，未之學也。’明日遂行。在陳絶糧，從者病，莫能興。”

　　按：見《衛靈公篇》。

《論語》曰：“‘君子亦有窮乎？’子曰：‘君子固窮，小人窮斯濫矣。’”

　　按：見《衛靈公篇》。

《論語》曰：“歲寒，然後知松柏之後凋也。”

　　按：見《子罕篇》。

遇　合

以爲盜竊犯七出。

　　按：《大戴禮記·本命篇》：“婦有七去：不順父母，去；無子，去；淫，去；妬，去；有惡疾，去；多言，去；竊盜，去。”

必　己

《詩》云：“草木死無不萎。”

　　畢沅曰：“此約《小雅·谷風》之詩‘無草不死，無木不萎’二語而失之。”

《春秋》魯哀十四年《傳》曰：“宋桓魋之有寵，欲害公；公知之，攻桓魋，魋出奔衞。”

　　按：此《左氏傳》也。

慎大覽

安不忘危。

　　按：《易·繫辭下》：“是故君子安而不忘危。”

心不則德義之經爲頑。

　　按：《左傳》僖公二十四年文。

《傳》曰：“振旅凱入，飲至策勳。”

　　按：《左傳》隱公五年：“入而振旅，歸而飲至。”又桓公二年：“凡公
　　行告于宗廟，反行飲至、舍爵、策勳焉，禮也。”

《傳》曰：“知懼如此，斯不亡矣。”

　　按：《左傳》成公七年：“君子曰：‘知懼如是，斯不亡矣。’”

下　賢

《詩》云：“何其久也？必有以也！”《直諫篇》同。

　　按：見《邶風·旄丘》。

四方上下曰宇，往古來今曰宙。

　　按：《淮南子·齊俗篇》：“往古來今謂之宙，四方上下謂之宇。”

孔子曰：“子產有君子之道四焉：其行己也，恭；其事上也，敬；其養民
也，惠；其使民也，義。”

　　按：《論語·公冶長篇》文。

報　更

《詩》云：“濟濟多士，文王以寧。”

按：見《大雅·文王》。

順　説

《傳》曰："晉侯誣人，人亦誣之。"

　　按：《國語·周語上》："故晉侯誣王，人亦將誣之。"
君子務本，本立而道生。

　　按：《論語·學而篇》文。

貴　因

《傳》曰："都城過百雉，國之害也。"

　　按：見《左傳》隱公元年。
《傳》曰："衆曹所好，鮮其不濟，湯武是也；衆曹所惡，鮮其不敗，桀紂
是也。"

　　畢沅曰："案《周語》泠州鳩對周景王曰：'民所曹好，鮮其不濟也；其
　　所曹惡，鮮其不廢也。'"
《傳》曰："厲王虐，國人謗王。王使衛巫監謗者，得而殺之。乃不敢言，
而道路以目。"

　　按：見《國語·周語上》。
人之所欲，天必從之。

　　按：《左傳》襄公三十一年："穆叔曰：'《太誓》云：民之所欲，天必從
　　之。'"又見《國語·周語中》及《鄭語》。僞《泰誓上》襲之。
所壞，不可支。

　　按：《國語·周語下》："周詩有之曰：'天之所支，不可壞也；其所
　　壞，亦不可支也。'"韋注："周詩，飫時所歌也。支，拄也。"
故《孫子》曰："不戰而屈人之兵，善之善者也。"

　　按：見《謀攻篇》。

《論語》云：“子見南子，子路不悅；夫子矢之，曰：‘予所不者，天厭之！天厭之！’”

　　按：見《雍也篇》。

《謚法》：“小心畏忌曰釐。”

　　按：見《周書·謚法篇》。

若南子淫佚，與宋朝通，太子蒯聵過宋野，野人歌之曰：“既定爾婁豬，盍歸我艾豭？”

　　按：《左傳》定公十四年：“衛侯爲夫人南子召宋朝，會于洮。大子蒯聵獻盂于齊，過宋野，野人歌之曰：‘既定爾婁豬，盍歸吾艾豭？’大子羞之。”

先識覽

《傳》曰：“君子見幾而作，不俟終日。”

　　按：見《易·繫辭下》。

孔子曰：“賢者避世，其次避地，其次避人，其次避言。”

　　按：《論語·憲問篇》文。

《史記》曰：“智伯攻出公，出公奔齊，而道死焉。”

　　按：見《晉世家》。

觀　世

《淮南記》曰：“欲治之君不世出，可與治之臣不萬一；以不萬一待不世出，何由遇哉？”

　　按：《泰族篇》：“夫欲治之主不世出，而可與治之臣不萬一；以不萬一求不世出，此所以千歲不一會也。”

孔子曰：“貧則觀其所取。”

　　按：此文未詳所出，薛、孫兩家《孔子集語》均漏之。《鶡冠子·道端篇》：“貧者觀其所不取。”《韓詩外傳》三：“李克曰：‘貧則觀其所不取。’”《史記·魏世家》、《説苑·臣術篇》並同。《淮南子·氾論篇》：“貪疑貧之誤則觀其所不取。”語意並與此同。

悔　過

不鳴鐘鼓密聲曰襲。

　　按：《左傳》莊公二十九年：“凡師有鍾鼓曰伐，無曰侵，輕曰襲。”
《公羊傳》曰：“王城者，西周襄王時也。”

　　按：此文有誤。《公羊傳》昭公二十二年：“王城者何？西周也。”
《淮南子·氾論篇》高注引《公羊》亦作“王城者何？西周也”。
《穀梁傳》曰：“匹馬隻輪無反者。”

　　按：《穀梁傳》僖公三十三年：“匹馬倚輪無反者。”范注：“倚輪，一隻之輪。”是《穀梁》本作倚輪，此隻字當係寫者涉《公羊》而誤。或爲高氏誤記。

樂　成

服，法服也。君子小人各有制。

　　按：《左傳》宣公十二年：“君子小人，物有服章。”
《左傳》曰：“鄭子産作丘賦，國人謗之。”

　　按：見昭公四年。
公孫丑曰：“伊尹放太甲于桐宮，太甲賢，又反之；賢者之爲人臣，其君不賢，則可放歟？”孟子曰：“有伊尹之志，則可；無伊尹之志，則篡也。”

　　按：見《孟子·盡心上篇》。
按《魏王世家》：“文侯生武侯，武侯生惠王，惠王生襄王。”

　　按：此《史記·魏世家》也。
又孟子見梁襄王，出語人曰：“望之而不似人君，就之而不見所畏焉。”

　　按：見《孟子·梁惠王上篇》。

察　微

《淮南記》曰:"子貢讓而止善。"《淮南記》曰:"子路受而勸德。"

　　按:並見《齊俗篇》。

魯宣二年《傳》曰:"鄭公子歸生受命於楚伐宋。"

　　按:此《左氏傳》也。

《傳》曰:"羊斟,非人也。以其私憾,敗國殄民,刑孰大焉!"

　　按:《左傳》宣公二年:"君子謂'羊斟非人也,以其私憾,敗國殄民,
　　於是刑孰大焉'。"

禮,天子八佾,諸侯六佾。

　　按:《左傳》隱公五年:"天子用八,諸侯用六。"

審分覽

《傳》曰:"唯器與名,不可以假人。"

　　按:見《左傳》成公二年。

殺戮不辜曰厲,壅遏不達曰幽。

　《適威篇》:"《謚法》:'殺戮不辜曰厲。'"

　　按:見《周書·謚法篇》。不辜,作無辜。達,作通。

故芎窮之似藁本,蛇牀之類薇蕪,碧盧之亂美玉,非猗頓不能別也。

　　按:《淮南子·氾論篇》:"夫亂人者:若芎藭之與藁本,蛇牀之與麋
　　蕪也。"又:"玉工眩玉之似碧盧者,惟猗頓不失其情。"

《老子》曰:"功成而弗居。"

　　按:見第二章。

久假不歸,惡乃知非。

　　按:《孟子·盡心上篇》:"久假而不歸,惡知其非有也。"

君　守

孤、寡，人君之謙稱也。

《士容論》：“孤、寡，謙稱也。”

按：《老子》第四十二章：“人之所惡，唯孤、寡、不穀，而王公以爲稱。”

《傳》曰：“爲夏車正，封于薛。”

按：《左傳》定公元年：“薛宰曰：‘薛之皇祖奚仲，居薛，以爲夏車正。’”

烈山氏之子，曰柱。能植百穀、蔬菜、以爲稷。

按：《國語·魯語上》：“烈山氏之有天下也，其子曰柱，能殖百穀百蔬。”

《虞書》曰：“皋陶！蠻夷猾夏，寇賊姦宄，女作士師，五刑有服。”

按：見今《舜典》，無師字。

爲夏伯，制作陶冶，埏埴爲器。

按：《國語·鄭語》：“昆吾爲夏伯矣。”《世本·作篇》：“舜始陶，夏臣昆吾更增加也。”據秦嘉謨《輯補》本。

任　數

《孝經》云：“臣不可以不争於君。”

按：見《諫諍章》。

進思進忠，退思補過。

按：《孝經·事君章》：“子曰：‘君子之事上也，進思進忠，退思補過。’”

勿　躬

老子曰:"不知乃知之。"

　　按:《道德經》中無此文。《莊子·知北遊篇》:"於是泰清中中當依崔本作卬,《淮南子·道應篇》作仰而歎曰:'弗知乃知乎? 知乃不知乎?'"

《周禮》:"大行人掌大賓客之禮,以親諸侯。"

　　按:《秋官·司寇下·大行人》:"掌大賓之禮,及大客之儀,以親諸侯。"

《周禮》:"大司馬之職,掌建國之九法,以佐王平邦國也。"

　　按:見《夏官·司馬》。

知　度

忠信爲周。

　　按:《國語·魯語下》文。

彊幹弱枝。

　　按:《春秋繁露·盟會要篇》:"强幹弱枝,以明大小之職。"

《詩》云:"惟彼不順,自獨俾臧。自有肺腸,俾民卒狂。"

　　按:《大雅·桑柔》文。俾,並作卑,通。

慎　勢

《周禮》:"象胥掌蠻夷閩越戎狄之國,使傳通其言也。"

　　按:《秋官·司寇下·象胥》:"掌蠻夷閩貉戎狄之國,使掌傳王之言。"

東方曰羈,南方曰象,西方曰狄鞮,北方曰譯。

按:《禮記·王制》:"東方曰寄,南方曰象,西方曰狄鞮,北方曰譯。"

《傳》曰:"楚子觀兵于周疆,問鼎之大小輕重焉。王孫滿對曰:'在德不在鼎。德之休明,雖小重;其姦回昏亂,雖大輕。'"

按:見《左傳》宣公三年。

不　二

人心不同,如其面焉。

按:《左傳》襄公三十一年:"子產曰:'人心之不同,如其面焉。'"

《詩》曰:"如彼築室于道謀,是用不潰于成。"

按:見《小雅·小旻》。

《孟子》曰:"陽子拔體一毛,以利天下,弗爲也。"

按:見《盡心上篇》。陽、楊古通。

審應覽

《淮南記》曰:"先唱者,窮之路;後動者,達之原也。"

按:見《原道篇》。

《詩》云:"東宮之妹,邢侯之姨。"

按:見《衛風·碩人》。

重　言

《論語》曰:"高宗諒闇,三年不言,何謂也?孔子曰:'古之人皆然。君薨,百官總己,聽於冢宰三年。'"

按:見《憲問篇》。

《傳》曰:"當武王、邑姜方娠太叔,夢天帝謂己曰:'余命而子曰"虞",將

與之唐。'及生，有文在其手曰'虞'，遂以命之。及成王滅唐，而封太叔
爲晉侯。"

　　按：見《左傳》昭公元年。
周史伯陽也，三川竭，知周將亡。

　　按：《國語·周語上》："幽王二年，西周三川皆震，伯陽父曰：'周將
　　亡矣！'"

離　謂

《論語》曰："雖有周親，不如仁人。"

　　按：見《堯曰篇》。

不　屈

言惠王用惠子之謀，爲土地之故，糜爛其民而戰之；大敗，又將復之，恐
不勝用，乃驅其所愛子弟以殉之。此謂以其所不愛，及其所愛。

　　按：《孟子·盡心下篇》文。

具　備

古者，魚不尺，不升于俎。

　　按：《淮南子·主術篇》："魚不盈尺，不得取。"

上　德

《傳》曰："及楚，楚子饗之，曰：'公子若反晉國，則何以報不穀？'……
'天將與之，誰能廢之？違天必有大咎。乃送諸秦。'"

　　按：見《左傳》襄公二十三年。與作興。

用　民

《詩》云："密人不共，敢距大邦。"

　　按：見《大雅·皇矣》。共，作恭，通。

適　威

《詩》云："王命召虎，式辟四方，徹我疆土。"

　　按：見《大雅·江漢》。

按《魯世家》："莊公，桓公之子同也。"

　　按：此《史記·魯周公世家》也。

貴　信

《公羊傳》曰："莊公升壇，曹子手劍而從之，請復汶陽之田。管子曰：'君許之。'桓公曰：'諾。'曹子請盟，桓公下與之盟。要盟可犯，而桓公不欺；曹子可讎，而桓公不怨。桓公之信著乎天下，自柯之盟始焉。"

　　按：見莊公十三年。

舉　難

《論語》曰："過猶不及。"

　　按：見《先進篇》。

其《詩》曰"碩鼠！碩鼠！無食我黍，……逝將去女，適彼樂郊，樂郊，樂郊，誰之永號"者，是也。

　　按：《魏風·碩鼠》文。

恃君覽

孔子曰:"夷狄之有君,不如諸夏之亡。"

　　按:《論語・八佾篇》文。

長　利

與鮑文子俱伐欒、高氏,戰于稷,欒、高氏敗,又敗於莊。國人追之,又敗於鹿門。欒施、高彊出奔,陳、鮑分其室。

　　按:《左傳》昭公十年:"五月,庚辰,戰于稷,欒、高敗,又敗諸莊。國人追之,又敗諸鹿門。欒施、高彊來奔,陳、鮑分其室。"

言恃德不恃險也。

　　按:《史記・吳起傳》:"起對曰:'在德不在險。'"

《淮南記》曰:"楚有賣其母者,而謂其買者曰:'此母老矣,幸善食之!'"

　　畢沅曰:"見《説山訓》。"

知　分

崔子盟國人曰:"所不與崔慶者,不祥。"晏子仰天歎曰:"嬰所不惟忠於君,利社稷者,是與。"

　　按:《左傳》襄公二十五年:"(崔杼)盟國人於大宮,曰:'所不與崔慶者。'晏子仰天歎曰:'嬰所不唯忠於君、利社稷者,是與。有如上帝,乃歃。'"

《論語》云"令尹子文",不云"叔敖"。

　　按:《論語》見《公冶長篇》。叔敖爲令尹三仕三已,又見《莊子・田子方篇》、《荀子・堯問篇》、《史記・循吏傳》、鄒陽《獄中上書》,不僅《吕子》云爾也。高説非。

召　類

《傳》曰：“取亂侮亡。”

　　按：《左傳》宣公十二年：“仲虺有言曰：‘取亂侮亡。’”襄公十四年及三
十年並引之。僞《仲虺之誥》襲之。

《傳》曰：“利，義之和也。”《無義篇》同。

　　按：見《左傳》襄公九年。

宋武公名司空，改爲司城。

　　按：《左傳》桓公六年：“宋以武公廢司空。”

《論語》云：“直哉！史魚。”

　　按：見《衛靈公篇》。

吴公子札適衛，説蘧瑗、史鰌、公子荆、公叔發，公子靁曰：“衛多君子，
未有患也。”

　　按：《左傳》襄公二十九年文。

達　鬱

《詩》云：“矇瞍奏功。”

　　按：見《大雅·靈臺》。功，作公；瞍，作瞍，並通。

而挩以玄錫，摩以白旃。

　　梁玉繩曰：“出《淮南·修務》，挩作粉。”

行　論

《書》云：“鮌乃殛死。”

　　按：《洪範》：“鯀則殛死。”

《傳》曰：“履及於縂皇也。”

《傳》曰:"劒及寢門。"

　　按:並見《左傳》宣公十四年。

叛而討之,以義進也;服而舍之,以義退也。

　　按:《左傳》宣公十二年:"叛而伐之,服而舍之。"

《傳》曰:"彊而不義,其斃必速,唯義以濟。"

　　按:見《左傳》昭公元年。

驕恣

《傳》曰:"無備而官辦者,猶拾瀋也。"

　　畢沅曰:"舊本無辦者二字,今從哀三年《左傳》補。又瀋,傳作瀋。"

孔子曰:"無友不如己者,過則無憚改。"《語》曰:"君子不重,則不威。"

　　按:並《論語·學而篇》文。

觀表

必翔而後集。

　　按:《論語·鄉黨篇》:"色斯舉矣,翔而後集。"

惠子疾,臨終,謂悼子曰:"吾得罪於君,名載諸侯之策。君入則掩之,若能掩之,則吾子也。"悼子許諾。

　　按:《左傳》襄公二十年:"衞甯惠子疾,召悼子,曰:'吾得罪於君,悔而無及也。名藏在諸侯之策,曰:孫林父、甯殖出其君。君入則掩之,若能掩之,則吾子也;……'悼子許諾,惠子遂卒。"

開春論

雄曰鳳,雌曰皇。

　　按:《論衡·講瑞篇》:"《禮記·瑞命篇》云:'雄曰鳳,雌曰皇。'"

《詩》云：“鳳皇鳴矣，于彼高岡。”

　　按：見《大雅·卷阿》。

《傳》曰：“穎考叔爲穎谷封人。”

　　按：見《左傳》隱公元年。

《周禮》曰：“其奴男子入于罪隸。”

　　按：見《秋官·司寇·司厲》。

期　賢

《禮》：“國君軾馬尾，兵車不軾。”

　　按：《禮記·曲禮上》文。軾，並作式，通。

審　爲

《詩》曰：“古公亶父，來朝走馬，率西水滸，至于岐下。”

　　按：見《大雅·緜》。

愛　類

《詩》云：“不績其麻，市也婆娑。”

　　按：見《陳風·東門之枌》。

禹致群臣於會稽，執玉帛者萬國。

　　按：《左傳》哀公七年：“禹合諸侯於塗山，執玉帛者萬國。”《國語·
　　魯語下》：“禹致群神於會稽之山。”高氏蓋合內外傳言之。

慎行論

《傳》曰：“藴利生孽。”

按：見《左傳》昭公十年。

《詩》云："獻酬交錯。"

按：見《小雅·楚茨》。

無　義

《戰國策》曰："鞅欲歸魏，秦人曰：'商君之法急，不得出也。'惠王得而車裂之。"

按：《秦策一》無此文高氏注文略同，當係高氏誤記。

疑　似

爲其可以南，可以北。

按：《淮南子·説林篇》："楊子見逵路而哭之，爲其可以南，可以北。"

惡積足以滅身。

按：《易·繫辭下》："惡不積，不足以滅身。"

《詩》云："赫赫宗周，襃姒滅之"也。

按：見《小雅·正月》。滅，作威，通。

《傳》曰："平王東遷，晉、鄭焉依。"

按：《左傳》隱公六年："周桓公言於王曰：'我周之東遷，晉、鄭焉依。'"

壹　行

《孟子》曰："以齊王猶反手也。"

按：見《公孫丑上篇》。

《詩》云："鶉之賁賁。"

畢沅曰:"《詩》作奔奔,賁與奔,古通用。《左傳》僖五年、襄廿七年,《禮
記・表記》,皆作賁賁。"

　　按:見《鄘風・鶉之奔奔》。

求　人

《淮南子》曰:"日出陽谷。"

　　按:見《說林篇》。陽,作暘。許本作湯。

其《詩》云:"子不我思,豈無他人?"

　　按:《鄭風・褰裳》文。

貴直論

《淮南子》曰:"塞其耳而欲聞五音,掩其目而欲誓青黃,不可得也。"

　　按:《主術篇》:"是猶塞耳而聽清濁,掩目而視青黃也。"

殷紂滅亡,鼎遷於周。

　　按:《左傳》宣公三年:"商紂暴虐,鼎遷于周。"

直　諫

《書》曰:"於安思危。"

　　畢沅曰:"《周書・程典解》文。"

知　化

《詩》云:"既明且哲,以保其身。"

　　按:見《大雅・烝民》。

《傳》曰:"生,好物也;死,惡物也;好物,樂也;惡物,哀也。"

按:《左傳》昭公二十五年文。

《傳》曰:"魯人之皋,使我高蹈。"

按:《左傳》哀公二十一年文。

《傳》曰:"子胥自殺,吳王盛之鴟夷,投之江。"

按:《國語·吳語》:"員請先死,遂自殺。……乃取申胥之尸,盛以鴟鷞,而投之於江。"

過　理

《詩》云:"庶姜孽孽。"

按:見《衞風·碩人》。孽,作孽。《釋文》:"《韓詩》作孽。"

不僣不濫。

按:《商頌·殷武》文。

雍　塞

《傳》曰:"宋之樂,其與宋升降乎?"

按:《左傳》襄公二十九年:"叔向聞之曰:'鄭之罕,宋之樂,其後亡者也。……樂氏加焉,其以宋升降乎?'"

原　亂

《傳》曰:"入而背秦賂。"

按:《國語·晉語三》:"入而背外內之賂。"

贊　能

《傳》曰:"政以賄成。"

按:《左傳》襄公十年文。

《傳》曰:"乾時之役,申孫之矢,射于桓公中鉤。"

　　按:《國語·晉語四》:"乾時之役,申孫之矢,集于桓鉤。"

《傳》曰:"鄭伯使卒出豭,行出犬雞。"

　　按:《左傳》隱公十一年:"鄭伯使卒出豭,行出犬雞,以詛射潁考叔者。"

自　　知

故惠王謂孟子曰:"晉國天下莫强焉,叟之所知也!及寡人身,東敗於齊,長子死。"

　　按:《孟子·梁惠王上篇》文。

當　　賞

《傳》曰:"善有章,雖賤賞也;惡有釁,雖貴罰也。"

　　按:見《國語·魯語上》。

博　　志

《傳》曰:"火中而寒暑退。"

　　按:《左傳》昭公三年:"火中,寒暑乃退。"

物莫能兩大。

　　按:《左傳》莊公二十二年文。

《論語》曰:"吾衰久矣,吾不復夢見周公。"

　　按:見《述而篇》。

《幽通記》曰:"養流睇而猨號。"

　　按:見《漢書·叙傳上》。

似順論

愎過惡諫，固敗是求。

　　按：《左傳》僖公十五年："愎諫違卜，固敗是求。"

別　　類

《淮南記》曰："王孫綽。"

　　畢沅曰："見《覽冥訓》。"

有　　度

孔子曰："富與貴，人之所欲也；不以其道，得之不居。"

　　按：《論語・里仁篇》文。居，作處。畢沅曰："《論衡》問孔、刺孟兩
　　篇，並作不居。"

《詩》云："靜恭爾位，正直是與。"

　　按：見《小雅・小明》。靜恭，作靖共，並音近義同。

處　　方

《論語》曰："弋不射宿。"

　　按：見《述而篇》。

慎　　小

《傳》曰："衛人立公孫剽，孫林父、甯殖相之。"

　　按：見《左傳》襄公十四年。

案《衛世家》："公子黜乃靈公之子，太子蒯聵之弟也，是爲悼公。"

　按：見《史記·衛康叔世家》。黜，作黔。

上　農

《詩》云："冠弁如星。"

　按：《衛風·淇奥》："會弁如星。"高引疑即此文，冠當爲會之誤。

《禮》："取婦之家，三日不舉樂；嫁女之家，三日不絶燭。"

　按：次三日當作三夜。《禮記·曾子問》："孔子曰：'嫁女之家，三夜《韓詩外傳》二亦作夜不息燭，思相離也；取婦之家，三日不舉樂，思嗣親也。'"

任　地

《詩》云："實發實秀，實堅實好。"

　按：見《大雅·生民》。

《詩》云："棘人之欒欒。"

　按：見《陳風·素冠》。之字無，句末有兮字。

《詩》云："黍稷重穋，稙稺菽麥。"

　按：見《魯頌·閟宮》。

辯　土

《詩》云："實穎實栗，有邰家室。"

　按：見《大雅·生民》。有上有即字。李賡芸曰："南宋小字本《説文》邰下引《詩》亦無即字，與此注所引正同。"按《史記·周本紀》索隱引《詩》亦無即字。

　　此稿原頗冗長，寫清時力求簡括；至所引諸書舊注，亦不復迻録。
名曰疏證，實不相副。屢欲補綴；終以理董論文，無暇顧此。草率塞
責，閱者諒之。

　　　　　　　　　　　　（原載一九三九年《文學年報》第五期）

抱朴子内篇校釋補正

余雅好葛洪《抱朴子》,四十年前在燕京大學任助教時,於《外篇》曾有箋注之作,徵事數典,粗畢十之六七;尚待抉發者,間亦從事弋釣,期能續有所獲,漸趨詳贍。《内篇》則畏難中輟。蓋以其爲道家言,語多神怪,非研閲内書,不易爲力也。去年秋,中華書局以王明先生之《抱朴子内篇校釋》相贈,適因事未能卒讀。寒假稍暇,始得一再瀏覽。其采集舊説,正譌析疑,固已勤矣。然所校所釋,猶有未盡;須商榷者,亦復不鮮。不揣固陋,輒妄下雌黄;理董成文,都四百餘則。兹迻刊之,未審有續貂之嫌否?

暢 玄

幽括沖默。

　　按:"幽"疑"函"之誤。《外篇·喻蔽篇》:"兩儀所以稱大者,以其函括八荒,緬邈無表也。"正以"函括"二字連文。《道意篇》:"道者,函乾括坤。"此據崇文書局本後簡稱崇文本亦可證。

舒闓粲尉。

　　原校:"'尉',一作'鬱'。"陳其榮曰後簡稱陳曰:"榮案盧舜治本後簡稱盧本作'湮鬱'。"《校釋》:"明案慎懋官校本後簡稱慎本、柏筠堂本並作'湮鬱'。……尉讀鬱,濃盛。"

　　按:以《外篇·崇教篇》"入宴華房之粲蔚"例之,"尉"殆"蔚"之殘誤。《文心雕龍·辨騷篇》"奇文鬱起",《楚辭補注·附録》"鬱"作

“蔚”；《詩品·序》“鬱爲文棟”，《竹莊詩話》二引“鬱”作“蔚”，亦可爲證。

綺榭俯臨乎雲雨。

“綺”，原作“椅”，《校釋》據敦煌寫本後簡稱敦煌本改。

“雲雨”，陳曰：“榮案盧本作‘雲漢’。”《校釋》：“今案慎校本、寶顏堂本亦作‘雲漢’。”

　按：遼寧省圖書館藏宋紹興本後簡稱宋本作“綺”。四川省圖書館藏明鈔某氏校本後簡稱明鈔本或某氏曰亦謂“椅”當作“綺”。《校釋》改“椅”爲“綺”，是也。又按“雲雨”慎本等作“雲漢”，文意雖通順，然“雨”與“漢”之形音俱不近，無緣致誤。《論仙》、《對俗》二篇，《外篇》之《逸民》、《勖學》、《名實》、《知止》、《窮達》五篇，並有“雲霄”之文，然則“雨”其“霄”之殘誤歟？

彼假借而非真。

　孫星衍曰後簡稱孫曰：“（彼），藏本作‘欺’。”明鈔本亦作“欺”，某氏曰：“疑當作‘斯’。”

　按：某氏校是。敦煌本正作“斯”。羅振玉亦謂藏本作“欺”訛。孫氏臆改“欺”爲“彼”，非是明清諸本中無作“彼”字者。

沈鱗甲於玄淵，以違鑽灼之災。

“鱗”，敦煌本作“靈”。《校釋》：“明案‘鱗甲’或‘靈甲’皆指龜。”

　按：龜只有甲而無鱗，此人所共知者。《校釋》謂“鱗甲或靈甲皆指龜”，非是。下句既用“鑽灼”二字，則上句之“鱗”當依敦煌本作“靈”，文意始合。《大戴禮記·易本命篇》：“有甲之蟲三百六十，而神龜爲之長；有鱗之蟲三百六十，而蛟龍爲之長。”是“有甲之蟲”與“有鱗之蟲”，本非同類一物也。龜爲四靈之一見《禮記·禮運》，故稱之爲“靈甲”。《外篇·廣譬篇》“靈龜之甲，不必爲戰施”，又《尚博篇》“六甲出靈龜之所負”，並其證。

而太牢同乎藜藿。

“藜藿”，敦煌本作“荼蓼”。

按：以《微旨篇》“甘於荼蓼而不識飴蜜”，《外篇·守塉篇》“烹大牢饗方丈者，荼蓼之味不能甘其口”例之，作“荼蓼”是荼，苦菜。見《爾雅·釋草》。蓼，辛菜。見《説文·艸部》。

釋大匠之位又舍繩墨而助傷手之工。

按：《老子》第七十四章：“夫代大匠斲者，希有不傷手矣。”

奮其六羽於五城之墟。

《校釋》：“司馬貞《三皇紀》云‘人皇九頭，乘雲車，駕六羽’。”

按：“奮其六羽”與“駕六羽”，所指各不相同，則此處之“羽”字當作“翮”。《戰國策·楚策四》“（鴻鵠）奮其六翮而凌清風”又見《新序·雜事二》《韓詩外傳》六“夫鴻鵠一舉千里，所恃者六翮爾”又見《説苑·尊賢篇》、《新序·雜事一》，《淮南子·兵略篇》“飛鳥之有六翮”，《法言·寡見篇》“鶤明沖天，不在六翮乎”，《文選·古詩·明月皎夜光》首“昔我同門友，高舉振六翮”，並言“六翮”。《外篇》之《嘉遯》、《君道》、《貴賢》、《吳失》、《廣譬》五篇，亦並有“六翮”之文，此固不應獨作“六羽”也。

俯無倔鵁之呼。

《校釋》：“鵁，鷗。……《説文》：‘鴗，鷗鴗，寧鴂也。’段玉裁《注》：‘鳥名多自呼，鷗鴗正是鳥聲。’”

按：《莊子·秋水篇》：“夫鵷鶵發於南海，而飛於北海，非梧桐不止，非練實不食，非醴泉不飲。於是鴟得腐鼠，鵷鶵過之。仰而視之，曰‘嚇’。”《釋文》：“‘嚇’，本亦作‘呼’，同許嫁反，又許伯反。”是稚川此文從《莊子》別本作“呼”，與鷗鴗之自呼其名無關。《外篇·守塉篇》“子以臭鼠之甘呼鵷鳳”，其用“呼”字誼與此同。豈能以自呼其名解之耶？

論　仙

雖有禹益齊諧之智。

“智”，敦煌本作“博”；日本古寫本後簡稱古寫本同。

　　按：“博”字是。劉秀《上山海經表》：“禹別九州，任土作貢，而益等類物善惡，著《山海經》。”《論衡·別通篇》：“禹主治水，益主記異物，海外山表，無遠不至。以所聞見，作《山海經》。”《吳越春秋·越王無余外傳》：“（禹）遂巡行四瀆，與益、夔共謀，行到名山大澤，召其神而問之，……使益疏而記之，名曰《山海經》。”《列子·湯問篇》：“大禹行而見之，伯益知而名之，夷堅聞而志之。”並足證禹、益之博。

人理之常然，必至之大端也。

　　敦煌本“然”作“勢”，“端”作“歸”；古寫本同。

　　按：“勢”、“歸”二字並是。《暢玄篇》：“寔理勢之攸召，猶影響之相歸也。”可證。《文選》陸機《弔魏武帝文》“夫始終者，萬物之大歸”，又左思《魏都賦》“理有大歸”，亦並以“大歸”爲言。

未聞有享於萬年之壽。

　　按：以下句“久視不已之期者矣”例之，此句似有脱文。《詩·大雅·下武》：“於萬斯年。”蓋稚川遣辭所出。“年”上當補“斯”字。

以死生爲朝暮也。

　　按：《莊子·至樂篇》：“死生爲晝夜。”《淮南子·俶真篇》同。

深惟仲尼皆死之證。

　　按：《論語·顏淵》：“（子）曰：‘自古皆有死，民無信不立。’”

無爲握無形之風，捕難執之影。

　　按：《漢書·郊祀志下》：“谷永説上曰：‘……及言世有僊人，服食不終之藥，遥興輕舉，登遐倒景，……聽其言洋洋滿耳，若將可遇；求之盪盪，如繫風捕景，終不可得。’”《牟子理惑論》：“神仙之書，聽之則洋洋盈耳；求其效，猶握風而捕影。”

夫班狄不能削瓦石爲芒鍼。

　　孫曰：“（狄）藏本作‘秋’，非也。依《意林》引改。狄、翟同字，又見後《辨問篇》。《校釋》：“明案敦煌作‘狄’，與《意林》同，是矣。狄，傳説黄帝臣，始作舟，參《山海經・海内經》及郭注引《世本》。”

按：古寫本及《太平御覽》後簡稱《御覽》一八八引，亦並作“狄”，孫改是也。《列子・湯問篇》“夫班輸之雲梯，墨翟之飛鳶”，《淮南子・齊俗篇》“魯般、墨子以木爲鳶，而飛三日不集”，《文選》馬融《長笛賦》“於是乃使魯般、宋翟構雲梯，抗浮柱”，是魯班、墨翟並稱巧人，古有明徵。《辨問篇》“夫班、狄機械之聖也”，《外篇・名實篇》“放斧斤而欲雙巧於班、墨”，《尚博篇》“蓋刻削者比肩，而班、狄擅絶手之稱”，《詰鮑篇》“若令甲胄既捐，而利刃不住；城池既壞，而衝鋒猶集，公輸、墨翟，猶不自全”，並其切證。《校釋》説誤。

暐曄之鱗藻哉！

某氏曰：“‘鱗’，作‘鮮’”。

按：某氏校是。敦煌本、古寫本正作“鮮”。《外篇・酒誠篇》：“故惑目者，必逸容鮮藻也。”亦以“鮮藻”爲言。

夫言始者必有終者多矣。

敦煌本、古寫本“言”下有“有”字，“始”下無“者”字；慎本、盧本、柏筠堂本、蜀刊《道藏輯要》本後簡稱蜀藏本、崇文本同。

按：諸本並是。《家語・本命篇》：“孔子對曰：‘故命者，性之始也；死者，生之終也。有始，則必有終矣。’”《法言・君子篇》：“有生者必有死，有始者必有終。”《論衡・道虚篇》：“夫有始者必有終，有終者必有始。”

謂夏必長，而薺麥枯焉。

繼昌曰後簡稱繼曰：“（薺麥）《御覽》二十二、九百七十七作‘蒜麥’；……然九百七十七引在蒜門，似亦可據也。”

按：敦煌本、古寫本作“蒜麥”。《抱朴子》佚文：“薺麥大蒜，仲夏而枯。”《藝文類聚》（後簡稱《類聚》）九七、《御覽》九四二引。正以“麥蒜”連言。則此當依敦煌本等作“蒜麥”。今本蓋寫者據《微旨》、《道意》兩篇有“薺麥”之語改耳《淮南子・地形篇》：“麥秋生，夏死；薺冬生，夏死。”又《修務篇》：“薺麥夏死。”是《微旨》、《道意》兩篇“薺麥”之語亦有所本。

百川東注，而有北流之浩浩。

　　"浩浩"，敦煌本作"活活"；古寫本同。

　　　　按：作"活活"是。《詩・衞風・碩人》："河水洋洋，北流活活。"毛
　　　　傳："活活，流也。"顧廣圻亦謂"浩浩"當作"活活"。

水性純冷，而有溫谷之湯泉。

　　"溫谷"，敦煌本作"燖㹠"。羅振玉曰："案'㹠'即'豚'別構；'燖'殆
　　'燖'之譌。"

　　　　按：古寫本亦作"燖㹠"。羅氏説極是。燖，同燖見《玉篇・火部》。
　　　　《説文・火部》："燖，火熱也。"《廣韻》二十三魂："㹠，同豚。"是"燖
　　　　㹠"即"燖豚"也。《華陽國志・蜀志》："越嶲郡邛都縣有溫泉穴，
　　　　冬夏熱，其溫可湯雞豚。"《幽明録》："艾縣輔山有溫冷二泉，發源
　　　　相去數尺；熱泉可煮雞豚。"《初學記》七、《御覽》七一引。並此文之最
　　　　好注脚。

枝離爲柳。

　　原校："（枝離）一作'滑錢'。"

　　　　按：此語用典出《莊子・至樂篇》，孫詒讓《札迻》卷十已引之。惟
　　　　謂"滑錢"當作"滑叔"，似未碻。以其字形推之，"滑錢"之"錢"宜
　　　　作"介"。介，草書作介，錢，俗寫作力，二形相近，故誤。

天地之間，無外之大。

　　　　按：《管子・版法解》："天覆而無外也。"《淮南子・精神篇》："無外
　　　　之外，至大也。"

詣老戴天，而無知其上；終身履地，而莫識其下。

　　　　按：《韓詩外傳》八："子貢曰：'臣終身戴天，不知天之高也；終身踐
　　　　地，不知地之厚也。'"《説苑・善説篇》同。

形骸己所自有也。

　　　　按：以下文"壽命在我者也"例之，此句有羨字。

執太璞於至醇之中。

　　"太璞"，敦煌本作"大朴"；古寫本同宋本、藏本、魯藩本、慎本、盧本、明鈔

本、北京圖書館藏舊寫本（即孫星衍校語所稱者，後仍稱舊寫本）、北京大學圖書館
藏舊鈔本（後簡稱舊鈔本）、柏筠堂本、蜀藏本、崇文本“太”並作“大”。

　　按：作“大朴”是。《外篇·用刑篇》：“至醇既澆於三代，大樸又散
　　於秦漢。”可證。“樸”與“朴”通。

鼓翮清塵。

　　“塵”，敦煌本作“虛”；古寫本同。

　　按：孫人和《抱朴子校補》後簡稱《校補》謂“清塵”當從古寫殘卷即敦
　　煌本作“清虛”，是也。《外篇·勗學篇》“奮翮於清虛”，文意與此
　　同，可證。

假令遊戲，或經人間。

　　“戲”，敦煌本作“敖”；古寫本同。

　　按：“敖”字是。《仙藥篇》：“昇爲天神，遨遊上下。”可證。“遨遊”
　　與“遊敖”同。

所謂以指測海，指極而云水盡者也。

　　按：《御覽》三七〇引作“指測海，指極則謂水盡；猶目察百步，而云
　　見極也”，是今本此處有脫，當據補。《荀子·勸學篇》：“譬之猶以
　　指測海也。”

日及料大椿。

　　孫曰：“（日），藏本作‘白’，今改。”

　　按：敦煌本、古寫本作“日”；舊鈔本、崇文本同。孫改是也。《莊
　　子·逍遙遊》：“朝菌不知晦朔，……上古有大椿者，以八千歲爲
　　春，八千歲爲秋。”《釋文》引司馬云：“（朝菌），大芝也。天陰生糞
　　土上，見日則死。一名日及。”

而晚年乃有。

　　敦煌本“年”字無，“乃”下有“云”字；古寫本、宋本同。

　　按：諸本是。“而晚乃云有”，與上“然初皆謂無”句，文正相對。

窮理盡性，其歎息如此。

　　“歎息”，敦煌本、古寫本作“難”。

　　按:此句爲總評二曹之辭,作"難"是也。《易·說卦》:"窮理盡性,
　　以至於命。"

《列仙傳》炳然,其必有矣。

　　"必有",敦煌本作"有必";古寫本同。

　　　按:作"有必"是。《文選》嵇康《養生論》:"夫神仙雖不目見,然記
　　　籍所載,前史所傳,較而論之,其有必矣。"語意與此同,可證。

巢許之輩,老萊莊周之徒。

　　　按:此二句平列相對,"老"、"周"二字均不應有不曰"老莊",而曰"萊
　　　莊"者,以示其非老子也。蓋寫者旁注之字,誤入正文。《外篇·嘉遯
　　　篇》"攜莊萊之友",《廣譬篇》"故莊萊抗遺榮之高",並其證。

正以秦皇漢武求之不獲。

　　"皇",敦煌本作"始"下同;古寫本、宋本並同下同。

　　　按:"始"字是。《外篇·廣譬篇》"秦始築城遏胡",《詰鮑篇》"秦始
　　　憂萬世之同謚",並作"秦始",可證。

以少君欒太爲之無驗故也。

　　"太",敦煌本、古寫本作"大";宋本、慎本、盧本、明鈔本、柏筠堂本、
　　蜀藏本、崇文本同。

　　　按:作"大"與《史記·封禪書》、《漢書·武帝紀》又《郊祀志》合。

進趨尤有不達者焉。

　　"尤",敦煌本、古寫本作"猶";宋本、藏本、魯藩本、慎本、盧本、明鈔
　　本、舊寫本、舊鈔本、柏筠堂本、蜀藏本、崇文本同。

　　　按:以下句"稼穡猶有不收者焉"例之,"猶"字是。當據改。

一介失所,則王道爲虧。

　　　按:一介,一人也見《國語·吳語》韋注。《賈子新書·脩政語上》:"帝
　　　堯曰:'……故一民或飢,曰:此我飢之也;一民或寒,曰:此我寒之
　　　也;一民有罪,曰:此我陷之也。'"《說苑·君道篇》略同。

百姓有過,則謂之在予。

　　"過",敦煌本作"罪";古寫本同。

按："罪"字是。《國語·周語上》："在《湯誓》曰：'余一人有罪，無以萬夫，萬夫有罪，在余一人。'"《呂氏春秋·順民篇》："昔者，湯克夏而正天下，天大旱，五年不收。湯乃以身禱於桑林，曰：'余一人有罪，無及萬夫，萬夫有罪，在余一人。'"並足證此文原是"罪"字。《外篇·君道篇》："百姓有罪，則謂之在予。"尤爲切證。今本蓋寫者習見《論語·堯曰》"百姓有過，在予一人"之文改耳。

蚊噆膚則坐不得安。

敦煌本"蚊"下有"蚋"字，"安"作"端"；古寫本同"蚋"作"蜹"。

按：有"蚋""蜹"之省字是。《說文·虫部》："蜹，秦晉謂之蜹，楚謂之蚊。""安"當作"端"，與下句避重出。《莊子·天運篇》："蚊虻噆膚，則通昔不寐矣。"《淮南子·俶真篇》："蚊蝱噆膚，而智不能平。"《鶡冠子·天權篇》："一蚋噆膚，不寐至旦。"《劉子·防慾篇》："蚊蝱噆膚，則通宵失寐。"

蚤蝨群攻則臥不得寧。

孫曰："（寧），藏本作'安'。"陳曰："《御覽》九百五十一作'蚤蝨群攻臥不獲安'，當從藏本。"

按：敦煌本、古寫本、宋本並作"蚤蝨古寫本作"蟲蝨"，非爲彼國俗體，即誤書群攻則臥不獲安"，李壁《王荆公詩注》卷十五引同。今本脫誤字，當據以補正舊鈔本"寧"作"安"。

而人君有赫斯之怒。

按：《詩·大雅·皇矣》："王赫斯怒。"鄭箋："赫，怒意；斯，盡也。"

而人君兼弱攻昧，取亂推亡。

按：《左傳》宣公十二年："兼弱攻昧，武之善經也。……仲虺有言曰：'取亂侮亡，兼弱也。'"又襄公十四年："仲虺有言曰：'亡者侮之，亂者取之，推亡固存，國之道也。'"僞《仲虺之誥》"兼弱攻昧，取亂侮亡，推亡固存"三語，即襲自《左傳》。

五嶺有血刃之師。

按：此句指秦始皇。《史記·張耳陳餘列傳》："秦爲亂政虐刑，以殘賊天下數十年矣！北有長城之域，南有五嶺之戍。”《索隱》：“裴氏淵《廣州記》云：‘大庾，始安，臨賀，桂陽，揭陽斯五嶺。’”

北闕懸大宛之首。

按：此句指漢武帝。《漢書·武帝紀》：“太初四年春，貳師將軍廣利斬大宛王首。”《傅介子傳》：“平樂監傅介子持節使誅斬樓蘭王安歸首，縣之北闕。”《匈奴傳上》：“南越王頭縣於漢北闕下。”是懸漢北闕之首，非大宛王首也。稚川蓋誤記。

秦皇使十室之中，思亂者九。

按：《史記·淮南王安傳》：“昔秦絕先王之道，……欲爲亂者，十家而七。”《漢書·伍被傳》：“秦爲無道，殘賊天下，欲爲亂者，十室而八。”“九”、“七”、“八”三字皆虛數，言其多耳。

漢武使天下嗷然，戶口減半。

按：《漢書·昭帝紀·贊》：“承武帝奢侈餘敝，師旅之後，海內虛耗，戶口減半。”《夏侯勝傳》：“武帝雖有攘四夷，廣土斥境之功，然多殺士衆，竭民財力，奢泰亡度，天下虛耗，百姓流離，物故者過半。”顏注：“物故，謂死也。”

結草知德，則虛祭必怨。

按：“結草”用老人“結草以亢杜回”事，見《左傳》宣公十五年。《漢書·賈捐之傳》：“捐之對曰：‘當此之時，寇賊並起，軍旅數發，父戰死於前，子鬬傷於後，女子乘亭鄣，孤兒號於道，老母寡婦飲泣巷哭，遙設虛祭，想魂乎萬里之外。’”

冬抱戎夷後門之寒。

按：《吕氏春秋·長利篇》：“戎夷違齊如魯，天大寒而後門，與弟子宿於郭外，寒愈甚。謂其弟子曰：‘子與我衣，我活也；我與子衣，子活也。我國士也，爲天下惜死；子不肖人也，不足愛也，子與我之衣。’弟子曰：‘夫不肖人也，又惡能與國士之衣哉！’戎夷太息歎曰：‘嗟乎！道其不濟夫！’解衣與弟子，夜半而死。弟子遂活。”

居世如此，可無戀也。

“可無”，敦煌本作“無可”。

　　按：作“無可”是。古寫本、宋本亦並作“無可”。當據乙。

而猶恨恨於老妻弱子。

　　某氏曰：“‘恨’字疑‘悢’字之誤。”

　　按：“恨恨”於此，文意不屬。以其字形求之，疑當作“悢悢”。《外篇·名實篇》：“黃髮終否，而不悢悢也。”正以“悢悢”連文。《後漢書·陳蕃傳》：“蕃因上疏極諫曰：‘……天之於漢，悢悢無已。’”李注：“悢悢，猶眷眷也。”詁此正合。

愛惜之情卒難遺。

　　“卒難遺”，敦煌本、古寫本作“難可卒遺”。

　　按：作“難可卒遺”是。“卒”讀曰“猝”倉没切。《内篇·序》“難可卒解”，《雜應篇》“醫又不可卒得”，《登涉篇》“事不可卒精”，句法並同，可證。

冒干貨賄。

　　按：“干”當作“于”。《左傳》文公十八年：“縉雲氏有不才子，貪于飲食，冒于貨賄。”即此語所出《外篇·百里篇》亦用“冒于貨賄”語。

視金玉如土糞。

　　“土糞”，敦煌本作“糞土”；古寫本同。

　　按：古籍中無言土糞者，當以作“糞土”爲是。《左傳》僖公二十八年“況瓊玉乎，是糞土也”；《國語·晉語四》“玉帛酒食，猶糞土也”；《史記·貨殖·范蠡傳》“貴出如糞土，賤取如金玉”；《後漢書·袁紹傳》“輕榮財於糞土”；《鍾子芻蕘》“珪玉棄於糞土”宋本《意林》六引，並其證也。

按董仲舒所撰《李少君家録》。

　　按：董仲舒撰《李少君家録》，他書不經見，恐字有誤。《神仙傳·李少君傳》：“初，少君與朝議郎董仲躬相親愛。仲躬宿有疾，體枯氣少，少君乃與其成藥二劑，並其方。……仲躬病甚。……仲躬憶少君所留藥試服之，未半，乃身體輕壯，其病頓愈；服盡，氣力如

年少時。乃信有長生之道。"據此,撰《李少君家録》者,殆爲董仲
躬乎?因其人不習見,寫者臆改"躬"爲"舒"耳。

及道士李意期將兩弟子去,皆託卒,死,家殯埋之。

> 按:"卒死"二字當連讀。《校釋》斷句誤。"卒"讀曰"猝"。"卒
> 死",謂忽遽死去,言其速也。《對俗篇》"亦可無卒死之禍矣",《金
> 丹篇》"長於起卒死三日還者",《黃白篇》"卒死未經宿",並以"卒
> 死"連文《校釋》一五五號注作"皆託卒,死家殯埋之",亦非,可證《至理篇》
> "起猝死於委尸",則直作"猝"字。

三棺遂有竹杖一枚。

> 陳曰:"('遂有'),榮案盧本作'止有'。"

> 按:敦煌本、古寫本、宋本均作"悉有",是也。"悉有"即皆有,謂三
> 棺中都各有竹杖一枚也。盧本作"止有"慎本、柏筠堂本、蜀藏本、崇文
> 本同,乃妄改明鈔本"有"上空一格。

以丹書於杖。

> "書"下,敦煌本有"符"字;古寫本、宋本同。

> 按:有"符"字是。當據增。

昔王莽引典墳以飾其邪。

> 按:《漢書·王莽傳·贊》:"莽誦六藝以文姦言。"顏注:"以六經之
> 事文飾姦言。"

或云見鬼者,在男爲覡,在女爲巫。

> 按:《國語·楚語下》:"在男曰覡,在女曰巫。"韋注:"巫、覡,見
> 鬼者。"

人無賢愚。

> "無",原作"有",《校釋》據繼昌説及敦煌本改。

> 按:"無"字是。宋本及《文選》江淹《雜體詩》李注引,亦並作"無"
> 古寫本作"无",爲奇字"無"字,見《説文·亡部》。

盡去則禮典有招呼之義。

> "呼",敦煌本作"魂";古寫本同。

按：《御覽》八八六亦引作“魂”，是也。《禮記‧禮運》：“及其死也，升屋而號，告曰：‘皐某復。’”鄭注：“招之於天。”《喪大記》：“復有林麓則虞人設階。”鄭注：“復，招魂復魄也；階，所乘以升屋者。”又“中屋履危，北面三號，捲衣投於前。”鄭注：“危，棟上也；號，若云‘皐某復’也。”《禮運》、《喪大記》所言，即禮典招魂之義也。

成湯怒齊之靈。

“怒”，敦煌本作“怨”；古寫本同。

按：《晏子春秋內篇‧諫上》：“景公舉兵將伐宋，師過泰山，夢見二丈夫立而怒，其怒甚盛。公恐。覺。辟門召占夢者至。……明日，晏子朝見。公告之如占夢之言也。公曰：‘占夢者之言曰：師過泰山而不用事，故泰山之神怒也。今使人召祝史祠之。’晏子俯有閒，對曰：‘占夢者不識也。此非泰山之神，是宋之先，湯與伊尹也。’”又見《論衡‧死偽篇》、《博物志八》據此，作“怨”非是。

欒侯之止民家。

《校釋》：“欒布，前漢梁人，……吳楚反時，以軍功封俞侯。燕齊之間，皆爲立社，號曰欒公社。見《史記‧欒布傳》。”

按：《列異傳》：“漢中有鬼神欒侯，常在承塵上，喜食鮓菜，能知吉凶。甘露中，大蝗起；所經處，禾稼輒盡。太守遣使告欒侯，祀以鮓菜。侯謂吏曰：‘蝗蟲小事，輒當除之。’言訖，翕然飛出。吏髣髴其狀類鳩，聲如水鳥。吏還，具白太守。即果有眾鳥億萬，來食蝗蟲，須臾皆盡。”《太平廣記》(後簡稱《廣記》)二九二引、《北堂書鈔》(後簡稱《書鈔》)一四六僅引頭三句。此欒侯當即稚川所指者。《校釋》引《史記‧欒布傳》以實之，非是。

素姜之説讖緯。

按：佚名《獻帝傳》：“左中郎將李伏表魏王曰：‘昔先王初建魏國，在境外者聞之未審，皆以爲拜王。武都李庶姜(字)合(名)羈旅漢中，謂臣曰：“必爲魏公，未便王也。定天下者，魏公子桓。神之所命，當合符讖，以應天人之位。”臣以合辭語鎮南將軍張魯。魯亦問合，知書所出。合曰："孔子《玉版》也。"朱彝尊《經義考》卷二百六十四"毖緯"二，以爲即《河圖玉版》。天子歷數，雖百世可知。是後月餘，有亡人來，寫得册文，卒如合辭。合長於内學，關右知名。'"《三國志·魏志·文帝紀》裴注引。"素"與"庶"爲同音字，"素姜"即"庶姜"也。

羅陽仕於吳朝。

　　按：《三國志·吳志·孫權傳》："（太元元年夏五月）初，臨海羅陽縣有神，自稱王表，周旋民間，語言飲食與人無異，然不見其形。又有一婢，名紡績。是月，遣中書郎李崇齎輔國將軍、羅陽王印綬迎表。……秋七月，崇與表至。權於蒼龍門外爲立第舍，數使近臣齎酒食往。表説水旱小事，往往有驗。"

是令蚊虻負山，與井蠶論海也。

　　"蠶"，敦煌本作"黿"，古寫本同；柏筼堂本、蜀藏本、崇文本作"蛙"。

　　按："黿"與"蛙"同，亦即蝦蟇。然以《外篇·守塙篇》"井黿不可語以滄海"、《窮達篇》"井蛙之不曉滄海"例之，此必原作"黿"或"蛙"也。《莊子·應帝王》："是猶涉海鑿河，而使蚊負山也。"又《秋水篇》："是猶使蚊負山，商蚷馳河也，必不勝任矣。……井蛙不可以語海。"

俗人未嘗見龍麟鸞鳳。

　　"麟"，原作"鱗"，《校釋》據敦煌本、藏本、魯藩本改。

　　按：慎本、盧本、明鈔本、柏筼堂本、崇文本亦並作"麟"。《校釋》所改是也。《外篇·行品篇》"狐兔之與龍麟者"，《博喻篇》"龍麟雜廁於芻豢"，又"引耕犁則龍麟不逮雙崎"，均以"龍麟"並舉，可證。

捐無價之淳鈞。

　　《校釋》："'鈞'當作'鉤'。淳鉤，良劍名，越人歐冶子所鑄。《淮南子·覽冥篇》云：'區冶生而淳鈞之劍成。'"

　　按：莊逵吉本《淮南子·覽冥篇》之"鈞"字原爲妄改，王念孫辨之甚詳見《讀書雜志》九《淮南内篇》第十九"純鈞"條。《校釋》乃援以證此文不誤之“鈞”字當作“鉤”，殊覺非是。

斯朱公所以鬱悒。

　　《校釋》：“朱公見本篇前陶朱條注。”

　　　按：前條注止言其“善治產業，遂至巨萬”，與此文意毫不相干。《賈子新書·連語篇》：“朱公曰：‘臣鄙人也，不知當獄；然臣家有二白璧，其色相如也，其徑相如也，其澤相如也此句原脱，據《御覽》八百六引、《新序·雜事四》補，其價也一者千金，一者五百金。’王曰：‘徑與色、澤皆相如也，一者千金，一者五百金，何也？’朱公曰：‘側而視之，其一者厚倍之，是以千金。’”上文既明言“以分寸之瑕棄盈尺之夜光”，則此句之朱公，當指其善於鑒賞璧玉事無疑。《校釋》據《史記·貨殖傳》爲説，非是。

然皆祕其要文。

　　孫曰：“（文）一本作‘又’。”

　　　按：敦煌本、古寫本作“言”，是也。“文”字蓋涉上句“雖有其文”而誤。“又”字乃臆改。

其所用藥。

　　“藥”下，敦煌本有“物”字，古寫本同。

　　　按：有“物”字是。本篇上文及《對俗》、《至理》、《極言》、《黃白》、《地真》等篇，均以“藥物”二字連用，可證。

自删秦大夫阮倉書中出之。

　　孫曰：“（大夫阮倉）四字，刻本譌作‘太史暨漢’。”

　　　按：《玉燭寶典》四引作“秦太史阮倉”，疑《抱朴》古本如此。慎本、盧本、柏筠堂本、蜀藏本、崇文本等“暨漢”二字雖譌，“太史”二字固未誤也。

非妄言也。

　　“言”，《玉燭寶典》引作“造”；敦煌本、古寫本同。

　　　按：上文：“（劉向）其所撰《列仙傳》，仙人七十有餘，誠無其事，妄造何爲乎？”是此當以作“造”爲長。

采葑采菲，無以下體。

孫曰："〔采葑〕，藏本無此二字。"

　按：《詩·邶風·谷風》："采葑采菲，無以下體。"此孫校所據。《校釋》止言"案敦煌有"古寫本、柏筠堂本、蜀藏本、崇文本亦有，而未執可否，是不知二語原出《詩經》也。

夫所見少，則所怪多。

　按：《牟子理惑論》："諺云：'少所見，多所怪。'"

對　俗

則能長生久視。

　按：《老子》第五十九章："是謂深根固柢長生久視之道。"《呂氏春秋·重己篇》："莫不欲長生久視。"高注："視，活也。"

故服其藥以求仙。

　古寫本作"故服其物以求仙"。

　按：以下句"故效其道引以增年"例之，當作"故服其藥物以求仙"始能相儷。今本與古寫本各脱一字。"藥物"二字連文，本書屢見。

坐在立亡。

　按：《神仙傳·黃初平傳》："能坐在立亡，日中無影。"又《劉安傳》："一人能分形易貌，坐在立亡，隱蔽六軍。"

召致蟲蛇，合聚魚鼈。

　按：《神仙傳·玉子傳》："投符召魚鼈之屬，悉來上岸。"又《劉政傳》："召江海中魚鼈蛟龍黿鼉，即皆登岸。"

潰金爲漿。

　"潰"，敦煌本、古寫本作"漬"；慎本、盧本、舊鈔本、柏筠堂本、蜀藏本、崇文本同。

　按："漬"字是。《金丹篇》："又有立成丹，……朱草狀似小棗，……

刻之，……久則成水，以金投之，名爲金漿。”即此所謂“漬金爲
漿”也。

外不愧影。

　　按：《晏子春秋·外篇》：“嬰聞之，君子獨立不慚於影。”《淮南子·
　　繆稱篇》：“周公不慚乎景。”

解人之言。

　　慎本、盧本、舊寫本、柏筦堂本、蜀藏本、崇文本無“解人之言”四字。

　　按：此四字當有。敦煌本、古寫本、宋本、藏本、魯藩本、明鈔本、舊
　　鈔本未脱；《類聚》九七、《御覽》九三一引，亦並有“解人言”三字。

千歲之鶴，隨時而鳴，能登於木。

　　繼曰：“(鶴)，《御覽》九百十六作‘鵠’，引在鵠門。”

　　按：《史記·司馬相如傳》“弋白鵠”，《正義》：“《抱朴子》云：‘千歲
　　之鵠，純白，能登於木。’”所引即此文。是唐宋人所見本皆作“鵠”
　　本篇“鶴”字，敦煌本、古寫本皆作“鵠”。

蚍蜉曉潛泉之地。

　　“蚍蜉”，敦煌本作“蚍蜉”；宋本同。

　　按：作“蚍蜉”是。《爾雅·釋蟲》：“蚍蜉，大螘蟻之本字；小者螘。”
　　郭注：“(大螘)俗呼爲馬蚍蜉。”《説文·虫部》：“螘，蚍蜉也。”《韓
　　非子·説林上》：“隰朋曰：‘蟻冬居山之陽，夏居山之陰，蟻壤寸而
　　有水。’乃掘地，遂得水。”《外篇·譏惑篇》“蛇螘遠(達)泉流”，《博
　　喻篇》“蛇螘知潛泉之所居”，尤爲切證。

鶯鶯知周家之盛。

　　“周家”，敦煌本作“有周”；古寫本、宋本同。

　　按：作“有周”，與上句“殷家”之“家”字避重出。《釋滯篇》“而有周
　　不罪之以不忠”，正以“有周”爲言。

古人何獨知之？

　　敦煌本“何”下有“緣”字。

　　按：有“緣”字是。下文“何緣便絶”，《辨問篇》“此蓋周孔所以無緣

而知仙道也”，《極言篇》“亦何緣得長生哉”，並其證。

此蓋愚暗之局談。

按：“此”字上當有“抱朴子曰”（或“抱朴子答曰”）一句。

夫占天文之玄道。

孫曰：“（占），此下失一字；（天），藏本此下錯簡八百三十八字。”“文”字，《校釋》據敦煌本補。

按：“天”下《校釋》據敦煌本補“文”字是。古寫本、宋本亦並有之。又敦煌本、古寫本、宋本均未錯簡；“玄道”作“道度”，亦足正今本之誤。《外篇·行品篇》“步七曜之盈縮，推興亡之道度者，術人也”，《疾謬篇》“陰陽律曆之道度”，《博喻篇》“不能極晷景之道度”，可證。

至於樸素。

“樸”，敦煌本作“振”；古寫本、宋本同。

按：“振”字是。《外篇·尚博篇》“始自髫齓，訖於振素”《文行篇》同，《廣譬篇》“呂尚非早蔽而晚智，然振素而僅遇”，並以“振素”連文。蓋謂髮白也。

在乎其人。

“在”，敦煌本作“存”。

按：作“存”是。《易·繫辭上》：“神而明之存乎其人。”即此語所自出。《外篇·清鑒篇》“瞻形得神，存乎其人”，《行品篇》“精微以求，存乎其人”，亦可證。

水竭則魚死。

“竭”，敦煌本作“涸”；古寫本同。

按：“涸”字與上“然脂竭則火滅”句避重出，較勝。《御覽》八六九引，亦作“涸”。《爾雅·釋詁》：“涸，竭也。”

川蟹不歸而蛄敗。

“川”，敦煌本、古寫本作“小”。

按：“川”乃“小”之誤，當以作“小”爲是。顧廣圻亦云然。

金玉在竅,則死人爲之不朽。

　　按:《漢東園祕記》:"亡人以黄金塞九竅,則尸終不朽。"《御覽》八一
　　　一引

何怪其令人長生乎?

　　"其"下,敦煌本有"不能"二字。

　　按:有"不能"二字文意始合。古寫本亦有之。當據增。

小既有驗。

　　"既",原作"記",《校釋》據孫星衍説及敦煌本改。

　　按:"記"改"既"是。古寫本、明鈔本、蜀藏本亦並作"既",未誤。

蓋聞身體不傷,謂之終孝。

　　按:《禮記・祭義》:"曾子聞諸夫子曰:'……父母全而生之,子全
　　而歸之,可謂孝矣;不虧其體,不辱其身,可謂全矣。'"《孝經・開
　　宗明義章》:"身體髮膚受之父母,不敢毁傷,孝之始也。"

餐朝霞之沆瀣。

　　按:《楚辭・遠遊》:"飡六氣而飲沆瀣兮,漱正陽而含朝霞。"王注:
　　"陵陽子《明經》言春食朝霞;朝霞者,日始欲出赤黄氣也。……冬
　　飲沆瀣;沆瀣者,北方夜半氣也。"《史記・司馬相如傳》:"(《大人
　　賦》)呼吸沆瀣殣朝霞兮。"

塊然與木石爲鄰。

　　按:以上句"邈然斷絶人理"例之,"與"字衍。古寫本正無"與"字,
　　當據删。

正惜今日之所欲耳。

　　"正"下,敦煌本有"坐"字;古寫本同。

　　按:有"坐"字文意始完,當據增。

皆不得長生也。

　　"皆",宋本作"終"。

　　按:"終"字是。《御覽》六七〇引,亦作"終"。

隨所犯輕重,故所奪有多少也。

“犯”字原無，《校釋》據繼昌説及敦煌本補。

　　按：補“犯”字是。《微旨篇》：“天地有司過之神，隨人所犯輕重，以
　　奪其算。”文意與此同，可證。

金　丹

然大藥難卒得辦。

　　按：此文淆次，當作“難得卒辦”。《微旨篇》“不可卒辦也”，《雜應
　　篇》“不可卒辦也”，《地真篇》“不可卒辦”，並以“卒辦”連文，可證。

必自知出潢污而浮滄海。

　　“潢”，原作“黄”，《校釋》據《金汋經》、《雲笈七籤》後簡稱《雲笈》六
　　七改。

　　按：“潢”字是。宋本、藏本、魯藩本、慎本、盧本、明鈔本、舊寫本、
　　舊鈔本、柏筠堂本、蜀藏本、崇文本並作“潢”。是平津本“黄”字，
　　乃寫刻之誤。

聞雷霆而覺布鼓之陋。

　　孫曰：“按‘霆’當作‘靈’，後《明本篇》有‘雷靈’可證也。”

　　按：《外篇》之《備闕》、《名實》兩見、《清鑒》三篇，並有“雷霆”之文；
　　《金汋經》中亦作“雷霆”。是“霆”字未誤。孫説非是。《漢書·王
　　尊傳》：“毋持布鼓過雷門。”

何異策蹇驢而追迅風。

　　繼曰：“《御覽》一百三十七、七百六十九作‘而欲尋遺風’。”

　　按：《書鈔》一三七引作“而欲尋遺風”，《類聚》七一引作“而欲尋追
　　風”，《金汋經》中作“而欲尋迅風”，雖小有差異，然並足證今本有
　　脱誤則無疑。蓋原作“而欲尋追風”《外篇》之《嘉遯》、《君道》、《任命》、
　　《名實》、《百里》、《尚博》、《吴失》、《喻蔽》八篇，並有“追風”之文。“迅”字殆緣
　　“追”字誤衍。《文選》曹植《七啓》：“駕超野之駟，乘追風之輿。”李
　　注：“超野、追風，言疾也。”

棹藍舟而濟大川乎？

　繼曰：“《御覽》七六九‘而’下有‘欲’。”

　　按：《類聚》七一、《金汋經》中“而”下亦並有“欲”字，當據增。又按“藍”字當依宋本、藏本、魯藩本、明鈔本、舊寫本、舊鈔本改作“籃”。《書鈔》一三七引，亦作“籃”。

其聞仙道大而笑之。

　“大而”，原作“而大”，《校釋》據孫星衍説乙。

　　按：作“大而”是也。《雲笈》六七引，正作“大而笑之”。《老子》第四十一章：“下士聞道大笑之。”

焉知來者之不如今。

　《雲笈》六七引“焉”作“安”，“之”作“而”。

　　按：《論語・子罕》：“子曰：‘後生可畏，焉知來者之不如今也。’”即此語所出。《雲笈》所引非是。

書爲曉者傳，事爲識者貴。

　　按：《新語・術事篇》：“書爲曉者傳，事爲見者明。”

或飛蒼走黃於中原。

　《校釋》：“飛蒼走黃，謂急遽奔走。”

　　按：《文選》張衡《西京賦》：“乃有迅羽輕足，尋景追括。”薛注：“迅羽，鷹也；輕足，好犬也。”然則此文之“飛蒼走黃”，謂飛蒼鷹走黃犬遊獵也。《論仙篇》“飛輕走迅，釣潛弋高”，《外篇・任能篇》“尋飛逐走，未若假伎乎鷹犬”，《交際篇》“及飛輕走迅，遊獵傲覽”，文意並與此同，可證。《校釋》解爲“急遽奔走”，失之遠矣。

或以美女荒沈絲竹。

　孫曰：“疑此（美女）下有脱文。”《雲笈》六七引，無“以美女”三字；慎本、盧本、柏筠堂本、蜀藏本同。

　　按：上下六句皆兩兩相對，獨此句參差不齊，當據刪“以美女”三字，始能與下句“或躭淪綺紈”相儷。

聞至道之言而如醉，覩道論而晝睡。

孫曰:"疑衍'道之'二字。"

　按:《雲笈》引下句作"覩論道之事而晝睡",正與上句相儷。孫説
　非是。

禮天二十斤。

　"禮",《金汋經》下作"祀"。

　按:以下文譣之,"祀"字是。"禮",古文作"礼",俗作"礼",與"祀"
　形近,故誤。

天下諸水有名丹者,有南陽之丹水之屬也。

　《金汋經》下次"有"字作"若"。

　按:"若"字是。宋本正作"若",不誤慎本、盧本、柏筠堂本、蜀藏本、崇文
　本作"如"。

割其血塗足下。

　繼曰:"《御覽》九百三十五、九百三十九作'以塗足',無'下'字。"

　按:《述異記》下:"龍巢山下有丹水,水中有丹魚,……網取,割其
　血塗足,可涉水,如履平地。"《水經·丹水注》:"水出丹魚,……網
　而取之,割其血以塗足,可以步行水上。"文與此略同,並無"下"
　字。《史記·高祖紀》張守節《正義》、《事類賦》二九引,亦並無
　"下"字。當據刪。

取烏轂之未生毛羽者。

　"烏",原作"鳥",《校釋》據繼昌説及《意林》四、《金汋經》下改。

　按:藏本、明鈔本並作"烏"。"鳥"改"烏"是。《述異記》上有此文,
　正作"烏"。《事類賦》十九《烏賦》引,亦作"烏"。

尚數十法,不可具論。

　孫曰:"(具),藏本作'俱'。"

　按:柏筠堂本、蜀藏本、崇文本作"具"。"俱"改"具"是。《微旨篇》
　"應奪算者有數百事,不可具論",正以"具論"爲言。

至　理

勤苦彌久，及受大訣。

按："及"字於誼不屬，疑當作"乃"。

孰不樂生而畏死哉！

按：《鶡冠子·博選篇》："所謂人者，惡死樂生。"

悼過隙之電速者。

按：《墨子·兼愛下》："人之生乎地上之無幾何也，譬之猶馳馳而過隙也。"《莊子·知北遊篇》："人生天地之間，若白駒之過郤，忽然而已。"郤與隙通。

根竭枝繁，則青青去木矣。

按：《莊子·德充符》："受命於地，唯松柏獨也在，冬夏青青。"《淮南子·精神篇》："夫木之死也，青青去之也。"

輕璧重陰，豈不有以哉！

按：《淮南子·原道篇》："故聖人不貴尺之璧，而重寸之陰，時難得而易失也。"

割厚生之臘毒。

按："臘"當依原刻作"腊""腊"與"臘"音誼俱別。明清諸本中無一作"臘"者。"生"疑"味"之誤。《國語·周語下》："厚味寔腊毒。"韋注："厚味，喻重禄也；腊，亟也，讀若'廟昔酒焉'。味厚也，其毒亟也。"《漢書·五行志中之上》："厚味實腊毒。"顏注："腊，久也；……味厚者為毒久。"《文選》張協《七命》："甘腊毒之味。"李注引賈逵《國語注》曰："腊，久也；言味厚者其毒久。"鄭玄《禮記·郊特牲注》："味厚者，腊毒也。"並足為"生"當作"味"之證。

龍泉以不割常利。

"泉"，《意林》四引作"淵"。

按："淵"字是。"泉"字乃唐避高祖諱改而未校復者。《戰國策·

韓策一》、《史記·蘇秦傳》、《淮南子·人間篇》、《越絕書·記寶劍篇》並作"龍淵";《外篇》之《逸民》、《任命》、《尚博》、《文行》四篇,亦作"龍淵"。是此處不應獨作"龍泉"也。

追二豎於膏肓。

　　繼曰:"藏本、盧本'追'作'殲',此誤。"

　　按:繼説是。宋本、慎本、魯藩本、明鈔本、舊鈔本、柏筠堂本、蜀藏本、崇文本亦並作"殲",當據改。

漆葉青蓁,凡弊之草,樊阿服之,得壽二百歲,而耳目聰明,猶能持鍼以治病。

　　按:《三國志·魏志·華佗傳》:"廣陵吳普、彭城樊阿,皆從佗學。……阿善針術,……阿從佗求可服食益於人者,佗授以漆葉青黏散:漆葉屑一升,青黏屑十四兩,以是爲率。言久服去三蟲,利五藏,輕體,使人頭不白。阿從其言,壽百餘歲。"又見《後漢書·方術下·華佗傳》

按孔安國《祕記》。

　　按:此孔安國蓋即受"祕方服餌之法,以得度世"者。《神仙傳》卷九有傳。非作《書傳》之孔安國也。

而蒼爲之,猶得中壽之三倍。

　　按:《呂氏春秋·安死篇》:"人之壽,久不過百,中壽不過六十。"《莊子·盜跖篇》"中壽八十"(《論衡·正説篇》同),《淮南子·原道篇》"中壽七十歲",《左傳》僖公三十二年正義"中壽百"。張蒼享年百八十歲,故云"得中壽之三倍"。

然百姓日用而不知焉。

　　按:《易·繫辭上》:"百姓日用而不知。"

甚有明驗,多惡耳。

　　孫曰:"(驗),藏本作'獻';(多惡耳)疑句有脱字。"

　　按:宋本作"甚有明効,正須氣耳"。下句似亦有脱誤。

又能禁虎豹及蛇蜂。

“蜂”,慎本、盧本、柏筠堂本、蜀藏本、崇文本作“虺”。

　　按:“虺”字是。下文“若人爲蛇虺所中”,即承此而言。《釋滯篇》:
　　“善用悉者,……嘘蛇虺,蛇虺蟠而不能去。”所叙與此略同,亦作
　　“虺”。

河南密縣有卜成者。

　　孫曰:“按‘卜’當作‘上’。《後漢書・方術傳》云‘上成公’。《廣韻》
　　以爲上成複姓。疑‘者’是‘公’字之誤耳。”

　　按:孫説是。《文選》宋玉《高唐賦》:“有方之士:羨門、高谿、上成、
　　鬱林、公樂、聚穀。”李注:“蓋亦方士也。”張銑注:“皆古之名術
　　士。”是古已有方士姓上成者。《博物志》七:“潁川陳元方、韓元
　　長,時之通才者。所以並信有仙者,其父時所傳聞河南密縣有成
　　公,……至今密縣傳其仙去。二君以信有仙,蓋由此也。”亦可爲
　　此文“者”字當作“公”之證或“者”上脱一“公”字。惟“成”上脱去“上”
　　字耳。

微　旨

途殊別務者。

　　按:“別務”當乙作“務別”,詞性始侔;且與上句“歸同契合”對。

愍信者之無文。

　　“文”,《御覽》六七二引作“聞”。

　　按:“聞”字是,“文”其音誤也。

而不知割懷於所欲也。

　　按:以上文“而不能節肥甘於其口也”例之,“懷”之上或下疑脱
　　一字。

志誠堅果,無所不濟。

　　“所”,宋本作“往”。

　　按:“往”字是。《暢玄篇》:“動息知止,無往不足。”句法與此同,

可證。

然此事知之者甚希。

　　按：宋本此下有"乃可終身不與知之者相遭"句，文意始足。當
　　據補。

何可不廣播百穀，多儲果疏乎？

　孫曰："（疏），刻本作'蔬'，藏本如此。"

　　按：宋本即作"蔬"慎本、盧本、明鈔本、舊鈔本、柏筍堂本、蜀藏本、崇文本同。
　　惜孫氏未得見耳。

算者，三日也。

　　原校："（三日），或作'一日'。"《校補》："當作'算者，一百日也'。"

　　按：《校補》説是。《玉燭寶典》十二引，正作"一百日也"《白帖》三引
　　作"一百日"。

趙簡子秦穆公皆親受金策於上帝，有土地之明徵。

　　按：《文選・西京賦》："昔者，大帝悦秦繆公而覲之，饗以鈞天廣
　　樂；帝有醉焉，乃爲金策，錫用此土，而翦諸鶉首。"李注："《列仙
　　傳・讚》曰：'秦穆公受金策祚世之業。'《漢書》《地理志下》曰：'自井
　　至柳，謂之鶉首之次，秦之分也。'盡取鶉首之分，爲秦之境也。"
　　《校釋》僅引《史記・封禪書》、《趙世家》《漏引《扁鵲傳》，而於"有土地
　　之明徵"句，則無着落。

人身之中，亦有魂魄。

　　"人身之中，亦有魂魄"，原作"及人身中"。《校釋》據繼昌説增改爲
　　此二句。

　　按：宋本作"及人身中，亦有魂魄"。是今本止脱下句，上句不必依
　　《御覽》改。

況天地爲物之至大者。

　　按：《莊子・則陽篇》："是故天地者，形之大者也。"

蔽人之善。

　　按：宋本此下有"減人自益"句，當據補。

取人長錢，還人短陌。

按："陌"爲"百"之借字。《隋書·食貨志》："（梁）及大同已後，……白破黃汝成《日知録集釋》十一云"破"或"庾"之譌嶺已東，八十爲百，名曰東錢；江郢已上，七十爲百，名曰西錢；京師以九十爲百，名曰長錢。中大同元年，天子乃詔通用足陌；詔下而人不從。錢陌益少。至于末年，遂以三十五爲百云。"此梁代"東錢"、"西錢"、"長錢"數字之可知者。晉世"長錢"與"短陌"之數字各若干，先後有無變動，因書闕有間，已無從考索矣。

皆一倍於所爲，則可便受吉利。

某氏曰："'一倍'，吳本作'十倍'；'便'，作'使'。"

按：吳本較勝。

夫天高而聽卑。

按：《吕氏春秋·制樂篇》："天之處高而聽卑。"

蔡順至孝，感神應之。

按：《後漢書·周磐傳》："磐同郡汝南蔡順字君仲，亦以至孝稱。……母年九十，以壽終。未及得葬，里中災，火將逼其舍。順抱伏棺柩，號哭叫天，火遂越燒它室，順獨得免。"

絶險縣邈。

"縣"，宋本、藏本、魯藩本、慎本、盧本、明鈔本、舊寫本、舊鈔本、柏筍堂本、蜀藏本、崇文本作"緬"；《御覽》七二〇引同。

按：以《金丹篇》"亦何緬邈之無限乎"《金汋經》中同，《道意篇》"緬邈清高"，《外篇·勖學篇》"緬邈玄奧"及《喻蔽篇》"緬邈無表也"例之，"緬"字是。

喬松可儔。

"喬松"，宋本作"松喬"；藏本、魯藩本、慎本、盧本、明鈔本、舊鈔本、柏筍堂本、蜀藏本、崇文本同。

按：作"松喬"，與時序合。《對俗篇》"松喬之徒"又"經松喬之目"，《明本篇》"慕松喬之武者哉"又"昔赤松子、王喬、琴高、老氏、彭

祖、務成、鬱華皆真人”，《勤求篇》“雖令赤松王喬言提其耳”又“此
法獨有赤松王喬知之”，皆以赤松先於王喬。

由於好事增加潤色。

　　“事”下，宋本有“者”字。

　　按：有“者”字是。《釋滯篇》“率多後世之好事者”，《登涉篇》“想好
　　事者欲入山行”，並其證。

塞　難

何爲使喬松凡人受不死之壽。

　　“喬松”，宋本作“松喬”。

　　按：作“松喬”是。已詳前《微旨篇》“喬松可儔”條。

不信仙道。

　　孫曰：“藏本無此四字。”

　　按：宋本、盧本、舊鈔本有，孫補是也。

因曰天地爲萬物之父母，萬物爲天地之子孫。

　　按：《管子·五行篇》：“以天爲父，以地爲母。”《莊子·達生篇》：
　　“天地者，萬物之父母也。”《書》僞《泰誓上》：“唯天地萬物父母。”《論衡·
　　雷虛篇》：“萬物於天，皆子也。”

大壽之事。

　　“大壽”，宋本作“壽夭”；藏本、魯藩本、慎本、盧本、明鈔本、舊鈔本、
　　柏筠堂本、蜀藏本、崇文本作“夭壽”。

　　按：“大”字蓋平津本寫刻之誤。“壽夭”與“夭壽”一實。

仙與不仙，決非所值也。

　　孫曰：“（非），疑作‘在’。”

　　按：孫說是。宋本正作“在”。

而項楊無春彫之悲矣。

　　“項”，原作“頃”。孫曰：“按‘頃’當作‘傾’。”《校釋》改“項”。

按：宋本、藏本、魯藩本、慎本、盧本、明鈔本、柏筠堂本、蜀藏本、崇文本並作“項”，《校釋》改“項”，是也。《微旨篇》：“而愚人復以項託、伯牛輩，謂天地之不能辨臧否。”是“項”，謂項託。《外篇·自叙篇》：“故項子有含穗之嘆，楊烏有夙折之哀。”其以項託與楊烏並舉，正與此同。《陸雲別傳》：“六歲便能賦詩，時人以爲項託楊烏之儔也。”《世説新語·賞譽篇》劉注引。《弘明集》佚名《正誣論》：“此何異顔項夙夭。”《顔氏家訓·歸心篇》：“項橐顔回之短折。”皆以項託爲古之短命者《天中記》卷二五引《圖經》云：橐，魯人，十歲而亡。

子以天不能使孔孟有度世之祚。

“孔孟”，宋本作“周孔”。

按：此爲回應篇首“而周孔大聖無久視之祚哉”之詞，作“周孔”是。《論仙篇》“則不信有周孔於在昔矣”，《釋滯篇》“周孔何以不言”，《明本篇》“儒者，周孔也”，《辨問篇》“而周孔不爲之者”，《黃白篇》“以周孔不説”，並以周孔爲言內、外篇中無以孔孟連文者。

伯牛廢疾。

“廢”，宋本作“癈”；慎本、盧本、柏筠堂本、蜀藏本、崇文本作“有”。

按：“癈”字是。《説文·疒部》：“癈，固病也。”《玉篇》作“痼病”《史記·弟子傳》：“伯牛有惡疾。”《白虎通·壽命篇》、《論衡·命義篇》、《家語·弟子篇》同《淮南子·精神篇》：“冉伯牛爲厲。”邢昺《論語·雍也·正義》引作“癘”，（癘之別構）。“厲”，“癘”之借。《説文·疒部》：“癘，惡疾也。”《玉篇》：“癘，又音賴。惡病。”是此文之“癈疾”，即《史記》之“惡疾”，亦即《淮南子》之“厲”也。慎本等作“有”，蓋緣不得其解，而據《論語·雍也》妄改耳。

子夏喪明。

按：《禮記·檀弓上》：“子夏喪其子而喪其明。”

盜跖窮凶而白首，莊蹻極惡而黃髮。

按：《論衡·命義篇》：“而盜跖莊蹻横行天下，聚黨數千，攻奪人物，斷斬人身，無道甚矣！宜遇其禍，乃以壽終。”

仰悲鳳鳴。

　　"鳴"，宋本作"鳥"。

　　　按："鳥"字是。《論語·子罕》："子曰：'鳳鳥不至，河不出圖，吾已
　　　矣夫！'"即此文所本。

忠貞盡於事君。

　　孫曰："'忠'，舊誤作'志'，今校正。"

　　　按：孫校是。宋本正作"忠"。"忠貞"出《左傳》僖公九年，《外篇》
　　　之《臣節》、《審舉》、《擢才》、《行品》、《博喻》、《廣譬》、《循本》七篇
　　　均用之。

果以窮理盡性。

　　"果"，宋本作"足"。

　　　按："足"字較勝，當據改。

而據長生之道。

　　　按：此文有脱誤。以《外篇·崇教篇》"劇談則方戰而已屈"，《酒誡
　　　篇》"希當劇談"，《重言篇》"好劇談者多漏於口"證之，當作"而劇
　　　談長生之道"，始能與上下文意相符。《漢書·揚雄傳上》："口吃
　　　不能劇談。"顏注引鄭氏曰："劇，甚也。"詁此正合。慎本、盧本、柏
　　　筠堂本、蜀藏本、崇文本作"據談"，"據"字雖誤，"談"字固未脱也。

則謂衆之所疑。

　　　按：以下文"機兆之未朕"句例之，"衆"下疑脱一字。

而了不別菽麥者也。

　　　按：《左傳》成公十八年："周子有兄而無慧，不能辨菽麥。"

妍媸有定矣。

　　孫曰："（媸），藏本作'蚩'。"

　　　按："媸"字《説文》所無，古多以"蚩"爲之。《勤求篇》"凡夫不識妍
　　　蚩"，《外篇·崇教篇》"品藻伎妾之妍蚩"，《文行篇》"屬辭比義之
　　　妍蚩"，《辭義篇》"妍蚩有步驟"，均作"蚩"。平津本出自《道藏》，
　　　而此又臆改爲"媸"，非是。

則俟河之清，未爲久也。

　　按：《左傳》襄公八年：“周詩有之曰：‘俟河之清，人壽幾何！’”

將有多敗之悔，失言之咎乎！

　　按：《説苑・敬愼篇》：“孔子之周，觀於太廟右陛之前，有金人焉，三緘其口而銘其背曰：‘古之愼言人也，戒之哉！戒之哉！無多言；多言，多敗。’”《御覽》三九〇引《孫卿子》文同（今《荀子》無）。

夫物莫之與，則傷之者至焉。

　　按：《易・繫辭下》：“莫之與，則傷之者至矣。”

章甫不售於蠻越，赤舄不用於跣夷。

　“跣夷”，愼本、盧本、柏筠堂本、蜀藏本、崇文本作“戎夷”。

　　按：《韓非子・説林上》：“魯人身善織屨，妻善織縞，而欲徙於越。或謂之曰：‘子必窮矣！’魯人曰：‘何也？’曰：‘屨爲履之也，而越人跣行《説苑・反質篇》作“而越人徒跣”；縞爲冠之也，而越人被髮。以子之所長，遊於不用之國，欲使無窮，其可得乎？’”是此以作“跣夷”爲長。

釋　滯

常生降志於執鞭。

　《校釋》：“穀城鄉平常生，……復爲華陰門卒。見《列仙傳》。按門卒，類執鞭之役者。”

　　按：“常”當作“長”，音之誤也。《神仙傳・陰長生傳》：“陰長生者，新野人也。漢皇后之親屬。少生富貴之門，而不好榮貴。唯專務道術。聞馬鳴生得度世之道，乃尋求之。遂得相見。便執奴僕之役，親運履之勞。”長生以皇戚而能“執奴僕之役，親運履之勞”，即“降志於執鞭”之謂。《校釋》引《列仙傳》與詮説均誤前《金丹篇》曾言及陰長生。

莊公藏器於小吏。

孫曰："〔吏〕，舊本作'史'，今校正。"

　　按："史"改"吏"是。《列仙傳·鹿皮公傳》："鹿皮公者，淄川人也。少爲府小吏。杠舉手能成器械，……着鹿皮衣。遂去。復上閣。後百餘年，下賣藥於市。"又《贊》："皮公興思，妙巧纏綿。"即此文所指。則"莊"當作"皮"。"莊"，俗作"庄"，與"皮"形近，故誤。

無所修爲，猶常如此。

　　按："常"疑"尚"之誤。《對俗篇》："使人爲須臾之蟄，有頃刻之飛，猶尚不能。"正以"猶尚"二字連用王褒《四子講德論》："夫以諸侯之細，功名猶尚若此。"亦可證。

搜井底而捕鱓魚。

　　孫曰："按'鱓'當作'鱣'，假借爲'鱣鮪'之'鱣'。……傳寫者誤認爲蛇鱓之'鱓'，而改之以俗'鱓'字，失之遠矣。"

　　按：孫説是。宋本及《御覽》九三六引，正作"鱣"。當據改。

猶臨河羨魚而無網罟。

　　按：《淮南子·説林篇》："臨河而羨魚，不如歸家織網。"《漢書·禮樂志》、《董仲舒傳》、《揚雄傳》並有此語。

謂無異以存活爲徭役，以殂殁爲休息。

　　按：《莊子》佚文："生乃徭役，死乃休息也。"《淮南子·俶真篇》高注、《列子·天瑞篇》張注、《文選·幽通賦》李注引。

莊伯所以爲貴也。

　　《校釋》："'莊伯'，即莊光，字子陵，避後漢明帝諱，改寫莊光爲嚴光。……"

　　按：稱莊光爲"莊伯"，它書不經見，不知何所據而云然。此二句與上"背聖主而山栖者，巢許所以稱高也"二句對言，則此處之"莊伯"非莊光甚明。《莊子·讓王篇》："舜讓天下於子州支伯，子州支伯曰：'予適有幽憂之病，方且治之，未暇治天下也。'"疑即稚川所指。是"莊"，當作"支"。"支伯"之誤爲"莊伯"，正如上文"皮公"之誤爲"莊公"然也。《文選》阮籍《爲鄭沖勸晉王牋》："然後臨滄洲而謝支伯，登箕山而揖許由。"其以"支伯"、"許由"對舉，正與此同。

而干木散髮於西河。

孫曰："（西河），藏本作'之王'。"慎本、盧本、柏筠堂本、蜀藏本、崇文本作"衡門"。

按：諸本均誤。宋本作"蓬蓽"，是也蓬蓽二字出《禮記·儒行》。上文言"陋巷"，此句言"蓬蓽"，文正相對。《内篇·序》"蓬蓽有藻梲之樂也"，《暢玄篇》"養浩然之氣於蓬蓽之中"，《外篇·逸民篇》"今隱者潔行蓬蓽之内"，並以"蓬蓽"爲言。

非躬耕不以充飢，非妻織不以蔽身。

按：《風俗通義·愆禮篇》："鮑焦耕田而食，穿井而飲，非妻所織不衣。"

獨潔其身，而忘大倫之亂。

按：《論語·微子》："子路曰：'……欲絜其身，而亂大倫。'"《孟子·公孫丑下》："景子曰：'内則父子，外則君臣，人之大倫也。'"

昇降不爲之虧。

孫曰："（降），疑作'隆'。"

按：孫説是。《外篇·君道篇》有"誠升昇之本字隆之盛致"語，可證。

上無嫌恨之偏心。

陳曰："（偏心），榮案盧本作'褊按盧本作"褊"心'。"

按：柏筠堂本、蜀藏本、崇文本作"褊心"宋本、慎本作"褊"，即"褊"之誤，是也。《詩·魏風·葛屨》："維是褊心。"是"褊心"二字所出。

休牛放馬。

按：《禮記·樂記》："武王克殷，……濟河而西，馬散之華山之陽，而弗復乘；牛散之桃林之野，而弗復服。"《吕氏春秋·慎大覽》："武王勝殷，……西歸報於廟，乃税馬於華山，税牛於桃林，馬弗復乘，牛弗復服。"高注："税，釋也。"

干戈載戢。

按：《詩·周頌·時邁》：“載戢干戈。”毛傳：“戢，聚。”鄭箋：“載之
言則也。王巡守而天下咸服，兵不復用。”

繁弱既韜。

按：《左傳》定公四年：“封父之繁弱。”杜注：“封父，古諸侯也；繁
弱，大弓名。”《荀子·性惡篇》：“繁弱鉅黍，古之良弓。”

信越釋甲冑而修魚釣。

按：“魚”當作“漁”。《史記·齊太公世家》：“太公望吕尚以漁釣奸
周西伯。”《漢書·叙傳上》：“漁釣於一壑。”《文選》潘岳《閑居賦
序》：“池沼足以漁釣。”並其證。

若知而不學，則是無仙道也。

“學”下，宋本有“是則不近人情若爲而不得”十一字。

按：宋本是。今本文意未足，當據補分兩句讀，“情”下、“得”下各加
一豆。

子可謂戴盆以仰望。

按：以下文“暫引領於大川”句例之，“戴”上疑脱一字。

羲和外景而熱，望舒内鑒而寒。

按：《大戴禮記·曾子天圓篇》：“明者，吐氣者也，是故外景；幽者，
含氣者也，是故内景。故火日外景，金水内景。”《淮南子·天文篇》略
同。《范子計然》：“日者，火精也，火者外景，主晝；居晝而爲明，處
照而有光。”《御覽》三引。又：“月，水精，内景。”《御覽》四引。

皆曰悉正經所不載。

“皆”，宋本作“則”。

按：“皆”字涉上句而誤，當依宋本改爲“則”。

沙壹觸木而生群龍。

孫曰：“(木)，藏本作‘目’非。”

按：孫改是。宋本正作“木”。此事出《益部耆舊傳》《御覽》三六一引。
《華陽國志·南中志》、《後漢書·西南夷傳》、《述異記》下、《水
經·葉榆河注》亦並載之。

二首之蛇，弦之爲弓。

按：《爾雅·釋地》：“地中有枳首蛇焉。”郭注：“岐頭蛇也。或曰：‘今江東呼兩頭蛇爲越王約髮。’亦名‘弩弦’。”郭璞《枳首蛇贊》：“夔稱一足，蛇則二首”《類聚》九六引。吳氏《本草圖經》：“蛇脱，……一名弓皮”《御覽》九三四引。《石藥爾雅》上：“蛇脱皮，一名蛇符、弓皮。”

不灰之木。

按：《本草圖經》：“不灰木出上黨，今澤潞山中皆有之。蓋石類也。其色青白如爛木，燒之不然，以此得名。或云：‘滑石之根也，出滑石處皆有。’亦名無灰木”《大觀本草》卷五引。

不熱之火。

按：前《論仙篇》有“火體宜熾，而有蕭丘之寒焰”語，則此“不熱之火”，蓋指“蕭丘寒焰”也。《西京雜記》五：“董仲舒曰：‘……火至陽而有涼焰。’”

昌蜀之禽。

按：《蜀王本紀》：“望帝去時，子鵜鳴。故蜀人悲，子鵜鳴，而思望帝——望帝，杜宇也”《御覽》九二三引。《華陽國志·蜀志》：“七國稱王，杜宇稱帝，號曰望帝。……會有水災，其相開明決玉壘山以除水害。帝遂委以政事，法堯舜禪授之義，遂禪位於開明。帝升西山隱焉。時適二月，子鵑鳥鳴，故蜀人悲，子鵑鳥鳴也。”

無目之獸。

按：《山海經·西山經》：“（天山）渾敦無面目。”《海外西經》：“形天與帝至此争神，帝斷其首，葬之常羊之山。乃以乳爲目。”

炎昧吐烈。

按：《山海經·海外南經》：“厭火國在其國南，獸身，黑色，生火，出其口中。”郭注：“言能吐火。”《博物志》八：“厭光國民光出口中。”

少千之劾伯率。

按：《列異傳》：“魯少千者，得仙人符。楚王少女英爲魅所病，請少千。少千未至數十里，止宿。夜有乘黿蓋車，從數千騎來，自稱伯敬，候少千。遂請内酒數槛，肴餤數案。臨別言：‘楚王女病，是吾所爲。君若相爲一還，我謝君二十萬。’千受錢，即爲還。從他道詣楚，爲治之。於女舍前，有排户者，但聞云：‘少千欺汝翁！’遂有風聲西北去，視處有血滿盆。女遂絶氣，夜半乃蘇。王使人尋風，於城西北得一死蛇，長數丈，小蛇千百，伏死其旁。後詔下郡縣，以其日月，大司農失錢二十萬，太官失案數具。少千載錢，上書具陳説。天子異之”《廣記》四五六引。“伯率”、“伯敬”不同，必有一誤。

聖卿之役蕭霜。

　　按：《幽明録》：“河南陽《御覽》八八三引作‘楊’起字聖卿，少時疾癘，於社中得書一卷，譴劾百鬼法，所劾輒效此句據《御覽》補。爲日南太守，母至廁上，見鬼，頭長數尺，以告聖卿。聖卿曰：‘此蕭霜之神。’劾之來出，變形如奴，送書京師師字據《御覽》補，朝發暮返，作使當千人之力《御覽》引至此句止。有與忿恚者，聖卿遣神夜往，趣其牀頭，持兩手，張目正赤，吐舌柱地，其人怖幾死”《廣記》二九二引。

縱目世變於荆岫。

　　按：《華陽國志·蜀志》：“周失綱紀，蜀先稱王，有蜀侯蠶叢，其目縱，始稱王。死作石棺石椁，國人從之。故俗以石棺椁爲縱目人冢也。”《文選》張衡《思玄賦》：“黿令殪而尸亡兮，取蜀禪而引世。”舊注：“黿令，蜀王名也；殪，死也；禪，傳也；引，長也。”李注：“《蜀王本紀》曰：‘望帝治汶山下邑曰郫，積百餘歲，荆地有一死人名黿令，其尸亡，隨江水上至郫，與望帝相見。望帝以黿令爲相。以德薄不及黿令，乃委國授之而去。’”是此句謂荆人黿令之死尸復活而取代蠶叢帝繫也。

金簡玉字，發於禹井之側。

　　按：《吳越春秋·越王無余外傳》：“（禹）乃案黄帝《中經歷》，蓋聖人所記，曰：‘在於九山東南天柱，號曰宛委，赤帝在闕，其巖之巔，承以文玉，覆以磐石，其書金簡，青玉爲字，編以白銀，皆琢其文。'……禹退，又齋。三月庚子，登宛委山，發金簡之書。案金簡玉字，得通水之理。《山海經·南山經》：“會稽之山，四方。”郭注：“今在會稽郡南，上有禹冢及井。”

宋公克象葉以亂真。

按：“公”當作“人”，字之誤也。《韓非子·喻老篇》：“宋人有爲其君以象爲楮葉者，三年而成，豐殺莖柯，毫芒繁澤，亂之楮葉之中，而不可別也。”即其事。《淮南子·泰族篇》、《論衡·自然篇》、《列子·説符篇》文同，亦並作“宋人”。“克”與“刻”通慎本、盧本、柏筦堂本、蜀藏本、崇文本作“刻”，乃臆改。

道　意

隸首不能計其多少。

按：《世本》：“隸首作算數。”宋衷注：“隸首，黃帝史也”。《文選·西京賦》李注引。

守請虛坐。

“請”，宋本作“靖”；魯藩本、慎本、明鈔本、舊寫本、舊鈔本同。盧本、柏筦堂本、蜀藏本、崇文本作“静”。

按：“靖”字是。《説文·立部》：“靖，立竫也。”段注：“謂立容安靖也。”《文選·思玄賦》“既防溢而靖志兮”舊注：“靖，静也。”是“請”字誤，當改爲“靖”。

煎熬形氣。

“氣”，宋本作“器”。

按：“器”字是。《論仙篇》“故聾瞽在乎形器”，《塞難篇》“猶不能令我形器必中適”，亦並以“形器”爲言。可證。

其烹牲馨群，何所補焉。

按：“其”字疑衍。上文“天地神明，曷能濟焉”句可證。

未有之也。

“有之”，宋本作“之有”；藏本、魯藩本、慎本、盧本、明鈔本、舊寫本、
舊鈔本、柏筠堂本、蜀藏本、崇文本同。

　　按：此爲平津本誤倒，當據諸本乙。

猶能賞善不須貸財。

　　按：“貸”當作“貨”，字之誤也。

必將修繩履墨。

　　按：“修”當作“循”。《外篇·行品篇》“循繩墨以進止”，可證。

靡愛斯牲。

　　按：《詩·大雅·雲漢》：“靡神不舉，靡愛斯牲。”鄭箋：“靡、莫，皆
　　無也。言王爲旱之故，求於群神，無不祭也，無所愛於三牲。”

孝武尤信鬼神。

　　孫曰：“‘武’，舊誤作‘文’，今校正。”

　　按：孫改是。宋本正作“武”。

咸秩無文。

　　按：《書·洛誥》：“周公曰：‘王肇稱殷禮，祀于新邑，咸秩無文。’”
　　孔《傳》：“言王當始舉殷家祭祀，以禮典祀于新邑，皆次秩不在禮
　　文者而祀之。”

前事不忘，將來之鑒也。

　　“忘”，原作“妄”，《校釋》據孫星衍説改。

　　按：“忘”字是。《戰國策·趙策一》：“前事之不忘，後事之師。”《史
　　記·秦始皇紀·贊》、《後漢書·東平憲王蒼傳》、又《張衡傳》，並有此語。《外
　　篇·勖學篇》：“前事不忘，今之良鑒也。”尤爲切證。

嗇寶不夭。

　　按：《吕氏春秋·先己篇》：“凡事之本，必先治身，嗇其大寶。”高
　　注：“嗇，愛也；大寶，身也。”

多慘用老。

　　按：《詩·小雅·小弁》：“維憂用老。”

俗所謂率皆妖僞。

孫曰:"('謂'下),按當有脱字。"

　　按:孫説是。宋本"謂"下有"道"字,當據補。

衣衾之周。

　　"之",宋本作"不"。

　　按:"之"字涉上句而誤。當依宋本改作"不",文意始合。

不過少時,必當絶息。

　　"息"下,宋本有"卒如頗嚴,而實善政"二句。

　　按:有此二句,文意始足。當據增。

所以令百姓杜凍飢之源。

　　"姓"下,宋本有"病必親醫藥,勉強死之禍,省其大費,救其困乏"
　　四句。

　　按:今本文意不備,當據宋本補"勉"爲"免"之誤。

不純自伏其辜。

　　"純",宋本作"紽";《四庫全書》文溯閣本同。舊鈔本作"紏"。慎本、
　　盧本、柏筠堂本、蜀藏本、崇文本作"久"。

　　按:"紽"糾之俗體字是。"純"即由"紽"致誤。下文"皆由官不糾宋
　　本亦作"紽"治",可證。"久"字乃臆改。

侈服玉食。

　　"侈",宋本作"侯"。

　　按:"侯"字是。《法言·先知篇》"食侯食,服侯服",《漢書·叙傳
　　下》"侯服玉食"《華陽國志·蜀志》"豪強服王侯美衣",並以"侯服"爲言。
　　《外篇·守塉篇》"入侯服而玉食",《詰鮑篇》"而士庶猶侯服鼎
　　食",尤爲切證。

不在其位,末如之何!

　　按:《論語·憲問》:"子曰:'不在其位,不謀其政。'"

本無至心,而諫怖者異口同聲。

　　"怖"下,宋本有"之"字。

　　按:"之"字當有。《校釋》斷句誤,"本無至心而諫"爲一句。

令人扼腕發憤者也。

　　孫曰："'扼'，舊誤作'振'，今校正。"

　　　　按：孫改是。宋本正作"扼"；慎本、盧本、柏筥堂本、蜀藏本、崇文本同。《論仙篇》"豈當扼腕空言"，亦以"扼腕"連文。

唯余亦無事於斯，唯四時祀先人而已。

　　　　按：此二句密邇相接，發端俱用"唯"字，似違常軌。上句既已用"亦"字，則"唯"字實不必有，蓋涉下句誤衍者。

人往往問事。

　　《御覽》六六六引，"往"字不重。

　　　　按："往"字作動詞用，實不應重。當據刪。《神仙傳·李阿傳》作"或往問事"，亦可證。

人具爲之説。

　　"之説"，宋本作"説之"。

　　　　按：宋本是。《廣記》三一五引，作"人具爲説"，亦可證。

以置空桑中。

　　《廣記》引無"以"字。

　　　　按："以"字與上"以濕土封其根"句重出，當據刪。

或人云。

　　"人"下，《廣記》引有"調"字。

　　　　按：有"調"字誼長。調，欺也見《廣雅·釋詁二》。《風俗通義·怪神篇》作"客聊調之"，亦可證此文之原有"調"字也。

此石人有神。

　　"人"，原作"上"，孫曰："當作'士'。"《校釋》據《校補》説改"人"。

　　　　按：此文除《廣記》引爲"人"字外，宋本亦作"人"。《校釋》所改，是也。

而往買者又常祭廟中。

　　"常"，宋本作"當"；《廣記》引同。

　　　　按："當"字是。當據改。

於是賣水者常夜竊他水以益之。

　　"竊"下，宋本有"輦"字；《廣記》引有"運"字。

　　　按："輦"、"運"字雖不同，其意則一。要足以補今本之脱。

而錢帛固已山積矣。

　　孫曰："(山積)二字舊誤倒，今校正。"

　　　按：孫校正是。宋本及《廣記》二八八引，均未誤倒上文亦有"錢帛山
　　　積"語。

明　本

而班固以史遷先黄老而後六經，謂遷爲謬。

　　　按：《漢書·司馬遷傳·贊》："又其是非頗繆於聖人，論大道則先
　　　黄老而後六經。"

不虚美，不隱惡，又劉向命世通人，謂爲實録。

　　　按：《漢書·司馬遷傳·贊》："然自劉向、揚雄博極群書，皆稱遷有
　　　良史之材。……不虚美，不隱惡，故謂之實録。"

又坐而論道，謂之三公。

　　　按：《考工記》："坐而論道，謂之王公"《文選》任昉《齊竟陵文宣王行狀》
　　　李注引，"王"作"三"。《續漢·禮儀志》劉注引《禮記·月令》盧注：
　　　"天子之三公，坐而論道。"

國之有道，貧賤者恥焉。

　　　按：《論語·泰伯》："子曰：'……邦有道，貧且賤焉，恥也。'"

由來久矣。

　　"由"，宋本作"其"；藏本、魯藩本、慎本、盧本、明鈔本、舊寫本、舊鈔
　　本、柏筠堂本、蜀藏本、崇文本同。

　　　按：《微旨》、《塞難》兩篇並有"其來久矣"之文，此固不應獨用"由"
　　　字也蓋平津本寫刻之誤。

然物以少者爲貴，多者爲賤。

按：《牟子理惑論》：“故珠玉少而貴，瓦礫多而賤。”

鴻隼屯飛，而鸞鳳罕出。

孫曰：“(鴻)，刻本作‘鷹’。”慎本、盧本、柏筠堂本、蜀藏本、崇文本作“鷹”。《御覽》九四六引作“雞”。

按：“鴻”、“雞”與隼均不倫類，其爲誤字無疑。慎本等作“鷹”，則臆改“鴻”與“鷹”之形不近。以《外篇·君道篇》“則鷁梟化爲鴛鸞”，《審舉篇》“蓋梟原誤作‘鳥’，據藏本、吉藩本、魯藩本等改鷗屯飛，則鴛鳳幽集”例之，“鴻”其“鷁”或“鷗”之誤歟？《管子·小匡篇》“夫鳳皇鸞鳥不降，而鷹隼鷗梟豐”，《史記·賈誼傳》“(《弔屈原文》)鸞鳳伏竄兮，鷗梟翱翔”，《楚辭》東方朔《七諫·怨思》“梟鴉並進而俱鳴兮，鳳皇飛而高翔”，亦足以證“鴻”字有誤。屯，聚也《廣雅·釋詁三》。《校釋》訓爲難，誤。

頹雲商羊戢其翼。

按：《說苑·辨物篇》：“其後齊有飛鳥一足來下，止於殿前，舒翅而跳。齊侯大怪之。又使聘問孔子。孔子曰：‘此名商羊。急告民趣治溝渠，天將大雨。’於是如之。天果大雨。……孔子歸，弟子請問。孔子曰：‘兒又有兩兩相牽，屈一足而跳，曰：“天將大雨，商羊起舞。”今齊獲之，亦其應也。’”又見《家語·辨政篇》。

處上而人不以爲重，居前而人不以爲患。

按：《老子》第六十六章：“是以聖人處上而民不重，處前而民不害”又見《淮南子·原道篇》。

道之衰也，則叔代馳騖而不足焉。

按：“代”字疑唐避太宗諱改而未校復者，當作“世”。《外篇·用刑篇》三用“叔世”之文。《白虎通·號篇》：“《鉤命決》曰：‘三皇步，五帝趨，三王馳，五霸騖。’”

法令明而盜賊多。

按：《老子》第五十七章：“法物滋章，盜賊多有。”

盟約數而叛亂甚。

　　按:《詩·小雅·巧言》:“君子屢盟,亂是用長。”鄭箋:“屢,數也。
　　盟之所以數者,由世衰亂,多相背違。”
色斯而逝。

　　按:《論語·鄉黨》:“色斯舉矣。”王引之《經傳釋詞》八:“色斯者,
　　狀鳥舉之疾也。”《後漢書·左雄傳》“或色斯以求名”,《三國志·
　　魏志·崔琰傳》“哲人君子,俄有色斯之志”,《論衡·定賢篇》“大
　　賢之涉世也,翔而有集,色斯而舉”,《隸釋》後漢《元賓碑》“翻署色
　　斯”,《張壽碑》“君常懷色斯”,《費鳳碑》“色斯輕翔”,並以“色斯”
　　二字連用。
覰幾而作,不俟終日。

　　按:《易·繫辭上》:“君子見幾而作,不俟終日。”
夫淵竭池漉,則蛟龍不游;巢傾卵拾,則鳳凰不集。

　　按:《吕氏春秋·召類篇》:“夫巢覆毀卵,則鳳皇不至;……乾澤涸
　　漁,則黿龍不往。”《尸子·明堂篇》:“覆巢破卵,則鳳皇不至
　　焉;……竭澤漉魚,則神龍不往焉。”汪繼培輯本。
居言于室,而翔鷗不下。

　　按:《莊子》佚文:“海上之人好鷗者,每旦之海上,從鷗鳥遊。鷗之
　　至者,數百而不止。其父曰:‘吾聞鷗鳥從汝遊,取來玩之。’明日
　　之海上,鷗鳥舞而不下”《世說新語·言語篇》劉注、《文選》江淹《雜體詩》李
　　注引。又見《列子·黄帝篇》。
既不喜誼譁而合污穢。

　　孫曰:“(合),刻本無此字。按當有脱誤,未詳。”《校釋》:“明案‘合’
　　疑當作‘沾’,涉下文‘合金丹’而誤。”

　　按:宋本作“交”是。交,接也見《吕氏春秋·知士篇》高注。《金丹篇》:
　　“合丹……勿近穢污,及與俗人往來。”“近穢污”與“交污穢”,文意
　　正同。
尤忌利口之愚人,凡俗之聞見。

　　“凡”上,宋本有“譁”字。

按：有"諱"字，始能與上句相儷。

加之罪福。

"之"下，宋本有"以"字。

按：以下文"牽之以慶弔"例之，有"以"字是。

道家之業也。

按：以上文"儒者之所務也"例之，"業"上似脫一字。

而道者履正以禳邪。

"者"，宋本作"家"。

按：上下文屢以"道家"與"儒者"對舉，則此當以作"家"爲是。

儒者所講者，相研之簿領也。

按：《魏略》："魚豢嘗問隗禧《左氏傳》，禧曰：'《左傳》相斫書耳，不足精意也。'"《書鈔》九五、《御覽》六一〇引。"研"疑爲"斫"之誤。

其靜也，善居慎而無悶。

孫曰："按'慎'當作'真'。"

按："慎"當作"貞"。《易·頤》："居貞，吉。"《外篇·君道篇》："居貞成務，則確若嵩岱之根地。"可證。

侶狐貉於草澤之中，偶猿猱於林麓之間。

按：篇末"曷爲當侶狐貉而偶猿狖乎"句，爲反詰此文之詞，"猿猱"、"猿狖"不同，必有一誤。以《外篇·博喻篇》"則猨猿之正體狖與貛貉等矣"諭之，則"猱"當作"狖"。《楚辭·九歌·山鬼》"猨啾啾兮狖夜鳴"，《九章·涉江》"深林杳以冥冥兮，猨狖之所居"，《哀時命》"置猨狖于欞檻兮"，《招隱士》"猨狖群嘯兮虎豹啼"，亦並以"猨狖"連文。

此亦東走之迷。

按：《韓非子·說林上》："慧與惠通子曰：'狂者東走，逐者亦東走；其東走則同，其所以東走之爲則異'"又見《淮南子·說山篇》。

黃帝能治世致太平，而又昇仙。

"能"，宋本作"既"；藏本、魯藩本、慎本、盧本、明鈔本、舊寫本、舊鈔本、柏筠堂本、蜀藏本、崇文本同。

　　按：作“既”是。“既”、“又”對舉，本書恒見。平津本作“能”，當是
　　寫刻之誤。

告頑令囂。

　　孫曰：“按‘令’當作‘舍’。”

　　按：孫説是。《左傳》文公十八年：“顓頊氏有不才子，不可教訓，不
　　知話言，告之則頑，舍之則囂。”

則淪溺而自失也。

　　按：以上文“則若覿駿馬之過隙也”例之，“淪”上似脱一字。

以涉眴猿之峻。

　　原校：“（眴），一作‘日’。”孫曰：“按‘眴’當作‘眴’。”

　　按：孫説是。《淮南子·俶真篇》：“臨蝯同猨眴眩之岸。”高注：“蝯
　　臨其岸而目眩也。”

鼓腹以奮雷靈。

　　“靈”下，宋本有“拘桎不移”四字。

　　按：有此四字，文意始足。當據增。

覿大明之麗天，乃知鷦金之可陋。

　　宋本“明”作“鵬”，“麗”作“彌”，“知”作“覺”，“金”作“鷯”。

　　按：宋本是。《外篇·刺驕篇》：“而笑彌天之大鵬。”可證。

初學之徒，猶可不解。

　　“可”，宋本作“多”；舊鈔本同。慎本、盧本、柏筠堂本、蜀藏本、崇文
　　本作“有”。

　　按：“多”字是。“有”蓋緣“可”字不可解而臆改。

夫指①深歸遠。

　　宋本此下有“匪徒數仞”四字。

　　按：有此四字，文意始足。當據增。

―――――――

①“指”，底本作“[扌＊旨]”

所謂不知而作也。

　　按:《論語·述而》:"子曰:'蓋有不知而作之者,我無是也。'"

孰與逸麟之離群以獨往,吉光坼偶而多福哉?

　　按:此二句相對爲文,"光"下疑脱一字。

仙　藥

神農四經。

　　孫曰:"(四),《太平御覽》九百八十四引無此字。"

　　　按:《外篇·廣譬篇》:"神農不九疾,則四經之道不垂。"是"四"字
　　　當有。《帝王世紀》:"炎帝神農氏……嘗味草木,宣藥療疾,……
　　　著《本草》四卷"《御覽》七二一引。

五芝及餌丹砂、玉札、曾青、……各可單服之。

　　　按:"餌"字當乙在"五芝"上。《御覽》六六九引《神農經》文,略同
　　　此段,"餌"字正在"五芝"上。

皆上聖之至言。

　　"皆"上,《御覽》九八四引有"此"字。

　　　按:有"此"字較勝。《御覽》六六九引《神農經》文,"皆"作"此",亦
　　　可證。

入山便可蒸,若鬻啖之,取足可以斷穀。

　　　按:此文有誤。宋本作"入山便可蒸煮啖之。若取長服,足可以斷
　　　穀"是也。當據以校正。

并及絞其汁作酒。

　　《大觀本草》六引作"并搗絞其汁作液"。

　　　按:有"搗"字是。

俱以斷穀不及术,术餌令人肥健。

　　　按:"术餌"二字當乙。

石桂芝。

繼曰：“《藝文類聚》八十九作‘石桂英芝。’”

按：《御覽》九八五引，作“石桂芝”。《酉陽雜俎·續集》十有此文，亦作“石桂芝”。

末之，服盡十斤則千歲也。

按：“之服”二字當乙。“末服之”，下文屢見。

建木芝實生於都廣，其皮如纓蛇，其實如鸞鳥。

按：《山海經·海內南經》：“有木其狀如牛，引之有皮，若纓黃蛇，其葉如羅，其實如欒，其木若蓲，其名曰建木。”郭注：“欒，木名。……生雲雨山。”《大荒南經》：“大荒之中有雲雨之山，有木名曰欒。”此作“鸞鳥”，疑字有誤。又按“芝”下“實”字，似涉下誤衍。

頷下有丹書八字再重。

“再”，原作“體”。繼曰：“《藝文類聚》九十八、《御覽》三十一、九百四十九作‘再重’；按‘再重’者，謂‘八’字作‘公’也。”《校釋》改“體”作“再”。

按：“再”字是。《玉燭寶典》五、《類聚》四引，並作“再重”。

風生獸似貂。

“貂”，《御覽》九百八引作“豹”；慎本、盧本、柏筠堂本、蜀藏本、崇文本同。

按：《海內十洲記》、《述異記》上並敘有此獸，皆作“豹”。

凡此又百二十種，此皆肉芝也。

按：“皆”上“此”字，蓋涉上句誤衍。

欲得王相專和之日。

“專”，宋本作“合”。

按：以下文“（小神方）合和日曝煎之”例之，“合”字蓋是。

其子名世。

按：《神仙傳·衞叔卿傳》作“其子名度世”，是此脫“度”字《御覽》六六二引《三洞珠囊》(今本無)亦作“度世”。

故能乘烟上下也。

孫曰：“（烟下），《御覽》八百五引有‘霞’字。”

　　按：《事類賦》九引，亦有“霞”字。《列仙傳·赤松子傳》：“赤松子者，神農時雨師也。服水玉，……隨風雨上下。”“隨風雨”、“乘烟霞”，皆言其上下自如。

董君異嘗以玉醴與盲人服之。

　　按：董奉字君異，見《神仙傳·董奉傳》。

惡血從鼻去。

“去”，《大觀本草》十二引作“出”。

　　按：“出”字較勝。

至年百四十歲。

《校補》：“人和按《廣記》四一四引‘至年’作‘年至’，於義為長。”

　　按：《校補》說是。宋本正作“年至”。當據乙。

諺言所謂苦如薏者也。

《類聚》八一引，無“言”字。

　　按：“言”字實不必有，當據刪。

仙方所謂日精更生，周盈皆一菊。

孫曰：“按此（更生）下，當有‘陰成’二字，各本皆脫去，非。”繼曰：“《初學記》二十七亦無‘陰成’二字，則唐本與今本同，校語當刪。”

　　按：《廣記》四一四、《御覽》九九六引，並與今本同《御覽》六六九引《仙經》文與此同，亦無“陰成”二字。孫說非是。《大觀本草》六：“菊花……一名日精，……一名更生，一名周盈。”《本草》此下尚有“一名陰成”句，故孫氏云然。《校釋》斷句誤，蓋緣未檢《本草》耳。

其說甚美。

“美”，宋本作“靈”。

　　按：“靈”字較勝。

況將復好藥。

“將復”，宋本作“得”；《廣記》作“得服”；蜀藏本作“將服”。

　　按：作“將服”是。《極言篇》“然後先將服草木以救虧缺”，《雜應篇》“既將服神藥”，並“將服”二字連文之證。

或云不及活，流棄之。

　　“不”下，《廣記》四一三引有“如”字。

　　　按：有“如”字，文意始明作一句讀。《神仙傳·趙瞿傳》：“或告其家云：‘當及生，棄之。’”亦足證此文當補“如”字也。

乃叩頭自陳乞哀。

　　孫曰：“（哀），《大觀本草》十二引作‘命’。”

　　　按：《廣記》四一四、《御覽》六七〇引及《神仙傳·趙瞿傳》仍作“哀”，與今本同。

于時聞瞿服松脂如此，於是競服。

　　孫曰：“（于），藏本作‘余’。”

　　　按：“于”、“余”並非。《廣記》四一四引，“于時”作“其間”，較勝。

南陽文氏，説其先祖，漢末大亂，逃去山中。

　　“去”，《類聚》八一引作“華”；《廣記》四一四、《大觀本草》六引作“壺”。

　　　按：今本嫌泛。壺山在南陽境内，南陽文氏先祖之避亂壺山，正如南陽樊英之隱於壺山見《後漢書·方術上·樊英傳》然也。作“壺山”是。

遂不能飢。

　　《校補》：“人和按《類聚》八十一、《太平廣記》四百十四、《御覽》九百八十九引，並無‘能’字。疑‘能’字衍。”

　　　按：宋本、舊寫本及《大觀本草》六引，亦並無“能”字。當據删。

氣力勝故。

　　“勝”上，《類聚》八一、《廣記》四一四、《大觀本草》六引，有“轉”字。

　　　按：有“轉”字較勝。

韓終服菖蒲十三年。

　　繼曰：“（十三年），《藝文類聚》八十一作‘三十年’。”

　　　按：宋本《類聚》八一、《廣記》四一四、《大觀本草》六引，並作“十三年”。《御覽》六六九引《仙經》，亦作“十三年”繼氏所據《類聚》非善本。

欲以藥攻病，既宜及未食。

　　按：尋繹上下文意，“既”疑當作“即”。

人間服之，名地仙。

　　“人”上，《金汋經》下有“止”字。

　　按：《金丹篇》亦有“止”字。當據增。

當以王相之日，作之神良。

　　“作之”上，《金汋經》下有“服之”二字。

　　按：《金丹篇》作“作服之神良”，是此處脱“服之”二字。

勿傳人；傳人，藥不成不神也。

　　“藥不成”原作“藥成”，《校釋》據《金丹篇》及慎校本、寶顏堂本、崇文
　　本補。

　　按：《校釋》補“不”字是。《金汋經》下、盧本、柏筠堂本、蜀藏本亦
　　　　並有“不”字。

辨　問

世人以人所尤長，衆所不及者。

　　宋本“以”下有“一”字，“衆”下有“人”字。

　　按：尋繹下文，宋本是。當據增。

故張衡馬鈞於今有木聖之名焉。

　　《校釋》：“復案蔡邕謂渾天者，今史官所用候臺銅儀，則其法也；又史
　　稱候風地動儀以精銅鑄成，然則張衡之巧，非關木聖，抱朴偶失
　　之歟？”

　　按：《文士傳》：“張衡嘗作木鳥，假以羽翮，腹中施機，能飛數里”《御
　　　　覽》七五二引。此張衡有關木聖之徵。《校釋》説誤。

飛廉夸父，輕速之聖也。

　　按：《史記·秦本紀》：“蜚廉生惡來，惡來有力，蜚廉善走。父子俱

以材力事殷紂。”

況於世人，幸自不信不求。

　　按：“幸”字於此，文意不屬。以其形求之，其“率”之誤歟《外篇·詰
鮑篇》“承柔剛以率性”，《窮達篇》“又況於胸中率有憎獨立”，藏本“率”並誤作
“幸”？

跟挂萬仞之峻峭，游泳吕梁之不測。

　　《校釋》：“《西京賦》云：‘侲僮程材，上下翩翩，突倒投而跟絓，譬隕絕
而復聯。’此即葛洪説跟挂萬仞伎之所指。”

　　按：此文上下二句皆數典，與《釋滯篇》之“伯昏躡億仞而企踵，吕
梁能行歌以憑淵”同。“跟挂萬仞”與“躡億仞而企踵”，皆出《莊
子·田子方篇》又見《列子·黃帝篇》；“游泳吕梁”與“吕梁行歌憑
淵”，皆出《莊子·達生篇》又見《列子·黃帝篇》。《外篇·廣譬篇》
“公旦不能與伯氏疑爲“昏”之誤跟絓於馮雲之峻”，亦用《莊子·田
子方篇》典也。《校釋》以《西京賦》“侲僮”所演者爲葛洪所指，
似非。

吾聞至言逆俗耳。

　　按：《韓非子·難言篇》：“且至言忤於耳而倒於心。”

梁母火化。

　　按：《列仙傳·嘯父傳》：“嘯父者，冀州人也。少時在西州市上補
履，數十年人不知也。後奇其不老，好事者造求其術，不能得也。
唯梁母得其作火法。臨上三亮山，與梁母别，列數十火而昇。西
邑多奉祀之。”

俗人或曰。

　　“俗人”二字宋本無。

　　按：無“俗人”二字，與上段合。

仲尼以視之。

　　《校補》：“人和按：此文不當有‘以’字，蓋涉上文諸‘以’字而衍。《玉
燭寶典》十引此文，無‘以’字。”

　　按：《校補》説是。《御覽》九二二引，亦無"以"字。

人所好惡，各各不同，諭之以面。

　　按：《左傳》襄公三十一年："人心之不同，如其面焉。"

甘魚釣之陋業者。

　　按："魚"當作"漁"。已詳《釋滯篇》"信越釋甲胄而修漁釣"條。

而昔已有禪之以帝王之位而不用。

　　按：《莊子·讓王篇》所載許由、子州支父、善卷、石父之農，北人無
　　擇，皆堯舜以帝位相讓者。

周文嗜不美之葅。

　　按：《韓非子·難四篇》："或曰：'屈到嗜芰，文王嗜菖蒲葅，非正味
　　也，而二賢尚之。'所味不必美。"

極　言

將特稟異氣耶？

　　"異"，原作"其"，《校釋》據藏本、魯藩本、寶顔堂本改。

　　按："其"改"異"是。宋本、慎本、盧本、明鈔本、舊寫本、舊鈔本、柏
　　筠堂本、蜀藏本、崇文本亦並作"異"。《對俗篇》"若謂彼皆特稟異
　　氣"，語意正同。《文選》嵇康《養生論》："似特受異氣，稟之自然。"
　　亦可證。平津本作"其"，蓋寫刻之誤。

櫛風沐雨。

　　按：《莊子·天下篇》："沐甚雨，櫛疾風。"成疏："賴驟雨而洒髮，假
　　疾風而梳頭。"

或有怨恚而造退。

　　按："造"疑"告"之誤。

故爲者如牛毛，獲者如麟角也。

　　繼曰："《書鈔》八十三'爲'作'學'，'獲'作'成'。"

　　按：《蔣子萬機論》："學者如牛毛，成者如麟角。"《御覽》四九六又六百

七引。《顏氏家訓・養生篇》：“學如牛毛，成如麟角。”《北史・文苑傳序》：“學者如牛毛，成者如麟角。”並與《書鈔》所引合。

井不達泉，則猶不掘也。

　　按：《孟子・盡心上》：“孟子曰：‘有爲者辟若掘井，掘井九仞而不及泉，猶爲棄井也。’”

陶朱之資，必積百千。

　“朱”，宋本作“白”。

　　按：陶朱、白圭皆善理財見《史記・貨殖傳》，故此文以“陶、白”並稱。《外篇・守塉篇》“退則參陶白之理生”，《喻蔽篇》“陶朱白圭之財不一物者”，正以“陶白”連文。

江河之流，不能盈無底之器也。

　　按：《淮南子・氾論篇》：“江河不能實漏卮。”《鹽鐵論・本議篇》：“川流不能實漏卮。”

良匠能與人規矩，不能使人必巧也。

　　按：《孟子・盡心下》：“梓匠輪輿能與人規矩，不能使人巧。”

夫修道猶如播穀也，成之猶收積也。

　　按：此二句參差不齊，非上句有衍文，即下句有脱字。

不可以小益爲不平而不修。

　“平”，蜀藏本作“足”。

　　按：“平”字於此費解，作“足”蓋是。

昔黃帝生而能言。

　　按：《大戴禮記・五帝德篇》：“孔子曰：‘黃帝，少典之子也，曰軒轅。生而神靈，弱而能言。’”

故陟王屋而受丹經。

　“受”，原作“授”，《校釋》據《校補》説改。

　　按：“授”改“受”是。《御覽》七九又六七八引，並作“受”。未誤。

窮神奸則記白澤之辭。

　　按：《瑞應圖》：“白澤，黃帝巡於東海，白澤出，能言語，達知萬物之情，以戒於民，爲除災害。賢君德及幽遐則出"《開元占經》一一六引。
相地理則書青烏之説。

　　"烏"，原作"鳥"，《校釋》據孫星衍及《校補》説改。

　　　　按：宋本、藏本作"烏"，《御覽》六七八引同。《校釋》改是。
朱邑欒巴于公有功惠於民，百姓皆生爲之立廟祠。

　　《校釋》："于公，即于吉。《吳志·孫策傳》注引《江表傳》曰：'時有道
　　士琅邪于吉，往來吳會，……策令收殺之。諸事之者謂其尸解，復祭
　　祀求福。'"

　　　　按：于吉被收殺前，並無人爲之立廟祠《江表傳》、《神仙傳·宮嵩傳》、
　　　《洞仙傳·于吉傳》可覆按，其非稚川所稱之于公可知。《漢書·于定
　　　國傳》："于定國字曼倩，東海郯人也。其父于公爲縣獄史郡決曹，
　　　決獄平。羅文法者，于公所決皆不恨。郡中爲之生立祠，號曰于
　　　公祠。"《説苑·貴德篇》略同。是此處之于公爲于定國之父無疑。
　　　《校釋》誤。
則靈根亦凋於中矣。

　　　　按：《文選》陸機《君子有所思》："宴安消靈根。"李注："《老子黄庭
　　　經》曰：'玉池清水灌靈根，靈根堅固老不衰。'然靈根謂身也。"
龍梡墜地。

　　孫曰："（龍），當作'籠'。"

　　　　按：孫説是。宋本正作"籠"，未誤。
百病兼結。

　　　　按：宋本此句下有"亦尚生存"四字，是也。當據增。
亦不失三百歲也。

　　繼曰："《御覽》六百六十八作'一二百歲'。"

　　　　按：《御覽》所引是也。"三"字蓋誤書"一"、"二"兩字爲一耳。《雲
　　　笈》三五引，亦作"一二百歲"。
悲哀憔悴，傷也。

　　繼曰："《御覽》六百六十八'悲'上有'深憂重怨'四字，'衰'作'哀'。

依今本語例補改，當云‘深憂重怨，傷也；悲哀憔悴，傷也’。”“哀”，原
作“衰”，《校釋》據藏本、魯藩本改。

按：繼説是。《雲笈》三五引，正作“深憂重怨，傷也；悲哀憔悴，傷
也。”又按宋本作“哀”明鈔本、崇文本同，未誤。

汲汲所欲，傷也。

繼曰：“《御覽》六百六十八‘所欲’下有‘戚戚所患’四字，依今本語
例，當補於‘傷也’下云‘戚戚所患，傷也’。”

按：宋本及《雲笈》三五引，正有“戚戚所患，傷也”六字。繼説是。

坐不至久。

“久”，《御覽》六六八引作“疲”。

按：《雲笈》三五引，亦作“疲”。

卧不及疲。

《雲笈》三五引作“卧不至憊”，並有注云：“憊，居致切；强也，直也。”

按：上句之“久”字既當作“疲”，則此應以作“憊”爲是。《隋書·經
籍志》有闕名之《抱朴子音》一卷，陶弘景有《抱朴子注》二十卷，見
《華陽隱居先生本起録》《雲笈》一〇七有此書。所引音義，未知屬何
家也。

不欲甚勞甚逸。

“甚勞”下，《雲笈》三五引有“不欲”二字。

按：以下各句皆有“不欲”二字，《雲笈》所引是也。當據增。

謂久則壽損耳。

“壽損”，《御覽》六六八引作“損壽”。

按：《雲笈》三五亦引作“損壽”，當據乙。

忍怒以全陰氣，抑喜以養陽氣。

按：《莊子·在宥篇》：“人大喜邪毗於陽，大怒邪毗於陰。”《淮南
子·原道篇》：“人大怒破陰，大喜墜陽。”

勤　求

生，好物者也。

　　按：《左傳》昭公二十五年："生，好物也。"《逸周書·度訓篇》："生
　　物是好。"

安可銜其沽以告之哉！

　　按："銜其沽"不詞，疑有誤字。《袪惑篇》："奸人愈自銜沽。"則
　　"其"爲"自"之誤，且應乙在"銜"字上。《辨問篇》："何肯自銜於俗
　　士。"亦可證。《外篇》之《吳失》、《安貧》二篇，並有"銜沽"之文。
　　慎本、盧本、柏筠堂本、蜀藏本、崇文本均作"自銜沽"，未誤。

雖令赤松王喬言提其耳。

　　按：《詩·大雅·抑》："匪面命之，言提其耳。"

然求而不得者有矣，未有不求而得者也。

　　按：《法言·學行篇》："學者，所以求爲君子也。求而不得者有矣
　　夫！未有不求而得之者也。"《論衡·命祿篇》："有求而不得者矣，
　　未必不求而得之者也。"

或聞有曉消五雲。

　《校釋》："五雲，五色之雲。"

　　按："五雲"爲五色雲母之省稱，非謂五色之雲也。《仙藥篇》"服五
　　雲之法"云云，即"消五雲"最好注腳。

水瓊瑶。

　原校："（瓊），一作'槿'。"

　　按："槿"疑爲"瑾"之誤。《外篇·廣譬篇》："瑾瑶不以居深而止
　　潔。"正以"瑾瑶"連文。《說文·玉部》："瑾、瑜，美玉也。"

相尋代有。

　《御覽》六七二引作"又相尋焉"。

　　按：《御覽》所引較勝。

咄嗟滅盡。

　　"滅",《御覽》六七二引作"咸"。

　　　　按:"咸"字誼長。

故云樂天知命,故不憂耳。

　　　　按:《易·繫辭上》:"樂天知命,故不憂。"

仲尼曳杖悲懷。

　　　　按:《禮記·檀弓上》:"孔子蚤作,負手曳杖,消摇於門,歌曰:'泰
　　　　山其頹乎！梁木其壞乎！哲人其萎乎！'"

皆仲尼所爲破律應煞者也。

　　　　按:《禮記·王制》:"析言破律,……殺。"鄭注:"析言破律,巧賣法
　　　　令者也。"

且夫深入九泉之下。

　　　　按:"泉"當作"淵"。《外篇》之《清鑒》、《博喻》、《廣譬》、《正郭》四
　　　　篇,並有"九淵"之文。此猶作"泉",蓋唐避高祖諱而未校復者。

錢數萬。

　　　　按:《漢書·張禹傳》:"天子成帝數加賞賜,前後數千萬。"疑此脱
　　　　"千"字。

章帝在東宫時,從桓榮以受《孝經》。

　　　　按:據《後漢書·明帝紀》及《桓榮傳》,在東宫從桓榮受經者,爲明
　　　　帝而非章帝,是《尚書》而非《孝經》。疑此有誤。

懸旌効節,祈連方,轉元功。

　　《校釋》:"方,方伯;連,連帥,皆地方官之職名。"

　　　　按:《校釋》斷句及詮説均誤。此文上下皆四字成句,惟"懸旌効節
　　　　祈連"六字踸踔而行,頗不倫類。以《外篇·廣譬篇》"漢武懸旌萬
　　　　里"例之,"懸旌"下疑脱"萬里"二字。《漢書·陳湯傳》:"故宗正
　　　　劉向上疏曰:'……縣旌萬里之外。'"佚名《獻帝傳·進魏公爵爲
　　　　魏王詔》"盪定西陲,懸旌萬里"《三國志·魏志·武帝紀》裴注引,《文
　　　　選》陸機《贈顧交阯公真詩》"揚旌萬里外",亦可證。"攻城野戰,

折衝拓境，懸旌萬里，効節祈連，方轉元功，騁銳絕域”，正四言六
句也。

即未便可授以大要，又亦人情以本末殷富者爲快。

　　按：“即”當作“既”。

干吉容嵩桂帛諸家。

　　孫曰：“（干），藏本作‘于’。”

　　按：宋本作“于”。《神仙傳·宮嵩傳》、《江表傳》、《續博物志》七、
　　《洞仙傳·于吉傳》，亦並作“于”。當據改。

所謂適楚而道燕，馬雖良而不到，非行之不疾，然失其道也。

　　按：《戰國策·魏策四》：“魏王欲攻邯鄲，季梁聞之，中道而
　　反。……往見王曰：‘今者臣來，見人於大行方北面而持其駕，告
　　臣曰：“我欲之楚。”臣曰：“君之楚，將奚爲北面？”曰：“吾馬良。”臣
　　曰：“馬雖良，此非楚之路也！”曰：“吾用多。”臣曰：“用雖多，此非
　　楚之路也！”曰：“吾御者善。”此數者愈善，而離楚愈遠耳。’”

賂以殊玩。

　　“殊”，宋本作“珠”；藏本、魯藩本、慎本、盧本、明鈔本、舊寫本、舊鈔
　　本、柏筍堂本、蜀藏本、崇文本同。

　　按：“珠”字是。當據改。

天網雖疎，終不漏也。

　　按：《老子》第七十三章：“天網恢恢，疏而不失。”

此亦如竊鍾椓物，鏗然有聲，惡他人聞之，因自掩其耳者之類也。

　　按：《呂氏春秋·自知篇》：“范氏之亡也，百姓有得鍾者，欲負而
　　走，則鍾大不可負；以椎毀之，況然有音。恐人聞之而奪己也，遽
　　揜其耳。惡人聞之，可也；惡己自聞之，悖矣！”又見《淮南子·說山
　　篇》。《文選》謝惠連《祭古冢文》“以物椓撥之”李注：“《說文》木部
　　曰：‘椓，杖也。’它庚切。然南人以物觸物爲椓也。”

古人有言曰：生之於我，利亦大焉。論其貴賤，雖爵爲帝王，不足以此
法比焉；論其輕重，雖富有天下，不足以此術易焉。

按：《吕氏春秋·重己篇》：“今吾生之爲我有而利我亦大矣。論其
貴賤，爵爲天子，不足以比焉；論其輕重，富有天下，不可以易之。”
夫治國而國平，治身而身生。

按：“生”疑當作“修”。《釋滯篇》：“治身而身長修，治國而國太
平。”語意與此同，可證。《金丹篇》有“而有身不修”語。

雖曰不愚，吾不信也。

“曰”，宋本作“曰”；藏本、魯藩本、慎本、盧本、明鈔本、舊寫本、舊鈔
本、柏筠堂本、蜀藏本、崇文本同。

按：作“曰”是。當據改此蓋平津本寫刻之誤。

失之東隅，收之桑榆。

按：《後漢書·馮異傳》：“可謂失之東隅，收之桑榆。”李注：“桑榆，
謂晚也。”

但惜美疢而距惡石者。

孫曰：“（疢），藏本作‘病’。”

按：“病”改“疢”是。《左傳》襄公二十三年：“臧孫曰：‘季之愛我，
疾疢也；孟孫之惡我，藥石也。美疢不如惡石。’”

人誰無過，過而能改，日月之蝕。

按：《左傳》宣公二年：“人誰無過，過而能改，善莫大焉。”《論語·
子張》：“子貢曰：‘君子之過也，如日月之食焉，過也，人皆見之；更
也，人皆仰之。’”

雜　應

洛陽有道士董威輦，常止白社中，了不食。

按：《晉書·隱逸·董京傳》：“董京，字威輦，不知何郡人也。初爲
隴西計吏，俱至洛陽。被髮而行，逍遥吟詠，常宿白社中。……後
數年，遁去，莫知所之。於其所寢處，惟有一石竹子。”《神仙傳》：
“董威輦不知何許人。……恒吞一石子，經日不食。”今本無，此據《類

聚》七八、《御覽》六六二引。

年命在孤虛之下。

　　按:《漢書·藝文志·術數略》有《風后孤虛》二十卷。《史記·龜
　　筴傳》“日辰不全故有孤虛”《索隱》、《後漢書·方術傳序》“孤虛之
　　術”李注均有説,可參考。

所謂進不得邯鄲之步,退又失壽陵之義者也。

　　按:《莊子·秋水篇》:“且子獨不聞壽陵餘子之學行於邯鄲與? 未
　　得國能,又失其故行矣。直匍匐而歸耳。”《漢書·叙傳上》:“昔有
　　學步於邯鄲者,曾未得其髣髴,又復失其故步。遂匍匐而歸耳。”
　　據此,則“義”當作“儀”。《説文·人部》:“儀,度也。”詁此正合。

使腠理之微疾,成膏肓之深禍。

　　按:此用扁鵲見蔡桓公事,見《韓非子·喻老篇》又見《史記·扁鵲
　　傳》、《新序·雜事二》(蔡桓公作齊桓公)。

皆言藥兵之後,金木之年,必有大疫。

　孫曰:“(藥),刻本作‘大’。”

　　按:宋本作“大”;盧本、柏筠堂本、蜀藏本、崇文本同。《老子》第三
　　十章:“大軍之後,必有凶年。”作“大”是。

崔文黄散。

　原校:“(崔),一作‘雀’;(黄),一作‘星’。”

　　按:《列仙傳·崔文子傳》:“後作黄散赤丸,……後去,在蜀賣黄
　　散。故世寶崔文赤丸黄散。”

黄　白

余昔從鄭公受九丹及《金銀液經》。

　“公”,《御覽》六七二引作“君”。

　　按:本書屢稱其師鄭隱爲“鄭君”,無稱“鄭公”者。“君”字是。《神
　　仙傳·葛玄傳》:“從左元放受九丹《金液仙經》。”是此衍“銀”字。

《金丹篇》之“《金液丹經》”，《地真篇》之“《金液經》”，《洞仙傳·鄭思遠傳》之“《太清金液經》”，亦可證。

然而齋潔禁忌之勤苦，與金丹神仙藥無異也。

《御覽》六一二又六七二引，“與”下有“合”字。

按：有“合”字，文意始明。當據補。

謂予爲趣欲强通天下之不可通者。

“予”，宋本作“余”。

按：作“余”與上下文一律。

人之爲物，貴性最靈。

按：《孝經·聖治章》：“子曰：‘天地之性人爲貴。’”《漢書·刑法志》：“夫人宵天地之貌，……有生之最靈者也。”

至於高山爲淵，深谷爲陵。

按：《詩·小雅·十月之交》：“高岸爲谷，深谷爲陵。”

成都内史吳大文，博達多知，亦自説昔事道士李根。

“大”，宋本作“太”。

按：《神仙傳·李根傳》：“嘗住壽春吳太文家。”是“大”當據改爲“太”。《袪惑篇》作“吳文”，則又脱“太”字。

老君云：“不貴難得之貨。”

按：《老子》第二章：“不貴難得之貨。”又見第六十四章。

而至治之世，皆投金於山，捐玉於谷。

按：《莊子·天地篇》：“若然者，藏金於山，藏珠於淵。”《新語·術事篇》：“故舜棄《初學記》九、《御覽》八一又八一一引作“藏”黄金於嶄巖之山，禹捐珠玉於五湖之淵。”《白虎通·號篇》：“故黄金棄於山，珠玉捐於淵。”《淮南子·泰族篇》：“故舜深藏黄金於嶄巖之山。”

余難曰：何不餌世間金銀而化作之？

宋本“何”上有“然則”二字。

按：有“然則”二字，語氣較勝。

故其能之。

宋本“能”下有“成”字。

　按：有“成”字，文意始明。

凝水銀爲金。

　孫曰：“（水），藏本無此字。”

　按：宋本“水”作“汞”，無“銀”字，是也。

登　涉

而經傳有治歷明時，剛柔之日。

　按：《易·革》：“象曰：‘……君子以治歷明時。’”王注：“歷，數；時，會。存乎變也。”孔疏：“天時變改，故須歷數。所以君子觀兹革象，修治歷數，以明天時也。”《禮記·曲禮上》：“外事以剛日，內事以柔日。”鄭注：“順其出爲陽也。出郊爲外事。順其居內爲陰。”孔疏：“外事，郊外之事也。剛，奇日也。十日有五奇五偶，甲、丙、戊、庚、壬五奇爲剛也。……內事，郊內之事也。乙、丁、己、辛、癸五偶爲柔也。”

三呪曰：諾皐，大陰將軍，獨聞曾孫王甲，勿開外人。

　孫曰：“（聞），當作‘開’。”

　按：孫説是。宋本及《能改齋漫録》五引，正作“開”。當據改《校釋》斷句有誤。

若夜聞人音聲大語。

　孫曰：“（大），《御覽》八八六引作‘笑’。”

　按：宋本亦作“笑”。是“大”字誤。

山中鬼常迷惑使失道徑者。

　“惑”下，宋本有“人”字。

　按：有“人”字是。當據增。

蛇種雖多。

　慧琳《一切經音義》四一又四七引，“種”並作“類”。

　　按：《御覽》九三三引，亦作“類”。疑此原是“類”字。

人不曉治之方術者。

　　“人”，《御覽》九三三引作“若”。

　　按：“若”字誼長。“人”字蓋涉上句而誤。

或問涉江渡海辟蛇龍之道。

　　“蛇”，宋本作“蛟”；藏本、魯藩本、明鈔本、舊寫本、舊鈔本同。

　　按：“蛟”字是。下文：“則不畏風波蛟龍也，……河伯導前辟蛟
　　龍，……則蛟龍巨魚水神不敢近人也，……亦辟風波蛟龍水蟲
　　也。”屢以“蛟龍”爲言。《微旨篇》“涉水則令蛟龍不害”，《地真篇》
　　“水却蛟龍”，《遐覽篇》“可以涉江海，却蛟龍”，亦並作“蛟龍”。是
　　此“蛇”字定誤。

或問曰：辟山川廟堂百鬼之法。

　　宋本無“曰”字。

　　按：上兩段俱無“曰”字。宋本是也。當據刪。

以角盛米置群雞中，雞欲啄之。

　　《類聚》九五、《後漢書·西域傳》李注引，“欲”下有“往”字。

　　按：宋本亦有“往”字。尋繹文意，有“往”字是。當據增。

或以赤班蜘蛛及七重水馬。

　　“班”，《御覽》九四八又九五〇引作“斑”；慎本、盧本、明鈔本、舊寫
　　本、蜀藏本、崇文本同。

　　按：“斑”字是。

其字一百二十。

　　《書鈔》一三一、《御覽》八九一、《事類賦》二十引，無“一”字。

　　按：無“一”字，文意自明。當據刪。

地　真

知一者，無一之不知也；不知一者，無一之能知也。

按：《淮南子·精神篇》：“能知一，則無一之不知也；不能知一，則無一之能知也。”高注：“上‘一’，道也；下‘一’，物也。”

老君曰：“忽兮恍兮，其中有象；恍兮忽兮，其中有物。”

按：《老子》第二十一章：“忽兮恍兮，其中有像；恍兮忽兮，其中有物。”

南到圓隴陰建木。

按：此處之“圓隴”，即前《登涉篇》之“圓丘”。

觀百靈之所登。

“靈”，原作“令”，《校釋》據繼昌說及《軒轅本紀》改。

按：宋本及《御覽》六七八引，亦作“百靈”。以《對俗篇》“或可以監御百靈”，《極言篇》“役使百靈”例之，作“百靈”是。《文選·東都賦》：“禮神祇、懷百靈。”《海賦》：“棲百靈。”李注：“百靈，眾仙。”是“百靈”謂眾仙也。《淮南子·地形篇》：“建木在都廣，眾帝所自上下。”即其事已。

採若乾之華，飲丹巒之水。

“巒”，原作“欒”，《校釋》據繼昌說及《軒轅本紀》改。

按：宋本、文溯閣本作“欒”。《山海經·海外南經》“不死之民”郭注：“有員丘山，上有不死之樹，食之乃壽；亦有赤泉，飲之不老。”《博物志》八文同。《文選》江淹《雜體詩》謝光禄首“始整丹泉術”李注：“《抱朴子》曰：‘黃帝南到員隴，采若乾之華，飲丹巒之泉。’《外國圖》曰：‘員丘有赤泉，飲之不老。’”是“丹巒之水”，即赤泉也。

過崆峒從廣成子。

“崆峒”，原作“洞庭”，《校釋》據繼昌說及《軒轅本紀》改。

按：宋本作“空洞”，僅“洞”字有誤《御覽》六七八引作“崆峒”。《史記·五帝本紀·正義》引作“空桐”；《玉海》二十空桐山條引云：“黃帝從廣成子受《自然之經》，即此山。”是張、王兩氏所見本未誤。《神仙傳·廣成子傳》：“廣成子者，古之仙人也。居崆峒之山石室之中,黄帝聞而造焉。"《極言篇》:"登崆峒而問廣成。"尤爲切證。

受《自然之經》。

　"自然",原作"自成",《校釋》據《軒轅本紀》及《御覽》七九引改。

　　按:"成"字蓋涉上"廣成子"而誤。《史記・五帝本紀・正義》、《御覽》六七八、《玉海》二十引,並作"然"。未誤。

還陟王屋。

　"屋",原作"室",《校釋》據《校補》説及《軒轅本紀》改。

　　按:宋本及《御覽》六七八引,並作"屋",未誤。

輕説妄傳。

　"説",宋本作"脱";舊寫本同。

　　按:"脱"字是。《外篇・君道篇》"鑒白龍以輟輕脱",正以"輕脱"連文。《後漢書・列女・曹世叔妻傳》"(《女誡》)若夫動静輕脱",《三國志・魏志・陳群傳》"行止動静,豈可輕脱哉",《晉書・羊祜傳》"將軍都督萬里,安可輕脱",《南齊書・謝朓傳》"江夏指蕭寶玄年少輕脱",《顔氏家訓・風操篇》"不可陷於輕脱",是"輕脱"二字爲漢魏六朝常語,猶今言隨便。

若夫陰雨者。

　"夫",宋本作"天"。

　　按:"天"字是。

真一有姓字長短服色目,玄一但此見之。

　宋本"目"作"此","此"作"自";舊寫本同。

　　按:今本語意不明,當據宋本、舊寫本訂正;並於"色"下斷句上文有"一有姓字服色"語。

所謂知白守黑。

　　按:《老子》第二十八章:"知其白,守其黑,爲天下式。"

亦未有不始於勤,而終成於久視也。

　宋本"勤"作"苦"。

按：今本脱“苦”舊寫本作“若”，即“苦”之誤字，宋本脱“勤”字，二字不可缺一。“勤苦”連文，始能與下句之“久視”相儷。《至理篇》“勤苦彌久”，《釋滯篇》“不經勤苦”，《黃白篇》“然而齋潔禁忌之勤苦”，並“勤苦”連文之證。

養其氣所以全其身。

“養”，宋本作“丢”。

按：《廣韻》二十一震：“丢，又惜也；俗作丢。”此作“丢”，於義爲長。《真文經》有此文見《雲笈》二九，作“恔”，亦“丢”之俗體。

遐　　覽

鄙人面牆。

按：《論語·陽貨》：“子謂伯魚曰：‘女爲“周南”、“召南”矣乎？人而不爲“周南”、“召南”，其猶正牆面而立也與。’”《書》僞《周官》有“不學牆面”語。

既生值多難之運。

按：此與上句發端俱用“既”字，似嫌重出。疑下“既”字涉上而衍。

亂靡有定。

按：《詩·小雅·節南山》：“不弔昊天，亂靡有定。”鄭箋：“定，止。”

干戈戚揚。

按：《詩·大雅·公劉》：“干戈戚揚。”毛傳：“戚，斧也；揚，鉞也。”

若涉大川，不知攸濟。

按：《書·大誥》：“予惟小子，若涉淵水，予惟往求朕攸濟。”《漢書·武帝紀》：“（元光元年詔）今朕獲奉宗廟，夙興以求，夜寐以思，若涉淵水，未知所濟。”

但恨弟子不慧。

“弟子”，原作“子弟”，《校釋》據孫星衍説乙。

按：孫説是。宋本正作“弟子”。

晚而好學，由以《禮記》、《尚書》教授不絕。

　　按："由"當作"猶"。

不敢輕銳也。

　　繼曰："《御覽》六百七十'銳'作'脱'。"

　　按："脱"字是。已詳前《地真篇》"輕説妄傳"條。

古人仙官至人。

　　"古人"，《御覽》六七二引作"古者"。

　　按："者"字是。當據改。

昔劉君安未仙去時。

　　按：劉根字君安。《神仙傳》卷三有傳。

兼綜九宫三奇。

　　《校釋》："三奇，星名，即三台；三台六星，兩兩而居，一曰三奇。"

　　按："奇"字誤，當依宋本及《御覽》六七二引作"棊"。《對俗篇》"運
　　三棊以定行軍之興亡"，《雜應篇》"推三棊，步九宫"，《外篇·自叙
　　篇》"九宫三棊"，並其切證。《校釋》隨誤文作注，失之遠矣。

乃負笈持仙藥之撲。

　　孫曰："（撲），當作'樸'。"

　　按：孫説是。宋本正作"樸"。《説文·木部》："樸，木素也。"段注：
　　"素，猶質也。"《淮南子·精神篇》："契大渾之樸。"高注："樸，猶質
　　也。"《漢書·王襃傳》："（《聖主得賢臣頌》）及至巧冶鑄干將之
　　樸。"並足證此文之"撲"字爲誤。

莫知所在。

　　"在"下，宋本有"焉"字；藏本、魯藩本、慎本、盧本、明鈔本、舊寫本、
　　舊鈔本、柏筠堂本、蜀藏本、崇文本同。

　　按：有"焉"字是。當據補此蓋平津本漏刻。

祛　惑

後雖痛悔，亦不及已。

> 按：《國語·越語上》“子胥諫曰：‘……失此利也，雖悔之，亦無及已。’”《韓詩外傳》二：“孔子曰：‘不慎其前，而悔其後，嗟乎！雖悔無及矣。’”

況神仙之事乎？

> “事”，宋本作“道”。

> 按：“道”字是。《論仙篇》“況告以神仙之道乎”，《至理篇》“豈況神仙之道”，並其證。

造長林而伐木。

> “林”，宋本作“洲”；藏本、魯藩本、慎本、明鈔本、舊寫本、舊鈔本同。

> 按：“洲”字是。《御覽》六五九引，亦作“洲”。《外篇》之《君道》、《用刑》、《廣譬》、《鈞世》四篇，並有“長洲”之文。《海内十洲記》：“長洲……上饒山川及多大樹，樹乃有二千圍者。一洲之上，專是林木，故一名青邱。”即此文遣辭所本。

乃原顔之所無也。

> 繼曰：“《御覽》六百五十九‘顔’作‘憲’。”

> 按：《外篇·安貧篇》：“昔回憲以清苦稱高。”亦以顔回與原憲並舉《文選》李康《運命論》：“則齊景之千駟，不如顔回原憲之約其身也。”所舉正同。則《御覽》所引，未可從也。

而值孤陋寡聞之人。

> 按：《禮記·學記》：“獨學而無友，則孤陋而寡聞。”

則靳靳不捨。

> “捨”，宋本作“忍”。

> 按：“忍”、“捨”二字當並存，始能與下“則淺薄無奇能”句相儷。

專令從者作爲空名。

“作爲”，宋本作“爲作”。

　　按：宋本是。“爲”讀去聲，猶助也《論語·述而》鄭注。

夫託之於空言，不如著之於行事之有徵也。

　　按：《春秋繁露·俞序篇》：“孔子曰：‘吾因其行事而加乎王心焉，以爲見之空言，不如行事博深切明。’”《史記·太史公自序》：“子曰：‘我欲載之空言，不如見之於行事之深切著明也。’”

世云堯眉八采，不然也。直兩眉頭甚豎，似“八”字耳。

　　按：《淮南子·修務篇》：“堯眉八彩。”又見《論衡·骨相篇》、《白虎通·聖人篇》許注：“眉理八字也。”見《意林》二。《尚書大傳·略說》：“堯八眉，……八眉者，如‘八’字者也。”

隱耕歷山，漁于雷澤，陶于海濱。

　　按：《墨子·尚賢中篇》：“古者，舜耕歷山，陶河瀕，漁雷澤。”《韓非子·難一篇》：“歷山之農者侵畔，舜往耕焉，朞年甽畝正；河濱之漁者爭坻，舜往漁焉，朞年而讓長；東夷之陶者器苦窳，舜往陶焉，朞年而器牢。”《呂氏春秋·慎人篇》、《史記·五帝本紀》、《說苑·反質篇》、《新序·雜事一》略同。

其目又有重瞳子。

　　按：《尸子》：“舜兩眸子，是謂重瞳。”《淮南子·修務篇》：“舜二瞳子。”又見《論衡·骨相篇》、《白虎通·聖人篇》。

然其父至頑，其弟殊惡，恒以殺舜爲事。

　　按：《書·堯典》：“岳曰：‘瞽子，父頑，母嚚，象傲。’”《孟子·萬章上》：“萬章問曰：‘象日以殺舜爲事。’”《史記·五帝本紀》：“舜父瞽叟頑，母嚚，弟象傲，皆欲殺舜。”

孔子母年十六七時。

　　“母”下，宋本有“徵在”二字。

　　按：宋本是。《家語·本姓篇》：“（叔梁紇）於是乃求婚於顔氏。顔氏有三女，其小曰徵在。顔父問三女曰：‘……三子孰能爲之妻？’二女莫對。徵在進曰：‘從父所制，將何問焉？’父曰：‘即爾能矣。’

遂以妻之。”

長九尺六寸。

　　按:《家語·困誓篇》:“或人謂子貢曰:‘東門外有一人焉,其長九
　　尺有六寸。’”《孔叢子·嘉言篇》:“苌弘語劉文公曰:‘吾觀孔仲尼
　　有聖人之表,……長九尺有六寸。’”

其顙似堯,其項似皋陶,其肩似子產,自腰以下不及禹三寸。

　　按:《史記·孔子世家》:“孔子適鄭,與弟子相失,孔子獨立郭東
　　門。鄭人或謂子貢曰:‘東門有人,其顙似堯,其項類皋陶,其肩類
　　子產,然自要以下不及禹三寸。’”又見《論衡·骨相篇》、《白虎通·聖人
　　篇》)。《帝王世紀》:“禹長九尺九寸。”(《御覽》三七七引)。

然爲兒童便好俎豆之事。

　　按:《史記·孔子世家》:“孔子爲兒嬉戲,常陳俎豆,設禮容。”

言此非善祥也。

　　按:《左傳》哀公十四年:“叔孫氏之車子鉏商獲麟,以爲不祥。”

孔子乃愴然而泣。

　　按:《公羊傳》哀公十四年:“孔子曰:‘孰爲來哉! 孰爲來哉! 反袂
　　拭面,涕沾袍。’”

後得惡夢,又尋聞之病七日而没。

　　按:《禮記·檀弓上》:“而丘也,殷人也。予疇昔之夜,夢坐奠於兩
　　楹之間,……予殆將死也! 蓋寢疾七日而没。”

秦始皇將我到彭城,引出周時鼎,……有德則自出,無道則淪亡。……
而牽之果不得出也。

　　按:《竹書紀年》十二:“顯王四十二年,九鼎淪泗,没於淵。”《史
　　記·封禪書》:“或曰:‘宋太丘社亡,而鼎没於泗水彭城下。’”又
　　《秦始皇本紀》:“二十八年,始皇還過彭城,齋戒禱祠,欲出周鼎泗
　　水。使千人没水求之,弗得。”《漢書·郊祀志上》:“秦德衰,宋之
　　社亡,鼎迺淪伏而不見。”《水經·泗水注》:“周顯王四十二年,九
　　鼎淪没泗淵。秦始皇時,而鼎見於斯水。始皇自以德合三代,大

　　喜。使數千人没水出之，不得。所謂鼎伏也。亦云系而行之，未
　　出，龍齒齧斷其系。"又按"引出"上似有脱文疑是"欲"字。

一班龍五色最好。

　　"班"，宋本作"斑"；蜀藏本同。

　　　按：《廣記》二八八引，亦作"斑"。當據改。

爲此罪見責。

　　"責"，《廣記》引作"謫"；宋本同。

　　　按：下文有"吾見謫失志"語，則此當以作"謫"爲是《御覽》八九一所引
　　　雖有删節，然"謫"字未誤。

芸鋤草三四頃。

　　"草"上，《廣記》引有"芝"字。

　　　按：有"芝"字較勝。當據增。

並皆生細，而中多荒穢。

　　《廣記》引作"皆生細石中多莽穢"。

　　　按：《廣記》所引是。"而"當據改爲"石"，於"中"下加豆。

吾守請之。

　　《廣記》引作"吾首訴之"。

　　　按：《廣記》所引是。慎本、盧本、柏筠堂本、蜀藏本、崇文本"守"作
　　　"首"，尚未誤。

崑崙何似？

　　"似"，原作"以"，《校釋》據孫星衍、繼昌説改。

　　　按：宋本、舊寫本正作"似"。孫、繼説是《御覽》三八引作"似何"，雖誤
　　　倒，"似"字固未譌也。

上有木禾，高四丈九尺。

　　　按：《山海經·海内西經》："昆侖之虚，方八百里，高萬仞，上有木
　　　禾，長五尋，大五圍。"郭注："木禾，穀類也。"《淮南子·地形篇》：
　　　"（崑崙）上有木禾，其脩五尋。"高注："五尋，長三十五尺。"

有珠玉樹沙棠琅玕碧瑰之樹。

按：《山海經·海外南經》：“三珠樹在厭火北，生赤水上。其爲樹如柏葉，皆爲珠。”《海內西經》：“開明北，有視肉、珠樹、文玉樹、玗琪樹。”又：“服常樹，其上有三頭人，司琅玕樹。”《西山經》：“（昆侖之邱）有木焉，其狀如棠，……名曰沙棠。”《淮南子·地形篇》：“（崑崙）上有……珠樹、玉樹、琁樹、不死樹在其西，沙棠、琅玕在其東，絳樹在其南，碧樹、瑤樹在其北。”

其中口牙。

繼曰：“《御覽》八百九十一作‘其口中牙’。”

按：宋本及《事類賦》二十引，亦並作“其口中牙”。當據乙。

又有神獸，名獅子、辟邪、天鹿、焦羊、銅頭、鐵額、長牙、鑿齒之屬。

按：《海內十洲記》：“聚窟洲……又有獅子、辟邪、鑿齒、天鹿、長牙、銅頭、鐵額之獸。”

鼻都曰。

“鼻”下，原無“都”字，《校釋》據孫星衍說補。

按：補“都”字是。《御覽》一八六引，正有“都”字《論衡·道虛篇》有此文，亦有“都”字。

遂見謫守天廚三年。

“廚”，《御覽》一八六、《廣記》二八八引，並作“廁”。

按：《神仙傳·劉安傳》：“安少習尊貴，稀爲卑下之禮，坐起不恭，語聲高亮，或誤稱寡人。於是仙伯主者奏安云：‘不敬，應斥遣去！’八公爲之謝過，乃見赦，謫守都廁三年。”是今本“廚”字實誤，當據改爲“廁”。

如白和者。

“白”，宋本作“帛”。

按：“帛”字是。《勤求篇》：“桂、帛諸家。”《遐覽篇》：“如帛仲理者。”並其證。《神仙傳·帛和傳》：“帛和，字仲理，遼東人也。”《道學傳》同，見《御覽》六六三引。又《馬鳴生傳》：“馬鳴生者，臨淄人也。本姓帛，名和，字君賢。”《真人傳》同，見《御覽》六六一引。亦並作“帛”

古有二帛和，一字仲理，一字君賢；有二帛仲理，一名和，一名護（益州巴郡人，見
《水經·灊水注》）。

"五經"、"四部"，並已陳之芻狗，既往之糟粕。

按：《莊子·天運篇》："師金曰：'夫芻狗之未陳也，盛以篋衍，巾以
文繡，尸祝齊戒以將之；及其已陳也，行者踐其首脊，蘇者取而爨
之而已。將復取而盛以篋衍，巾以文繡，遊居寢臥其下，……今而
夫子亦取先王已陳芻狗，聚弟子遊居寢臥其下。'"《天道篇》："桓
公讀書於堂上，輪扁斲輪於堂下，釋椎鑿而上，問桓公曰：'敢問公
之所讀者，何言邪？'公曰：'聖人之言也。'曰：'聖人在乎？'公曰：
'已死矣。'曰：'然則君之所讀者，聖人之糟魄已夫！'"

所謂跡者足之自出，而非足也。

按：以下句"書者聖人之所作，而非聖也"例之，非上句有脫字，即
下句有衍文。《莊子·天運篇》："老子曰：'……夫迹，履之所出，
而迹豈履哉！'"

序

策跛鼈而追飛兔之軌。

按：《楚辭》嚴忌《哀時命》："馴跛鼈而上山兮，吾固知其不能陞。"
《呂氏春秋·離俗覽》："飛兔、要褭，古之駿馬也。"

要離之羸，而強赴扛鼎之契，秦人所以斷筋也。

按：《吳越春秋·闔閭內傳》："（吳王）曰：'子何爲者？'要離曰：'臣
國東千里之人，臣細小無力，迎風則僵，負風則伏，大王有命，臣敢
不盡力。'"《史記·秦本紀》："武王有力，好戲。力士任鄙、烏獲、
孟説，皆至大官。王與孟説舉鼎，絶臏。"

附記：此稿於春抄清寫畢，即寄中華書局《文史》編輯部，希予發
表，就正於方家。秋間因事來首都小住，曾多次往北京圖書館借閱顧
千里校本顯微膠卷，眉批及五則短跋，皆一一照録。始知《平津館叢

書》本《抱朴子内篇》校語，出自思適居士手。其匡繆正訛，往往與宋紹
興本合。如謂《論仙篇》“北流浩浩”句之“浩浩”當作“活活”，《對俗篇》
“川蠏不歸”句之“川”當作“小”，則又與敦煌六朝殘卷、日本古寫本同。
校讎之精審，寔有大過人者。李申耆以“書無能欺”，“定其然疑”譽之，
洵不誣也。

一九八一年十月於人民文學出版社招待所

（原載一九八三年《文史》第十六、十七輯）

葛洪的文學主張

一

從漢到晉子論的特別興盛，是子部演爲集部發展過程中應有的現象，也是六朝以後子書式微文集發達的重要關鍵。最值得注意的，是它們當中的一些文學理論，不斷地在向前發展。只要參對一下揚雄的《法言》、桓譚的《新論》①和王充的《論衡》，就可以看出這點來。曹丕《典論·論文》以單篇的論著出現，標志着又邁進了一步。到了葛洪的《抱朴子外篇》，無論是對社會問題的評論，或文學上的主張，都有着一定的成就。難怪魯迅先生開列的十二部中國文學入門書中，就有它在內②。

葛洪（二八三——三六三年）字稚川，丹陽句容今江蘇句容縣人，所著有《抱朴子》內外篇。《外篇》的《自叙》裏説：“其《內篇》言神仙方藥，鬼怪變化，養生延年，禳邪却禍之事，屬道家；其《外篇》言人間得失，世事臧否，屬儒家。”可見他的內外篇各成家言，性質是不相同的③。《自叙篇》又有這樣幾句話：“先所作子書內外篇，幸已用功夫，聊復撰次，以示將來云爾”；“洪年二十餘，乃計作細碎小文，妨棄功日，未若立一

①原書已佚。孫馮翼《問經堂叢書》、嚴可均《全後漢文》內並有輯本。
②見孫伏園《魯迅先生開列的中國文學入門書十二部》（載一九五一年《人民文學》第四卷第六期）。
③《隋書·經籍志》以下即分別著錄。

家之言,乃草創子書";"念精治五經,著一部子書,令後世知其爲文儒
而已"。一再表明他是何等重視子書的寫作。《尚博篇》裏,更竭力宣
揚子書的重要。瞭解到這一層,才容易考索他推崇王充和陸機的根源
所在①。假如只憑葛洪的某些文學主張與王充和陸機的説法相同或
相近,就斷定是葛洪推崇他們的唯一原因,那就不怎麼全面了。

　　葛洪寫作《抱朴子外篇》的目的,既然是要"言人間得失,世事臧
否",文學應該屬於"世事"的一部分,勢必有所論列;《抱朴子》成書的
時間是東晉元帝建武元年(三一七),《自叙篇》有明文可驗②。那麼,
葛洪的文學主張,不是無的放矢,而是針對着西晉的整個文壇的③。
雖然他所指的"文"含義很廣,超出了文學範圍;但某些見解,至今還有
一定價值,可供我們參考。

　　以"文儒"自任的葛洪,對於當時"世道多難,儒教淪喪,文武之軌,
將遂凋墜"的學術界,是感到"含悲而積思"《勖學篇》的。深望"宗室公
族及貴門富年,……競尚儒術,摒節藝文,釋老莊之不急,精六經之正
道也"(《崇教篇》)來努力"崇教"。同時他又強調:"是以聖人實之於
文,鑄之於學;夫文、學也者,人倫之首,大教之本也。"④很顯然,葛洪
是站在封建士大夫的立場上,主張文學要爲封建政教服務的,這應當
加以批判。他本篤信道教,但在《抱朴子外篇》裏,却充滿着極其濃厚

---

①王充的《論衡》屬子部,葛洪對它是贊美備至的。《喻蔽篇》説:"余雅謂王仲任(充
　字)作《論衡》八十餘篇,爲冠倫大才。"陸機所作子書(疑即《要覽》,原書已佚,陶宗
　儀《説郛》、馬國翰《玉函山房輯佚書》内並有輯本),葛洪也極爲稱許,見《意林》卷
　四、《北堂書鈔》卷一〇〇、《太平御覽》卷六〇二引《抱朴子》(今本佚)。可見葛洪推
　崇王充和陸機的主要原因,還在於他們所著的子書。
②《自叙篇》本作"至建武中乃定"。考建武僅一年,次年三月即改元爲太興。所以這
　裏定《抱朴子》成書的時間爲建武元年。
③《鈞世篇》稱曾引郭璞的《南郊賦》(此賦奏上於太興元年,見《初學記》卷一一、《御
　覽》卷二三四引何法盛《晉中興書》),那麼葛洪成書後還作過一些修改,可能涉及到
　東晉初期的文壇的。
④今本佚,此據《御覽》卷六〇七引。

的儒家思想。也正如劉勰篤信佛教而在《文心雕龍》裏充滿着儒家思想一樣。他的文學主張最基本的思想表現爲兩個方面：即强調"助教"的文章和反對"虛美"《應嘲篇》的文風，二者又是緊密結合着的。這就使他受到了很大的局限，在文學理論上不可能有進一步的發展。但與比他稍晚的李充《翰林論》①的某些論點相較，還是要較高一籌。

今勝於古的文學觀是他最基本的論點。他是用時代的演變和事物的改進的道理來闡明這個問題的：

且夫古者事事醇素，今則莫不彫飾。時移世改，理自然也。至於纙錦麗而且堅，未可謂之減於蓑衣；輜軿妍而又牢，未可謂之不及椎車也。……若舟車之代步涉，文墨之改結繩，諸後作而善於前事，其功業相次千萬者，不可復縷舉也。世人皆知之快於曩矣，何以獨文章不及古邪！《鈞世篇》

社會是不斷向前發展的，作爲反映社會現實的文學，無論內容和形式都必然要隨着起變化，才能適應社會發展的需要；也必然是後來居上，今勝於古。葛洪不僅提出了"時移世改，理自然也"的論點，同時還通過"諸後作而善於前事"的實例來推斷文章之今勝於古，他這種見解是可取的。今勝於古，事實上也正是那樣。爲什麼葛洪有這樣見解呢？這是由于他對事物的看法，具有一種接近於朴素唯物主義發展觀點的緣故。他在《省煩篇》說："若謂古事終不可變，則棺椁不當代薪埋，衣裳不宜改裸袒矣。"這種論調，還是從事物的發展出發，與他主張文學的今勝於古是一致的。

葛洪今勝於古的文學主張，還舉出了具體的作品來作對比：

且夫《尚書》者，政事之集也，然未若近代之優文、詔策、軍書、奏議

─────────

① 原書已佚，嚴可均《全晉文》內有輯本。

之清富贍麗；《毛詩》者，華彩之辭也，然不及《上林》、《羽獵》、《二京》、《三都》之汪濊博富。……若夫俱論宮室，而奚斯"路寢"之頌，何如王生之賦《靈光》乎？同説游獵，而《叔畋》、《盧鈴》之詩，何如相如之言《上林》乎？并美祭祀，而《清廟》、《雲漢》之辭，何如郭氏《南郊》之豔乎？等稱征伐，而《出軍》①、《六月》之作，何如陳琳《武軍》之壯乎？《鈞世篇》

這些例證，只以篇章的繁簡和辭句的"贍麗"、"博富"與否來定其高下，而没有考慮到它們的思想内容，誠然還不免囿於形式。但他對於文學的由簡而繁，由質樸而華麗的發展趨勢，確是有所認識的。

貴遠賤近的風尚，是與葛洪今勝於古的主張不相容的，所以他極力加以抨擊：

然守株之徒，嗖嗖所翫，有耳無目，何肯謂爾。其於古人所作爲神，今世所著爲淺，貴遠賤近，有自來矣。……是以古書雖質樸，而俗儒謂之墮於天也；今文雖金玉，而常人同之於瓦礫也。《鈞世篇》

又世俗率神貴古昔而黷賤同時：……雖有益世之書，猶謂之不及前代之遺文也。……俗士多云："今山不及古山之高，今海不及古海之廣，今日不及古日之熱，今月不及古月之朗。"何肯許今之才士不減古之枯骨？重所聞，輕所見，非一世之所患矣。《尚博篇》

文學本是時代的産物，是隨着社會的發展而發展的。那麽，一個時代就有一個時代的文學，而且一代比一代進步，決不會有倒退的文學。總的發展情況，就是這樣的。貴遠賤近的風尚，是文學發展進程中的障礙。葛洪既有今勝於古的主張，其加以抨擊。是很自然的，也是必須的。

①"軍"字誤，繼昌謂當作"車"是（《出車》是《詩經·小雅》裏的一篇）。

可是，葛洪並不因爲主張今勝於古和反對貴遠賤近的惡習的關係，就全盤否定了古人的著作。《鈞世篇》説：

然古書者雖多，未必盡美；要當以爲學者之山淵，使屬筆者得采伐漁獵其中。然而譬如東甌之木，長洲之林，梓豫雖多，而未可謂之爲大廈之壯觀，華屋之弘麗也；雲夢之澤，孟諸之藪，魚肉之①雖饒，而未可謂之爲煎熬之盛膳，渝狄之嘉味也。

前人的創作成果，本是精華與糟粕夾雜着的。簡單地肯定或否定，同樣都不對。葛洪認爲“古書雖多，未必盡美”，這一總的評價是正確的。同時他又指出，多而“未必盡美”的古書，像“山淵”一樣，“屬筆者”可以“采伐漁獵其中”；但必須有所鑒別，善於取舍，然後才能成爲“大廈之壯觀”，“華屋之弘麗”，“煎熬之盛膳”，“渝狄之嘉味”。這就是説，要把古人的東西化爲己有，才會寫出好的作品來。

文學之所以能今勝於古，是它隨着社會的發展而發展的必然結果，葛洪在這方面是多少有點認識的。他曾提出文學的社會作用：“立言者貴於助教”；“君子之開口動筆，必戒悟蔽，式整雷同之傾邪②，磋礲流通之闇穢”《應嘲篇》。他認爲“魯連射書以下聊城”，其力量是“過於百萬之衆”③的；“韓信傳檄而定千里”，其功效是“勝於雲梯之械”④的。把文章的功能説得那麼巨大，正是由於他重視文學的社會作用使然。因此，他極力駁斥“德行者本也，文章者末也”《尚博篇》的説法，主張都是“君子之本”《循本篇》，並無“本”、“末”之分。在葛洪看來，二者同樣都能起爲封建政教服務的作用，所以不贊成有所軒輊於其間。基於這種觀點，進一步就強調著述的重要：“孔鄭之門，耳聽口受者，皆已

①“之”字衍，當删。
②此二句中有脱誤。非“式”爲“忒”之誤（屬上句讀），即“整”上脱去一字。
③今本佚，此據《書鈔》卷一〇三引。
④今本佚，此據《書鈔》卷一五〇引。

滅絕；唯託竹素者，可謂世寶”①。並且他還説，任何人都可以“議政
事”、“論治亂”。爲的是“匡失弼違，醒迷補過”。如果“虛美隱惡”，“屬
華豔以取悅”，必然同“采飾外形”並《應嘲篇》的器物一樣。缺乏真實的
思想内容，自然不會起“助教”的作用，更不可能是今勝於古的作品了。
正因爲這樣，對於“寸錦細碎之珍”的“小文”，他評爲“不得近盈尺之
價”②，也還是從它的實用價值着眼的。葛洪的這些論點，雖然是從維
護統治階級的利益出發，强調著述也更多的是爲“立一家之言”，必須
予以批判。但在當時能反對“虛美”、“華豔”，確有他進步的一面。

二

　　我們知道，西晉王朝統一全國後，經濟逐漸恢復，社會比較安定，
曾呈現過短暫的表面的繁榮局面。由於統治集團的爭權奪利和腐化
墮落，號稱的“太康盛世”剛一過去，就爆發了“八王之亂”，接着又是西
北各少數民族的進入中原地區。階級矛盾與民族矛盾的交相發展，給
廣大人民帶來了無限的災難，也顛覆了西晉王朝的統治政權。可是，
這一時期的作家，大都出身於士族家庭，面對着日益尖鋭複雜的社會
矛盾，簡直視而不見，無動於衷。只知粉飾現實，歌頌功德，追求藝術
技巧，把文學引上了形式主義的道路。葛洪所説的“虛美隱惡”和“屬
華豔以取悅”，正是當日文壇上的共同傾向。

　　葛洪由於不滿當時的文風，除提出了自己的主張外，還付諸實踐，
寫出不少“彈斷風俗，言苦辭直”的文章。儘管有人説他將會“取憎在
位，招擯於時”，但他却以“不忍違情曲筆，錯濫真僞”《應嘲篇》作答。這
不只是表明他的能言能行，更應重視的是他那頑强反抗的精神。在他
的《抱朴子外篇》裏，很多篇章都是對社會現實的抨擊和揭露；就是《漢

---

① 今本佚，此據《御覽》卷六〇七引。
② 今本佚，此據《祕府略》卷八六八、《書鈔》卷一百、《御覽》卷八一五引。

過》、《吳失》、《正郭》、《彈禰》等篇，用意還是借古刺今。當然，思想性
較强的，還要算《酒誡》、《疾謬》、《譏惑》、《刺驕》等篇；魯迅先生所説的
"論及晉末社會狀態"①，大概是包括有這些作品在内的。

重視作品的社會作用，是葛洪的文學主張的一面；他又屢次提到
"贍麗"、"汪濊"、"炳蔚"一類的字眼，足見他並不是不注意寫作技巧。

語言和文字的關係，葛洪也有所論述。他説："夫發口爲言，著紙
爲書；書者所以代言，言者所以書事。"《喻蔽篇》又説："書猶言也，若入
談語，故爲知有②，胡越之接，終不相解。以此教戒，人豈知之哉？若
言以易曉爲辨，則書何故以難知爲好哉！"《鈞世篇》顯然，葛洪是以語言
的"易曉爲辨"來反對文字的"難知爲好"的。語言本是隨着社會的發
展在繁衍，社會起了變化，語言也隨之起變化。而文字又是"代言"記
錄事物的工具，應該通俗"易曉"，才能起"代言"的作用。"難知"，已經
不對了；偏要"以難知爲好"，那更是故意使人看不懂，違反了"代言"的
本意。葛洪這樣地强調書須易曉，是與他主張文學的今勝於古，重視
文學的社會作用和反對貴遠賤近的風尚分不開的。因爲"難知"的作
品，決不會起它應起的社會作用，也必然是貴遠賤近的作家的產物，更
不可能今勝於古，所以他提出來反對。這對於當時雕琢字句的文風，
不能説没有好處。同時，他又指出古書"難知"的底蘊：

且古書之多隱，未必昔人故欲難曉。或世異語變，或方言不同。
經荒歷亂，埋藏積久，簡編朽絶，亡失者多，或雜續殘缺，或脱去章句。
是以難知，似若至深耳。《鈞世篇》

這真是一針見血地揭穿了那些貴遠賤近和故爲艱深的人們的
借口。

---

① 見孫伏園《魯迅先生開列的中國文學入門書十二種》。
② "有"字誤。繼昌謂疑作"音"，亦未必是。

葛洪又認爲古代典籍雖有難懂之處,但總是可以認識的:"蓋往古之士,匪鬼匪神,其形器雖冶鑠於疇曩,然其精神布在乎方策,情見乎辭,指歸可得。"《鈞世篇》既然"布在乎方策"的作品,是"情見乎辭,指歸可得",那就有批評的可能了。由於葛洪重視文學的社會作用,所以他衡量作品時,首先就注意它的實用價值。《應嘲篇》説:

　　而著書者,徒飾弄華藻,張礫迂闊,屬難驗無益之辭,治靡麗虛言之美,……適足示巧表奇以詿俗。何異乎畫敖倉以救飢,仰天漢以解渴?……管青鑄騏驥於金象,不如駑馬之周用。言高秋天而不可施者,丘不與易也。

　　"言高秋天而不可施"的文章,儘管辭藻美麗,夸夸其談,畢竟是脱離現實,無補實際的。我們試看王弼、何晏以來所謂的"名理之文",不正是"屬難驗無益之辭,治靡麗虛言之美"的嗎?據《崇教篇》"釋老莊之不急"和《重言篇》"辨虛無之不急"二語來看,葛洪這段話的鋒芒,是針對着當時玄言家的著作的。對於詩歌,他還是從實際作用方面着眼。《辭義篇》説:"古詩刺過失,故有益而貴;今詩純虛譽,故有損而賤也。"評判"古詩"與"今詩"的益損貴賤,要從它們的作用出發,這正是貫串着他主張文學要爲封建政教服務的基本思想的。

　　其次是對作品的評價,他也不是把内容與形式同等看待,而是着重在内容。如品評王充的《論衡》,就是這樣:

　　且夫江海之穢物不可勝計,而不損其深也;五岳之曲木不可訾量,而無虧其峻也;夏后之璜,雖有分毫之瑕,暉曜符彩,足相補也;數千萬言,雖有不豔之辭,事義高遠,足相掩也。《喻蔽篇》

　　一部著作是否有價值,主要先看它的内容。内容與形式達到高度的統一,當然屬於上乘。如果形式較差一些,那也是次要的;更不能在辭句上挑剔。因爲作品對讀者所起的作用，不完全在於它的形式，最重要的還在於它的内容。葛洪能抓住《論衡》“事義高遠”的内容，駁斥“魯生”形式主義的論調，無疑是可取的。

此外，如提出批評者不能“唯見能染毫畫紙者，便概之一例”《尚博篇》；更不可從個人好惡出發：“愛同憎異，貴乎合己，賤於殊途”《辭義篇》。持論雖極簡單，没有作進一步的闡述，但他的矛頭却指向着當時的批評界的，因爲兩處的上文明説是“俗士”和“近人之情”。當然，葛洪既不是專門的文學批評家，《抱朴子外篇》也非文學批評專著，與劉勰《文心雕龍·知音》篇等相較，就顯得不够深入全面了。

葛洪的文學主張，大體如上所述。在形式主義文學流行的晉代，他能另具隻眼，獨抒所見，確有值得我們借鑒的地方。但由於時代的、階級的局限，不可避免地有其缺陷。最主要的是：第一，建安以來的文學，本已逐步獲得了獨立的生命；人們對文學的認識，也日益明確。而葛洪則又把一切著述都看作文學，這就形成了他那不明晰的文學觀念，也就不可能對文學有進一步的理解。他雖然主張文章與德行並重，突破了儒家傳統的説法，但總的傾向，仍然是以“文儒”的姿態在評論文章。第二，他念兹在兹地從事著述，主要是在“令後世知其爲文儒”；全書的内容，如《崇教》、《君道》、《臣節》、《良規》、《貴賢》、《用刑》等篇，完全是在爲當時的封建政教服務，可見他是把個人的“立一家之言”與統治階級的利益結合在一塊的。這就決定了他“論及晉末社會狀態”的深度和廣度都不够，而且不是站在人民的立場。第三，由於他受當時文風的影響較深，因而對形式主義的文學批判得不徹底。他一方面在反對“屬華豔以取悦”的文章，另方面却又崇尚“繁華暐曄”的辭藻，並且還予以實踐。《抱朴子》内外篇，不都是用駢偶化的文體寫成的嗎？這很可以看出他言行的不一致處。至於他《内篇》的那些道教迷信思想，更是應該批判的。

（原載《光明日報》一九六〇年六月十九日《文學遺産》第三一八期）

劉子理惑

　　《劉子》五十五篇，《隋書·經籍志》不箸録，故疑之者衆矣。然皆執一隅之見，而昧通方之觀。夫史氏載筆，易致俄空。班志藝文，不乏其選。則是書之疎闊靡紀，非創見也。且其文詞豐腴，捃摭博贍。婁引於《書鈔》《北堂書鈔》卷二七引《愛民篇》及《適才篇》文，卷一二九引《適才篇》文，卷一二五引《兵術篇》文，卷一四四引《正賞篇》文，曾采於《帝範》《帝範·崇文篇》，兩用《崇學篇》文。湛然之《輔行記》《輔行記》第四之三引《韜光篇》文，第五之一引《崇學篇》文，武后之《臣軌篇》《臣軌·公正篇》，用《清神篇》文，莫不取資，以宏事類。則是書之原出六朝，信有徵也。況世南《書鈔》，成諸隋季晁公武《郡齋讀書後志》卷二，陳振孫《直齋書録解題》卷十四，並云然，是先貞觀修史之年矣《舊唐書·令狐德棻傳》云"貞觀三年、太宗復勅祕書監魏徵修《隋史》"。敦煌寫本，遠在唐前敦煌寫本《劉子》殘卷，起《韜光》第四之後段，訖《法術》第十四之首行，每行十八九字。卷中理字、淵字、世字、民字，均未闕筆，亦未改書，其出六朝人手可知。又一種字體較小，起《審名》第十六之末行，訖《託附》第二十一之前段，每行二十八九字，理、世諸字，均已改易，蓋爲唐人所書。（羅振玉校江陰何氏所藏者，與此並異。）並足證是書之非假託。（原本並藏法國巴黎國立圖書館，此據清華圖書館景本）。復蚤袁氏作注之日矣敦煌寫本並無袁孝政注。則是書之不容矯託，斷可識也。《隋志·子部》，論諸家得失，與是書《九流篇》説同；以《書鈔》相證，其勦襲可知。不録其書，或亦有意焉爾。黃東發乃謂："雜取九流百家之説，難預諸子立言之列。"《黃氏日鈔》卷五十五《讀劉子》。下同。殊先哲選述，多識前言。《吕氏春秋》，《淮南鴻烈》，亦已乃爾！何病乎此？又謂："袁孝政譽其五十五篇，取五行生成之數，於義無考。"夫《尚書》

分篇，義法列宿；《文心》定名，數彰大衍。寓意篇章，未爲無例。余雅好是書，閒事疏證，鑒作者之久淆，俾覽者之易辨，爰將前人所致疑者，舉正如次，固非爲劉氏左袒也。至於書名之題署，卷帙之區分，亦附箸焉。

（甲）謂爲劉歆箸者

趙希弁《郡齋讀書附志》卷五上云：“《劉子》或曰劉歆之制。”蓋據袁孝政序文也。袁序久亡，《直齋書録解題》卷十載其略曰：“書傷己不遇，天下陵遲，播遷江表，故作此書。時人莫知，謂爲劉勰。或曰：‘劉歆、劉孝標作。’”

按：上説純出傅會，徵時不難立知。如《傷讒》舉第五倫之笞婦翁《傷讒篇》云：“第五倫三娶孤女，而世人謂笞婦翁。”按此事見《後漢書》倫本傳及《魏志·武帝紀》，《慎言》述劉先主之遺匕箸《慎言篇》云：“魏武漏語於英雄，玄德遺其匕箸。”按此事見《蜀志·先主傳》；班超樹蹟，興言於《激通》《激通篇》云：“班超憤而習武，終建西域之蹟。”按此事見《後漢書》超本傳。《通塞篇》亦用投筆事；張繡見原，致戒於《慎隙》《慎隙篇》云：“魏后泄張繡之讐，此遇英達之主，得以深怨而不爲讐也。”按此事見《魏志》繡本傳。命相心隱，數引王充之説《命相篇》用《論衡》命義、命禄、言驗三篇文。《心隱篇》用《論衡》講瑞、語增二篇文；《辯樂》、《殊好》，並拾阮籍之文《辯樂》、《殊好》二篇，多本阮籍《樂論》語。他若荀悦《申鑒》《愛民篇》用《申鑒·政體篇》文，仲長《昌言》《心隱篇》用《昌言》文，魏子、唐子之書《適才篇》用魏子文，《慎獨篇》用唐子文，蔣濟、楊泉之論《正賞篇》用《萬機論》文，《賞罰篇》用《物理論》文，其挹注之迹，皆黌然可考《昌言》諸佚書，據《類書》引。既出西京之後，則非子駿所撰矣。

（乙）謂爲劉孝標箸者

晁公武《郡齋讀書志》卷十二云：“《劉子》或以爲劉孝標作。”《附志》同。蓋亦據孝政序文也。

按：《南史》卷四十九《梁書》卷五十，俱無明文。而彼此持論，又臭味不同。孝標之《辨命》，與是書《命相》卷五第二十五篇徑庭也。孝標之《絶交》，與是書《託附》卷五第二十一篇霄壤也。果出一人之手，何有首鼠之詞？至其鋪采之縟麗不侔，行文之輕蒨有異，展卷並觀，即易品藻。則孝標之説，亦迎刃而解矣。

（丙）謂爲劉勰箸者

《舊唐書·經籍志》丙部子録，《劉子》十卷。注云："劉勰撰。"《新書·藝文志》、《通志·藝文略》第四並同。蓋皆據孝政序文也。

按：通事舍人劉勰，史惟載其撰箸《文心》，不云更有他書《南史》卷七十二、《梁書》卷五十並有舍人傳。且《文心·樂府》卷二第七篇稱"有娥謡乎飛燕，始爲北聲。"與是書《辯樂》卷二第七篇謂"殷辛作靡靡之樂，始爲北音。"各異其趣按《文心》本《吕氏春秋·音初篇》説。《劉子》則本《史記·樂書》也。又史稱"勰長於佛理，後且出家"見《南史》及《梁書》本傳。而是書末篇《九流》，乃歸心道教《道藏》本於《九流篇》先道家，通行本則先儒家。觀其總括之語，《藏》本實據其本書次第如此，非由後來黃冠所移易也。又是書首卷《清神》、《防慾》、《去情》、《韜光》諸篇，近道家言，故白雲霽《道藏目録》收之太玄部無字號中也。立言既已殊科，秉心亦復異僎，非其所箸，不辨可知矣。

（丁）謂爲袁孝政箸者

《黃氏日鈔》云："袁孝政謂'劉子名畫字孔昭'，而無傳記可憑。或者袁孝政之自爲者耶？"《四庫簡明目録》云："疑即孝政所僞作，而自爲之注也。"《提要》説略同四庫舘臣所疑，蓋皆揚黃氏之波。

按：《劉子》之文，多資故實。孝政所注，極爲謬悠孝政注惟《道藏》本活字本中尚存，餘皆刪削幾盡。蓋因其不能相副耳。事之出於《左氏》、《國語》者，時或妄道；文之本於《吕子》、《淮南》者，竟付闕如。有子惡卧焠掌《崇學篇》云"有子惡卧，自焠其掌"，《荀子·解蔽》文也按《荀子·解蔽篇》云："有子惡卧而焠掌。"又桓範《世要論》云："有君好卧，讀書倦則焠其掌。"（《御覽》三百七十及六百十一引），而孝政不知。顔回夜浴整容《慎獨篇》云："顔回不以夜浴改容"，《抱朴·譏惑》語也按《抱朴子·譏惑篇》云"顔生整儀於宵浴"，而孝政弗曉。春山之底《韜光篇》云：“丹伏光於春山之底”，不諳所在按《穆天子傳》卷一及卷四，屢見春山之文；丹水之戰《兵術篇》云“堯戰丹水”，乃云未聞按《六韜·犬韜》云：“堯與有苗，戰於丹水之浦。”《《書鈔》十三，《御覽》六三引》又《呂氏春秋·召類篇》、《淮南·兵略篇》、《論衡》恢國、儒增二篇，並有堯戰丹水之文，注尚如斯，文可知矣。且孝政未注之前，諸書徵引已衆新、舊《唐書》俱無孝政傳，他書亦無論及之者，故其生卒不可考。然非初唐人，則可臆斷也。敦煌寫本《劉子》殘卷，並無注，尤爲確證。不揣其本，强謂所作，非惟鳩居鵲巢，蔦施松上；亦與師曠將軒轅並世，公明與方朔同時，等夷其謬矣。

　　綜上四說，既覺非是，究其作者，又將誰屬？今據孝政之序，晁氏之志《郡齋讀書志》云：“《劉子》，齊劉畫孔昭撰。”《附志》同，《直齋書録》《書録解題》云“《劉子》齊劉畫孔昭撰”，王氏《玉海》《玉海》卷五十三《藝文類》云“《劉子》，北齊劉畫字孔昭撰”，要以劉畫近是。雖不見諸本傳，尚得觸類以推。《北史·儒林》卷八十一《儒林上》云：“劉畫字孔昭，渤海阜城人也。求秀才十年不得，發憤撰《高才不遇傳》《隋志·經籍二》，《高才不遇傳》四卷。注云：“後齊劉畫撰。”《唐志》同。孝昭時，詣晉陽上書，終不見收，乃編録所上之書爲《帝道》《隋志》不箸録。河清中，又箸《金箱璧言》《隋志》不箸録。嘗自謂‘博物奇才’，言好矜大。每言‘使我數十卷書行世，不易齊景之千駟也。’”按史載諸書，蓋已亡佚。以書自言“數十卷書”計之，則是書必在其中，於數始足《高才不遇傳》四卷，《帝道》若干卷，《金箱璧言》若干卷，《六合賦》（見本傳）若干卷，再益以《劉子》十卷，差足云數十卷書。其證一也。又史稱“自恨不學屬文，方復緝綴辭藻，言甚古拙。”今以是書文筆觀之，誠如所謂“古拙”者。其證二也。援此兩證，定爲畫書，雖非確切之據，然亦未爲不根也。

　　是書稱名，以署《劉子》者爲當新舊《唐書》、《崇文總目》、《通志》等，並題爲《劉子》。《書鈔》、《輔行記》、《御覽》、《海録碎事》等所引，亦作《劉子》。《道藏》本及活字本，並作《劉子》，題《新論》者非古自程榮稱《新論》後，相沿日衆。或有連稱《劉子新論》者。至於卷帙區分，雖有二、三之異《子彙》本等，分爲上下二卷。《通志》、《崇文總目》、《郡齋讀書志》、《玉海》等，題爲三卷。敦煌寫本殘卷，標題已佚，由其斷簡觀之，似不分卷，五、十之殊《郡齋讀書附志》、《書錄解題》，題爲五卷。《諸子賞奇本》同。新、舊《唐書》，題爲十卷。《道藏》本、活字本、《畿輔叢書本》等同，然都爲五十五篇，固無差忒也。

（原載一九三七年《文學年報》第三期）

讀梁書劉勰傳札記

　　近因繙檢《梁書》，順便將卷五十《文學下》的《劉勰傳》詳讀數過。塗鴉成習，寫有札記數則。這裏不自藏拙地把它整理出來，就正於專家、讀者。

一　"東莞莒人"

　　《南史》卷七二文學《劉勰傳》同。一般的文學史和單篇論文，在介紹劉勰的籍貫時，往往習而不察，沿用其説；或更指明所在，注爲"今山東莒縣"。好像劉勰真是生於莒、長於莒似的。夷考其實，殊有未合。《梁書》本傳曾説："祖靈真，宋司空秀之弟也。"劉秀之《宋書》卷八一有傳，於其郡望及所僑居之地交代得很清楚："劉秀之字道寶，東莞莒人。司徒劉穆之從兄子也。世居京口。"同書卷四二的《劉穆之傳》，所説亦同："劉穆之字道和，小字道民，東莞莒人。漢齊悼惠王肥後也。世居京口。"那麼，莒乃劉勰的祖籍，他實際生長的地方則爲京口，即現在江蘇的鎮江。也就是説，劉勰並非道地的北方人而是南方人。《梁書》、《南史》只著其郡望，稱爲"東莞莒人"，這是史家的慣例，原無足怪。我之所以要首先提出這點來談，目的是爲了説明《文心雕龍》的文學風格，不同於酈道元的《水經注》、楊衒之的《洛陽伽藍記》和劉晝的《劉子》的原因，是由於一南一北的長期對峙使然。我們知道，當時雙方地域不同，對文學創作誠然有影響；但更爲重要的，則是各自不同的經濟。從屬於政治的文學，必受社會經濟制約的緣故。如果真的把他當山東莒縣人的話，不僅與實際的里居不符，而且會感到文學風格上的差異有些唐突了。同時，從東晉明帝僑立南東莞郡於南徐州、鎮京口見《晉書》卷十五《地理志下》後，人文薈萃，盛極一時。先後在那裏講學的著名學者，有關康之見《宋書》卷九三《隱逸傳》、臧榮緒見《南齊書》卷五四《高逸傳》、諸葛璩見《梁書》卷五一《處士傳》諸家。劉勰幼年的"篤志好學"和後來的造詣，可能是受到當時當地的一些影響的哩！

二　"家貧"和"依沙門僧祐"

劉勰的"家貧"，絕不等於當時勞動人民的一貧如洗，朝不謀夕；只能理解爲他是一個没落貴族家庭出身的子弟，生活大不如昔就够了。無徵不信，就以《梁書》的《文學傳》爲例：在這篇合傳裏，目爲"家貧"的共三人，除劉勰外，還有袁峻和任孝恭。《袁峻傳》云："家貧，無書，每從人假借，必皆鈔寫。自課，日五十紙；紙數不登，則不休息。"《任孝恭傳》云："家貧，無書，常崎嶇從人假借。每讀一遍，諷誦略無所遺。"可見袁峻和任孝恭儘管"家貧"，尚有借書鈔讀的雅興，吃飯總不會有多大問題的。如果我們單把劉勰的"家貧"説得連飯都吃不上，那就未免太不了解歷史了。門閥制度盛行的時代，劉勰既是大族，又係達官之後，再窮也不至於此極吧。其所以要"依沙門僧祐"，固然不能説完全與生計無關；但謀生之道多端，朱百年的"以伐樵採箬爲業"見《宋書》卷九三《隱逸·朱百年傳》，沈顗的"樵采自資"見《梁書》卷五一《處士·沈顗傳》，又何嘗不是解決生活問題的辦法。劉勰偏要餬口於寺廟，這能説與他平素的愛好和興趣一點關係都莫得嗎？我們如再聯繫到他的"不婚娶"和"出家"，那就更可以探出"依沙門僧祐"當中的一些消息來。

三 "篤志好學"和"博通經論"

劉勰本來"早孤",而能"篤志好學",這一方面可以看出,他從小就有自己的抱負;另方面也説明了,青少年時期學習之重要。像《文心雕龍》這樣一部"體大慮周"的巨著,三十歲後即寫成,經、史、子、集,任其驅遣,沒有經過一番努力學習,刻苦鑽研的功夫,無論如何辦不到。至於他在家裏所學的内容,可能是以儒家方面的著作居多;"依沙門僧祐"以後,所閲讀的,所研討的,恐怕又偏重在佛學方面的著作了。但我們對於這兩層,絶不能單純地理解爲是由於生活環境的改變使然;也不能截然劃一鴻溝,以爲各不相干,彼此絶緣。因爲從後漢末期牟子的《理惑論》見《弘明集》卷一出現以後,儒佛合爐共冶的傾向已日益普遍。有不少經學家、文學家,往往都是既通儒學又通佛學的當然,各有其主導思想。只要打開這一階段的"正史"來考查,例子是多到不可勝舉。劉勰便是其中的一個。只不過他寫作《文心雕龍》的年代,儒家思想居於主導地位,所以全書裏毫無一點佛家思想或佛學理論滲透於其間。同時也要注意到:《文心雕龍》本是一部中國文學理論批評的專著,劉勰寫作的目的,是爲了要"本乎道,師乎聖,體乎經"《文心雕龍·序志篇》語。純粹是站在儒家的立場上從事論述,應當是一家之言;跟寫《滅惑論》見《弘明集》卷八和《梁建安王造剡山石城寺石像碑》見《會稽綴英總集》卷十六的情況有所不同,不能混爲一談。何況"佛經著作中直接涉及文學批評的較少,而他所要批評、論述的作品又完全是中國的作品,而不是佛經文學或印度文學"曹道衡《劉勰的世界觀和文學觀初探》一文中語,見《文學遺産》第三五九期哩。總之,劉勰待在家裏的"篤志好學"也好,到僧祐那裏的"博通經論"也好,對他後來撰述《文心雕龍》,無論是在資料的掌握,理論的闡發,作品的分析,作家的品評,以及全書的組織結構,都提供了極其有利的條件。因而他的《文心雕龍》成爲我國古代文學理論批評中的重要遺産。篇章之多,範圍之廣,組織之嚴密,見解之卓越,不僅非曹丕、陸機、摯虞、李充諸家的"文論"所能比擬；就是以後所有的"詩文評"著作裏，也很難找到相類似的第二部啊！

四　"兼東宮通事舍人"和蕭統的"深愛接之"

一檢閱《昭明太子集》及《梁書》卷八《昭明太子傳》、卷三三《王筠傳》、卷三七《謝舉傳》、卷四一《王規傳》等有關資料，我們就會知道蕭統是愛好文學、尊重文士的，也是富有藏書的。劉勰在出仕以前，曾經把他的《文心雕龍》求譽於沈約，而沈約"謂爲深得文理，常陳諸几案"。以一代文宗的沈約對《文心雕龍》都這樣地重視，那麼當時"有書幾三萬卷"《梁書·昭明太子傳》中語的東宮，或許就有《文心雕龍》在內。如其不然，劉勰在"兼東宮通事舍人"之後，蕭統也更有機會見着他的《文心雕龍》的。可見劉勰之被蕭統"深愛接之"，不是無緣無故的事了。當然，他們兩人的相得，最主要的原因，可能是由於文學主張的相同或相近這可以從《文選》的分類和選文看出端倪；其次是彼此的思想差不多都是以儒家思想爲主；再其次則爲情趣不相遠劉勰的"不婚娶"與蕭統的"不畜聲樂"，頗有相似之處。奇文共賞，疑義與析，也是我們意想得到的事。這裏還須說明：劉勰和蕭統的文學觀，在當時是具有代表性的，而且是進步的；《文心雕龍》和《文選》之所以歷久不廢，關鍵就在這裏。

五　"爲文長於佛理"和沈約"謂爲深得文理"

劉勰"爲文長於佛理"是事實。文集雖佚，《滅惑論》和《梁建安王造剡山石城寺石像碑》具在，可覆按。他的《文心雕龍》"深得文理"也是事實。《文心雕龍》具在，還是可以覆按。那麼，這二者之間的關係究竟應該怎樣理解呢？假如《文心雕龍》裏面滲透了佛家思想或佛學理論的話，問題就不存在了，反正它是統一的，彼此沒有矛盾。可是，上文不是說過：全書裏毫無一點佛家思想或佛學理論的嗎，這樣，豈不

是"爲文長於佛理"與《文心雕龍》的"深得文理"有所矛盾？不，我認爲
没有什麽矛盾可言。因爲他長於佛理，所以寫的《文心雕龍》就深得文
理。更具體點説，由於劉勰研討佛學的時間久，領會深，因而他的思想
方法，組織能力，以及對問題的分析和理論的闡述，都曾受到影響，起
了一定的作用。這不僅爲他以前的曹丕、陸機、摯虞、李充諸家所不
及；就以"體大慮周"這點而論，鍾嶸的《詩品》恐怕也要稍遜一籌。難
怪沈約要稱贊他"深得文理"了。

六　"不婚娶"和"出家"

劉勰的"不婚娶"，我認爲不是因爲"家貧"，而是由於信佛。試想
一個達官大族的後代，即使家道没落，總不至於窮得到了不能結婚的
地步。《梁書》、《南史》只説"不婚娶"，"不"下並未著有其他字眼如"能"
字之類，那就不應以意逆志地説成是連婚都結不起。其實，這正好説明
劉勰當婚之年，受佛學的影響已經很深了。入仕涂後，對於當時"七廟
饗薦，已用蔬果，而二郊農社，猶有犧牲"的作法，認爲還不夠徹底，曾
"表言二郊宜與七廟同改"。這又足以説明劉勰信佛的程度，不斷在深
化。至於晚年"出家"前夕的"先燔鬢髮以自誓"，更是由思想所支配的
行動。我們能够説是突如其來，出於一時的激情嗎？這裏無妨另舉兩
個有關的事例來説明：如"尤精釋典"而又"聽講於鍾山諸寺"的劉訏，
原來"長兄絜爲之娉妻，剋日成婚"的時候，他曾"聞而逃匿"見《梁書》卷
五一《劉訏傳》。結果是靡室靡家，終身鰥居。可見當時因信佛而不婚娶
的，何止劉勰一人！《高僧傳》中由不婚娶而出家的高僧，可就更多了。
又如因"居貧"而"出家"的劉峻，只是暫時的托足，借以餬口。事出無
奈，原非得已。一旦有所憑依，仍然是要改服"還俗"見《南史》卷四九《劉
峻傳》的。這跟劉勰先後的行徑，簡直成了鮮明的對比：一個是由"出
家"而"還俗"，一個是由"依沙門僧祐"而於定林寺"變服，改名慧地"。
兩相比照，難道劉勰是貿然從事，毫未經過思考不成！因此，我們對於

劉勰的"不婚娶"和"出家"的客觀事實,不能抹煞,不應諱言。更不必害怕因爲他後來的"出家",就推定中年時代的文學觀是唯心主義的了;《文心雕龍》的評價也隨之改觀了。從而爲之辭:說他的"不婚娶",是窮得找不到對象;說"依沙門僧祐",是單純地爲解決飯碗問題;說老來的"出家",是爲了某種意義的反抗……等等。一句話,這些説法,無非是要説明劉勰的一生不曾受到一點佛學或佛教的影響而已。真的情況並不如此簡單,《梁書》本傳的記載是異常清楚的。

總之,劉勰的思想是複雜的,同時也是有變化的。我們既不能執着他的"不婚娶"是佛家思想的具體表現,就從而斷定他寫作《文心雕龍》的年代不可能有儒家思想;但也不能執着他中年時代一有儒家思想,就從而斷定他晚年的"出家"不是佛教徒的行動。由於年歲的不同,生活遭遇的不同,一個人的思想不會是一成不變的啊!

(原載一九六二年《成都晚報》"學術討論"第一期)

劉勰卒年初探

劉勰的卒年，言人人殊，向無定論。譚正璧《中國文學家大辭典》"劉勰"條說他是宋宗室劉道憐之孫，卒於宋後廢帝元徽元年四七三，這顯然是把兩個根本不同時代而只同姓、名、字的劉勰，混爲一人的緣故。現姑就《梁書·劉勰傳》末"撰經證功畢，遂啓求出家，先燔鬢髮以自誓，敕許之，乃於（定林）寺變服，改名慧地，未朞而卒"數語，作初步試探，冀有知人論世之助。

按撰經任務，僅劉勰與慧震二人承擔，恐怕不是短期內所能完成。受命的時間，既然是在梁武帝中大通三年五三一四月昭明太子蕭統卒後；那麽，推斷完成的年分，參稽釋典就大有必要。宋釋志磐《佛祖統紀》卷三十七云："（大同）四年五三八，通事舍人劉勰，雅爲（昭明）太子所重。凡寺塔碑碣，皆其所述。是年，表求出家，賜名慧地。"元釋念常《佛祖歷代通載》卷九云："辛亥即中大通三年，劉勰者，名士也，雅爲太子所重，撰《文心雕龍》五十篇。……表求出家。先燔鬚自誓，帝梁武帝嘉之，賜名惠與"慧"通。《太平御覽》卷六百五十七引《梁書》即作惠地。"又釋覺岸《釋氏稽古略》卷二云："大同二年五三六，梁通事舍人劉勰表求出家，帝嘉之，賜僧洪名慧地。"三書所繫劉勰出家之年雖然各不相同，但還可以考訂。因爲，證功畢即啓求出家，變服不久即卒，都是在十二個月之內，傳文叙述得非常明白。如果推出劉勰的卒年，志磐、念常、覺岸三家孰得孰失，就昭然若揭了。

史部書中的合傳，率以其人的卒年先後爲序。《梁書·文學傳下》名次，劉勰列在謝幾卿之後、王籍之前，可見他的卒年是介於謝、王二人之間的。無徵不信，試通過史實來印證。

《謝幾卿傳》云："普通六年五二五，詔遣領軍將軍西昌侯蕭深當作"淵"，此避高唐祖李淵諱改藻督眾軍北伐；幾卿啓求行，擢爲軍師長史，加威戎將軍。軍至渦陽，退敗。幾卿坐免官。居宅在白楊石井，朝中交好者，載酒從之，賓客滿坐。時左丞庾仲容亦免歸，二人意志相得，並肆情誕縱。……不屑物議。湘東王在荆鎮，與書慰勉之。……幾卿未及序用，病卒。"謝幾卿免官後與庾仲容的誕縱行徑，《庾仲容傳》也有記載："（仲容）遷安西武陵王諮議參軍，除尚書左丞，坐推糾不直免。……唯與王籍、謝幾卿情好相得。二人時亦不調，遂相追隨，誕縱酣飲，不復持檢操。"考武陵王蕭紀以大同三年五三七閏九月改授安西將軍、益州刺史見《梁書・武帝紀下》，仲容蓋未隨府；除尚書左丞不久，即坐事免歸。其時疑在大同四年。謝幾卿和他"肆情誕縱"，當亦不出是年之外。因"不屑物議"，故湘東王蕭繹在荆鎮蕭繹自普通七年十月至大同五年七月都在荆鎮。見《梁書・武帝紀下》"與書慰勉"。幾卿答書，滿腹悲憤，絶望哀鳴，溢於言表。傳末謂其"未及序用，病卒"，大概就是大同四年秋冬之際死的吧由書中"忽焉素秋"，"老使形疏，疾令心阻，沈滯床簀，彌歷七旬"等語推定。

《王籍傳》云："（籍）歷餘姚、錢塘令，並以放免。……遷中散大夫，尤不得志。遂徒行市道，不擇交游。湘東王爲荆州，引爲安西府諮議參軍，帶作塘令。不理縣事，日飲酒。人有訟者，鞭而遣之。少時卒。"考蕭繹在荆鎮於大同元年五三五十二月進號安西將軍，至五年七月，始入爲護軍將軍、安右將軍、領石頭戍軍事見《梁書・武帝紀下》。王籍被引爲西府諮議參軍，帶作塘令，當在蕭繹尚爲安西將軍期內。又《梁書・謝徵傳》謂徵於"大同二年卒官。……友人琅邪王籍集其文爲二十卷。"這就不難看出：王籍之卒必在大同二年謝徵已卒之後，大同五年七月蕭繹尚未離開荆州之前，斷限是極其清楚的。

綜上所述，劉勰名次既厠於謝幾卿、王籍之間。其卒年固不應先於謝幾卿或晚於王籍。《佛祖統紀》謂劉勰於大同四年出家，當屬可信念常、覺岸兩家繫年，與《梁書·文學傳下》所列名次先後不符。《梁書》言其“變服……未朞而卒”，是劉勰從出家到卒的時間沒有超出十二個月之外。如果這段時間跨了兩個年頭的話，那麼，劉勰之卒不在大同四年，便是次年了。

《文心雕龍》成於齊和帝之世五〇一——五〇二。清人劉毓崧《通義堂文集》卷十四有專文論證。劉勰當時“齒在逾立”。假定爲三十二三歲，再往上推算，他生於宋泰始六年四七〇左右，至梁大同四五年五三八——五三九間，約六十八九歲。年近古稀，在南朝文學家中，不能不說是高齡啊！

（原載一九七八年《四川大學學報》社科版第四期）

劉勰滅惑論撰年考

　　“文化大革命”前，一些研討劉勰的世界觀的文章，往往各取所需，摘引《滅惑論》裏的個別辭句作爲“本證”，來論斷劉勰的世界觀如何如何。好像持之有故，無懈可擊。夷考其實，乃大謬不然。因爲，《滅惑論》和《文心雕龍》的内容既不相同，寫作的時間亦復各異，無區別地混爲一談，是不夠妥當的。

　　《文心雕龍》成書於齊和帝中興元、二年公元五〇一——五〇二年間，清人劉毓崧有翔實的考訂見《通義堂文集》卷十四《書〈文心雕龍〉後》，已爲古代文論研究者所公認，無須再贅。《滅惑論》撰於何時，尚無專文論述。本文擬作初步試探，就正於專家、讀者。

　　唐釋神清《北山録》卷二《法籍興篇》評道佛之爭時説：“是以道則有《化胡經》、《夷夏》、《三破》、《十異》、《九迷》，釋則有《滅惑》、《駁夷夏》、《破邪》、《辯正》，紛然陵駕，既悖而往，亦悖而復。”宋釋德珪《北山録注解隨函》卷上“夷夏”條云：“《夷夏論》，道士顧歡作。”“三破”條云：“‘身’、‘家’、‘國’，亦是顧道士作也。”“滅惑”條云：“劉思協當由“勰”字誤爲“思協”二字造《滅惑論》，破顧道士《三破論》。”又卷下“顧歡”條云：“顧道士作《三破論》、《夷夏論》等謗佛。”可見《滅惑論》這篇文章，是劉勰針對顧歡的《三破論》而作的。對不戴黄冠的顧歡斥之爲道士，是不是釋德珪的個人成見呢？曰：否。我們只翻閲梁釋僧祐輯的《弘明集》六、七兩卷，如宋朱昭之《難顧道士〈夷夏論〉》、朱廣之《諮顧道士〈夷夏論〉》、釋慧通《駁顧道士〈夷夏論〉》、釋僧愍《〈戎華論〉折顧道士〈夷夏論〉》，南齊謝鎮之《與顧道士書》和《重與顧道士書》，都不約而同地斥顧歡爲道士這幾篇題目不知是否爲釋僧祐所標。這自然是當時那些崇信佛學和削髮爲僧的人們，歧視道教鼓吹者顧歡的蔑稱，同時也是道佛之間劇烈鬥争的反映。難怪顧歡的《夷夏論》和《三破論》一問世，馬上就引起强烈的反響啊！

劉勰的《滅惑論》既然是針對顧歡的《三破論》而作，先瞭解一下顧歡其人，就大有必要。《南齊書》卷五四《高逸·顧歡傳》云：“顧歡字景怡，吴郡鹽官人也。……永明元年，詔徵歡爲太學博士，同郡顧黯爲散騎郎。黯字長孺，有隱操，與歡俱不就徵。歡晚節服食，……自知將終，……克日死，卒於剡山。……世祖詔歡諸子撰歡《文議》三十卷。”《南史》卷七五《隱逸上·顧歡傳》同永明爲齊武帝蕭賾年號，世祖是他的廟號，在位凡十一年公元四八三——四九三年。傳文既言“世祖詔歡諸子撰歡《文議》”，是歡之卒及其《三破論》的斷限，都在永明十一年之前①。“佛道二家立教既異，學者互相非毁”《顧歡傳》中語，當時已蔚然成風。顧歡是“意黨道教”同上的，所撰《夷夏論》，曾招致各方詰難見《顧歡傳》及《弘明集》六、七兩卷。觸類以推，劉勰之造《滅惑論》，應距《三破論》問世之日不遠。我們從此下推至中興元、二年間，相距當在十年以上。這就是説，《滅惑論》寫成的時間比《文心雕龍》早。

《滅惑論》全文，載今本《弘明集》第八卷中。《出三藏記集》卷十二所録《弘明集》子目，也有《滅惑論》在内。唐釋智昇《開元釋教録》卷六謂釋僧祐的《出三藏記集》撰於齊代。那麽，《弘明集》必先已輯成然後才得著録；而《滅惑論》的寫成又在《弘明集》輯成之前，更是不言而喻的了②。這就不難看出：被收在齊代即已輯成的《弘明集》裏的《滅惑

---

①《太平御覽》卷六百六十四引《真誥》云：“顧歡……齊永平（“明”之誤）中，卒於剡山。”（今《真誥》無此文）可見顧歡是在永明十一年之前的某一年死去的。

②《出三藏記集》所録《弘明集》子目，當是原本次第。全書止十卷，《滅惑論》爲第五卷最後一篇。現在通行的十四卷本，大概是釋僧祐入梁後重新編輯的，故所補多梁代作品，如“神滅”與“神不滅”論難諸文即近兩卷。篇帙既增，《滅惑論》遂移至第八卷中。至磧砂藏本目録《滅惑論》下題“記室劉勰”，正文《滅惑論》下題“東莞（轉下頁）

論》,其寫作時間,無論如何都要比成書於齊代最後兩年內的《文心雕龍》早。

今本《弘明集·滅惑論》後,收有釋僧順的《釋〈三破論〉》一篇《出三藏記集》所錄《弘明集》子目無此文,當是後來增加的,其題下云:“本論,道士假張融作。”藏經本作“答道士假稱張融《三破論》”對原作者不稱名道姓,而斥之爲道士,與卷六明僧紹那篇《正二教論》《出三藏記集》所錄《弘明集》子目在第四卷題下的“道士有爲《夷夏論》者,故作此以正之”如出一轍。一方偏見,原無足怪。所可異者,袁粲駁顧歡的《夷夏論》曾“托爲道人通公”見《顧歡傳》,顧歡撰《三破論》又“假稱張融”,相似乃爾,絕非偶然。原來,張融在宋代即“有早譽”見《南齊書》卷四一《張融傳》;先後寫的文章又“多爲世人所驚”見《南齊書》及《南史》卷三二《張融傳》。故曾經因撰《夷夏論》而遭到圍攻的顧歡,再撰《三破論》時不自署其名,却打着當時頗負盛名的張融的旗號來招搖。這不僅可以擴大影響,而且還是最好的擋箭牌。學術史上這樣的事例本不罕見,顧歡只是其中的一個罷了。

剛才的推測,是說張融還活着的時候,顧歡盜用了他的大名以欺世。持異議者則認爲:猛烈攻擊佛教的“破身”、“破家”、“破國”的《三破論》,道士要借重張融的名氣,勢必在齊明帝建武四年公元四九七年張融已死之後始能動筆。否則,“嗜僧言,多肆法辯”見《南齊書·張融傳》的張融,是不會緘口不言的。也就是說,《三破論》原非出自顧歡之手。這種說法,即使能夠成立,《滅惑論》寫成的時間比《文心雕龍》早的論斷,仍然是站得住脚的。理由是:由中興元、二年上推至建武四、五年,相距還是有三四年之久。

綜上所述,劉勰寫的《滅惑論》,不管是在永明十一年前或建武四年後,爲時都比《文心雕龍》成書早,這是無庸置疑的。由於它們各自

(接上頁)劉記室勰”;吳惟明本則均題“梁劉勰”。後人追題,未足爲訓。猶《文心雕龍》本成於齊,而題爲“梁通事舍人劉勰彥和述”(元至正本)或“梁通事舍人劉勰”(明弘治本)一樣。

的內容和寫作的時間不同，不僅"言非一端，各有所當"；即以創作思想而論，也不可能前後完全一致，毫無變化。同一葛洪，所撰《抱朴子》內外篇，一屬道家，一屬儒家見《抱朴子外篇·自叙》。還是由於它們各自的內容和寫作的時間不同，而判若天淵。假設我們要研討葛洪的世界觀，能不能把《抱朴子內篇》所說的"道"與《抱朴子外篇》談到的"道"等同起來呢？當然不能。同樣的道理，要研討劉勰的世界觀，也絕不能把《滅惑論》所說的"道"與《文心雕龍》談到的"道"相提並論。因爲它們本來就是兩碼事，牽強比附，終不免於方枘圓鑿，是齟齬難入的啊！

一九七九年五月十二日於四川大學厲樓學不已齋
（原載一九七九年《古代文學理論研究叢刊》第一輯）

文心雕龍研究中值得商榷的幾個問題

科學的春天，心情分外舒暢。一有閒暇，便隨意翻閱"文化大革命"前有關《文心雕龍》的論文和專著。玉田采璞，所獲實多。從總的傾向看，都是力圖遵循批判繼承的原則進行研究。各抒所見，盛極一時。分析既不斷深入，範圍也逐步擴大，這的確是非常可喜的現象，首先應該充分肯定。但個別論著中，還有瑜不掩瑕之處；在原文的理解上，也存在着見仁見知的差異。傳鈔成習，隨手擇要摘録，並略下己意，以便繼續探討。夏日正長，爰組織成文，就正於專家、讀者。

一

古代的文學批評家，由於歷史的局限，對作家作品的看法，總不免要爲時代風尚所囿，而産生某些偏見。劉勰自然也未例外。《文心雕龍》中没有提到陶淵明，似乎應該從這方面去探索，才有可能得出較爲正確的論斷。可是，有些研究者却多方爲之疏通證明，替其開脱。如説：

> 蓋陶公隱居息游，當時知者已鮮，又顔、謝之體，方爲世重，陶公所作，與世異味，而《陶集》流傳，始於昭明，舍人成書，乃在齊代，其時《陶集》尚未流傳，即令入梁，曾見傳本，而書成已久，不及

追加。故以彭澤之閑雅絶倫,《文心》竟不及品論①。

這段話裏,除"顏、謝之體,方爲世重,陶公所作,與世異味"足以説明問題外,其餘的論點都難於成立。我們知道,陶淵明雖"隱居息游",但當時的達官如檀道濟、王弘,文豪如顏延之,高僧如釋慧遠,對他都非常尊重,相與周旋。何法盛的《晉中興書》②、檀道鸞的《續晉陽秋》③、沈約的《宋書》、蕭統的《陶淵明傳》和佚名的《蓮社高賢傳》,都先後有所記載。怎能説是"知者已鮮"? 同時,鮑照的擬古詩中有《學陶彭澤體》一首,江淹的《雜體詩》中也有擬《陶徵君田居》一首,時間都比蕭統編纂《陶集》爲早;而且都是在向陶詩的特殊藝術風格學習,與其它的前代名家名作同等看待。這就不難看出:《陶集》尚無定本的時候,陶詩即已展轉流傳,鮑照、江淹才有從事擬作的典範,蕭統也才有"更加搜求"《陶淵明集序》的可能。這樣的事例,文學史上本極常見,不獨陶淵明一人的作品爲然。強調"圓照之象,務先博觀"《文心雕龍·知音》的劉勰,在寫作《文心雕龍》時未必於陶淵明的作品竟毫無所知;即使書成之後才得寓目,假如他真能認識陶詩的價值的話,也未始不可以"追加"上去。葛洪的《抱朴子外篇》道及郭璞的《南郊賦》④,便是很

---

①劉永濟《文心雕龍校釋》,中華書局一九六二年版。

②《文選·陶徵士誄》"顏延年"下李善注引《晉中興書》曰:"延之爲始安郡,道經尋陽,常飲淵明舍,自晨達昏。及淵明卒,延之爲誄,極其思致。"(此條《古典文學資料彙編——陶淵明卷》失收)

③《藝文類聚》卷四及卷八一引《續晉陽秋》曰:"陶潛嘗九月九日無酒,坐宅邊菊叢中,摘菊盈把,坐其側久;望見白衣至,乃王弘送酒也。即便就酌,醉而後歸。"(又見《初學記》卷四、《太平御覽》卷三二及卷九九六)又《太平御覽》卷六九七引《續晉陽秋》曰:"江州刺史王弘造陶淵明,(淵明)無履,弘從人脱履以給之;語左右爲彭澤作履。左右請履度,淵明於衆坐伸腳令度。及履至,着而不疑。"(以上兩條《古典文學資料彙編——陶淵明卷》亦失收)

④葛洪的《抱朴子》於東晉元帝建武元年即已寫定,《外篇·鈞世》又道及郭璞的《南郊賦》,可能是後來修改過的緣故(郭賦奏上於元帝太興元年,見《北堂書鈔》卷五七、《初學記》卷一二引《晉中興書》)。

好的例證。那麼，陶淵明沒有得到劉勰的品題，顯然不是這位研究者說的那些理由所能解釋得通的了。

爲劉勰不曾論列陶淵明作辯護的另一説法，則爲：

> 劉勰的《文心雕龍》一個字也沒有提到他（按指陶淵明），那不能怪到劉彦和，因爲《文心雕龍》一書有自己的體例，它不批評宋以後的作家①。

《文心雕龍》的"體例"到底是怎樣的呢？原作者曾附有詳明的小注：

> 《文心雕龍·才略》篇評介歷代作家，都一一道出名字，只到東晋爲止，接着説："宋代逸才，辭翰鱗萃，世近易明，無勞甄序。"宋齊兩代是彦和所認爲的"近世"，他只概括批評這兩代的文風，却不曾對具體作家給以"甄序"。而在當時，一般人都把陶淵明當作劉宋時代的人，沈約把他列入《宋書·隱逸傳》，《詩品》説"宋徵士陶潛"。到了唐代才把他正式寫進官修的《晋書》中。現在有些報刊論文以《文心雕龍》不提及陶淵明爲書中一疵，那是不明瞭劉彦和著書的體例和齊梁當時人的看法的緣故。

劉勰評介作家真的"只到東晋爲止"嗎？恐怕還不完全是這樣。《時序》篇論述劉宋時代的文壇，就有"王、袁聯宗以龍章，顏、謝重葉以鳳采，何、范、張、沈之徒，亦不可勝按此下當有"數"字也"幾句。儘管都是稱姓而未道名，但"王、袁、顏、謝、何、范、張、沈"八家的姓總是列舉了的。特别要注意的是所提到的"顏、謝"，無論如何都有顏延之、謝靈運兩人在内。既然那八家的姓都可以稍事點綴，却偏偏把"陶"姓撇開，

---

① 湛之《讀陶淵明研究資料彙編》，《文學遺産》第四三三期。

這也能説是"體例"使然？如果再從全書中不曾論及鮑照來看，劉勰的觀點和態度，更是昭然若揭。至於説當時"一般人都把陶淵明當作劉宋時代的人"，並舉沈約的《宋書》和鍾嶸的《詩品》作證，好像持之有故，其實還是不免於主觀、片面。顏延之的《陶徵士誄》，明稱陶淵明爲"有晉徵士"，這難道不算是劉宋時人的看法？《晉中興書》和《續晉陽秋》都分別載有陶淵明的事迹①，兩書的作者均劉宋時人，遠在房喬諸史家之前。這又大可説明把陶淵明當作晉人看待，也不是唐修《晉書》的創例。當然，陶淵明的身世，究竟屬晉屬宋，今天本無爭辯的必要，這裏無非借以指實這位同志的論證不够充分罷了。

此外，還有同志反復强調《文心雕龍》的"斷限"，以證成入宋的陶淵明不被劉勰"甄序"爲"符合歷史事實"②；也有疑心《文心雕龍》的"原本殘缺"③的。前者的持論雖較上面所舉的那段文章爲詳，用意却相去不遠；後者則純出揣測，並無佐證。這裏就不再事辭費了。須得進一步研討的，倒是那一時期對陶淵明的看法的問題。

形式主義文學盛行的南朝時代，陶淵明的詩歌，雖曾爲鮑照、江淹所矜式，向它學習；而一般的作家、評論家則狃於習俗，未予重視，或重視不够。從鍾嶸"世嘆其質直"《詩品中》和裴子野"爰及江左，稱彼顏、謝"《雕蟲論》的論述，已可看出當中的消息。這裏再作如下的印證：（一）號稱"文章之美，冠絶當時"《宋書·顏延之傳》的顏延之，與陶淵明的情誼素厚，應該是"奇文共欣賞"的知音嘛，但他那篇"極其思致"《晉中興書》的《陶徵士誄》，只是在"人德"方面竭力推崇，而於文學成就則僅以"文取指達"四字相許。所評雖嫌簡闊，却充分反映了他對陶淵明在創

①《北堂書鈔》卷七八引《晉中興書》云："陶潛爲彭澤令，督郵察縣，吏入白：當板履而就謁。潛曰：'吾不能爲五斗米折腰，向鄉里小人。'於是挂冠而去。"同書同卷又引《續晉陽秋》云："陶潛除彭澤令，姓（性）好學，善酒。在縣使種秫谷，曰：'吾常醉足矣。'"（以上兩條《古典文學資料彙編——陶淵明卷》亦失收）
②郭預衡《〈文心雕龍〉評論作家的幾個特點》，《文學評論》一九六三年第一期。
③黄海章《中國文學批評簡史》，一九六二年廣東人民出版社版。

作上的總評價。(二)沈約的《宋書》列陶淵明於《隱逸傳》，於其文學造詣既無一語涉及，《謝靈運傳論》所概述的歷代文學演變，不是説"降及元康，潘、陸特秀"，就是説"爰逮宋氏，顏、謝騰聲"，根本就未提到陶淵明。這大概是因爲陶淵明的"文取指達"，比不上潘岳、陸機的"縟旨星稠，繁文綺合"，顏延之的"體裁明密"和謝靈運的"興會標舉"吧。(三)蕭子顯的《南齊書·文學傳論》在品列宋代作家時，一則曰："顏、謝並起，乃各擅奇"；再則曰："休、鮑後出，咸亦標世"。陶淵明還是沒有數上。也許他認爲陶淵明的詩作尚未達到"擅奇"、"標世"的境地。(四)鍾嶸品詩，陶淵明雖得預其"宗流"，但仍置之中品。所稱譽的"冠冕"，是"陸機爲太康之英，安仁、景陽爲輔；謝客爲元嘉之雄，顏延年爲輔"。(五)蕭統爲陶淵明編訂集子和寫序文，極力稱其"文章不群，辭采精拔，跌宕昭彰，獨超衆類，抑揚爽朗，莫之與京"《陶淵明集序》。算是一改舊觀，有了新的認識和估價。可是《文選》裏選録陶淵明的作品，却遠遠比不上陸機、潘岳、謝靈運、顏延之四家的多。尤其是陸機、謝靈運的詩歌，登選樓的篇數超過了任何一家陸爲五十二首，謝爲四十一首。若與陶淵明被選的八首相較，那真是不可同日而語。(六)蕭綱對陶淵明的作品本極愛好，跟劉孝綽佩服謝朓的詩歌一樣，是常"置几案間，動静輒諷味"《顏氏家訓·文章篇》的，應該予以較高的評價嘛，然而不然。他在《與湘東王書》中所標榜的"古之才人"，於漢、魏則稱"揚、馬、曹、王"，於晉、宋只舉"潘、陸、顏、謝"《梁書·文學上·庾肩吾傳》。陶淵明還是落在所謂的"才人"之外。這都足以表明：蕭統弟兄心目中的陶淵明，仍然不能與陸機、潘岳、謝靈運、顏延之四家相匹敵的。

　　綜上所述，可見劉勰沒有論及陶淵明，顯然是與當時的風尚有關這與唐人選唐詩不選杜甫的作品①有相似處。如果再參照《明詩篇》所揭示的那兩條標准——"四言正體，則雅潤爲本；五言流調，則清麗居宗。"那麼，陶淵明"文取指達"的四言、五言，是不會被劉勰許爲"雅潤"、"清

---

① 高仲武《中興間氣集》、殷璠《河岳英靈集》、芮挺章《國秀集》等都没有選杜甫的詩作。

麗"的。其未加品列,也就不足爲奇了。無庸諱言,這正是劉勰的時代局限的反映,確屬書中一疵,我們必須實事求是地予以批判。"體例"、"斷限"等説法,恐怕也替劉勰開脱不了吧!

二

《文心雕龍》裏面的許多術語,往往跟我們今天所使用的不同,有的且已淘汰,早就無人使用了。我們遇到這類"難題",必須仔細探索,鄭重將事,絕不可以牽强附會,混淆古和今的界限。例如文學作品的風格問題,劉勰的確是接觸過,《體性篇》就是關於這方面的專著其他篇裏也偶一涉及。但要在《文心雕龍》全書中去找像現在所使用的"風格"這個詞兒,那就無異於緣木求魚了。

本來,"劉勰並没有給我們下一個風格的定義"①的提法是合適的。某同志似乎覺得還不够,非進一步找到個來歷不可。弋釣之餘,果有所獲。他的原文如下:

　　吳調公同志説:"劉勰並没有給我們下一個風格的定義。"誠然是這樣的,可是劉勰是不是明白地提出了"風格"的字眼呢?這他是提出來了的。劉勰在《議對篇》説:"漢世善駁,則應劭爲首;晉代能議,則傅咸爲宗。然仲瑗博古,而銓貫有叙;長虞識治,而屬辭枝繁。及陸機斷議,亦有鋒穎,而諛辭弗剪,頗累文骨。亦各有美,風格存焉。"現在我們論文章風格,一般地説,就是指作品中一種特有的情調;换句話説,就是作家一系列作品中的内容和形式的主要特徵的統一表現。劉勰在這裏論應劭、傅咸、陸機等作家的作品,認爲是"亦各有美,風格存焉"。認爲這些作家各有着獨特的藝術表現,所以説"風格存焉"。劉勰這樣來明確風格的意

①吳調公:《劉勰的風格論》,《文學遺產》第三七六期。

義是十分確當的①。

　　照這位同志的作法,不僅在《文心雕龍》中發現了"風格"一詞的源頭,而且也發現了劉勰對"風格的意義"有"十分確當"的見解。其實何嘗如此。首先,《議對篇》"亦各有美,風格存焉"的"風格",與《章表篇》"章以造闕,風矩應明"的"風矩",基本上無大差異。如果把它們對調一下,"亦各有美,風格存焉"換作"亦各有美,風矩存焉";"章以造闕,風矩應明"換作"章以造闕,風格應明",彼此毫無隔閡,都可以講得通。可見《議對篇》的"風格"二字,不能強解為跟"現在我們論文章風格"的"風格"一樣。其次,劉勰的這幾句話,本是評論應劭、傅咸、陸機三家所作的"議"體文章的。而這種文章的寫作,在劉勰看來,有其特殊目的和要求。所以他緊接着說:"夫動先擬議,明用稽疑,所以敬慎群務,弼張治術。故其大體所資,必樞紐經典;采故實於前代,觀通變於當今;理不謬搖其枝,字不妄舒其藻。……然後標以顯義,約以正辭,文以辨潔為能,不以繁縟為巧;事以明核為美,不以深隱為奇"。應劭、傅咸、陸機三家的"議事"之文,雖然沒有完全達到這個標準,存在着缺點,但也各有各的優點和作用。因此,他下的總評語是"亦各有美,風格存焉"。絕不是在談三家的"獨特的藝術表現"。再次,劉勰的風格理論主要集中在《體性》一篇,把這裏的幾句話拿去和《體性篇》對照,言各有當,說的並不是一回事。通過上面簡單的分析,這位同志的說法似乎是站不住脚的。

　　另有一位同志也在《文心雕龍》裏找"風格"二字的來歷。大概時間晚一點的緣故,又多找到一處。看來是費了功夫的。順便將他的原文鈔在下面:

---

① 舒直:《關於劉勰的風格論》,《文學遺產》第三九二期。

用"風格"一詞來評文,當以劉勰爲始。劉勰在《文心雕龍》裏兩次使用了這一詞兒。《議對篇》説:"漢世善駁,則應劭爲首;……亦各有美,風格存焉"。《夸飾篇》説:"雖詩、書雅言,風格訓世,事必宜廣,文亦過焉"。……由上引的下一條看來,顯然是指詩文的風範格局而言的。他的意思是説,詩書是雅言,它的風範格局可以作爲後代的典範,與下文所説的"大聖所録,以垂憲章"意思是完全一致的,以此來理解《議對篇》中的風格,也是合適的①。

《議對篇》的"風格"與我們今天所説的風格涵義不同,已如上述。至於《夸飾篇》的"風格"二字,原來就有疑問,更不能引以爲證。據明謝恒鈔本,"格"字本作"俗";顧廣圻亦校作"俗"。這裏應作"風俗",才講得下去。因爲單是《詩》、《書》的"風格",不可能起"訓世"的作用。"風"是動詞,讀上聲,與"諷"字的音義並同。"風俗",即《詩大序》"風,風也,教也;風以動之,教以化之"的意思慧皎《高僧傳序》:"明《詩》、《書》、《禮》、《樂》,以成風俗之訓。"語意與這裏的"《詩》、《書》雅言,風俗訓世"同。"不思誤書"而曲爲之説,是否企圖把劉勰説成既有一套風格的理論,又有風格一詞的首創之功哩?

三

曲解術語,古今不分,是牽強附會的一面;另一種表現,則爲繳繞時代,先後不分。如某部專著裏,就有兩條類似的情況:

篇按指《指瑕》中所舉陳思、安仁之瑕,亦見《金樓子》及《顏氏家

---

① 祖譔:《劉勰的風格論簡説——讀〈文心雕龍〉札記》,《熱風》一九六二年第二期。

訓》，此《序志》篇所謂不以同爲病也①。

鍾嶸《詩品》，列子建於上品，謂"其源出於《國風》，骨氣奇高，……卓爾不群。"又曰："陳思之於文章，譬人倫之有周、孔。"其推許之至如此。其論子桓，則列之中品，謂"其源出於李陵，頗有仲宣之體則，……不然，何以銓衡群彦，對揚厥弟？"此論與舍人不同，殆即本篇按指《才略》，下同所指"俗情抑揚"乎？本篇"位尊減才，勢窘益價"二語，最足説明此故。而鍾評抑子桓太甚，故舍人獨持異議②。

"不以同爲病"和能"獨持異議"，確是劉勰的卓越處，也是《文心雕龍》的成功因素之一。可惜所舉的例證，有些不大對頭。《文心雕龍》成書於齊末，劉毓崧《通義堂文集》卷十四有翔實的考證，這位研究者明明是知道的；蕭繹和顏之推的身世都比劉勰晚，也一定是知道的，鍾嶸與劉勰的年歲雖然相值，但《詩品》的寫成却後於《文心雕龍》，這也是大家所公認的。既然這樣，怎麽能够因爲《金樓子·立言下篇》和《顏氏家訓·文章篇》舉有"陳思、安仁之瑕"，就説成是劉勰的"不以同爲病"呢？又怎麽能够説劉勰的"獨持異議"，是因爲鍾嶸《詩品》的"抑子桓太甚"呢？當《文心雕龍》寫成之日③，蕭繹尚未降生④；劉勰死去之年⑤，顏之推才七八歲⑥；《詩品》殺青的時候⑦，《文心雕龍》即早已流傳。豈有時代晚些的著作，會被時代早的人預見的道理！那麽，把《金樓子》、《顏氏家訓》與《文心雕龍》的相同處，就認爲是《序志篇》所説的"舊談"；把鍾嶸與劉勰的不同論點，就認爲是《才略篇》所指的"俗

---

①《文心雕龍校釋》。
②同上。
③中興元年或次年（公元 501—502）。
④蕭繹生於天監七年（公元 508）。
⑤約在大同四、五年（公元 538—539）。
⑥顏之推生於中大通三年（公元 531）。
⑦約在天監十二年至十八年之間（公元 513—519）。

情”，未免太不考查時代，倒置先後了。何況《金樓子》多因襲前人成文，不注明所出，《立言下篇》“管仲有言：……可不慎歟！古來文士，……不其嗤乎”一百八字，可能是襲自《文心雕龍·指瑕篇》；《顏氏家訓》中某些文學主張，往往與《文心雕龍》的論點相同或相近，也可能是受了劉勰的影響。這樣說來，倒不是劉勰“同”於蕭繹、顏之推，而是蕭繹、顏之推“同”於劉勰啊。

剛才所舉那樣忽略了時代的先後，也許由於只注意在證明劉勰“同乎舊談”和“異乎前論”的觀點所致。某部《文學史》的執筆者，爲了說明“《文心雕龍》的積極戰斗作用”，也引了《金樓子》下篇中的幾句來證成其說：

　　　　他按指劉勰反對“碌碌麗辭，則昏睡耳目”《麗辭》，這正和一些形式主義者的論調相對立。例如蕭繹的《金樓子》說：“文者，惟須綺縠紛披，宫商靡曼，唇吻遒會，性靈搖蕩。”在蕭繹看來，文學的首要條件，只是形式的華美，而思想内容却被忽視了。從這些針鋒相對的論調，更可以看出《文心雕龍》的積極的戰斗作用①。

劉勰的某些主張和“形式主義者的論調相對立”，是事實，也可以舉出例證。不過，論調既是相對立，劉勰的另一方的年代，起碼應該相值，或者是要早些；否則就不成其爲對立面了。蕭繹最後寫定《金樓子》的時間，約在三十六歲左右②，那時劉勰已經死去。從劉勰這一方來說，《金樓子》不可能成爲“針鋒相對的論調”的對象。《文學史》的這一節是在論述“劉勰和他的《文心雕龍》”，不分時代的前後相提並論，一般讀者豈不如墮五里霧中！又如一篇談劉勰的文學批評的文章，曾

----

①文學研究所編：《中國文學史》（一），人民文學出版社版。
②據《金樓子·自叙》“三十餘載泛覽衆書萬余矣”及“三十六年來恒令左右唱之”二語，姑作此臆斷。

這樣叙道：

> 　　兩晉作品"辭意夷泰，詩必柱下之旨歸，賦乃漆園之義疏"，是由於"自中朝貴玄，江左稱盛，因談餘氣，流成文體"均《時序》①。

《時序篇》的原文本很清楚："自中朝貴元（玄），江左稱盛，因談餘氣，流成文體。是以世極迍邅，而辭意夷泰，詩必柱下之旨歸，賦乃漆園之義疏。"這裏的"中朝"是指西晉，"江左"則指東晉。可見"辭意夷泰，詩必柱下之旨歸，賦乃漆園之義疏"，原是"江左"因"中朝"玄談"餘氣"而"流成"的"文體"。也就是說，它們是東晉的作品。《明詩》篇說："江左篇制，溺乎玄風。"斷限與此正同。《宋書·謝靈運傳論》"在晉中興，玄風獨扇，爲學窮於柱下，博物止乎七篇"，《南齊書·文學傳論》"江左風味，盛道家之言"，也都是指東晉說的。"自中朝貴玄"句，只不過點明一下它的緣起罷了。不審上下文意顛倒起來引，而冠以"兩晉作品"四字，豈不是把東晉盛行的玄言文學也包在西晉王朝之內？

　　像上面所舉的三個例子，是提早了時間；也有模糊不清，推遲了時間的。如某同志談到劉勰對"詩的如何產生"問題時說：

> 　　在《時序》中，他繼承了漢儒的看法，指出："逮姬文之德盛，周南勤而不怨；大王之化淳，《邠風》樂而不淫。幽厲昏而《板》、《蕩》怒，平王微而《黍離》哀。故知歌謠文理，與世推移，風動於上，而波震於下者。"②

　　劉勰"繼承了漢儒的看法"是不一而足的。上面引文裏的"幽、厲昏而《板》、《蕩》怒，平王微而《黍離》哀"二句和"風動於上，而波震於

①于維璋：《劉勰論文學批評》，《山東大學學報》一九六二年第三期。
②文銓：《關於〈文心雕龍〉和〈詩品〉的異同》，《文學遺產增刊》第十一輯。

下”二句，也確是本漢儒《毛詩》序文爲説。但“姬文之德盛，《周南》勤而不怨；大王之化淳，《邠風》樂而不淫”四句，既爲《毛詩》的序文所無，也不見於漢代其它著述。其非漢儒的看法可知。黃叔琳和范文瀾同志儘管引了《關雎》、《汝墳》的《序》和鄭玄的《詩譜》作注，畢竟未得其肯綮所在。《左傳》襄公二十九年：“吳公子札來聘，……請觀於周樂。使工爲之歌《周南》、《召南》。曰：‘美哉！ 始基之矣，猶未也；然勤而不怨矣。’……爲之歌《豳》。曰：‘美哉！ 蕩乎！ 樂而不淫，其周公之東乎？’”瞧，這不是劉勰遣辭之所自出嗎？ 吳季札聘魯觀樂的那年，孔子才八歲，儒家學派尚未創立。從這裏還可看出：劉勰繼承前代遺産的方面之廣。這位同志大概過信了黃、范兩家的注釋，誤把春秋時代人的説法混爲“漢儒的看法”，因而下了不符合歷史事實的斷語。

四

《文心雕龍》本是一部最系統最完整的古代文學理論批評巨著，要深入研討它當中的任何問題，都不能局限在某一篇或某幾段，必得貫穿全書，相互發明。尋章摘句，自然有其必要；但不顧上下文意，各取所需，只圖把自己的論點説圓的現象，是較爲普遍的，有的還很嚴重。這就不是郭象在注《莊子》，而是《莊子》在注郭象了。如某同志在闡述劉勰有關寫作的問題時，有這樣一段文章：

　　　　劉勰認爲，“夫設文之體有常，變文之數無方”《通變》。因此，“洽聞之士，宜撮綱要”《諸子》。這就是説，修養高的人，首先要抓住綱要。像毛主席教導我們“彈鋼琴”的方法似的。“曉其大綱，則衆理可貫”《史傳》，“故能騁無窮之路，飲不竭之源”《通變》。所以説“非辭之難，處辭之難”《祝盟》。這就是説，寫文章並不難，而是在於如何寫好它才是難事。要學到寫好文章，又必須掌握文字的技巧，特別是用字的恰如其分。這句話本來指“非辭之難”以執筆,推廣到行文的各方面,其根本問題,還在於掌握寫作的方法,讓筆聽你自己使用,做到"得之於心而應之於手"的地步就成功了。但要做到這個地步,首先要瞭解"處辭"之所以難,是難在取捨分寸之間,這是由於"意少一字則義闕,句長一言則辭妨"《書記》的緣故。①

這段文章説得倒頭頭是道,所引《文心雕龍》的辭句,乍一看去,好像也很妥帖。夷考其實,只有開始和最後的兩處還對;其餘都不大倫類,或相距甚遠。爲了清楚起見,依次加以解説:《諸子》篇的"然洽聞之士,宜撮綱要",是第二段末承上啓下之詞。上文既評介了"諸子"的各個方面,故以"然洽聞之士,宜撮綱要"二句相承。即是説,"諸子"的優缺點雖紛然雜陳,但博學的人,應該抓住它的主要東西;也就是緊接着説的:"覽華而食實,棄邪而採正。"可見這裏的"宜撮綱要",是專指學習"諸子"方面而言,與寫作無甚關係。《史傳》篇"曉其大綱"的上面,還有"至於尋繁領雜之術,務信棄奇之要,明白頭訖之序,品酌事例之條"四句。那麼,"大綱"的具體内容,就是指的"尋繁領雜之術,務信棄奇之要,明白頭訖之序"和"品酌事例之條"。很顯然,這是專就從事史部書著作來説的,並不是在泛論一般的寫作。《通變》篇的"故能騁無窮之路,飲不竭之源"二句,都是比喻的話。上句談的是"變",接近於今天所説的創新;下句談的是"通",接近於今天所説的繼承。這位同志信手拈來,跟他自己的文章上下也不怎麼協調。《祝盟》篇的"然非辭之難,處辭爲難",同上面"若夫藏洪歃辭,氣截雲蜺;……故知信不由衷,盟無益也。夫盟之大體,必序危機,……切至以敷辭,此其所同也"兩節極有關係。絶不能割裂開來理解。劉勰的意思是説,"盟"辭要做到"序危機,獎忠孝,共存亡,戮心力,祈幽靈以取鑒,指九天以

①黃肅秋:《論結構和剪裁——〈文心雕龍〉中關於寫作問題研究之一》,《新聞業務》一九六一年第二期。

爲正,感激以立誠,切至以敷辭"還不算難;所難的倒在於如何履行它。特別是"處辭爲難"句,更是與"臧洪歃辭,氣截雲蜺;劉琨鐵誓,精貫霏霜。而無補於晉漢,反爲仇讎"遥相呼應的。因爲臧洪和劉琨的盟文,儘管一個是"氣截雲蜺",一個是"精貫霏霜";但由於他們的同盟者的食言,未履行盟約,結果還是弄得"無補於晉漢,反爲仇讎"。所以劉勰鄭重提出:"非辭之難,處辭爲難"。並且接着又以"後之君子,宜在(存)殷鑒,忠信可矣,無恃神焉"來收篇。更表明了劉勰對盟文的"處辭"一層是何等地重視。不管原文的意思怎樣,隨便引用和改字"爲難"改爲"之難",又從而爲之辭:説什麼"寫文章並不難,而是在於如何寫好它才是難事";"處辭之所以難,是難在取舍分寸之間"。自己的論點倒闡發圓滿了,究竟有幾分合乎劉勰的原意?

斷章取義,以就己意,除剛才舉的那段文章外,另有一篇研討劉勰的創作理論的文章也較爲突出。這裏只舉它談含蓄問題當中的"第一"部分爲例:

含蓄總是要求語言的簡約的。"稱名也小,取類也大"《比興》,"一言窮理"、"兩字窮形","以少總多,情貌無遺"《物色》,文有盡而意無窮,含蓄的以有限的語言寓無限的内容的特點,可以使創作免去辭繁之累。"物色雖繁,而析辭尚簡"《物色》;含蓄是達到這個要求的一個極爲理想的途徑。[①]

《比興》篇的"稱名也小,取類也大",劉勰是借用《周易·繫辭下》的話句來説明"興"的表現手法的。它的確切注脚,即下文所説的"關雎有别,故后妃方德;尸鳩貞一,故夫人象義"。"稱名也小",指"關雎有别"、"尸鳩貞一"二句;"取類也大",指"故后妃方德"、"故夫人象義"二句。這幾句的意思,只是説詩人使用"興"的手法是因小以喻大,跟

———————

[①] 于維璋:《劉勰論創作》,《山東大學學報》一九六二年第四期。

語言的簡約與否毫不相干。所引《物色》篇各句,更是適得其反。"一言窮理",原是緊承上句"皎日嘒星"説的;"兩字窮形",也是緊承上句"參差沃若"説的。既然已經是"窮理"、"窮形"了,怎麽又稱爲含蓄?"以少總多,情貌無遺"二句,是對上一節所下的總評,意在説明《詩三百篇》的作者善於使用"灼灼"、"依依"、"杲杲"、"瀌瀌"、"喈喈"、"喓喓"、"皎"、"嘒"、"參差"、"沃若"等形容詞來描繪自然景物,儘管每處只有一兩個字,却能使形象鮮明,維妙維肖。劉勰明明是説的"情貌無遺",却要從含蓄那方面去理解,這豈不與《隱秀篇》"深文隱蔚,餘味曲包"的説法大相徑庭!"物色雖繁,而析辭尚簡",誠然"可以使創作免去辭繁之累",但也未必就能達到"狀溢目前"的藝術效果。像這樣"以意逆志"地引用原文,未免太隨心所欲了。一般讀者如果對《文心雕龍》不甚熟悉,以爲劉勰的原意就是這樣,豈非一誤再誤!

五

徵事數典,是魏晉以降文人日益講求的伎倆,劉勰自然也未能免俗,在《文心雕龍》中,四部群籍任其驅遣。既爲過去注家增加了不少麻煩,也給一般讀者帶來了很多困難。特別是書闕有間,至今還有不得其解的。這當然需要大家的共同努力,作進一步的研究和抉發。

不過,某些辭句並不深湛,却有體會錯了的;有些典故並不冷僻,也有理解錯了的。這類例子很多,試先以《神思篇》的幾處文句爲例:如"規矩虛位,刻鏤無形"二句,本極言構思的精微,以見"窮形盡相"之妙。意思是説作品還在想象中那時的醞釀、加工,因尚未出言落紙,作者的多方揣摩,就如加規矩於虛位,施刻鏤於無形那樣。跟陸機《文賦》的"課虛無以責有,叩寂寞而求音"是差不多的,只譬喻的辭句不同而已。某同志説成是:"當你剛開始思索的時候,……雖然有起、承、轉、合的行文程序和步驟,但一切方法都不能立刻適應各種要出場的人物、各項待鋪陳的事件、各樣待説明的道理,規矩幾乎等於虛設,刻畫、雕塑都有迎接不暇的趨勢。"①不知説到那兒去了。又如"意翻空而易奇，言徵實而難巧"二句，乃詮釋上文之辭。意思是説，託空的想象，不受任何限制，可以恣意馳騁，不難於出奇；作品要用文字來表達，一落言筌，就不是那麼無拘無束，容易巧妙的。某同志把它引來證明措詞遣句的確切、生動②，未免不倫不類。再如"密則無際，疏則千里"二句，原是緊承上面"是以意授於思，言授於意"而來，説明從構思到遣辭當中關係之密切和重要。"密則無際"，是説"思"、"意"、"言"三者結合得很好，就能完美無缺；"疏則千里"，則是説相反的結果。某同志解爲："有時候材料多到充滿整個空間，也有時候少得零零落落。"③真是差之毫釐，繆以千里。以上三處都没有用典，尚未得其仿佛，難怪贊文末句"垂帷制勝"的"垂帷"，有些同志要望文生訓了。"垂帷"，即"下帷"。"下帷講誦"是董仲舒的故事，見《史記·儒林·董仲舒傳》《漢書·董仲舒傳》同，《漢紀·武帝紀》二作"下帷讀書"。束皙《讀書賦》："垂帷帳以隱几，披紈素而讀書。"④借用董子事而改"下"爲"垂"，是"垂帷"與"下帷"相通之證。這裏的"垂帷制勝"，是回應篇中"積學以儲寶"和"博見爲饋貧之糧"兩句，也是劉勰再一次地强調學問之於作家的重要性。與其他篇裏主張"博學"、"博觀"的論點也是一致的。某同志譯爲："就可以像運籌惟（帷）幄之中，制勝千里之外一樣地完成創作的任務了。"⑤也有解爲："帷是軍幕；劉勰以軍機比喻寫作，以爲在軍事上如能運籌帷幄之中，便可決勝千里之外，就像在寫作上如能有卓越的構思，便也能出現優秀的作品。"⑥看法都不謀而合，如出一轍。其實，

---

① 黄蕭秋：《論作家的構思和修養——〈文心雕龍〉中關於寫作問題研究之二》，《新聞業務》一九六一年第三期。

② 劉綏松：《古典文學理論中的風格問題》，《紅旗》一九六二年第六期。

③ 黄蕭秋：《論作家的構思和修養——〈文心雕龍〉中關於寫作問題研究之二》。

④《北堂書鈔》卷九八，《藝文類聚》卷五五引。

⑤ 趙仲邑：《〈文心雕龍·神思〉試譯》，《作品》一九六二年新一卷二期。

⑥ 陸侃如、牟世金：《劉勰論創作》，安徽人民出版社版。

將軍的運籌帷幄，決勝千里，與作家的"結慮司契"，簡直是風馬牛不相及，怎能把彼注兹？何況還有"垂"字莫得着落哩！

　　翻譯《文心雕龍》，比引用它的辭句更難。在某同志所譯的幾篇裏，似有欠妥當處。如劉勰在《比興篇》所引賈誼《鵩鳥賦》"禍之與福，何異糾纆"的"糾纆"，"糾"爲動詞，作"絞"字解；"纆"爲名詞，作"索"字解。另一種解釋，則"糾纆"都是名詞："糾"爲"兩合繩"；"纆"爲"三合繩"。講法雖殊，"纆"讀爲"墨"則一。《漢書·賈誼傳》、《文選·鵩鳥賦》都有詳明的注釋和音讀。不知怎的，把它譯爲"繩索相纏"①。這樣，賈誼的賦文，有韻"纆"與下面的"極"韻變爲無韻"纏"不能與"極"韻去了。又如《物色篇》"一言窮理"的"一言"，本指上句的"皎"字和"嘒"字。"言"作"字"解原爲常詁，典籍中不乏其例。劉勰之所以用"言"不用"字"，完全由於與下文"兩字窮形"的"字"字相避的緣故。"言"與"字"既爲互文，怎麼能譯"一言"爲"一句話"②呢？像這樣地理解"一言"的"言"字，試問《書記篇》的"意少一字則義闕，句長一言則辭妨"，又有何譯法？再如《鎔裁篇》的"凡思緒初發，辭采苦雜，心非權衡，勢必輕重"四句，本是説剛開始構思的時候，想説的和想寫的往往苦於繁多，心靈不象天秤那麼準，勢必有過輕或過重的偏向。所以下文接着説："是以草創鴻筆，先標三準……"。某同志把"心非權衡，勢必輕重"二句譯爲："内心如不加以衡量，勢必造成輕重不均。"③這與原來的語意是吻合的嗎？

　　另一同志翻譯的篇章最多，值得商榷的地方自然是勢所難免的了。這裏只就《總術》一篇提出五點不成熟的意見：(一)《總術篇》共分三段，第一段又分三節："今之常言，有文有筆，……別目兩名，自近代耳"爲第一節，是駁"文筆"之分的；"顏延年以爲筆之爲體，言之文

①趙仲邑：《〈文心雕龍·比興〉試譯》，《作品》一九六二年新一卷四期。
②趙仲邑：《〈文心雕龍·物色〉試譯》，《作品》一九六二年新一卷八期。
③趙仲邑：《〈文心雕龍·鎔裁〉試譯》，《作品》一九六二年新一卷九期。

也；……非以言筆爲優劣也"爲第二節，是破顔延之"言筆"之分的；"昔
陸氏《文賦》，號爲曲盡，……知言之選難備矣"爲第三節，是評陸機《文
賦》"十體"之分的。這一篇本是綜述從《神思》到《附會》所論文術的重
要性的，爲什麽又涉及文體的問題呢？劉勰的意思大概這樣，文術是
由文體而來，在强調"研術"之前，應該從過去有關文體的區分説起。
《明詩》到《書記》之所以放在上篇論叙，從這裏也就可以看出用意所
在。第二段末的"圓鑒區域，大判條例"，上句即指上篇的文體論言，下
句則就下篇的創作論言。文體既與文術密切相關，所以他在第一段裏
加以論述。這位同志認爲這一段是"總論文章"，因而把它"分爲言、
筆、文三種，言是語言，比較質朴，缺少文彩；筆是散文，有文彩；文是韻
文，有文彩。這樣，所有的文章都可概括地歸入這三類"①。這樣地解
説，似乎不合原意。(二)第一節後面"夫文以足言，理兼詩書，別目兩
名，自近代耳"四句，原爲劉勰駁斥"文筆"之分的話句。"夫文以足言，
理兼詩書"，是所持的理由；"詩"、"書"是韻文和散文的代詞，"詩"就有
韻之文言，"書"就無韻之文言，並非專指《詩經》和《書經》。"別目兩
名"的"兩名"，是指的"文"和"筆"。這位同志譯爲："另一説法，文彩
(文)是用來豐富語言(言)的，照理説，《詩》、《書》兼有言和文，分成言
和文兩種稱呼，從近代來的。"②這無異於"郢書燕説"。(三)第二段中
的"知夫調鐘未易，張琴實難：伶人告和，不必窕椻桸(衍)之中；動用揮
扇，何必窮初終之韻"，都是以音樂的演奏鐘和琴相喻。從結構層次上
分析："伶人告和，不必窕椻之中"，是承"調鐘"句；"動用揮扇，何必窮
初終之韻"，則承"張琴"句。從文字含義上考索："伶人告和"見《國
語·周語下》，"窕椻"見《左傳》昭公二十一年，都屬於周景王鑄"無射
鐘"的故實，這裏用來比方寫作的技巧；那麽，主張"辭動有配"《文心雕
龍·麗辭篇贊》的劉勰，於"動用揮扇，何必窮初終之韻"兩句，可能也是

---

① 振甫：《〈文心雕龍〉選譯》，《新聞業務》一九六三年五——六期。
② 振甫：《〈文心雕龍〉選譯》，《新聞業務》一九六三年五——六期。

用了典故的。無徵不信，姑以桓譚的《新論》《琴道篇》爲證："雍門周以琴見孟嘗君，……雍門周引琴而鼓之：徐動宫、徵，揮角、羽；初終，而成曲。孟嘗君遂欷歔而就之"《文選·豪士賦序》李善注引。《説苑·善説篇》文略同，惟"初"誤作"切"。正是這裏的最好注脚。只因今本《文心雕龍》誤"角"爲"用"，誤"羽"爲"扇"，致面目全非，幾不易於索解明清以來注本不是説未詳，就是避而不談，可見這是全書中比較難解的一處。這位同志見潘岳《射雉賦》有"候扇舉而清叫"一語，遂誤認劉勰的遣辭與潘賦相似，"扇"字也是指捕雉的手巾説的，從而把兩句譯爲："每一揮動手巾，哪能一定使從頭到尾的叫聲都合於韻律。"①於事於義，俱有未安。（四）第三段裏的"雖前驅有功，而後援難繼"兩句，是指不"研術"而從事寫作所産生的一種毛病，"前驅"和"後援"都是以行軍喻行文。兩句的意思是説，前部分雖然寫得很成功，後面一差了就配不上，難乎爲繼。這位同志譯爲："雖然前驅者這樣做有了功效，跟在後面走的人却難以繼續下去。"②顯得太不愜洽。（五）篇末的最後幾句，是劉勰對他的創作論所作的簡介："文體多術，共相彌綸"，是説創作的原理原則衆多，而又互有關聯；"一物攜貳，莫不解體"，是説缺少任何一方面（或部分）的研討，理論的系統就不完整；"所以列在一篇，備總情變"，是説分別寫成一些專篇，來詳論創作上的各種原理原則及其變化；"譬三十之輻，共成一轂"，是比方他的全部創作理論，係由各個專篇組成的統一體；"雖未足觀"，是謙辭；"亦鄙夫之見也"，則寓有自負之意。這些都可以從本篇在下半部中所擺的位置和文意看得出來的。這位同志譯爲："何況文章的寫作技巧有多種要求，需要共同配合，一個條件不具備，就會破壞整體。所以在一篇裏面，全面地總結各種情理變化，好比車轂中的三十條橫木，一起合在車轂上組成一個輪子，那樣講寫作雖然

①振甫：《〈文心雕龍〉選譯》，《新聞業務》一九六三年五——六期。
②振甫：《〈文心雕龍〉選譯》，《新聞業務》一九六三年五——六期。

不值得稱美，也是淺陋者的一得之見。"①把實有所指的話句，說得如此空泛；尤其是對"列在一篇"和"雖未足觀，亦鄙夫之見"的原意，好像並未怎麼了了。

六

《文心雕龍》流傳的時間既久，從事疏證或刊誤的也代不乏人。這對我們今天的深入研究，的確有莫大便利。但前人和時賢的成果，並不是完全都對，應該有所甄別，擇善而從。否則以訛傳訛，貽誤讀者。如《徵聖篇》"是以子政論文，必徵於聖；稚圭勸學，必宗於經"四句，當中有明代楊慎的臆補②，已非劉勰之舊。應從唐寫本作"是以論文必徵於聖，窺聖必宗於經"爲是。因爲劉向論文的話既不見於書傳，匡衡上疏勸經學的內容也跟這裏的文意不合，楊補之不足從已可概見；何況還有唐寫本的真憑實據。某些同志的翻譯和論文，却將錯就錯，因而未改；甚至信以爲真，替其作注。這都不夠妥當。又如《辨騷篇》"固知《楚辭》者，體慢於三代，而風雅於戰國"的"慢"和"雅"都是誤字，當依唐寫本改"慢"爲"憲"，改"雅"爲"雜"。從文意上看，"體憲於三代"，是指《楚辭》的"典誥"方面言；"風雜於戰國"，則指其"夸誕"方面言。從詞性上看，"雜"是動詞，才能與"憲"字相儷。劉勰既認爲它是"體憲於三代，而風雜於戰國"，所以接着就説："乃'雅'、'頌'之博徒，而詞賦之英傑也"。某同志沒有注意到"風雅"的"雅"字有誤，反而説成《楚辭》乃戰國時代的'風'、'雅'"③。自己的論點倒證實了，可惜原"非書意"。再如《通變篇》"魏之策制，顧慕漢風"的"策"字，原出明萬曆梅刻

---

① 振甫：《〈文心雕龍〉選譯》，《新聞業務》一九六三年五——六期。
② 見梅慶生音注本、黃叔琳輯注本《徵聖篇》校語。
③ 馬茂元：《從漢代關於屈原的論爭到劉勰的辨騷》，《文學遺產》三九一期。

本的誤刊①,當依天啓梅本作"篇"。"篇制",猶言篇章、篇翰,泛指一般作品,跟下文"晉之辭章"的"辭章"是一樣的。《明詩篇》"江左篇制,溺乎玄風",句法與此相同,亦可證。某同志譯爲:"魏國的策命和詔制,慕效漢朝的文風"②。按照刊錯了的字來譯,就成爲魏代慕效漢朝文風的,只有"策命"和"詔制"了,難道這符合劉勰的原意和當時的真實情況? 可見一字之誤,並不是無關宏旨的。

以訛傳訛,不只表現在對原來錯了的個別字句上,就是對一篇的段落大意也有跟着別人錯了的。如一篇集體撰寫的文章,裏面就有這樣一段:

> 如《指瑕》即是專門批評文病的論文。其中列舉曹植、左思、潘岳等人文章中的用字失當之處,是爲"用字不當"之病;又舉崔瑗、向秀等人文章中的擬人不當之處,是爲"比擬不倫"之病。此外,他又"略舉四條"以説明造成文章疵病的其它一些原因:(一)"若夫立文之道,惟字與義,……斯實情訛之所變,文澆之致弊。"(二)"近代辭人,率多猜忌,……雖不屑於古,而有擇於今焉。"(三)"又製同他文,理宜删革。……然世遠者太輕,時同者爲尤矣。"(四)"若夫注解爲書,所以明正事理;……而薛綜謬注,謂之閹尹,是不聞執雕虎之人也。"③

《指瑕篇》的文意非常清楚,段落也很分明。"繁例難載,故略舉四

---

① 明萬曆梅慶生音注本作"策",有校語云:"元作'薦',許無念改。"(按天啓梅本則作"篇",亦有校語云:"元作'薦',許無念改。"是許乃改"薦"爲"篇",非改作"策"。)何允中《漢魏叢書》本、鍾惺評本、陳仁錫奇賞齋本、謝恒鈔本等,都相沿其誤作"策";黃叔琳輯注本亦因而未改,遂使刻錯了的"策"字承用到現在。

② 振甫:《〈文心雕龍〉選譯》,《新聞業務》一九六二年二期。

③ 南京大學中文系《中國文學理論史》編寫組:《〈文心雕龍〉的文學批評論》,《江海學刊》一九六一年第七期。

條”，原屬上段，所以用了個“故”字；“若夫立文之道”以下則另爲一段，所以用“若夫”二字領起。把上段末的結束語看作下段發端的話，連段落都劃分錯了。由於這樣，劉勰原來在上段裏所舉的四條例，就差了兩條。指實來説：曹植的《武帝誄》和《明帝頌》措詞失體，爲第一條例；左思的《七諷》立言乖理，爲第二條例；潘岳的“悲內兄”和“傷弱子”遣辭不當，爲第三條例；崔瑗的《李公誄》和向秀的《思舊賦》比擬不倫，爲第四條例。誤將前三條例合而爲一，已覺非是；又一概説成是“用字不當”，尤嫌籠統。從劉勰舉出的文句來看，哪裏只是“用字”的問題呢？既然在上段裏没有湊足四條例之數，就不得不向下一段想方；剛好，下段裏正分論了四項。於是得出“此外，他又‘略舉四條’以説明造成文章疵病的其它一些原因”的推斷來。這樣地上下拼湊，段落混淆，也許出於一時的疏忽；或者是照鈔故羅根澤先生的《中國文學批評史》（一）①的緣故吧。可見不細審原書，人云亦云，有時是會上當的。

　　人云亦云的另一種情況，則爲不追查原始資料，而相信别人本已有誤的説法。在一篇談劉勰評論作家的特點的文章裏，就有這樣的例子：

　　　　他按指劉勰在《序志》篇説：“品列成文，有同乎舊談者，非雷同也，勢自不可異也；有異乎前論者，非苟異也，理自不可同也。同之與異，不屑古今，擘肌分理，唯務折衷”。這就是説，對於古今的舊説，有所繼承，也有所批判。正因爲如此，他才有可能集舊説之大成，有可能提出新的結論。例如在《宗經篇》裏，劉勰就采取了王粲的成文，在《頌贊篇》和《哀弔篇》裏，也采用了摯虞的舊説。……都是以前人舊説爲基礎而加以闡述的。劉勰於前人舊説，或借用，或引伸，或補充，態度相當謹嚴。有所因襲，却非

－－－－－－－－－－

①古典文學出版社版。

雷同①。

這段文章的論點是正確的。遺憾的是，所舉例證中，如説"《宗經篇》裏，劉勰就采取了王粲的成文"，則頗有疑問。王粲的什麼"成文"呢？也許是指的那篇《荆州文學記·官志》吧。某同志説得如此肯定，大概是過信了范文瀾同志的《文心雕龍注》。范注是這樣説的："陳先生曰：'《宗經篇》"《易》惟談天"至"表裏之異體者也"二百字，並本王仲宣《荆州文學志》文。'案仲宣文見《藝文類聚》三十八，《御覽》六百八。"②言之確鑿，按理不應有誤。其實乃大繆不然！《藝文類聚》卷三十八引的王粲《荆州文學記·官志》，根本無此文；《太平御覽》卷六百七所引的，也同樣没有《御覽》全書中引《荆州文學記·官志》止此一見。其卷六百八引"自夫子删述，……表裏之異體者也"二百餘字，明標爲《文心雕龍》此據《四部叢刊》三編景印宋本、明鈔本、日本喜多村直寬仿宋本和鮑崇城刻本，並非什麼《荆州文學志》。陳伯弢先生蓋據嚴輯《全後漢文》卷九一爲言，范文瀾同志亦係迻録嚴書所注出處，都不曾一檢《類聚》和《御覽》，故爲嚴可均所誤。那麼嚴可均又由何致誤呢？這就要怪明代倪焕的刻本《御覽》或周堂的銅活字本《御覽》了。它在卷六百七引《荆州文學記·官志》一則下，即接"夫《易》惟談天，……表裏之異體者也"一百八十八字。既有錯簡，又脱書名，嚴可均遂誤爲王粲《荆州文學記·官志》中文。老實説，《類聚》所引《荆州文學記·官志》自"有漢荆州牧曰劉君"至"聲被四宇"，凡三百二十八字，其文序贊似全。若參入劉勰這一百八十八字，實不倫類張溥《漢魏六朝百三家集·王侍中集》所輯録的《荆州文學記·官志》，即無此段。原文具在，大可覆案。我們無妨這樣獻疑：劉勰與王粲的時代相隔了三個世紀，創作的風格怎會如出一手？再有，劉勰一采取王粲的"成文"，就多到一百八十八字，幾占《宗經》全篇

①郭豫衡：《〈文心雕龍〉評論作家的幾個特點》，《文學評論》一九六三年第一期。
②見人民文學出版社版《宗經篇》15 注。

三分之一，還能説是"有所因襲，却非雷同"？ 儘管《文心雕龍》裏有"同
乎舊談"的地方，像《頌贊》、《哀弔》兩篇采用摯虞的《文章流別論》那
樣；但也只是祖述其持論，字句則有所改易，並非完全照鈔。某同志過
信别人之説，不翻檢原書，即遽下論斷，似覺未妥。倘若有人不明底
細，照樣稱引，以爲劉勰確係如此，豈不展轉滋誤！

　　最後，附帶談一下使用語言的問題。在某些同志的論著中，往往
拿一些現代文藝理論中所使用的語言去美化《文心雕龍》：如簡介《通
變》篇贊文的大意，説"作家應該果斷地抓住時機，走在時間的前列，注
意文學發展的新動向"①；解釋《附會》篇"驅萬塗於同歸，貞百慮於一
致"的涵義，不是説"用一個目標把紛紜的思緒統一起來，用一根紅綫
把複雜的材料貫穿起來"②；就是説要避免"事件没有中心，人物失去
性格，情節陷於錯亂"③；闡述劉勰的風格理論，説他已經認識到"要求
作家必須深入社會生活，使自己的思想感情與時代的精神相合拍"④；
推斷劉勰要求的"博覽"，説"不僅是多讀書的問題，而是包含了理論與
實踐聯繫的問題"⑤；論證劉勰要求的"典雅"，説是要"反映群衆的呼
聲，要在人民生活中起着積極的作用"⑥。這些崇高而美好的話句，太
現代化了！一千四百多年前的劉勰，恐怕是既不曾這麽想，也不會這
麽説的吧。像這樣地從事美化，不僅非劉勰的初料所及，超出了《文心
雕龍》原來的意思；而且還會在讀者當中造成一種"古已有之"的不良
影響哩！

　　當然，"文化大革命"前《文心雕龍》的研究是不斷在向前進展，取

---

①南京大學中文系《中國文學理論史》編寫組：《〈文心雕龍〉的基本文學觀點》，《江海
　學刊》一九六一年四期 26 頁。
②趙仲邑：《〈文心雕龍·附會〉試譯》，《作品》一九六三年新二卷二期。
③黃蕭秋：《論結構和剪裁——〈文心雕龍〉中關於寫作問題研究之一》。
④舒直：《關於劉勰的風格論》。
⑤黃展人：《〈知音〉初探——〈文心雕龍〉札記》，《文學遺產增刊》十一輯。
⑥俞元桂：《劉勰對文章風格的要求》，《文學遺產增刊》十一輯。

得的成績也非常巨大。以上所談的六個方面，只不過聊志所疑，就教方家。見聞有限，水平又低，很可能是"忘己事之已拙"的啊！

《文心雕龍》是我國古代第一部"彌綸群言"的文論巨著，在文學批評史上，它是有重要地位和深遠影響的。魯迅先生曾有很高的評價："篇章既富，評騭自生，東則有劉彥和之《文心》，西則有亞里士多德之《詩學》，解析神質，包舉洪纖，開源發流，爲世楷式①。"可是，"四人幫"瘋狂反對毛主席關於批判繼承文化遺産的學説，大搞"古爲幫用"，凡是能爲他們篡黨奪權造輿論的歷史人物，都封爲法家，極盡吹捧之能事；反之，則一概斥爲孔丘的徒子徒孫，攻擊、誣蔑，無所不用其極。主張"原道"、"徵聖"、"宗經"的劉勰，正好是靶子。一些斷章取義、歪曲原意、捏造歷史、顛倒黑白的文章，相繼出籠，大有把《文心雕龍》"批倒批臭"之勢。然而，事與願違。曾幾何時，"四人幫"被釘在歷史的恥辱柱上矣，《文心雕龍》固自若也。而那些爲"四人幫"效勞的"奇文"，本無與於學術，這裏就不再駁斥了。

"神州九億争飛躍！"全國各條戰綫都在大幹快上，捷報頻傳。我們必須加速新的長征的步伐，堅持批判繼承、"古爲今用"的原則，對《文心雕龍》作全面、深入的研究，取其精華，棄其糟粕，爲發展無産階級的文學創作和文學批評服務。

　　　　　一九七八年七月十六日於四川大學東風一樓
　　　　　　　　（原載一九七八年《文史》第五輯）

----

① 《詩論題記》中語，見一九七四年《魯迅研究年刊》創刊號。

從文心雕龍原道序志兩篇看
劉勰的思想

　　探討劉勰的思想，對《文心雕龍》的理解極有幫助，也非常必要。有關這方面的論述，散見於各種書刊上的已不少了。見仁見智，雖然還有較大的分歧；但討論越來越深入，分析越來越細緻，却是十分可喜的現象。不賢識小，擬先就《原道》、《序志》兩篇作初步的試探。縱有陽春難和之感，還是不自藏拙地把它寫出來，向讀者請教。

一

　　《原道》是《文心雕龍》的開宗明義第一章，《序志》是"以馭群篇"的總序。要瞭解劉勰的思想和文學觀，這兩篇極其重要，所以選爲主要的考索對象。爲了便於説明，又先從《序志篇》着手。

　　《文心雕龍》以《序志》殿後，跟《淮南子》的《要略》、《史記》的《自序》一類的篇目有同樣的意義和作用，是全書最關緊要的一篇。劉勰在篇裏強調了著作的重要，説明了撰述的緣起，簡介了全書的内容和義例，也寄託了無限的"長懷"。這對探討劉勰的思想和《文心雕龍》，的確有莫大的便利，也是最可寶貴的資料。可是，有的文章在論證劉勰的思想時，取材於《滅惑論》的地方反而比這篇多得多，甚至還有隻字未提的，似乎不怎麼恰當。

　　劉勰爲什麼要寫作《文心雕龍》呢？《序志篇》曾有所説明：

夫宇宙綿邈，黎獻紛雜，拔萃出類，智術而已。歲月飄忽，性靈不居，騰聲飛實，制作而已。夫有肖貌天地，稟性五才，擬耳目於日月，方聲氣乎風雷，其超出萬物，亦已靈矣。形同草木之脆，名踰金石之堅。是以君子處世，樹德建言，豈好辯哉？不得已也！

可見劉勰想通過著作來留身後之名，是蓄意已久，立志甚堅的。《諸子篇》也有類似的話句：

太上立德，其次立言。百姓之群居，苦紛雜而莫顯；君子之處世，疾名德之不章。唯英才特達，則炳曜垂文，騰其姓氏，懸諸日月焉。……嗟夫！身與時舛，志共道申，標心於萬古之上，而送懷於千載之下。金石靡矣！聲其銷乎？

這裏表面上雖在談諸子，實際無異於自白。特別是《序志篇》末的"茫茫往代，既沈予聞，眇眇來世，倘塵彼觀"，與《諸子篇》的"標心於萬古之上，而送懷於千載之下"，寓意大體相同。《序志篇》贊文的最後兩句："文果載心，余心有寄。"更可以看出劉勰對於所謂"踰金石之堅"的名，是何等地重視！像這樣地熱衷於名，當然不始於劉勰，而是儒家一貫重視的問題。從孔子開始，就再三強調名的重要：

子曰："後生可畏，焉知來者之不如今也！四十五十而無聞焉，斯亦不足畏也已。"《論語·子罕》

子曰："君子疾沒世而名不稱焉。"《論語·衛靈公》

子曰："……立身行道，揚名於後世，以顯父母，孝之終也。"《孝經·開宗明義章》

孔子對名這樣重視假如要再往上推，則以叔孫豹所論的"三不朽"為最早，見《左傳》襄公二十四年，顯然是與佛家的反對"名聞利養"大相徑庭的。那麼，劉勰在寫作《文心雕龍》時的主導思想就不是把"名聞"看空了的佛家思想,而是受了孔子的影響的儒家思想了。由於劉勰圖名的思想很濃厚,因而當他的《文心雕龍》寫成,還"未爲時流所稱"的時候,竟採取了"負書候(沈)約於車前"並見《梁書·劉勰傳》的行徑,希望得到一代文宗的游揚,有利於他的"騰聲飛實",使其"名踰金石之堅"。好名到了這種程度,絕不是一個真正"無我"的人所幹的吧。有的文章認爲劉勰"並不曾把這部書當爲最重要的作品",看來是與事實不符的。

　　著述的方面本很廣闊,劉勰何以只從事於"論文"呢?這可能與他的迷信觀點有關。《序志篇》曾記載了他所認爲的兩個奇異的夢,第一個夢是:

　　　　予生七齡,乃夢彩雲若錦,則攀而採之。

做夢並不是什麽稀罕的事,今天更沒有把古人所迷信的東西再提出來談的必要。不過,古代却是很迷信它的。被儒家奉爲經典的《書》、《詩》、《禮記》、《左傳》等,都有關於夢的記載,《周禮》且列有專官——占夢。就是六朝的人們,又何嘗不迷信夢哩。如謝靈運因夢見謝惠連即成佳句見鍾嶸《詩品》中引《謝氏家錄》及《南史·謝方明傳》,江淹因夢張載索錦見《南史·江淹傳》、郭璞索筆見《詩品》中及《南史·江淹傳》而"才盡"的傳說,不是都形諸筆端,爲以往文人所習用的典故嗎?當然,我不是替劉勰作占夢,在宣揚迷信,而是爲了説明劉勰的迷信。尤其是劉勰夢彩雲若錦與江淹夢索錦的"錦",恐怕還有當時的迷信看法在。劉勰之所以要大書特書,無非表示他少小即與文學有緣分罷了。

　　劉勰對夢既很深信,所以他又帶着驚訝而欣慰的語氣説出所做的第二個夢:

　　　　齒在踰立,則嘗夜夢執丹漆之禮器,隨仲尼而南行;旦而寤,
　　迺怡然而喜。大哉,聖人之難見也! 乃小子之垂夢歟? 自生人以

來未有如夫子者也。

真巧,劉勰所夢着的孔子,原來也是有夢癖的:

> 子曰:"甚矣,吾衰也!久矣,吾不復夢見周公。"《論語·述而》
> 蓋聞孔丘、墨翟晝日諷誦習業,夜親見文王、周公旦而問焉。
> 《呂氏春秋·博志》

儒家的聖人對夢都這樣感興趣,難怪劉勰因夢隨孔子而感到興奮,要"怡然而喜"了。這裏最值得注意的是:孔子所夢見的文王、周公,是儒家稱爲的聖人;而劉勰所夢隨的孔子,則是"自生人以來未有"的聖人。從劉勰的"依沙門僧祐"很久而又"博通經論"並見《梁書·劉勰傳》的情況來說,爲什麼不像劉莊那樣夢見"天竺得道者"的佛"飛在殿前"見《牟子·理惑論》? 所夢隨的偏偏是中國古代的聖人孔子,並且還"執丹漆之禮器"隨着"南行"呢? 這也是在表示他對孔子的嚮往。難道劉勰的儒家思想還不够濃厚嗎?

　　恭維孔子爲"自生民以來未有"的聖人,出自孔門弟子有若、子貢之口見《孟子·公孫丑上篇》,原無足奇。劉勰因一夢之故,一則曰:"大哉,聖人之難見也!"再則曰:"自生人以來,未有如夫子者也。"對孔子這樣崇拜,比在《滅惑論》中稱揚釋迦實有過之無不及。《原道》、《徵聖》、《宗經》等篇,尤爲推崇備至。其儒家思想之濃厚,更可概見。

　　上文曾説,劉勰是醉心於名山事業的。他在考慮著述時,勢必要從能否"立家"方面着想。"敷讚聖旨",雖然他也知道以"注經"爲最好,但"馬鄭諸儒,弘之已精,就有深解,未足立家",只得放棄。認爲:"唯文章之用,實經典枝條,五禮資之以成,六典因之致用,君臣所以炳煥,軍國所以昭明。詳其本源,莫非經典。"而當時的"文體解散","將遂訛濫",又是由於"去聖久遠","離本彌甚"。所以他"搦筆和墨,乃始論文"以上引文並見《序志篇》。在劉勰看來,"注經"與"論文"都屬於"敷讚聖旨”,是殊途同歸的。同時,他把文章與經書的關係説得那麼深湛,把聖人與經書的功能説得那麼偉大,是曹丕《典論·論文》以來各家文論中不曾有過的説法。這又足以説明劉勰從事《文心雕龍》的寫作,是由於他那濃厚的儒家思想所指使。

　　正因爲劉勰的儒家思想濃厚,單是他在《序志篇》裏所表現的,無往而不從聖人和經書出發。上面提過的不説了,我們再看:“蓋《周書》論辭,貴乎體要;尼父陳訓,惡乎異端。”不是稱引起來説明他要寫出一部“辭訓之異,宜體於要”的文論嗎?“蓋《文心》之作也,本乎道,師乎聖,體乎經。”不是把它們作爲“文之樞紐”來强調《原道》、《徵聖》、《宗經》三篇的重要嗎? 就是在全書的篇章組織上,也要説出“位理定名,彰乎大易(衍)之數;其爲文用,四十九篇而已”一番大道理來。這還是由於受了《周易·繫辭》的影響使然。此外如批評以前的文論爲“不述先哲之誥”,就是説明他的《文心雕龍》是要“述先哲之誥”。事實也正是這樣,“先哲之誥”是貫注着全書的。

　　從以上簡單分析中,很清楚地看出劉勰在《序志篇》裏所表現的思想確爲儒家思想。

二

　　古人著書以“原道”二字名篇,前於劉勰的,有漢代的劉安;後於劉勰的,有唐代的韓愈清代章學誠的《文史通義》也有《原道》上中下三篇。他們的標題雖然相同,涵義却各有所指。劉安所原之道,是道家之“道”;韓愈所原之道,是堯、舜、禹、湯、文、武、周公、孔子之“道”。而劉勰所原之道,則爲自然之“道”。關於這點,黄侃的《〈文心雕龍〉札記》曾有簡要的詮釋:

　　　《序志篇》云:“《文心》之作也,本乎道。”案彦和之意,以爲文章本由自然生,故篇中數言“自然”:一則曰“心生而言立,言立而

文明，自然之道也”；再則曰“夫豈外飾？蓋自然耳”；三則曰“誰其
尸之？亦神理而已”。尋繹其旨，甚爲平易。蓋人有思心，即有言
語；既有言語，即有文章。言語以表思心，文章以代言語，惟聖人
爲能盡文之妙。所謂“道”者，如此而已。

這個說法，基本上我是同意的。

什麽是自然之道呢？劉勰在《原道篇》裏把它概括爲天文、地文、
人文三個方面，並分別予以說明：

　　　夫玄黃色雜，方圓體分，日月疊璧，以垂麗天之象；山川煥綺，
　　以鋪理地之形。此蓋道之文也。

這裏的“道”字，即自然二字的意思。所謂“道之文”，就是自然之文。
這種自然之文，在劉勰看來，不只是天上的日月，地下的山川才有。其
他的“萬品”，如龍、鳳、虎、豹、雲霞、草木，以及林籟、泉石等“無識之
物”，也一樣地有：

　　　傍及萬品，動植皆文：龍鳳以藻繪呈瑞，虎豹以炳蔚凝姿。雲
　　霞雕色，有踰畫工之妙；草木賁華，無待錦匠之奇。夫豈外飾？蓋
　　自然耳。至於林籟結響，調如竽瑟；泉石激韻，和若球鍠。故形立
　　則章成矣，聲發則文生矣。

宇宙間的一切既然都各有其文，作爲“三才”之一的人，是“有心之器”，
當然也是有文的：

　　　仰觀吐曜，俯察含章，高卑定位，故兩儀既生矣。惟人參之，
　　性靈所鍾，是謂三才。爲五行之秀，實天地之心；心生而言立，言
　　立而文明，自然之道也。

天、地、人的自然之文，與文學究竟有什麼關係呢？劉勰認爲：在八卦和文字還未出現之前，天文、地文和人文雖然早已存在，卻沒有工具將它們寫下來。從庖犧畫八卦和文字發明以後，歷代的聖人才先後寫成書面的東西，這便是六經。所以他在篇末説：“道沿聖以垂文，聖因文而明道。”“道”既然是通過聖人才寫成“文”，而聖人又是通過“文”來闡明“道”，因而六經就成爲“旁通而無滯（涯），日用而不匱”的“道之文”。劉勰主張文原於“道”的出發點在這裏，接二連三地提出“徵聖”、“宗經”的原因也在這裏。

　　現在要進一步問：文原於“道”的論點是劉勰的創見嗎？個人看法它來源於《周易》。理由是：篇中除屢用《周易》的辭句和一再提到有關《周易》的故實外，如“麗天之象”、“理地之形”、“高卑定位，兩儀既生”、“觀天文以極變，察人文以成化”之類，都是《周易》上面的説法，別的經書是不經見的。只不過劉勰有所發展罷了。其實，王充的《論衡》已有了這樣兩句：

　　　　天有日月星辰謂之文，地有山川陵谷謂之理今本佚，此據《意林》卷三引。

劉勰把日月山川看作天地自然之文，可能是受了王充的影響的。後來白居易《與元九書》中所説的：

　　　　夫文尚矣，三才各有文：天之文，三光首之；地之文，五材首之；人之文，六經首之。

則又本於劉勰。歸根到底，都是由《周易》演繹而來。

　　這裏還須説明，劉勰本是強調“宗經”的，經書非一，何以《原道》篇的論點只來源於《周易》呢？個人的看法這樣：《六經》中談哲理的，只有《周易》《法言·寡見》篇：“説天者莫辯乎《易》。”就是指這層説的；談有關“文”

的問題的當然是最廣義的"文",也以《周易》爲最多。同時,《周易》又是歷代儒家學者認爲最古而又最重要的一部經典。所以劉勰在第二大段裏即側重於《周易》方面的論述。因爲他要暢談"人文",所涉及的"太極"、"八卦"、"十翼"、"河圖"、"洛書"、"文言"、"繇辭"等,其它的經書是無所取材的。

文原於"道",是劉勰對文學的根本看法,也是全書的要旨所在。篇中的論點既然出自《周易》,而《周易》又是儒家學派的著作,從總的傾向來看,劉勰寫作《文心雕龍》時的主導思想應該是儒家思想。

下面擬再從別的方面來證明:

第一、《漢書·藝文志》稱《易》爲"人更三聖","三聖"即伏羲、文王和孔子,這是儒家學者相承的舊説。劉勰所論述的"人文",於庖犧即伏羲的畫卦,文王的繇辭,孔子的十翼,都有所稱道,與儒家學者的舊説合。

第二、在儒家所稱美的歷代聖人中,對周公、孔子,尤其是孔子特別推崇,爲《徵聖》、《宗經》兩篇張本。

第三、稱唐虞文章爲"焕乎爲盛",説商周爲"文勝其質",都是重述孔子的説法前者見《論語·泰伯篇》,後者見《禮記·表記篇》。

第四、"聖因文而明道"句,尋繹上下文意,確係指儒家聖人在經典中所闡明的"道"。《宗經篇》"經也者,恒久之至道"的"至道",《雜文篇》"唯《七厲》叙賢,歸以儒道"的"儒道",《史傳篇》"昔者夫子閔王道之缺"的"王道",《總術篇》"常道曰經"的"常道"與這裏"明道"的"道"是同一範疇,都屬於儒家之道。有的同志認爲《原道篇》中所説的"道",也不是儒家的道和道家的道,而是"佛道"的"道"。無論如何是説不過去的。

第五、儒家一貫重視的"仁"和"孝",劉勰不僅在贊中明確提出——"炳燿仁孝";就是評論某些作家作品時,也是以"仁"、"孝"作爲一種尺度的。如《諸子篇》之於商鞅、韓非:

至如商韓,六蝨五蠹,棄孝廢仁,輮藥之禍,非虛至也。

《程器篇》之於黃香:

黃香之淳孝。

《指瑕篇》之於左思的《七諷》:

左思《七諷》,説孝而不從。反道若斯,餘不足觀矣。

都有明文可驗。《祝盟篇》論“盟之大體”,還是以“獎忠孝”爲其主要内容之一。

把上面所論列的聯繫起來看,劉勰在《原道篇》裏所表現的思想,也只能説是儒家思想。

三

就《原道》、《序志》兩篇推定劉勰寫作《文心雕龍》時的主導思想爲儒家思想,已如上述。其它各篇是不是相同的呢? 個人認爲一樣地是儒家思想。《徵聖》、《宗經》兩篇,彰明較著地是儒家思想用不着徵引了。這裏只將别的篇裏有關的辭句附帶鈔録如下:

《正緯篇》:經顯,聖訓也。經足訓矣,緯何豫焉?
《辨騷篇》:豈去聖之未遠,而楚人之多才乎? 故其陳堯舜之耿介,稱湯武之祇敬,典誥之體也。至於託雲龍,説迂怪,⋯⋯摘此四事,異乎經典者也。雖取鎔經意,亦自鑄偉辭。
《銘箴篇》:則先聖鑒戒,其來久矣。
《雜文篇》:唯《七厲》叙賢,歸以儒道,雖文非拔群,而意實卓爾矣。

《史傳篇》：言經則《尚書》，事經則《春秋》。昔者夫子閔王道之缺。實聖文之羽翮，記籍之冠冕也。法孔題經，則文非元聖。至於宗經矩聖之典。班史立紀，違經失實。是立義選言，宜依經以樹則；勸戒與奪，必附聖以居宗。若乃尊賢隱諱，固尼父之聖旨。

《諸子篇》：聖賢并世，而經子異流矣。孟軻膺儒以磬折。述道言志，枝條五經。夫自六國以前，去聖未遠，故能越世高談，自開戶牖。

《論説篇》：聖哲彝訓曰經，述經叙理曰論。論者，倫也。倫理無爽，則聖意不墜。至石渠論藝，白虎講聚，述聖通經，論家之正體也。

《詔策篇》：並本經典以立名目。武帝崇儒，選言弘奧，策封三王，文同訓典。

《奏啓篇》：秉儒家之文。

《議對篇》：議貴節制，經典之體也。故其大體所資，必樞紐經典。

《體性篇》：典雅者，鎔式經誥，方軌儒門者也。

《風骨篇》：昔潘勖錫魏，思摹經典，群才韜筆。若夫鎔鑄經典之範。

《通變篇》：矯訛翻淺，還宗經誥。

《定勢篇》：是以模經爲式者，自入典雅之懿。

《情采篇》：聖賢書辭，總稱文章，非采而何？

《麗辭篇》：《易》之《文》、《繫》，聖人之妙思也。

《事類篇》：然則明理引乎成辭，徵義舉乎人事，迺聖賢之鴻模，經籍之通矩也。夫經典沉深，載籍浩瀚，實群言之奧區，而才思之神皋也。經書爲文士所擇。經籍深富，辭理遐互。

《練字篇》：史之闕文，聖人所慎。

《總術篇》：常道曰經。分（六）經以典奧爲不刊。

《時序篇》：逮孝武崇儒，潤色鴻業，禮樂爭輝，辭藻競騖。及明帝疊耀，崇愛儒術，肆禮璧堂，講文虎觀。然中興之後，群才稍改前轍，華實所附，斟酌經辭。蓋歷政講聚，故漸靡儒風者也。

《才略篇》：商周之世，則仲虺垂誥，伊尹敷訓，吉甫之徒，並述詩頌。義固爲經，文亦師矣。荀況學宗，而象物名賦，文質相稱，故巨儒之情也。馬融鴻儒，思洽識高，吐納經範，華實相扶。潘勖憑經以騁才，故絕群於錫命。

上列辭句裏的“經”、“經典”、“經誥”、“典誥”、“儒”、“儒道”、“儒門”、“儒術”、“聖”、“聖哲”、“聖旨”、“聖意”等，不管從字面上或内容上看，都是指儒家的經書、學說和聖人而言；所稱的“夫子”、“元聖”、“尼父”，則明明是指的孔子。《序志篇》提出的“先哲之誥”，大概就包有這些在内的吧。此外如品評《楚辭》的“典誥”與“夸誕”見《辨騷篇》，衡量諸子的“純粹”與“踳駁”見《諸子篇》，持論完全是站在儒家的立場上。對於孟軻、荀卿、揚雄、劉向、馬融諸家的多所稱美見《雜文》、《諸子》、《體性》、《時序》、《才略》等篇，以及“石渠論藝，白虎講聚”的一再贊揚見《論説》、《時序》兩篇，也是儒家思想的反映。至於援引經傳和儒家傳統的説法作爲理論依據，或借以證成己説的地方，更是舉不勝舉。所有這些，都是劉勰的儒家思想在《文心雕龍》中的具體表現，我們要探討他的思想，是萬萬不能忽視的。

照上面的説法，劉勰在《文心雕龍》中所表現的思想爲儒家思想，當無疑義。但他究竟屬於儒學的古文學派抑或是今文學派，還得略爲説明。由《序志篇》“敷讚聖旨，莫若注經，而馬鄭諸儒，弘之已精”的話句來玩索，已可知其消息。因爲馬融、鄭玄都是東漢的古文經學大師，劉勰對他們那樣恭維，足見他是崇信或傾向古文經學派的。再拿全書來考查，也無不吻合。條述如次：（1）《毛詩大序》的一些説法，書中多所運用例多不具舉；（2）《僞古文尚書》當時還不知其爲僞的某些辭句，往往

爲其遣辭所祖例多不具舉；(3)古文經學家一般不爲章句之學，《論說篇》
"通人惡煩，羞學章句"的"通人"，就是指的古文經學而言。在他所舉
"要約明暢"的四個範例中，如毛萇、孔安國、鄭玄都是兩漢的古文經學
大師；(4)《史傳篇》對於《左傳》極力推崇；(5)《詩經》的《毛傳》、《鄭
箋》，書中多本之爲說例多不具舉；(6)古文經學家的舊說，間或采用，如
《宗經篇》"皇世《三墳》，帝代《五典》"兩句，係用賈逵說賈說見《左傳》昭公
十二年《正義》引，《僞孔傳序》也是用的賈逵說，《書記篇》"繞朝贈士會以策"
句，也是用的服虔說服說見《左傳》文公十三年《正義》引。只此六端，就大可
看出劉勰所受古文經學派的影響是很深的。

　　總之，劉勰在《文心雕龍》中所表現的思想爲儒家思想，而且是古
文學派的儒家思想。但他的文學觀是否爲唯物的，還不能因此即遽下
論斷，這就需要作進一步的探討了。

　　　　　　　　　（原載一九六二年《文學遺產增刊》第十一輯）

劉勰論構思

——讀《文心雕龍》隨筆之一

作家進行創作，必先有所構思。在構思的過程中，也往往要運用想象或幻想。這樣，才能加强作品的藝術魅力。我國古代偉大的詩人屈原，在這方面表現得異常出色，成爲文學史上的光輝典範。單拿他的《離騷》來說吧，時而"游春宫"，時而"至西極"，時而"就重華陳詞"，時而"令帝閽開關"。天上人間，任意來往，簡直是不可方物。讀了以後，無不爲它那豐富的想象力所吸引。不過，把想象提到文學理論上來論述，則以陸機爲第一人。他在《文賦》中曾作了概括性的描述：

> 其始也，皆收視反聽，耽思旁訊，精騖八極，心游萬仞。其致也，情瞳曨而彌鮮，物昭晰而互進。……觀古今於須臾，撫四海於一瞬。

着墨不多，却將作家運用想象的神態和過程鈎畫了出來。這不能不説是文學理論批評史上關於構思方面的一個新的創獲。到了劉勰手裏，又在《文賦》的基礎上進一步加以闡發，專門把它寫成一篇，作爲《文心雕龍》下半部之冠，這便是有名的《神思》。

什麽叫"神思"呢？劉勰借用了兩句成語來説明。

> 古人云："形在江海之上，心存魏闕之下"。神思之謂也。

　　本來"神思"這個詞，乍一看去，似乎有點玄之又玄，不易理解。但經他這一簡明的解釋，並不感到是難於捉摸的抽象概念，而懂得是説人們的思維活動可以超越時間空間的限制。這種思維活動對於文學創作究竟有什麼作用呢？有作用，而且很巨大。劉勰又把它維妙維肖地刻畫了一番：

　　　　　文之思也，其神遠矣。故寂然凝慮，思接千載；悄焉動容，視通萬里。吟詠之間，吐納珠玉之聲；眉睫之前，卷舒風雲之色。其思理之致乎！

這幾句的意思是説，作家聚精會神進行構思的時候，所馳騁的想象，真是遠哉遙遙，漫無邊際。既不受時間的限制，可以上想到古代；也不受空間的限制，可以遠想到它方。正因爲想得寬，想得遠，才不至於爲眼前的事物、一時一地的事物所局限，而能高瞻遠矚，達到古今無閒，物我交融的地步。因而所醞釀的作品，不僅音調鏗鏘，如珠似玉一般；而且捕捉自如，高度地集中概括，狀難寫之景於目前，好像那變幻莫測的風雲也要聽其卷舒似的。這種美妙的藝術境界，完全是想象所起的作用。難怪劉勰稱爲是"思理之致"啊！

　　照以上説法，作家的想象超越時間、空間的限制，任其馳騁，是不是無所憑依地胡思亂想呢？不是這樣。劉勰是這樣説的：

　　　　　故思理爲妙，神與物游。神居胸臆，而志氣統其關鍵；物沿耳目，而辭令管其樞機。

這裏一則曰"神與物游"，再則曰"物沿耳目"，明明是説作家的想象來源於客觀世界的"物"。"物"是客觀的，"神"是主觀的，二者結合起來，就是"神與物游"，亦即物我交融的意思。由於物我交融，因而作家對客觀世界的"物"，不管是有聲的，是有色的，只要它一通過感覺器官——“物沿耳目”，就馬上起相應的反應。正如蘇軾《前赤壁賦》所説的“惟江上之清風，與山間之明月，耳得之而爲聲，目遇之而成色”那樣。這就是説：必先有清風明月的客觀存在，聽官才能感到它的聲，視官才能感到它的色。那麼，作家的想象就不是憑空而來的，而是有它現實的生活基礎。

“物”既然是客觀存在的，爲什麼作家的感受和運用想象的能力又各不相同呢？這就是劉勰接着要提到的“虚静”的問題了。劉勰認爲：作家在進行創作之前，應該“陶鈞文思”；要“陶鈞文思”，就必得“虚静”；要能夠“虚静”，就有待於“疏瀹五藏，澡雪精神”。這就是説，文思是可以培養的。培養文思的辦法，不外乎“虚静”；而“虚静”的關鍵，又在於心境夷泰，精神爽朗。因爲作家的心境夷泰，精神爽朗，則胸無成見，虚以待物；頭腦清醒，静以觀物。唯其能虚以待物，則能客觀地觀察事物；唯其能静以觀物，則能深刻地認識事物。培養文思如此，進行藝術構思更是如此。這樣，才能心思專一，精神集中，不至於“神有遁心”；也才能真實地全面地反映事物，使“物無隱貌”。

作家“陶鈞文思”，誠如劉勰所説的“貴在虚静”。但一味在“虚静”中討生活，妙手空空，別無他長，憑什麼從事創作？我們無妨這樣設想：一個建築工程師要建造房屋，如果器材不完備，業務不精通，經驗不豐富，工作不細緻，能夠蓋出一座堅固而壯觀的房屋來嗎？作家要進行創作，又何嘗不是一樣的道理！所以劉勰在談“神思”的同時，還特別提出了創作的四個先決條件：

> 積學以儲寶，酌理以富才，研閲以窮照，馴致以懌（繹）辭。

劉勰並且着重指明它們是“馭文之首術，謀篇之大端”。足見他並不是在唯心主義地空談“神思”。

誰都知道，作家必須具有淵博的學問，然後才能寫出内容充實的作品。假如腹笥太儉，聞見不廣，即使有所創作，内容必然空洞，藝術感染力必然不强。屈原能寫出"奇文鬱起"的《離騷》,是與他那"博聞彊志"的根柢分不開的。杜甫之所以"下筆如有神",不是由於他先有"讀破萬卷書"的基礎嗎!可見學問之於作家,是太重要了。但學問是無窮無盡的,要擴大知識的領域,要掌握豐富的資料,那就非努力學習、刻苦鑽研不可;而且不能一曝十寒,時作時輟;還要持之以恒,點點滴滴地日積月累;也不能操之過急,期其一蹴而就。既稱之爲"積",則不是一朝一夕,更不是一件兩件,必須長時期地多方面的積累。時間一久,方面一廣,知識的領域自然不斷擴大,資料的掌握也會日益增多起來。有了這樣豐富的寶庫,寫作時才能取精用弘,左右逢源,不至於言之無物,内容貧乏。劉勰提出"積學以儲寶",説明學問的重要。

　　作家之於學問,的確需要長時期地多方面積累。但要寫出優秀作品,只有積累的功夫還不行。書本上的知識,由於所作的時間、地點和條件的不盡完全相同,前人認爲對的,後人未必認爲它對;甲地認爲對的,乙地未必也認爲對。何況它們當中還有高下之分,良莠之別。絕不能兼收並蓄,一視同仁。如果沒有斟酌取捨能力,就容易爲成見所囿,被資料所累。不但不能豐富其才,反而常會錮蔽其才。寫出來的作品,質量是不高的。劉勰所以接着提出"酌理以富才"這個條件,正表明它與"積學以儲寶"的相互關係。下文的"理鬱者苦貧……然則博見爲饋貧之糧"二句,也正好説明了這點。

　　"積學"和"酌理"所獲得的,都屬於間接方面的知識。對一個作家來説,是遠遠不夠的,還要具有直接的知識。間接的知識到底是別人的東西,對創作未必盡都適用,自己也未必都能運用。這就有待於親身的閱歷,通過實踐來印證所積的學是否有用?所酌的理是否正確?同時,過去的資料真實與否,前人的理論正確與否,也都是要通過實踐才能進行鑒別。經過了這樣一番精審考驗,然後所積的學和所酌的理才更有價值,才説得上是"研閱"。也只有這樣,才會擴大視野,提高認識,達到所謂"窮照"。作家果能作到"研閱以窮照"的話,自然就能深刻地觀察現實,真實地反映現實了。太史公的一再壯游,杜工部的屢經憂患，不只對社會有更進一步的瞭解，而且還獲得了一些書本上不曾見到的知識。可以説是起了"研閲以窮照"作用的。劉勰把這個條件列在第三，並不意味着它不重要，恰恰相反，它在一二兩個條件的基礎上才提出來的，正説明它也是很重要的。

上面三個條件——學、才、識具備了，從創作的角度來要求，問題還未完全解決。被稱爲"才高辭瞻"的陸機，尚有"意不稱物，文不逮意"之患。足見優秀的作品，並不都是文不加點，一氣呵成；而是有着不少甘苦，要經一番經營的。因爲從"物"到"意"、從"意"到"文"這個創作過程中，怎樣才能很好地把"物"和"意"用"文"表現出來，絶不是一件輕而易舉的事。當然，"意"在創作上很重要；但"文不逮意"，畢竟是美中不足，缺乏藝術力量的。文學是語言的藝術，作家要用完美的藝術形式來表現正確而充實的思想內容，做到"文"能"逮意"，語言的運用技能，就有着極爲重要的意義了。劉勰最後提出的"馴致以繹辭"，大概是指這方面説的。錯綜複雜的語言，要運用得很妥當，寫作時的推敲，固然有關係；更重要的，還在於平素的探索研討，備以待用。如某類語言描繪哪些景物最妙，某類事情使用哪些語言最好，某種人物應該用什麼語言去刻畫，某項題材需要拿什麼語言來表現，都在經常注意之中。一到用時，才能得心應手，驅遣自如；也才能更好地表現作品的內容。所謂"馴致"，就是要久於其道，"習而不已"；所謂"繹辭"，就是要像抽絲一樣地尋究語言，這就是説，作家對於語言，平時就得留意，既要有足夠的素養，又要有深湛的研究。我們可以意想得到，一個作家掌握的語言有限，表達的本領不高，縱然有正確而充實的思想內容，也不能不説是一個較大的缺陷。可見語言的掌握和運用，在創作的先決條件中，有着它不可忽視的重要地位。

由於作家具備了上述的四個先決條件，因而在進行藝術構思的時候，他那奔放不羈的想象，的確是豐富多彩，無入而不自得。在意象中醖釀，在幻境中揣摩，大有極深研幾，窮形盡相之妙"規矩虛位，刻鏤無形"。假設想到高山，那充沛的感情就籠罩了高山"登山則情滿於山"；如果想到大海,那豐富的意趣就彌漫了大海^{"觀海則意溢於海"}。儘管那山海上的風雲變化無窮,而作家所引起的才情亦隨之無窮,好像要與風雲並駕齊驅一樣^{"我才之多少,將與風雲而並驅矣"}。所以當他拿着筆要寫之先,氣勢非常旺盛^{"方其搦翰,氣倍辭前"};等到文章一寫成,却只有所預想的一半^{"暨乎成篇,半折心始"}。這是什麼緣故呢? 原來託空的想象,不受任何限制,可以恣意馳騁,倒不難於出奇^{"意翻空而易奇"};作品要用文字來表達,一落言筌,就不是那麼無拘無束,容易巧妙的了^{"言徵實而難巧"}。唯其如此,作家進行創作,從構思到遣辭,果真考慮得很周到,醞釀得很成熟,自然能夠寫出"思"、"意"、"言"三方面都結合得很好的作品來^{"密則無際"};不然的話,相去就很懸殊^{"疏則千里"};有的道理本很淺近,往往想得太遠^{"或理在方寸,而求之域表"};有些事義並不深湛,偏偏老搞不通^{"或義在咫尺,而思隔山河"}。這就關涉到平素的培養或鍛鍊的問題,單靠臨時的"苦慮"、"勞情",終歸是無濟於事的。

　　《神思篇》的主要思想略如上述。其餘如論作家的文思有遲有速和作品的需要修改,就不再談了。接着要談的,是篇中的個別辭句,各家的理解既有出入,個人也有一點不成熟的看法,順便在這裏提出來,就正於專家、讀者。

　　　　吟詠之間,吐納珠玉之聲。

　　這裏所說的"吟詠"和"吐納",應該都是指作家構思時本身醞釀作品的活動。也就是説,"吟詠"的是他,"吐納"的還是他。唐人的"吟安一個字,撚斷數莖鬚",就可以説明詩人且醞釀且吟詠的神態^{杜甫的"新詩改罷自長吟"},雖然是就寫成後説的,但也可以看出邊改邊吟的情況。振甫譯爲"想到吟詩唱歌,耳中頓時聽到珠圓玉潤的聲音"^①,似與上下文意不合。

①《〈文心雕龍〉選譯》,載《新聞業務》一九六一年第一期。

　　神居胸臆，而志氣統其關鍵。

　　范文瀾據《禮記·孔子閒居》"清明在躬，氣志如神"之文，謂"志氣當作氣志"①。我認爲劉勰遣辭除本《禮記》外，還兼用《孟子·公孫丑上》"夫志，氣之帥也；氣，體之充也。夫志至焉，氣次焉。……志壹則動氣，氣壹則動志也"這幾句的意思。那麼，"志氣"二字大可不必乙轉《書記篇》的"志氣槃桓"和《風骨篇》的"志氣之符契也"，文意雖有不同，其並作"志氣"則一。宋漱流同志既把"志"和"氣"分開，又謂"氣"就是作家的"氣質"②。雖然引證了一番，其實與這兒"統其關鍵"的語意無涉。恐怕還是由於忘却了《孟子》的那些話吧。

　　積學以儲寶，酌理以富才，研閱以窮照，馴致以懌（繹）辭。

　　這四句是並列句子，詞性和語法都應該相同。有些文章把"研"字作名詞解，把"照"字作動詞解，把"研閱"與"窮照"平列起來講。我覺得都有待商榷。

　　規矩虛位，刻鏤無形。

　　這兩句是比喻構思的精微。"規矩"和"刻鏤"都是動詞，"虛位"和"無形"則是指構思中所孕育着的東西而言。黃肅秋説是"……雖然有起、承、轉、合的行文程序和步驟，但一切方法都不能立刻適應各種要出場的人物、各項待鋪陳的事件、各樣待説明的道理，規矩幾乎等於虛

━━━━━━━━━━━━

① 《文心雕龍注》卷六。
② 《飛行吧，想象的翅膀》，載《文藝報》一九六一年第九期。

設,刻畫、雕塑都有應接不暇的趨勢"①。我以爲雖有對的一面,總的看來似與劉勰的原意並不完全一致。

　　　　密則無際,疏則千里。

　　這兩句是緊承"是以意授於思,言授於意"兩句而來。"密則無際",是説"思"、"意"、"言"三者結合得很緊密,就能完美無缺。"疏則千里",是説相反的結果。黃肅秋解爲"有時候材料多到充滿整個空間;也有時候少得零零落落"②。跟劉勰的意思也不大合轍。

　　　　結慮司契,垂帷制勝。

　　"垂帷",即"下帷"。"下帷講誦"是董仲舒的故事。見《史記·儒林·董仲舒傳》《漢書·董仲舒傳》同。這裏的"垂惟制勝",是回應篇中"積學以儲寶"句。也就是劉勰再一次地强調學問之於作家的重要性。郭晉稀把這兩句譯爲:"把思慮成熟的材料聯綴成文章,用筆墨寫下來,有如將軍的制定戰略戰策於帷帳之中,是可決勝負於千里之外的。"③將軍的運籌帷幄,決勝千里,與作家的"結慮司契",可以説是風馬牛不相及。像這樣譯法,"垂"字還没有着落哩"司契"二字也未譯妥。

　　此外,如"酌理以富才"句,有的解爲"作品的主題思想";"文外曲致"句,有的譯爲"粗淺的文思以外的更曲折的情趣";等等,都還值得斟酌。因篇幅有限,就不再贅了。

　　《神思》本是較爲費解的一篇。見仁見智的不同,正説明了大家對文學理論遺産的重視和求真的精神。不自藏拙,妄抒管見,也還是爲

---

①《論作家的構思和修養》,載《新聞業務》一九六一年第三期。
②《論作家的構思和修養》,載《新聞業務》一九六一年第三期。
③《〈文心雕龍〉選譯》,載《紅旗手》一九六二年第一期。

了想把這篇讀懂。如能因此得到同志們的幫助，那更是跂予望之的啊！

（原載一九六二年《四川文學》二月號）

劉勰論鍊意和鍊辭

——讀《文心雕龍》隨筆之二

鍊意和鍊辭,是文學創作的基本手段之一,向爲我國歷代文學理論家所重視。從陸機的《文賦》開始,即已有所論列;發展到劉勰的《文心雕龍》,則益趨周詳,更爲深入具體。《鎔裁》一篇,就是專門研討這個問題的《章句》、《附會》兩篇也頗有關聯。篇中所强調的鎔法和裁法,對我們今天的創作來説,似乎還有它的參考價值。

"鎔裁"二字本爲譬況之詞:鎔是鎔金,喻内容的提煉,即通常所説的鍊意;裁是裁衣,喻字句的修改,即通常所説的鍊辭。"意或偏長"和"辭或繁雜",都是創作中容易産生的現象。要克服這種缺陷,劉勰認爲最好的辦法只有鎔裁:鎔是"規範本體","體"即作品的内容;裁是"翦截浮詞","詞"即作品的字句。内容經過一番鎔的功夫之後,才能"綱領昭暢",不至於"一意兩出";字句經過一番裁的功夫之後,才能"蕪穢不生",不至於"同辭重句"。這是《鎔裁》篇總的要求,它的義界也極其分明。

"思緒初發,辭采苦雜。"恐怕從事過創作的人,都有這樣的情況。在寫作一篇文章的最初階段,心裏所想説的,筆下所要寫的,總是風發雲湧,紛至沓來。恨不得盡情傾吐,全盤托出。覺得這也重要,那也重要。好像不如此就不全面、不充實似的。其實何嘗如此哩!經過反復思考,仔細推敲,就不斷發現有問題:不是這裏"意或偏長","辭或繁雜";就是那裏"一意兩出","同辭重句"。感到非加以鎔裁不可。及至謄清的時候,往往與初稿有所出入,甚至相距很遠。這正是經過鎔裁的結果。

　　談到這裏,不禁想起《捫蝨新話》卷五裏的一段記載:

　　　　世傳歐陽公平昔爲文章,每就紙上淨訖,即黏掛齋壁;卧興看
　　之,屢思屢改,至有終畢不留一字者——蓋其精如此。

瞧!以一代文宗的歐陽修,於其創作都這樣地慘淡經營,不憚修改。
陳善稱之爲“精”,實非過譽。像這類的故事,我國文學史上真是不勝
枚舉。可見爲文必須鎔裁,原無古今之殊,任何時代的作家都是需要
的啊!

　　鎔裁的重要誠如上述。但又怎樣着手呢? 劉勰提出來的辦法是
分兩步走:第一步是鎔;第二步是裁。走第一步時,又先得經歷三道程
序。這便是劉勰在創作理論方面有名的“三準”法:

　　　　是以草創鴻筆,先標三準:履端於始,則設情以位體;舉正於
　　中,則酌事以取類;歸餘於終,則撮辭以舉要。

這裏的“履端於始”、“舉正於中”和“歸餘於終”,只是借用《左傳》文公
元年的語句,作爲首先、其次和最後的代詞解爲第一、第二、第三亦未始不
可,與原來的含義無關。“設情以位體”、“酌事以取類”和“撮辭以舉
要”,概括成爲現在的話,就是確定體裁、選擇材料和擬訂要點。聯係
起來看,即首先應確定體裁,其次要選擇材料,最後是擬訂要點的意
思。在行文之前,劉勰認爲這三者是缺一不可的準備工作,“是以草創
鴻筆,先標三準”兩句揭示得非常明白。“三準”的工作搞妥以後,隨即
正式進行創作。

　　　　然後舒華布實,獻替節文。

從語法和辭義上講,“然後”二字在這裏很緊要,它表明“舒華布實,獻

替節文"是在"三準"已定的前提下才展開的活動。也就是説,"然後"以上的"三準",只能看成是創作前的準備工作,而不能理解爲創作時的注意方面。儘管準備工作是爲創作打基礎,但它們的先後次第却應該劃清。因爲劉勰强調的鎔法,"三準"是所采取的具體措施,有着特別重要的意義,絕不可以含混。

那麼,"三準"的措施對不對呢?這就需要略爲説明。我們知道,文學的體裁本極繁多,而又各有其局限性,適宜於表現這些題材的,不一定適宜於表現那些題材;適宜於表現那些題材的,也不一定適宜於表現這些題材。作家要進行創作,必先根據所要寫的内容來考慮體裁,以便更好地表現内容——"設情以位體"。體裁雖已確定,但不能徒託空言,枵然無物,必須通過應有的事例使内容充實;同時,使用的事例也不是信手拈來,漫無選擇,而是要從所佔有的素材裏去粗取精,去僞存真,提煉出最有典型意義的東西,以加强作品的思想力量和藝術效果——"酌事以取類"。體裁確定了,材料選好了,究竟如何開端,如何發展,如何收束,高潮怎樣形成,論點怎樣發揮,都得心中有數,預爲安排——"撮辭以舉要"。劉勰標舉這樣有倫有脊的三道程序,不僅在他以前未曾有過;就是比起後來"意在筆先,然後着墨"[1],或"未落筆之先,必經營慘淡"[2]一類的説法,也顯得具體多了。

當然,邊想邊寫,事先沒有通盤的計劃,"術不素定,而委心逐辭",想到哪兒,寫到哪兒,想寫什麼,就寫什麼,任意逞其筆鋒,靡所底止。那就很難避免"異端叢至,駢贅必多"的毛病。但是,寫完便了,無所改定,未必都是渾然天成,妙手偶得的佳作。所以在動筆之先,劉勰强調鎔法的"三準";成篇以後,研討字句的裁法,自然就是他認爲要走的第二步了:

故三準既定,次討字句:句有可削,足見其疎,字不得減,乃知

---

①方東樹語,見所著《昭昧詹言》卷二一(按方氏説出蘇軾《篔簹谷偃竹記》)。
②吕璜記述吴德旋語,見《初月樓古文緒論》。

其密。

像這樣地來"翦截浮詞",使全篇無可削之句,無可減的字,要求不可謂不嚴,標準不可謂不高。我們試想:一篇作品的思想内容没有什麼問題,只是字句上還有些瑕疵,那畢竟是美中不足,會影響藝術效果的。劉勰之所以在"標三準"以定鎔法後,賡即"討字句"以定裁法,原因就在這裏。而且,後半篇還側重在這方面的論述。這固然是他對當時"浮詭"、"汎濫"的文風所下的針砭,但也看出繁略問題在寫作上的重要。

可不是嗎,"句有可削"與"字不得減"的藝術效果,的確有些兩樣。白居易的《板橋路》是這樣寫的:

> 梁宛城西二十里,一渠春水柳千條。若爲此路今重過,十五年前舊板橋。曾共玉顏橋上別,不知消息到今朝。

劉禹錫的《楊柳枝》則爲:

> 春江一曲柳千條,二十年前舊板橋。曾與美人橋上別,恨無消息到今朝。

這兩首詩的命意遣辭都差不多只是一爲六句,一爲四句。爲什麼歷來的選家只欣賞劉禹錫的《楊柳枝》呢? 主要的原因,大概就由於白居易的《板橋路》不够精鍊,還有可削之句,與《楊柳枝》相較,顯得有點"疏"吧。

這樣説來,衡量一篇作品的繁略或高下,是不是就在於它的字句的多寡呢? 當然不是。如秦觀《水龍吟》的"小樓連苑横空,下窺繡轂雕鞍驟";與蘇軾《永遇樂》的"燕子樓空,佳人何在? 空鎖樓中燕";都是"説樓上事",字數也相同,但秦詞畢竟單調,一覽無餘;不如蘇詞的

寄託深遠,情韻不匱。黃昇的那段記載,倒是滿有意思的,無妨把它鈔來看看:

　　……後秦少游自會稽入京,見東坡。……(坡)又問:"別作何詞?"秦舉"小樓連苑橫空,下窺繡轂雕鞍驟。"坡云:"十三個字,只說得一個人騎馬樓前過。"秦問先生近著。坡云:"亦有一詞説樓上事。"乃舉"燕子樓空,佳人何在? 空鎖樓中燕。"晁無咎在座,云:"三句説盡張建封燕子樓一段事,奇哉!"①

原來張建封的燕子樓事,白居易的《燕子樓詩序》曾述其原委,共一百餘字。散文的體裁固應如此,未可非議;蘇軾以之入詞,發思古之幽情,在寥寥的十三字中蘊藏着豐富的内容,不能説不是高度的概括這與作爲典故用自然也有關係! 蘇軾謂秦詞的"十三個字,只説得一個人騎馬樓前過";晁補之稱蘇詞的"三句説盡張建封燕子樓一段事",不正好説明判斷繁略或高下的關鍵,完全是要從它的内容出發嗎?

　　繁與略既不能架空立論,也不能有所軒輊於其間。劉勰提到的"句有可削",只就應當翦截的浮詞而言,並不是説一寫文章就必得簡略。他的下文交代得很清楚:

　　精論要語,極略之體;游心竄句,極繁之體。

"極"之云者,謂能盡其能事的意思。這幾句是説,繁略各有所尚,貴於能够得體。極盡略之能事的作品,則"精論要語"未見其少;極盡繁之能事的作品,則"游心竄句"不嫌其多。膾炙人口的名篇,差不多都有這樣的藝術效果。如盛弘之的《荆州記》所描繪的三峽:

①見《唐宋諸賢絶妙詞選》卷二,蘇軾《永遇樂》詞題注。

　　　唯三峽七百里中，兩岸連山，略無闕處。重巖叠嶂，隱天蔽
日。自非停午夜分，不見日月。至於夏水襄陵，沿泝阻絕，或王命
急宣，有時朝發白帝，暮至江陵。其間千二百里，雖乘奔御風，不
爲疾也。

　　　春冬之時，則素湍綠潭，迴清倒影；絕巘多生怪柏，懸泉瀑布，
飛漱其間，清榮峻茂，良多雅趣。每至晴初霜旦，林寒澗肅，常有
高猿長嘯，屬引淒異，空岫傳響，哀轉久絕。故漁者歌曰：“巴東三
峽巫峽長，猿鳴三聲淚沾裳。”①

這種有聲有色，維妙維肖的刻畫，使三峽的風光躍然紙上，頗能引起讀
者的嚮往。而李白的《下江陵》：

　　　朝辭白帝彩雲間，千里江陵一日還。兩岸猿聲啼不住，輕舟
已過萬重山。

着墨不多，也同樣能引人入勝李白顯然是受了《荆州記》的啓發的。一繁一
略，雖然與作品本身的形式有關；但都各盡其妙。讀了以後，絕不覺得
盛弘之筆下的三峽寫得過繁，也未感到李白的詩作寫得太略。

　　　也許有人認爲，上述兩例，體裁不同，不足以說明問題。那就另舉
體裁相同的例子好了。如描寫唐玄宗與楊貴妃的腐朽生活及其悲慘
結局的詩篇，杜甫的《哀江頭》裏只有“憶昔霓旌下南苑，苑中萬物生顔
色。昭陽殿裏第一人，同輦隨君侍君側。輦前才人帶弓箭，白馬嚼齧
黄金鞍。翻身向天仰射雲，一笑正墜雙飛翼。明眸皓齒今何在？血污
游魂歸不得！清渭東流劍閣深，去住彼此無消息”十二句；前八句是
李、楊腐朽生活的概括，後四句是他們倆悲慘結局的概括。白居易《長
恨歌》所寫的，可就多得多，頭一大段從“漢皇重色思傾國”句起，到“盡

────────────

①見《太平御覽》卷五十三引（文中原有的衍、脱字，據《水經·江水注》刪補）。

日君王看不足"句止,鋪敘李、楊的腐朽生活達到三十句;第二大段從"漁陽鼙鼓動地來"句起,到"不見玉顏空死處"句止,鋪敘他倆的悲慘結局也有二十四句。把兩家所作的一比,繁略迥殊。但我們都一樣地喜歡誦讀,並沒有《哀江頭》寫得太略、《長恨歌》寫得過繁之感。這就更足以説明"極略之體"與"極繁之體"在創作上都需要,未可偏廢。

　　正因爲這個緣故,劉勰接着又提出了敷與删的説法:

> 引而伸之,則兩句敷爲一章,約以貫之,則一章删成兩句。思贍者善敷,才覈者善删。善删者字去而意留,善敷者辭殊而意顯。字删而意闕,則短乏而非覈;辭敷而言重,則蕪穢而非贍。

文章的繁略本由内容來決定,該繁則繁,該略則略。深明裁法的作家是懂得繁略之道的,知道哪裏該繁,哪裏該略;該繁的地方就需要敷,該略的地方就需要删。如歐陽修《醉翁亭記》的發篇,由"初説滁州四面有山"的"數十字",概括爲"環滁,皆山也"①一句,語言既極精鍊,形象亦頗突出,可以説是"善删"的典範。又如蘇軾《對制科策》的首段,推衍申屠剛諫隗囂的"夫未至豫言,固常爲虚;及其已至,又無所及。是以忠言至諫,希得爲用"②六句爲一百九十餘字,洋洋灑灑,暢所欲言,也不愧"善敷"的能手,但我們必須注意,歐陽修的删,是"字去而意留";蘇軾的敷,是"辭殊而意顯"。這一層關係匪輕,萬不可以含糊。假設只單純地爲了删、敷而不顧及内容,勢必導致"字删而意闕"和"辭敷而言重"的不良後果。舉例説吧,柳宗元的《段太尉逸事狀》當中最精采的一個片斷是:

　　……(郭)晞一營大譟,盡甲。(白)孝德震恐,召太尉(段秀實

---

① 見《朱子語類》卷一三九。
② 見《後漢書》卷二九《申屠剛傳》。

死後贈太尉,這裏用以指秀實),曰:"將奈何?"太尉曰:"無傷也,請辭於軍。"孝德使數十人從太尉。太尉盡辭去。解佩刀,選老躄者一人持馬,至晡門下。甲者出,太尉笑且入,曰:"殺一老卒,何甲也? 吾戴吾頭來矣。"

這是多麼緊張的場面! 段秀實的英勇機智,作者描述得異常出色;"吾戴吾頭來矣"句,尤能傳出段秀實既頑强又從容的神態。就拿鍊辭來要求,已經達到"字不得減"的標準了。可是,宋祁把它采入《新唐書》本傳,只作"吾戴頭來矣"。重文雖省,語意却不醒豁。難怪邵博要加以指責:"去一吾字,便不成語;'吾戴頭來'者,果何人之頭耶?"①這幾句評語,大可作爲"字删而意闕"的注脚。至於"辭敷而言重"的事例,劉知幾的《史通》言之甚詳;除《叙事》、《煩省》兩篇一再論述外,另有《點煩篇》舉例示範,每條之後還標明了除去的字數——多的到二百七十五字。文章之需要"芟繁翦穢",即此可見。魯迅先生説得好:"寫完後至少看兩遍,竭力將可有可無的字、句、段删去,毫不可惜。"②我們果能遵循魯迅先生的話自行"擠水",於人於己都算是"弛於負擔"了。

　　這裏須得附帶説明的,有下列四點:第一,鎔與裁並非截然爲二,彼此絶緣,而是相生相成,互有關聯的。只不過有先後主從之分罷了。我們寫文章,固然要首先考慮它的内容,然後再考慮文字,但總不能只考慮内容不考慮文字。修改時,也不能只修改文字不修改内容。必須雙方兼顧而又以内容爲主,才能産生出好的作品來。鎔裁的關係和作用,應當作如是觀。第二,劉勰一則曰"翦截浮詞";再則曰"同辭重句,文之肬贅";三則曰"辭如川流,溢則汎濫"。足見他所主張的裁,是指作品可減可削的字句説的,目的在於"芟繁翦穢"。如果片面地理解裁的含義,那就很難理解一再申説的繁與敷了。第三,《鎔裁篇》重在鎔

①見《聞見後録》卷一四。
②見《答北斗雜志社問》。

法和裁法的闡述,因而對於"舒華布實,獻替節文"只一筆帶過。這並不是劉勰舍本逐末,而是別有專篇討論,用不着在這裏也詳説一通。著述的體例,是不得不爾的。第四,鎔裁問題是劉勰的創作理論組成部份之一,絕不能孤立起來看。《神思篇》強調創作的先決條件——"積學以儲寶,酌理以富才,研閲以窮照,馴致以懌(繹)辭",和《附會篇》強調創作的注意方面——"情志爲神明,事義爲骨髓,辭采爲肌膚,宫商爲聲氣",可以説是《文心雕龍》創作論中最根本的兩大論點。我們研討每一有關創作的篇章時,都應該把它考慮進去。注意到這層,對《鎔裁篇》所説的鎔法和裁法的理解,才更爲實際,也才更有意義。

總之,劉勰主張的鎔裁,一屬鍊意,一屬鍊辭。二者既有區別,又有聯繫。在創作過程中,都是不可或缺的。上面曾提到:邊想邊寫,缺乏鎔的功夫,思想内容没有經過提煉,不可能寫出好的作品;只寫不改,缺乏裁的功夫,語言文字没有受到打磨,也不易成爲好的作品。這種失於鎔裁的作法,當然都不對。但是,邊寫邊改,裁法使用得不是時候,也會攪亂思路,影響寫作的順利進行,同樣是不對的。

因此,我們從事寫作時,最好先按照預定的計劃一口氣把它寫完,像劉勰所説的"是以草創鴻筆,先標三準,……然後舒華布實,獻替節文"那樣。即使中途碰到語法、字句上的阻礙,都可以暫時不理。等到全篇寫成,然後再作修改。文章的規模既已犓具,有的放矢,才更易於發現哪裏没有説够,需要補充;哪裏説得過多,需要删節;哪句話不確切,應重新鑄造;哪個字未穩妥,應另行改換。内容也好,形式也好,針對不同情况,進行深入而細緻的加工。從容不迫,游刃有餘,使寫出的作品表裏相稱,豐約中度,達到"情周而不繁,辭運而不濫"的境地,豈不甚好!

劉勰的時代已過去,他提出的鎔法裁法也不一定還適用。但我們能有批判地進行研討,擇善而從,對糾正目前某些"綱領"不"昭暢"的文章和"浮詞"連篇的文風,可能是有幫助的。

年來報刊上發表有關《鎔裁篇》的論著和譯文,在原文的理解上雖然不太一致,但都言之成理,頗有助於讀者。不揣固陋,思復一鳴,妄抒所見如上。惟因不善鎔裁,又恐牽涉過廣,《章句》、《附會》兩篇可以互相發明的地方,只好避而不談了。

　　　　　　　　　　　　　　（原載一九六二年《四川文學》十月號)

文心雕龍隱秀篇補文質疑

《文心雕龍·隱秀篇》中的四百多字補文，自從清代紀昀一再抉發其爲明人僞撰後，幾乎已成定讞，無人懷疑。去年春，詹鍈先生獨持異議，撰《文心雕龍隱秀篇補文的真僞問題》一文，登《文學評論叢刊》第二輯上，予以辨白。夷考其實，却有難於信服之感。短筆敢陳，就教於詹先生。

一

判斷一篇文、一首詩或一部書的真僞，首先必須瞭解其來龍去脈，經過多方考索，反覆分析，然後才有可能得出較爲正確的結論。這對研討《文心雕龍·隱秀篇》補文的真僞問題來説，也不例外。

就個人涉獵所及，《隱秀篇》的補文來源有三：

一、錢允治字功甫從阮華山所得宋本。最早鈔補《隱秀篇》缺文的是錢允治。他的跋文説：

> 按此書至正乙未—三五五刻於嘉禾，弘治甲子—五〇四刻於吳門，嘉靖庚子—五四〇刻於新安，辛卯—五三一刻於建安，癸卯—五四三又刻於新安，萬曆己酉—五七九刻於南昌，至《隱秀》一篇，均之缺如也。余從阮華山得宋本鈔補，始爲完書。甲寅—六一四七月二

十四日，書於南宮坊之新居。時年七十四歲。功甫記。①

這篇短跋，記述了鈔補缺文的來源和時間，足見錢允治的確是《隱秀篇》缺文鈔補的第一人。次年，朱謀㙔得到傳録的補文，就是來自錢允治的萬卷樓；並把它寫寄梅慶生字子庚補刻。他也有跋文叙其原委：

> 《隱秀》中脱數百字，旁求不得。梅子庚既以注而梓之②。萬曆乙卯一六一五夏，海虞許子洽於錢功甫萬卷樓檢得宋刻，適存此篇。喜而録之。來過南州，出以示余，遂成完璧。因寫寄子庚補梓焉。子洽名重熙，博奧士也。原本尚缺十三字，世必再有別本可續補者。③

天啓二年一六二二梅子庚第六次校定後重修本④，《隱秀篇》增加了兩板補刻的四百多字缺文，就是由朱謀㙔寫寄的。這個本子流傳雖少，但北京、南京、天津的圖書館都有藏書，並非孤本。

錢允治鈔補了《隱秀篇》缺文的原本，後歸錢謙益。順治四年一六五○絳雲樓失火，其書遂化爲灰燼。但在這之前的天啓七年一六二七，馮舒字已蒼，號屢守居士曾借去託謝恒字行甫鈔了一部；《隱秀篇》自"始正而末奇"句起直至篇末贊文，則是馮舒自己鈔的。他在跋文裏曾説：

> 歲丁卯即天啓七年，予從牧齋即錢謙益借得此本，因乞友人謝行甫録之。録畢，閲完，因識此。其《隱秀》一篇，恐遂多傳於世，聊自録之。八月十六日，屢守居士記。

---

① 見馮舒校本卷末附頁。
② 指萬曆三十七年刻本。
③ 見天啓二年重修本卷末。
④ 天啓二年重修本，是就第六次校定本的原板剜改、更換，並非全部另行開雕，所以稱它爲重修本。

南都有謝耳伯名兆申校本，則又從牧齋所得本，而附以諸家之是正者也。……聞耳伯借之牧齋時，牧齋雖以錢本與之，而祕《隱秀》一篇。故別篇頗同此本，而第八卷獨缺。今而後始無憾矣。①

丁卯中秋日閱始，十八日始終卷。此本一依功甫原本，不改一字。即有確然知其誤者，亦列之卷端，不敢自矜一隙，短損前賢也。孱守居士識。②

這部鈔校本，迭爲季振宜、陳瑛、瞿鏞諸收藏家所珍藏③，歷三百餘年而巋然無恙。現藏北京圖書館。這裏還得一提的，是馮舒的三則硃筆跋文對他自己和謝兆申所借得的底本的稱呼，不曰阮華山宋本，而只稱爲"錢本"或"功甫原本"，這就説明錢謙益收藏的只是錢允治鈔補了《隱秀篇》缺文的那個本子，並非阮華山所稱的那部宋本。同時，第三則跋文中的"不敢自矜一隙，短損前賢"兩句，也是對錢允治説的。如果阮本已歸他所有，"前賢"二字就用不上了。

上面的三個本子同出一源。阮本雖已無從究詰，錢本亦被火化，其他兩本幸存，尚可查閱。

二、朱謀㙔字孝穆所見宋本。除錢允治外，見過宋本的另一人是朱謀㙔。徐㷼字興公的萬曆己未—一六一九跋文説：

第四十《隱秀》一篇，原脱一板。予以萬曆戊午—一六一八之冬，客游南昌，王孫孝穆云："曾見宋本，業已鈔補。"予亟從孝穆録之。……因而告諸同志，傳鈔以成完書。古人云："書貴舊本。"誠然哉！己未秋日，興公又記。④

① 見馮舒校本卷末附頁。
② 見馮舒校本卷末附頁。
③ 有三家印記。
④ 見徐㷼校本卷末附頁。

朱謀㙔所見宋本與阮華山的宋本是一是二，已無法指實。好在徐燉的
校本還藏在北京大學圖書館，可供參考。

　　三、何煌字心友從吳興賈人所得舊本。最珍視《隱秀篇》補文的何
煌，康熙庚辰一七〇〇跋文曾記其由來：

　　　　康熙庚辰，心友弟從吳興賈人得一舊本，適有鈔補《隱秀篇》
　　全文。除夕，坐語古小齋，走筆錄之。煌識。①

何煌所錄的《隱秀篇》補文，流傳廣，影響大。其原本雖已不可復得，但
黃叔琳《輯注》本《隱秀篇》補文，就是據何氏"校正本"迻錄的②。近因
稍暇，特將黃本所補入者與向所臨校的梅慶生天啟重修本、馮舒校本、
徐燉校本仔細勘對，僅有個別字句的差異，其餘完全相同。這就不難
推定，它們的祖本可能是一個。那麼，我們能不能就此遽認爲四百多
字的補文即出於宋本，從而斷定它也是真的呢？不能！還得作進一步
的研討。

二

　　發《隱秀篇》補文之覆的，最初是紀昀。這裏，無妨先把他的原文
鈔來看看：

　　　　此篇出於僞託，義門即何煌爲阮華山所欺耳。③
　　　　此一頁，詞殊不類，究屬可疑。"嘔心吐膽"，似摭玉溪《李賀
　　小傳》"嘔出心肝"語；"煆歲煉年"，似摭《六一詩話》周樸"月煆季

---

①見《義門先生集》卷九。
②見養素堂本卷首例言。
③見芸香堂本卷首例言。

煉”語。稱淵明爲彭澤，乃唐人語；六朝但有徵士之稱，不稱其官也。稱班姬爲匹婦，亦摭鍾嶸《詩品》語。此書成於齊代，不應述梁代之説也。且《隱秀》之段，皆論詩而不論文，亦非此書之體。似乎明人僞託。不如從元本缺之。①

　　癸巳一七七三三月，以《永樂大典》所收舊本校勘，凡阮本所補悉無之，然後知其真出僞撰。②

　　是書至正乙未刻於嘉禾，至明弘治、嘉靖、萬曆間，凡經五刻，其《隱秀》一篇，皆有缺文。明末常熟錢允治稱得阮華山宋槧本，鈔補四百餘字。然其書晚出，別無顯證，其詞亦不類。如“嘔心吐膽”，似摭《李賀小傳》語；“煅歲煉年”，似摭《六一詩話》論周樸語。稱班姬爲匹婦，亦似摭鍾嶸《詩品》語。皆有可疑。況至正去宋未遠，不應宋本已無一存，三百年後，乃爲明人所得。又考《永樂大典》所載舊本，缺文亦同。其時宋本如林，更不應内府所藏，無一完刻。阮氏所稱，殆亦影撰。何焯等誤信之也③。

紀昀這些話，除個別辭句有問題外，其餘都有理有據，基本上是正確的。如果要全部予以推翻，恐怕還不那麼容易。

　　説也奇怪！阮華山的宋本，只見於錢允治的跋文；朱謀㙔所見的宋本，亦只見於徐燉的跋文。這兩部曇花一現的宋本，不僅明清公私書目未見著録，其他文獻如序跋、筆記之類，也無一語提及。來既無踪，去又無影，怎能不令人産生疑竇？

　　本來，錢允治跋文中“余從阮華山得宋本鈔補，始爲完書”兩句，只是説根據阮華山所稱的宋本在他原有不全的本子《隱秀篇》裏鈔補了缺文，並未説到那部阮本已歸他所有了。原跋具在，大可覆按。錢允

---

① 見芸香堂本《隱秀篇》篇末上闌。
② 見芸香堂本《隱秀篇》篇末黄叔琳識語後。
③ 見《四庫全書總目提要》卷一九五。

治死後,藏書散出,錢謙益得到的那部《文心雕龍》,就是馮舒所説的
"錢本",而不是什麼阮華山的宋本。馮舒天啓七年寫的三則跋文,交
代得很清楚,是不應引起誤解的。再看《絳雲樓書目》卷四所著録的
《文心雕龍》,既未冠有"宋板"二字,陳景雲也未作注説它是宋本。可
見絳雲樓中是不曾藏有宋板《文心雕龍》的。這就是説,阮華山所稱的
宋本,自錢允治一見後,即已杳如黃鶴,不知去向;絳雲樓所燒掉的,根
本不是什麼阮華山所稱的那部宋本。詹文却説:"阮華山的宋本《文心
雕龍》,先歸錢功甫,然後又歸錢謙益收藏,⋯⋯這部宋本《文心雕龍》,
可能在錢謙益的絳雲樓失火時一併燒掉,所以這個本子以後就不見著
録。"似乎是錯會了錢允治和馮舒二人跋文的原意。

　　令人不解的是,有"老屋三間,藏書充棟。其嗜好之勤,雖白日校
書,必秉燭緣梯上下"①的錢允治,既然勤於校書,何以得到三百餘年
來再現的宋本《文心雕龍》,鈔補了《隱秀篇》缺文之後即行擱筆,對其
餘的四十九篇竟不一一臨校?

　　真是無獨有偶! 錢謙益、馮舒二人對補有缺文的《隱秀篇》,也都
視爲枕中祕籍:一個是不借給謝兆申看,一個是不讓謝恒代鈔。而許
重熙"喜而録之"的,同樣是看中《隱秀篇》的補文。他們對其餘的那部
分宋本,則都並不介意,等閑視之。這又足以説明,阮華山所稱的那部
宋本始終是個謎。

　　再有,《文心雕龍》這部古代文學理論批評巨著,在唐宋以來的著
述、特別是宋明兩代的類書中,它是被引用得最多最廣泛的一種②。
惟獨那四百多字的補文,從未有人引用它,豈非怪事! 就以不全的《隱
秀篇》而論,宋代題爲陳應行撰的《吟窗雜録》卷三七,曾襲用了其中六
句;明代馮惟訥的《詩紀·別集統論上》卷四,王世貞的《藝苑卮言》卷
一,潘基慶的《古逸書·後卷》,徐元太的《喻林》卷八六又八八,朱荃宰

---

① 見《讀書敏求記》卷四。
② 從唐至明的各類著述中,徵引《文心》的約八十餘書。

的《文通》卷二一等，不是零星的摘引，就是整篇鈔録，偏偏就是没有那四百多字補文中的任何一句。這不能説是偶然的現象。又如南宋初張戒《歲寒堂詩話》卷上所引的"情在詞外曰隱，狀溢目前曰秀"①兩句，無疑是原本《隱秀篇》裏的話。殘缺了的《隱秀篇》没有它，倒不稀奇；阮華山所稱的宋本没有它，我們總不能牽引其它篇裏也有佚句、佚段爲之辯護吧。

　　根據板本以判定書的真偽，的確是鑒定古籍所使用的一種方法，但也不是唯一的絶對可靠的方法。就拿宋本來説，即使是宋槧宋印，也不能保證當中就無僞書或僞篇。《列子》不是有宋本嗎，能説它就是真的？《文選》不也有宋本嗎，其中李陵的《與蘇武詩》和《答蘇武書》，仍然逃不出爲後人的依託。漫説宋本，就是有六朝寫本，假的還是假的。僞古文《尚書》便是一例。這就説明單憑板本來判斷書的真偽，是多麽不可靠啊！

　　迷信板本，固然容易出問題；迷信專家、權威，同樣也容易出問題。如果認爲凡是經過專家、權威收藏或題跋過的書，都百分之百的可信無疑，那不免是要受騙的。比如：《天禄琳琅書目後編》著録的書，絶大部分不僅鈐有前代名家收藏的印記，而且是内府所藏，又經過彭元瑞的鑒定，按理不應有誤。然而，卷十一的那部所謂元板《文心雕龍》，却是明弘治十七年馮允中刻本②。又如：《四部叢刊》中影印的《文心雕龍》，涵芬樓諸公"審其紙墨"定爲明嘉靖本。實際是萬曆七年張之象的原刻或初刻③。這就不難看出，鑒定板本，並非易事。儘管錢允治、朱謀㙔、徐燉、錢謙益諸人既富收藏，又精鑒賞，但我們總不能盲目崇拜，更不能替他們隨便打包票。

────────────

① 這條資料黃侃最先援引，見所著《文心雕龍隱秀篇札記》。
② 《書林清話》卷七曾指其誤。
③ 詳見拙作《涵芬樓影印文心雕龍非嘉靖本》一文。

三

　　判斷古書的真僞，不能迷信板本和專家、權威，已如上述。那麼，《隱秀篇》的補文究竟是真是假，這裏暫不先下論斷，具體作品必須進行具體分析。如果只是說：錢允治"是怎樣的珍視藏書，又是怎樣細心。他對於板本必然很精，豈是阮華山僞造宋本所能騙得了的！"朱謀㙔"已對《文心雕龍》這部書下了五十多年的功夫了。補的四百多字，如果是假的，又豈能瞞得過朱謀㙔的眼力！"徐𤊹"這樣博學的藏書家，而且手校《文心雕龍》幾十年，《隱秀篇》中鈔補的四百多字如果是假的，能瞞得過他的眼力嗎？"錢謙益"是懂得板本的，他的絳雲樓藏書，宋本很多。錢功甫鈔補的《隱秀篇》如果是假的，恐怕不會得到他的承認。"詹文給他們打的這幾張包票，未必就能保證《隱秀篇》的補文不是出於後人的僞撰。

　　空談非徵，試作如下剖析：

　　一、從論點上看：《文心雕龍》中的許多論點，都是互有關聯，相輔相成，前後一致的。如補文中的"嘔心吐膽"、"煅歲煉年"二語，姑無論其出自何書，但它的涵義，的確是與其他篇裏的論點不協調，甚至矛盾。劉勰雖然強調"文章由學"《事類篇》語，"學業在勤"《養氣篇》語；但在《神思篇》提出的是"積學以儲寶，酌理以富才，研閱以窮照，馴致以繹辭"；"秉心養術，無務苦慮，含章司契，不必勞情"。與"嘔心吐胆"、"煅歲煉年"毫無相同之處。《養氣篇》所反對的是："鑽礪過分，則神疲而氣衰"；"銷鑠精膽，慼迫和氣，秉牘以驅齡，灑翰以伐性"。而"嘔心吐膽，不足語窮；煅歲煉年，奚能喻苦"的程度，則是有過之而無不及。至《神思篇》的"揚雄輟翰而驚夢"，只是用來證"人之稟才，遲速異分；文之制體，大小殊功"這個論點的一例，與"嘔心吐膽"、"煅歲煉年"的意思畢竟不同。《才略篇》的"子雲屬意，辭人（義）最深，……而竭才以鑽思"，也只是從揚雄的"涯度幽遠，搜選詭麗"方面說的。與"嘔心吐膽，不足語窮”的態度，並不一致。“深得文理”的劉勰，前後持論之不相照應，不應有如此者！

二、從例證上看：“選文以定篇”《序志篇》語，雖是專就《文心雕龍》上篇絶大部分篇章説的；但下篇裏也多所使用。《明詩篇》説：“漢初四言，韋孟首唱，……孝武愛文，柏梁列韻，嚴馬之徒，屬辭無方。至成帝品録，三百餘篇，朝章國采，亦云周備。而辭人遺翰，莫見五言。所以李陵、班婕妤見疑於後代也。”這是劉勰對相傳爲李陵、班婕妤的五言詩爲僞所下的論斷。所以，此後其它篇裏再没有提到李陵和班婕妤了。至於補文中的：“‘常恐秋節至，涼飆奪炎熱。’意凄而詞婉，此匹婦之無聊也。‘臨河濯長纓，念子悵悠悠。’志高而言壯，此丈夫之不遂也。”這四句詩，前兩句在相傳爲班婕妤的《怨歌行》裏，後兩句在相傳爲李陵的《與蘇武詩》裏。舉這樣的例證，豈不是與《明詩篇》的論斷相矛盾？不稱班婕妤而稱匹婦，前後也不一致。《書記篇》首段，於西漢作家作品中舉的是：“史遷之《報任安》，東方之《難公孫》，楊惲之《酬會宗》，子雲之《答劉歆》。至於那篇李陵《答蘇武書》，却被摒棄在外。這不僅説明了劉勰“選文定篇”對贋品的嚴肅態度，同時也是戳穿《隱秀篇》補文爲僞的有力旁證。

三、從體例上看：補文《隱秀》之段，只論詩而不論文，的確是與全書的體例不符。紀昀的評語是對的，並不武斷。詹文却説：“具備‘隱秀’這兩種風格特點的作品，主要是詩歌。那麽在這一段裏舉的‘隱秀’的例子都是詩篇和詩句，又有什麽與全書體例不合的地方呢！”不錯！具備“隱秀”這兩種風格特點的作品主要是詩歌。但話説得太絶，就不免顧此失彼了。如“比興”這種藝術表現手法，在詩歌創作上，也許是運用得最廣泛而又很重要的吧。劉勰在《比興篇》裏，既論詩，又論賦，並分別舉了詩賦的句子爲例。何嘗局限在詩歌一個方面？又如《麗辭篇》暢談麗辭的“四對”，《夸飾篇》強調作品的夸張作用，所列舉的例句，同樣是有詩有賦。試問“彌綸羣言”《序志篇》語的《文心雕龍》，在論述“隱秀”這兩種風格特點的作品時，只能舉詩篇和詩句作爲例證，而於其它的文學形式的作品，就不屑一顧，或無例可舉呢？劉勰恐怕不會這樣。《書記篇》以過半以上的篇幅，概括了那麼多的"藝術末品"，有的還舉了例子，就是最好的證明。

　　四、從稱謂上看：劉勰對歷代作家的稱謂，是自有其例的。除於列朝君主稱謚號或廟號①、曹植稱思王或陳思、屈原稱三閭、司馬談稱太史、班姬稱婕妤外，其他的作家都只稱名或字，絕無稱其官的。補文稱陶淵明爲彭澤，顯然於例不符。這正是可尋的僞迹，無法替其開脫的。詹文却説："《文心雕龍》在其他篇裏是沒有提到陶淵明的地方，但是全書中對於某些作家只提到一次的很多，不能因爲別處沒有提到陶淵明，而此處提到陶淵明，就説《隱秀篇》補文是假的。"是的，《文心雕龍》全書中的確有提到一次的作家。但也不能以此作爲理由，來推定《隱秀篇》補文之非僞撰。因爲，問題的關鍵不在於劉勰對作家提到次數的多少，而在於他衡量作品的準則如何。《明詩篇》衡量詩的準則是："若夫四言正體，則雅潤爲本；五言流調，則清麗居宗。"陶淵明"文取指達"②，"世嘆其質直"③的四言、五言，在劉勰看來，可能是與"雅潤"、"清麗"異趣的，所以《文心雕龍》全書中就沒有提到他④。這本是古代文學理論批評家的時代局限和偏見使然，豈止劉勰一人這樣！唐人選唐詩，沒有選杜甫的作品⑤，不正是有些相類似嗎？如果認爲《文心雕龍》理應提到陶淵明，那不免是以後代的眼光去要求劉勰了。《文心雕龍》中沒有提到陶淵明，並不值得詫異；而補文中的"彭澤之□□"句，倒是作僞者不諳全書稱謂例暴露出來的破綻。

　　五、從風格和用字上看：補文的風格同全書的確有些兩樣。祇要細心地多讀幾篇，就會感覺得到的。它不僅如黃侃所説的"出辭膚淺，

①曹操稱魏武外，也稱曹公。
②見顏延之《陶徵士誄》。
③見《詩品中》。
④詳見拙文《文心雕龍研究中值得商榷的幾個問題》。
⑤高仲武《中興間氣集》、殷璠《河岳英靈集》、芮挺章《國秀集》等都沒有選杜甫的詩作。

無所甄明”，“用字庸雜，舉例闊疏”①。在所補的七十八句中，除句首或句末共用了五個語詞和“彼波起辭間，是謂之秀”兩句外，其餘全是追求形式的儷句，無一單筆。這在全書中，絕對找不到類似的第二篇。難怪紀昀要説它“詞殊不類”了。至於補文使用的異字，也是可疑之點。如“穠纖而俱妙”句的“穠”字，不僅“雅頌未聞，漢魏莫用”《指瑕篇》語；其它的字書也不經見。反對“三人弗識，將成字妖”《練字篇》語，下同，主張“綴字屬篇，必須練擇”的劉勰，豈能自違其言，臆造異字！假如補文果真出自劉勰之手，而《文心雕龍》又非僻書，後來多收怪字、俗字的《廣韻》《集韻》等書，何以都未收有這個“穠”字？補文之不可信，這也是僞迹之一。由於“穠”字的“字體瓌怪”，梅慶生已意改爲“穊”了。但馮舒、何焯所鈔的，還保存着廬山真面作“穠”，其僞迹終歸是掩蓋不了的啊！

四

　　通過上面的簡單剖析，《隱秀篇》補文之爲僞撰，已昭然若揭了。這裏，再就詹文所提出的“几”、“盈”、“緣”、“煒”、“恒”五字和其他各篇的筆畫不同的説法，略申管見如次：

　　一、關於“恒”字：詹文説：“最特別的是‘恒思於佳麗之鄉’的‘恒’字缺筆作‘恒’，這顯然是避宋真宗的諱。胡克家仿宋刻《文選》，‘恒’字就缺筆作‘恒’，……這可見當年鈔補《隱秀篇》時，就照着宋本的原樣模寫，而梅慶生補刻這兩板時，也照着宋本的原樣補刻。”這樣推斷，未免有些主觀、片面。前面不是已引過朱謀瑋的跋文嗎，他只是説許重熙“喜而録之”，並未指出許重熙是照原樣模寫的；朱謀瑋本人“寫寄子庚補梓”，也未説是照着許重熙所録的原樣景寫寄去的。詹先生怎能看得出“當年鈔補《隱秀篇》時，就照着宋本的原樣模寫”？而且《隱

---

① 見《文心雕龍隱秀篇札記》。

秀篇》補刻的兩板，字體和刀法都跟萬曆三十七年的本子一樣，又怎能説它是"照着宋本的原樣補刻"？馮舒的跋文説"一依功甫原本，不改一字"。巧就巧在"恒思於佳麗之鄉"句的"恒"字，馮舒就沒有缺末筆作"恒"。難道精於校勘的馮舒，在"聊自録之"時，忘却了宋帝的諱字不成？誰都知道，宋代刻書是要嚴格遵守功令避諱字的。如果説"恒"字是因避宋真宗的諱而缺末筆作"恒"，那麼，補文中的"每馳心於玄默之表"和"境玄思澹"兩句的"玄"字，何以又不避宋始祖的諱缺末筆作"玄"或改爲"元"呢？只此一端，"恒"字缺末筆作"恒"，是"照着宋本的原樣補刻"之説，已不攻自破。何況徐燉、馮舒、何焯三家所傳録的本子都作"恒"，這正好説明梅慶生是有意爲之，以示其出自"宋本"而已。

二、關於"盈"字：詹文認爲"盈"字作"盈"，同樣是"照着宋本的原樣補刻"的；並舉胡刻《文選》作證。這也有點臆斷。假如我們按照這種説法去繙閱明代刻的幾種《文心雕龍》板本，馬上就發現：弘治馮允中本，嘉靖汪一元本和佘誨本，萬曆張之象本、何允中本和王惟儉本等"不盈十一"的"盈"字都作"盈"，這是不是都照着宋本的原樣刻的呢？恐怕誰也不會這樣唐突。

三、關於"煒"字：梅慶生天啓重修本"淺而煒燁"句的"煒"字刻作"煒"，詹文提出"和其他各篇的筆畫不同"，也作爲是"照着宋本的原樣補刻"的根據。這是缺乏説服力的。試以王惟儉的《訓故》本爲例：不僅"淺而煒燁"句的"煒"作"煒"，其他各篇中凡是從"韋"的字都作"帗"，無一例外。誰也不會説它就是照着宋本的原樣翻刻的吧。

四、關於"凡"字和"緑"字："凡"之作"凡"，"緑"之作"緑"，"和其他各篇的筆畫不同"，也許是由於繕寫者本非一人的緣故。即使是出於一人之手，彼此的筆畫不同，也沒有什麼稀奇。如馮舒刻意親自鈔的《隱秀篇》補文不過兩頁，三個"妙"字就寫成"紗"或"妙"兩個樣，便是最好的説明。

缺筆也罷，異體也罷，都不能證明《隱秀篇》補文不是贋品。詹文却堅信它是真的。爲了證成己説，一則曰："從錢功甫發現宋刊本《文心雕龍》以及《隱秀篇》缺文鈔補和補刻的經過，説明補入的四百多字，不可能是明人僞造的。"再則曰：《隱秀篇》補文顯然錢謙益、朱鬱儀、梅慶生、徐 爊父子、馮舒、胡夏客是都見過的。《隱秀篇》的補文如果是假的，能瞞得過這麼多人嗎？"三則曰："像《隱秀篇》的補文，在萬曆年間經過許多學者、藏書家和畢生校勘《文心雕龍》的專家鑒定校訂過，而且補文當中還有避宋諱缺筆的字，顯然是根據宋本傳鈔翻刻的。"此外，詹文在篇末的前一大段裏，又以《序志篇》的補文作爲旁證，並説："假如《序志篇》的補文没有《梁書·劉勰傳》和《廣文選》作參證，豈不也要懷疑這補進去的三百多字是明人僞造嗎？《隱秀篇》的補入四百多字，和《序志篇》的補入三百多字，在性質上是没有什麼區別的。"這幾句話乍一看去，好像持之有故，言之成理。其實乃大謬不然。理由很簡單：《序志篇》的缺文先是據《廣文選》卷四二補的，而《廣文選》又是從《梁書·劉勰傳》選録的。淵源有自，確鑿可憑，當然不會有人懷疑。它與那來無踪、去無影的《隱秀篇》補文，根本不可同日而語。怎能説"在性質上是没有什麼區別的"呢？

　　明人好作僞書，也愛鈔刻僞書，這是人所共知的。如嘉靖年間，突如其來的子貢《詩傳》和申培《詩説》，忽然出現於郭子章家，説是得之黃佐祕閣石本。當時很多人都信以爲真，相繼翻刻和發爲專著，大有"一哄之市"之概①。這與《隱秀篇》補文之先由阮華山所稱宋本録出，後又展轉鈔刻，並分別寫有題跋，何其相似乃爾！不過，《詩傳》、《詩説》的依託者爲豐坊，早有定論；而《隱秀篇》補文的依託者是否即爲阮華山，則有待於繼續考索。

　　操觚至此，偶憶從前何焯校《文心雕龍·雜文篇》時曾説："安得此書北宋善本，以釋胸中之結！"我的水平不高，胸中之結更多。《隱秀篇》補文的真僞問題，只不過是其中的一個。讀了詹鍈先生的大作後，

────────────

① 見姚際恒《古今僞書考》。

不自藏拙,提出如上膚淺看法,切盼專家、讀者有以教之。

一九八零年元月於四川大學東風一樓

(原載一九八零年《文學評論叢刊》第七輯)

附　録

(此文發表時,未刊附録,現予補上)

一、詹文曰:"《何義門先生集》卷九載有《文心雕龍》的跋語説:'……錢功甫得阮華山宋本,鈔本後歸虞山。'"

按:既明引《何義門先生集》,則"鈔本"當作"鈔補",始與平江吳氏刻本合黃叔琳輯注《隱秀篇》末識語亦作"鈔補"。詹文不僅引書有誤,斷句也欠妥。假如照詹文讀去,"後歸虞山"的並非那部所謂的"阮華山宋本",而是別一"鈔本"了。這豈不與後面"這部宋本《文心雕龍》,可能在錢謙益的絳雲樓失火時一併燒掉"的提法不一致了嗎?

二、詹文曰:"萬曆己酉刻於南昌按即梅慶生原刻。"

按:梅慶生萬曆己酉《音註》本非刻於南昌,而是在金陵刻的。這除了由梅慶生天啓二年第六次校定本卷首黃紙書名葉左下方有"金陵聚錦堂梓"六字可以推知外,徐𤊹的崇禎己卯跋文也是有力的旁證。徐跋説:"此本吾辛丑年校讎極詳,梅子庚刻於金陵,列吾姓名於前,不忘所自也。後吾得金陵善本,遂舍此少觀。前序八篇……又金陵刻之未收者。"徐興公的跋文詹先生是見着的,不知何以失之眉睫?

三、詹文曰:"聞耳伯借之牧齋,時牧齋雖以錢本與之。"

按:斷句誤。"時"字當屬上句讀。

四、詹文曰:"按何焯跋語説:'胡孝轅、朱鬱儀皆不見完書',本來是推測之辭。"

按:何焯康熙庚辰跋謂朱鬱儀不見完書,蓋據萬曆三十七年梅本或天啓二年第六次校定本爲言；謂胡孝轅不見完書，則據胡氏刻本爲言。並非推測之辭。無徵不信，姑以余藏張孟劬先生所校胡刻《文心雕龍》證之：張先生在覆刻黃氏輯注本《隱秀篇》"始正而末奇"上方有校語云："自'始正而末奇'至'朔風動秋草''朔'字悉無"；並於"悉無"二字旁各加一紅圈書中凡胡本勝處，張先生均用隸書在上方標出，並於其旁加以紅圈。可見胡孝轅所刻《文心雕龍》，《隱秀篇》是有闕文的。張先生於民國初年尚能見到胡本，難道生値清初的何焯就見不到？這説明作推測之辭的並不是何焯。

五、詹文曰："今天我們看到的最早的明弘治活字本北京圖書館藏。"

按：明弘治十七年馮允中本，乃刻本而非活字版。空談非徵，姑作如下論證。首先，我們祇通過弘治本本身即可得三證：（一）卷端馮允中序首行題"重刊文心雕龍序"；（二）卷十第九行下方標"吳人楊鳳繕寫"葉德輝《書林清話》卷七"明人刻書載寫書生姓名"條即舉此六字作爲第一例證；（三）卷末都穆跋稱郴陽馮公"爲重刻以傳"。誰都知道，"刊"也，"刻"也，"繕寫"也，皆非活字版所宜有，其爲刻本可知。其次，再據與弘治本有關資料亦可得二證：（一）錢允治跋："弘治甲子刻於吳門"《讀書敏求記》卷四同；（二）沈岩跋："吾友子遵蔣杲字得弘治刻本於吳興書賈"見《皕宋樓藏書志》卷一百十八。他們明明説的弘治本是刻本。如果有人認爲錢功甫、沈寶硯連活字版、刻本都分辨不清楚，豈非咄咄怪事！好在北京圖書館藏有一部，展卷一觀，立即分曉。又按：今存諸刻本中之最早者，當推上海圖書館所藏元至正本，比明弘治本早一百四十九年。這裏，順便就元至正本的行款來談一下《隱秀篇》的闕版問題：它那殘存的原文前面存一百二十八字，後面存一百十四字，是從卷八第八頁第十四行起至第九頁第九行止，共十六行包括篇題。原書每頁二十行，行二十字。余藏傳錄顧黃合校本黃丕烈所校元本同。値得注意的是第九頁首行的"玉潛水而瀾表方圓風動秋草邊馬有歸心氣寒而"二十字。"圓"字與"風"字之間文意不屬，所脱去的段落必在此處。而"圓"字既不是第八頁第二十行的最後一字，"風"字自然不在第九頁首行的開頭，而是第三字。可見所據底本已非完刻,而且至正本所闕的也不是一整版再以倫明所校至正本每頁十八行,行十七字(《兩京遺編》本行款與此同)推之,脱去段落那行的十七字是:"珠玉潛水而瀾表方圓風動秋草邊馬有歸。""圓"、"風"二字還是在行的當中偏下處,也看不出是闕的一整版。那麽,徐燉説的"第四十《隱秀》一篇,原脱一版";何焯説的"《隱秀篇》自'始正而末奇'至'朔風動秋草''朔'字,元至正乙未刻於嘉禾者,即闕此一頁"。都不免爲想當然之辭,與元至正本的實際是不相符的。

文心雕龍時序篇"皇齊"解

　　《文心雕龍》成書的年代，自《隋書·經籍志》題爲"梁兼東宫通事舍人劉勰撰"後，都相承其說，信以爲然。而於《時序》篇末段劉勰本人的論述，則習而不察，等閒視之。到了清代，才先後爲紀昀、郝懿行、顧千里、劉毓崧四家所重視，並據以推定舍人書成於齊世①。其中，尤以劉毓崧的考訂最爲翔實，不愧後出轉精。他所提出的三條論證，"皇齊"二字便是第一條。可見這條内證是何等地重要啊！正因爲這樣，寫翻案文章的就必然要先在"皇齊"二字上煞費苦心，來掃清所謂"罩在眼上的朦翳"；然後取其所需，自我作故，侈談書成於梁代的種種理由。葉晨暉先生的《〈文心雕龍〉成書的時代問題》②一文，就是這樣的：

　　　　《文心雕龍》成書於齊末說的最有力證據，就是《時序》篇的"皇齊"二字，稱其他各代並無美麗的冠詞，而獨於齊稱"皇"豈不含有尊崇之意，顯然是齊代臣民的口氣，這樣一推斷，成書於齊代就無可置疑了。乍一看，這條理由非常充分，如果稍一檢閱史書，情況並非如此。成書於梁代的《南齊書》，作者蕭子顯是梁代的吏

①紀昀說，見紀評本《文心雕龍·原道》篇及《四庫全書總目提要》卷一九五《文心雕龍提要》；郝懿行說，見郝批注本《文心雕龍》的《原道》、《時序》兩篇；顧千里說，見顧千里、黃丕烈合校本《文心雕龍·原道》篇；劉毓崧說，見《通義堂文集》卷十四《書文心雕龍後》。
②見一九七九年《山西大學學報》（哲學社會科學版）第三期。

部尚書,編撰該書時曾經過奏請批准,就在這部《南齊書·高帝本紀》最後"史臣曰"一段中就有"雖至公於四海,而運實時來,無法於黃屋,而道隨物變。應而不爲,此皇齊所以集大命也。"重點號爲筆者所加"史臣曰"就是蕭子顯自己的評論,身爲梁代的大臣却用"皇齊"來稱呼前代,難道我們因爲這裏有"皇齊"二字就據以將成書於梁代的《南齊書》定爲齊代的著作嗎? 爲什麼時已梁代還要尊稱齊代呢? 這可能是蕭衍爲了爭取齊代皇族支持擁護梁政權所采取的一種策略手段。……齊、梁兩代同姓蕭氏,一個宗族,所以屢次説"情同一家",又説革代是"爲卿兄弟報仇",推許"齊業之初,亦是甘苦共嘗"等等,爲了表示梁代對齊代的尊崇,從而爭取齊代貴族的支持,允許在著作中稱齊爲"皇齊"就變得容易理解了。蕭子顯在梁代寫的《南齊書》用了"皇齊",劉勰書中的"皇齊"也就不能成爲成書於齊代的確證了。

這段文章侃侃而談,好像有理有據,其實乃强相比附。成書於梁代的《南齊書》,我們固然不能因爲《高帝本紀》用有"皇齊"二字就認定它是齊代的著作;但由此而引出"劉勰書中的'皇齊'也就不能成爲成書於齊代的確證"的結語,難道又可以成立? 誰都知道,《文心雕龍》和《南齊書》的兩位作者的姓氏、家世、身分、地位,是各不相同的。如果説蕭子顯特於《高帝本紀》使用"皇齊"二字,以示對其先人創建帝業的緬懷;而蕭衍又是"爲了表示梁代對齊代的尊崇,從而爭取齊代貴族的支持,允許在著作中稱齊爲'皇齊'"是可以理解的話;那麼,劉勰既非齊宗室,也不是齊的世臣,入梁始得廁身仕途,這時著書還要尊稱已被蕭衍推翻了的齊爲"皇齊",試問有何必要? 而且,當文人動輒得咎之世,又值殘暴、猜忌之君——蕭衍,恐怕劉勰也不敢吧。

本來,稱齊爲"皇齊"的齊代著作,並不是只有《文心雕龍》一種。在葉先生引用過的那部《南齊書》裏,就還有兩處稱齊爲"皇齊"的:

《明帝本紀》："建武元年冬十月癸亥，即皇帝位。詔曰：'皇齊受終建極，握鏡臨宸，……放負扆流徙，並還本鄉。'"

《王慈傳》："慈以朝堂諱榜，非古舊制。上表曰：'夫帝后之德，綢繆天地；……當刪前基之弊軌，啓皇齊之孝則。'"

蕭鸞的《即位大赦詔》頒於建武元年公元四九四年十月，王慈的《朝堂諱榜表》上於永明年間公元四八三——四九一年，其時都在齊代。

事情就有這樣巧！在蕭統的《文選》裏，又發現有兩篇齊代碑文用了"皇齊"二字：

王儉《褚淵碑文》："擇皇齊之令典，致聲化於雍熙。"

沈約《齊故安陸昭王碑文》："魏氏乘時於前，皇齊握符於後。"

褚淵卒於建元四年公元四八二年，蕭緬卒於永明九年公元四九一年，碑文寫成的時間，諒與死者逝世之日不遠。也就是說，都沒有超出齊代。

另外，《廣弘明集》所錄沈約的文章，也有一篇用了"皇齊"二字的：

《齊竟陵王題佛光文》："以皇齊之四年日子，敬制釋迦像一軀。"

"皇齊之四年"，即建元四年。

上列五例中的"皇齊"二字，都是齊代君臣沈約後雖入梁，但他在撰寫上引二文時還是齊代對當時王朝例行的尊稱別的著作也有稱爲"大齊"的，跟劉宋時人之稱"皇宋"或"大宋"、蕭梁時人之稱"皇梁"或"大梁"一樣。封建時代臣民這種不得不爾的例行尊稱，一直延續到清王朝。但其中的每個朝代一被推翻，就不會也不敢有人再在它的代名上冠以"皇"或

“大”字了。

　　自齊入梁的劉勰，在其著作中對齊的稱呼，前後是不相同的。他在齊末撰寫《文心雕龍》時，稱齊爲“皇齊”，是對當時王朝例行的尊稱；入梁以後，天監十六年左右撰寫《梁建安王造剡山石城寺石像碑》叙述齊代事迹時，則只稱爲齊文中凡兩見，並未冠有“皇”或“大”字，而於梁則稱爲“大梁”文中凡兩見，同樣是對當時王朝例行的尊稱。同一齊代也，劉勰稱呼上的前後差異，正是寫作年代不同的顯著標誌，也是最可靠的第一手資料。這裏，我們就不難看出《文心雕龍》確是寫成於齊代，才會在齊上冠一“皇”字；如果是梁代寫成的話，大可像《梁建安王造剡山石城寺石像碑》那樣，只稱爲齊就够了，又何必多冠一“皇”字呢？

　　《文心雕龍》成書於齊末的論斷，原是無可置疑的，内證也不是止有《時序》篇末段的“皇齊”二字。葉先生爲了推翻劉毓崧的説法，對“今聖歷方興”句也故爾立異：

　　　　如果我們掃清“皇齊”兩字罩在眼上的朦翳，相反地《時序》篇倒成爲説明《文心雕龍》成書於梁代的佐證。當劉勰叙述了齊代“中宗以上哲興運”後，接着説“今聖歷方興，文思光被”，以往改朝換代都要改歷，改歷也就成了改朝換代的另一説法，如《梁書·武帝紀》記武帝受禪後告天的辭裏就有“齊氏以歷運斯既，否終則亨，欽若天應，以命於衍”；禪讓禮畢後的詔書中也有“齊代以代終有徵，歷數云改”。這裏的“方興”應該指改歷而言，同一朝代内的新皇帝登基嗣位是不應該這樣説的。

文中對“今聖歷方興”句的解釋，顯然與劉勰的原意不符，未敢苟同。空談非徵，請先看下面的兩個例子好了：

　　　　蕭鸞《即位大赦詔》：“宏圖景歷，將墜諸淵。”《南齊書·明帝本紀》

又,《罪王敬則詔》:"及景歷惟新,推誠盡禮。"同上書,《王敬則傳》

這兩篇詔書中的"景歷",與《時序》篇的"聖歷"意思是差不多的;"及景歷惟新",與"今聖歷方興"的涵義亦復相近,都是指的"同一朝代内的新皇帝登基嗣位"蕭鸞指的是他自己,劉勰指的是齊和帝,根本不存在什麼改朝換代,自然也就無所謂改歷了。劉毓崧曾指出:"所謂'今聖歷方興'者,雖未嘗明有所指,然以史傳核之,當是指和帝而非指東昏也。"這一推斷,是完全可信的。理由是:《時序》一篇以高度的概括,精煉的語言,論述了自唐虞至齊十個朝代的文學盛衰情況;贊文"蔚映十代"句,就是回應全篇正文説的。葉晨暉先生乃謂:"《文心雕龍》成書於梁代";"'今聖歷方興'是指梁朝而言"。假如這樣,正文所論述的便是十一個朝代了,與贊文的"十代"豈不大相矛盾?思想方法極爲縝密的劉勰,行文絶不至於如此疏忽吧。只此一端,葉先生的論點已不攻自破。

真是無獨有偶! 施助、廣信兩先生合寫的《關於〈文心雕龍〉著述和成書年代的探討》①一文,爲了要説明舍人書成於梁代,也在"皇"字上大做文章:

再者,從《文心雕龍》"暨皇齊馭寶,運集休明"一段話來看。歷來人們把這段話視爲判斷《文心雕龍》著述和成書年代的關鍵。也有許多人主要依據"皇齊馭寶,運集休明"這兩句話,判定"此書作於齊世"②。根據這兩句話就做出結論,未免有些武斷了,因爲根據是不充分的。這兩句話的意思無非是:大齊王朝統治下的文運集歷代之大成,是美好而光明的。……據《説文》,皇,"大也";

---

① 見一九七九年《文學評論叢刊》第三輯。
② 此顧千里《文心雕龍·原道》篇批語。

據《風俗通》，皇，"天也"；……特於齊上加一"皇"字，確實是對齊王朝的美稱。然而，劉勰歷經齊世，梁王與齊皇爲同族，……齊梁文學並盛，諸如沈約、江淹、何遜等著名文學家都橫跨齊梁二世，稱頌齊世是可以理解的。稱頌齊世，並不能因此斷定劉勰撰《文心雕龍》和成書於齊世。如果說"皇"字只能冠於當代，也未必盡望（?）。屈原《離騷》開篇說："帝高陽之苗裔兮，朕皇考曰伯庸。""皇考"是對先父的美稱。梁武帝天監[①]十一年詔曰："皇王在昔，澤風未遠，故端居玄扈，拱默巖廊。""皇王在昔"是說黃帝時代的事。可見"皇"字並不能說明問題。

　　這段文章所持的理由，不免有些牽強。"梁王與齊皇爲同族"也罷，"齊梁文學並盛"也罷，與劉勰之稱頌"皇齊馭寶，運集休明"，好像都沒有多大關係。所舉的例子，也不夠恰當。《離騷》的"皇考"，乃屈原對其先父的美稱，與劉勰成書時之尊稱當代爲"皇齊"，根本不可同日而語；蕭衍詔書中的"皇王"二字本平列成詞，與"皇齊"之"皇"的詞性亦異。怎能相提並論，混爲一談呢？

　　總之，葉晨暉、施助、廣信三先生對"皇齊"二字的理解是欠周到的，已簡論如上。至所進行的考訂和論斷，也缺乏說服力。秀川、牟通、王楚玉三先生各有長文評論[②]，筆者就不再辭費了。

　　　　　　　　　　　　（原載一九八一年《文學遺產》第四期）

---

①天監誤，當作大同。

②秀川《關於〈文心雕龍〉著述和成書的年代》，見一九八零年《文學評論叢刊》第七輯；牟通《〈時序〉篇末段發微》，見同上；王楚玉《〈文心雕龍〉撰成於梁初新說商兌》，見一九八一年《重慶師範學院學報》（哲學社會科學版）第二期。

范文瀾文心雕龍注舉正

　　《文心雕龍》，曏以黄叔琳輯注爲善。然疏漏紕繆，所在多有，宜其晚年悔之也。逮范文瀾氏之注出，益臻詳贍，固後來居上者矣。余雅好舍人書，參稽所至，輒自雌黄，補苴理董，間有用心。書眉行間，久而彌縫，如無間然。迻録成編，已三易其藁，前人所已具者，不與焉。至范注未當處，亦嘗爲之舉正。所見所聞，容或各異。今姑彙而刊之，聊申愚管云爾。

草木賁華。《原道》

　　范注：陸德明《周易音義》引“傅氏云‘賁，古斑字，文章貌’”……《吕氏春秋·慎行論·壹行篇》高誘注云“賁，色不純也。”皆賁爲文章貌之證。第十四條

　　　明照按：《易·序卦傳》：“賁者，飾也。”《説文》同。此賁字亦當訓爲飾。若以爲文章貌，則於詞性不合。上文雕色之雕，與此賁華之賁，皆當作動詞解。（《一切經音義》二引“《三蒼》云：‘雕，飾也。’”《文選·東京賦》：“下雕輦於東廂。”薛綜注云：“雕，謂有雕飾也。”）《書·僞湯誥》：“賁若草木。”枚傳云：“賁，飾也。……焕然咸飾，若草木同華。”蓋舍人語意所本。

則聖人之情，見乎文辭矣。《徵聖》

　　范注：《易·下繫辭》：“聖人之情見乎辭。”唐寫本無文字。案文謂文章，辭謂言辭。義有廣狹，似不可删。循繹語氣，亦應有文字。第五條

明照按：唐本無文字是也。舍人於上用論語，此用《易·繫》，並無增改。誠以辭即文辭，一言已足，無須更加文字。且就語勢求之，亦實以無者爲勝。今本蓋傳寫者涉上下文字而衍。范氏既引《易·繫》爲注矣，何以不審至此！即令原有文字，亦當以文辭連讀成義，不得析分爲二也。《原道篇》"《易》曰：'鼓天下之動者存乎辭。'辭之所以能鼓天下者，迺道之文也。"其辭字含義，即與此同。如范氏説，則亦爲言辭矣，而與下"道之文也"句，得毋舛馳耶？

妙極機神。《徵聖》

　　范注：機當作幾。《易·上繫辭》："唯幾也，故能成天下之務；唯神也，故不疾而速，不行而至。"韓康伯注云"適動微之會曰幾。"第十四條

　　明照按：《易·繫辭上》："夫易所以極深而研幾也。"《陸氏音義》云："幾，本或作機。"是舍人此從或本作也。研幾之幾，或本既作機；則下唯幾之幾，當亦作機也。匪特此爾！《論説篇》："鋭思於機此依明嘉靖本，梅子庚本，何刻《漢魏叢書》本。黃本已改爲幾矣神之區。"亦然。孫氏詒讓有言："彥和用經語，多從別本。"見《札迻》卷十二《徵聖篇》"文章昭晢"條下。明乎此，庶可以讀舍人書矣。

故象天地，效鬼神，參物序，制人紀，洞性靈之奧區，極文章之骨髓者也。《宗經》

　　范注：《禮記·禮運》："孔子曰：'是故夫禮必本於天，殽於地，列於鬼神，達於喪祭射御冠昏朝聘。'"……此殆彥和説所本。第四條

　　明照按：舍人此文，統論群經。范氏所引，似有未愜。《漢書·儒林傳序》："古之學者，博學乎六藝之文。六學者，王教之典籍；先聖所以明天地，正人倫，致至治之成法也。"又《匡衡傳》："臣聞六經者，聖人所以統天地之心，著善惡之歸，明吉凶之分，通人道之正，使不悖於其本性者也。"並較《禮運》之文爲當。

夫《易》惟談天，……表裏之異體者也。《宗經》

范注：陳先生曰"《宗經篇》'《易》惟談天'至'表裏之異體者也'二百字，並本王仲宣《荆州文學志》文"。案仲宣文見《藝文類聚》三十八，《御覽》六百八。第十五條

　　明照按：《藝文類聚》三十八引王粲《荆州文學記官志》無此文，《御覽》六百七引王粲《荆州文學官志》亦然。《御覽》引王粲《荆州文學官志》文，止此一見。其六百八所引自"自夫子删述"至"表裏之異體者也"二百餘字，明標爲《文心雕龍》，非《荆州文學官志》也。《四部叢刊》三編景印本《御覽》，日本喜多村直寬仿宋本《御覽》，鮑刻《御覽》並然。陳氏蓋據嚴輯《全後漢文》卷九十一爲言。范氏所注出處，亦係迻録嚴書。皆未之照耳！又按：《淵鑑類函·文學部》卷一九二及一九三五引王粲《荆州文學官志》文，皆與舍人此文同。並係增補者。然由其周易門引"夫易惟談天……"三十一字，而標爲"《太平御覽》王粲《荆州文學官志》"推之，則其誤自張英諸人始。嚴氏蓋過信《淵鑑類函》之所箸録，遂以《御覽》六百八引《文心》之文，爲仲宣《荆州文學官志》，而參於《藝文類聚》三十八所引者之中耳！《藝文類聚》所引王粲《荆州文學記官志》，自"有漢荆州牧曰劉君"至"聲被四字"，凡三百二十八字。其文序贊似全。若益以舍人此文，實不倫類。原文具在，可覆按也。

故子夏歎《書》，昭昭若日月之明，離離如星辰之行。《宗經》

范注：唐寫本"明"字上有"代"字，"行"字上有"錯"字。《荆州文學志》無"代錯"二字。第二十一條

　　明照按：范氏所稱《荆州文學志》，乃據嚴輯《全後漢文》爲言，前條已詳之矣。"代錯"二字，當從唐本補。《御覽》六百八引此文，即脱"代錯"二字，故嚴書無之。《韓詩外傳》二："子夏對曰：'《詩》之於事也，昭昭乎若日月之光明，燎燎乎如星辰之錯行。'"《孔叢子·論書篇》："子夏對曰，'《書》之論事也，昭昭然若日月之代明，離離然若星辰之錯行。'"並可證。《尚書大傳·略説》文，范注已具，故未贅。《韓詩外傳》作論詩，趙氏懷玉謂"後人習讀《論語》，因而妄改"。《禮記·中庸》："辟如四時之錯行，如日月之代明。"亦其旁證。

是仰山而鑄銅，煮海而爲鹽也。《宗經》

　范注：仰，唐寫本作即，是。《漢書·貨殖傳》：“即鐵山鼓鑄。”師古曰：“即，就也。”第三十五條

　　明照按：范注明而未融。《史記·吳王濞傳》：“孝景帝即位，錯爲御史大夫，説上曰：‘今吳王乃益驕溢，即山鑄錢，煮海水《漢書·濞傳》無“水”字。爲鹽。’”索隱云：“即者，就也。”《漢書》顔注同。《鼂錯傳》語同。此舍人遣詞所本也。

樂盲被律。《樂府》

　范注：《詩·大序正義》引鄭答張逸云：“國史采衆詩時，明其好惡，令瞽矇歌之。其無作主，皆國史主之，令可歌。”《周禮》：瞽矇“掌九德六詩之歌以役大師”。此云“樂盲”，當指大師瞽矇而言。第六條

　　明照按：“盲”，當依唐寫本作“胥”。《玉海》一百六引正作“胥”。梅本校作“胥”，注云“元作‘育’，許改。”是黄本乃誤爲“盲”也。黄注可證。《周禮·春官·大司樂》：“大胥中士四人，小胥下士八人。”《禮記·王制》：“小胥，大胥。”鄭注並云：“樂官屬也。”《尚書大傳·略説》：“胥與就膳。”鄭注亦云：“胥，樂官也。”即其義。范氏乃就黄本誤字爲説耳。又，下文有“瞽師務調其器”之文。若此原作“樂盲”，即爲指大師瞽矇，何不上下一致邪？

馬融之《廣成》、《上林》，雅而似賦，何弄文而失質乎？《頌讚》

　范注：《上林》，疑當作《東巡》。《後漢書·馬融傳》：“……上《廣成頌》以諷諫。……融上《東巡頌》。”第十八條

　　明照按：摯虞《文章流別論》：“若馬融《廣成》、《上林》之屬，純爲今賦之體，而謂之頌，失之遠矣！”《御覽》五八八引。據此，則《廣成》、《上林》並稱，始於仲治。舍人既用其語，想亦及見其文。不得以范書本傳未載，而疑作《東巡》也。

班彪、蔡邕，並敏於致語。《哀弔》

　范注：“致語”，唐寫本作“致詰”；疑“詰”是“結”之誤。結，謂一篇之卒章也。第二十一條

明照按:唐本作"詰",是也。宋本《御覽》五九六引亦作"詰"。下云:"影附賈氏,難爲並驅。"今誦長沙《弔屈原文》,自"訊曰"以下,有致詰意。叔皮、伯喈所作,雖無全璧,然據《藝文類聚》所引者《類聚》五八引班彪《悼離騷》,四十引蔡邕《弔屈原文》,亦皆有"致詰"之詞。殘文具在,不難覆按而知。范氏蓋因上有"卒章要切"之文,故疑作"結",而以"卒章"釋之耳!

昔華元棄甲,城者發睅目之謳;臧紇喪師,國人造侏儒之歌;並嗤戲形貌,内怨爲俳也。《諧隱》

范注:"俳",當作"誹"。放言曰謗,微言曰誹。内怨,即腹誹也。彦和之意,以爲在上者肆行貪虐,下民不敢明謗,則作爲隱語,以寄怨怒之情。故雖嗤戲形貌而不棄於經傳,與後世荍言嘲弄,不可同日語也。第二條

明照按:范説非是。"俳"字不誤。《説文》:"俳,戲也。"内讀曰納。《荀子·富國篇》楊注"内讀曰納"。内怨爲俳者,即納怨爲戲也。"華元棄甲,城者發睅目之謳;臧紇喪師,國人造侏儒之歌",皆嗤其形貌,納怨爲戲也。上言"嗤戲",下言"爲俳",義正相承。夫既云"微言曰誹",則何必曰"謳"曰"歌"。既云"下民不敢明謗,作爲隱語,以寄怨怒之情",則何僅謳"睅目"歌"侏儒"已邪?且下文"俳"字數見,又將何説?即令"俳"爲"誹"之誤,而"内怨"亦不當作"腹誹"解也。

遺親攘美之罪。《史傳》

范注:《漢書》贊中數稱"司徒掾班彪"云云,安得誣爲遺親攘美?第十九條

明照按:傅子:《意林》五引。今本皆錯入楊泉《物理論》中,此從嚴氏可均説。"班固《漢書》,因父得成,遂没不言彪,殊異馬遷也!"《顔氏家訓·文章篇》:"班固盜竊父史。"是遺親攘美之説,前有所祖,後有所述,非舍人自我作故也。今檢《漢書》贊中稱"司徒掾班彪"者,僅見韋賢、翟方進、元后三傳贊。且元、成二紀贊,由其稱謂推之,的

出彪手；而固乃湮滅不彰，似爲其自作者然。蔦施松上，則金敞爲
其外祖，婕妤屬其姑矣。舍人以遺親攘美罪之，實宜。又何誣爲？

輔嗣之兩例。《論説》

范注：兩例，疑當作略例。《隋志》有王弼《易略例》一卷，邢璹序稱其
“大則總一部之指歸，小則明六爻之得失。”彦和或即指此歟？第二
十條

明照按：“兩”、“略”二字之形不近，無緣致誤。且此云“兩例”，下
云“二論”，正以數字相對。岳刻《周易略例》本，於《辯位》之後，
《卦略》之前，有《略例下》篇題。《漢魏叢書》本同。上下乃相對之詞。
既有《略例下》矣，則原必有《略例上》者。舍人稱“輔嗣之兩例”，
殆指此言之。惜《易略例》舊面目，他無可考矣！

漢初定儀則，則命有四品。《詔策》

范注：上“則”字疑當作“法”。《史記・叔孫通列傳》：“定宗廟儀法，
及稍定漢諸儀法，皆叔孫生爲太常所論著也。”本書《章表篇》：“漢定
禮儀，則有四品。”本篇則五字爲句。“則”字有寫作“劓”者，傳書者
誤分爲二“則”字，因綴於上句而奪去“法”字。第七條

明照按：《御覽》五九三引“則”字不重，“命”字無。則此固四字爲
句也。《章表篇》：“漢定禮儀，則有四品。”句法實與此同。以兩篇之
上下文對比，尤爲分曉。又，宋本《御覽》五九四引《章表篇》“漢定禮
儀”句，作“漢初定制”。喜多村直寬本同。明鈔本《御覽》作“漢初定
儀”，尤足與此相發。今本“則”字固誤重，而“命”字亦係涉上文
衍。范氏引《史記・叔孫通傳》文，以證上衍之“則”字當作“法”，
殊有未安。

昔鄭弘之守南陽，條教爲後所述。《詔策》

范注：《後漢書・鄭弘傳》：“政有仁惠，民稱蘇息，遷淮陰太守。”……
案黃注引《鄭弘傳》曰：“弘爲南陽太守，條教法度，爲後所述。”考弘
傳並無此語，未知其何見而云然？《後漢書・羊續之傳》稱其“條教可法，爲
後世所述”，黃注蓋誤記。竊疑昔鄭弘之守南陽，當作昔鄭弘之著南宮。

本傳云："弘前後所陳有補益王政者,皆著之南宮,以爲故事。"據此"陽"是"宮"之誤,"南宮"既誤"南陽",後人乃改"著"字爲"守"字,不知弘實未爲南陽太守也。第三十七條

明照按:范注大誤。《漢書》卷六十六《鄭弘傳》:"弘字穉卿,泰山剛人也。兄昌字次卿。皆明經通法律政事。次卿爲太原涿郡太守,弘爲南陽太守,皆著治迹。條教法度,爲後所述。"此即舍人之所本,亦即黃注之所自出。惜黃氏未箸書名,致讀者不諳所在,橫生異議,爲可歎耳! 范氏既已誤"穉卿"爲"巨君"《後漢書·鄭弘傳》"弘字巨君",復欲移"南陽"作"南宮";不自知其非,而反以黃注爲誤,真可謂笑他人之未工,忘己事之已拙者矣!

兆民尹好。《詔策》

范注:"尹好",疑當作"式好"。式,語辭也。第四十二條

明照按:"尹"字於此固不可解,然與"式"之形不近,何由致誤? 疑係"伊"之殘。《漢書·禮樂志》及《揚雄傳上》顏注並云:"伊,是也。"此亦當作"伊",而訓爲"是"。

録圖曰《封禪》

范注:紀評曰"録當作緑。"其説無考。第三條

明照按:《正緯篇》:"堯造緑圖,昌制丹書。"是緑圖與丹書相對。此亦當作"緑圖",與下"丹書"對。紀氏之説,意蓋在此。明嘉靖本正作"緑",不誤。又《墨子·非攻下篇》:"河出緑圖。"《淮南·俶真篇》:"洛出丹書,河出緑圖。"並其證也。

乃稱絶席之雄。《奏啓》

范注:"絶席",疑當作"奪席"。《後漢書·儒林·戴憑傳》:"帝令群臣能説經者,更相難詰,義有不通,輒奪其席,以益通者。憑遂重坐五十餘席。"黃注引《王常傳》"常爲橫野大將軍,位次與諸將絶席。"似非其意。第三十二條

明照按:"絶"、"奪"二字,形不相近,無緣致誤。舍人蓋借用范書"絶席"之文,以喻其無縱詭隨耳! 范氏以文害辭,以辭害意,過

矣。又，《來歙傳》：“賜歙班坐絕席。”《張禹傳》：“每朝見特贊，與
三公絕席。”並有“絕席”之文。

周爰諮謀。《議封》

范注：《詩·大雅·緜》：“爰始爰謀。”箋云：“於是始與豳人之從己者
謀。”又“周爰執事。”箋云“於是從西方而往東之人，皆於周執事，競
出力也。”周爰諮謀，語本此。第一條

　　明照按：《詩·小雅·鹿鳴之什·皇皇者華》：“載馳載驅，周爰咨
謀。”毛傳云：“忠信爲周，訪問於善爲咨。”以上二句，係迻録前章傳文。
咨事之難易爲謀，此舍人之所本也。舊注曾未引及者，蓋以三百
篇爲童而習之之書，能讀《文心》者，不患其不知故耳！范氏乃以
《大雅·緜》爲注，風馬牛迥不相及。匪特詞費，且於“諮”字亦未
箸訓。“諮”，當依《御覽》五九五引作“咨”，始與《詩》合。“咨”已從
“口”，不必再加“言”旁。下文“堯咨四岳。”《書記篇》“短牒咨謀。”並作
“咨”。則此必原作“咨”無疑。傳寫者以俗亂正耳！

歲借民力。《書記》

范注：《釋名·釋書契》“籍，籍也。所以籍疏疏，條列也，人民戶口也。”
《左傳》襄公二十五年“賦車籍馬”，注：“籍，疏其毛色歲齒以備軍
用。”《周禮·天官》叙官“司書”，《正義》：“簿，今手版。”此歲借民力
說所本。第三十四條

　　明照按：范氏徵引雖博，無一當者。《禮記·王制》：“古者公田藉
而不税。”鄭注云：“藉之言借也。借民力治公田。”又：“用民之力，
歲不過三日。”注云：“治宫室城郭道渠。”此蓋歲借民力說所本。
又《春秋》宣十五年經：“初税畝。”《公羊傳》：“古者什一而藉。”何
注云：“什一以借民力，以什與民，自取其一爲公田。”《左傳》：“穀
出不過藉。”杜注云：“周法，民耕百畝，公田十畝，借民力而治之。”
並其證也。

觀此四條。《書記》

范注：四條疑當作六條。第六十條

明照按："四"字固誤,然"六"亦未得也。疑原作"衆",非舊本殘其下段,即傳寫者偶奪,故誤爲"四"耳。《檄移篇》"凡此衆條。"是其證也。《銘箴篇》:"詳觀衆例。"《誄碑篇》:"周胡衆碑。"亦可證。

才有天資。《體性》

范注:"有"當作"由"。第二十二條

明照按:"有"字自通,毋庸他改,《玉海》二百一引亦作"有"。

淫巧朱紫。《體性》

范注:"朱紫",當作"青紫"。第二十四條

明照按:范氏不知何據云然。《詮賦篇》:"如組織之品朱紫。"《定勢篇》:"宮商朱紫。"亦並以"朱紫"連文。

固知翠綸桂餌,反所以失魚。《情采》

范注:魯人有好釣者,以桂爲餌,黃金之鈎,錯以銀碧,垂翡翠之綸。馬國翰《輯佚書》七十二曰"《太平御覽》卷八百三十四引《闕子》。⋯⋯"第十九條

明照按:范氏引《闕子》文未全,於"反所以失魚"句不應。彼文下云:"其持竿處位即是,然其得魚不幾矣。"《御覽》八三四引。當據補。不知范氏何以失之眉睫?

賁象窮白,貴乎反本。《情采》

范注:《易·賁卦》上九"白賁无咎。"象曰:"白賁无咎,上得志也。"王弼注曰:"處飾之終,飾終反素,故在其質素,不勞文飾而无咎也。以白爲飾,而無患憂,得志者也。"第二十條

明照按:《説苑·反質篇》:"孔子卦得賁,喟然仰而嘆息,意不平。子張進,舉手而問曰:'師聞賁者吉卦,而嘆之乎?'孔子曰:'賁非正色也,是以嘆之。吾思也,質素白當正白,黑當正黑。夫質又何也?吾亦聞之,丹漆不文,白玉不雕,寶珠不飾。何也?質有餘者,不受飾也。'"《呂氏春秋·慎行論·壹行篇》有此文小異,與此不恰,故未徵引。《家語·好生篇》同。蓋舍人語意所本。僅引《易》文,似有未盡。

指類而求，萬條自昭然矣。《麗辭》

　范注：案"萬"字衍，當於"求"下加豆，條目昭然，即上所云四對也。第
　九條

　　明照按：求字下加豆，能讀《文心》者，不患其不知，何待詞費。"萬"
　　字塙非衍文，屬下句讀。范氏自誤"自"爲"目"，故有是兠説耳！

是夔之一足，跉踔而行也。《麗辭》

　范注：《韓非子·外儲説》左下："魯哀公問於孔子曰：'吾聞古者有夔
　一足，其果信有一足乎？'"第十一條

　　明照按：《莊子·秋水篇》："夔謂蚿曰：'吾以一足，跉踔而行。'"即
　　舍人此文之所本。范氏乃引《韓子》之文爲注，匪特未審文意，且
　　惑同魯哀公矣。

依詩製騷，諷兼比興。《比興》

　范注："諷"當作"風"。楚騷，楚風也。第七條

　　明照按："諷"字不誤。《漢書·藝文志·詩賦略》："楚臣屈原，離
　　讒憂國，作賦以風，顏注云："風讀曰諷。"有惻隱古詩之義。"王逸《楚辭
　　章句·離騷序》："《離騷》之文，依《詩》取興，引類譬喻。"又《後序》："屈原履忠被
　　譖，憂悲愁思，獨依詩人之義，而作《離騷》；上以諷諫，下以自慰。"即其義也。
　　下文"炎漢雖盛，而辭人夸毗，詩刺道喪，故興義銷亡"，正承此而
　　言，若改作"風"，則不諧矣。

雞蹠必數千而飽矣。《事類》

　范注：數千似當作數十，數千不將太多乎？第十三條

　　明照按：古人爲文，恒多夸飾之詞。舍人於前篇言之備矣。如雞
　　蹠數千，即爲太多；則所謂周流七十二君者，其國安在？白髮三千
　　丈者，其長誰施乎？《呂氏春秋·孟夏紀·用衆篇》："善學者，若
　　齊王之食雞也，必食其跖數千而後足。""跖"與"蹠"同。是舍人此從
　　《呂子》也。且本篇立論，務在博見，故言"狐腋非一皮能溫，雞蹠
　　必數千而飽矣"。皆喻學者取道衆多，然後優也。范説失之。范氏蓋
　　據《淮南·説山》文爲説。

倉頡者，李斯之所輯，而鳥籀之遺體也。《練字》

范注："鳥籀"當作"史籀"。《藝文志》云："《倉頡》七篇者，秦丞相李斯所作也。文字多取《史籀篇》。"《説文序》亦云："斯作《倉頡篇》，取史籀大篆。"《倉頡》所載皆小篆，而鳥蟲書別爲一體，以書幡信，與小篆不同。第十三條

明照按："鳥"字不誤。"籀"即"史籀"簡稱，"鳥"蓋指倉頡初作之書言。《説文序》云："黄帝之史倉頡，見鳥獸蹏迒之迹，知分理之可相別異也，初造書契。"《吕氏春秋·審分覽·君守篇》："蒼頡作書。"高注云："蒼頡生而知書，寫倣鳥迹，以造文章。"故舍人簡稱古文爲鳥也。舍人謂之"鳥籀"，正如許君之云"古籀"然也。《説文序》云："今序篆文，合以古籀。"《情采篇》："鏤心鳥迹之中。"亦以"鳥迹"代替文字。且此文與上相儷。上文云："《爾雅》者，孔徒之所纂，而《詩》、《書》之襟帶也。"彼以《詩》、《書》並舉，此以"鳥"、"籀"連稱，詞性亦同。《説文序》云："及宣王太史籀，箸大篆十五篇，與古文或同或異。依《繫傳》。……斯作《倉頡篇》，取史籀大篆或頗省改。""或"之云者，不盡然之詞。是大篆中存有古文之體，而《倉頡篇》亦必有因仍之者。《漢志》云："文字多取《史籀篇》。"則《倉頡》所載，不盡爲小篆，又可知矣。故舍人概之曰"鳥籀遺體"也。鳥蟲書自別一體，許君列爲亡新時六書之一；雖未箸其緣起，然廁於佐書之後，其爲後起無疑。舍人豈不是審，而置於史籀之上哉！

雖文不必有，而體例不無。《練字》

范注：似當作"而體非不無"。第十六條

明照按："例"字未誤，其文意甚顯。"體例不無"者，即綜言上列四條，綴字屬篇，必須練擇也。若改作"非"，則下文緊承之"若值而莫悟，則非精解"二句，失所天矣！

夫才量學文，宜正體製。《附會》

范注："才量學文"，"量"疑當作"優"，或係傳寫之誤。殆由學優則仕意化成此語。第二條

明照按："學優則仕"與此語意各別,何嘗由其化成? 疑原作"量才學文",傳寫者偶倒耳!《體性篇》:"才有天資,學慎始習。"文意與此略同。

寄深寫遠。《附會》

范注:"寫遠"當作"寫送"。……"寫送",六朝人語,猶俗言"文勢"耳。第九條

明照按:黄氏叔琳校云:"馮本'寫'下多'以'字,'遠'下多'送'字。"今檢何刻《漢魏叢書》本,即與黄校馮本合,當從之。范氏謂"寫送"猶俗言"文勢",似是而非。《詮賦篇》:"亂以理篇,寫送文勢。"此依唐寫本及《御覽》五八七引。遍照金剛《文鏡祕府論·論文意篇》:"開發端緒,寫送文勢。"如范氏說,則其下句,並爲"文勢文勢"矣,成何詞哉!

薰風詩於元后。《時序》

范注:"詩於元后",疑當作"詠於元后"。第二條

明照按:"詩"字自通。

六經泥蟠。《時序》

范注:《文選·班固〈答賓戲〉》:"泥蟠而天飛者,應龍之神也。"第五條

明照按:《答賓戲》文,與此似不愜,且其語亦非畣出。《法言·問神篇》:"龍蟠於泥,蚖其肆矣。"李注云:"龍蟠未升,蚖其肆矣。"與此文意方合。

發綺縠之高喻。《時序》

范注:綺縠,見《詮賦篇》。第九條

明照按:《詮賦篇》:"此揚子所以追悔於雕蟲,貽誚於霧縠者也。"范氏引《法言·吾子篇》"或曰'霧縠之組麗'"以注,是也。然與此文意則殊,何可挹注?《漢書·王襃傳》:"上曰宣帝:'辭賦大者與古詩同義,小者辯麗可喜。辟如女工有綺縠,音樂有鄭衛。'"此舍人"綺縠高喻"之所自出也。范注失之。

既沈予聞。《序志》

范注：“沈”一作“洗”。《莊子·德充符》：“不知先生之洗我以善耶。”
陶弘景《難沈約均聖論》云：“僅備以諮洗，願具啟諸蔽。”洗聞洗蔽，
六朝人常語也。第二十二條

　　明照按：《戰國策·趙策二》：“趙武靈王曰：‘學者沈於所聞。’”《商
子·更法篇》：“學者溺於所聞。”“溺”與“沈”意同。則作“沈聞”，不無所本。
范説非是。盧文弨《抱經堂文集》十四《文心雕龍輯註書後》云：“‘洗’、‘沈’皆
未是，似當作‘況’，‘況’與‘貺’古通用。”其説尤爲穿鑿。

　　上所舉正，都凡三十有七條，皆范氏詮説舍人書之未當者也。至
其誤黄評爲紀評者，亦附箸焉。

故知繁略殊形，隱顯異術。《徵聖》

　　范注：紀評曰：“繁簡隱顯，皆本乎經。後來文家，偏有所尚，互相排
擊，殆未尋其源。”第二十五條

並無詔伶人。《樂府》

　　范注：紀評曰：“唐人用樂府古題及自立新題者，皆所謂無詔伶人。”
第三十四條

原夫頌惟典雅……其大體所底，如斯而已。《頌讚》

　　范注：紀評曰：“陸士衡云‘頌優游以彬蔚’，不及此之切合頌體。”第二
十三條

銘者，名也，觀器必也正名。《銘箴》

　　范注：紀評曰：“李習之論銘，謂盤之辭可遷於鼎，鼎之辭可遷於山，山
之辭可遷於碑。……其説甚高，然與觀器正名之義乖矣。”第十五條

揚雄解嘲……枝附影從，十有餘家。《雜文》

　　范注：紀評曰：“凡此數子，總難免屋上架屋之譏。七體如子厚《晉
問》，對問則退之《進學解》，體制仍前，而詞義超越矣。”第二十二條

構位之始，宜明大體……則爲偉矣。《封禪》

　　范注：紀評曰：“能如此，自無格不美。”第二十條

若夫駿發之士……慮疑故愈久而致績。《神思》

　　范注：紀評曰：“遲速由乎稟才，若垂之於後，則遲速一也，而遲常勝

速。枚皋百賦無傳，相如賦皆在人口，可驗。"第二十八條

良由內聽難爲聰也。《聲律》

　　范注：紀評曰："由字下王損仲本有外聽易爲□而六字。"第七條

故興義銷亡。《比興》

　　范注：紀評曰："非特興義銷亡，即比體亦與三百篇中之比差別。大抵是賦中之比，循聲逐影，擬諸形容，如鶴鳴之陳誨，鴟鴞之諷諭也。"第八條

夫以子雲之才，而自奏不學……表裏相資，古今一也。《事類》

　　范注：紀評曰："才稟天授，非人力所能爲，故以下專論博學。"第十條

是以綜學在博，取事貴約，校練務精，捃理須覈。《事類》

　　范注：紀評曰："徒博而校練不精，其取事捃理不能約覈，無當也。"第十四條

後世所同曉者，雖難斯易，時所共廢，雖易斯難。《練字》

　　范注：紀評曰："六經之文，有三尺童子胥知者，有師儒宿老所未習者，豈有一定之難易哉，緣於世所共曉與共廢耳。"第十二條

善於適要，則雖舊彌新矣。《物色》

　　范注：紀評曰："化臭腐爲神奇，祕妙盡此。"第十一條

九代之文……此古人之所以貴乎時也。《才略》

　　范注：紀評曰："上下百家，體大而思精，真文囿之巨觀。"第一條

　　明照按：上所列者，凡十有四條，皆黃氏叔琳評語，而范注乃以屬諸紀氏。又按：養素堂本，僅有黃評。盧涿州刊於粵者，則朱墨區分黃評墨字，紀評朱字，各於其黨。坊間通行本，亦各冠其姓氏以示異。不知范氏何以致誤？

（原載一九三七年《文學年報》第三期）

書鈴木虎雄黄叔琳本
文心雕龍校勘記後

  上海開明書店新印之范文瀾《文心雕龍注》，卷首載有日本鈴木虎雄《黄叔琳本文心雕龍校勘記》一文，讀後頗受啟發。惟僅見一斑，未得窺其全豹爲歉耳。

  吾國之研治《文心》者，代不乏人。然自朱鬱儀、梅子庚、黄崑圃、李審言諸家後，於文字之是正，詞句之注釋，迄今鮮有過之者；蓋多以餘力爲之，非視爲專著而載筆也。鈴木氏此文，用力甚勤，旁搜遠紹，往往爲前修所未具。出之東鄰，尤足尚已。余瀏覽舍人書有年，頗知甘苦，故有不能已於言者："校勘所用書目"上章所列"舊籍著録而已亡佚者"自《隋書·經籍志》至《文獻通考》，凡六書，多未周備。如晁公武《郡齋讀書志》衢州本入文説類，袁州本入別集類、王堯臣等《崇文總目》、鄭樵《通志·藝文略》、尤袤《遂初堂書目》以上四書，並入文史類、楊士奇《文淵閣書目》入文集類、焦竑《國史經籍志》入詩文評類，清修《四庫全書總目》因之六書彼邦當有之，皆應采入余曾列《隋志》至《四庫全書總目》，得十八書，目爲"歷代著録"。中章所載"鈔校注解諸專本"自敦煌本至黄侃《札記》，凡三十本。然寓目者，僅十二本：中唐本一，明本四，清本五，彼邦岡白駒本一，黄侃《札記》本一。餘皆據它書稱引或迻鈔者著録，亦有遺漏余寓目躬校者：明本九，清本十一，黄本後僅收張松孫本與芸香堂本，公私書目著録而未見者，弗計焉。彼邦縱罕庋藏，中夏公私書目，亦當涉獵。下章所論"引用及摘録校論諸本"自《文鏡祕府論》至《札迻》，凡七書，放失尤衆余曾收得六十七書：唐人書三，宋人書十八，元人書一，明人書二十三，清人書二十二；若襲用或品評舍人書者，不與焉。其謬誤者，三章中亦閒有之：（一）馬端臨《通考》經籍文史類著錄《文心》，原采晁公武陳振孫兩家説，鈴木氏既別標陳書，故列《通考》時，未錄陳説，而於晁氏則依然獨存；由篇中未載公武《讀書志》推之，是不知有其書，或未審《通考》所引晁氏爲何人也。（二）何焯所用宋本與阮華山宋槧本，二而一者也見錢功甫、馮己蒼、何義門跋文及《隱秀篇》末黃氏識語。鈴木氏複舉，應刪其一可作爲子注。全文雖有上述小疵，足徵多所用心。至其校語，就范注所徵引者言，亦不乏佳處；且閒有與余説闇合者如《哀弔篇》"華辭未造"之"未"字，《論説篇》"煩情入機"之"煩"字，《章句篇》"改韻從調"之"從"字是。同治一書而所見時同，斯乃事理之常，無足怪者也。

（原載一九三八年《燕京學報》第二十四期）

文心雕龍校注拾遺前言

一

我國古代的文學理論批評專著，内容最豐富，體系最完整的，當推劉勰的《文心雕龍》了。可是關於作者的生平事迹，史書的記載却語焉不詳。爲了有助於讀者知人論世，姑作如下簡介。

劉勰，字彦和，大約出生於南朝宋泰始二三年公元四六六——四六七年間。祖籍原在東莞郡莒縣今山東莒縣。永嘉之亂時，他的祖先南奔渡江，從此世居京口今江蘇鎮江。京口本爲南朝重鎮，又是人文薈萃之區，先後在這裏講學的著名經學家、史學家，有關康之、臧榮緒、諸葛璩等人①。流風遺韻，對劉勰可能有過某些影響。

宋齊禪代和統治集團内部的明争暗鬥，使原來顯赫一時的劉穆之、劉秀之的子子孫孫，政治地位不斷下降；劉勰的一家，更是又遜一籌了。他的祖父劉靈真儘管是宋司空劉秀之的弟弟，却没有當上官；父親劉尚也只任越騎校尉，這與史傳所説的"家貧"，是不無關系的。

早孤的劉勰，並不因爲無人管教和家道中落而放鬆學習，却自覺地篤志好學。所讀的書，大概不外儒家典籍。他的儒家思想，也從此紮下了根。但在佛學甚囂塵上的當代，劉勰却曾受其影響而不婚娶。

①見《宋書》卷九十三《關康之傳》、《南齊書》卷五十四《臧榮緒傳》、《梁書》卷五十一《諸葛璩傳》。

這是一時的風尚，不止劉勰一人爲然。比他早的如周續之，同時代的如劉歆、劉訏，家境都很優裕，就是由於信佛才没有結婚的①。而且周續之"通五經"、劉歆"六歲誦《論語》、《毛詩》"②，還是儒家信徒哩。

　　另一種風尚是，從後漢末期牟子的《理惑論》出現以來，儒佛合爐共冶的傾向已日益普遍。官僚地主家庭出身的知識分子，除照例肄習儒家經典外，爲了適應潮流，以利於向上爬，都愛到寺廟去跟和尚打交道：有的是諮戒範③，有的是聽内典④，有的是考尋文義⑤，有的是瞻仰風德⑥，有的則住在寺裏讀經論，明佛理⑦。寺廟廣開，投身接足者頗不乏人⑧。本已信佛而又篤志好學的劉勰，自然是聞其風而悦之的。

　　"南朝四百八十寺"中，鍾山上定林寺⑨是名列前茅的。自宋元嘉十二年公元四三五年曇摩密多建寺⑩以後，高僧輩出⑪，而又由於"士庶欽風，獻奉稠疊"⑫和"獲信施"⑬，饒有貲財，富於藏書。"埒美嵩華"的鍾山和"鬱爾層構"的"禪房殿宇"⑭，也是無車馬喧的讀書勝地。劉勰爲了獲得一個比家裏條件更好的學習環境，專心致志地攻讀若干年，

---

①見《宋書》卷九十三《周續之傳》、《梁書》卷五十一《劉訏傳》又《劉歆傳》。

②見《宋書·周續之傳》、《梁書·劉歆傳》。

③《高僧傳》卷八《釋僧遠傳》："山居隱逸之賓，傲世凌雲之士，莫不策踵山門，展敬禪室；廬山何點、汝南周顒、齊郡明僧紹、濮陽吳苞、吳國張融，皆投身接足，諮其戒範。"

④見《梁書》卷五十一《何胤傳》又《阮孝緒傳》及《劉訏傳》。

⑤見《宋書》卷九十三《宗炳傳》。

⑥見《南齊書》卷五十四《明僧紹傳》。

⑦見《梁書》卷五十《任孝恭傳》。

⑧《高僧傳》卷八《釋僧遠傳》："山居隱逸之賓，傲世凌雲之士，莫不策踵山門，展敬禪室；廬山何點、汝南周顒、齊郡明僧紹、濮陽吳苞、吳國張融，皆投身接足，諮其戒範。"

⑨宋齊諸代所稱之定林寺，皆上定林寺。清孫文川《南朝佛寺志》卷上"上定林寺"條有説。

⑩並見《高僧傳》卷三《曇摩密多傳》。

⑪見於《高僧傳》者，如僧遠、僧柔、法通、智稱、道嵩、超辯、慧彌、法願、僧祐等是。

⑫並見《高僧傳》卷三《曇摩密多傳》。

⑬見《高僧傳》卷十一《釋僧祐傳》。

⑭並見《高僧傳》卷三《曇摩密多傳》。

"窮則獨善以垂文,達則奉時以騁績"《文心雕龍·程器》,上定林寺正是他
夢寐以求的地方;同時也是他希圖走入仕途的終南捷徑。

上定林寺的方丈釋僧祐,是當時"德燋釋門,名蓋净衆"①的大法
師,白黑門徒多達一萬餘人②。篤志好學的青年劉勰前去投依,是送
上門的難得助手,僧祐當然是歡迎的。這樣,劉勰在與僧祐居處的十
餘年中,除了刻苦閱讀釋典外,經史子集必然也在鑽研之列。因而"博
通經論","深得文理"。不但編定了寺内所藏的經藏和撰述一些"會道
控儒,承經作訓"③的論文,而且還寫成了不朽的著作《文心雕龍》。

《文心雕龍》成書於齊和帝中興元、二年公元五○一——五○二年
間④,由於和當時彌漫文壇的形式主義文風異趣,曲高和寡,不爲人們
所重。劉勰堅信自己著作的價值,決定請一代文宗沈約品定。這時沈
約官居散騎常侍、吏部尚書兼右僕射,炙手可熱。社會地位低下的劉
勰無從自達,只好裝成書賈模樣,守候在路邊,等待沈約的車駕經過,
便上前推銷頗爲自負的著作——《文心雕龍》。沈約讀後,大加贊賞,
認爲"深得文理",置於案頭,以便隨時觀覽。劉勰在《知音篇》裏曾慨
歎知音難逢,而這一别開生面的自薦,却逢其知音了。從這裏也就不
難看出,劉勰從政之心何等強烈。否則書成之後,即使不爲人們所重,
大可藏之名山,傳諸其人。又何必作貨鬻之狀,干沈約於車前呢!

多半由於沈約的薦引,劉勰在天監梁武帝蕭衍受齊禪後年號初起家奉
朝請,從此踏上了仕途。他先後擔任和兼任過中軍臨川王蕭宏、南康
王蕭績的記室,車騎倉曹參軍,太末今浙江衢縣令,步兵校尉,東宮通事
舍人等職務。任太末令時,"政有清績",可見他是具有"工文"、"練治"
的才能的,也是他"奉時騁績"的具體表現。在兼任東宮通事舍人期
間,受到當時另一位文學家昭明太子蕭統的"愛接",他們共同討論篇

---

① 見《會稽綴英總集》卷十六《梁建安王造剡山石城寺石像碑》。
② 見《高僧傳》卷十一《釋僧祐傳》。
③ 見《北山錄》卷十《外信篇》。
④ 見劉毓崧《通義堂文集》卷十四《書〈文心雕龍〉後》。

籍,商榷古今的情況,是不難想見的。蕭統選錄的著名文學總集《文選》,與《文心雕龍》的"選文定篇"《序志》多有契合之處,恐怕不是偶然的。

佞佛的梁武帝於天監十六年公元五一七年十月饗薦改用蔬果之後,二郊農社猶有犧牲。劉勰認爲改革不夠徹底,便於次年八月後上表,奏請二郊農社也應只用蔬果。這自然是他的佛教思想有所擡頭的反映,但也可能有希圖升遷,從而得以進一步發揮其才能的打算在內。到了中大通三年公元五三一年昭明太子一死,東宮舊人例不得留,劉勰既未新除其它官職,奉敕與沙門慧震於上定林寺撰經,大概就在這段時間吧。任務完成,他便請求出家,並先燔鬢髮以示決心。以後就在該寺當了和尚,法名慧地。無可奈何的歸宿,不到一年光景便去世了。這時大約是梁大同四年或五年公元五三八——五三九年。劉勰一生歷宋、齊、梁三世,計得七十二三歲。在南朝文學家中,像他這樣的高齡還不多見。

史傳説劉勰"爲文長於佛理,京師寺塔及名僧碑誌,必請勰制文"。可見他在當時是負有盛名的作家。惜其文集早已失傳。現在除了《文心雕龍》外,只有《滅惑論》和《梁建安王造剡山石城寺石像碑》兩篇保存了下來。

劉勰在《序志篇》裏叙述寫作《文心雕龍》的動機,是由於夢見自己拿着丹漆禮器,追隨孔子南行,因而感到非常高興。本想"敷讚聖旨,莫若注經",可是"馬(融)、鄭(玄)諸儒,弘之已精,就有深解,未足立家";好在"唯文章之用,實經典枝條,……詳其本源,莫非經典"。這才搦筆和墨,選擇了論文之一途。在劉勰看來,"論文"與"注經"都屬於"敷讚聖旨",是殊途同歸的,跟馬、鄭諸儒一樣地足以"立家"。

這種古文經學派的儒家立場,使劉勰不滿於當時的形式主義文學。據裴子野《雕蟲論》所述,宋齊以來的文學狀況是:"自是閭閻年少,貴游總角,罔不擯落六藝,吟詠情性。學者以博依爲急務,謂章句爲專魯,淫文破典,斐爾爲功,無被於管絃,非止乎禮義,深心主卉木,遠致極風雲。其興浮，其志弱，巧而不要，隱而不深，討其宗途，亦有宋之遺風也。”劉勰認爲這是文學背離了儒家原則的結果，他在《序志篇》説：“去聖久遠，文體解散，辭人愛奇，言貴浮詭，飾羽尚畫，文繡鞶帨，離本彌甚，將遂訛濫。”《通變篇》也説：“矯訛翻淺，還宗經誥。”《文心雕龍》就是爲了矯正這種離經叛道的文風而寫作的。

由於劉勰以儒家思想爲出發點，所以他用《原道》、《徵聖》、《宗經》三篇來籠罩《文心雕龍》全書，確立了文學的基本原則：“道心”是文學的本原，“聖人”是立言的標準，經書是文章的典範。這種儒學的教條既有反對唯美主義文學的一面，又有着很大的局限和缺陷。不過，“論文”畢竟不等於“注經”，《文心雕龍》包含了極其豐富的內容，對大量的文學現象進行了具體而細緻的分析，提出了許多真知灼見，這是不能簡單地用儒家思想來包括的。《文心雕龍》的卓越貢獻也正在這裏。

當然，劉勰的思想是複雜的，有矛盾的。既業於儒，又染於佛，在他的頭腦裏，儒佛兩家思想都有。但二者之間既不能劃等號，也不能看成永遠是鐵板一塊，而是此起彼伏，互有消長的。當他在撰述《文心雕龍》之前寫《滅惑論》時[1]，佛家思想居於主導地位，即是說取得支配地位的矛盾的主要方面是佛學的唯心主義思想，他必然站在佛家的立場上，對“謗佛”的《三破論》予以還擊，旗幟鮮明，毫不含糊。當他夢見孔子後寫《文心雕龍》時，儒家思想居於主導地位，即是說取得支配地位的矛盾的主要方面是儒學的樸素唯物主義思想，他又必然站在儒家的立場上，來“述先哲之誥”，持論謹嚴，自成一家。此一時也，彼一時也，時間既不相同，內容亦復各異，因而劉勰在《滅惑論》和《文心雕龍》中所表現的思想判若天淵，也就不足爲奇了。

這裏還須指出，《文心雕龍》是我國古代文學理論批評專著，所原的“道”，所徵的“聖”，所宗的“經”，皆中國所有；所闡述的文學創作理論，所評騭的作家、作品，亦爲中國所有。與佛經著作或印度文學都無

---

① 我在《劉勰〈滅惑論〉撰年考》一文中，推定《滅惑論》成於《文心雕龍》之前。

直接間接關係。所以全書中找不到一點佛家思想或佛學理論的痕迹，而是充滿了濃厚的儒學觀念。這固然可以看出劉勰著書態度的嚴肅，但更重要的則是由於《文心雕龍》本身的内容所決定。至於全書文理之密察，組織之謹嚴，似又與劉勰的"博通經論"有關。因爲他那嚴密細緻的思想方法，無疑是受了佛經著作影響的。

　　《文心雕龍》是劉勰慘淡經營的巨大成果，也是我國文學批評史上巋然屹立的高峰！

二

　　劉勰的《文心雕龍》，是從先秦以來文學理論批評的不斷發展而出現的一部傑作。全書由五十篇組成，分爲上下兩篇，約三萬七千餘字。上篇論述文學的基本原則和各種文體的源流演變，下篇則爲創作論、批評論和統攝全書的序。結構嚴密，體大慮周，構成了一個比較全面的理論體系。列寧曾説："判斷歷史的功績，不是根據歷史活動家没有提供現代所要求的東西，而是根據他們比他們的前輩提供了的新的東西。"①我們按照列寧的教導來衡量劉勰，他在《文心雕龍》中的確比他的前輩提供了不少新的東西，不愧是我國最優秀的古代文學理論遺產之一，值得我們學習和探討。

　　在文學與現實的關係上，劉勰認爲文學是客觀現實的反映，在這種反映中也浸透了作家的主觀感情。

　　《物色篇》説："歲有其物，物有其容；情以物遷，辭以情發。"《明詩篇》説："人稟七情，應物斯感，感物吟志，莫非自然。"文學創作的對象是"物"，豐富多采的客觀事物引起了人們感情的波動，才發而爲文辭。這種物——情——文的公式，是符合唯物論的反映論的。劉勰要求這種反映盡可能地真實："寫氣圖貌，既隨物以宛轉；屬采附聲，亦與心而

①見《列寧全集》第二卷《評經濟浪漫主義》。

徘徊。”這就是要求文學創作要細緻地刻畫客觀事物的面貌，要深刻地表達作者的思想感情。他説：“吟詠所發，志惟深遠，體物爲妙，功在密附。”把表達作者情志放在第一位，而把刻畫事物形貌放在第二位，因而不滿於“近代以來，文貴形似”《物色》的傾向。但這並不是反對文學創作不應該”形似”，而是反對片面追求“形似”的形式主義文風。

以上是就描寫自然景物而言。當然，文學創作最重要的對象還是描寫人們的社會生活。劉勰説，“文變染乎世情，興廢繫乎時序”《時序》；“是以師曠覘風於盛衰，季札鑒微於興廢”《樂府》。這就是説文學的發展變化是由社會情況、時代面貌決定的。因爲文學就是社會和時代的反映，所以他分析“建安文學”説：“觀其時文，雅好慷慨，良由世積亂離，風衰俗怨，並志深而筆長，故梗概而多氣也。”《時序》這一段論述，是從“建安文學”和那個動亂時代的關係着眼，所以能精闢地總結出”建安文學”的特徵。劉勰的這些觀點，顯然是繼承了自《禮記・樂記》和《毛詩序》以來我國文論的優秀傳統的。

在文學與政治的關係上，劉勰强調文學的社會功能，要求文學爲封建政治服務。

《徵聖篇》發揮了儒家論文的傳統主張，把文學的社會作用歸納爲三點：“政化貴文”、“事蹟貴文”和“修身貴文”。他把文學爲政治服務的任務提到了極高的地位，《序志篇》對“文章之用”説是“五禮資之以成，六典因之致用，君臣所以炳焕，軍國所以昭明”；《程器篇》也説：“摛文必在緯軍國。”這種對政事教化的强調，也貫穿在文體論各篇中，如《議對篇》要求對策能“大明治道，使事深於政術，理密於時務”；《書記篇》指出“書記所總”的二十四種“藝文末品”，爲“政事先務”。正因爲强調文學的社會功能，在所評論的作品中，除了一些應用文外，還有學術著作，這是由於他的廣義的文學觀念使然。比起蕭統“事出於沉思，義歸乎翰藻”《文選序》的選文標準，就顯得瞠乎其後了。

劉勰的這些觀點，表現了儒家思想封建保守的一面。不過，當時文壇上佔主流的形式主義文學，完全抹煞了文學的社會功能，墮入了爲藝術而藝術的泥坑。劉勰反對"近代文人，務華棄實"《程器》，也並非没有積極的意義。

在内容與形式的關係上，劉勰認爲内容决定形式，形式表現内容，要求作品達到二者的統一。

《情采篇》説："夫水性虛而淪漪結，木體實而花萼振，文附質也。"這是比喻一定的形式（"文"）是由一定的内容（"質"）所决定的；"虎豹無文，則鞹同犬羊；犀兕有皮，而色資丹漆，質待文也。"這是比喻一定的内容要求一定的形式來表現。在文質並重的前提下，他並不把二者同等看待："夫鉛黛所以飾容，而盼倩生於淑姿；文采所以飾言，而辯麗本於情性。"歸根到底，文章的美好（"辯麗"）不是取决於它的形式（"文采"），而是取决於它的内容（"情性"）。由此他得出結論説："故情者文之經，辭者理之緯；經正而後緯成，理定而後辭暢，此立文之本源也。"他主張由"經正"導致"緯成"，由"理定"達到"辭暢"，要求内容和形式像經綫和緯綫一樣有機地組織成一個整體，這種辯證的觀點貫徹在《文心雕龍》全書中。

根據這個原則，劉勰對比了兩種不同的創作傾向："蓋風雅之興，志思蓄憤，而吟詠情性，以諷其上，此爲情而造文也；諸子之徒，心非鬱陶，苟馳夸飾，鬻聲釣世，此爲文而造情也。"這雖然是總結歷史經驗，實際是針對當時文壇而發，因爲"後之作者，采濫忽真，遠棄風雅，近師辭賦，故體情之制日疏，逐文之篇愈盛"。因此，他着重批判了重形式、輕内容的傾向："是以聯辭結采，將欲明理；采濫辭詭，則心理愈翳。"這表明了《文心雕龍》對當時的浮豔文風是一種挑戰。

在繼承與創新的關係上，劉勰主張既尊重歷史形成的文學規律，又根據現實的情況加以創新。

《通變篇》説："名理有常，體必資於故實。"這是就繼承而言，各種文體有一定的寫作規格，需要通過借鑒前人的作品來掌握；"通變無方，數必酌於新聲"，這是就創新而言，臨文時的變化無窮，要依靠作者的獨創性來實現。只要正確處理"通"（繼承）和"變"（創新）的關係，

"望今制奇,參古定法",在規律中求變化,在繼承中求創新,就能"騁無窮之路,飲不竭之源",使創作的路子越走越寬。所以他説:"變則可久,通則不乏。"把"通"和"變"看作是保證文學發展"日新其業"的重要規律,這是一種辯證的觀點。

劉勰的文學史觀不是停滯的,而是發展的。他提倡"趨時必果,乘機無怯"的變革精神,稱贊"古來辭人,異代接武,莫不參伍以相變,因革以爲功"《物色》的實踐。他看到了文學隨着時代發展而不斷變化的歷史進程:"黄唐淳而質,虞夏質而辨,商周麗而雅,楚漢侈而豔,魏晉淺而綺,宋初訛而新。"可是這種"踵事增華"的演變却引起了他的憂慮:"從質及訛,彌近彌澹,何則? 競今疎古,風末氣衰也。"這種憂慮中包含了兩方面的意義:一方面,表現了劉勰對當時形式主義文風的不滿:"今才穎之士,刻意學文,多略漢篇,師範宋集,雖古今備閱,而近附遠疎矣。"另一方面,也流露出某種復古的傾向。這都體現了儒家思想對他的影響。所以他開出矯正時弊的藥方却是"矯訛翻淺,還宗經誥"。這當然是不能真正解决問題的。

在作家與風格的關係上,他認爲作品風格是作家個性的外現,要求作家培養高尚的風格。

《體性篇》從紛紜繁多的文學作品中,歸納出八種基本的文章風格,即"八體":"一曰典雅,二曰遠奧,三曰精約,四曰顯附,五曰繁縟,六曰壯麗,七曰新奇,八曰輕靡。"爲什麽會呈現這繽紛多采的種種風格呢? 他認爲來源於作家不同的個性:"故辭理庸儁,莫能翻其才;風趣剛柔,寧或改其氣;事義淺深,未聞乖其學;體式雅鄭,鮮有反其習。各師成心,其異如面。"一句話,風格即人。這是我國古代第一篇風格論,對後代風格論起過開源導流的作用。

劉勰把作家個性歸結爲才、氣、學、習四個方面,其中既有先天的秉賦,也有後天的習染:"然才有庸儁,氣有剛柔,學有淺深,習有雅鄭,並情性所鑠,陶染所凝。"才和氣是情性所鑠,屬於先天的秉賦;學和習是陶染所凝,屬於後天的習染。劉勰雖然也强調作家的天賦,但並不認爲天賦決定一切,而是把後天的學習提到重要地位:"夫才有天資,學慎始習,斲梓染絲,功在初化,器成綵定,難可翻移。"因此從一開始就沿着正確的方向學習,對形成高尚的風格有着決定性的作用。這種強調學習的踏實學風,貫穿了《文心雕龍》全書。《事類篇》説,"才自内發,學以外成";"將贍才力,務在博見"。這對初學者來説,確是一種有益的教誨。

在創作與技巧的關係上,劉勰強調作家必須通曉寫作規律,反對忽視技巧的傾向。

《總術篇》説:"是以執術馭篇,似善弈之窮數;棄術任心,如博塞之邀遇。"這是借博弈爲喻,説明掌握藝術技巧,便能穩操勝算;鄙棄藝術技巧,即或偶有所得,終究難竟全功。他提出了寫作的極高境界:"數逢其極,機入其巧,則義味騰躍而生,辭氣叢雜而至,視之則錦繪,聽之則絲簧,味之則甘腴,佩之則芬芳,斷章之功,於斯盛矣。"這似乎已經出神入化,並非僅僅是技巧問題。不過倘若沒有辭采、宮商、事義、情志等方面的修養,也是斷難達到這種創作的化境的。因此,他把通曉各種寫作規律作爲"通才"的必要條件:"才之能通,必資曉術,自非圓鑒區域,大判條例,豈能控引情源,制勝文苑哉!"最後還要求能"乘一總萬,舉要治繁"。可見劉勰對"研術"何等地重視!

劉勰在《文心雕龍》中,還對各種文學現象進行了大量的藝術分析,總結了許多謀篇布局、遣詞造句方面的規律。例如《鎔裁篇》和《附會篇》,從不同的角度論述了文章的主題思想和行文修辭的關係。前者歸納了提煉思想、精煉文句的一套方法,後者提出了集中主題、敷陳辭采的種種措施。《比興篇》闡述了"比"、"興"這兩種傳統表現方法的作用;《夸飾篇》探討了夸張與真實的關係,特別是冠下篇之首的《神思篇》,對藝術思維分析,更深入到創作過程中精深微妙的境地,説明了劉勰理論所達到的深度。像這一類精到的分析和論斷在全書中不勝枚舉,構成了《文心雕龍》充實而富有啟發性的內容。

正因爲劉勰重視藝術技巧的作用,所以他雖然反對當時的形式主義文風，却批判地吸取了其中許多藝術經驗。例如，片面地追求聲律、對仗、用典，本是當時唯美主義駢體文在語言上的特色，不過這些表現手段本身却自有其合理的價值。劉勰寫了《聲律》、《麗辭》、《事類》等篇來探討這些表現手法。《文心雕龍》本身也是駢體文的典範，超過了古代的好些駢文著作，難怪范文瀾有"全書用駢文來表達緻密繁富的論點，宛轉自如，意無不達，似乎比散文還要流暢，駢文高妙至此，可謂登峰造極"①的好評了。但一般讀者閱讀起來有困難，却也是事實。

關於創作與批評的關係，劉勰要求文學批評符合文學創作的實際，並提出了正確進行文學批評的方法。

《知音篇》劈頭就發出"知音其難哉"的浩歎，致慨於公正的文學批評之難逢。這是有感而發的。《文心雕龍》成書之初，也曾遭到人們的輕視，劉勰把造成這種現象的原因歸結爲批評者的三種偏見，即"貴古賤今"、"崇己抑人"和"信僞迷真"。因此，他要求文學批評客觀地反映作品的實際，"無私於輕重，不偏於愛憎，然後能平理若衡，照辭如鏡"。他反對以主觀的偏愛代替公正的批評："慷慨者逆聲而擊節，醖藉者見密而高蹈，浮慧者觀綺而躍心，愛奇者聞詭而驚聽，會己則嗟諷，異我則沮棄，各執一隅之解，欲擬萬端之變，所謂東向而望，不見西牆。"這在今天也是批評者應引以爲戒的。

當然，文學作品不是作者思想的宣言，而是生活的形象反映；作者的思想傾向是隱藏在形象之中的。文學創作的這一藝術規律，也是批評不易公正的客觀原因。劉勰説："文情難鑒，誰曰易分？"他固然認識到準確領會作品内容並非易事，但也認爲作品畢竟是能够認識的："夫綴文者情動而辭發，觀文者披文以入情，沿波討源，雖幽必顯。"文學批評的途徑和文學創作正好相反，不是由内容（"情"）到形式（"辭"），而是由形式（"文"）到内容（"情"），這是符合唯物主義認識論的。作爲"沿波討源"的具體方法，他提出了文學批評的六個方面："是以將閱文

①見《中國通史簡編》修訂本第二編第五章。

情,先標六觀:一觀位體,二觀置辭,三觀通變,四觀奇正,五觀事義,六觀宮商,斯術既形,則優劣見矣。"這似乎偏重在文學的形式方面,不過劉勰提出"六觀"是爲了考閱"文情",並没有脱離文學的内容。而要真正掌握"六觀"的方法,還要以批評者的豐富實踐經驗爲前提:"凡操千曲而後曉聲,觀千劍而後識器。"這也就是實踐出真知的意思。

　　《文心雕龍》本身就包含了大量的文學批評實踐:《指瑕篇》批評作品,《才略》、《程器》兩篇批評作家,《時序篇》是"十代"的簡明文學史,上篇文體論各篇實際上是分體文學史,也包括了豐富的文學批評内容。這些批評雖然有這樣那樣的缺陷,但也不乏精到見解,達到當時的先進水平。

　　總之,《文心雕龍》是對齊代以前文學理論批評的一次大型總結,同時也是對齊代以前文學創作實踐經驗的一次系統探討,成就是巨大的。當然,一千四百多年前的劉勰不可能不受時代和階級的局限,因而書中也必然存在一些偏頗的甚至錯誤的見解。但是從總的成就看,那畢竟是次要的。對於這樣一部傑作,我們應該在馬列主義的指導下,進一步研究它,發掘它,爲發展社會主義文藝提供更多的借鑒。

三

　　《文心雕龍》的巨大成就,絶不是越世高談,突如其來的,而是有所繼承和發展。《序志篇》説:"詳觀近代之論文者多矣,至於魏文述《典》,陳思序《書》,應瑒《文論》,陸機《文賦》,仲治《流别》,弘範《翰林》,各照隅隙,鮮觀衢路。或臧否當時之才,或銓品前修之文,或汎舉雅俗之旨,或撮題篇章之意。魏《典》密而不周,陳《書》辯而無當,應《論》華而疏略,陸《賦》巧而碎亂,《流别》精而少功,《翰林》淺而寡要。又君山、公幹之徒,吉甫、士龍之輩,汎議文意,往往閒出。並未能振葉以尋根,觀瀾而索源。不述先哲之誥,無益後生之慮。"劉勰對前人的研究成果,儘管認爲有這樣那樣的缺點,但他並不是全部予以否定。

《序志篇》又説："及其品列成文,有同乎舊談者,非雷同也,勢自不可異也;有異乎前論者,非苟異也,理自不可同也。同之與異,不屑古今,擘肌分理,唯務折衷。"這就説明他對於古今成説,既有所繼承,也有所批判。唯其如此,他才有可能在前人的基礎上,把我國文學理論批評推向了一個新的階段。

事實正是這樣。從先秦的孔子、孟軻、荀卿,漢代的劉安、揚雄、桓譚、王充、班固、王逸,到魏晉的曹丕、曹植、陸機、摯虞、葛洪、李充各家的論著,以及《周易》的《繫辭》、《禮記》的《樂記》和《毛詩》的《序》,劉勰莫不"縱意漁獵"《事類》。凡是認爲正確的,或引申,或疏證,或作爲理論依據,或借以證成己説,旁搜遠紹,取精用弘,使古代的文學理論批評又邁進了一大步。比如藝術思維問題,陸機的《文賦》雖已接觸到了,但畢竟過於疏闊;到了劉勰手裏,則特列《神思》一篇冠於創作論之首,把極爲複雜而抽象的思維活動,有聲有色地描繪得非常生動形象,比陸機的論述更深入,更具體,就是最好的説明。

"彌綸群言"《序志》的《文心雕龍》,涉及了當時文學的各個方面,既系統,又完整,爲我國古代文學理論批評奠定了基礎。從它問世以後,一直爲人們所重視。這方面的有關資料很多,我曾廣爲網羅,分別輯成九個附録以便查閲。現把"附録"前的每段短序鈔在下面,來看看劉勰的《文心雕龍》在歷史上的地位和影響。

劉舍人《文心雕龍》,向爲學林所重。歷代之著録、品評,群書之采擷、因習,前人之引證、考訂,與夫序跋之多,版本之衆,均非其他詩文評論著述所能比儗。惟散見各書,逐一繙檢,勢難周遍。今分別輯録,取便省覽。其別著二篇及疑文數則,亦附後備考。

著録第一　《文心》著録,始於《隋志》;自爾相沿,莫之或遺。雖卷帙無殊,而部次則異。蓋由疏而密,漸歸允當,斯乃簿録之通矩,不獨舍人一書爲然也。

品評第二　品評《文心》者,無代無之。見仁見智,言人人殊。閒嘗爲之蒐集,共得九十有七家。其載諸專書者,不與焉。歷代之褒貶抑揚，觀此亦思過半矣。

采摭第三　舍人《文心》，翰苑要籍。采摭之者，莫不各取所需：多則連篇累牘，少亦尋章摘句。其奉爲文論宗海，藝圃琳琅，歷代詩文評中，未能或之先也。涉獵所及，自唐至明，共得五十六書。清世較近，書亦易得，則從略焉。

因習第四　《文心》一書，傳誦於士林者殆遍。研味既久，融會自深。故前人論述，往往與之相同，未必皆有掠美之嫌。或率爾操觚，偶忽來歷；或展轉鈔刻，致漏出處，亦非原爲乾沒。然探囊揭篋，取諸人以爲善者，則異於是。此又當分別觀也。

引證第五　前修之於《文心》，多所運用：引申其説者，有焉；證成己論者，有焉；徵故考史，輯佚刊誤者，亦有焉。範圍之廣，已遍及四部。其影響巨大，即此可見。今就弋釣所得，依次迻錄如左。世之研治舍人書者，或亦有取乎斯。

考訂第六　《文心》“彌綸群言”，通曉匪易；傳世既久，脱誤亦多。昔賢書中，閒有零星考訂。其徵事數典，正譌析疑，往往爲明清注家所未具。特爲輯錄，以便參稽。孰得孰失，必有能辨之者。

序跋第七　《文心》卷末，原有《序志》一篇，於全書綱旨，言之差備。今之所錄，乃後人手筆，與舍人意趣，固不相同；然時移世異，銓衡自殊，其足卲者，正以此也。爰迻錄於次，以見一斑。至論述版本及校勘者，亦並錄焉。

版本第八　《文心》頗有異本，曾寓目者，無慮數十種、百許部；然多由黃氏《輯注》本出，未足尚也。余皆一一詳爲勘對，亦優劣互呈，分別寫有校記，並識其行款。茲特簡述如後，於研討舍人書者，或不無小補云。

別著第九　舍人文集，《隋志》即未著錄，亡佚固已久矣。今輯得二篇，皆完整無闕。原集雖不復存，亦可窺全豹於一斑也。

從上面所鈔的第二、三、四、五、六附錄短序中，已不難看出《文心雕龍》在歷史上地位之高，影響之大。其範圍遠遠超出文學理論批評之外，遍及經史子集四部，絕非《詩品》、《二十四品》、《六一詩話》、《後山詩話》、《四六話》、《韻語陽秋》、《四六談麈》、《文則》、《滄浪詩話》、《修辭鑑衡》、《薑齋詩話》、《漁洋詩話》、《談龍録》、《隨園詩話》等詩文評論著所能望其項背。再就那五部分附録中所輯的資料看：如梁代的沈約、蕭繹，隋唐五代的劉善經、陸德明、顏師古、孔穎達、李善、盧照鄰、劉知幾、日本空海、白居易、陸龜蒙、徐鍇，宋代的孫光憲、李昉、晏殊、黃庭堅、洪興祖、吕本中、吳曾、施元之、程大昌、洪邁、祝穆、王應麟，元代的胡三省、潘昂霄、陶宗儀，明代的吳訥、徐禎卿、楊慎、唐順之、陳耀文、馮惟訥、謝榛、王世貞、胡應麟、徐師曾、梅鼎祚、鍾惺、張溥、胡震亨、方以智，清代的馮班、周亮工、馬驌、顧炎武、王夫之、葉燮、閻若璩、汪師韓、朱彝尊、王士禎、何焯、惠棟、沈德潛、杭世駿、戴震、錢大昕、盧文弨、袁枚、王鳴盛、孫志祖、紀昀、趙翼、梁玉繩、郝懿行、張雲璈、江藩、顧廣圻、劉寶楠、馬國翰、嚴可均、阮元、梁章鉅、曾國藩、劉熙載、李慈銘、譚獻、孫詒讓、王闓運、王先謙，近代的劉師培、林紓、姚永樸、孫德謙、李詳、章炳麟等八十餘人，都是各個歷史階段的著名專家、學者，無論是品評、采摭、因習，或者是引證、考訂，都足以説明他們對《文心雕龍》之重視；同時也説明了《文心雕龍》在歷史上是有它的崇高地位和巨大影響的。

　　然而，却有人説"劉氏一部慘淡經營的偉著，不聞於世；一直埋没了一千多年，直至清末，才漸漸有人去注意它，才爲章太炎先生所推賞"①。説得如此肯定，也許未曾深考吧。

　　魯迅先生曾在《詩論題記》一文中寫道："篇章既富，評騭自生，東則有劉彦和之《文心》，西則有亞里士多德之《詩學》，解析神質，包舉洪纖，開源發流，爲世楷式。"②這樣高的評價，劉勰是當之無愧的。

　　徵事數典，是魏晉以降文人日益講求的伎倆，劉勰自然也未能免

①吳熙《對於劉勰文學的研究》，見梁溪圖書館標點本《文心雕龍》卷首。
②見《魯迅研究年刊》創刊號。

俗。在他的筆下，四部群籍，任其驅遣，倒也"用人若己"《事類》，宛轉自如；却給讀者帶來了不少困難。儘管已有王惟儉、梅慶生、黄叔琳、李詳、范文瀾諸家的注釋，但仍有疑滯費解之處，需要繼續鑽研和抉發。

由於《文心雕龍》流傳的時間久，在展轉鈔刻的過程中，孳生了各式各樣的繆誤：或脱簡，或漏字，或以音訛，以文變，不一而足。前人和時賢在這方面做了不少工作，對我們今天的研究有極大的幫助。但落葉尚未掃浄，還得再事點勘。因爲一字一句的差錯，並不是無關宏旨的。

二十二年前由中華書局上海編輯所出版的《〈文心雕龍〉校注拾遺》及其"附録"，原是一九三九年夏我在燕京大學研究院畢業時的論文。因腹笥太儉，急就成章，疏漏紕繆，所在多有，久已不愜於心。"文化大革命"後期，居多暇日，得集中精力從事訂補。志趣所寄，雖酷暑祁寒，亦未嘗中輟。朱墨雜施，致書眉行間無復空隙。曾另寫清本，以便隨時修改抽换。現將清本稍予理董後，託上海古籍出版社再版。惟聞見有限，一再强爲補闕拾遺，錯誤仍所難免，切盼讀者諸君批評指正。

　　　　　　　　　　　　　一九八零年四月於學不已齋

　　　　　　（原載一九八零年《四川大學學報》社科版第二期）

涵芬樓影印文心雕龍非嘉靖本

　　涵芬樓影印的《文心雕龍》，一單行，一收在《四部叢刊》中，扉葉後的書牌均題爲"影印明嘉靖刊本"。《四部叢刊書録》還有簡要説明："前後無刻書序跋，審其紙墨，當是嘉靖間刻。"這樣地推斷，好像持之有故，言之成理，無庸置疑似的。夷考其實，乃萬曆七年張之象所刻，並非什麼嘉靖本。無徵不信，試先以萬曆五年張之象刻的《史通》來印證：

　　一、張刻《史通》附録有程一枝寫給張之象的書信兩葉，影印本《文心雕龍》卷二後面即有"太學生程一枝校"七字。

　　二、張刻《史通》半葉十行，行十九字；每篇相接，分卷則另起；篇名低上欄二格，作者題署下距底欄一格；板心魚尾下爲書名及卷數，下方兩側爲刻工姓名及字數。影印本《文心雕龍》的板式、行款，完全和它相同。

　　三、張刻《史通》的二十四名刻工中的陸本、張梗、章扞、章國華、袁宸，影印本《文心雕龍》的刻工也有他們在内。兩書的字體、刀法也如出一轍，毫無二致。

　　僅此三點，涵芬樓據以影印者之非嘉靖本，已昭然若揭。如果再與萬曆七年張之象刻的《文心雕龍》原本展卷並觀，立即發現彼此的板式、行款、字體、刻工姓名以及板匡的大小寬狹，無一不相吻合。若同真正的嘉靖本如汪一元或佘誨所刻者比對，不僅審其紙墨了無相似處，它們的風格也判若天淵。可見影印本《文心雕龍》的底本，確爲萬曆七年張之象所刻無疑。那麼，涵芬樓諸公何以又把它弄錯了呢？答案很簡單，大概是由於原書"前後無刻書序跋"的緣故吧。張刻《文心雕龍》，我曾見過五部。卷首的張氏序、《梁書·劉勰傳》及訂正、校閱者名氏數葉，都齊全。涵芬樓所藏者獨缺，可能是書賈爲了騙取高價割去了的。

（原載一九七九年《中華文史論叢》第二輯）

漢魏六朝文學選本中幾條注釋的商榷

注釋古典文學作品,本是一件不大容易的事。特別是今天,要求比過去更高:既要詞求所祖,事探厥源,以明原著來歷;又要用新的觀點、方法和準確鮮明的語言,深入淺出地爲之疏通證明,以幫助讀者了解。這自然不再是羅列故實,釋事忘義;或自我作故,望文生訓的注釋能够勝任的了。解放後,古典文學作品的注釋工作,的確取得了非常顯著的成績。單拿近幾年出版的各種選本來看,質量之高,方面之廣,發行額之大,都非解放前所能比擬。這是首先應該加以肯定的。但這並不是說都已完美無瑕了,我認爲值得商榷的地方還是有的。現謹就漢魏六朝文學選本的注釋問題提出一些個人意見。

一

古典作家最愛使用典故,注釋者如果對原著字句的來歷不明,就難免不"想當然耳"地妄下己意。如潘伯鷹先生的《南北朝文》,於《抱朴子外篇·鈞世篇》"渝、狄之嘉味"句的"渝、狄",作了這樣的注釋:

渝、狄大概是出產嘉肴的地方。上海春明出版社一九五六年版,第五十一頁

其實,"渝"、"狄"二字都是省稱,"渝"即"俞兒",一作"臾兒""俞兒"之作"臾兒"或"渝兒",猶"俞跗"之爲"臾拊"或"踰跗"一樣;"狄"即"狄牙",也就

是"易牙""狄牙"之作"易牙",猶"簡狄"之爲"簡易"一樣。他們都是古代善於識味的人。《莊子·駢拇篇》:"屬其性於五味,雖通如俞兒,非吾所謂臧也。"《尸子》:"膳,俞兒和之以薑桂,爲人主上食。"《莊子·駢拇篇》釋文引崔注這就是渝(兒)的出處。《吕氏春秋·精諭篇》:"淄、澠之合者,易牙嘗而知之。"《淮南子·氾論篇》:"臾兒、狄牙此用許慎注本,高誘注本作易牙,淄、澠之水合者,嘗一哈水,而甘苦知矣。"《法言·問神篇》:"狄牙能喊,不能齊不齊之口。"從這些書裏我們便可得知狄(牙)的來歷。當然,作一般選本的注釋,用不着這樣繁徵博引。但簡明精當的斷語,也是要通過有關資料才能得出的。

二

徵事數典,作家們各有一套,以衒其腹笥之富和隸事之工。有的本隱以之顯,有的避易而求難。形形色色,任其驅遣。假如没有找着它的源頭,作注釋時就容易徒託空言。余冠英先生的《漢魏六朝詩選》,對張華《輕薄篇》"玄鶴降浮雲,鱏魚躍中河"兩句所作的注釋,似乎不够完善。余先生的原文是這樣的:

> 鱏魚,即鱘魚。鶴降魚躍是説音樂之妙能使動物感動。就是《荀子》"流魚出聽"的意思。人民文學出版社一九五八年版,第一六五頁

張華本是"博物洽聞"《晉書》本傳語、"巧用文字"鍾嶸《詩品》中語的作家,《輕薄》一篇用典之處甚多,這兩句也各有其出處。爲了便於説明問題,我想先引《韓非子·十過篇》裏的一段文字來看看:

> 昔者,衛靈公將之晉,至濮水之上,……夜分而聞鼓新聲者而説之。……(師涓)因静坐撫琴而寫之。……遂去之晉。……師涓鼓究之。平公問師曠曰:"此所謂何聲也?"師曠曰:"此所謂清

商也。"公曰："清商固最悲乎?"師曠曰："不如清徵。"……師曠不得已,援琴而鼓。一奏之,有玄鶴二八,道南方來,集於郎門之垝;再奏之,而列;三奏之,延頸而鳴,舒翼而舞,音中宫商之聲,聲聞於天。又見《史記·樂書》和《論衡·紀妖篇》

這個傳説,應該算是"玄鶴降浮雲"唯一無二的注脚。至於"鱏魚躍中河"的來歷,《説文·魚部》鱏字下引《傳》曰:

伯牙鼓琴,鱏魚出聽陶方琦《淮南許注異同詁》謂《説文》所引傳文是許注本《淮南》(按今本《淮南子·説山篇》作"瓠巴鼓瑟,而淫魚出聽",是高注本)。

裴松之《三國志·蜀志·邵正傳》注引《淮南子》曰:

瓠巴鼓瑟,而鱏魚聽之。

所説演奏的人和樂器雖各有不同,但使鱏魚受到感動則一。援引這樣的辭句來疏證張詩,我認爲要比《荀子·勸學篇》的"流魚"更確切一些(這個典故的最早出處雖然是《荀子》,但與張詩的詞面不愜)。

三

同一傳説,各書的記載是不盡相合的,同一典故,作家的用法也是多種多樣的。那麼,從事注釋時,就必須針對原著,再三斟酌,有所取舍;毫無關係的資料,更不宜闌入。這樣,才不致於"勞而無功,費而無當"《史通·補注篇》語。鍾繇雜帖裏有這樣三句話:"蓋張樂於洞庭之野,鳥值而高翔,魚聞而深潛。"若要替它作注,那就非引《莊子·至樂篇》"咸池、九韶之樂,張之洞庭之野,鳥聞之而飛,獸聞之而走,魚聞之而下"幾句不可。因爲這才與鍾嶸的文意相副,詞面也較妥帖。陳中凡先生的《漢魏六朝散文選》所引證的却是《莊子》的《天運篇》和《齊物論篇》上海古典文學出版社一九五六年版,第二九九頁。《天運篇》的"帝張咸池之樂於洞庭之野",從詞面上講,倒還説得過去;《齊物論篇》的"毛嫱、西施,人之所美也,魚見之深入,鳥見之高飛",與鍾嶸的文意却無甚關係。一個是説魚鳥聽了音樂所起的反應,而另一個則是説魚鳥見了美人所起的反應,怎麼能够"挹彼注兹"呢!

四

經傳成語,古典作家也是習用的。他們往往把它作爲理論依據,或借以證成己説。如江統的《徙戎論》是"辨夷夏之防"的,所以他一再引用典籍中有關這方面的辭句;鮑敬言是"好老、莊之書"《抱朴子外篇·詰鮑篇》語的,所以他的《無君論》引用《老子》、《莊子》上面的辭句不少。像這類文章中的成語,與思想内容極有關係,顯得更有説明的必要。陳中凡先生對這兩篇文章的好些成語都注明了,這是很好的。但如《徙戎論》的"疆場之戎,一彼一此"《漢魏六朝散文選》第一九五頁。按此語出《左傳》昭公元年(江文改"邑"爲"戎")和"非我族類,其心必異"同上。按此語出《左傳》成公四年;《無君論》的"白玉不毀,孰爲珪璋;道德不廢,安取仁義"同上書第二〇四頁。按此四句見《莊子·馬蹄篇》和"蓋我清静則民自正"第二〇七頁。按此句見《老子》第五十七章(鮑文改"好"爲"清")等,都應該補注出處,並附上扼要的解釋。這樣,對讀者才更爲有益。

五

古典作家不僅喜歡徵事數典和援引成語,有的還夾用了當時的常語。時過境遷之後,往往不明白它原來的意義。假如没有經過多方的考索,就很難作出較爲確切的解釋。如《抱朴子内篇·道意篇》叙述張助移植李樹幼苗事，所用"白田"二字，原是兩晉南北朝人習用的常語。照今天的話來說，"白田"就是沒有蓄水的田。這是有書可憑的：傅玄《上疏》以"白田"與"水田"見《晉書》本傳對舉；酈道元《水經注》有"白田種白谷"見《溫水篇》的說法；賈思勰《齊民要術》亦有"種高壤白地"見《雜說篇》、"候水盡地白背時速耕"見《旱稻篇》等話。可見葛洪所稱的"白田"，確係沒有蓄水的田因為是乾田，所以裏面才長有李樹幼苗。潘伯鷹先生不曾考究是那個時代的常語，籠統地解為"新開的田"《南北朝文》第四七頁，就顯得有些望文生訓了。

六

人民的口頭創作，雖然沒有使用什麼典故，但要替它作好注釋，有時還比文人的作品難。因為從書本上來的典故，總可以從書本中去找；口頭上流傳過的東西，時間一久，往往不易探索出它的淵源。我們如果不旁搜遠紹，很可能產生似是而非的誤解。《漢書·溝洫志》裏著錄的《鄭白渠歌》，本是一首人民自己歌頌勞動的偉大和成就的名詩，開始兩句是指明渠的所在地，三四兩句是紀念領導鑿渠的人；五六兩句則是贊揚渠鑿成後的偉大功能，所以拿"雲"和"雨"來比擬。雲能致雨，雨即是水，因而又用"為"字來形容。"舉臿為雲"是指決渠以前言，"決渠為雨"是就決渠以後言。兩句的用意，無非極力渲染渠水功能之大，絕不是在說鑿渠時候的情況。余冠英先生的注釋與此相反，認為"舉臿為雲是說鑿渠的時候參加的人多。"《樂府詩選》人民文學出版社一九五七年版，第一二七頁我們試先將班固《西都賦》裏有關的幾句文章鈔出來對比一下：

　　　下有鄭、白之沃，衣食之源，……決渠降雨，荷臿成雲。《後漢書·班固傳》又《文選》

　　班固是最先著録《鄭白渠歌》的人，可見他是重視這首歌的。《兩都賦》又是他的刻意之作，想來是不苟的。剛才引的那幾句，明明説的鄭白渠；最後兩句，顯然是由《鄭白渠歌》五六兩句點竄而成其所以要顛倒歌辭的次第，則是由於押韻的緣故。班固改“爲雲”爲“成雲”，那麽“爲雲”的“爲”，就不能作“如”字解“爲”、“如”二字古雖通用，但這首歌裏的“爲”字，確不宜訓作“如”。余先生的注釋可能是把“爲”字當作“如”解的。再查一查《六臣注文選》，看他們又怎樣講？ 張銑的解釋是：“插可致水，故比雲。”從上面所引的兩條旁證來看，余先生的注釋似乎還有斟酌的必要。

<h1 style="text-align:center">七</h1>

　　“不知蓋闕”，本是一種嚴肅負責的態度，未可厚非。因爲浩如烟海的圖籍，誰都無法遍讀；作家逞奇衒博，任意驅遣衆多的典故，誰也不能盡知。所以“不敏”、“未聞”等字樣，從漢以來已成注疏家常用之詞了。不過，一般選本中所提出的某些“未詳”或“未知所本”的典故，不一定都載在祕書，難於弋釣。如舜藏黄金事，《淮南子·泰族篇》曾言之：“故舜深藏黄金於嶄巖之山。”《新語·術事篇》作“舜棄黄金於嶄嵓之山”，疑“棄”爲“弄”之誤。陳中凡先生注釋《鹽鐵論·本議篇》時説是“未知所本”《漢魏六朝散文選》第一六二頁。又如舜漆食器事，原是由余對秦穆公説的，《韓非子·十過篇》具載其辭：

　　　　……由余對曰：“臣聞昔者堯有天下，飯於土簋，飲於土鉶，……堯禪天下，虞舜受之。作爲食器，斬山木而財之，削鋸修其迹，流漆墨其上，輸之於宮，以爲食器。諸侯以爲益侈，國之不服者，十三。又見《説苑·反質篇》

　　曹操《度關山》裏的“舜漆食器，畔者十國”二句，就用的這裏。余冠英先生的《三曹詩選》注釋於上句既云“其事未詳”作家出版社一九五七年版第五四頁。其實黃節的《魏武帝詩注》已引了《説苑》（惟未標舉篇名），所引雖非根柢，却能説明兩句詩聯着的意思。而於下句又有這樣一個注脚："相傳舜有天下諸侯不服的有十三國，見《説苑》。"把不能割裂開的兩句詩分別作注，可能由於疏忽了曹詩遣詞所本的緣故。

　　作好古典文學作品的注釋，的確太不容易了！作品的深淺、難易既各不相同，資料的掌握、運用也因人而異；甲所優爲的乙未必優爲，乙所熟悉的甲未必熟悉。可見注釋工作並不怎麽簡單。上面提到的幾個選本都各有其優點，有的在讀者中已博得了好評，對於接受文學遺産，曾起了一定的作用。筆者不賢識小，所言未必有當，尚望注釋各書的同志予以批評、指正。

（原載《光明日報》一九六二年一月七日《文學遺産》第三九六期）

論著應重視引文和注明出處

　　引文必須忠實，注出處必須明確，這是對一篇文章的起碼要求，也是作者應該注意到的事項。可是，有的作者在報刊上發表文章，對這方面却注意得不够，像《文學遺產》第二九七期的《編後記》和第三三八期的《關於引文失實》兩文中所說的那樣。就是某些專著有的還重印了幾版，引文和注出處，同樣也存在着不忠實、不明確的缺點。可見這一不良現象，的確有糾正的必要。筆者不揣固陋，略就所見分別說明如次：

　　誤乙爲甲，張冠李戴，是引文中最容易以譌傳譌，而又爲一般讀者難於覺察的。如《文學遺產》第二九九期《對引文不够認真嚴肅之又一例》一文，所舉相沿以宋翔鳳語爲吳曾語，就是很好的說明。這裏無妨再舉一例：余冠英先生的《樂府詩選・前言》，在談到《漢鐃歌》的字句問題時，曾有如下的論斷：

　　　　《鐃歌》文字有許多是不容易看懂，甚至不能句讀的，主要原因是沈約所說的"聲辭相雜"。

並且還有一子注以證成其說。注文是這樣的：

　　　　《宋書・樂志》云："《漢鐃歌》十八篇，……皆聲辭豔相雜，不可復分"。並見《樂府詩選》第七頁，《漢魏六朝詩論叢》第八頁同

　　看來好像引證有據，無可置疑。夷考其實，却大謬不然。《宋書》的《樂志》原爲四卷，不僅載《漢鐃歌》的《樂志》四無此文，其他三篇也沒有，只見於《樂志》四篇末的附錄。但這段附錄與《宋書》的原文本來有所區別，它是在"《宋書》志第十二"、"《宋書》二十二"之後隔了一行而又低兩格刻的<small>此據百衲本</small>。殿本雖未隔行，却低了一格，表示非沈約原書所有。這可能是宋代史館臣僚的校語，鏤版時順便把它刻在後面，以供讀者參考。如果這種推測不錯的話，那麼，余先生以爲"聲辭相雜"是沈約説的，就不免"錯認顏標"了。同時，余先生注中所打的"……"是"按《古今樂錄》"五字的省略。其實，它在這裏很重要，是萬萬不能省略的。我們知道，沈約的《宋書》，表上於齊永明六年四八八，見《宋書》卷一〇〇《自序》。釋智匠的《古今樂錄》，寫定於陳光大二年五六八，見《玉海》卷一〇五引《中興書目》。前後相距，整整七十年。當《古今樂錄》問世的時候，沈約已經死去五十五年了<small>沈約卒於梁武帝天監十二年（五一三），見《梁書》本傳</small>。沈約無從預引智匠的著作，這是誰也明白的道理。余先生爲什麼竟有這樣的錯誤呢？大概不外兩個原因：其一是人云亦云，習而不察，別人錯了跟着錯<small>就筆者管見所及，這個錯誤，大概始於王先謙的《漢鐃歌釋文箋正·例略》。嗣後，各種文學史幾乎都承襲其誤</small>；其次是查閱《宋書》時誤將後人的校語，當作沈約的原文。不管怎樣，這類錯誤總以改正爲宜。

　　不審原文，強就己意，在引文中也時有其例。如已故的羅根澤先生的《中國文學批評史》第一册裏，爲了説明葛洪的文學觀有異於王充，作過如下的對比：

　　　　王充説"夫文由語也"。葛洪却云："書猶言也，若入談語，故爲知音<small>原注：原作有，據孫星衍校改</small>，胡越之接，終不相解，以此教戒，人豈知之哉？若言以易曉爲辨，則書何故以難知爲好哉？"《鈞世篇》

　　從而斷定這是葛洪"主艱深的意見"。葛洪的意見，真的是"主艱深”嗎？恐怕不是。先來考究一下這幾句原文好了：開始提出的“書猶言也”，論點非常鮮明，即言文一致之意，是全段的主旨所在；接着就以口頭語言的“爲知音”和“不相解”來説明口頭語言的“以易曉爲辨”；最後再由“易曉爲辨”的口頭語言來證成書面文字不應“以難知爲好”，與首句相應。上下文意本極清楚，無論如何找不着有一點“主艱深”的意思。相反地倒可以看出葛洪在語言和文字的關係問題上，與王充有相同之處。王充主張的“夫文由語也”，“文字與言同趨，何爲猶（獨）當隱閉指意？”並見《論衡·自紀篇》拿來和葛洪的“書猶言也”，“若言以易曉爲辨，則書何故以難知爲好哉”的論調相較，實在毫無二致。怎能説他跟王充的論點不一樣，是在“主艱深”哩？羅先生之所以得出這不大合實際的論斷，一個可能是由於先有葛洪與王充有所不同的成見，因而把《鈞世篇》那段文章的原意作了反面的理解；另一個可能則是未細審“若言以易曉爲辨，則書何故以難知爲好哉”兩句的語意和辭氣，錯把它當成反言若正了。像這樣地引文以就己説，似乎有些曲解古人吧。

　　尋章摘句，不顧上下文意，這樣地引文，還是有的。如北京大學中文系五五級同學編寫的《中國文學史》，評論劉勰時説：

　　　　首先，他把一切有益政教的文字都看成文學，所謂“文以足言，理兼詩書”。見修訂本第一册三三六頁

　　這個論點，無疑是正確的。不過，所舉的例證却不怎麼倫類。這裏順便把《總術篇》首段節鈔在下面：

　　　　今之常言，有文有筆，以爲無韻者筆也，有韻者文也。夫文以足言，理兼詩書，別目兩名，自近代耳。……分經以典奧爲不刊，非以言筆爲優劣也。

　　劉勰這段文章，是針對當時的文筆説而發的。所稱的“詩”、“書”，

當是韻文和散文的代詞。"詩"就"有韻之文"言，"書"就"無韻之文"言，並非專指《詩經》和《書經》即使要這樣講，作爲那處的例證也不適宜。"文以足言，理兼詩書"兩句的意思是説，文章既然是用來"足言"，照理就應該包括"有韻之文"和"無韻之文"。這樣解釋假如合乎原意，那麼，用它作爲劉勰"把一切有益政教的文字都看成文學"的證據，就感到不太愜洽了。

以上三種情況，一般讀者不易疑其有誤，所以我才刺刺不休地談了一通。此外如斷句不當、起訖欠妥、字句錯落、任意增删和修改等等，已經有同志論及，我就不再説了。下面附帶談一談注出處的問題。

引文不僅要忠實，所注出處也必須明確。這一方面是對讀者負責，同時也是對原著負責。就是對作者本身來説，便於翻檢，便於迻錄，便於核校，還是有好處的。注出處這種良好辦法，相沿已久，發展到今天，更應越加考究，這可以從各種書刊上得到證明。但有些作者在引文時，不是認爲無關宏旨，可注可不注，就是過分相信第二手材料或仗恃自己的記憶。因而有的引文根本就未注出處，有的只舉書名，有的則是"想當然耳"地妄注。姑且舉《文學遺產》上發表的文章爲例：如第二九四期《歷代對陶淵明的一些探索》一文，引用前人的説法很多，大半都未注明來歷。儘管有李公焕以下各家的《總論》、《總評》……在，但這類書豈能人手一編？何況還有版本、字句、存佚等問題。假使有讀者要作進一步的研究，先按人尋書，再因書查文，時間上也不經濟。作者本可隨手注明，讀者便能按圖索驥，兩全其美，豈不很好？何必惜墨如金，不著一字呢！又如第二九八期《應該重視古典文學散文的研究和討論》一文，曾引《文心雕龍》和《金樓子》，都未標舉篇名。就一般讀者設想，恐怕不一定都知道所引《文心雕龍》見《總術篇》，所引《金樓子》見《立言下篇》吧。由引《金樓子》文中誤"伯松"爲"柏松"推之，大概作者用的是第二手材料。因爲《知不足齋叢書》本等原作"伯"，與揚雄《答劉歆書》見《方言》卷末及《古文苑》卷一〇、《論衡·齊世篇》、《漢書·游俠·陳遵傳》合伯松是張竦的字，見《漢書·陳遵傳》。《漢書·張敞傳》説“（張竦）文雅過於（張）敞”，《後漢書·杜林傳》説“（張竦）父子喜文采”，都可作蕭繹此文的注脚。

　　不注出處和只舉書名，固然都不對，注而不明晰，也還是一種瑕疵。如《文學遺産》第二九三期《如何評價文賦》一文，在引用“乃謂爲文者，言不能盡其志也”兩句後，只注“翁元圻注《困學紀聞》卷一七”等字，似嫌不够。因爲翁氏注本，除他自己的詮釋外，還采録了何焯、閻若璩、全祖望諸家的舊注。不標明姓氏，讀者怎能知道是那個説的呢？按所引爲閻若璩語但所注卷數未誤，尚能一查即知。若是把篇名弄錯，那就較爲麻煩了。“修辭立其誠”一語，只見於《周易·乾卦》的《文言》，剛才舉的《如何評價文賦》那篇文章，却注爲《易繫傳》。開卷即得的文句，不知何以致誤？《文言》也罷，《易繫傳》也罷，總在一書之内，東翻西翻，還可以查得着。至於搞錯了原文的作者，麻煩將會更大。如第三〇一期《也談現實主義的産生和發展》一文，所引以情緯文，以文被質”兩句名言，本是沈約在《謝靈運傳論》中説的見《宋書》卷六七及《文選》卷五〇，該文竟注爲“劉勰語”——大概是指的《文心雕龍》吧。試問《文心雕龍》中，哪一篇有這樣的語句？像這樣地亂點鴛鴦譜，假如有讀者不明個中底細，硬要照所注的出處去找，豈不大上其當！

　　總的來説，引文和注出處，在一篇文章裏雖屬比較次要，但有時却能影響質量。特別是引文，一不注意，往往就會導致不正確的論斷。可見它並不是無足輕重的。前面提到的專著和單篇文章，本各有其優點，而且有的在學術上所起的作用還很大。即使在這方面有一點小疵，也僅僅是白圭之玷，不足爲全書、全文病。筆者之所以如此云云，絶不是存心挑剔，有意鳴高，只不過一抒所見，就正於原作者罷了。

（原載《光明日報》一九六一年四月二日《文學遺産》第三五七期）

後　記

　　前面選錄的三十二篇雜著，是我四十多年來陸續發表的。其中絕大部分由讀書隨筆或講稿理董而成，內容和形式既不一致，論證也往往有異。較諸專治某門學術，探賾索隱，成一家言者，則相形見絀，深愧弗如。兹編印成册，藉以就正有道。倘蒙箴其膏肓，起其廢疾，那就感激不盡了！

　　　　　　　　　　　　　　　　　　大足楊明照
　　　　　　一九八二年十月於四川大學寓樓學不已齋

編纂後記

　　二〇一九年是四川大學先賢楊明照先生誕辰一百一十周年的特別年份。爲了緬懷先生，發揚"龍學"，激勵後輩，先生弟子、四川大學傑出教授、歐洲科學與藝術院院士曹順慶先生提議編纂出版《楊明照文集》。四川大學文學與新聞學院、四川大學雙一流學科"中國語言文學與中華文化全球傳播"課題組、四川大學中華文化研究院一致表示贊成。商之於中華書局，中華書局慨允出版。二〇一九年四月，編纂工作正式啓動，曹順慶先生擔任文集編纂的總負責人，楊先生家屬王恩平先生和四川大學文學與新聞學院副院長、青年長江學者周維東教授全力協助，四川大學文學與新聞學院高小珺博士作爲總負責人助理全程參與。

　　《文集》收録體現先生學術創見、學術貢獻的《文心雕龍校注》、《劉子校注》、《抱朴子外篇校箋》、《學不已齋雜著》、《學不已齋雜著續編》、《學不已齋雜著三編》六種，包括先生全部學術專著、論文和其他雜著。

　　對《文心雕龍》的校理，先生措意最久，用力最多，而成就也最爲突出。先後有《文心雕龍校注》、《文心雕龍校注拾遺》、《增訂文心雕龍校注》、《文心雕龍校注拾遺補正》等著作出版。版本這麽多，如何取捨？經過研究，我們決定重新整理，整理出一個全面反映先生《文心雕龍》研究成果而又盡量避免重複的定本。經過調查，決定以《增訂文心雕龍校注》爲底本，而把《文心雕龍校注拾遺補正》的最新成果逐條插入《增訂文心雕龍校注》相應位置，並定名爲《文心雕龍校注》。

　　《劉子校注》的整理情況與《文心雕龍校注》相同。《劉子校注》版本有三種：一是一九八七年由巴蜀書社出版先生獨立完成的《劉子校注》；二是二〇〇八年由巴蜀書社出版先生與陳應鸞教授合作完成的《增訂劉子校注》；三是二〇一七年由巴蜀書社影印出版先生獨立完成的《劉子校注》兩卷本手稿（據此，陳應鸞先生附記所云不確）。其中《劉子校注》的底本爲舊合字本，而《增訂劉子校注》以及兩卷手稿影印本的底本已按照先生的要求改換爲道藏本。我們徵得陳應鸞教授同意，決定以《增訂劉子校注》爲底本，並把新發現的兩卷本手稿的相關内容插入其中，定名爲《劉子校注》。

《抱朴子外篇校箋》收入《新編諸子集成》，由中華書局分上下册先後出版。此次整理，以新編諸子集成本爲底本録排。

《學不已齋雜著》是先生生前親自編定的學術論文集，並於一九八五年由上海古籍出版社出版發行。此次整理，即以上海古籍出版社本爲底本録排。

《學不已齋雜著續編》和《學不已齋雜著三編》接續《學不已齋雜著》編纂定名，收録先生生前未結集出版的學術論文、講話、序跋、詩詞和講義，有些篇目則是未刊手稿，屬於首次整理刊布。

此外，我們將曹順慶先生撰寫的《文心永寄》置於各書之前，以表達對先生的永久懷念之情。

本次編校，我們組織了專門的編校團隊，成員均由中國古代文學、古典文獻學和古代漢語二年級以上碩士和博士研究生組成。在進行校對之前，又請原《社會科學研究》雜志社資深編輯，負責過《項楚學術文集》編纂工作，具有豐富編校經驗的尹賦先生進行集中培訓。我們的工作程序是，每本書都請三人輪流進行校對，在已出版、發表成果版本的基礎上，對底本、參校本和引用文獻又逐一進行核查，竭盡所能在出版前排查出能夠發現的問題。儘管如此，面對先生博大精深的宏制，我們内心依舊不免惴惴不安，擔心因編纂差池而有損先生學術榮光。

《文集》編纂過程中，張志烈、尹賦、張弘、羅國威四位老師給予學術和技術上的指導和支持；博士研究生高小珺、計曉雲、孫化顯、武曉靜、肖龍、范候麗,碩士研究生劉詩詩、夏甜、王楠、孫銘蔚、鄒阿玲、曹怡凡、王熙靚、張大立、楊麗、周飄、唐靜、呂婷、梁爽、馬曉敏、鄒瑩露、馮小珏、龔佳聞、李函語、許忠鳳、毛均祥、劉柳君、黃麟、黃俊琪、張菡同學先後參與文獻整理和編校工作;中華書局俞國林先生、白愛虎先生對《文集》的編纂和設計給予具體指導。在此我們鄭重向各位表示最衷心的感謝。

　　《文集》出版得到四川大學雙一流學科"中國語言文學與中華文學全球傳播"一流學科群和中華文化研究院資助,四川大學文學與新聞學院在人力、物力上給予了充分支持。中華書局爲此書的出版付出大量心血。沒有這些機構的鼎力支持,不可能有《文集》的問世。在此謹致謝忱!

　　先生學術偉績爲四川大學中國語言文學學科之光,高山仰止,景行行止。倘若通過本次《文集》編纂,能讓更多的讀者全面了解先生的學術成就,那麼我們的心願就達成了。

四川大學《楊明照文集》編纂組

二〇一九年十月